Un Corazón Obstinado

UN CORAZÓN OBSTINADO

FOZ MEADOWS

Traducción: Alicia Botella Juan

UMBRIEL

Argentina · Chile · Colombia · España
Estados Unidos · México · Perú · Uruguay

Título original: *A Strange and Stubborn Endurance*
Editor original: Tor Books, *Tom Doherty Associates*
Traducción: Alicia Botella Juan

1.ª edición: abril 2023

© 2022 *by* Foz Meadows
All Rights Reserved
© de la traducción 2023 *by* Alicia Botella Juan
© 2023 *by* Ediciones Urano, S.A.U.
  Plaza de los Reyes Magos, 8, piso 1.º C y D – 28007 Madrid
  www.umbrieleditores.com

ISBN: 978-84-19030-26-9
E-ISBN: 978-84-19413-88-8
Depósito legal: B-1.159-2023

Fotocomposición: Ediciones Urano, S.A.U.
Impreso por: Romanyà Valls, S.A. – Verdaguer, 1 – 08786 Capellades (Barcelona)

Impreso en España – *Printed in Spain*

Para Liz y Sarah, Chris y B,
quienes se atrevieron con el Yelling Bowl.

NOTA DE LE AUTORE

Un corazón obstinado contiene entre sus páginas descripciones de violaciones, ideas suicidas y autolesiones. Si bien el arco narrativo trata acerca de la sanación, los lectores deben estar al tanto del contenido para adentrarse en la historia por decisión propia.

MAR KISEN

Nivona

NAYAT

MAR DE

TITHENA

La Vena

AY

Meset

El caracol

Cataratas de Orae

Ve'a

ERU

El Nubarral

TESH

IRAE-TAI

RAVETHAE

QI-XIHA

KIR-HALA

Altiplano de Avai

ETHO

NEKHOZ

The Nihri

QI-KATAI

Río Eshi

VAIKO

KHYTË

Icegrave

River

BOK

MONTAÑAS NIEVADIENTES

Paso Taelic

Finca vin Aaro

Ri

FARATHEL

TITHE

SARWOOD

Cabeza de Dragón

AAROBR

El Mordisco

AROVEN

MAR YASIN

QOVAT

Bahía de las Canciones

La Pala

Estrechos de Rhysic

AROS

RHYSRET

Lazo de Qela

AMITY

ꝒALAM

IEMLOS

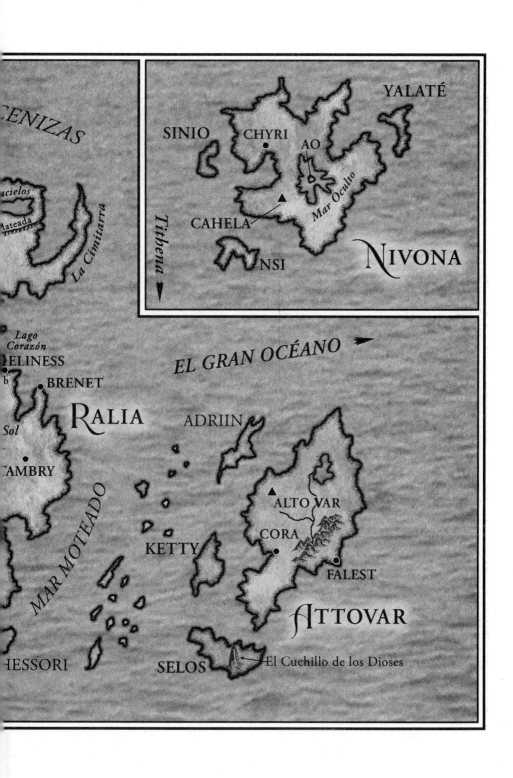

Primera parte

VELASIN

1

Acabábamos de entrar en las nuevas tierras de padre cuando me di cuenta de lo poco que me importaba no llegar a heredarlas nunca. Fue una epifanía agradable, como suelen ocurrir esas cosas y, aunque me tomó por sorpresa, no hice parar bruscamente a Quip ni le hice ninguna declaración a Markel, quien cobra para soportar mis divagaciones. En lugar de eso, me pregunté si debería enorgullecerme de mi aparente humildad (una paradoja irónica, sin duda) o preocuparme por mi falta total de ambición. Ciertamente, si el segundo de mis hermanos hubiera vivido para compartir las mismas restricciones, se habría enfadado lo suficiente por los dos, pero claro, Revic siempre fue irascible. Que lo echara de menos no cambiaba el hecho de que su muerte le había quitado una fea complicación al avance de nuestro padre, aunque reconocerlo me dejaba con mal sabor de boca. A pesar de que Revic siempre había codiciado el estatus de Nathian como heredero, yo nunca había esperado más que la modesta sinecura del tercer hijo y, aunque no era indiferente a la perspectiva de contar con mayores recursos, me consideraba alérgico a las pesadas responsabilidades que conllevaba la riqueza con tanta frecuencia.

No, decidí, inhalando una bocanada de aire fresco y limpio. *El pequeño Jarien puede quedárselo todo, y de buen grado*. Mi medio hermano pequeño, hijo de mi padre junto con su nueva esposa y, a través de ella, heredero de todo aquello que valoro, era una pizarra fraternal en blanco. Cualquier relación que pudiéramos tener algún día no estaba contaminada por la infancia que compartí con Revic y con Nathian y, aunque ese desagradable patrón pudiera reiterarse, no me sentía inclinado a adoptar tal preocupación de un modo tan preventivo.

Con esa idea asentada en mi interior, me encontré admirando las nuevas tierras vin Aaro (es decir, las antiguas tierras vin Mica) como lo haría un viajero, sin pensar en su mantenimiento ni en sus ganancias. Habíamos pasado por un pequeño pueblo antes y desde entonces habíamos ignorado los desvíos hacia caminos más pequeños, ocasionalmente señalizados, que supuestamente llevaban a las otras granjas y aldeas que ahora pertenecían a los dominios de padre. Antes de la locura de vin Mica, el comercio había florecido por esa ruta, las mercancías iban y venían de Tithena y Khytë a través de un único paso en las imponentes Montañas Nievadientes. Aunque los arrendatarios y comerciantes de aquí probablemente hubieran sufrido por la mala gestión del lord anterior, al menos la belleza física de la tierra permanecía intacta. El camino por el que viajábamos serpenteaba hermosamente a través de huertos frutales tardíos y suaves colinas con un brillante césped salpicado de flores. El cielo otoñal era de un azul pálido difuminado con lila alrededor de las relucientes cimas de los picos distantes, blancos a esas alturas del año. El agradable canto de los pájaros coloreaba el aire con su música.

Aunque Markel rara vez se dejaba impresionar por las vistas que carecían de arquitectura mortal, en esta ocasión se dignó a mostrarse impresionado por la obra de la naturaleza mirando a nuestro alrededor con curiosidad. Cuando llegamos a la cima de una suave subida, empujó a Grace, su yegua alazana, un poco más cerca de Quip y chasqueó dos veces los dedos indicando su intención de hablar.

Para cualquier otro sirviente habría sido una impertinencia y, de hecho, a menudo aquellos que no sabían que Markel era mudo lo malinterpretaban como tal. Elaboramos unas normas de etiqueta hace mucho y, aunque su chasquido todavía les parecía presuntuoso a ciertos tipos entrometidos, a nosotros nos funcionaba.

—¿Sí? —pregunté dándome la vuelta para observar sus signos.

Con las riendas enrolladas sobre la silla de montar, Markel dijo con señas:

—Es muy diferente de Aarobrook.

Resoplé.

—Tan diferente como un encaje elegante y el cañamazo, sí. —Entonces, añadí en lengua de signos para mantener fresca esa habilidad—: Deberíamos ver pronto la casa principal.

Markel sonrió y asintió volviendo a tomar las riendas. A pesar de mi tendencia a usarlo como audiencia cautiva (o tal vez precisamente por eso), era bastante agudo a la hora de escuchar lo que yo no decía: que pese a mis ansias por dejar la capital (y ¡lunas!, estaba muy ansioso), todavía no sabía por qué mi padre me había convocado aquí en primer lugar, por lo que no tenía ni idea de lo que nos esperaba. Su carta solo decía que deseaba verme cuanto antes para discutir «algunos asuntos familiares que se tratan mejor en persona». La ambigüedad de su mensaje me carcomía y la poca paz que había sentido al aceptar tranquilamente el futuro acceso de mi medio hermano a títulos y propiedades que de otro modo podría haber codiciado se desvaneció en un instante.

¿Se habría enterado padre de mis indiscreciones? Tanto recientemente como hacía tiempo había cometido tantas que no me molesté en intentar delimitar qué historias podrían haberle llegado y de qué fuentes. Mi vida en Farathel se había convertido en poco más que en una serie de ofensas contra la propiedad. Solo me arrepentía de algunas y por razones más complejas que la simple contrición, lo que no me hacía menos proclive a evitar sus consecuencias ni apaciguaba mi deseo de escapar, aunque fuera brevemente, de las circunstancias de su creación. Sin embargo, era igualmente posible que la citación implicara solo noticias agradables como un aumento de mi sinecura, el esperado nacimiento de un sobrino o sobrina o de (¡lunas!) otro medio hermano, o bien algunos detalles sobre la herencia, y cierto interés propio no me dejaría olvidarlo.

Incapaz de decantarme por un sentimiento o por el otro, la esperanza y el miedo me formaban un nudo de ansiedad en la garganta que hacía que me sintiera como si estuviera mareado o borracho y, cuando llegamos a la propiedad y cabalgamos hacia el patio principal, tenía la espalda tan cubierta de sudor como secos tenía Quip los costados.

Se podían decir muchas cosas del difunto lord Ennan vin Mica (había mucho que decir, su fallecimiento no fue lamentado ni por aquellos que se habían unido a él), pero claramente amaba a sus caballos. La grandeza de los establos reflejaba este hecho y, si los mozos de cuadra estaban perturbados por su reciente cambio de librea, no lo mostraban en su entusiasmo. Apenas desmonté llegó un hombre nervudo y de aspecto capaz para quitarme las riendas de Quip, mientras que otro joven bajo hizo lo mismo con Grace para Markel. Parecían padre e hijo, o posiblemente tío y sobrino, puesto que sus ojos tenían el mismo tono gris alerta, mientras que sus narices compartían una característica curvatura. Su piel era más clara que el marrón rojizo de Markel y que mi propio tono aceitunado oscuro, un bronceado profundo que provenía en parte de la vida al aire libre, pero cuyos matices dorados sugerían más que una gota de sangre tithenai. Pareciéndome yo tan poco a mi progenitor, siempre me maravillaba ver tales semejanzas en los demás, aunque como ella había sido la más guapa de los dos, yo mismo lo decía, nunca había guardado rencor por la herencia de mi madre.

—Soy lord Velasin vin Aaro —dije redundantemente, ya que tuve la impresión de que me reconocerían, con parecido paterno o no—. Y este es Markel, mi ayuda de cámara. —Vacilé dirigiéndole mi habitual mirada interrogativa. Markel lo consideró, se tomó unos instantes y luego sacudió la cabeza indicándome que no, en esa ocasión no quería que les diera a estos sirvientes desconocidos el discurso de «mi ayuda de cámara es mudo». Llevaba una pizarra y una hábil pluma de tiza para hacerse entender ante los desconocidos que se mostraban enemigos del silencio o de la mímica, pero no siempre deseaba ser anunciado de antemano como una rareza (como él mismo había señalado una vez). Volviendo a los mozos, añadí:

—¿Está mi padre en la residencia?

—Sí, milord —respondió el anciano señalando la casa con la cabeza—. El mayordomo le recibirá enseguida. Observó las escasas bolsas que llevábamos atadas a nuestras monturas arqueando una ceja con sorpresa—. ¿Debo hacer que suban sus pertenencias, señor?

—Sí, te lo agradezco —contesté y continué adelante con Markel siguiéndome de cerca.

Estaba a tres pasos de la puerta principal cuando esta se abrió revelando a un mayordomo de aspecto agobiado, dos perros enormes y a la noble que era mi madrastra (solo por papeles, no por crianza), lady Sine vin Aaro, anteriormente Sine vin Mica. Era pecosa y de aspecto inteligente, apenas tres años mayor que yo, y llevaba el cabello rubio rojizo recogido en una serie de trenzas entrelazadas. El pequeño Jarien no estaba a la vista, pero, a juzgar por las manchas de saliva en el hombro de su vestido, no podía estar muy lejos. Solo la había visto brevemente una vez el día de su boda: se había mostrado educada pero comprensiblemente nerviosa y yo había estado demasiado distraído para observarla más de cerca.

Sin embargo, ahora me dirigió una sonrisa que me pareció auténtica y me extendió sus manos para que las besara, cosa que hice. Según los estándares de las mujeres de nuestra clase, había llegado tarde tanto al matrimonio como a la maternidad, pero, en la medida en la que yo estaba en posición de juzgar, ambas cosas le sentaban bien.

—Has venido rápido —comentó riéndose mientras los perros nos husmeaban. Dejé caer sus manos para acariciar las orejas de los perros y mi pánico se calmó en cierta medida con ese contacto—. No te esperábamos hasta la hora de la cena, aunque mi señor parecía dudar de que llegaras antes de mañana.

—Tengo un historial de retrasos —respondí—. Pero hace buen tiempo y la piedad filial me ha impulsado. —*Necesitaba huir.*

—Sin duda, escuchar eso complacerá mucho a mi señor —agregó lady Sine y, por un momento, su mirada fue tan astuta como la de Markel—. Aunque podría asombrarse por la ocasión.

Mi respuesta no llegó por la aparición repentina del susodicho, seguido por una niñera que cargaba al bebé, Jarien. Las segundas nupcias claramente le habían sentado bien a padre, no lo había visto tan sano en años. Su barriga había desaparecido, nuevos músculos le reafirmaban los brazos y los hombros, tenía los ojos brillantes y la piel clara. Incluso antes de aquella horrible disputa que ahora llamaban la Disensión, una década más o menos durante la cual un grupo de nobles antagónicos había avivado la lucha política dentro de Ralia y que había terminado con la exposición de los planes de rebelión de lord Ennan vin Mica y el arresto, encarcelamiento o ejecución de sus diversos coconspiradores; la muerte de mi madre lo había agotado a un nivel que yo no había comprendido por mi juventud a pesar de que lo presenciaba a diario. Pero ni siquiera la paz civil lo había aliviado tanto como lady Sine, o tal vez fuera cosa de Jarien o la combinación de ambos. De cualquier modo, su transformación positiva puso en relieve mi propia trayectoria a la inversa y, si en ese momento él hubiera pedido la verdad, se lo habría confesado todo. Puede que incluso aquello que escapaba a mi culpabilidad.

Pero no preguntó, solo me dio una palmada en el hombro apretándome brevemente los huesos y me dio la bienvenida.

—Eres más oportuno de lo que crees —comentó. Entonces, con los ojos entornados, añadió—: Me alegro de verte, Vel. —No reconoció a Markel, pero era lo esperado.

Con su típica habilidad silenciosa, nos condujo a toda la comitiva al interior: esposa, sirvientes, perros e hijos más pequeños, y cerró la puerta detrás de nosotros.

Teniendo en cuenta el amistoso saludo, costaba imaginar que estuviera sufriendo una grave desgracia, pero aun así me cerebro traicionero se negaba a abandonar por completo esa posibilidad. Como tal, soporté las horas siguientes de sutilezas con una agónica tensión. No era que delatara mi estado más allá de una reducción de mi charla habitual, pero como yo era más a menudo el que escuchaba que el que hablaba, no fue algo incongruente. Me mostraron la propiedad, lady Sine me iluminó con varios rasgos y puntos de interés histórico, todo lo que había aprendido durante su infancia allí, mientras destacaba ciertas mejoras recientes como la adición de luces mágicas y, en el patio, una escultura artifex colocada dentro de una fuente.

Esto último me sorprendió mucho: mientras que padre sentía respeto por la hechicería como cualquier noble raliano, nunca había mostrado interés por el arte y la estética, y mientras que la magia que sostenía la escultura era realmente impresionante (una serie de cantrips incrustados que hacían que una gran serpiente de agua brillara, rugiera e incluso se moviera cuando se pronunciaban ciertas palabras de control), era poco útil. Me atreví a preguntarle a lady Sine para ver si había tenido que pelearse con él para adquirirla, pero solo se rio.

—En realidad a Varus le gusta bastante —respondió—. Considera que es una inversión. —Vaciló y luego agregó—: Hay planes de reabrir el Paso Taelic para comerciar con Tithena y, con un poco de suerte, eso también traerá el comercio de Khytë. Son famosos desde siempre por su artifex y por su pieles y, si todo sale bien, espera que la escultura deje una buena impresión en sus mercaderes. Y, bueno, le gusta que a Jarien le guste. —Rio.

Su sonrisa se suavizó ante la mención de su hijo y la conversación se desvió rápidamente para hablar de su desarrollo. Tanto entonces como más tarde, demostré toda la admiración por Jarien que puede sentir cualquiera que no tiene conocimiento real sobre la infancia por un bebé de seis meses; elogié la calidad de los aposentos que me dieron y la comida que me ofrecieron, ambos excepcionales, y, solo entonces, al final de la cena, padre me invitó finalmente a su estudio.

A pesar de que la habitación era extremadamente diferente de su predecesora en Aarobrook (que ahora pertenecía a Nathian, aunque me costaba imaginármelo), la disposición y los muebles se parecían tanto que, instantáneamente, algún sentido interno me hizo retroceder en el tiempo. De niños, Nathian, Revic y yo solo éramos bien recibidos en el estudio de vin Aaro en momentos de gran felicitación o reprobación, así que para nosotros contenía una especie de magia peligrosa, como una cueva de las maravillas. Era donde me había caído un castigo de vara por haber roto la ventana de un arrendatario mientras lanzaba piedras a un nido de avispas y donde me habían recompensado con el libro de padre que yo eligiera por haber sacrificado a un sabueso muy querido en lugar de haber delegado la tarea a algún sirviente.

Recordé la vara, el libro y el perro y, por segunda vez en ese día, sentí la urgencia de confesar.

—Siéntate, Vel —dijo padre señalando un par de sillones. Obedecí con cuidado de entrelazar las manos en mi regazo por temor a agarrarme al cuero y delatarme con los nudillos blancos. Un esfuerzo redundante, ya que las siguientes palabras que salieron de su boca fueron—: ¡Relájate, muchacho! Puedo ver que estás tenso, aunque solo lord Sol sabrá por qué. Bueno —se corrigió pasándose la mano por la barba—. Tal vez sea injusto por mi parte. Después de todo, no puedo culparte por preguntarte dónde estás ahora. Si Revic…

Se interrumpió y compartimos una expresión de cariño y dolor por todo lo que su ausencia suponía.

—Lo sé —murmuré suavemente y lo dejé ahí.

—Bueno —continuó padre después de un momento—. Entonces…

—Se puso las manos en las rodillas y me miró a los ojos—. Voy a hablar con claridad. Aunque Su Majestad me concedió las posesiones de vin Mica con la condición de que su legado cayera en manos, no de mis hijos mayores, sino de Jarien y de cualquier otro niño con el que Sine pueda bendecirme... —Se sonrojó solo un poco, recordando supuestamente los esfuerzos realizados para conseguirlos y yo miré fijamente a la pared opuesta para reprimir mi risita avergonzada—. Aun así, mi ascenso aún podría beneficiarte.

—¿Te refieres a mi sinecura? —pregunté casi sin atreverme a albergar esperanzas.

—En cierto modo, sí. Me refiero a que te cases.

Ante su declaración, mis pulmones y mi cerebro olvidaron cómo funcionaba la respiración privándome de esa función durante unos segundos que me parecieron minutos. Mi expresión de aturdimiento debió haber sido la esperada; sin embargo, mi padre aguardó a que recuperara el aliento sin disgusto aparente.

—¿Cómo? —conseguí preguntar finalmente—. ¿Y con quién? Estoy seguro de que mi sinecura no puede incrementar tanto como para eso.

—No puede —sentenció—. No propongo que puedas ni que debas mantener a una esposa, Vel... De hecho, lo que sugiero es justo lo contrario.

—¿Quieres una esposa que me mantenga a mí?

—¿Y por qué no?

Lo miré fijamente.

—En principio no tengo ninguna objeción —respondí mientras mi corazón latía acelerado en contraposición con mi cuidado discurso. Era una mentira como una casa, tenía todas las objeciones del mundo, aunque no hubiera ninguna que me atreviera a expresar en voz alta—. Pero, padre, en la práctica, ¿qué buena heredera raliana me iba a querer? Y no lo digo por falsa modestia. No son criaturas tan abundantes como para no tener mejores perspectivas que un tercer hijo con una sinecura, sin importar tu ascenso. —No era que vin Aaro hubiera subido de rango *per se*, pero como sabe todo buen raliano, hay lores y *lores* y, desde que le fueron otorgadas las posesiones de vin Mica en las todavía recientes secuelas de la Disensión, padre estaba mucho más cerca de los segundos que de los primeros.

—¡Ah! —exclamó padre, complacido, como si yo hubiera dado en la clave de la cuestión—. No es una heredera raliana, no te obligaría a nadar en esas aguas en contra de tus inclinaciones. Se trata de una muchacha tithenai, Vel, ahí sí que tienes valor.

—Una muchacha tithenai —repetí débilmente. No lograba absorber el concepto más de lo que el agua puede absorber el aceite—. Pero... eh... te refieres a... yo...

—Velasin —me interrumpió padre amablemente—. Piensa. Esas tierras colindan con el Paso Taelic, no hay una ruta más cercana a Tithena al oeste de la capital. Pasa más comercio khytoi por Tithena que por Ralia. ¡Y también comercio nivonai! Ese idiota de vin Mica dejó que esas rutas comerciales se arruinaran dando paso al bandolerismo, incluso él mismo participó en incursiones fronterizas contra el Cuchillo Indómito, si se puede creer en las historias más duras y, si no es cierto, al menos las sancionó, pero ahora está muerto, que la Sombra lo mantenga, y Su Majestad está dispuesto a reparar aquello que se rompió. El lord reinante de Qi-Katai, tieren Halithar Aeduria, tiene una hija soltera de veintidós años y ha afirmado en sus misivas que está dispuesto a establecer una alianza. Irás con ella, Vel, y Qi-Katai es una ciudad comercial, de bibliotecas, teatro y artesanía, y sé que hablas el idioma gracias a esos amigos tuyos de la corte. Y, aunque no lo hablaras, sé que mucha gente de allí habla raliano. No te faltará civilización ni nada de nada y, si quieres visitar tu casa, la distancia no es tan grande.

Hablaba con un tono enamorado, persuasivo, pero me estremecí ante las implicaciones. Había dicho «irás» y «no te faltará», no «podrías» o «te haría». Podría haber habido un albañil presente grabando las palabras en piedra por toda la imposición que sentí en ellas. Necesité cada pizca de autocontrol que pude reunir para decir con un temblor en la voz:

—Y esto... ¿ya está cerrado, entonces? ¿Lo has arreglado?

—Sí —respondió padre y, aunque se sintió incómodo admitiéndolo, al menos tuvo la cortesía de no apartar la mirada—. Siempre has sido un buen hijo, Vel... un buen tercer hijo. Has apoyado a tus hermanos y has sentido poca codicia por sus beneficios. Te he visto antes con Jarien y, a menos que me haya equivocado en mi juicio, no le guardas rencor, aunque muchos lo harían en tu situación. Sé que no buscabas el matrimonio. —Extendió la mano al decir esas palabras y apretó el brazo de mi sillón como si fuera el representante de mi mano oculta—. Pero no te lo propondría ahora, aunque complaciera a mi rey, si no pensara que es también una re-compensa para ti. Algo apropiado para un hijo leal.

Quería gritar, pero no podía. Quería llorar, pero no me atrevía. Lo miré y, de repente, las terribles ironías de mi huida de Farathel (de por qué me había marchado y con qué esperanzas) se elevaron para ahogarme, vendavales de risa espantosa encerrados entre mis dientes. Mi sonrisa era una mueca. Incliné la cabeza y dejé que me atravesara otro recuerdo de reverencia infantil.

«¿Qué se dice, Velasin, cuando padre te da algo?».

—Gracias, señor —grazné.

Tomó mi ronquera como una señal de alegría y mi asombro como admiración. Todavía aferrándose a mi silla, habló del enviado tithenai que llegaría en algún momento del día siguiente con el contrato de matrimo-nio, de los arreglos que yo quería hacer, de que mis posesiones de Farathel fueran enviadas cuidadosamente a Qi-Katai, de si me llevaría a Markel conmigo, de tiera Laecia Siva Aeduria, quien iba a ser mi esposa, y de sus muchas virtudes aparentes. Lo escuché medio aturdido y no me percaté de los golpes en la puerta que interrumpieron el discurso de mi padre. En lugar de eso, vi directamente al mayordomo inclinándose en el umbral y escuché sus crueles y absurdas palabras:

—Lamento interrumpir, milores, pero hay un visitante preguntando por lord Velasin.

—¿Un visitante? —preguntó padre arrugando la frente con perpleji-dad—. No creo que haya llegado ya el enviado tithenai.

—No, milord. Nuestro invitado es raliano, lord Killic vin Lato.

El suelo se cayó bajo mis pies.

—Conozco la casa, pero no a él —contestó padre evidentemente aje-no a mi tormento—. ¿Es amigo tuyo, Vel?

Es un modo de decirlo.

—Sí, padre —respondí sin saber cómo pude mantener la voz firme—. No... no lo esperaba. Debe haberme seguido. —*Por favor, por favor, echadlo.* Pero no podía pedirles eso, no sin provocar preguntas, y ya me sentía de-masiado estúpido para mentir.

—Entonces es más que bienvenido —afirmó padre. Añadió para el mayordomo—: Puede quedarse en la habitación de roble, Perrin, pero mándalo al salón de juegos mientras la arreglan. Lord Velasin puede reunirse con él allí. Y ofrécele una bandeja, por favor. A estas horas, probablemente estará hambriento.

—Sí, milord —dijo Perrin y se marchó.

—¡Bueno! —exclamó padre alegre e inapelable—. Podemos discutir los detalles mañana, pero ya que tu amigo ha venido hasta aquí, no debería alejarte de él. A menos que... —empezó al darse cuenta lentamente de mi incomodidad—. ¿Prefieres que me invente una excusa? El Sol lo sabe, entendería que prefirieras tomarte un tiempo para ti...

—No —contesté. Noté la palabra pegajosa y extraña en la boca, como un champiñón poco cocinado. Killic era persistente, por muy desagradable que me pareciera la perspectiva, era mejor ocuparse de él en ese momento—. Voy a verlo.

—Buen chico —alabó padre y, mientras los dos nos poníamos de pie, me dio otra palmadita en el hombro, esta vez más amable que antes—. Estoy orgulloso de ti, Vel. De todos nosotros.

No lo estarías si lo supieras todo, pensé.

—Gracias —murmuré, y lo vi girando a la izquierda por el pasillo hacia su esposa y hacia un hijo demasiado joven como para haberlo decepcionado ya.

Me quedé solo, como una criatura falsa y obediente, para ir a saludar a lord Killic vin Lato: el hombre que, hasta hacía apenas quince días, había sido mi amante en Farathel.

2

Como soy tanto cobarde como pragmático, no fui directamente al salón de juegos, sino que me dirigí a mis aposentos y golpeé suavemente con un patrón concreto la puerta de la cámara de Markel. Al igual que su chasquido de dedos, este ritmo particular tenía un significado único para nosotros: «Atiéndeme rápido. Necesito discreción».

En unos momentos, Markel abrió la puerta y se hizo a un lado para dejarme pasar. Como su amo, técnicamente tenía derecho a entrar sin anunciarme, pero como él no podía gritar enseguida si yo interrumpía un momento privado (y como yo prefería ofrecer cortesía como costumbre para asegurarme su verdadera reciprocidad) me parecía más conveniente que la rudeza.

Cuando Markel cerró la puerta, lo miré y hablé en el idioma silencioso que compartíamos, que no corría el riesgo de ser escuchado.

—Killic está aquí —signé—. Puedo suponer qué quiere y no tengo intención de dárselo.

Markel elevó rápidamente las cejas. Siendo mi ayuda de cámara, sabía más de mi vida personal de lo que yo me atrevía a recordar a veces, pero me era leal y yo confiaba en él implícitamente. Con gestos vacilantes, preguntó:

—¿Quieres que me ocupe de él?

—No exactamente —respondí—. Solo… —titubeé y paré las manos a mitad del signo—. Solo mantenlo lejos de mi cama. Y a mí de la suya. Sabes que no puedo confiar en mí mismo.

—Él no te merecía —signó Markel con ferocidad.

No era un sentimiento nuevo en él; sin embargo me conmovió, y en una torpe avalancha de signos, le dije:

—Padre me ha prometido a una muchacha tithenai. Mañana viene un enviado con los contratos; no sé cuándo se espera que me marche, pero ella vive en Qi-Katai. —Deletreé el nombre de la ciudad viendo cómo los ojos de Markel se abrían de par en par—. No quiero perder tus servicios, pero si no te apetece venir, lo entenderé. Preferiría que fueras feliz en otro sitio…

Markel hizo un ruido áspero y sacudió la cabeza. La rara vocalización fue suficiente para detenerme en seco. Con gestos rápidos y bruscos, signó:

—Somos amigos. Tú me salvaste. Por supuesto que te acompañaré a Qi-Katai. Además, ¿quién más podría protegerte de ti mismo? —agregó suavizando ligeramente la mirada.

—Demasiado cierto —contesté y uní brevemente sus manos con las mías, una renovación de fe por ambas partes—. Si cometo alguna estupidez con Killic tienes mi permiso… no, más bien te ordeno que me empapes con agua fría.

Markel se rio con sus carcajadas silenciosas.

—Preferiría mojar a Killic.

—Es una alternativa tentadora. Si surge la necesidad en cualquiera de los dos casos, confío en tu juicio.

Asintió sabiamente sentándose en el borde de su estrecha cama. Con veintiún años, Markel era tres años menor que yo y, sin embargo, establecía sus vínculos románticos con la facilidad de un hombre mucho mayor. Una vez, le rogué que me revelara el secreto. Toda la vida me habían enseñado que las mujeres eran volubles y difíciles de cortejar, pero según mi experiencia, los hombres representaban una perspectiva mucho más aterradora. Le pregunté si realmente un género era mucho más simple que el otro o si era yo que estaba haciendo algo mal.

—No sé qué quieren los hombres —me contestó—. Pero me han dicho que muchas mujeres quedan impresionadas por un hombre silencioso que escucha y escribe y es habilidoso con las manos. —Entonces sonrió y movió los dedos hacia mí.

Al recordar esa conversación en particular, sentí que se me volvía a encoger el corazón por lo mal que habían ido las cosas con Killic. Era bastante difícil en Ralia para un hombre con mi inclinación (y también para mujeres, aunque conocía muchas menos) establecer relaciones en primer lugar, de modo que dolía todavía más cuando terminaban. Aunque nuestra existencia no estaba criminalizada por la ley de la corona, como sí que sucedía en Attovar, la Doctrina del Firmamento todavía tenía un poder considerable, juzgaba nuestra incapacidad de encarnar «el orden y la simetría de la naturaleza» como una perversión degenerada y mucha gente creía lo que enseñaba la doctrina. Las sanciones sociales podían ser tan efectivas como las legales (incluso más a veces, ya que podían estar justificadas por cualquier cosa sin estar obligadas por nada) y, entre la nobleza, la posición social lo era todo. Excepto entre nuestro círculo de amigos y conocidos de ideas afines, lo mío con Killic había sido un secreto por necesidad, pero ahora me preguntaba amargamente si todo hubiera sido diferente en caso de que vivir abiertamente hubiera sido una opción, si parte de la traición de Killic había estado motivada por las presiones de las circunstancias. Corté esa línea de pensamiento de inmediato. Entregarme a ella no me llevaría a nada bueno.

Mi miseria debió reflejárseme en el rostro porque Markel chasqueó la lengua: un sonido que precedía a la expresión de una opinión personal. Le concedí mi atención plena y, esta vez, sus señas fueron tentativas.

—Killic no puede seguirte a Qi-Katai y tú no puedes volver con él a Farathel. Se ha terminado. Si quisieras… despedirte de cualquier modo, esta es tu última oportunidad. No me cae bien ese hombre, pero no te reprocharía esto.

Se me formó un nudo en la garganta. Markel me miró fijamente con los ojos marrones relucientes de compasión. En momentos así (y había muchos entre nosotros), las líneas entre nuestras posiciones tendían a emborronarse o incluso a evaporarse completamente. Markel era guapo, su cabeza rapada mostraba mejor las finas líneas de su rostro, pero, si hubo algún momento en el que lo deseé, pasó hace mucho. Era mi amigo, el más cercano que tenía, y aunque no ocultaba su opinión sobre Killic, entendía la mía y los complejos sentimientos que sentía por él.

—Me lo pensaré —contesté. Aproveché otra de las ventajas de signar, poder expresarme aun cuando mi voz se estrangulaba y se ahogaba—. Gracias, Markel.

Se encogió de hombros y sonrió con una expresión irónicamente afectuosa.

Tras un momento, dije en voz alta:

—Si pudieras hacer un inventario de nuestras pertenencias en Farathel ordenadas por lo que tenemos que llevarnos sí o sí, lo que nos gustaría tener y lo que podemos dejar atrás, te lo agradecería.

—¿Y si me dejo algo? —preguntó.

Resoplé.

—En ese caso, probablemente ni lo necesitemos ni lo queramos.

—Lo cierto es que es una lógica impecable.

—Bastante buena —repliqué, entonces vacilé pensando en un cofre en particular encerrado y protegido bajo mi posesión, o, más exactamente, en su contenido, que me encargaba de cuidar y mantener con discreción. Tosí—. Aunque, ah… Hay un cofre pequeño en mi habitación hecho de palisandro, puede que no lo hayas visto…

Markel me lanzó una mirada fulminante.

—Soy muy consciente de dónde está tu cofre de palisandro.

—Ah —contesté mientras un rubor avergonzado me trepaba por el pecho—. Bien, entonces. Muy bien. —Y con eso, reuní todo mi coraje, o lo poco que me quedaba de él, y me fui a ver a Killic.

Como me habían prometido, estaba en el salón de juegos, con un aspecto tan pulido y sereno como el que podía tener un hombre que hubiera cabalgado rápidamente desde Farathel (y seguramente lo habría hecho para haber llegado pisándonos los talones). Aunque me avergonzó, lo observé durante unos instantes antes de que se percatara de mi presencia, incapaz de librarme de la sugerencia de despedida de Markel. Podría acusar a Killic de muchas cosas, pero la fealdad (al menos la física) no era una de ellas. Llevaba el cabello del color del trigo atado en una coleta que remarcaba las fuertes líneas de su mandíbula. Era pálido para los estándares ralianos, pero aun así tenía ese distintivo color de piel aceitunado del que carecían los palamitas y los attovari, complementado por un par de ojos marrón oscuro. Era ancho de hombros, iba vestido con colores tierra acentuados por bordados con hilo dorado: una elección de ropa discreta para sus estándares habituales, pero le quedaba bien. Estaba picoteando delicadamente los contenidos de la bandeja que le había llevado Perrin, tomándose pausas intermitentemente para limpiarse los dedos con una servilleta de lino.

Mi bota traicionera crujió sobre el suelo del salón y él levantó la mirada reparando en mí finalmente.

Los dos nos quedamos congelados.

Me empezó a latir el corazón con fuerza y, de repente, todos los eventos del día (de toda la última quincena) me parecieron extremadamente absurdos. Ya no tenía sentido que estuviera comprometido con una chica tithenai desconocida ni que Killic, mi amante durante casi un año, me hubiera traicionado con tanta crueldad. Me quedé allí parado mientras él se levantaba estrechando el espacio entre nosotros. Se detuvo a un brazo de distancia y levantó la mano para tocarme la manga, pero en el último momento pareció pensárselo mejor y exhaló bruscamente mientras dejaba caer la mano a un lado.

—Llevo todo el camino desde Farathel preguntándome qué decirte… —dijo lentamente—. Qué explicación podría darte para hacer que lo reconsideraras. Y ahora estoy aquí y no tengo palabras para ti, Aaro: lo único que puedo decirte es «por favor».

Fue como si me hubiera dado una bofetada. Mis propios puños se apretaron con indignación.

—¿Pensabas explicarte? —pregunté con la voz mortalmente suave—. ¿No has venido a disculparte o a suplicarme, sino a *explicarte*? —Me clavé las uñas en las palmas de las manos—. No hay palabras que puedan convencerme, Killic. Ni siquiera «por favor», aunque lo uses muy poco.

Para mi satisfacción, se estremeció.

—Aaro, cariño…

Siseé para callarlo agarrándole del brazo.

—¡Aquí no!

Sin conocer las costumbres de los sirvientes de padre y el riesgo de que nos escucharan a escondidas, lo arrastré fuera del salón siguiendo el camino del anterior paseo con lady Sine por los jardines. Killic accedió fácilmente, aunque resopló por lo bajo como si toda precaución fuera ridícula, como si no estuviéramos en casa de mi padre, con la tolerancia de mi padre, intentando decir en público cosas que solo deben decirse en privado.

Las tres lunas se veían claras y brillantes e iluminaban el jardín con su luz de tonalidades de oro rosa. Finalmente, le solté el brazo a Killic junto a un árbol a la vista de los establos pero ocultos de la casa (al menos, eso esperaba), decidido a mantenerme firme.

—Cariño —repitió Killic con más suavidad—. Lo siento. Lo siento muchísimo, de verdad.

Negué con la cabeza odiando la parte de mí que quería creerlo.

—Te acostaste con Avery —acusé tanto para recordármelo a mí mismo como para hacer que él lo reconociera—. Y no fue una vez, Killic, fueron montones de veces, ¡cientos por lo que sé! Y ni siquiera fue el único...

—Aaro...

—Fue con el que te sorprendí y ahora vienes aquí queriendo explicarte. —Me reí y una aguda carcajada atravesó el aire nocturno—. Y aunque te expliques, ya no importa, porque lo más ridículo es que estoy prometido con una chica tithenai de Qi-Katai y, aunque todavía te quisiera, Killic, aunque estuviera decidido a perdonarte y a olvidar, cosa que no pienso hacer, no puedo volver a Farathel. Hemos terminado. He terminado... —Estaba a punto de gritar, tenía la garganta tensa y ardiente—. Y no puedes decir nada para cambiarlo.

Estaba temblando, me sentía miserable, quería que se marchara. Aun así, cuando me tomó de la mandíbula y me atrajo hacia él, ya no habría podido apartarlo ni con una cornamenta. Me besó intensamente, presionando mi espalda contra el árbol, y supe que no era ni una disculpa ni una despedida, ni siquiera un consuelo; era solo la necesidad de Killic de decir que todavía le pertenecía, que lo anhelaba lo suficiente como para permitirle hacer lo que quisiera. Lo agarré de la camisa, pero no le devolví el beso, tan solo me quedé allí, suspendido en algo parecido al dolor, hasta que su boca se separó de la mía.

—Me acosté con otros, sí —afirmó con la voz áspera y llena de una honestidad que pocas veces había oído—. Pero era contigo con quien reía, en quien confiaba, a quien siempre volvía. Tienes control sobre mí, Aaro... no fui consciente de cuánto hasta que te marchaste, hasta que esta ausencia ocupó el espacio en el que siempre habías estado tú. Tu muchacha tithenai puede casarse con otro, ven conmigo a casa. —Se movió para acercarse más dándome besos por la mandíbula y por el cuello, murmurando promesas entre sus besos—. No volveré a desviarme. Te conseguiré un sitio, algo pagado. Sé parte de mi hogar. Solo mío. Por favor.

Eché la cabeza hacia detrás, abrumado, y miré fijamente las lunas resplandecientes. Hubo un tiempo en el que una oferta como esa lo habría significado todo para mí, e, irónicamente, padre habría salido favorecido con el trato. Ahora, incluso sin los efectos colaterales y mi aparente compromiso, mi familia estaba por encima de la suya, haciendo que la proposición rozara lo escandaloso. Ajeno a mis pensamientos, Killic me besó el cuello deslizando las manos hacia abajo para agarrarme por la cintura y (casi) accedí pensando en una despedida agridulce. Pero entonces murmuró:

—Ahí lo tienes, cariño. —Como si la ausencia de mi negación fuera lo mismo que un «sí». Me tensé debajo de él y le di un empujón en el pecho.

—No, Killic. —Como no paraba, insistí—. ¡He dicho que no!

Killic emitió un ruido de frustración y se resistió a mis esfuerzos por liberarme sujetando mis caderas contra el árbol.

—No sabes lo que quieres —dijo intentando besarme de nuevo.

Giré la cabeza a un lado, pero él solo se rio mordiendo la suave piel de debajo de mi mandíbula. Retrocedió un poco y, durante media respiración, pensé que eso había sido todo, y relajé tanto mi guardia como mi agarre de él; pero cuando me moví, lo usó contra mí estirándome, agarrándome y girando hasta que me dio la vuelta completamente, apoyando mi estómago y mi mejilla contra la corteza y su pecho contra mi espalda.

—No sabes lo que quieres —repitió besándome la nuca. Intenté darme la vuelta, pero nunca había sido un gran luchador y Killic, a pesar de su amor por los duelos formales, también era un matón consumado.

—No —insistí, resistiéndome—. No, no, para…

—Shh. —Me agarró la muñeca derecha y me la retorció inmovilizándome el brazo por detrás en un ángulo que implicaba que no podía hacer nada con la mano izquierda más que agarrarme al árbol golpeándolo débilmente mientras él buscaba mi cinturón. Ya estaba asustado de antes, pero en ese momento entré en pánico de verdad. Con una claridad horrible y visceral, me di cuenta de que no podía gritar para pedir ayuda sin delatarme ante quien respondiera: Killic parecía no hacer caso a tales preocupaciones, pero, descubierto o no, tendría que vivir con las consecuencias de lo que me obligara a hacer. Nunca había tenido un gran don para la magia, pero en ese momento me pareció imposible que alguno de los sencillos encantamientos o trucos que había logrado dominar me sirvieran de ayuda aquí. Mi cabeza era un vacío lleno de rugidos y no lograba recordar nada de lo poco que había aprendido. *Fuego, podría llamar al fuego, envolverlo en llamas*, pensé salvajemente.

Pero el fuego se expande rápido en un jardín. Aunque hubiera podido recordar el encantamiento, no me habría atrevido.

Me cayeron las lágrimas, rápidas y fuertes. Mis intentos de luchar hicieron que respirara de un modo entrecortado y me hice daño en el hombro y en el codo que me sujetaba Killic firmemente. Sobre el rugido de mis latidos, lo oí murmurarme al oído:

—Tranquilo, cariño, deja que te lo muestre, déjame poseerte, Aaro, Aaro…

Entonces me puso la mano encima y mi cuerpo traicionero no estaba tan asustado como para no responder. Killic se rio ante esto, cálido y complacido, y ahogué un sollozo cuyo significado ignoró o malinterpretó deliberadamente. Intenté apartarle la mano, pero solo logré fortalecer su agarre, aplastó su excitación contra mí, insistente e implacable y, en ese momento, sentí una desesperación que no había sentido nunca. Parecía que no podía huir: no podía huir de Farathel, de mi deber y, claramente, no podía huir de Killic.

Así que me desplomé contra el árbol y lo dejé hacer lo que quisiera.

Hay una especie de embriaguez (una que buscan algunos hombres, aunque yo rara vez lo hago) en la que el tiempo parece herido, se abren agujeros que se autosuturan en una continuidad irregular hasta que los minutos pasan como segundos y las horas como minutos. Había tomado un poco de vino durante la cena, pero bajo sus manos, sentí los mismos efectos que si me hubiera tomado varias botellas. El tiempo saltaba y me empujaba, solo podía sentir fragmentos de cada momento. Killic me poseyó con su eficiencia habitual (o al menos poseyó mi cuerpo, yo apenas estaba presente), buscando su propio placer entre mis nalgas y entre mis muslos apretados, sujetándome con fuerza con las manos donde me quería. Cuando me soltó el brazo, me quedé extrañamente en blanco. No pudo durar más de un minuto, pero cuando volví en mí, estaba de rodillas con los pantalones a la altura de los muslos. Mis dedos apretaban la fría tierra de la noche e incliné la cabeza sin querer mirar nada de él, aunque tenía desnudo algo más que el rostro. Killic me agarró la mandíbula hundiendo los dedos con fuerza, ya que él todavía estaba excitado, pero aunque me dolió, me negué a abrir la boca para que la usara de un modo codicioso.

—Pues así, entonces. —Gruñó y me obligó a tomarlo con la mano en su lugar, sujetándome con fuerza en el sitio. No lo miré a él, sino que dirigí la mirada al suelo. Estaba tan aturdido que no oí nada más que sus gruñidos hasta que un repentino resplandor nos iluminó a ambos.

—¡Vaya! —exclamó una voz seca y desconocida—. Esto sí que es inesperado.

La conmoción de haber sido descubierto me hizo recuperar el sentido como no habría podido hacerlo nada más. Killic me liberó de su agarre. Me puse de pie y me tambaleé hacia atrás luchando por recuperar lo que había dejado suelto. «Vergüenza» no es una palabra lo bastante fuerte para expresar lo que sentí; estaba paralizado, tan mareado que estuve a punto de vomitar. Mantuve la mirada fija en el suelo sin querer ver quién nos había descubierto, aunque una parte de mí, silenciada por la conmoción y el miedo, ya lo sabía.

Entonces oí la voz de mi padre (venía de la casa, sus botas crujían sobre el camino de gravilla) y me eché a temblar de nuevo.

—¡Saludos, enviada! No la esperábamos hasta mañana.

—Me ha quedado claro… —dijo esa misma voz irónica mientras alguien se reía de fondo.

—¿Qué estás...? —empezó a preguntar padre y entonces (no puedo describirlo de otro modo) sentí el momento en el que me vio, el momento en el que lo supo. Pese a todo lo que había logrado cubrir, la escena no dejaba lugar a dudas.

Nunca en mi vida había escuchado un silencio tan ensordecedor.

—Lord vin Aaro, me parece que deberíamos hablar en privado, ¿no cree?

—Sí —gruñó padre y, cuando me atreví a mirarlo, la mirada que me devolvió fue fulminante—. Sí que deberíamos. —Miró a Killic con una mezcla de asco y furia—. Señor, usted puede marcharse de esta propiedad de inmediato o no marcharse nunca. ¿Me ha entendido?

Killic asintió, asustado, olvidando por completo su desprecio por las consecuencias. Ni siquiera me miró, solo se encogió y corrió hacia los establos.

Padre lo observó marcharse y luego se volvió de nuevo hacia la enviada, rígida por la humillación.

—Por aquí —indicó y guio a la tithenai al interior. Puede que fuera por un juego de la luz, pero sentí que la enviada me dirigía una mirada comprensiva antes de seguirlo. Sin embargo, padre me prestó menos atención de la que me había prestado Killic y me replegué sobre mí mismo, más amedrentado que si me hubiera gritado.

Las puertas de la casa se cerraron y la noche quedó en silencio. Abandonado, corrompido y completamente deshonrado, me resbalé hasta el suelo y lloré.

3

No sé cuánto tiempo me quedé allí sentado, solo sé que, cuando Markel me encontró, estaba temblando. Me aparté de sus manos cuando intentó ayudarme a levantarme y me odié al instante por hacerlo. Se agachó intentando llamar mi atención, pero no podía mirarlo. También me odié por eso y me estremecí con más violencia, apoyado de lado contra el árbol. Apenas me sentía humano, era solo un chucho apaleado y acobardado por los truenos, y cuando Markel chasqueó los dedos tres veces (su señal para la urgencia), tan solo un reflejo hizo que levantara la cabeza.

—Tienes que entrar —signó Markel—. Por favor, Velasin, déjame ayudarte.

Lo miré, desconsolado. Incapaz de hallar la firmeza en la voz, signé con manos temblorosas:

—¿Killic se ha ido?

—Se ha marchado a toda prisa hace casi una hora, ¡y menos mal!

Tenía un vago recuerdo de haber escuchado ruidos cerca de los establos, pero nada más. Aun así, liberé un poco de tensión. Markel debió notarlo, ya que intentó levantarme de nuevo, esta vez agarrándome la mano. Grité mientras me tambaleaba hacia atrás, poniéndome de pie como si no lo hubiera pensado. Me miró asombrado mostrándome las palmas de las manos desnudas para indicar que no pretendía hacerme daño, y estuve a punto de abandonarme a un llanto renovado, incapaz de explicarle que tenía las manos sucias y que no podía soportar ensuciarlo a él también.

—Lo siento —susurré—. Lo siento mucho, Markel.

Dejé que me acompañara dentro, aunque, habiendo adivinado mi aversión al tacto, mantuvo las distancias y me guio cuando vacilaba como lo haría un pastor con una oveja descarriada. De este modo me llevó hasta mis aposentos, donde me esperaba un baño de vapor detrás de una pantalla de papel, un taburete de servicio al pie de la bañera y todos mis utensilios de baño en la mesa plegable que había al lado. Markel me miró a mí, a la bañera y a mí de nuevo arqueando una ceja en una pregunta silenciosa.

—Me bañaré —le dije—. Yo... me voy a desvestir solo.

Markel asintió evidentemente satisfecho con esto, pero sin dejar de mostrarse preocupado. Me di la vuelta y empecé buscar a tientas mi ropa con las manos temblorosas todo el tiempo. Me sentía como un cangrejo sin su caparazón, blando y vulnerable, cuando finalmente me metí en la bañera. El agua estaba caliente, casi hirviendo: quería frotarme hasta limpiarme, borrar cualquier señal que Killic me hubiera dejado al tocarme, pero aunque me había bañado con Markel presente durante casi una década y nunca lo había sentido como una imposición, de repente deseé privacidad.

—Me sentiría muy agradecido si pudieras traerme un poco de brandy —murmuré con la voz curiosamente plana—. Sin duda, padre... —vacilé tragándome la vergüenza—. Sin duda no querrá darme nada después de lo que ha visto, pero creo que... si pudieras intentarlo...

Markel hizo una profunda reverencia y salió de la habitación como si fuera una sombra.

Durante unos momentos me quedé simplemente sentado, agotado de un modo que apenas podía expresar. De lejos, noté que tenía magulladuras en las caderas y en las muñecas provocadas por las manos de Killic, pero si Markel lo hubiera notado, no le habría parecido extraño; había presentado anteriormente marcas similares de encuentros en los que la ferocidad provenía de la pasión, no de...

Evité ponerle nombre a lo que había sucedido, abrazando en su lugar un ángulo diferente de miseria. En mi mente, no había duda de que me había arruinado la vida irreparablemente: la enviada disolvería el compromiso, padre quedaría avergonzado ante el rey Markus y ante los tithenai,

mi desgracia se haría pública, perdería mi sinecura, tal vez incluso fuera
desheredado formalmente, privado del apellido vin Aaro, y, después de lo
que Killic había dicho y hecho, no podía volver a Farathel. Markel era lo
único que tenía en el mundo, pero si ya no podía permitirme mantenerlo,
no merecía estar atado a mí por una lealtad que yo manifiestamente no
merecía.

En la mesita que había junto a la bañera, había jabón, una toalla pequeña, un espejo, tijeras para las uñas, una toalla caliente y una fría, una
brocha de afeitar con espuma y una navaja. Calculaba que Markel tardaría
unos diez minutos en encontrar el brandy; la propiedad era grande, y, a
diferencia de mí, él no había disfrutado de la visita guiada con lady Sine.
Me sentía extraño, tan raro y frío que apenas me pareció una decisión
consciente tomar la navaja y estudiar el filo. Podría desangrarme en diez
minutos si me cortaba con suficiente profundidad, el baño caliente ayuda-
ría. Distraídamente, me pregunté si sería mejor elegir las muñecas o la
garganta: no estaba seguro de tener estómago para más de un corte, pero
si fallaba al acertar a la yugular, tendría que intentarlo de nuevo.

A pesar del calor de la bañera, empecé a temblar. Me presioné la parte
afilada de la cuchilla contra la muñeca, pero no empujé hacia abajo, aunque me propuse hacerlo. No podía entender mi propia vacilación: ¿para
qué tenía que vivir? Pensé en Markel, quien había sido tan considerado
como para preparar el baño antes de acompañarme dentro, quien lo había
colocado todo como me gustaba y quien, si lograba lo que me proponía,
sería el que me encontrara.

Las lágrimas me inundaron los ojos. Quería ser egoísta, pero me daba
demasiado miedo el dolor y era demasiado consciente del regreso de
Markel. Me armé de valor para presionar un poco más fuerte y una fina
línea roja apareció en mi piel impregnando el aire húmedo. Este pequeño
logro hizo que me detuviera: me quedé mirando estúpidamente la sangre y seguía mirándola minutos después cuando volvió Markel. No lo vi
entrar ni oí la puerta. Lo único que recuerdo son los triples chasquidos
urgentes de sus dedos, chasqueando y chasqueando hasta que finalmente
lo miré. Estaba arrodillado a mi lado con un brillo salvaje de terror en los
ojos y, de repente, me di cuenta de que si me hubiera hecho daño, él no
habría sido capaz de pedir ayuda, habría tenido que dejarme ahí, salir

corriendo y esforzarse por escribir la horrible verdad en su pizarra, ya que nadie en casa de mi padre conocía sus señas.

Ese fue el pensamiento que me rompió. Aunque no era una analogía perfecta del terror impotente que había sentido al no poder gritar bajo las manos de Killic, se parecía lo suficiente como para no poder soportar infligírselo. De hecho, me pareció monstruoso incluso haberlo considerado.

—Quítamela —grazné—. Lunas, por favor, apártala de mí.

Markel me arrebató la navaja y la arrojó lejos. Lo miré respirando con dificultad y entonces tomé el jabón y empecé a frotarme las manos, los brazos, el estómago, los genitales; todos los lugares que pude alcanzar sollozando sin saber por qué. El jabón hizo que me escociera la muñeca sangrante, lo que provocó que una parte demente de mí se obsesionara con ella y que mis manos trabajaran con dureza y rapidez sobre el corte.

Markel chasqueó los dedos de nuevo, solo una vez. Levanté la mirada del jabón. Sin dejar de mirarme, él alargó el brazo y, lentamente, también me quitó el jabón. Esta vez no me sentí avergonzado de su roce, sino que me estremecí con algo parecido al alivio. Me sentí agotado más allá de lo que podía soportar, sombrío, débil y perdido.

—He arruinado la vida de los dos —murmuré con la voz áspera—. Lo he arruinado todo.

Markel negó con la cabeza.

Quería decirle que dejara mi servicio antes de que mi reputación pudiera jugar en su contra, pero no tenía fuerzas para mantener una discusión. En lugar de eso, cuando Markel me agarró del brazo, dejé que me ayudara a salir de la bañera secándome con el mínimo esfuerzo. Apenas logré ponerme un camisón antes de desplomarme en la cama y, incluso entonces, fue Markel el que me tapó con las sábanas. Cerré los ojos escuchándolo pasearse por la habitación apagando las luces. Me sentía más seguro en la oscuridad. Oculto. Anónimo, incluso. Lo que me parecía apropiado si lo consideraba, pronto no sería nada de verdad.

Me quedé dormido con el sonido de la respiración de Markel.

Si soñé algo durante toda la noche, no lo recuerdo. Por la mañana, me despertó la mano de Markel en el hombro, escrutándome el rostro con ojos preocupados. No era de extrañar: me dolía todo como si tuviera fiebre y no debía tener mucho mejor aspecto.

—¿Sí? —pregunté con voz ronca—. ¿Qué ha pasado?

Markel titubeó y luego signó:

—Tu padre quiere verte.

Me tensé y mi lado infantil se convenció de que, si me escondía debajo de las sábanas, todos los problemas se evaporarían. Abruptamente,
Markel pareció enfadado, pero no conmigo. Se dejó caer de rodillas con
las manos a la altura de mis ojos y empezó a hacer señas de un modo
rápido e intenso.

—No voy a perderte. Ni por Killic, ni por tu padre, ni por ti mismo.
No así. Todavía tienes opciones y, aunque pueda ser arriesgado, me quedaré contigo sin importar lo que elijas. ¡Así que levántate! No hay más nava-
jas aquí y, sea lo que fuere lo que temes que ha sucedido, no creo que las
cosas sean tan simples. La enviada tithenai sigue aquí. Tu padre se muestra
desconcertado, no enfadado. Ha pasado algo durante la noche y necesito
que te levantes, necesito que luches por ti mismo como una vez luchaste
por mí. Por favor, Velasin. —Me suplicó con los ojos además de con las
palabras—. Por favor, levántate.

Y, de algún modo, lo logré por él.

Me vestí solo, todavía reticente a ser tocado de un modo tan íntimo
por cualquiera, incluso por Markel. Aceptó mi incomodidad sin comentarios, entregándome la ropa en lugar de ponérmela. Me obstiné a no pensar
en Killic ni en lo que me había hecho. A la luz del día, supe cuál era la
palabra exacta que describía sus acciones, pero aún no podía soportar en-
frentarla. Por muchas distinciones que pudiera hacer entre las relaciones
consensuales y... lo otro, no creía ni por asomo que padre las hiciera; no
cuando los involucrados eran dos hombres.

Se había formado una costra limpia en el corte de mi muñeca y quedaba escondido debajo de mi manga. Mientras no lo mirara, podría olvidar su presencia. Pero aunque no me había afeitado la mandíbula, cuando
me miré al espejo vi las débiles magulladuras que me había dejado el agarre de Killic como una marca. Las notaba en cada esfuerzo que hacía por
hablar, con cada trago y bocanada. No eran llamativas como para invitar a
comentarios, a diferencia de las marcas de mis caderas. Esas magulladuras
eran débiles y pequeñas; su origen no era obvio a menos que supieras lo
que estabas buscando, pero era más que suficiente para inquietarme.

Me vestí para viajar.

El camino hasta el estudio de padre me pareció más largo de lo que me lo había parecido nunca anticipando cualquier castigo de niño. La puerta estaba cerrada, lo que me obligó a llamar como un penitente, con el estómago vacío revuelto.

—Pasa —dijo padre.

Obedecí.

Lo primero que me asombró al abrir la puerta fue encontrarlo detrás de su escritorio en compañía de una mujer mayor que solo podía ser la enviada. Lo segundo que me asombró al mirar más de cerca fue darme cuenta de que no era en absoluto una mujer, sino una de las personas del tercer género tithenai, llamadas «kemi», cuya existencia (o más bien, el reconocimiento de su existencia) intrigaba y escandalizaba a la corte raliana. La Doctrina del Firmamento era casi tan mordaz con aquellos que profesaban una identidad más allá de la masculina o la femenina, o con aquellos que sabían que no eran lo que su cuerpo sugería, como ocurría con los hombres como yo. Como tal, no pude evitar sentir una chispa de afinidad por le enviade. Ajustando mis suposiciones y mi lenguaje interno, le volví a evaluar esforzándome por corregir mis malentendidos. Aunque su rostro me parecía femenino, sin barba ni rastro de ella, su pecho era completamente plano, un hecho enfatizado por las ajustadas túnicas tithenai. Aun así, las ropas fueron la pista definitiva: sabía poco de cultura tithenai, pero los kemi nos intrigaban a los ralianos, así que reconocí la importancia del diseño de trenza verde en su cuello.

Sin embargo, si padre era consciente de esta distinción, decidió ignorarla.

—Esta es la enviada Keletha —anunció con voz plana y tensa—. Le debes una disculpa.

Lentamente, me volví para mirarle de frente. Supuse que Keletha tendría unos sesenta años y tenía el cabello plateado, la piel bronceada y unos ojos agudos del color del sílex. Su expresión era tranquila y calmada, pero su aplomo era el de una fuerza poderosa contenida, como un enorme gato observando a su potencial presa. Sin nada que perder, respiré profundamente y jugué.

Usando los modificadores apropiados para une kem, dije en tithenai:

—Mis más sinceras disculpas, enviade. Estoy... —Se me quebró la voz, traicionándome—. Estoy más avergonzado de lo que cree.

Una sonrisa lenta y considerada cruzó el rostro de Keletha.

—Admito que me quedé sorprendide —dijo elle afirmando mi elección de la gramática al hacer referencia a sí misme—. No obstante, estoy aún más sorprendide ahora. Y más impresionade. —Inclinó la cabeza—. Sus disculpas son innecesarias, tiern Velasin. Sin embargo, las acepto. —Volviéndose hacia padre, agregó con un impecable acepto raliano—: Su hijo tiene unos modales excelentes. Elogio cómo lo ha criado.

Padre se sonrojó, incapaz de negar el elogio sin menospreciar a quien lo había expresado.

—Gracias —respondió cortésmente. Entonces, para mi absoluta sorpresa, pareció derrumbarse; apoyó los nudillos en su robusto escritorio e inclinó la cabeza hacia abajo, desesperado—. Dioses, perdonad mis ofensas —murmuró—. Llegar a considerar esta blasfemia... —Se interrumpió volviendo a levantar la cabeza y abriendo los ojos como platos ante le enviade—. Discúlpeme, esto escapa a mis dominios.

—No es ninguna ofensa —contestó Keletha, aunque la contracción de sus labios delataba lo contrario—. ¿Puedo ser yo quien hable?

Padre asintió señalando con una mano cansada los sillones en los que nos habíamos sentado el día anterior mientras él se dejaba caer en el de detrás del escritorio. Tomado por sorpresa, seguí el ejemplo de Keletha para sentarme mientras buscaba pistas en su rostro, pero incapaz de encontrar ninguna.

Cuando estuvimos sentados, Keletha inquirió:

—Discúlpeme por hacerle una pregunta tan personal, milord, pero ¿sus gustos abarcan también a las mujeres?

Mi asombro ante una pregunta tan escueta no fue nada comparado con el de padre. Emitió un ruido como si hubiera recibido un puñetazo en el estómago, como si la sola idea lo lastimara. Habría sido fácil mentir y, por el bien de mi maltrecho honor raliano, tendría que haberlo hecho. Pero las palabras no me salieron; levanté las manos para signar, lo que habría sido más fácil, pero al final me contuve y dije en voz alta, aunque débilmente:

—No, enviade. Solo hombres.

Padre maldijo y se agarró a su escritorio. La madera crujió audiblemente. Le enviade no lo miró, sino que mantuvo los ojos fijos en mí.

—Muchas gracias por su honestidad —dijo elle—. ¿Puedo asumir entonces que, contrariamente a lo que asegura su progenitor, no consintió usted en tomar ninguna esposa?

La pregunta me dejó entre la espada y la pared. Me sentía lento por la conmoción, pero no podía quitarme la sospecha de que le enviade estaba, de un modo extraño e inesperado, de mi lado. Y aun así tampoco me atreví a condenar por completo a mi padre, sobre todo cuando no tenía idea de las posibles implicaciones de hacerlo.

—Soy un hijo obediente —afirmé al final—. Y el deber es consentimiento suficiente para tales propósitos. Además, él no lo sabía —añadí incapaz de mantener la amargura a raya en mi voz.

—Joder, claro que no —murmuró padre.

Me estremecí y le enviade frunció el ceño.

—Bueno, en ese caso, lord Velasin, ¿estaría usted abierto a un acuerdo alternativo?

—¿Cómo cuál? —pregunté mirándole fijamente.

—Parece ser que tiera Laecia tiene… —empezó padre digiriendo las palabras como si fueran agua—. Un *hermano*.

—Pero… ¿qué? —comencé y me detuve. El corazón se me paralizó cuando lo comprendí.

Por supuesto, sabía que el matrimonio en Tithena tenía más permutaciones válidas que en Ralia. De hecho, difícilmente podría haberlo ignorado. Incluso antes de que la última moda hubiera popularizado el idioma de esa nación entre la élite de Farathel, la palabra tithenai para el marido de un marido llevaba mucho tiempo utilizándose para referirse a hombres como yo con algunas implicaciones más íntimas incluidas. La primera vez que usé esa palabra susurrada, «litai», se me quedó grabada en la mente. Me había mentido a mí mismo anteriormente, pero en ese momento me sentí marcado por ese término, innegablemente atado a él como si un hechicero de cuento hubiera evocado mi verdadero nombre.

Una parte distante e histérica de mí recordó que la magia no funcionaba de ese modo. La magia verdadera era como un músculo invisible con el que todos nacíamos, pero que solo unos pocos podían utilizar con el entrenamiento adecuado, al igual que solo algunas personas podían mover las orejas o enrollar la lengua de pequeños. Y, con esa chispa innata o sin ella, todavía tenías que trabajar en ella, y trabajar duro, dominando encantamientos antes de poder intentar las fusiones de poder más complejas. Se requería decisión y concentración para cantrips y hechizos, al igual que cualquier hombre que desee levantar pedruscos debe empezar con piedrecitas.

Ahora me sentía como si me hubieran arrojado un pedrusco.

—¿Quiere que me case con un hombre? —pregunté débilmente.

—Con tiern Caethari Xai Aeduria, sí —confirmó Keletha—. Es seis años mayor que su hermana Laecia. Creo que ambos se llevarían bien.

No sabía qué responder a eso, así que no dije nada. Las magulladuras de Killic me latían en la mandíbula.

—Me parece una buena solución considerando todos los aspectos —continuó Keletha volviéndose hacia padre—. Los términos del compromiso siguen siendo los mismos, su rey y mi tieren aún dan prueba de buena voluntad mutua y a su hijo… —Desvió brevemente la mirada hacia mí—. Se le ha ofrecido una pareja mucho más adecuada para sus gustos.

—Sería una vergüenza para mí —repuso padre con frialdad—. Tener un hijo mío declarado… que se conozca su…

—Cuidado, milord —advirtió Keletha con aspereza—. Esa reticencia se acerca peligrosamente a un insulto. ¿O cree que no habrá mayores repercusiones a tal negativa?

Padre, al igual que yo, buscó refugio en el silencio. Tras un momento, le enviade dijo en un tono más amable:

—Además, hay un amplio precedente histórico para tal unión. Reconozco que no ha habido muchas en los últimos años, pero propusimos esta alianza en primer lugar para reparar esas hostilidades más recientes, por lo que la objeción me parece difícilmente razonable.

—Cierto —admitió padre—. En eso tiene razón.

Keletha me miró.

—¿Tiene alguna objeción, lord Velasin?

Estuve a punto de echarme a reír. La noción de que pudiera tener algo que decir en un asunto tan claramente decidido era absurda. Incluso aunque deseara disentir, la mirada de mi padre me perforó ordenándome que salvara el desastre que había provocado con sus planes.

—No, enviade —respondí suavemente—. No me opongo.

Keletha sonrió.

—Arreglado, pues. Un hijo por un hijo. —Se levantó y se acercó al escritorio de padre—. ¿Mañana le parece demasiado pronto para la partida? No deseo menospreciar su excelente hospitalidad ni imponerme, pero, en cualquier caso, me parecería una lástima despreciar el buen tiempo que hace para viajar.

—Mañana está bien —contestó padre. Se levantó y le ofreció una reverencia tensa y firme—. Muchas gracias, enviada. Aprecio su... flexibilidad.

Keletha inclinó la cabeza, me dirigió una mirada de despedida y se marchó, supuestamente para hacer los arreglos que considerara necesarios. No era que yo estuviera en un estado adecuado para considerar qué podría ser. Me daba vueltas la cabeza, era incapaz de comprender completamente el giro que habían tomado los acontecimientos. Me sentía como si fuera a la deriva, como un náufrago a merced de las ineludibles mareas.

—Levántate —dijo padre de repente con la voz endurecida por la ausencia de le enviade. Me levanté de un salto, temblando bajo su mirada. Respiraba con dificultad, pero cuando volvió a hablar, lo hizo con una voz suave y mortífera—: Te lo diré una vez y solo una. El hecho de que esta ruina de situación sea considerada salvable por la perversión de los tithenai no hace que sea una medida civilizada. Te has deshonrado a ti mismo y a mí con una plenitud que no creía posible. Mantendrás tu apellido y tu sinecura solo porque arrebatártelos generaría más comentarios y provocaría más insultos de los que deseo soportar y porque creo que tu exilio será suficiente castigo.

—¿Exilio?

—No puedes volver nunca a casa —sentenció padre—. Ni a Aarobrook ni, por supuesto, aquí. Mientras yo viva, seguirás ausente. —Mostró los dientes en una horrible sonrisa—. Tú has hecho esta cama, Velasin, así que te acostarás en ella. Y ahora lárgate.

Hui.

4

No tenía ningún destino en mente, pero me dejé llevar por mis pies hasta que llegué a una terraza en la azotea con vistas al jardín. Apenas podía respirar; me sentía como si se me hubieran encogido los pulmones, cada respiración era más superficial que la anterior, hasta que el mareo resultante me obligó a ponerme de rodillas. Esa postura me recordó a lo que me había hecho Killic, lo que no hizo más que empeorar las cosas. Apoyé la frente en la piedra e intenté respirar profundamente, pero mi cuerpo se negaba a cooperar. Me ardía la garganta y, durante un momento de histeria, me pregunté si sería posible morir de pánico autoinducido.

Una delgada mano se posó en mi hombro frotándome de delante hacia atrás con un ritmo relajante.

—Cálmate —murmuró lady Sine—. Vel, toma aire y retenlo. Bien. Muy bien. Vuélvelo a sacar. Eso es. Tranquilo.

Siguió con su parloteo y su contacto hasta que se me pasó el ataque. Cuando pude levantar la mirada, la encontré arrodillada a mi lado sin preocuparse por la suciedad ni por el decoro. Su amabilidad me dejó sin palabras, tanto por sí misma como por la falta de ella en su esposo.

—No lo entiendo —dije llanamente—. ¿No me desprecias?

—Sería una hipócrita si lo hiciera —contestó. Su sonrisa era compleja, suave y triste al mismo tiempo—. Sean cuales fueren nuestras diferencias, no puedo culparte por un temor que yo misma he sentido.

—Ah —repuse tontamente. *Ah*—. Es que… —Tragué saliva esforzándome por encontrar las palabras con las manos extendidas en una súplica—.

Con una esposa… no podría… no la habría tocado. Habría tenido espacio… habría habido expectativas, sí, pero no… ella no… —Levanté la mano inconscientemente para frotarme las magulladuras de Killic—. Pero esto, ahora… en este arreglo, las cosas podrían… él podría… y no puedo soportarlo de nuevo, no *puedo*…

La dama se llevó la mano a la boca impactada y solo entonces me di cuenta de lo que había dicho. Abrí mucho los ojos negando con la cabeza en una súplica silenciosa de retractación, pero ella hizo caso omiso.

—¿Anoche fuiste forzado?

Asentí miserablemente.

—¿Te lo había hecho antes?

Negué con la cabeza.

—Pero tú… vosotros dos, quiero decir… antes de esto, ¿erais…? —Titubeó, claramente insegura de qué terminología utilizar, y luego se aventuró—: ¿Amantes?

Otro asentimiento.

Exhaló bruscamente.

—Desalmado —siseó con una vehemencia que me hizo temblar cuando asumí que su compasión había pasado de largo. Sin embargo, al ver mi reacción, maldijo (de un modo muy poco femenino) y puntualizó enfadada—: ¡Tú no, Vel, por los dioses! Me refería a *él*.

Intentó tomarme de la mano, pero, como había hecho con Markel, me aparté guardando ambas manos a salvo entre mis rodillas. Su aguda mirada me recorrió la mandíbula fijándose en las magulladuras y, por el modo en el que cambió su expresión, entendió el significado.

—No me resistí —murmuré en voz baja—. O, al menos, no lo suficiente.

—La deshonra es de él, no tuya.

—Poca gente de esta casa estaría de acuerdo contigo, milady. Claramente, no mi padre. —Tragué saliva, incapaz de mirarla a los ojos—. No sé qué historias espeluznantes habrás oído, milady, el acto que fue interrumpido no… no parecía, no habría parecido… y aunque lo hubiera sido, no habrían hecho distinción.

No pude continuar, pero en realidad me di cuenta de que no era necesario. Lady Sine me puso una mano en la rodilla, me la estrechó y nos quedamos en silencio alrededor de un minuto compartiendo una extraña camaradería.

—Soy la última de mi casa —dijo poco a poco. Miraba directamente al frente, como si los jardines fueran visibles a través de la piedra—. Aquellos parientes que no murieron durante el intento de rebelión de mi tío fueron ejecutados o exiliados por haber formado parte de él. —Me estremecí avergonzado de la facilidad con la que había supuesto las circunstancias del matrimonio de lady Sine con mi padre, o más bien, sus perspectivas. De repente, me pregunté qué habría sentido ella por lord Ennan vin Mica. ¿Lamentó su muerte o se molestó por lo que le había hecho?—. Me juzgaron y me declararon inocente de participación, pero culpable por ocultarlo —continuó—. Una vez dictado el veredicto, el matrimonio me pareció un destino mucho mejor que la muerte. —Agitó la mano en un gesto cínico—. Pero seguía teniendo miedo.

Cerré los ojos, inseguro de poder plantear la pregunta si la miraba, y volví a abrirlos porque se merecía esa cortesía.

—¿Y mi padre hizo justicia a ese miedo?

—No lo hizo —respondió tras un instante—. Fue muy paciente. Y también amable, a su modo. Yo no deseaba aplazar lo inevitable, aunque si le hubiera pedido que esperara, lo habría hecho. Nunca me presionó ni me reprochó los pecados de mi tío y, aunque nunca fue mi intención, me he encariñado con él. Mucho. Y estoy feliz, como puedes ver. —Vaciló y luego agregó—: Tal vez tú también tengas esa suerte.

—Tal vez —repetí, aunque no albergaba esperanzas, no después de lo que había hecho Killic. Sus depredaciones me habían dejado con una intensa sensación de vulnerabilidad. Me había arriesgado a los encuentros violentos anteriormente y me habían tratado del mismo modo, pero tener que soportarlo involuntariamente era algo totalmente diferente, y sobre todo en manos de un hombre en el que confiaba. Entre las sofocantes secuelas, lo que más me asustaba no era saber que podían dominarme de nuevo, sino volver a ser demasiado cobarde para luchar.

No, tal vez, demasiado cobarde para morir, pensó una parte de mí.

—No tengo derecho a pedírtelo, pero ¿podrías hacerme un favor, lady Sine?

—Mientras no me resulte imposible, sí.

Respiré hondo mirándome las manos.

—Markel es alguien muy querido para mí y extremadamente inteligente. Si le surgiera la necesidad, ¿podrías buscarle un lugar digno?

Levantó la cabeza con los ojos muy abiertos, alarmada.

—¿De verdad existe esa posibilidad?

Miré en mi interior y luego a ella. Cuando por fin hablé, mi voz era como el acero:

—No me forzarán, milady. Otra vez, no. Si es lo que puedo esperar en Qi-Katai, si es lo que me encuentro, entonces sí, será necesario. Puedes contar con ello.

—Yo te ofrecería refugio —replicó ella con una nota de desesperación en la voz—. Velasin, si estuviera en mi poder, te ofrecería refugio, pero tu padre... No puedo interceder ante él con esto, no puedo arriesgarme...

—Y no te lo pido. Solo que te encargues de Markel, si puedes. Es lo único que quiero.

Cerró los ojos.

—Tienes mi palabra.

—Gracias —dije estrechándole los nudillos.

Después de eso, no había mucho más que decir. Lady Sine permaneció conmigo unos minutos más antes de disculparse para ir a ver a Jarien. Me dio un beso en la mejilla y supe que era una despedida. Me quedé un rato sentado solo en la azotea y después fui finalmente a buscar a Markel para explicarle (de nuevo con señas porque no quería que nadie me escuchara) que ahora estaba atado a un marido en lugar de a una esposa y que nos marcharíamos al día siguiente. Markel respondió elaborando la lista de nuestras posesiones en Farathel junto con algunas ideas sobre su traslado. Tras aprobarlo todo, le pedí que se la diera a lady Sine, quien parecía más dispuesta a cumplir mis deseos que mi padre, y traté de no aterrorizarme ante la perspectiva de que alguien pudiera abrir mi cofre de palisandro.

A continuación, me quedé unos minutos mirando fijamente la pared, desarraigado por la sensación de que iba a dejar mi hogar en Farathel a toda prisa y no iba a volver nunca.

A pesar de los costes, había elegido vivir en la capital por el bullicio y el ajetreo. La abundancia de jóvenes y brillantes nobles que iban y venían y cometían travesuras en el camino proporcionaba la tapadera perfecta para que los hombres como yo nos ocultáramos a plena vista. Otras grandes ciudades ralianas ofrecían oportunidades similares, pero ninguna estaba tan llena de intrigas como Farathel y ¿para qué otra cosa servían los terceros hijos indolentes si no era para dedicarse a hacer tonterías en público y a asuntos de mal gusto en privado? Había sido una vida circunscrita en todo por la necesidad de discreción y por los límites de mi sinecura (claramente, no había sido perfecta) y, aun así, saber que iba a perderlo todo completamente tan rápido fue como si me cortaran una mano.

¿Cómo iba a mantenerme ocupado en Qi-Katai? Servía tan poco para una existencia tranquila como para la soledad. Sin un círculo social al que seguirle la pista, chismes que actualizar, novedades que investigar, ni excursiones que planear, mi cerebro se volvería maníaco en una semana, y eso en una ciudad en la que conocía las reglas. ¿Cómo iba a vivir si mi marido me mantenía tan restringido como mantenían algunos nobles ralianos a sus esposas? ¿Cómo podría hacer frente a todo esto?

Aunque no tenía nada de apetito, me obligué a tomar algo de pan y fruta y luego volví a la cama buscando todo el consuelo que pude de las almohadas y el edredón. Dependiendo del clima y de nuestra suerte en general, nos llevaría dos o tres semanas llegar a Qi-Katai. Me pregunté si debería sentir esperanza de que algo nos retrasara, pero, al igual que lady Sine, descubrí que prefería no posponer lo inevitable, fuera como fuere.

Cuando llegó la hora de la cena, no bajé para comer con mi familia y con le enviade, sino que me quedé en mi habitación y Markel me trajo una bandeja. Comimos juntos en un silencio menos amigable de lo que podría haber sido si yo no hubiera estado tan nervioso. Además de la comida, Markel me trajo noticias de los acompañantes de Keletha, quienes tenían intención de salir al amanecer. Así, pues, cuando terminamos de cenar, preparó obedientemente nuestra ropa para el día siguiente y llevó nuestro escaso equipaje a los establos. Tragué saliva esperando que los mozos de cuadra no le pusieran ningún problema. Aunque no hubiera sido mudo, el sirviente de un hombre caído en desgracia era intrínsecamente más vulnerable que uno cuyo amo gozaba de gloria y, si los sirvientes de padre deseaban pagar su disgusto por mí con Markel, no había mucho que pudiera hacer para impedírselo. Esperé su regreso con la agonía de la anticipación, atormentándome con imágenes de Markel golpeado y ensangrentado, incapaz de gritar para pedir ayuda, pero cuando volvió, lo hizo pronto y sin señales de caos en su persona.

Mi descanso fue irregular esa noche: una combinación de nervios y cansancio excesivo de mis anteriores letargos. No soñé con Killic, sino con manos anónimas sujetándome, retorciéndome y aferrándome. Me desperté empapado en sudor y me encontré a Markel de pie junto a mí bajo la luz grisácea.

—¿He gritado? —pregunté esperando no haberlo hecho.

Él negó con la cabeza.

—Está amaneciendo. Venía a despertarte.

Me aseé rápidamente y decidí volver a vestirme sin ayuda. Markel no comentó nada, pero realizó sus tareas y pronto estuvimos los dos en los establos entre una confusión sumisa de mozos de cuadra y jinetes tithenai.

Este último grupo constaba de doce miembros sin incluir a Keletha. Era la primera vez que les prestaba atención y me sorprendió descubrir que cinco eran mujeres. Pensé en lady Sine y me pareció que la perspectiva era extrañamente alentadora. No podía esperar todavía que Tithena fuera a suponer algo bueno para mí, pero puesto que Keletha ya me había mostrado mayor aceptación que padre, existía la posibilidad de que nuestros compañeros de viaje demostraran ser igual de tolerantes. Aunque hablaba tithenai con fluidez, Keletha solo era le tercere hablante native con quien había tenido ocasión de probar. Entendía el idioma, sabía que tenía tanto términos como conceptos que a los ralianos les resultaban peculiares, pero estaba muy lejos de entender el funcionamiento de la cultura tithenai. Por lo que sabía, mi inminente matrimonio, aunque fuera legalmente vinculante, sería fuente de chismes y burlas en Tithena tanto como lo sería en Ralia.

Al subir a la montura de Quip, oí la risita de un ingenioso mozo de cuadra:

—Cabalgue, milord.

Otros rieron ante su gracieta y, aunque Keletha frunció el ceño para impedir que los de nuestro grupo se unieran a las burlas, el jefe de los mozos de cuadra no hizo nada en absoluto.

Entonces me atravesó una punzada, una terrible oleada de nostalgia por todo lo que había perdido. No me sorprendió que padre no se hubiera levantado para despedirnos, pero aun así me dolió pensar que hubiera renunciado a mí tan fácilmente. La ausencia de lady Sine fue una bendición a medias: después de su amabilidad, me habría gustado verla de nuevo aunque fuera desde la distancia, pero esa imagen me habría dolido de otro modo. El único que observó nuestra partida fue Perrin, el mayordomo, y me pareció que lo hacía con una expresión de alivio.

Tan solo dos días antes, había llegado cabalgando a las tierras de vin Aaro aceptando tranquilamente mi falta de derecho a reclamarlas. Ahora salía de ellas por primera y última vez, tratando de aceptar que era padre el que había abandonado su derecho a reclamarme.

Mientras los tithenai se colocaban en una formación aparentemente practicada, yo me encontré cabalgando al lado de Markel entre las mulas y la vanguardia. También había monturas de repuesto (un trío de caballos rouncey atados detrás de uno de los escoltas) y, por primera vez, empecé a apreciar la gran distancia física que teníamos que atravesar. Siempre había sido un jinete consumado, pero nunca había puesto a prueba mis habilidades en un contexto más extenuante que las carreras de obstáculos que organizaban los nobles de Farathel que, aunque claramente no eran seguras, no se podían comparar exactamente con semanas por las Montañas Nievadientes. Mi experiencia con la equitación campo a través se limitaba a un puñado de cacerías en fincas de amigos, paseos controlados por bosques y campos bien arreglados. Pero incluso después de la caída de la casa vin Mica y de los esfuerzos de Su Majestad para despejar de bandidos nuestro lado del Paso Taelic, el camino hasta Qi-Katai estaba lejos de ser seguro. Acabé imaginándome visiones de mal tiempo, desprendimientos de rocas, nevadas inesperadas, extremidades rotas y todos los peligros que podrían alejarnos de nuestro destino.

Tres semanas antes, podría haber tenido miedo. Pero ahora, en la pálida luz del amanecer, con todo el dolor que dejaba detrás y el que me esperaba delante, descubrí que disfrutaba del peligro. O bien me mataría y me ahorraría potencialmente el problema de hacer un segundo intento para lograr el mismo fin, o bien me haría más fuerte y, lunas, ¡necesitaba esa fuerza! A pesar de mi desesperación y de lo que le había dicho a lady Sine, a pesar de que me estaba armando de valor ante la perspectiva, no quería morir. Revic había sido el luchador de la familia y había muerto por beber demasiado y por tener demasiado poco juicio, pero tal vez eso significara que su manto había pasado a mí en cierto sentido. Decidí que lucharía con sensatez y con todo el coraje que pudiera reunir en las circunstancias. Tenía pocas esperanzas de lograrlo, pero si no lo intentaba en absoluto, bien podría arrojarme desde el primer lugar alto al que llegara.

Entonces, se me ocurrieron dos cosas, ambas relacionadas con Markel. Mirándolo, tamborileé con los dedos en el cuerno de mi montura replicando la llamada de «escúchame con discreción». Markel giró la cabeza ante el sonido entornando los ojos mientras me miraba. Asegurándome de usar gestos discretos, le pregunté:

—¿Cuán bueno es tu tithenai?

Markel consideró la pregunta.

—No tan bueno como era —contestó—, pero bastante bueno. Y, con estas condiciones, debería recordarlo rápidamente.

Asentí, complacido. Cuando me comprometí por primera vez a aprender el idioma, practiqué con Markel: enseñarle la forma escrita había solidificado mi propia comprensión considerablemente y, cuando empecé a hablarlo en voz alta, él había sido mi primer público, negando con la cabeza para indicarme algún error mientras garabateaba las correcciones en las tarjetas. Pronto, su conocimiento me brindó unos beneficios sorprendentes: la moda de la corte de adoptar el tithenai como idioma de la élite para los secretos y el romance llevó a muchos nobles a asumir que un sirviente nunca lo hablaría. Markel ya era subestimado por mucha gente por su mudez, hablaban descuidadamente a su alrededor, pero cuando empezaron a usar el tithenai se mostraron totalmente indiscretos. No me avergüenza decir que lo convertimos en un juego y, durante un tiempo, mi reputación en Farathel como hombre que sabía todo lo que valía la pena saber fue lo bastante reconocida para precederme en muchos lugares.

Pero tras empezar con Killic, dejé que mi participación en las intrigas se relajara: no era que hubiera sido célibe antes, pero no eran lo mismo unos encuentros breves que una aventura continuada. No quería que ninguno de los dos fuéramos vulnerables a la exposición provocando conflictos innecesariamente, así que di un paso atrás, excepto, por supuesto, cuando Killic me pedía lo contrario, siempre para su propio beneficio.

Empujé los recuerdos a un lado para que las náuseas y la furia no se apoderaran de mí. *Céntrate*, pensé severamente, y volví la atención a Markel. Respirando hondo para calmarme, signé:

—Bien. Quiero que juegues al juego de la escucha. Que no sepan que los entiendes, y me vayas informando.

Markel me dedicó una sonrisa aguda y alegre.

—Esperaba que dijeras eso.

Su entusiasmo encendió el mío. Podría haber estado fuera de mi alcance en algunos aspectos, pero ¿espiar, escuchar y jugar a la política de la corte? Eso podía hacerlo perfectamente. Y, aunque hubiera diferencias culturales entre Qi-Katai y Farathel, algunos parecidos humanos iban más allá del idioma.

Y eso me llevó a mi segunda y más inmediata preocupación.

—Aun así, tienen que saber que eres mudo. No solo para evitar que alguien se ofenda si te habla, cabalgar por aquí es peligroso. Si te metes en problemas o ves a alguien acercándose, tienes que ser capaz de pedir ayuda de un modo que vayan a comprender.

Markel me miró con una extraña expresión en el rostro. Tras un momento, sugirió:

—Silbaré. Una nota si veo problemas, dos si necesito ayuda. ¿Eso servirá?

Asentí.

—Perfecto. Se lo haré saber a le enviade.

Una vez resuelto esto, golpeé los costados de Quip y me adelanté para buscar a Keletha, notando al pasar que todos los jinetes tithenai iban armados. Encontré a le enviade conversando con un hombre musculoso con el ceño fruncido que montaba un caballo capón con el rostro aplastado, y esperé educadamente a un lado. El hombre se interrumpió cuando me vio y Keletha se giró en la silla y sonrió, inclinando la cabeza en una pregunta silenciosa. En raliano, me preguntó:

—¿Se encuentra bien, milord?

Por muy tentador que fuera contestarle en el mismo idioma, mi tithenai estaba oxidado y, por lo poco que había escuchado hasta el momento, sospechaba que mi acento era horrible. Decidido a mejorar antes de llegar a Qi-Katai, rechacé la opción más fácil y le dije en tithenai:

—Tan bien como cabría esperar. Si no le interrumpo, ¿puedo hablar con usted, enviade?

A nuestro lado, el gran hombre gruñó, sorprendido. Keletha se rio arrugando el rostro alegremente.

—Por supuesto —accedió, esta vez en tithenai. A continuación, me presentó al hombre—. Este es mi segundo, tar Raeki Maas. Raeki, este es tiern Velasin vin Aaro.

«Tar» era un título tithenai que indicaba un rango parecido al de un teniente capitán. Como tal, le dirigí a Raeki un asentimiento respetuoso. En cuanto a que me llamaran «tiern», el título no era del todo equivalente al señorío raliano, pero aún estaba por ver si eso constituía un escalón arriba o abajo para mí (o incluso un paso al lado).

Raeki me miró de arriba abajo, al parecer poco sorprendido por lo que vio. Finalmente, dijo:

—No sé si suena más parecido a un granjero o a un attovari.

—Sueno como un cortesano raliano, que es peor que cualquiera de esas dos opciones. Ambas son complementarias en comparación.

Raeki resopló.

—Me lo creo.

Keletha le lanzó una mirada de leve irritación.

—Creo que el tiern tiene algo que decir.

—Sí —respondí conteniendo una sonrisa ante la expresión escarmentada de Raeki—. Mi, eh, mi... —balbuceé pensando cómo referirme a Markel, no había ningún equivalente directo a «ayuda de cámara» en tithenai y el término más cercano que se me ocurría tenía implicaciones sexuales en la jerga de la corte de Farathel y no estaba seguro de si era una adaptación raliana o era parte del significado tithenai. Llamarlo «sirviente» de un modo genérico me parecía inadecuado, era algo más que eso y necesitaba que le enviade lo supiera si quería que le mostraran algo de respeto. Finalmente, dije—: Mi amigo, Markel, es mudo. No puede gritar, pero si ve algo problemático, silbará una vez y, si es él el que tiene problemas, silbará dos veces. Le pido que informe a sus jinetes sobre esto.

—¿Silbará? —preguntó Raeki, dubitativo—. ¿Los mudos pueden silbar?

—¡Markel! ¡Enséñale a este hombre que puedes silbar! —grité en raliano dándome la vuelta sobre la silla.

Markel obedeció con un efecto ensordecedor. Varios tithenai grita-
ron alarmados, mientras que una de las mulas de carga echó las orejas
hacia atrás y rebuznó. Markel sonrió y saludó. Arqueé una ceja hacia
Raeki.

—¿Será suficiente, tar?

—Servirá —respondió e hizo girar rápidamente a su caballo, supuestamente para informar a sus compañeros.

Durante todo ese intercambio, Keletha había permanecido sospechosamente en silencio. Sin embargo, ahora me lanzó una mirada curiosa.

—Había entendido que Markel era su sirviente, no su amigo —comentó usando la palabra raliana—. ¿Me equivoqué?

—¿No puede ser ambas cosas? —repliqué.

—Puede que mi conocimiento de las costumbres ralianas no sea muy
completo, pero me parece que es bastante inusual, sí.

—Según las costumbres ralianas, todo lo que me concierne a mí es
inusual —contesté amargamente—. ¿Por qué iba a ser diferente mi relación con Markel?

Keletha pareció sobresaltarse.

—¿Entonces también es su amante?

Casi me ahogo.

—¡Por supuesto que no! ¿Por quién me toma? —Me aferré a las riendas como si pudiera controlar mi ira con la misma facilidad con la que
controlo la cabeza de Quip—. ¿Cree que me hubiera acercado a Killic si
hubiera tenido a otro esperándome?

—No lo sé, tiern —respondió Keletha con calma—. ¿Lo habría hecho?

—¡No!

—Me alegra oír eso, por el bien de tiern Caethari.

Aparté la mirada con un amargo nudo en el estómago. No obstante,
le enviade no había acabado conmigo.

—Sé que estoy siendo grosere —dijo con su misma voz firme—, pero
soy grosere con un propósito. Lo estoy llevando para que se case con alguien a quien debo mi lealtad, y, como tal, sería negligente por mi parte
no hacerle preguntas. ¿Desea a su sirviente, tiern Velasin?

Apreté los dientes.

—No, enviade.

—¿Y qué hay de lord Killic? ¿Debería esperar que nos siguiera ahora que me han dicho que lo siguió desde Farathel?

La idea hizo que me detuviera en seco. ¿Intentaría encontrarme otra vez?

Por muy furioso que estuviera padre, no podía imaginar que se esforzara por mantener el secreto de Killic, y menos aun cuando revelarlo era el modo más obvio de desviar la atención de la casa vin Aaro. Yo sería un lord caído en desgracia enviado a casarse con un hombre tithenai, pero Killic sería conocido por haberme perseguido hasta las tierras de mi familia y por haber arriesgado en primer lugar todo el compromiso. Aunque nuestra relación era conocida entre nuestro círculo en Farathel, sin duda el escándalo causaría que la mayoría de la gente se apartara de él y, teniéndolo todo en cuenta, podía imaginar que la reacción de su familia no sería más indulgente que la de padre. Si de verdad Killic sentía que no le quedaba nada, si algo de lo que me había dicho era cierto, podía intentar reclamárme.

Me dolía la mandíbula magullada, no podía hablar. El mundo se había vuelto demasiado pequeño, demasiado estrecho. No le respondí a Keletha, sino que le di una patada a Quip indicándole que se adelantara, incitándolo a galopar. Resopló con aprobación y aceptó el desafío, ansioso por estirar las piernas. Detrás de mí, oí a alguien gritar, pero no temía ser atrapado rápidamente. Las monturas tithenai eran fuertes e imperturbables, rouncies criados para travesías de montaña y trabajo en grupo, pero Quip era un corcel rápido y de pecho profundo. En terrenos abiertos como este, apenas necesitaba una ventaja inicial para huir y esa columna no estaba hecha para la velocidad. El aire hizo que me picaran los ojos hasta provocarme lágrimas. Me tragué un sollozo e insté a Quip a que fuera más rápido. La posibilidad de ser perseguido por Killic era más de lo que podía soportar.

Y si aparecía... ¿qué pasaría? No era capaz de decidir cuál era la peor opción: que Killic pensara que yo había consentido su tacto o que pensara que su violación, al igual que su infidelidad, era algo que podía o debía perdonar. *Pero ¿y si lo es?*, susurró una voz en mi interior. *No te resististe, no realmente. Llegaste al clímax. Y al menos, Killic es un hombre al que conoces. ¿Quién puede decir que tiern Caethari Aeduria no sea un monstruo?*

Podría huir, pensé salvajemente. *Haga lo que haga, padre me ha repudia-do. ¿De verdad me importa tanto su reputación que me arriesgaría a sufrir más y más abusos por el bien de aquellos que me desprecian?*

Desgraciadamente, parecía que sí. O, al menos, no se me ocurría nin-gún otro sitio al que ir si decidía abandonar completamente todo sentido del honor. Tenía habilidades vendibles, pero nada de experiencia vendién-dolas y nadie que diera fe de mi experiencia excepto Markel. Sentí una repentina y furiosa oleada de empatía por todas las mujeres que habían sido alguna vez objeto de trueques matrimoniales. Me sentí avergonzado de mi anterior indiferencia ante este fenómeno y me pregunté, con cierta fascinación enfermiza, si ser criado a la espera del tal destino hacía que fuera más fácil soportarlo. Recordando el testimonio de lady Sine, lo du-daba mucho.

La ira se me elevó por la garganta. De repente, el paso furioso de Quip fue demasiado para mí: lo hice frenar y avanzar a un ritmo entre el medio galope y el trote, me aparté del camino y bajé justo a tiempo para vomitar. No había comido lo suficiente como para poder arrojarlo, pero aun así fue desagradable. La bilis hizo que me escocieran los labios y las fosas nasales, e incluso después de haberme enjuagado la boca con agua de la cantim-plora que llevaba en la silla de montar, el regusto amargo persistió.

Temblando, pasé los brazos alrededor del cuello de Quip y enterré el rostro en su melena. Él relinchó lamiéndome la parte trasera de la camisa, ofreciéndome una especie de consuelo equino. Odiaba que me afectara tan fácilmente, que toda mi resolución de luchar, de ponerme a prueba contra las montañas pudiera desvanecerse ante la simple mención del nombre de Killic. Intenté decirme a mí mismo que Killic no era el proble-ma, que solo estaba enfadado por su egoísmo al traicionarme, porque su despreocupación hubiera hecho que nos descubrieran (apenas me había hecho daño; al fin y al cabo, las magulladuras eran pequeñas en compara-ción con las que podría haberme infligido violándome), pero no sirvió. Negué con la cabeza, temblando y furioso con el estómago vacío revuelto. Le había dicho que parara y él me había inmovilizado.

Recordarlo fue demasiado. Me alejé tambaleándome de Quip y me invadieron las arcadas, aunque no tenía nada que sacar más que bilis. Hice un ruido patético al rodearme con un brazo mientras vaciaba la cantimplora.

Me sequé la boca con la manga y, al acercarme el brazo, vi el corte en la muñeca: una línea delgada y con costra que representaba todo aquello a lo que le temía.

Un silbido repentino me sacó de mi ensoñación. Levanté la cabeza, consciente del ruido de unos cascos cercanos y, efectivamente, ahí estaba Markel, desviando a Grace de la columna tithenai decidido a perseguirme. Me reí porque era eso o llorar y me tiré de la manga de nuevo hacia abajo cubriendo el corte.

—Estoy bien —dije en cuanto estuvo al alcance del oído.

Markel me lanzó una mirada tan disgustada por la mentira como preocupada y bajó de la silla. Se acercó a mí y observó la escena (los pelos del caballo en mi mejilla y en mi camisa, el desastre que había arrojado al césped) y me agarró del brazo fuerte y brevemente.

—No estás bien —signó demasiado agitado para chasquear primero como hacía normalmente—. Algo no anda bien en ti, Velasin.

Hice un ruido de asfixia.

—¿Y es tan impactante? —respondí signando—. ¿Qué voy a hacer con todo esto? He sido traicionado y vendido a alguien a quien no conozco y no puedo... tengo miedo... —Me paralicé a mitad de un signo, alarmado por mi propia admisión, y luego me obligué a continuar repitiéndolo deliberadamente—. Tengo miedo. Que las lunas me ayuden, pero tengo tanto miedo, intento no tenerlo por el bien de ambos, pero aquí está.

—¿Qué ha dicho le enviade que te haya hecho sentir tanto miedo?

Apreté las manos sin querer admitirlo, pero siendo consciente de que debía hacerlo.

—Ha sugerido que Killic podría volver.

Merkel siseó.

—Si comete tal error, yo mismo me encargaré de él. Violentamente.

—¿Violentamente?

—Violentamente. No se le echará de menos.

Markel me miró fijo mientras lo decía haciendo señas tan claras y firmes como su mirada. Sabía que lo decía en serio. Es más, tenía la habilidad suficiente para cumplir la amenaza si era necesario. A petición suya, me aseguré de que tuviera entrenamiento de guardaespaldas y, más allá de sus dones con la espada y el puño, había demostrado ser un arquero sin igual, a pesar de que había tenido pocas ocasiones de portar un arco.

Su arco, como el resto de nuestra vida, se había quedado en Farathel y probablemente no volveríamos a verlo nunca, dependiendo de la confiabilidad de quien hubiera quedado a cargo de nuestras posesiones. Me tragué una nueva oleada de pesar y me obligué a mirarlo.

—No puedo pedirte tal cosa.

—Ni lo harás —signó Markel—. Por eso me ofrezco yo.

Tomando distancia, me preocupé por el lugar al que había llegado mi vida para encontrar una promesa de asesinato tan reconfortante. Sonreí ante la ironía, lo que Markel tomó (correctamente) como mi aprobación. Le di una palmadita en el hombro, puso los ojos en blanco y ambos volvimos a montar dirigiendo a nuestros caballos hacia la columna tithenai.

—Ralianos —murmuró Raeki y puso a todos en marcha de nuevo.

Por accidente, más que por planificación, me encontré de nuevo cabalgando junto a Keletha mientras Markel tomaba su anterior puesto detrás de mí. Le enviade me miró con el ceño fruncido por la preocupación.

—Mis disculpas, tiern Velasin. Eso ha sido… provocativo por mi parte. E innecesario.

Suspiré, demasiado cansado para convertirle deliberadamente en enemigue.

—Y mi huida ha sido innecesariamente dramática. Acepto sus disculpas, enviade. Ahora no soy yo mismo.

Keletha suspiró, enfadade.

—¿Y por qué iba a serlo? No quiero faltarle al respeto a su nación, pero la mayoría de los ralianos son singularmente estúpidos con respecto al tema del sexo. Apenas puedo creer que su padre lo tratara como lo hizo ni que mostrara tan abiertamente su desprecio delante de mí. Quince años en caminos de montaña y preferiría volver a soportarlos antes que someterme a su hospitalidad.

Su declaración me tomó por sorpresa.

—¿Por eso nos hemos marchado tan pronto? ¿Tanto le ofendió?

—Puedo soportar bastante bien las ofensas a mi propia persona —replicó Keletha—. Siendo une enviade, tengo bastante práctica, tanto en Tithena como en otras partes. Pero ¿una ofensa directa y no provocada a mi gente? Eso no pienso tolerarlo. —Hizo un gesto hacia detrás de nosotros señalando a dos de las mujeres amazonas—. Kita y Mirae llevan cinco años casadas y ese *mayordomo* —escupió la palabra raliana— se negó a permitir que compartieran cama haciendo valer el sentido de lo que es apropiado de su amo.

Me sentí oscuramente avergonzado.

—Mis disculpas, enviade.

—No le corresponde a usted disculparse, sino a él haber actuado mejor. Y, por supuesto —añadió bruscamente—, su insulto hacia usted también fue un insulto hacia mí.

—¿Cómo dice?

—El acuerdo de matrimonio nunca especificó que debiera casarse con tiera Laecia, solo que se casaría con el vástago que eligiera del clan Aeduria, como lo afirmé a los efectos de la alianza. Aunque su padre parecía haber pasado por alto su importancia, esos contratos le concedieron el estatus de Aeduria en cuanto llegué. —Me dirigió una mirada perpleja—. ¿No se dio usted cuenta de eso cuando los leyó?

—Nunca me los dieron para que los leyera —respondí—. Apenas me habían hablado de ello cuando usted llegó y, después de eso, padre no se sentía nada inclinado a explicar la letra pequeña.

Keletha parecía horrorizade.

—Ayla, perdóneme —susurró—. ¿No lo *sabía*?

Parpadeé, confundido.

—Pero eso debía haberlo sabido. Cuando nos reunimos con mi padre, dijo que entendía que yo no había consentido el compromiso.

—¡No es eso lo que dije! —exclamó Keletha—. Lord Varus dijo que usted estaba ansioso por casarse con la tiera y cuando llegué y descubrí que no era así, pregunté si usted había dado su consentimiento… a lo que usted me respondió que el deber era consentimiento suficiente y que su padre desconocía su preferencia por los hombres, lo que me llevó a creer que usted había fingido su entusiasmo con él, de lo que su padre nos había informado, o bien que había accedido obedientemente a casarse en contra de sus inclinaciones, lo que él había interpretado como entusiasmo. ¡Lo que no pensaba era que no le hubieran advertido previamente en absoluto o que no le hubieran consultado lo más mínimo! —Su tono era realmente angustiado—. Por el amor de todos los santos, ¿por qué no se opuso cuando se lo pregunté?

—¿Cree que tenía *elección?* —Le miré incrédulo y boquiabierto—. ¡Si me hubiera negado, me habría desheredado! En cuanto usted salió de la habitación, padre me dijo que el único motivo por el que me permitía mantener mi apellido y mi, mi... —Vacilé buscando la palabra tithenai para «sinecura» y no se me ocurrió—. Mis ingresos... era porque ustedes podrían ofenderse si me los arrebataba. ¡Estoy *exiliado*, enviade! —Me di cuenta de que estaba gritando, pero era incapaz de detenerme—. Me case o no con su tiern, no puedo volver nunca a casa, ¿y aún tiene el descaro de preguntar por qué no me *opuse*?

El rostro de Keletha se volvió ceniciento por la sorpresa. Una pequeña parte de mí se sintió culpable por su angustia, pero sobre todo estaba agotado de todo ese tema. Cuando volví a hablar, lo hice con voz ronca y me di cuenta de que estaba peligrosamente cerca de las lágrimas.

—Lamento que mi falta de voluntad le angustie, enviade. Desearía que fuera de otro modo. En muchos sentidos, desearía poder ser un hombre diferente del que soy. Pero soy solo yo mismo, sin alteraciones. Oponerme a mi deber no me haría ganar nada y me despojaría de todo, así que lo consiento, aunque me duela. Y por ahora, para usted, para mí, y para su tiern Caethari Aeduria, debe ser suficiente. No puede pedirme más. —Intenté sonreír y fracasé—. No tengo nada más que dar.

Y antes de que pudiera responderme, incliné la cabeza e hice girar a Quip. Markel me siguió en silencio mientras ocupaba mi lugar anterior detrás de las mulas.

5

Esa primera noche, después de horas cabalgando firmemente cuesta arriba, acampamos a la sombra de las Montañas Nievadientes. Aunque el clima otoñal había sido agradable cuando partimos, se había vuelto cada vez más frío a medida que subíamos y sin duda lo sería aún más cuando nos adentráramos en el Paso Taelic. La ropa que me había traído no se adaptaba bien a la caída de las temperaturas, pero la previsión de Markel había hecho que al menos me vistiera con capas, lo que era mejor que nada. Debería haberme sentido miserable, pero estaba demasiado cansado para preocuparme por la delgadez del petate que me había dado Raeki o para quejarme con el viento de la noche helándome la nuca. Después de mi discusión con Keletha, pasé el día en silencio ignorando cualquier esfuerzo por introducirme en una conversación. Fue grosero, pero en ese momento me sentía con derecho a mostrar algo de resentimiento. Markel, quien lo entendía mejor que nadie, no hizo ningún intento de signar conmigo, aunque me pasaba comida de vez en cuando y me miraba fijamente hasta que me la tomaba. Dormimos espalda con espalda, el mejor modo para resguardarse del frío, pero, aunque me desperté dos veces con pesadillas sobre Killic, sudando y temblando, Markel no se movió y, cuando llegó el amanecer, no hablé de ello.

Los días que siguieron fueron agotadores en todos los sentidos, pero afortunadamente libres de peligro de un modo casi anticlimático. El Paso Taelic era un desfiladero angosto, apenas lo bastante ancho en algunas partes para que pasaran dos carros el uno al lado del otro, y sumido en una sombra casi perpetua por los imponentes picos. Acantilados escarpados se elevaban a ambos lados, solo rotos ocasionalmente por alguna roca errática y, en menos ocasiones todavía, por las finas líneas de las huellas de las cabras, aunque los propios animales se mantenían a una distancia prudencial, presumiblemente tras haber aprendido a tener cuidado con las depredaciones de bandidos y granjeros hambrientos. Una nieve ligera caía de vez en cuando, derritiéndose y helándome la piel que me besaba, y me estremecí al pensar lo horrible que sería esa travesía un mes más tarde, con el inicio del invierno.

Empecé a evitar a Keletha; de hecho, evité a todos menos a Markel en la medida de lo posible, sometiéndome solo a las charlas que me parecieron necesarias para mejorar mi acento tithenai sin ser una molestia. Markel me informó (como habíamos planeado, había estado escuchando las conversaciones de los tithenai) que había dos teorías contrapuestas para explicar mi extraño comportamiento y ninguna de las dos era nada sorprendente. De hecho, reflejaban las primeras sospechas de Keletha: o seguía enamorado de Killic y estaba desconsolado por haber tenido que abandonarlo, o bien suspiraba por el propio Markel. Dependiendo del hablante, la no reciprocidad de Markel era atribuida a que era un ser demasiado simple para sentir deseos sexuales, a que solo le interesaban las mujeres o a que los dos éramos demasiado ralianos para admitir nuestros propios sentimientos. Ambos nos reímos en silencio ante la última teoría, aunque tomé nota de quiénes eran los jinetes que pensaban que Markel era simple (el arriero Daeri y el rastreador Sathan) y los ignoré más descaradamente que a los demás.

Si Markel había descubierto algo acerca de tiern Caethari, se lo guardó para sí mismo, lo que agradecí profundamente; Kita se había jactado de pasada de que mi prometido era un guerrero habilidoso y me sentí palidecer ante el recuerdo de la violencia de Killic. Cuanto más nos acercábamos a Qi-Katai, más miedo sentía. Mis pesadillas también se volvieron más intensas y, a pesar del frío, me acostumbré a dormir más lejos de Markel, ya que no quería despertarlo ni preocuparlo con mis trembleques. En Farathel tenía un antifaz de seda encantado para ayudarme a dormir: sus capacidades no se extendían a alterar la forma de los sueños, pero sabía por experiencia que, al menos, podía reducir la posibilidad de sufrir pesadillas. Lo anhelé con una frustración enfadada y desesperada, estaba mucho más atado sentimentalmente a otras posesiones, pero en mi estado actual de agotamiento, era el antifaz lo que deseaba, convirtiéndolo en un sustituto de todo el resto de cosas que más temía perder (o haber expuesto, como mi cofre de palisandro).

Sin embargo, tras unos días, mi ira se volvió contra mí: si hubiera sido un estudiante de magia más aplicado, habría podido hacerme un antifaz improvisado, por no hablar de aliviarme las molestias del viaje a través de las montañas de muchos otros modos; mi fracaso solo era otra prueba de mi pobreza de carácter. No importaba mi evidente falta de esa chispa vital e innata para la hechicería, que había hecho que los estudios que había emprendido fueran tres veces más laboriosos y dos veces más arriesgados que para aquellos que poseían talento natural. Tampoco importaba que los pocos encantamientos que conocía ya eran más de lo que cualquiera sin esa habilidad podría lograr. Estaba demasiado enfadado para ser racional y demasiado abatido para ser amable conmigo mismo. Las noches que más me costaba dormir, que eran la mayoría, repasaba los mantras básicos que se enseñaban a los aprendices novatos de hechicería, un autocastigo que al mismo tiempo era un intento de aburrirme hasta dormirme.

La magia es la intención canalizada por la voluntad y ejecutada por el poder. Los encantamientos son un uso sencillo de la intención, los cantrips son una manipulación variable de la intención, los hechizos son productos complejos de la intención. Toda magia deriva del poder ambiental, incluyendo la fuerza del conjurador. El conjurador es tanto una fuente de poder como un conducto para él; cuanto más fuerte sea el conjurador, mayor será su capacidad para imbuir o extraer fuentes más allá de sí mismo, incluyendo fuentes latentes. Una fuente ambiental es elemental, activa y continua; una fuente latente es inerte y finita. Cualquier conjurador que desee manipularlas debe entender primero los detalles…

Como era de esperar, eso no ayudó lo más mínimo.

Noche tras noche, el insomnio seguía apoderándose de mí. Markel estaba claramente preocupado, al igual que Keletha, pero su preocupación solo me hizo sentir peor. Aunque era más fácil dejar a un lado su escrutinio mientras todavía estábamos en las montañas, cuando cruzamos a Tithena y empezamos el descenso supe que, en cuanto pasáramos una noche en el interior, mis excusas ya no valdrían.

Mientras recorríamos el camino entre los flancos de las montañas, el pequeño pueblo de Vaiko era claramente visible desde la distancia, aunque «pueblo» podía ser una palabra demasiado generosa para un asentamiento tan reducido. Un mosaico de ruinas en diferentes etapas de deterioro esparcidas alrededor de los restos habitados como la amenaza manifiesta del tiempo, combando madera y derrumbando piedras junto a los restos dilapidados de las vallas. Los campos sin sembrar, apenas reconocibles, habían sido reclamados por la maleza y las flores silvestres. Si no hubiera sido por un escueto rebaño de cabras de ojos agudos con collares y un par de vacas poco interesadas que se apacentaban en un pasto descuidado pero sólidamente cercado, habría pensado que el lugar estaba abandonado.

Nuestro destino se llamaba simplemente «La Posada de la Montaña». Como la estructura más grande que quedaba en Vaiko, debería haber ocupado un lugar de honor en el municipio deteriorado, pero, en lugar de eso, estaba situada a un lado, como si se les hubiera ocurrido a última hora, o tal vez como un centinela, un solitario faro de bienvenida contra la noche acechante. Sin embargo, aunque pudiera haber otras quejas sobre nuestro alojamiento (las habitaciones eran pequeñas, poco glamurosas y necesitaban reparaciones, y la comida que se ofrecía era escasa y sosa) la calidad de las camas no era una de ellas. Antes de acostarme, esperaba que el lujo de tener un colchón real fuera suficiente para poder descansar, pero fue en vano. Mis miedos se negaron a dejarme, resultando en otra noche tensa y sin descanso y, cuando finalmente bajé tambaleándome a desayunar, tarde a la mañana siguiente (ya había enviado a Markel por delante optando todavía por vestirme sin ayuda), incluso Raeki, que se preocupaba poco por mí, pareció abiertamente preocupado.

—¡Por la gracia de Ruya, tiern! —exclamó—. ¿Ha dormido algo o solo se ha quedado sentado lamentándose toda la noche? —Raeki, al igual que Keletha, Kita y Mirae, suscribía la teoría de que mi comportamiento se debía a un anhelo por Killic, aunque, como él no sabía que yo lo sabía, no podía sacarlo de su error.

—No —respondí con voz áspera por la falta de sueño—. Estaba talando árboles de leña. —Era una expresión tithenai, se la había oído usar al rastreador Siqa para indicar el paso inactivo del tiempo sin tener un buen propósito y me había gustado bastante.

—Sí que tiene aspecto de cansado, tiern —señaló Keletha mirándome con preocupación. Por primera vez desde nuestra pelea, sentí una punzada por haberle ignorado tan totalmente—. Estamos a solo unos días de Qi-Katai y vamos a buen ritmo. Si quisiera descansar antes de llegar para encontrar su tranquilidad...

—No puede haber tranquilidad en esto —repuse—. Y si el descanso se consiguiera tan fácilmente, no andaría tan falto de él.

Keletha pareció casi heride.

—Si hay algo que pueda hacer para ayudar...

—No hay nada.

A mi lado, Markel chasqueó una vez los dedos. Lo miré y signó:

—Los estás asustando, a ellos y a mí. Si no vas a dejar que nadie te ayude, al menos debes saber que lo estamos intentando.

Su reproche me dolió.

—Vuestros intentos son el problema —respondí también signando con gestos duros y entrecortados—. Os he dicho una y otra vez que no se puede hacer nada y aun así todo el mundo insiste en ofrecerse, como si esto fuera a volverse más fácil si lo intento con más fuerzas... como si no supiera lo que quiero...

Me interrumpí con el corazón atronado. «No sabes lo que quieres», me había dicho Killic y, en ese momento, sentí el recuerdo tan vívido que podía haber estado susurrándome realmente esas palabras al oído. A pesar de que acababa de sentarme, me aparté de la mesa, volví a levantarme y me dirigí a los establos. No había llorado desde el primer día de viaje, ya que la cercanía me había ofrecido pocas oportunidades para un dolor tan privado, pero cuando empecé a ensillar a Quip, estuve peligrosamente cerca. Me sentía como si estuviera cabalgando hacia mi propia ejecución y, aunque me había esforzado por no pensar en la promesa que le había hecho a lady Sine, cuanto más nos acercábamos a Qi-Katai, más difícil era pensar en otra cosa.

—¿Tiern?

Apreté los ojos con fuerza y tensé todos los músculos de mi cuerpo. De toda la gente que podría haberme seguido, ¿por qué tenía que ser Raeki? Conté hasta tres en silencio, terminé de comprobar las riendas de Quip y me volví para encararme a él.

—¿Sí, tar? ¿Tiene algo que decirme?

—Lo cierto es que sí. —Se cruzó de brazos y dio un paso hacia adelante frunciendo el ceño—. Es usted un mocoso malcriado y desagradecido, ¿lo sabía, tiern? Por la gracia de Ruya, entiendo que esta no haya sido su primera elección, pero al menos podría hacer el esfuerzo. Tiern Caethari es un buen hombre, uno de los mejores que conozco, y Keletha no carece de honor. Su amante no va a volver, tiern, y puedo asegurarle ahora mismo que va rumbo a algo mejor…

Algo en mí se rompió. No pensé. Simplemente solté las riendas de Quip y me lancé hacia adelante dándole un puñetazo en la cara a Raeki.

—¡No es mi *amante*! —espeté empujándolo—. No sé qué es exactamente lo que piensa de mí, lo que todos piensan de mí y nadie tiene derecho a hacerlo. ¿Me entiende, Raeki? —Se me quebró la voz—. ¿Lo entiende?

Raeki no respondió. Lentamente, se llevó una mano a la nariz y se secó el hilillo de sangre que le había provocado mi violencia inexperta. Se frotó las yemas de los dedos con una expresión indescifrable y cambió la mirada de sus dedos a mí. Demasiado tarde recordé que, a diferencia de mí, Raeki era un hombre competente y musculoso y, cuando dio otro paso hacia adelante, retrocedí.

Una profunda expresión de sorpresa le atravesó el rostro.

—¿De verdad cree que atacaría a un tiern?

—¿Por qué no? —repliqué—. Yo lo he atacado primero. —Y me dolía la mano por ello, lo suficiente como para saber que no quería volver a intentarlo.

Siseó un suspiro de incredulidad.

—¡Ralianos! Es increíble que vuestro país siga funcionando.

—No me importa lo que piense de mí, tar. —Cuando tomé las riendas de Quip, mi sonrisa era espantosa—. De un modo o de otro, pronto se librará de mí.

Empecé a dirigir a Quip hacia adelante y ya estaba casi fuera del establo cuando Raeki me llamó.

—¿Tiern? ¿A dónde va?

—A Qi-Katai —dije sin molestarme en parar.

Me siguió observándome con desconcierto mientras yo seguía avanzando.

—¡Todavía estamos desayunando!

—Pues coman. El camino es recto y no tengo ningún otro sitio al que ir. Me darán alcance fácilmente.

En ese momento, Markel salió corriendo de la posada con una mirada frustrada en el rostro que se convirtió en una cómica indignación cuando me vio montado. Keletha le pisaba los talones junto con la mitad de los jinetes. Supuse que la otra mitad todavía estarían comiendo.

Markel chasqueó los dedos tres veces, pero no esperó mi respuesta; simplemente se puso delante de mí, sostuvo la cabeza de Quip y me miró ferozmente.

De repente, me di cuenta de lo absurdo que era. Bajé la cabeza y empecé a reír, aunque el sonido era duro y áspero.

—Lo siento —dije. ¡Lunas! Me sentía como si no hubiera hecho nada más que disculparme desde que salimos de Farathel. Eso me hizo reír todavía más y Quip se movió irritablemente de un pie a otro—. Me esperaré. Os esperaré justo aquí. Entrad y acabaos la comida.

Keletha se encogió de hombros diplomáticamente.

—No queda mucho que terminar. Como dice, tiern, estando tan cerca, también podríamos…

Una flecha brotó del hombro de le enviade atravesándolo con un golpe suave y húmedo. Quip sacudió la cabeza y se asustó. Eso fue lo único que me salvó del segundo impacto, que pasó junto a mi cabeza emitiendo un ruido como el de un avispón y se clavó en la pared de la posada. Lo miré sin comprender nada.

Pasó todo al mismo tiempo. Keletha se tambaleó maldiciendo mientras agarraba la flecha. Le grité a Markel que entrara, pero me ignoró y se movió para sujetar a Keletha mientras Raeki rugía órdenes, furioso. Con el corazón acelerado, hice girar a Quip en una curva cerrada dándole la espalda a la posada y vi un destello de luz solar desde una pequeña elevación a unos cien metros al oeste. Otra flecha pasó junto a mí y golpeó a Siqa de lleno en el pecho. Gruñó y cayó con una mirada de asombro en el rostro y de repente aparecieron diez o más hombres armados acercándose desde la elevación con las espadas desenvainadas y gritando.

—¡A las armas! ¡A las armas! —gritó Raeki maldiciendo mientras llegaba otra flecha. Pero, aunque los jinetes se apresuraron a obedecerlo, la mitad todavía estaban saliendo de desayunar y la mayoría iban desarmados: incluso el propio Raeki solo tenía el cuchillo que llevaba atado al cinturón, su espada no estaba a la vista.

El tiempo pareció ralentizarse y la escena adquirió una extraño aire místico. Vi los acontecimientos como si estuviera a una gran distancia, sin atribuir significado emocional a la horca que había apoyada contra la pared del establo, casi sin darme cuenta de que solo había arquero y de que yo era el único jinete con caballo. Me parecía todo tan surrealista que apenas era consciente. Y, sin embargo, actué: lancé a Quip hacia adelante, agarre la horca y grité cabalgando hacia nuestros atacantes. Había llevado lanzas en cazas de jabalíes anteriormente y, aunque su equilibro y su peso eran ampliamente diferentes a los de ese instrumento de labranza, al menos sabía cómo dirigir con las rodillas. La horca era ligera en comparación, y en lugar de empuñarla como una lanza (incluso en mi estado de desconexión sabía que no podía prepararme contra el impacto que provocaría) la balanceé arriba y abajo como lo haría con una gran espada: un golpe con dos manos dirigido de lleno al primer corredor.

Claramente, no se esperaba un contraataque así: se quedó paralizado por la sorpresa, su espada era demasiado corta para compensar el largo alcance de la horca y mi impacto le acertó salvajemente en la clavícula. La vibración y el crujido casi me hicieron caer de la silla. El dolor me recorrió los brazos y los hombros, pero mantuve mi posición y el agarre de la horca sin detenerme a mirar el daño que había provocado. Un hombre a mi izquierda intentó golpear a Quip, pero se estremeció y falló. Fueran quienes fueren nuestros asaltantes, estaban lejos de ser profesionales. Detrás de mí, escuché golpes y gritos cuando los dos grupos impactaron, lo que me dejó casi en la cima con el arquero como único objetivo.

Mi adversario pareció darse cuenta al mismo tiempo que yo: había estado disparando desde detrás de una roca, pero una piedra apenas podía protegerlo de un caballo a la carga, por mucho que tuviera una flecha preparada. Palideció y disparó y, cuando me acerqué a él, un intenso dolor me atravesó el muslo. Dejando caer el arco, el atacante intentó huir, pero no pudo ser más rápido que Quip. Como por voluntad ajena, mi brazo se elevó y cayó clavándole los dientes de la horca con fuerza en su espalda sin armadura. El impacto me sacudió menos que antes, ya que no intenté sujetar el mango. Aun así, se me torció el hombro y me desplomé sobre la montura, sudando y jadeando por el temor. Tenía el muslo húmedo y la sangre se extendía, el dolor aumentaba a cada segundo. La flecha me había dado de un modo peculiar, lo que fue una bendición a medias: no había penetrado tanto como lo habría hecho un disparo limpio, pero el extraño ángulo en el que estaba no tenía firmeza, cada mínimo movimiento o presión de aire era como una mano cruel removiendo la punta.

Fuera cual fuere la energía maníaca que me había impulsado a través del campo, me abandonó como la niebla al amanecer. Me sentí enfermizo, frío y adolorido y jadeé frenando a Quip a un ritmo de paseo. Resopló como si estuviera ultrajado por la presunción de nuestros atacantes y volvió hacia la posada con apenas un toque. Tuve el tiempo justo para darme cuenta de que la pelea había terminado antes de que se me oscureciera la visión y me desplomara sobre la melena de Quip. Lo siguiente que sé es que Markel estaba en mi estribo chasqueando los dedos frenéticamente en un intento por llamar mi atención. Raeki estaba a su lado, junto con Kita y Mirae, todos mirándome con expresiones que no lograba comprender. Sin embargo, Markel se mostraba tenso y asustado: tenía una mancha de sangre en la mejilla y se me encogió el estómago al pensar que podía haber sido herido.

—¿Estás bien? —le pregunté en raliano—. Te he dicho que entraras, pero no me has hecho caso, tú...

—No es su sangre —respondió Raeki adelantándose a las señas de Markel—. Es de Keletha, de cuando le ha quitado la flecha.

—Ah, vale. Bien, Markel. —Me tambaleé sobre la montura sin saber si corría más riesgo de desmayarme o de vomitar. Cambiando al tithenai, inquirí—: ¿Está bien Quip? Uno de esos bastardos lo ha golpeado...

—Está bien —respondió Raeki mirando la flecha que tenía clavada en el muslo—. Sin embargo, usted, tiern... hay que sacarle eso con mucho cuidado.

Conseguí responder con una risa temblorosa.

—Eso no voy a discutírselo.

Tras decirlo, más que desmontar me derrumbé deslizándome suavemente hasta que Markel y Mirae me sostuvieron rodeándome los hombros con los brazos. Mientras medio me arrastraban medio me llevaban, Raeki me recitó un informe no solicitado de lo que había sucedido. Resultó que el arquero se había cobrado nuestra única víctima mortal: además de disparar a Keletha, a Siqa y a mí, también había atravesado el ojo de Shathan con una de sus flechas causándole la muerte inmediata. Por lo demás, nuestros atacantes llevaban pocas armas y eran un grupo inexperto: el primer hombre al que yo había golpeado con la horca era el que los lideraba y, con él caído, otros tres se habían rendido al instante, dejando a Raeki y a los suyos poco trabajo que hacer con los restantes.

—Bien —murmuré mareado por el dolor—. Bien hecho, tar.

—Tumbadlo sobre la mesa —indicó Raeki, y mis ayudantes obedecieron extendiéndome en una superficie todavía cubierta por las migas del desayuno. Me golpeé la cabeza contra la madera, aunque apenas lo noté sobre el dolor de la pierna. Siseé al estirar la extremidad y de repente vi a Raeki inclinado sobre mí con expresión grave—. No puedo empujar la flecha, tiern —informó—. No está a suficiente profundidad.

—Sáquela, entonces —jadeé.

—Va a doler…

—¡Ahora me duele!

—Me refiero a que vamos a tener que sujetarlo —gruñó—. ¿Tengo su consentimiento para hacerlo?

Tragué saliva, de repente aterrorizado por un nuevo motivo. Racionalmente, sabía que el contexto no se parecía en nada a cuando me había retenido Killic, pero la razón no parecía aplicarse en esos momentos. Era como ser perseguido: no tenía el control para evitar que algo aparentemente inocente se convirtiera en un espectro haciendo que temiera sus manos y su voz como si estuviera sucediendo de nuevo, como si, en cierto horrible sentido, no hubiera dejado de suceder.

Desesperado, pasé la mirada de Raeki a Markel y de Markel a Raeki.

—Estaré quieto —supliqué—. No es necesario que me sujeten.

Raeki casi sonrió.

—No dudo de su valentía, tiern, pero no es tanto una cuestión de voluntad como de reflejos. Por mucho que no quiera hacerlo, se moverá y le dolerá mucho más.

Emití un sonido que no era ni una carcajada ni un sollozo. Me volvió a caer la cabeza y me aferré las manos para que dejaran de temblarme. Intenté encontrar algo de consuelo en el hecho de que el miedo al menos me distraía en cierto modo del dolor de la pierna, pero no lo logré.

—Pues hágalo rápido.

—Sí, tiern. —Vaciló mirando a Markel—. ¿Quiere que él lo sujete por los hombros?

Asentí y, para disimular, signé la pregunta.

—Por supuesto —respondió Markel y se movió rápidamente para hacerlo.

Me sujetó con amabilidad, pero aun así me sentí claustrofóbico al verlo y, cuando Raeki me apoyó una mano más pesada en el muslo lastimado justo por encima de la flecha mientras Mirae me sujetaba la otra pierna, empecé realmente a entrar en pánico. Se me aceleró bruscamente la respiración, giré la cabeza de lado intentando centrarme en la pared blanca, pero no poder ver bien a quien me retenía fue peor, en cierto modo.

Entonces Raeki agarró el astil de la flecha sujetándome el muslo con la otra mano y *tiró*.

El dolor fue una explosión intensa. Rugí y pataleé luchando contra la restricción solo para que volvieran a sujetarme, y, a través del agudo y enfermizo dolor de la pierna noté que se me formaban lágrimas en los ojos. Hice un horrible sonido de ahogo cuando la flecha salió y se me nubló la visión cuando empecé a sangrar más profusamente. Abandonando la pierna sana, Mirae presionó la herida mientras Raeki examinaba la punta de la flecha y emitía un ruido de satisfacción. Con cuidado, arrancó una pequeña tira de tela de la punta de metal y agitó la flecha ensangrentada ante mis ojos.

—¡La tengo toda! —exclamó—. Ha tenido suerte de que sea tan bueno en esto, tiern… no querría que se le quedara tela en una herida.

Tragué saliva en lugar de asentir inclinando la cabeza hacia atrás para buscar la mirada de Markel.

—Suéltame ya, por favor —dije con la voz áspera en raliano. Levantó las manos instantáneamente y, aunque Mirae seguía presionándome la pierna, respiré con algo más de facilidad.

Luego, por misericordia, me desmayé.

Cuando volví en mí, me di cuenta de que tenía la pierna vendada y de que Markel hacía guardia a mi lado. Sonrió con una expresión de puro alivio y signó:

—¿Has vuelto con nosotros?

—Eso creo —respondí parpadeando, todavía mareado—. ¿Cuánto tiempo he estado inconsciente?

—No mucho. Mirae dice que se curará bien. —Su signo para el nombre de Mirae era el gesto de un sacacorchos simulando sus apretados rizos negros—. Ella te ha cosido. La he observado, tiene buen ojo, ha limpiado todas sus herramientas con agua hirviendo y con alcohol. También ha usado la magia, el encantamiento de los soldados para prevenir nuevas infecciones. Podrás apoyar el peso en la pierna, pero no hagas nada demasiado arduo o se te saltarán los puntos.

—Lo intentaré —dije en voz alta, aunque el pensamiento me hizo sentir extrañamente vacío. Antes de que pudiera averiguar por qué, apareció Keletha. Tenía el rostro algo pálido y contraído y llevaba el brazo herido en un cabestrillo improvisado, pero, por lo demás, le enviade no parecía haber salido peor parade. Me sonrió y, aunque no le pidió a Markel que nos diera privacidad, lo hizo él por su propia voluntad inclinándose levemente ante Keletha antes de hacerme una seña rápida y discreta: «voy a escuchar». Asentí y lo observé salir con la pierna palpitándome al ritmo de sus pasos.

—¿Sabemos quién nos ha atacado? —pregunté tanto para distraerme del dolor como porque realmente quería saber la respuesta.

Keletha ocupó el asiento de Markel anticipándose a mí con un movimiento de la mano.

—Lo primero es lo primero: bébase esto. —Se metió la mano en el abrigo y me pasó un pequeño frasco de metal cuyo contenido era claramente alcohólico, algún tipo de bebida espirituosa mezclada con lo que supuse que era esencia de amapola por el olor—. Es mano de santos. Le ayudará.

—Gracias —contesté y acepté con reconocimiento tomando un largo trago antes de devolvérselo. Keletha asintió con aprobación, volvió a guardarse el frasco en el bolsillo interior del abrigo y descansó su mano libre en su regazo.

—Bien, ahora, respondiendo a su pregunta, según los tres que se han rendido, son campesinos desterrados. Hombres desesperados, por norma general. Nos vieron montar anoche y pensaron en probar suerte esta mañana. —Se encogió de hombros de un modo asimétrico—. Tristemente, son cosas que pasan. Por eso siempre cabalgamos armados.

—¿Campesinos desterrados? —inquirí frunciendo el ceño.

Le enviade suspiró.

—Cuando el predecesor de su padre, Ennan vin Mica, heredó las propiedades de su familia, una de sus primeras acciones fue despojar a las patrullas fronterizas que mantenían a los bandidos a raya de sus terrenos de las Montañas Nievadientes. Al mismo tiempo, elevó tanto los gravámenes a sus arrendatarios como los impuestos sobre los bienes comercializados de Tithena, Khytë y Nivona, y el primer invierno fue duro, mucha gente sufrió. Por supuesto, todo esto ocurrió hace unos veinte años y el Paso Taelic sigue siendo una ruta comercial regular, a pesar de que vin Mica despreciaba las monedas extranjeras. Cuando su propia gente intentó aprovecharse de los comerciantes al tratar de recuperar algo de lo que él les quitaba, hizo la vista gorda como si fuera a otra gente a la que estuvieran robando. Tras varios años (el comercio aquí se volvió más y más arriesgado y las rutas del este más populares), la parte tithenai que dependía de ello también sufrió. Los clanes khytoi se llevaron sus pieles, sus cueros, su artifex y su artesanía directamente a Qi-Katai, abandonando por completo a Vaiko. La mayoría de los nivonai dejaron de venir tan al sur. Y sin un comercio secundario para enriquecer a los mercados de aquí, los mercaderes tithenai cada vez tenían menos negocios que hacer.

»La tierra aquí se puede cultivar, pero hay más granjas y más grandes cerca de Qi-Katai y, habiendo un trayecto de tres días de ida y vuelta hasta la ciudad, no se pueden sacar muchos beneficios si solo vendes verduras. Pero el ganado es casi tan atractivo para los bandidos como las caravanas comerciales y, en cuanto esa empezó a ser una opción arriesgada, se produjo un efecto en cadena. Los agricultores de cultivos vendían a sus vecinos, a comerciantes y a todos los que apoyaban las caravanas, pero cuando las caravanas se agotaron, también lo hicieron los negocios asociados con su paso. Así como los ganaderos se marcharon, los agricultores cada vez tenían menos modos de ganarse la vida, lo que significaba que sus vecinos tenían menos comida, y, asimismo, que había menos para todos con lo que comerciar, y todo se desmoronó. Y con Qi-Katai tan cerca (aunque no estaba lo bastante cerca para todo lo demás), era mucho más sencillo para los mercaderes simplemente trasladarse en lugar de atrincherarse.

De repente, cobraba mucho sentido el destartalado estado de Vaiko.

—En otras palabras, la avaricia raliana me ha clavado una flecha en la pierna —murmuré.

—En parte, sí —comentó Keletha con ironía—. Aunque a través de una ruta indirecta. Nos han sorprendido con la guardia baja, por lo que Raeki está furioso. Barrió esta área de camino a las tierras de su padre y la consideró ampliamente segura. Al parecer, estábamos equivocados.

—Hemos tenido suerte. —Respiré profundamente obligándome a hacer la pregunta, aunque una parte de mí ya sabía la respuesta—. ¿Solo han sobrevivido los tres que se han rendido?

Keletha titubeó.

—Sí, tiern.

Cerré los ojos. Me daba vueltas el estómago.

—Así que los dos que... los que yo he atacado... quiero decir, ellos no... los dos están...

—Los ha matado, sí.

—Ah. —Abrí de nuevo los ojos mirando las vigas—. Esto es nuevo. Yo no he... no había... matado. Antes. Parece que ahora sí. Dos veces.

—Sí.

—Con una... —No recordaba la palabra tithenai, así que la sustituí por la raliana—. *Horca*.

—Ha sido un acto muy valiente, independientemente del instrumento elegido.

Resoplé. El letargo me atravesó cuando la amapola empezó a hacer efecto.

—Valiente... —espeté con la voz marcada por la repugnancia—. Me halaga, enviade.

Keletha ladeó la cabeza.

—¿Considera que sus acciones han sido una tontería?

—Creo... —empecé y me interrumpí. La verdad era demasiado horrible para expresarla. En lugar de eso, dije—: Creo que cargar contra arqueros con una *horca* raramente puede ser una acción inteligente. —Haciendo una mueca, me levanté pasando las piernas con cuidado sobre el borde de la mesa—. No quiero ofender a Mirae, pero he convalecido en lechos más cómodos.

—¿Debería levantarse? —preguntó alarmade.

Arqueé una ceja.

—¿Y usted?

—Ja.

—Mire —dije tras un momento—. Solo dígame qué está pasando y actuaré en consecuencia. Pero si tengo que quedarme tumbado indefinidamente, no será sobre una mesa.

Keletha volvió a suspirar pasándose la mano sana por las trenzas canosas.

—Siqa está gravemente herido. No podemos arriesgarnos a moverlo y, aunque pudiéramos, hay que pensar en los prisioneros y... hay que llevar el cuerpo de Shathan a casa para el entierro. —Se mordió el labio considerándolo—. Con la cooperación del posadero, me gustaría dejar a un guardia simbólico aquí hasta que podamos mandar ayuda desde Qi-Katai; de ese modo, Mirae puede atender a Siqa y los bandidos pueden quedarse en la bodega. Kita puede tomar el caballo más rápido, adelantarse e informar de nuestra situación. Es un riesgo, pero llegará antes si va sola mientras el resto seguimos según lo planeado. Pero si prefiere descansar...

—Ya se lo he dicho, enviade: el descanso no me llega con facilidad. Si es igual para usted, preferiría seguir avanzando.

Keletha me miró durante un largo momento. No supe lo que vio en mi cara, pero finalmente asintió.

—Pues seguiremos. Voy a avisar a Raeki, aunque sería un acto de amabilidad ante los cuidados de Mirae si te quedaras esperando aquí.

—Por supuesto —contesté y, cuando dejó la silla de Markel, me senté en ella con el espasmo de la pierna dolorida agradablemente silenciado por la amapola. Casi pareció que Keletha iba a hablar de nuevo, pero se lo pensó mejor y se marchó a reorganizar nuestra partida sin decir nada más.

Por fin solo, cerré los ojos notando un vacío que me roía el estómago. Yo no era un luchador y aun así no había dudado en lanzarme a la... bueno, «batalla» me parece una palabra demasiado grande para definirlo, pero sí al «peligro». Keletha lo había llamado «valentía» e incluso Raeki se había mostrado impresionado, lo que me dio ganas de reír ante la ironía.

No sabía si había actuado como lo había hecho porque quería vivir o porque esperaba morir; solo estaba seguro de que, de cualquier modo, no lo había logrado.

Cuarenta minutos después, nuestro grupo reducido y herido partió hacia Qi-Katai. Sentí una extraña y desconectada sensación de pérdida, aunque no habría sabido decir por qué. Había matado a dos hombres, mi antigua casa estaba más lejos de lo que había estado nunca y no tenía modo de saber si nuestras pertenencias de Farathel lograrían llegar a Qi-Katai y mucho menos si yo todavía estaría allí para recibirlas en caso de que llegaran. Tenía lo poco que llevaba conmigo, tenía a Quip y tenía a Markel mientras accediera a soportarme. Intenté imaginarme huyendo de nuevo a Farathel con nada más que mi nombre y estuve a punto de ahogarme con un repentino estallido poco apropiado de carcajadas. La capital estaba tan prohibida para mí como lo estaba Killic, ahora que habíamos sido expuestos, y probablemente más aún, porque volver allí supondría huir de un matrimonio respaldado y exigido por la corona. Lo único que podía hacer era seguir hacia adelante, hacia cualquier horrible futuro que me esperara.

No miré atrás.

Segunda parte

CAETHARI

6

Había pasado casi una quincena desde que había llegado el pájaro mensajero de Keletha a Qi-Katai proclamando que el compromiso del vin Aaro se había resuelto. No con Laecia, como todo el mundo esperaba, sino con Caethari. Cae todavía no había captado el sentido completo de todo esto. Por supuesto, técnicamente, su matrimonio siempre había sido una posibilidad: cuando las familias tithenai tenían varios hijos solteros en edad casadera y con un consentimiento establecido, rara vez se hacía una propuesta de matrimonio para un individuo específico, sino que se extendía a todo el clan inmediato para asegurarse la unión más fuerte posible. Conociendo el odio de los ralianos por los hombres como él, Cae había asumido, y con motivos, que el honor de casarse con Velasin vin Aaro le correspondería a Laecia, lo que también pensaba la propia Laecia. Por lo que podía ver, su hermana había considerado la unión como una especie de desafío intelectual y estaba más bien molesta porque se le hubiera negado la posibilidad de experimentar con él. Cae, sin embargo, estaba furioso, pero con nadie más que consigo mismo.

¡Por todo los santos! Incluso le habían pedido su opinión acerca de si deberían modificar los contratos del compromiso por respeto a las sensibilidades de los ralianos y él se había negado. Por supuesto, no porque quisiera seguir en la competencia por el matrimonio: simplemente odiaba la idea de rechazar su propio estatus legítimo, su valor como persona, solo porque a algún imbécil raliano le disgustara lo que hacía él con su polla. Y ahora se había visto arrastrado por esos principios: estaba ocultándose no solo de Laecia, que estaba decidida a que él siguiera sus planes salvajemente poco prácticos para «civilizar a Velasin», como ella lo llamaba; sino que también se estaba escondiendo de Riya, su hermana mayor, que quería darle «consejos matrimoniales».

Hacía años, Cae había luchado y, milagrosamente, había logrado matar a un oso rabioso. Había sido un momento definitivo de su juventud, lo más aterrador a lo que se había enfrentado. Incluso ahora, todavía llevaba en las costillas las cicatrices que le habían dejado las garras en el encuentro y, muchísimo tiempo después de eso, había dormido en secreto con un talismán encantado para protegerse de las pesadillas. No siempre funcionaba, por supuesto, ya que el encantamiento estaba centrado en mantener su cuerpo en calma, no en seleccionar los contenidos de su mente, pero, sin embargo, encontraba consuelo en su presencia.

Si le dieran a elegir entre enfrentarse a otro oso y escuchar a Riya juzgar sus hábitos sexuales, estaba seguro de que habría elegido al oso. *O, al menos, lo echaría a suertes*, pensó Cae amargamente.

Saliendo por la puerta de los sirvientes para dirigirse al salón inferior del Aida, se encaminó rápidamente a la Corte de Espadas con la esperanza de liberar algo de su energía nerviosa con una sesión de entrenamiento con quien estuviera disponible o ejecutando sus patrones de combate más duros. Había estado haciendo ambas cosas frecuentemente desde que se había enterado de su compromiso: a pesar de lo ansiosas que estaban sus hermanas por interrogarlo, incluso ellas entendían que interrumpir sus entrenamientos nunca era un curso de acción inteligente, y menos aún si su verdadero objetivo era que él se incriminara a sí mismo. Usar su cuerpo lo mantenía concentrado: nunca se sentía tan decidido como cuando se estaba moviendo, como si el mundo entero se ralentizara y le concediera tiempo para calibrar el mejor curso de acción. Pero si se quedaba quieto (si se permitía quedar atrapado en conversaciones diseñadas para que hablara antes de pensar) no se sabía lo que podría decir.

Y ese era el otro motivo por el que Cae estaba enfadado, o al menos, profundamente frustrado: no importaba a quién le preguntara o dónde buscara, no parecía descubrir nada acerca de Velasin vin Aaro más allá de su antigua residencia en Farathel, la capital raliana; su edad, veinticuatro frente a los veintiocho de Cae; y el hecho de que, a pesar del reciente ascenso de su familia, no era elegible para heredar sus tierras. La nota de

Keletha había sido breve y concisa y solo informaba que planeaban que el viaje de regreso fuera rápido y que a elle la parecía que Velasin haría «buena pareja» con Cae, fuera lo que fuere lo que eso significara. Se tragó su orgullo lo suficiente para preguntar si Laecia había descubierto algo más sobre ese hombre; su hermana había enviado consultas a través de su red personal de amigos mercaderes, magos y viajeros en busca de cualquier cotilleo, pero ella tampoco había descubierto nada de interés o había dominado el arte de mentirle descaradamente, lo cual era una perspectiva demasiado aterradora para tolerarla.

De cualquier modo, lo cierto era que hasta que no volviera Keletha no tendría información suficiente para saber cómo debería sentirse. Era el peor ejemplo de la paradoja del huevo y la gallina: necesitaba conocer primero a Velasin para saber cómo comportarse cuando conociera a Velasin y, tras esperar casi una quincena, esa contradicción lo había llevado a la frustración.

Estaba casi en la armería cuando un grito repentino le hizo levantar la mirada. Al otro lado de la extensión de losas de piedra, vio a una mujer sobre un caballo reluciente entrando a medio galope por las puertas superiores y que luego desmontó casi antes de detener al animal. Era una imagen bastante inusual, por lo que Cae se acercó a ella inmediatamente. Para llegar hasta el Aida, la jinete tenía que haber pasado por muchas puertas vigiladas de Qi-Katai. Que hubiera seguido cabalgando hasta alcanzar la cima solo podía significar que sus asuntos tenían que ver con alguien del propio Aida.

Al acercarse, la reconoció medio segundo después de darse cuenta de que no iba vestida con los colores de la mensajería.

—¡Kita! —exclamó acelerando los últimos pasos para tomar el brazo de la guerrera—. Santos, ¿qué le ha pasado a Keletha? ¿Estás bien? ¿Noticias?

Agotada, Kita se frotó la frente con la muñeca, lo que solo sirvió para extender el sudor y la suciedad que la cubrían.

—Atravesamos a buen ritmo el Paso Taelic, pero nos atacaron en Vaiko, en La Posada de la Montaña —informó—. Bandidos… eran un grupo pequeño. Habíamos barrido el área de camino a Ralia, pero nos tomaron por sorpresa, desorganizados, y tenían un arquero. —Respiró profundamente tambaleándose ligeramente sobre sus piernas—. Perdimos a Shathan. Él fue la única víctima mortal, pero hay varios heridos, uno de gravedad… A Siqa le clavaron una flecha en el pecho y le enviade tuvo que dejarlo atrás con Mirae y los prisioneros.

Cae maldijo.

—¿Y el resto? ¿Qué les ha pasado?

—A le enviade Keletha le dispararon en el hombro —contestó Kita tan humillada como enfadada—. Y a su… tiern Velasin también lo alcanzó una flecha. Le dieron en el muslo. —Una extraña mirada le cruzó el rostro—. Abatió al arquero con una horca… también acabó con el líder con ella, aunque me pareció que habría preferido huir antes que ayudarnos. No creo que se haya visto en medio de un combate nunca antes. Claramente, no le gusta demasiado. Cuando mencioné por primera vez que usted era un luchador, tiern, estuvo a punto de desmayarse. —Negó con la cabeza, perpleja—. Le he dicho al guardia de la puerta de atrás que mande a un escuadrón de recuperación para los que se han quedado en Vaiko con los prisioneros, pero todos los demás vienen a tan solo un día detrás de mí.

A Cae se le aceleró el corazón. Forzando una calma que no sentía, preguntó:

—¿Tienes algún otro informe que transmitir?

—No, tiern —respondió Kita mirando anhelante en dirección a las barracas—. Aunque le enviade me pidió que respondiera a cualquier, eh… pregunta personal que pudiera tener.

—Has cabalgado dura y eficientemente —repuso Cae suprimiendo valientemente su curiosidad desesperada—. Sería una pobre recompensa hacerte responder antes de dejarte descansar. Ve, atiende las necesidades de tu caballo y las tuyas propias y luego búscame en mis aposentos cuando te venga bien.

La expresión de Kita se iluminó de gratitud.

—Se lo agradezco, tiern. No le haré esperar mucho. —Aun así, vaciló—. ¿Tiene alguna otra orden para mí?

—Sí —contestó Cae—. No digas nada de Velasin a mis hermanas ni a nadie hasta que hayas hablado conmigo.

—Por supuesto, tiern. —Con una reverencia, Kita se dio la vuelta y condujo al caballo con la boca llena de espuma a un descanso bien merecido.

Cae la observó marcharse resistiendo el impulso de volverla a llamar. Parecía ser que los santos tenían un sentido del humor perverso, pero ¿qué más podía esperarse de un desfile de mortales elevados a una nebulosa inmortalidad por capricho divino? Por supuesto, era poco probable que el propio Velasin creyera en los santos, lo que hacía que todo fuera aún más irónico... ¿en qué creían los ralianos? La Doctrina de algo que tenía que ver con los cielos. Siempre se le olvidaba la palabra raliana para referirse a ello, lo obsesionaba más cómo la fe del sol y de las lunas podía traducirse de un modo sensato en un odio a los hombres que fornican con otros hombres, a las mujeres que fornican con otras mujeres, a les kemi o metem. Eso eran los ralianos, siempre retorciéndose en nudos sobre la falsa propiedad.

Probablemente, esa era una de las cosas que debería preguntarle a Kita: ¿Velasin era creyente? ¿Cómo podía serlo un hombre con sus inclinaciones? La pregunta se deslizó por la columna vertebral de Cae como un insecto errante haciendo que se estremeciera, incómodo. Sus propias creencias se basaban más en la costumbre que en la fe y, algo a lo que intentaba no darle demasiadas vueltas, excepto en el momento presente, era a que los dioses eran las lunas y las lunas eran bastante reales, así que ¿por qué no las historias asociadas a ellas? Todo lo demás era mejor dejarlo para mentes más reflexivas que la suya.

Con los dedos apretados, Cae se marchó volviendo sobre sus pasos hacia el Aida confiando en que su velocidad lo mantuviera a salvo de las intervenciones de sus hermanas. Felizmente, logró llegar a sus aposentos sin ser abordado y pasó los cuarenta minutos siguientes paseando con agitación por su sala de recepción y haciendo girar su segundo cuchillo preferido en patrones cada vez más intrincados. Ese hábito en particular era una de las muchas razones por las que se había rendido a tener servicio personal: solían ponerse nerviosos, y los sirvientes nerviosos eran, según la propia experiencia de Cae, más propensos a la torpeza. Esos días, prefería que el mantenimiento de sus aposentos corriera a cargo del personal general del Aida, y aunque ese arreglo carecía de matices personales, lo compensaba con creces con su privacidad.

Excepto por que, evidentemente, pronto estaría compartiendo su espacio con Velasin vin Aaro, cuyos hábitos le eran totalmente desconocidos.

Cae apretó los dientes mientras el filo del cuchillo lanzaba reflejos a un lado y al otro. Habían pasado años desde que había dado su consentimiento general a la posibilidad de matrimonio y, aunque no quería quedarse solo para siempre, no era así como pensaba que sucedería. Santos, se había pasado la mayor parte de la década cabalgando contra bandidos y nobles ralianos por culpa de la idiotez de Ennan vin Mica y ¿ahora iba a tener que *casarse* con uno? ¿En qué estaba *pensando* Keletha?

En un estallido de frustración, Cae se dio la vuelta y arrojó el cuchillo a una tabla que había colgado en la pared para ese propósito exacto. Se hundió profundamente con un ruido satisfactorio y acababa de sacarlo cuando alguien llamó a la puerta.

Era Kita, recién lavada y recién vestida con el uniforme de la guardia de Aida. Los alfileres de su túnica denotaban tanto su rango como su puesto bajo el mando de Raeki. Le dirigió una reverencia breve y formal con la mano derecha sobre el corazón.

—Dai Kita Valichae, informando como se me ha ordenado —anunció.

Todavía tenía el pelo mojado y los cortos mechones goteaban dejando un rastro que le llegaba hasta el cuello. Cae se apartó indicándole que se sentara en la silla para visitas a un lado de la mesa principal y él tomó sitio justo enfrente. Extrañamente para ella, Kita parecía nerviosa, por lo que Cae, con el corazón en un puño, comprendió que no tenía nada agradable que decir sobre Velasin o, al menos, nada sencillo. Decidió enterarse primero y juzgar después, así que colocó las manos sobre el escritorio y le dijo:

—¿Puedo contar con tu discreción, dai Kita?

Al instante, la mujer enderezó la espalda todavía más.

—Por supuesto, tiern.

—Bien. A cambio, tienes mi permiso para hablar con total libertad. Yo, eh... —Vaciló intentando encontrar las palabras adecuadas—. Como puedes imaginar, esta unión no es lo que me esperaba. Apreciaré enormemente cualquier información que pueda prepararme para ella.

Kita se sonrojó y empezó a balbucear:

—Creemos que está enamorado de otra persona. Tiern Velasin, es decir... la noche que llegamos a la propiedad de vin Aaro, fue descubierto en mitad del acto con otro hombre... —Hizo una pausa tratando de recordar la palabra raliana—. Lord Killic vin no sé qué, y por eso, a ver... Por eso el compromiso se cerró con usted en lugar de con tiera Laecia, porque a tiern Velasin no le interesan las mujeres y, después de lo que vio le enviade, su padre no podía fingir lo contrario, aunque me han dicho que intentó afirmar que no importaba. Santos, estaba furioso... Echó a lord Killic en medio de la oscuridad, dijo que lo mataría si se quedaba, y a tiern Velasin...

Se interrumpió de repente, como si se avergonzara de sí misma, y Cae, que se sentía cada vez más incómodo, la instó a continuar:

—¿Qué pasa con él?

—No había dado su consentimiento para casarse —respondió tragando saliva—. Incluso teniendo en cuenta sus preferencias, le enviade pensó... asumió, todos lo hicimos, que al menos le habrían preguntado de antemano si quería casarse, pero parece ser que no y su padre amenazó con desheredarlo si no accedía.

Cae se sintió débilmente mareado.

—¿Sabes lo que pasó con su amante?

—Huyó —respondió Kita igual de desdeñosa. Y luego, tristemente, añadió—: Creo que el tiern suspira por él. Claramente, no es feliz. No puedo decir que lo culpe por ello, dadas las circunstancias. Aun así... —Hizo una pausa frunciendo el ceño y finalmente dijo—: Sigo creyendo que hay algo más que no sabemos. Habla con nosotros a veces, su tithenai es muy bueno, aunque tiene que trabajar en el acento, pero parece que no hemos llegado a descubrir mucho sobre él. No estoy segura de si se siente a gusto con nosotros o si simplemente es educado.

Cae hizo una mueca. *Por la gracia de Ruya, ¿hay algo salvable en esto?*

—También has dicho que atacó a los bandidos con... ¿era una horca? ¿Y lo hirieron?

—Le dieron con una flecha en el muslo —confirmó Kita—, aunque Mirae dijo que estaba bien. Los bandidos nos atacaron durante el desayuno, tiern Velasin era el único que estaba a caballo. Él...

—¿Por qué? —interrumpió Cae.

—¿Cómo dice?

—¿Por qué Velasin estaba sobre el caballo si los demás todavía estabais comiendo?

—Ah. —Se sonrojó de nuevo y pareció perturbada—. Estaba... no lo sé, tiern. No había dormido bien durante el camino, pero incluso tras una noche en el interior, todavía parecía medio muerto. Le enviade se ofreció a retrasar la partida y a concederle más tiempo para descansar, pero dijo que no, que no sería de ayuda. Creo que discutió con su sirviente también, aunque cuesta saberlo cuando hablan en señas, pero...

—¿Señas?

—Su sirviente es mudo —contestó rápidamente Kita—. Se llama Markel. Son muy cercanos y, aunque no sé toda la historia que hay detrás, se hablan en señas. Así. —Hizo una serie de formas con las manos y resopló—. Algunos piensan que en realidad está enamorado de Markel, no de lord Killic, pero yo no lo creo. Sea cual fuere el problema del tiern, no creo que callarse a quién desea tenga que ver algo con ello. Pero, de cualquier modo, parecía que había discutido con Markel y había salido.

—Y eso de algún modo llevó a Velasin a... ¿marcharse él solo a caballo?

—Más o menos —confirmó Kita—. Tar Raeki fue a hablar con él y lo encontró en los establos. No sé qué se dijeron en ese intercambio, pero el tiern sacó su caballo de todos modos y dijo que quería llegar a Qi-Katai. Justo entonces nos atacaron los bandidos. Parecía que no tenían ni idea de lo que estaban haciendo, pero aun así el tiern acabó con dos y, parece ser que eran los dos más habilidosos. Tar Raeki no sabía qué pensar sobre eso.

Cae parpadeó, totalmente perplejo.

—¿Lo he entendido bien? —Levantó la mano para contar las contradicciones con los dedos—. Velasin es raliano, pero lo bastante indiscreto como para que lo pescaran con su amante en los jardines de su padre. No quiere casarse conmigo, pero aun así tiene prisa por llegar aquí. No es luchador, pero mató a dos bandidos armados con una *horca* abandonada por la mano de los santos. Y lo más ridículo es que, aunque se pasa todo el tiempo hablando con su sirviente mudo, ninguno de vosotros sabe lo que dice porque hablan en *señas*. —Hizo un sonido exasperado y se pasó la mano por la cara—. ¿Puedes decirme alguna cosa que tenga *algo* de sentido sobre ese hombre o es un misterio con patas?

Kita se mordió el labio con una expresión entre avergonzada y divertida.

—¿Le... gustan los caballos?

—Los caballos —repitió Cae planamente.

—Bueno, sabe bien cómo tratarlos y cuida a su corcel de un modo excelente. No delega su mantenimiento, a pesar de que tiene a Markel con él. También aprende rápido. El primer día, su acento tithenai era *horrible*, y parece ser que está de moda en Farathel, pero ahora habla mucho mejor. Como alguien de Irae-Tai, tal vez, en lugar de como un mercader attovari.

—Migajas —murmuró Cae. Se frotó las sienes, la conversación estaba empezando a darle dolor de cabeza. Recordando su anterior línea de pensamiento, preguntó—: ¿Es devoto?

Kita parpadeó, sobresaltada.

—No —respondió tras unos instantes—. No lo creo. Si lo es, lo mantiene en secreto. Aunque, por otra parte, no estoy segura de cómo es la fe en los ralianos, así que tómeselo como quiera. —Se encogió de hombros a modo de disculpa.

Cae suspiró.

—¿Algo más?

—Es valiente, me parece —agregó Kita, reflexionando—. Claramente obediente, en un sentido raliano. Trata a su sirviente con amabilidad, lo que suele ser un buen indicador y, aunque ha discutido con le enviade, nunca ha sido grosero. Y también entiende que sea kem, lo cual es bastante inesperado. O, al menos, nunca lo he oído usar las formas inadecuadas o hacer el tipo de chistes que suelen hacer los extranjeros, ni siquiera estando enfadado. Se enfurruña bastante y tiene un humor extraño, pero nunca se ha quejado, como harían algunos nobles, de la falta de comodidades.

Era un elogio bastante débil, pero de todos modos, Cae se animó al oírlo. Inhaló profundamente, estabilizándose, y se debatió brevemente sobre si hacer o no su última pregunta.

La curiosidad, por morbosa que fuera, venció a la moderación.

—Y es… a la vista, quiero decir, es, eh…

Kita lo rescató de su bochorno sonriendo levemente.

—Es favorecido —afirmó—. Para ser un hombre. Y un raliano, supongo.

Cae asintió resistiendo la tentación de preguntar más detalles.

—Gracias, dai Kita. —Con toda la dignidad que pudo reunir, se levantó—. Ha sido… muy esclarecedor.

—Por supuesto, tiern —contestó Kita haciendo una reverencia.

En cuanto ella salió de la habitación, Cae apoyó la cabeza en la puerta y gimió. «Esclarecedor» era una palabra adecuada para describir el testimonio de Kita. «Desconcertante» era otra. Por mucho que les diera vueltas a los hechos, no podía sacar nada en claro de los motivos de Velasin. ¿Se habría resignado ante la perspectiva del matrimonio o estaría afligido por su amante? ¿Lo habrían descubierto por accidente o a propósito? Probablemente, en Ralia no se aplicaran las mismas convenciones, pero en Tithena no era raro que las partes involucradas en relaciones no reveladas previamente hicieran arreglos para ser vistas juntas si se concertaba un compromiso. ¿Habría buscado Velasin romper el compromiso con Laecia sin ser consciente de que le ofrecerían a Cae como sustituto? ¿O habría sido simplemente casualidad? ¿O alguna otra cosa? ¿Aceptaría su preferencia por los hombres o viviría atado por la culpa?

Casi se arrepentía de haberle pedido el informe a Kita porque la pregunta más importante de todas (¿puedo hacer que esto funcione?) no había podido responderla. Suspirando, Cae se apartó de la puerta y reanudó su paseo nervioso con el cuchillo apareciéndole en la mano como por voluntad propia. *Contingencias*, pensó. *Esa es la clave de todo*. En una batalla, si la información recibida acerca de la posición del enemigo era poco fiable, elaborabas diferentes estrategias para estar listo para todas las opciones posibles. No es que tuviera prisa por pensar en Velasin como un enemigo, pero a Cae siempre se le habían dado mejor las tácticas que la diplomacia y, si el objetivo final en este caso era un matrimonio tolerable, parecía sensato aprovechar sus puntos fuertes.

Volteando el cuchillo una y otra vez, empezó a trazar sus planes para Velasin vin Aaro.

7

—Estás sonrojado —señaló Laecia—. ¿A ti no te parece que está sonrojado, Riya?

—No lo sé —contestó Riya fingiendo estudiar a Cae—. En todo caso, diría que está pálido.

—Santos, dadme fuerza —murmuró Cae mirando por encima del parapeto. Lo peor de todo era que no estaba ruborizado hasta que Laecia lo había sugerido, pero ahora que lo había hecho, podía notar el corazón en la garganta. Frunció el ceño llevando los hombros hacia atrás y les deseó el mutismo a sus hermanas.

—Creo que los veo —anunció Riya demasiado casualmente dado su propio interés en la llegada de Keletha. Con tantos años de práctica, Cae se negaba a caer en la trampa.

—¿De verdad? —inquirió—. Yo no.

—Aguafiestas —murmuró Riya—. Me caías mejor antes de lo del oso.

Frunció los labios ante la vieja queja.

—Qué lástima que lo haya matado.

—Qué lástima que no te matara él *a ti* —gruñó Laecia que siempre se había sentido irritada por la broma interna—. Tal vez entonces sería *yo* la que estuviera consiguiendo marido hoy y Riya me estaría soltado todos sus chistes sucios de casada en lugar de guardárselos para soltártelos a ti en momentos inapropiados. Lo cual es un desperdicio, por cierto —añadió fulminando a Riya con la mirada—. Solo te preocupa que se lo diga yo primero.

—¿Estás insinuando que no lo harías, querida hermana?

—Digo que yo los contaría mejor.

—¡Qué pena entonces que tu repertorio sea tan escaso!

—No sería tan escaso si estuviera en posición de *aprender de la experiencia* —replicó Laecia.

—No os estoy escuchando —comentó Cae en voz alta con la vaga esperanza de que se hiciera realidad en cierto modo.

—¡Si quieres experimentar el sexo, hazlo! —exclamó Riya ignorándolo—. Tampoco es que te falten opciones.

—Resulta que tengo estándares.

—¿Por eso querías casarte con el raliano antes de verlo?

—No, *esperaba* casarme con el raliano. Es diferente, Ri.

—Bueno, *ahora* ya no vas a casarte con él, ¿verdad? —insistió Riya exasperada—. ¡Pues ve a practicar sexo!

Cae se llevó una mano a los ojos. Habría rezado para que pararan, pero cuando lo hicieran, volverían inevitablemente a…

—Ahora no puedo —respondió Laecia remilgadamente—. Estoy esperando a conocer a nuestro nuevo cuñado. ¡Eh! ¿Creéis que son ellos? —Señaló hacia las sinuosas calles de abajo.

Cae estaba a punto de irse cuando Riya exclamó emocionada:

—¡Sí que son! Reconocería el vitíligo de Keletha en cualquier parte.

De repente volvía a tener a sus hermanas encima turnándose para determinar cuál de los jinetes era Velasin vin Aaro.

A pesar de lo ridículo que era, ya que Cae lo conocería pronto cuando el grupo de Keletha llegara al Aida, no pudo resistir el impulso de unirse, aunque desde esa distancia no podía afirmar nada más aparte del color del caballo de Velasin.

—Debe ser él —dijo Laecia señalando una silueta de cabello oscuro y piel aceitunada sobre un elegante corcel bayo—. Y eso significa que él —dibujó una línea en el aire señalando a un hombre con la cabeza rapada sobre una yegua del mismo color— es el sirviente, Markel.

Riya se volvió hacia Cae fingiendo ser la viva imagen de la inocencia y preguntó:

—¿Te sientes amenazado, hermano?

—No. —Sabía, por supuesto, que Kita acabaría respondiendo a las preguntas de sus hermanas tanto como a las suyas propias, lo que había hecho que estuvieran al corriente de todo el debate «Killic contra Markel», aunque eso no significaba que a él le gustara. Que los santos lo ayudaran, incluso habían elegido bando: en cuanto Riya había declarado que Markel le parecía la opción más probable, Laecia había optado por la alternativa y, a menos que el futuro esposo de Cae hiciera algo para disipar los rumores, predijo que oiría hablar mucho en el futuro cercano del amor secreto de Velasin. *Y no solo a Riya y a Laecia*, pensó sombríamente. Por mucho que intentara evitarlo, Qi-Katai, al igual que cualquier ciudad importante, era un hervidero de chismes y, según la experiencia de Cae, costaba decir quién era peor, si los soldados, los mercaderes, los sirvientes o su propia y maldita familia.

Cuando Riya y Laecia reanudaron sus disputas sobre el amante desconocido de Velasin, Cae apoyó los codos en la pared y observó al grupo acercándose. Era una comitiva pequeña incluso antes del ataque en Vaiko y habían acumulado una cantidad adicional de guardias al pasar por la parte baja de la ciudad. Y como se había corrido la voz sobre la identidad de Velasin (el compromiso hasta la fecha se había mantenido en secreto), la multitud empezó a reunirse y los curiosos se habían alineado en las calles para contemplar al noble raliano.

Sucedió justo después de que atravesaran la Puerta Ámbar que marcaba la última calle antes del Aida propiamente dicho. La estrechez de la puerta obligaba a los jinetes a pasar temporalmente en fila de uno antes de que la calle se ensanchara de nuevo (una decisión arquitectónica que era inmensamente útil en caso de asedio, pero un gran inconveniente en caso contrario) y mientras Cae miraba con impotencia desde las alturas, de repente un transeúnte se separó de la multitud y corrió hacia el caballo de Velasin. Cae no necesitó ver el filo para saber que el hombre iba armado, al igual que tampoco le hizo falta, evidentemente, al sirviente de Velasin, cuya propia montura se lanzó hacia adelante justo a tiempo para interceptar al agresor.

Gritos distantes flotaron en el aire. Riya se llevó la mano a la boca conmocionada mientras Laecia emitía un sonido de sorpresa agarrándose a la piedra. A Cae se le encogió el estómago: los guardias se movieron y sujetaron al hombre, pero el sirviente (Markel) había sido visiblemente herido y se tambaleó sobre la silla. Sin importarle que siguiera corriendo peligro, tiern Velasin desmontó y trastabilló por el peso de Markel cuando el sirviente cayó de lado. Entonces Velasin también se derrumbó y Cae notó el corazón en la garganta antes de recordar que el tiern tenía la pierna herida y que habría cedido debajo de él.

Retrocediendo desde el parapeto, Cae echó a correr con su guardia siguiéndole de cerca. Hacía años que no recorría los atajos de los niveles superiores del Aida, no lo hacía desde que era soldado en entrenamiento, pero los recordaba perfectamente y, en poco tiempo, dejó atrás a sus guardias, puesto que un solo hombre podía saltar, trepar y esquivar de modos que un escuadrón entero no era capaz.

Irrumpiendo en el patio, buscó un caballo y, por suerte, encontró a uno que una joven moza conducía a alguna parte. La pobre chica chilló asustada cuando Cae le arrebató las riendas gritando que había una emergencia, pero no protestó. El caballo, un palafrén gris, resopló desaprobando el repentino cambio de planes, aunque respondió rápidamente de todos modos. Los estribos eran demasiado cortos, por lo que Cae decidió cabalgar sin ellos en lugar de perder tiempo ajustándolos, pasando los hierros sobre el cuerno de la silla mientras le daba patadas a la yegua para ponerla a galope.

A mitad de camino de la Puerta Ámbar, se hizo a un lado cuando un trío de jinetes llegaron corriendo en la dirección opuesta: dos guardias uniformados (uno del Mercado de Jade y el otro de la Puerta Ámbar) y tar Raeki Maas, este último sosteniendo a un Markel herido delante de él, pasándole un brazo por el pecho para mantener al sirviente erguido. Solo tuvo tiempo de captar la mirada enfadada de Raeki antes de que pasaran los tres a toda prisa y volvió a quedarse solo.

Sin embargo, no fue por mucho tiempo: justo cuando Cae llevaba de nuevo al palafrén hacia el camino, un cuarto jinete dobló la esquina velozmente y solo los rápidos reflejos de ambas monturas evitaron la colisión. El palafrén de Cae se asustó y bailoteó de lado a lado con las orejas echadas hacia atrás mientras el otro jinete intentaba continuar.

—¿Por dónde? —gritó frenético señalando con la mano el cruce más cercano—. ¿Por dónde han ido los jinetes? —Estaba despeinado y sudoroso, su cabello negro suelto enmarcaba un rostro de huesos finos y una barba de una semana acentuaba las agradables líneas de sus labios y su mandíbula. Su piel sonrojada era de un tono aceitunado claro, pero tenía círculos oscuros debajo de los ojos y, a pesar del calor del día, temblaba visiblemente.

Velasin vin Aaro.

Después del informe de Kita, Cae había ideado varias opciones potenciales para acercarse a su prometido, pero ninguna de ellas incluía a Velasin persiguiendo desesperadamente a su sirviente herido. Cae tragó saliva, planteándose momentáneamente si debía identificarse en ese momento antes de responder. Por suerte, su hábito de comando se activó y las prioridades se realinearon para responder a la situación. Dirigiendo a su palafrén prestado junto al bayo de Velasin, señaló con la cabeza hacia la dirección desde la que había venido y le dijo:

—¡Sígueme, tiern!

—¡Gracias! —jadeó Velasin y cabalgaron juntos con los caballos resoplando mientras subían la ladera a medio galope.

Al pasar por las puertas superiores y llegar al patio, Cae estuvo a punto de echarse a reír cuando vio que la moza estaba justo donde él la había dejado mirando a su alrededor con cierta ansiedad que se desvaneció en cuanto ellos se detuvieron.

—Gracias por el préstamo —comentó entregándole las riendas—. Te lo devuelvo con intereses.

Ella lo miró boquiabierta.

—¿Quiere que tome ambos caballos, tiern?

—Si eres tan amable, ¿ren...?

—Vaia, tiern. Ren Vaia Skai.

—Ren Vaia. Este es el nuevo tiern Velasin vin Aaro y este es su fiel corcel. —Pasó las riendas del bayo por encima de su cabeza mientras Velasin desmontaba—. Acaba de llegar de Ralia, así que debes tratarlo con amabilidad, ¿entendido?

La muchacha asintió rápidamente con los ojos muy abiertos.

—¡Sí, tiern! —exclamó y se apresuró a obedecer chasqueando la lengua mientras se llevaba a las dos criaturas.

Al marcharse, gracias al insólito vacío del patio, dejó a Cae solo con Velasin. El tiern herido dio un paso hacia adelante. Estaba pálido y a punto de caerse, y permaneció erguido por pura testarudez. Solo entonces se dio cuenta Cae de la magnitud del problema: el muslo izquierdo de Velasin estaba empapado de sangre, la mancha oscura se extendía por sus bombachos. Lo más probable era que se le hubieran abierto los puntos. Con un siseo consternado, Cae se movió para ayudarle.

—Toma —se ofreció tendiéndole el brazo—. Puedes apoyarte en mi...

—¡No!

Cae retrocedió, sobresaltado. Velasin se quedó mirándolo con los ojos muy abiertos y tenso como un alambre.

Tras unos instantes, Cae señaló su pierna con la cabeza.

—No puedes andar así sin apoyo, tiern. No quiero importunarte, pero dadas las circunstancias...

—No dejas de llamarme «tiern» —lo interrumpió Velasin—. Sin embargo, conoces mi nombre completo. —Miró a Cae visiblemente inquieto—. ¿Quién eres?

Internamente, Cae suspiró. Exteriormente, se enderezó.

—Tiern Caethari Aeduria —respondió suavemente—. O Cae, si lo prefieres.

—Claro —comentó Velasin cerrando los ojos—. Claro que lo eres. —Rio con un sonido quebrado y falto de humor. En raliano, agregó—: Las lunas se están burlando de mí.

Cae le contestó en el mismo idioma:

—No sabía que tus lunas tuvieran sentido del humor.

—Depende de a quién le preguntes —dijo Velasin volviendo al tithenai. Como había indicado Kita, su acento era melodioso y agradable, como si perteneciera a un próspero clan de Irae-Tai. O a una familia universitaria.

—He visto lo que ha pasado —murmuró Cae rompiendo el silencio—. Desde los parapetos del Aida. Venía a ayudar.

El rostro de Velasin se contrajo.

—Ese golpe era para mí. Si Markel muere...

—Rezo para que no lo haga.

—Te lo agradezco —susurró. Entonces, como si temiera la respuesta, preguntó—: ¿Puedes llevarme con él? Sé que hay otros asuntos que discutir, pero Markel es mudo... no podrá hablar si yo no estoy allí y puede que a tar Raeki no se le ocurra informar a los curanderos.

—Por supuesto —accedió Cae—. Pero tendrás que confiar en mí al menos para apoyarte, tiern. Esa pierna no podrá resistir tu peso.

Velasin apartó la mirada, considerándolo. Cae frunció el ceño: fuera cual fuere el motivo de su objeción al contacto público, el tiern necesitaba ayuda y para él era un esfuerzo no decírselo. Sin embargo, tras un momento, Velasin asintió. Cae se acercó a él con cuidado preguntándose si estaría escondiendo alguna otra herida como alguna costilla rota o tal vez un corte superficial, algo que empeoraría fácilmente con un brazo de apoyo. Alguna gente guardaba en secreto sus heridas, tanto soldados como civiles, y, aunque Cae no era de esos, entendía el impulso. Como tal, intentó ser amable y rozó con las yemas de los dedos la piel de Velasin en busca de puntos sensibles. Solo cuando Velasin inhaló bruscamente tensándose de nuevo, Cae se dio cuenta de que un roce tan prolongado transmitía algunas implicaciones muy diferentes.

—Lo siento —murmuró sonrojándose por su error y rápidamente pasó el brazo alrededor de las costillas de Velasin—. Vamos. Puedes apoyarte en mí.

Velasin se estremeció y obedeció, dejando que Cae soportara su peso mientras avanzaban hacia adelante. Cojeaba mucho y su aliento siseaba a cada paso. Cae no sabía si estaba más frustrado por la testarudez de Velasin o impresionado por su tenacidad.

Siguiendo la suposición más razonable de que Raeki se hubiera llevado a Markel directamente a la enfermería, Cae se dirigió hacia allí agradeciendo en silencio no tener que subir ninguna escalera. De hecho, cada vez quedaba más claro que, a pesar del estado de su sirviente, el propio Velasin necesitaba atención médica. Respiraba con dificultad y, tan cerca como estaban el uno del otro, Cae podía notar los latidos de su corazón.

—¿Falta mucho? —rechinó Velasin.

—No me digas que no puedes seguir —contestó Cae moviéndose para agarrarlo mejor.

—¿Por qué no iba a poder? Prácticamente me estás llevando tú.

—¿Entonces crees que *yo* no voy a poder?

—Lo has dicho tú, no yo.

—Qué gracioso —resopló Cae torciendo la boca a su pesar—. Los ralianos tenéis un ingenio bastante singular.

—Los tithenai ponéis el listón muy bajo.

—¡Ja!

—¿Lo ves? —replicó Velasin jadeando ligeramente—. Te ríes, pero no es gracioso.

—¿Qué puedo decir? Estoy falto de buen entretenimiento.

—Pues lamento decepcionarte entonces, pero soy una compañía horrible.

—Eso no te lo discutiré. Nos acabamos de conocer y ya estás sangrando encima de mí.

—En mi defensa, diré que me has quitado a mi caballo.

—No sé cómo hacéis las cosas en Ralia —replicó Cae girando la última esquina—, pero por lo general aquí está mal visto cabalgar en interiores.

Velasin rio débilmente.

—¿Y decís que somos nosotros los atrasados?

—Sí, pero en vuestras caras. Somos así de educados.

—Este matrimonio ha tenido un comienzo horrible —comentó Velasin y, de repente, el humor entre ellos se desvaneció.

Cae tragó saliva y se detuvo asintiendo incómodamente hacia la puerta de la enfermería.

—Por aquí —informó y no miró a Velasin mientras entraban.

Cae se detuvo en el umbral asimilando la escena. Markel estaba tumbado en una cama cercana con la camisa levantada revelando una profunda herida en la carne vulnerable de debajo de las costillas. Los dos guardias se apartaron de él enfrascados en una discusión entre silbidos sobre quién tenía la culpa mientras Raeki se paseaba y maldecía en voz baja observando cómo le curandere, ru Zairin Ciras, daba instrucciones claras a sus subordinados.

Al reconocer a Cae, los dos guardias que discutían se pusieron firmes, pero antes de que Raeki o ru Zairin pudieran hablar, Velasin pasó trastabillando entre ellos para llegar a la cama.

—¿Markel? ¿Estás despierto? ¡Markel!

El sirviente abrió los ojos enfocándose débilmente en Velasin y con un repentilo estallido de esfuerzo, levantó las manos y empezó a signar. Los gestos eran desconocidos para Cae, pero Velasin los entendió claramente porque empezó a traducir hablando en tithenai en voz alta con la mirada fija en Markel.

—El hombre que lo ha atacado ha dicho que actuaban en nombre del Cuchillo Indómito, quien no va a permitir le presencia raliana en Qi-Katai.

—¿El... qué? —se atragantó Cae, horrorizado—. Pero eso no... ¡no tiene ningún sentido!

Velasin se dio la vuelta y lo fulminó con la mirada.

—¿Por qué no? El Cuchillo Indómito estuvo enfrentándose a vin Mica durante años... tiene todas las razones para odiar mi presencia aquí. Sinceramente, ¿vas a fingir lo contrario?

—¡No voy a fingir nada porque yo soy él! —espetó Cae.

—Ah —murmuró Velasin tambaleándose ligeramente. Se agarró al borde de la cama de Markel intentando estabilizarse y, de repente, Cae se dio cuenta de lo pálido que estaba—. Entonces me quieres muerto, ¿no?

—No —contestó Cae moviéndose ya hacia él—. Tiern, tu pierna...

—Mierda —dijo Velasin suavemente y se desmayó.

8

Menos mal que no habían planeado ninguna ceremonia para marcar la llegada de Velasin o mucha gente se habría sentido incomodada, además de él mismo. Tal y como estaban las cosas, en lugar de mostrarle a su prometido los alrededores del Aida, como había sido su estrategia preferida para la tarde, se encontró paseando por todo el castillo por razones mucho menos agradables. Aunque el guardia del Mercado de Jade había sugerido con cierto grado de afrenta que el «supuesto testimonio» de Markel acerca de su agresor no contaba para nada, puesto que solo tenían «la palabra del tiern raliano», Cae no era tan tonto. Por torpe que hubiera sido el intento, no solo habían intentado matar a Velasin, sino que habían tenido las agallas de hacerlo en nombre de Cae y, por extensión, en nombre de todo el clan Aeduria.

Y eso era inaceptable, no solo personalmente, aunque hería el orgullo de Cae, sino también políticamente. Con todo el pánico que sentía por la personalidad de Velasin, apenas había asimilado las implicaciones del vínculo diplomático con Ralia. ¿Qué significaría que el clan de Cae, la familia gobernante de Qi-Katai, se opusiera tan violentamente a un matrimonio respaldado, aunque de manera distante, por los monarcas de dos naciones? Las ondas más grandes tardarían más en llegar, pero Cae se estremeció solo de pensar en cómo se formarían.

Tras unos ansiosos diez minutos en la enfermería donde ru Zairin le había asegurado que Markel viviría y que Velasin tan solo estaba sufriendo los efectos combinados de la pérdida de sangre, el estrés y el agotamiento y que la única cura era el reposo, finalmente Cae se consideró libre de marcharse. Por necesidad, se llevó a Raeki con él y se encaminaron directamente a los aposentos de Keletha. Sin embargo, a mitad de camino, fueron interrumpidos por una sirviente que claramente estaba buscándolos. Les informó jadeando que el tiern y el tar debían reunirse con tieren Halithar en el Estudio Verde cuanto antes.

Al llegar a este nuevo destino (que estaba, convenientemente, en el lado opuesto del Aida) Cae y Raeki se encontraron con que no solo estaba presente el tieren, sino también Keletha, Riya y Laecia. Con una rápida reverencia a su padre, Cae se apresuró a tomar asiento y Raeki hizo lo mismo. El Estudio Verde era una sala pequeña, pero elegantemente decorada e imponente: era la ubicación que elegía el tieren para las reuniones privadas. Se sentó a la cabeza de la mesa oblonga con las manos llenas de cicatrices apoyadas en la madera pulida y dijo con un tono frío:

—Ahora que estamos todos reunidos, me sentiría muy agradecido si alguien... —Miró fijamente a Cae—. Me iluminara sobre lo que está pasando, en nombre de Zo.

Como si estuviera dando un informe a un oficial al mando (lo que, en cierto sentido, estaba haciendo), Cae respiró hondo, dedicó una breve mirada de reconocimiento a cada miembro de la audiencia y relató su versión de los hechos empezando por lo que había visto desde lo alto del Aida y terminando con el desmayo de Velasin en la enfermería. Cuando acabó, tieren Halithar le indicó a la persona siguiente (a Riya, en este caso) que hablara. De este modo, dieron la vuelta a la mesa y Keletha y Raeki empezaron sus relatos desde el ataque en Vaiko, en lugar de desde la llegada a Qi-Katai. Aunque Kita había cubierto la mayoría de los detalles en el primer informe que le había dado, una extraña sacudida recorrió a Cae al escuchar las versiones de Raeki y de Keletha: ahora conocía a Velasin y, aun sin el compromiso, le habría resultado difícil no sentirse involucrado en sus acciones.

Había poca información que transmitir sobre los eventos de Qi-Katai. Los guardias de la Puerta Ámbar habían arrestado al atacante de Markel, pero además de la confirmación de Keletha y del propio relato de Markel (el de que el hombre había afirmado estar actuando en nombre del Cuchillo Indómito), no había nada que explicara sus motivos ni lo habría hasta que los guardias hubieran terminado su interrogatorio.

—¡Ha salido de la nada! —se enfureció Raeki cuando Keletha acabó de hablar—. Por la gracia de Ruya, es una excusa muy pobre. Deberíamos haber anticipado más resistencia, haber tomado más medidas para garantizar su seguridad...

—Los «deberíamos» no sacan a flote ningún barco hundido —repuso el tieren. Su voz sonaba más tranquila que al principio, lo que Cae se tomó como una señal positiva—. En cualquier caso, tar Raeki, fui yo el que pensó que la discreción serviría mejor a nuestros intereses que el espectáculo en este asunto. Aunque no hubieras estado de acuerdo, no te habría hecho caso.

—Da lo mismo, tieren —replicó Raeki agitando la mano con frustración—. Después de lo de Vaiko, tendría que haber estado preparado. No es que piense que ambos incidentes puedan estar relacionados —añadió rápidamente cuando Riya arqueó las cejas—. Sería absurdo. Los bandidos son un hecho de la vida y cualquiera lo bastante organizado como para orquestar dos ataques en dos lugares diferentes no habría elegido como marionetas a esos palurdos aterrorizados o a un solo descontento delirante.

—Normalmente estaría de acuerdo contigo —replicó Cae frunciendo el ceño—. No obstante, hay que admitir que la coincidencia es impresionante. —Miró a Keletha—. Con tu permiso, enviade, cuando vuelva el equipo de recuperación con los prisioneros, me gustaría interrogarlos yo mismo.

Keletha extendió las manos.

—Por supuesto, tiern, no tenía planes para ellos además de los obvios.

—Me aseguraré de que los lleven a la guarnición de la Puerta Ámbar —dijo Raeki—. También podría mantenerlos a todos bajo un mismo techo, aunque sea solo por conveniencia.

—¿Y si alguien vuelve a intentarlo? —preguntó Cae.

Laecia hizo una mueca.

—¿De verdad crees que es probable?

—Creo que prefiero prepararme para un ataque que no llegue antes de ser complaciente y vulnerable a uno que sí. Aunque el hombre de hoy actuara solo (incluso si su afirmación de apoyarme fuera fruto de la ilusión) sus acciones nos obligan a tener en cuenta que hay un sentimiento antirraliano en Qi-Katai cada vez mayor y más fuerte de lo que pensábamos. Ahora que se conoce lo del compromiso, debemos estar preparados para enfrentar el rechazo. No queremos que nadie piense que los Aeduria son tan infieles como para sabotear un matrimonio concertado con un intento de asesinato.

—Y menos de un modo tan patético —murmuró Laecia.

Un silencio significativo se apoderó de la reunión. Aunque había sido tieren Halithar el que había propuesto inicialmente la alianza matrimonial con Ralia, solo había procedido después de que su señor feudal, asa Ivadi Ruqai, hubiera aprobado la idea por escrito. Si algo le sucediera a Velasin, no solo tendrían que preocuparse por Farathel, sino también por Qi-Xihan.

Su padre le lanzó una mirada evaluadora.

—¿Tienes algún plan, Caethari?

—No llega a tanto —admitió Cae. Respiró hondo, consciente de que tenía delante a sus hermanas, y se obligó a ignorar su juicio—. Es solo que... como mi prometido, Velasin goza de cierto grado de protección, pero como esposo estaría todavía más seguro.

—Querrás decir asumiendo que haya un rango mejor de castigos para cualquiera que lo lastime —dijo Laecia sonando escéptica.

Riya, sin embargo, se puso del lado de Cae.

—Si actúa como elemento disuasorio, ¿por qué no? Tampoco es que se pueda hacer mucho más.

Keletha tosió atrayendo educadamente la atención de Cae. Se le veía extrañamente culpable con los dedos entrelazados sobre la mesa.

—¿Sabe que tiern Velasin no ha leído los contratos de esponsales? Aunque técnicamente haya dado su consentimiento, es un producto de su sentido del deber y no de su voluntad informada.

—Lo sé —respondió Cae con el estómago revuelto al recordarlo.

—Entonces debería considerar que probablemente no esté al tanto de la diferencia entre las bodas ralianas y las nuestras. Tenía intención de explicárselo durante el viaje, asumiendo que tuviera alguna pregunta, pero... —Se encogió de hombros, frustrade—. No quería hablar conmigo y claramente no estaba muy entusiasmado por el tema, aunque le insistí.

Laecia aguzó el oído.

—¿Qué significa eso en un sentido práctico? —preguntó ansiosamente y Cae resistió el impulso de poner los ojos en blanco. *¡En efecto, civilizar a Velasin!*

—En Ralia, la unión legal y la celebración pública de su éxito son un mismo evento —explicó Keletha—. Es decir, dudo de que al tiern Velasin se le haya ocurrido que un matrimonio noble puede efectuarse rápidamente o en privado.

—¿Lo hacen todo a la vez? ¿Incluso con los matrimonios concertados?

—Así es.

—¡Pero eso es absurdo! ¿Qué pueden decirse dos desconocidos el uno al otro durante sus discursos?

—Creo que sus familias hablan por ellos.

Laecia pareció escandalizada.

—¡Pues más razones aún para no casarse con él ahora! —exclamó—. Si hay alguien decidido a actuar, vuestros votos matrimoniales no se lo impedirán. El pobre hombre ya debe estar lo bastante asustado y ahora ¿pretendéis saltaros el periodo de gracia y hacer las cosas de un modo completamente incivilizado tanto para nuestros estándares como para los suyos?

Cae se sonrojó, culpable.

—Con la bendición de nuestro padre, sí —dijo mirando de nuevo a tieren Halithar—. Aunque solo si Velasin está de acuerdo.

El tieren lo consideró y asintió lenta y reflexivamente.

—Me parece una precaución sensata —dijo—. Mandaré buscar al justiciar si Velasin consiente.

Cae dejó escapar un suspiro de alivio.

—Gracias, padre.

—Qué día más bonito para una boda —comentó Riya arrastrando las palabras y con la boca torcida por la diversión. Laecia se limitó a fruncir el ceño.

—En cuanto al resto, espero que se me mantenga actualizado —añadió el tieren ignorando a sus hijas—. Tar Raeki, tienes mi permiso para investigar este asunto como mejor te parezca. Si se está gestando un sentimiento antirraliano en la ciudad, quiero encontrar el origen y encargarme de ello.

Raeki hizo una reverencia desde la silla.

—Riya, Laecia… también apreciaría vuestras aportaciones sobre el tema. Mantened los oídos alerta y, si oís algo de interés desde vuestros respectivos aposentos, informadme a mí o al tar Raeki. O a vuestro hermano, si le concierne directamente a él o a Velasin. Vale. —Dio un golpe sobre la mesa con la palma de la mano—. Si los demás nos disculpáis, tengo otros asuntos que tratar con Keletha.

Aceptando que los estaba echando, Cae se levantó y se fue. Por una vez, sus hermanas se abstuvieron de hacer comentarios y se dirigieron a los aposentos de Laecia sin detenerse a importunarlo con sus opiniones; aunque Riya, siendo Riya, todavía le lanzó una mirada astuta. En contraste, Raeki se despidió bruscamente y se alejó a toda prisa en la dirección opuesta, ansioso por empezar con sus investigaciones. Keletha, por supuesto, se quedó atrás todavía en conferencia con el tieren, lo que dejó a Cae solo preguntándose cómo, por la gracia de Ruya, iba a explicarle la situación a Velasin.

Sopesó sus opciones de camino a la enfermería, aunque la decisión no le llevó mucho tiempo. Aunque hubiera tenido la habilidad de la sutileza, no había tiempo para ello y le parecía que Velasin era alguien a quien ya le habían mentido suficiente. Siguiendo el consejo de Keletha, Cae decidió hablar con él tan claramente como fuera posible, responder a todas las preguntas que Velasin pudiera tener y aceptar elegantemente si el tiern rechazaba su propuesta, aunque esperaba no tener que llegar a eso. Por lo que Cae había observado, la desconfianza era veneno para los matrimonios, incluso para aquellos menos apasionados y, a pesar de que en el fondo esperaba que su matrimonio político llegara a ser una especie de matrimonio por amor, su parte práctica había asumido que al menos su compañero sería alguien en quien pudiera confiar y alguien que, a su vez, confiara en él.

Teniendo esto en mente, Cae asintió para sí mismo y entró en la enfermería. Excepto por Markel y Velasin, el resto de las camas estaban vacías y, a pesar de la anterior presencia de muchos curanderos aprendices, ru Zairin Ciras parecía estar trabajando sole con toda la atención puesta en los innumerables contenidos de la mesa de medicinas de la sala. Aunque elevó la vista y reconoció a Cae con una mirada respetuosa, no se levantó, sino que continuó midiendo sustancias que sin duda eran de gran importancia médica, aunque Cae no fuera capaz de identificarlas. Tomándose ese aparente desinterés como una señal de que ninguno de los dos pacientes corría un peligro inmediato, Cae se acercó a la cama de Velasin notando al pasar junto a él que Markel estaba profundamente dormido.

Sin embargo, Velasin solo estaba adormecido, y al escuchar el sonido de los pasos de Cae, alzó la cabeza de la almohada. Moviéndose con lentitud para no sobresaltarlo, Cae acercó una silla y se sentó a una distancia respetuosa de la cama de Velasin, esperando en silencio mientras el tiern parpadeaba para terminar de despejarse. Tenía un aspecto algo mejor, aunque todavía parecía agotado con el blanco de los ojos inyectado en sangre, los oscuros círculos debajo de ellos y los párpados cerrándose. Yacía encima de las mantas recién lavado y afeitado y vestido con ropas tithenai prestadas, ya que las suyas se las habrían llevado, evidentemente, para lavarlas. Cae pensó que la ropa holgada le quedaba bien, pero pronto se preguntó por lo que opinaría Velasin.

—Hola —dijo Velasin, adormilado—. ¿Qué día es hoy?

—Diasanto, veinte de kidae —contestó Cae. Entonces, al ver que Velasin todavía parecía confundido, agregó—: Del año 1409.

—Sí, gracias, tampoco estoy tan confundido —replicó Velasin con ironía. Con un ligero esfuerzo, se incorporó de modo que apoyó la espalda en el cabezal de la cama. Parpadeó registrando tardíamente a Cae y algo se cerró en su expresión—. ¿Me necesitas para algo, tiern?

Algo de la pregunta irritó a Cae, aunque no habría sabido decir el qué.

—¿No puede ser que haya venido solo a ver cómo estás?

—No lo sé. ¿Es así?

Justo a tiempo, Cae recordó que, en realidad, no estaba ahí solo por cortesía y reprimió su réplica. En lugar de eso, suspiró.

—Resulta que no. No es lo que piensas, aunque quiero que sepas que me preocupa tu bienestar.

—Consideraré la perspectiva —murmuró Velasin—. ¿Qué quieres, tiern?

—Quiero que te cases conmigo.

—Eso no me parece una novedad; de lo contrario, no estaría aquí.

—Hoy.

—Ah.

—No es… no es lo que podrías pensar —contestó Cae odiando su repentina incomodidad—. Según las costumbres tithenai, el matrimonio legal siempre es un acto breve y, por lo general, privado. A menudo hay una pequeña reunión poco después de la ceremonia para presentar al nuevo cónyuge a amigos y familia, pero no solemos organizar una gran celebración entre ambos clanes hasta pasado un mes o más, para demostrar que el matrimonio funciona. Pero me han dicho que el método raliano es diferente.

—Podría decirse así —respondió Velasin. Parecía algo más pálido que antes y retorcía los dedos entre las sábanas—. Confieso que creía que tendría más tiempo para, eh, para … aclimatarme, supongo. —Intentó sonreír pero se vio forzado y algo temeroso. Internamente, Cae hizo una mueca.

—¿Puedo hablar francamente, tiern?

—Te agradecería que lo hicieras.

—Me preocupa tu seguridad —dijo Cae sin rodeos—. El ataque de hoy, el hecho de que al parecer se llevara a cabo en mi nombre, el hecho de que pueda haber otros que te amenacen… me incomoda. Como mi… como mi marido… —Tropezó un poco con la palabra sorprendido por lo íntima que sonaba—. Estarías más seguro legalmente hablando que como mi prometido y, aunque es un escudo más bien pequeño, espero que pueda ser un elemento disuasorio. Normalmente, habríamos esperado una semana o por ahí antes de formalizar la unión en una especie de… cortejo, supongo, durante el cual llegaríamos a conocernos. Aquí lo llamamos «periodo de gracia». Y si lo prefieres así, no me opondré, quiero respetar tus deseos. Pero dadas las circunstancias, he pensado que podría ser mejor…

—Sí —interrumpió Velasin—. Ya veo. —Parecía… «resignado» no era exactamente la palabra, aunque se acercaba bastante. Tímido en cierto modo, también algo condenado. Miró a Markel al otro lado de la sala y, durante un instante, su expresión se volvió triste, complicada—. Tu cirujane le ha dado un sedante —informó suavemente—. Para ayudar a acelerar la recuperación. Me ha dicho que es probable que duerma hasta el amanecer. —Se volvió hacia Cae con los rasgos suavizados en una inexpresividad practicada—. ¿Esta breve y privada boda tuya requiere que camine mucho? Creo que puedo apañármelas con distancias pequeñas, pero me han dado órdenes estrictas de que no se me salten los puntos por segunda vez.

—Podemos hacer que el justiciar y los testigos oficiales vengan a mis aposentos —ofreció Cae. Rápidamente, se corrigió—: A nuestros aposentos, quería decir. Joder. —*Tendré que acostumbrarme a eso.*

Velasin abrió la boca, pero no habló. En lugar de eso, apartó la mirada, tragó saliva y entonces, sin discutir más, deslizó las piernas sobre la cama y se levantó.

—Guíame entonces —dijo con un mínimo temblor en la voz—. Veamos esos legendarios aposentos.

Cae vaciló, estudiándolo.

—Puedes apoyarte en mí de nuevo, si lo deseas.

—Puedo yo solo.

—Preferiría que no lo hiciera —intervino ru Zairin sin levantar la mirada—. El orgullo sostiene muchas cosas, tiern, pero difícilmente piernas heridas.

Parecía que Velasin quería discutir, pero carecía de la fuerza para hacerlo.

—Como desees —dijo en su lugar y se quedó donde estaba mientras Cae, que había aprendido a respetar a los sanadores, se movió para sostenerlo. Aunque requería menos ayuda que antes, Velasin todavía se apoyaba con fuerza sobre él y Cae se maravilló de nuevo ante la pura testarudez del hombre. Casi podría decirse que le gustaba estar herido, pensó para sí mismo, aunque luego descartó rápidamente la idea porque le pareció poco caritativa y, por lo tanto, inútil.

Cuando llegaron al umbral de la enfermería, el tiern se detuvo y se dio la vuelta, obligando a Cae a hacer lo mismo. Moviendo la mandíbula en silencio, Velasin volvió a mirar a Markel, que seguía durmiendo, pero cuando habló, dirigió sus palabras a ru Zairin.

—Cuando se despierte —dijo con determinación—, dígale… dioses, no lo sé. Solo dígale que lo siento, ¿lo hará?

—Por supuesto —respondió ru Zairin parpadeando. Le sanadore estaba claramente desconcertade por la petición, pero Cae lo entendió: del modo en el que los ralianos concebían el matrimonio y con lo cercanos que eran los dos, tanto amo como sirviente habrían esperado sin duda que Markel jugara un papel más importante en los eventos, lo que ahora le era negado. Cae estuvo tentado de decir que todavía tendría su oportunidad, que en la celebración pública habría un amplio margen para tales gestos, pero dado el cansancio de Velasin, pensó que ese tipo de detalles podían esperar.

En lugar de eso permaneció en silencio aguardando a que Velasin se moviera, para llevarlo por el Aida.

9

A pesar de la promesa del tieren de informar al justiciar de las intenciones de Cae, su larga conferencia con Keletha supuso que los acontecimientos se le adelantaran. A pesar de que envió a un mensajero mientras
todavía iban de camino a los aposentos de Cae (de los dos, maldita sea, de
los dos), el justiciar parecía dispuesto a tomarse su tiempo para llegar. Velasin, por su parte, estaba agotado por la caminata y después de que Cae
le hiciera un breve resumen de dónde estaba todo, el tiern simplemente
preguntó si podía volver a acostarse.

Esa pregunta hizo que Cae cayera en la cuenta de sus posibles arreglos
para dormir. Aunque sus aposentos no eran pequeños, tanto la cámara del
servicio como la suite para invitados habían sido reformadas, respectivamente, como biblioteca y almacén, lo que significaba, por supuesto, que la
única cama disponible era la suya. Había anticipado hacer cambios en el espacio los dos juntos durante el periodo de cortejo, como era común, así que
no había considerado la logística más inmediata de compartir habitación. El
intento de Cae de explicarlo fue casi dolorosamente incómodo, mientras la
reacción de Velasin al escucharlo solo pudo describirse como «tensa».

—Puedo hacer que te preparen una habitación adicional para mañana
—agregó Cae rápidamente porque, en ese punto, lo último que necesitaba
cualquiera de los dos era la incomodidad adicional de dormir juntos (¡de
codormir, santos!) siendo todavía desconocidos—. Pero por ahora puedes
tumbarte aquí y yo, eh, te dejaré algo de privacidad…

Mientras Velasin se tumbaba en su cama (no, no, en la cama de *Cae*,
que los santos lo ayuden, en su cama), Cae se retiró rápidamente a la sala

de recepción paseándose mientras hacía girar su cuchillo y, antes de que hubiera pasado mucho tiempo, había dejado unas cuantas marcas más en su tabla de lanzar. Estaba enfadado consigo mismo. En retrospectiva, podía haberlo informado de un montón de modos diferentes, podría haber manejado la situación de otra manera, la más obvia era que uno o el otro durmieran en aposentos distintos. Pero mantener conversaciones privadas no planificadas con juicio y dignidad nunca había sido uno de los puntos fuertes de Cae, de ahí los esfuerzos que sus hermanas llevaban a cabo rutinariamente para engañarlo. En esos momentos, tenía una tendencia desconcertante a traicionarse a sí mismo y, aunque hubiera sido mejor en ese instante llamar a la puerta del dormitorio, disculparse y ofrecerse a pasar la noche en otra parte, una pequeña y egoísta parte de sí mismo no quería hacerlo.

Porque a pesar de los extraños modales de Velasin alternando entre el encrespamiento y el estremecimiento, a pesar de que estaba cansado por el viaje y herido, Cae habría estado mintiendo si asegurara que no lo encontraba atractivo. No era solo su aspecto, aunque tenía algo que ver: era también su seco sentido del humor, la compasión tan evidente que sentía por Markel y los destellos de fuego y coraje que subrayaban sus acciones. Por lo poco que había visto, Velasin era exactamente el tipo de persona por la que Cae se sentía naturalmente atraído y, pese a que el sentimiento no parecía ser mutuo, no podía evitar tener la esperanza de que un poco de proximidad forzada les brindara algo en común, por incómodo que fuera el contexto.

Aunque Velasin no había querido casarse originalmente, las circunstancias no le dejaban (no *les* dejaban) mucha más opción, al menos, no sin consecuencias. Seguramente Velasin fuera más consciente de este hecho que el propio Cae, y aun así sus reservas personales seguían siendo lo bastante fuertes como para que no intentara dar el paso lógico de trabajar *con* Cae, de sacar el máximo provecho del trato. En lugar de eso, prefería bambolearse como un caballo resentido y amargado.

Cae decidió que «frustrante» no era una palabra lo bastante fuerte para definirlo.

Cuando finalmente llegó el justiciar seguido de los testigos habituales de Ayla, Zo y Ruya, los pasos de Cae casi habían dejado un surco en el suelo. Estaba de camino al dormitorio para traer a Velasin cuando apareció el tiern por su propia voluntad, parpadeando como un búho y aferrándose al marco de la puerta. Llevaba el cabello oscuro y ondulado suelto sobre los hombros y los mechones le enmarcaban la mejilla surcada por las arrugas de la almohada y, por primera vez desde que había llegado a Qi-Katai, su ojos eran claros. Cae se dio cuenta tardíamente de que sus iris no eran marrones sino ambarinos, salpicados con dorados y grises y caídos de un modo que parecía lánguido e inteligente ahora que ya no estaba al borde del agotamiento, y algo acerca de esa observación hizo que se le secara la garganta.

—Estoy despierto —anunció Velasin como si estuviera malhumorado, aunque, por una vez, su tono parecía más ser consecuencia de haber sido despertado y no de que aborrecía la situación en la que se encontraba. Cae se dijo a sí mismo que no era una distinción entrañable.

Casi habría jurado que podía oír a Riya riéndose.

A pesar del tiempo que se había tomado el justiciar para arreglarlo todo, la propia unión no duró casi nada. La tradición requería que ambos estuvieran de pie, lo que Velasin logró hacer con los dientes apretados, negándose a apoyarse en Cae otra vez porque, en sus propias palabras, «puedo apoyar una mano en un libro sin que tú me estés sosteniendo la otra».

—La palabra «testarudo» te queda corta —murmuró Cae, aunque no insistió en el tema.

Ante esto, el justiciar colocó su ejemplar de las Leyes sobre la mesa entre ellos (era un objeto enorme y la cubierta de cuero estaba manchada y maltrecha por los años de uso) y empezó a pronunciar la letanía de la unión. Cae la reconoció de la ceremonia de Riya, de cuando los votos que había tomado primero ante el estado y los dioses fueron renovados ante los ojos de la familia, y se sintió repentinamente mareado. *Santos, dadme fuerza. Lo estamos haciendo de verdad.*

—Ya que el matrimonio fue hecho para los mortales, que sea gobernado por los mortales —declaró el justiciar con su agradable voz de tenor—, pero también atestiguado por lo divino, como todo lo que es mortal es atestiguado. De acuerdo con las leyes de Tithena y de Qi-Katai y en honor a los contratos hechos por parentesco y por clan, invoco a los testigos de

Ayla, la madre de los Santos; de Zo, el padre del Cambio; y de Ruya, el infante de la Suerte, a presenciar la unión mortal de tiern Caethari Xai Aeduria, vástago del clan Aeduria y de la ciudad de Qi-Katai, con tiern Velasin Averin vin Aaro, vástago de la casa vin Aaro y del reino de Ralia. —Inclinó la cabeza hacia el libro—. Por favor, coloquen sus manos sobre las Leyes.

Tanto Cae como Velasin obedecieron y sus dedos se rozaron. Ese ligero contacto hizo que a Cae se le erizara el vello del brazo.

—Tiern Caethari, ¿jura defender esta unión con Velasin vin Aaro, el producto de la ley mortal y el testimonio divino, en un espíritu de paz y prosperidad?

—Lo juro —contestó Caethari sin atreverse a mirar a Velasin.

—Tiern Velasin, ¿jura defender esta unión con Caethari Xai Aeduria, el producto de la ley mortal y el testimonio divino, en un espíritu de paz y prosperidad?

La respuesta de Velasin fue áspera:

—Lo juro.

Asintiendo, el justiciar apoyó la palma de la mano sobre las dos de ellos y presionó brevemente hacia abajo.

—La ley ha sido testigo —entonó y se hizo a un lado mientras, uno a uno, los testigos divinos repitieron el gesto.

—Ayla, la madre de los Santos, ha sido testigo.

—Zo, el padre del Cambio, ha sido testigo.

—Ruya, el infante de la Suerte, ha sido testigo.

—Como se atestigua, que así sea —declaró el justiciar—. Ahora, unid las manos y reconoceos.

Con el corazón acelerado, Cae tomó la palmas de Velasin con las suyas (las sostuvo suavemente sintiendo que el otro hombre quería apartarse) y le dio un ligero beso en los nudillos de cada mano. Velasin inhaló bruscamente, era evidente que no se esperaba ese gesto, pero, tras un instante, invirtió temblorosamente el agarre e hizo lo mismo con Cae, rozando apenas su piel con los labios antes de soltarlo.

—Ahora son maridos —afirmó el justiciar sonriendo a la pareja—. Que sean felices juntos.

Ya solo quedaba añadir sus nombres al Registro Matrimonial de la ciudad, un tomo diferente y más delgado proporcionado por el testigo de Zo.

Cae firmó con su propio nombre y luego observó a Velasin hacer lo mismo. Tenía una caligrafía elegante, especialmente si se la observaba junto a la de Cae, de estilo más puntiagudo. Por tradición, puesto que el estatus matrimonial de Cae era algo de interés público en Qi-Katai (y sobre todo en este caso, cuando el propósito de la aceleración del casamiento era proporcionarle a Velasin mayor protección legal), el justiciar publicaría una nota confirmando el matrimonio en los tableros de fuera del justiciario, donde se registraban otras uniones, nacimientos y fallecimientos. A partir de ahí, los chismosos que se ganaban la vida difundiendo tales noticias por la ciudad harían el resto, aunque probablemente los rumores ya habrían empezado a expandirse en cuanto se había visto al justiciar y a los testigos de camino al Aida.

Y así como así, estaba hecho. Estaban casados. El justiciar hizo una reverencia ante ambos, pero no se extendió demasiado y guio a los testigos fuera de los aposentos de Cae (no, de ambos) con una eficiencia encomiable.

En cuanto la puerta se cerró tras ellos, Velasin se hundió dejándose caer pesadamente en el asiento más cercano, que resultó ser un sillón. Parecía mareado y miraba a Cae con una especie de aceptación en blanco que era casi cómica.

—Así que... —empezó—. ¿Ahora qué? ¿Hay banquete? ¿Música? ¿Festejos? Tendrás que perdonarme, tiern, no tengo muchas ganas de bailar.

El uso de su título golpeó a Cae como una bofetada, aunque no supo entender por qué. El hecho de que hubieran unido las manos y hubieran pronunciado las palabras no hacía que fueran menos desconocidos el uno para el otro, aunque una estúpida parte de su mente se lo había esperado así. Negándose a sentirse provocado (si el matrimonio empezaba mal no sería por su culpa), respiró profundamente y dijo:

—Nada de bailar. Pero puedo pedir algo de comida, si te apetece.

El fantasma de una sonrisa atravesó el rostro de Velasin.

—Un banquete, pues.

Cuando su estómago rugió mostrando su acuerdo, Cae se dio cuenta de lo tarde que era. Parecía imposible que hubieran pasado tantas cosas en el espacio de un solo día y aun así parecía que no había pasado nada de tiempo desde que se había subido al Aida con sus hermanas esperando captar el primer vistazo del hombre que ahora era su marido.

Cae tocó la campana componiendo una lista mental de alimentos adecuados. Pensó que mejor nada demasiado complicado, el tipo de cosas que podría pedir recién llegado de la carretera: platos calientes y abundantes, pero que no sentaran demasiado pesados en el estómago. Y vino, tal vez, si tenían alguno de su elección.

En medio del silencio, Velasin preguntó suavemente:

—¿Mantengo mi apellido?

Fue una pregunta dolorosamente vacía, y cuando Cae se volvió, vio que Velasin había recogido las rodillas debajo de la barbilla agarrándose las pantorrillas con un antebrazo, de modo que estaba enroscado en el sillón como un gato en una caja de flores.

—Si quieres, sí —respondió Cae—. Aunque, legalmente, perteneces al clan Aeduria. —Vaciló y luego agregó—: No me ofenderé si prefieres seguir siendo un vin Aaro…

—No —replicó Velasin, engullendo—. No lo prefiero. Yo no… ya no soy quien era. —Forzó una risita abrazándose las piernas—. Puesto que mi padre me ha dejado de lado, no veo ninguna razón para honrarlo fingiendo lo contrario. Así que puedo ser un Aeduria.

Con la boca inexplicablemente seca, Cae le dijo:

—Creo que somos afortunados de tenerte.

Velasin levantó la cabeza de golpe ante sus palabras con las mejillas ligeramente sonrojadas:

—El hombre que ha apuñalado a Markel no parecía pensar lo mismo.

Cae no tenía respuesta ante eso, pero se libró de tener que buscar una porque llegó un sirviente al que le dio instrucciones sobre la cena. El sirviente hizo una reverencia y se marchó de nuevo lanzándole solo una mirada curiosa al nuevo tiern.

—No reconozco la mitad de las cosas que acabas de pedir, pero debo reconocer que sonaba delicioso —comentó Velasin.

Con los labios arqueados, Cae se acomodó en una silla que no estaba ni tan cerca de Velasin como para invadir su espacio ni tan lejos como para dificultar la conversación y le dijo:

—¿Puedo preguntarte algo?

—Depende de lo que sea —contestó Velasin mientras regresaba un destello de su anterior cautela.

Cae decidió ignorar eso.

—Hablas un tithenai excelente, pero no sabes nada de nosotros como personas. Simplemente me preguntaba qué ha llevado a la corte raliana a elegir nuestro idioma como elevado de entre todas las opciones posibles en lugar del attovarin o el khyto, por ejemplo.

Velasin rio, el primer sonido auténtico que Cae le había escuchado.

—La oscuridad fue la clave. Hay pocos tithenai en Farathel actualmente, aunque todavía se tiene en alta estima muchos textos antiguos tithenai y me han dicho que los idiomas privados son buenos para guardar secretos. También suena bastante agradable para los oídos ralianos, es adecuado para la poesía, para aquellos a los que les gusta. Y, por supuesto —agregó gesticulando entre ellos con un irónico movimiento de muñeca—, tenéis todas esas palabras maravillosas, lascivas y sensacionalistas para cosas indecentes, como los *maridos de maridos*. Es como aprender a decir palabras malsonantes de nuevo. Aunque debo admitir que no estaba seguro de si algunas palabras eran lascivas en el contexto original o si simplemente eran consideradas como tales por los lujuriosos estándares ralianos.

—¿Por ejemplo? —preguntó Cae, intrigado.

—Bueno, para empezar, no tenéis una palabra para «ayuda de cámara» —dijo Velasin utilizando la palabra raliana—. Pero no estaba seguro de lo que podía estar diciendo realmente al afirmar que Markel era mi sirviente personal. En Farathel ese término tiene…. implicaciones particulares.

—Y aquí también —confirmó Cae esbozando una mueca de disculpa—. El… el puesto a veces se otorga inocentemente, pero bastante a menudo es una designación de pretexto: un modo por el que una persona más adinerada, un noble, un mercader o algo así, puede mantener a un amante de menor estatus cerca. Por supuesto, el matrimonio entre clases sucede, pero cuando el propósito de la unión es la alianza, siempre estarán aquellos que… bueno. Dudo que necesites una lección sobre esos elementos de la naturaleza humana.

—En efecto, no la necesito —murmuró Velasin. Se estremeció ligeramente abrazándose las piernas con más fuerza.

Era un momento frágil que amenazaba con romperse bajo el más ligero estrés. Sin querer arriesgar su relación tentativa, Cae captó la indirecta y cambió de tema preguntando por los hermanos de Velasin. Afortunadamente, parecía ser un tema más seguro y uno que le permitía a Cae compartir anécdotas sobre sus propias hermanas.

—Laecia todavía vive aquí, aunque Riya solo está de visita —contestó cuando Velasin se lo preguntó. Su esposa posee una casa espectacular en Kir-Halae y ahora mismo su deseo es llenarla de niños. Riya siendo Riya, por supuesto, está determinada a negociar la paternidad conocida en lugar de contratar a uno de los hijos de Zo y, aunque no creo que Kivali tenga ningún tipo de preferencia, está lo bastante feliz como para complacerla.

—Yo... ¿qué? —preguntó Velasin completamente confundido—. Lo siento, tiern, creo que estaba escuchando con mi oído raliano, ¿qué está negociando?

—La paternidad conocida —respondió Cae—. Como ninguna de las dos puede engendrar un hijo en la otra están buscando, eh... ayuda externa. O la está buscando Riya, más bien, aunque creo que es Kivali la que desea dar a luz primero.

Velasin soltó una risa ahogada.

—Ese sonido que oyes son los gritos indignados de los conservadores morales ralianos. Por favor, hazlo, ¡ahógame en detalles!

Perplejo, Cae explicó:

—Realmente no hay mucho que contar. La paternidad conocida es difícil de negociar principalmente porque constituye una alianza sin matrimonio: el niño está atado a tres clanes, lo que puede acarrear complicaciones legales, sobre todo si tiene medio hermanos involucrados o puede tenerlos en el futuro. Por eso es más común contratar a hijos de Zo: son leales a su templo y cualquier hijo que engendran es considerado un regalo del dios. Por supuesto, por evidentes razones prácticas, los sacerdotes todavía mantienen registros de las relaciones consanguíneas mortales, pero, por lo demás, es un proceso bastante simple.

Velasin se sentó en silencio asimilando las implicaciones. Cuando volvió a mirar a Cae, lo hizo con expresión tentativa y sin rastro de bromas.

—Y hay también... ¿un proceso inverso?

—Las hijas de Ayla —respondió Cae con la garganta repentinamente seca—. Hay una magia que ayuda en el proceso, al igual que
con los hijos de Zo; esto implica que no hay necesidad de, eh, relaciones físicas tradicionales en ninguno de los casos, aunque se puede hacer así si se desea. —Tosió notando calor en el cuello y apartó la
mirada—. Pero, en cualquier caso, sí, hay opciones. La adopción es la alternativa más obvia.

—¿Incluso para dos hombres?

—Incluso así.

Cuando Velasin volvió a hablar, lo hizo en voz baja.

—No lo había considerado.

Cae tragó saliva sin saber qué decir. Sin embargo, por suerte o por
desgracia, se ahorró el tener que responder por la llegada de la cena. Se
sintió un poco avergonzado por toda la comida que había pedido, aunque
no le había parecido tanta en ese momento. Ligeramente ruborizado, despidió al sirviente y empezó a sacar él mismo el contenido de la bandeja
hablando mientras lo hacía.

—No estaba seguro de qué te gustaría, así que he pedido... bueno,
supongo que un poco de todo —se excusó—. Hay sopa de huevos con fi-
deos, vahta de cabra... es una especie de... plato con salsa y carne con
garbanzos y semillas de kilia, no sé si sabes lo que son. Y esto es arroz de
campo por todos los ingredientes diferentes que contiene, y algo de pescado al vapor y creo que, eh... ¿patas de conejo con puerros? Y algo de vino,
si te apetece. Lo siento —dijo sintiéndose como un tonto—. No estoy
acostumbrado a hacer esto.

—Huele de maravilla —dijo Velasin y se levantó del sillón acercándose
a la mesa como un vagabundo hambriento.

Empezó comiendo tentativamente, como si dudara más de su hambre
que de la calidad de la comida, pero tras los primeros mordiscos, su apetito se volvió voraz probando un poco de todo con tal entusiasmo que se
quemó con el pescado. Cae se rio y se dio cuenta de él también tenía mucha hambre, por lo que, a pesar de sus preocupaciones iniciales, lograron
acabárselo casi todo.

Fue una comida agradable y, por primera vez desde la partida del justiciar, Cae se permitió imaginarse que tal vez podría llegar a funcionar:

que después de todo, Velasin podría estar dispuesto a tirar de un arnés con él. Aunque volvió a quedarse en silencio cuando Cae finalmente llamó a un sirviente para que retirara los restos de la comida, no parecía tan tenso como antes y, después de que ambos se lavaran, el único obstáculo que quedaba era el lugar para dormir.

En lo que Cae se dijo a sí mismo que era una decisión táctica, dejó que Velasin entrara primero en el dormitorio y esperó un minuto más o menos antes de seguirlo. Para su alivio (o tal vez para su decepción) se encontró con que Velasin había apagado las luces y, después de tomarse un momento para que se le adaptaran los ojos, se quitó la ropa y se envolvió con el fino pareo que solía usar para dormir, de lino suave y desgastado.

Con el pulso retumbándole en los oídos, se acomodó bajo las sábanas. Por lo que pudo distinguir, Velasin todavía estaba vestido casi por completo, aunque Cae no sabía si era una preferencia personal o una costumbre raliana. A su lado, notó que el tiern (que su *marido*) se tensaba y que se apartaba bruscamente al otro lado del colchón. Las señales eran inequívocas y aunque, para su gran sorpresa, Cae se dio cuenta de que habría estado dispuesto a más (fuera lo que fuere lo que eso implicara), habiéndose ganado tan precariamente la confianza que compartían, no tenía ninguna intención de sacar el tema. En lugar de eso, en voz baja, le dijo:

—Buenas noches.

Velasin no respondió, aunque claramente no estaba dormido. Reprimiendo un suspiro, Cae cerró los ojos y, a pesar de la incomodidad, se quedó dormido tan lenta y profundamente como solo un soldado puede hacerlo.

Se despertó horas después, desorientado, atontado y solo. Cae parpadeó en la oscuridad preguntándose qué lo había despertado si no había sido Velasin levantándose (las mantas al otro lado estaban arrugadas y frías, claramente llevaban un rato vacías), hasta que oyó el sonido de un llanto amortiguado.

Ante eso, Cae se despertó de golpe. Se puso de pie en silencio, se dirigió a la puerta y la abrió con preocupación.

Se quedó paralizado.

Velasin estaba sentado en la mesa de la sala de recepción iluminado por una única vela atrofiada. Tenía las mejillas húmedas de lágrimas y en la mano derecha sostenía el segundo cuchillo preferido de Cae, el que tan a menudo hacía girar entre las manos.

La punta amenazaba la garganta de Velasin.

10

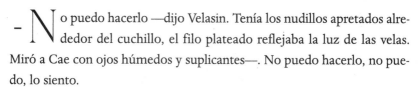

—No puedo hacerlo —dijo Velasin. Tenía los nudillos apretados alrededor del cuchillo, el filo plateado reflejaba la luz de las velas. Miró a Cae con ojos húmedos y suplicantes—. No puedo hacerlo, no puedo, lo siento.

—¿Qué no puedes hacer? —preguntó Cae. Estaba quieto y tranquilo, como se sentía a veces en el centro de una batalla; pero aunque no se movió, tenía las tripas revueltas.

—Por una parte, no puedo encontrar la vena. —La sonrisa de Velasin era triste y macabra—. Por otra parte, no puedo esperar.

—¿No puedes *esperar*? ¿A qué?

Un temblor le recorrió la mano a Velasin. El movimiento solo fue visible por el modo en el que el cuchillo parpadeó con la luz.

—No puedo esperar —insistió con la voz áspera mirando directamente a Cae—. No puedo… no puedo quedarme ahí tumbado, esta noche, mañana o la siguiente y esperar a que me fuerces.

A Cae se le revolvió el estómago de horror.

—Yo no haría eso… Velasin, te lo juro, no podría… nunca… ¿por qué piensas eso?

—Estamos casados —respondió Velasin. Sonaba totalmente roto—. Yo he venido hasta ti. Mi padre me envió como a una joven prometida y lo sé, nunca había pensado antes en cómo se sentían ellas, todas esas mujeres entregadas por sus familias, pero no puedo… no puedo…

—Por los santos —susurró Cae. La epifanía fue espantosa—. ¿Has venido aquí pensando que yo… iba a violarte? ¿*Así* es como se casan los ralianos?

—Sí. No. No lo sé. —Entonces, absurdamente, como si no fuera él el que tenía un cuchillo apuntando a su propia garganta, añadió—: Por favor, no me hagas daño.

—No lo haré. —Lenta, muy lentamente, Cae empezó a acercarse a él—. No te voy a hacer daño, Velasin, te lo prometo. Lo juraré por lo que quieras.

Velasin se estremeció y una gota de sangre le resbaló por la garganta. Cae se volvió a quedar congelado y estaba intentando pensar qué más decir cuando Velasin susurró en voz tan baja que era casi inaudible:

—Killic también me lo prometió.

—¿Cómo...? —empezó a decir Cae, entonces algo hizo clic en su mente y su voz se negó a salir. Miró a Velasin recordando cada estremecimiento y cada mirada de temor, reconsiderando su aversión al tacto bajo esa nueva y horrible luz. *Por todos los santos—. ¿Killic abusó de ti?*

—Killic me forzó —confesó Velasin y su voz se quebró ante la admisión. De repente, estaba hablando con una mezcla entrecortada de raliano y tithenai con las palabras arrastradas y apresuradas—. Estuvimos juntos en Farathel, pero vi... vi que se desviaba, me traicionó, así que lo dejé, rompí y luego me fui a casa cuando padre me escribió, pero Killic me siguió e intentó... intentó recuperarme y me negué, le dije que *no*, pero me agarró del brazo y me lo *retorció* y yo solo... No podía gritar o me oirían, me verían y el siguió... me tocó... y yo no podía, no podía... pero le enviade lo vio y pensó... pensó que yo *quería* y padre estaba tan furioso que no... él no... para él no hay diferencia, solo quería que me fuera y yo no... lunas, ni siquiera podía decírselo a *Markel*. Si solo... tendría que haberme resistido, pensé que tenía que haberlo deseado... Quería morir, intenté morir, pero no pude, como ahora. No pude, no puedo. Oh, dioses, no puedo...

Dejó caer el cuchillo y Cae se movió rápidamente arrojándolo lejos. Velasin lo miró fijamente respirando con dificultad y Cae no pensó; se dejó caer de rodillas y dijo en un raliano vacilante:

—Por mi vida, por mi casa, por el apellido Aeduria, juro por mis santos y por tus lunas que moriría antes que forzarte o dejar que te forzaran. Te lo *juro*, Velasin.

Velasin emitió un sonido herido y, por un terrible momento, Cae temió que saliera corriendo. En lugar de eso, empujó su silla y también se dejó caer de rodillas, jadeando mientras apoyaba la frente en la clavícula de Cae. Cae levantó los ojos con un alivio mudo, con las manos flotando a los lados de su marido.

—¿Puedo abrazarte? ¿Quieres o...?

—Por favor —susurró Velasin, y cuando Cae se le acercó, se aferró a él y sollozó con los hombros temblando violentamente. Cae lo calmó como lo habría hecho con un soldado afligido inhalando profundamente y exhalando mientras el ritmo de la respiración los estabilizaba a ambos. Más tarde, podría estar enfadado, pero en ese momento, estaba calmado, tranquilo, relajado y, poco a poco, Velasin volvió a ser él mismo hasta que sus sollozos no fueron más que respiraciones y las únicas lágrimas que le quedaban se habían enfriado.

De repente, a Cae se le pasó un horrible pensamiento por la mente. Había muchas cosas que Killic podría haberle hecho a Velasin, pero había un tipo de violación en particular que le habría provocado un gran nivel de agonía tras haber pasado casi dos semanas montando a caballo en los días siguientes. Daba igual que su esposo ya hubiera visitado la enfermería, ni siquiera a Ru Zairin se le habría ocurrido comprobar ese tipo de lesiones a menos que se le indicara hacerlo.

—Velasin —dijo con urgencia retorciendo la voz entre las palabras—. Cuando te lastimó... ¿sigues herido? ¿Necesitas cuidados?

Velasin negó con la cabeza.

—No —respondió suavemente—. Él no... eso me lo ahorró, al menos. Usó mis muslos. También... también lo intentó con mi boca, pero no me presté, así que me agarró la mano y...

Se interrumpió estremeciéndose. Cae cerró los ojos y lo estrechó con toda la fuerza que se atrevía a usar, aliviado más allá de lo indescriptible cuando Velasin también lo abrazó a él. Poco a poco, la presión del contacto los calmó a ambos hasta que empezaron a relajar su agarre del otro.

Cuando Velasin se movió junto a él, Cae le pasó los dedos de una mano por la nuca enredándolos brevemente entre su cabello negro antes de soltarlo por completo. Velasin se tambaleó y se arrodilló respirando profundamente mientras Cae se llevaba su propia mano a su regazo.

—¿Crees que podríamos volver a empezar? —preguntó Velasin en tithenai. Su voz sonaba áspera, pero tenía el rostro iluminado de un modo que no había visto antes y el cambio hizo que Cae sintiera algo en lo más profundo del pecho.

—Me parece que sí —respondió con la voz rugosa—. Al fin y al cabo, estamos casados.

—Cierto —recordó Velasin. Tomó aire tembloroso y agregó—: Yo no... No creo que pueda ser un buen marido. Pero ¿tal vez un amigo? ¿Podemos ser amigos?

—Podemos —contestó Cae tragando saliva—. ¿Amigos, entonces?

—Amigos —repitió Velasin y se agarró al borde de la mesa para levantarse.

Esta vez no protestó porque Cae lo ayudara a volver cojeando hasta la cama; no obstante, todavía se estremeció cuando lo agarró del brazo aunque fuera brevemente.

—Lo siento —murmuró metiéndose bajo las mantas. Con la puerta del dormitorio abierta y la vela todavía encendida fuera había la luz justa para iluminar su rubor, y en ese momento pareció muy joven—. No quiero apartarme, solo...

—Está bien, no tienes que explicarte. —Cae se movió hacia su lado de la cama inseguro de si debía meterse o no—. A menos que quieras hacerlo, por supuesto.

—Tal vez —confesó Velasin—. ¿Vas a acostarte?

—Creo que eso depende de ti.

—Ah. —Pareció considerarlo y luego parpadeó—. Yo... sí. Puedes... podemos hacer eso. A menos que prefieras...

—No, no —respondió rápidamente Cae y se metió en la cama antes de perder los nervios.

La cama era lo bastante grande como para que no se tocaran; sin embargo, había cierta intimidad inequívoca, especialmente cuando Cae rodó hacia su lado, de modo que quedaron mirándose el uno al otro.

En voz baja, Velasin murmuró:

—Desde entonces... si alguien me sostiene o me agarran las manos... una parte de mí entra en pánico. No pasa siempre, pero sí a menudo. Saber que voy a estar a salvo no ayuda. Solo reacciono.

—Sucede a veces. Cuando la gente... cuando has sufrido algo en particular o has presenciado algo horrible, creo que hay una parte del cerebro o del corazón, donde sea que estén los instintos, que desea huir o escapar y anula el razonamiento mortal. —Pensó en el oso rabioso que había matado en su juventud, el modo en el que meses después todavía se sobresaltaba con las sombras, pero no lo dijo en voz alta, no quería arriesgarse a insultarlo comparando las reacciones de Velasin con las de un niño—. Debería ir a menos con el tiempo.

Cae sabía que «debería» estaba lejos de ser una garantía. Pero aunque ambos habían pensado en implicaciones más difíciles, no las expresaron.

Bajo la atenta mirada de Cae, Velasin se durmió lentamente. Siempre lo asombraba el modo en el que, incluso el veterano más agitado y ensangrentado por la batalla, podía quedarse dormido una vez que terminaba la lucha y, sin embargo, era algo que sucedía con la regularidad del amanecer. El espíritu podía protestar, pero aun así, el cuerpo necesitaba un respiro de sus aventuras, y después de un calvario como el que había pasado Velasin (una serie de abominables traiciones que empezaba en Farathel y seguía en Qi-Katai) Cae ya no se preguntó por su agotamiento, sino que se maravilló porque hubiera resistido tanto.

El rostro de Velasin era más dulce en reposo, aunque no menos atractivo para los ojos. En lugar de actuar como *voyeur*, Cae se dio la vuelta y miró fijamente a la pared opuesta con un mar de pensamientos agitándose en su interior. Aunque cerró los ojos, el sueño no le llegó y, tras cambiar de posición por cuarta vez en pocos minutos, se dio cuenta repentinamente de que estaba furioso.

Miró a Velasin evaluándolo. Parecía profundamente dormido, pero ¿y si se despertaba y se encontraba con que Cae se había ido? ¿Y si intentaba volver a lastimarse? La imagen de su marido llorando con un cuchillo en la garganta se había grabado a fuego en la memoria de Cae y la posibilidad de fracasar evitando la repetición de ese evento (o peor aún, de ser la causa de él) lo hizo estremecerse. Pero también necesitaba confiar en Velasin y, si eso iba a ser un punto de partida entre ellos, no podía empezar la amistad asumiendo que era falsa. Por su propia cuenta, también necesitaba moverse desesperadamente, expulsar la ira violenta que roía su cuerpo desde el interior como un tumor.

Exhalando larga y lentamente, Cae se levantó de la cama y caminó hacia la sala de recepción. Tras encontrar y esconder el cuchillo primero, se puso una bata de seda desgastada, agarró un trozo de pergamino y escribió una rápida nota aclaratoria para Velasin diciéndole que había salido a pasear para calmar sus pensamientos, pero que regresaría antes del amanecer. Volviendo a entrar en el dormitorio, dejó la nota en su almohada, se aseguró de que Velasin estuviera profundamente dormido y se dirigió hacia el Aida atándose la bata sobre la barriga.

Como siempre, moverse lo revitalizó. Su ira aumentó con cada paso, convirtiéndose en algo nítido, y cuando llegó a los aposentos de Keletha, se sintió tan peligroso como cuando estaba a punto de adentrarse en la batalla.

Llamó tres veces y esperó. Al igual que Cae, Keletha no tenía sirvientes personales, aunque eso era más porque se pasaba la mayor parte del tiempo viajando. Efectivamente, fue Keletha quien respondió a la puerta, a pesar de las horas tan tardías (o tal vez tan tempranas). Arqueó las cejas con sorpresa.

—¿Tiern? ¿Ha pasado algo?

—Más o menos —contestó él lacónicamente—. ¿Puedo entrar?

Por toda respuesta, Keletha se hizo a un lado. Su sala de recepción era más pequeña que la de Cae, o la proliferación de pesadas estanterías con escaleras conspiraba para que lo pareciera. Había mapas y gráficos por todas partes y, cuando cerró la puerta, Keletha señaló el espacio con un vago gesto de disculpa.

—Escapa a mi control —se excusó—. Lo juro, los libros proliferan más que las liebres en primavera. —Luego frunció el ceño (aunque Cae no pensaba que fuera por él) y negó con la cabeza—. Discúlpeme. Mis pensamientos suelen vagar por las noches. Ha venido aquí por un motivo, tiern. ¿Cómo puedo ayudarlo?

—Con sinceridad —respondió Cae. Habría sido educado sentarse. No lo hizo—. Como enviade, tiene derecho a guardar secretos, incluso se le pide que lo haga. Pero como amigue míe, como hije del clan Aeduria, le pido la verdad.

Miró a Keletha a los ojos, tomó aire y lo soltó dándose cuenta demasiado tarde de que lo que quería preguntar (si sabía que había sido una violación lo que Killic le había hecho a Velasin) habría sido un abuso abominable de la confianza de su marido. Negó con la cabeza enfadado consigo mismo por haber llegado a considerar tal traición y por haber pensado en hacerle una pregunta tan inútil a Keletha. Por supuesto que no lo sabía, la idea de que le enviade hubiera presenciado tal abuso sin indignarse y habiendo dejado que Velasin sufriera las secuelas en silencio era absurda.

En lugar de eso, Cae apretó los dientes y le preguntó:

—¿Sabes cómo funciona el matrimonio en Ralia?

—¿Sí? —dijo Keletha claramente confuse—. Sabe que sí, tiern.

—Entonces contéstame a esto —replicó—. ¿Por qué con todos tus preparativos no consideraste que un hombre obligado a obedecer sin dar consentimiento, un hombre raliano con un concepto raliano de noche de bodas, podría llegar aquí con la aterradora expectativa de ser violado?

La boca de Keletha formó una O de sorpresa.

Cae se clavó las uñas en las palmas de las manos y habló con voz baja y furiosa.

—Le fallaste, enviade. Le fallaste *estrepitosamente*. Llegó aquí dispuesto a morir antes que a ser forzado, ¿lo entiendes? Si no hubiera... —Apartó la mirada, abrumado por lo que *casi* había conseguido Velasin. Si se hubiera despertado demasiado tarde, nunca habría llegado a saber el motivo. La posibilidad le heló el corazón. Cuando pudo volver a hablar, dijo con mayor suavidad—: No te digo esto solo para culparte, sino para asegurarme de que el error nunca se repita. Si el rey Markus es sincero cuando dice que desea reafirmar la amistad con Tithena, si se ve que mi propio matrimonio funciona, puede que veamos más compromisos con ralianos y no desearía que ninguno más sintiera el terror de Velasin.

Al decir esto, la rabia salió de su ser y se vio reemplazada por una especie de conmoción vacía, como si su propio terror tardío acabara de atraparlo. Alcanzó la silla más cercana y se sentó pesadamente observando en silencio mientras Keletha sacaba un decantador polvoriento y dos vasos limpios de un armario cercano. Con cuidado, sirvió dos raciones de lo que resultó ser brandy raliano, dulce e intenso como el verano. Keletha tomó una segunda silla y se quedaron sentados en silencio.

Cae bebió agradecido, sorprendido por la fuerza de su agitación. O tal vez no estuviera nada sorprendido, dadas las circunstancias. No sabía qué pensar más allá del puro alivio de haber hecho cambiar de opinión a Velasin.

Al contrario que él, Keletha jugueteó con su vaso tamborileando con los dedos en el borde antes de quedarse quiete de repente.

—Oh, *santos* —suspiró—. De verdad soy une ingenue.

—¿Cómo dices?

—El día que partimos, tiern Velasin tenía la mandíbula magullada. Pensé que sería una vieja herida porque las marcas eran débiles, pero por la forma, el tamaño y la ubicación, era probable que fueran marcas de dedos. —Miró a Cae con expresión horrorizada—. De camino hacia aquí, pensaba que su miedo era incongruente, pero ¿y si Killic lo forzó? Vimos muy poco y se separaron rápidamente... Santos, ahora todo tiene sentido. —Dejó el vaso con un golpe enfadado—. ¿En qué estaba *pensando*?

Cae casi se sintió tentado de responder, pero por la mirada del rostro de le enviade, su autoflagelación interna era más efectiva que cualquier cosa que él pudiera decir. En lugar de eso, se le ocurrió un pensamiento mucho más útil y, cuanto más lo consideraba, más adecuado le parecía.

—Enviade —dijo lentamente—, si lo que viste fue realmente una agresión... Estabas allí.

Keletha se estremeció.

—Discúlpeme, tiern. Tendría que haberlo sabido. Tendría que haberlo parado...

—No, eso no... es decir, sí, por supuesto, si te hubieras dado cuenta. Pero eso no es... —Captó su mirada y se la sostuvo—. Keletha, tú estabas *allí*.

Le enviade abrió los ojos de par en par al comprenderlo.

—Los contratos de compromiso. En cuanto entré en las tierras de vin Aaro, tiern Velasin ya tenía estatus de Aeduria.

—Lo que significa que Killic —continuó Cae escupiendo el nombre— puede ser perseguido por la ley tithenai, asumiendo que en algún momento venga hasta aquí. Y asumiendo, por supuesto, que tu teoría sea correcta —agregó sin querer confirmar la exactitud de las suposiciones de Keletha.

Keletha frunció el ceño.

—La corona raliana podría extraditarlo si se lo pidiera, pero podría ser una espada de doble filo.

—¿Quieres decir porque sería público?

—Por eso y porque sería más probable que condenaran a Killic simplemente porque prefiere a los hombres en lugar de porque haya forzado a uno.

Cae maldijo.

—Malditos supurantes de cuello tieso...

—Bastante —intervino Keletha secamente—. Pero, en cualquier caso, tiern, yo lo consultaría con su esposo antes de tomar cualquier acción en su nombre. Podría tanto sentirse resentido por el esfuerzo como agradecerlo. Y, por supuesto, yo podría estar equivocade. —En voz más baja, añadió—: Santos, espero estar equivocade.

Sabiendo que no lo estaba, Cae se bebió de golpe el resto del brandy para ocultar su mueca.

—Debería ir con él —declaró—. Estaba dormido cuando me he marchado, pero no me gustaría que se despertara solo. —Ante la ceja arqueada de Keletha, agregó—: Parece que hemos acordado ser amigos. Es más de lo que esperaba esta mañana.

Esa admisión lo hizo sentir curiosamente vulnerable, aunque si Keletha se dio cuenta, no dio muestras de ello. En lugar de eso, lo observó salir por la puerta y le prometió discreción de enviade en todo lo relacionado con Velasin y con Killic. Enfadado o no, Cae nunca le habría dicho nada si no se hubiera sentido totalmente seguro del silencio de Keletha; sin embargo, se sintió agradecido de que se lo confirmara.

Así, se marchó de los aposentos de le enviade caminando sigilosamente hacia los suyos. El Aida estaba en silencio a su alrededor sumido en el resplandor previo al amanecer. Al pasar por la enfermería, entró para mirar a Markel y se quedó el tiempo justo para corroborar que el sirviente respiraba cómodamente. Satisfecho, salió de nuevo.

Sin embargo, fuera de sus aposentos, experimentó una oleada de ansiedad. ¿Y si Velasin se había despertado durante su ausencia? Pero aunque lo que quedaba de vela seguía goteando sobre la mesa, Cae entró y vio que su marido permanecía a salvo en la cama sumido en un profundo sueño bajo las mantas.

Con un suspiro de alivio, Cae se quitó la bata y se colocó junto a él. Velasin murmuró algo somnoliento ante la pequeña perturbación, pero, por lo demás, no se movió, y en pocos momentos, Cae también se quedó dormido. Sus sueños fueron los débiles sinsentidos habituales, nada perturbador y, como tal, durmió bien.

Cuando se despertó de nuevo, fue porque Velasin lo estaba sacudiendo agarrándolo con urgencia por el hombro.

—¿Qué pasa? —preguntó restregándose los ojos con los nudillos. Luego, al recordar los eventos de la noche, inquirió—: ¿Estás bien?

—Yo estoy bien, pero no... ha pasado algo. —Velasin se arrodilló junto a la cama con una mirada de preocupación en el rostro—. Tiern, es tu padre. Anoche lo atacaron.

Cae se quedó helado.

—¿Qué?

—Está vivo —se apresuró a aclarar Velasin cuando Cae saltó de la cama—. Y, por lo que ha dicho Kita, no está gravemente herido, pero ese no es el problema... o al menos, no todo el problema.

Cae lo miró, incrédulo.

—¿Mi padre ha sido atacado y ese no es el problema?

—No —respondió Velasin poniéndose de pie. Se mordió el labio con el rostro pálido—. El problema es que el culpable ha afirmado estar actuando en tu nombre. Ha dicho que era un mensaje, tiern. La voluntad del Cuchillo Indómito.

Tercera parte

VELASIN

11

Aunque todavía no había conocido a mi suegro, estaba seguro de que la gratitud no era una respuesta apropiada a haber descubierto que lo habían atacado mientras dormía. Sin embargo, sí que estaba agradecido, no por el ataque en sí, ya que no le deseaba ningún mal a tieren Halithar, sino porque necesitaba creer desesperadamente que Markel no había sido apuñalado solo por mi culpa y, como era evidente que el tieren había sido objetivo de la misma gente que me había atacado a mí, lo que los motivaba, aunque todavía era político, no era únicamente personal. Era una reacción egoísta y me sentí mal por ello, sobre todo teniendo en cuenta la angustia de Caethari, y, sin embargo, el milagro fue llegar a sentir algo. Por segunda vez en dos semanas, había intentado morir por mi propia mano y había fracasado, pero si bien la primera vez que había sobrevivido me había quedado paralizado por el temor a sufrir destinos peores, la segunda pareció una especie de absolución.

A pesar de mis acciones de la noche anterior (o más bien, a pesar de las suyas) todavía no estaba seguro de si confiaba en Caethari, aunque al menos una parte de mí estaba preparada para intentarlo. Tal vez eso me convirtiera en un tonto, o tal vez en un optimista, pero por mucho miedo que me diera vivir, tenía más miedo de morir. La amistad, según mi concepción raliana, me parecía un modo extraño (aunque no indeseable) de ser maridos, sobre todo en mi caso, pero a falta de alternativas, estaba dispuesto a ver a dónde me llevaba.

Por metafórico que pudiera haber sido ese destino particular, las cámaras de tieren Halithar eran literalmente solo una y mucho más accesible. Como era de esperar, Caethari tenía prisa por llegar. Aunque se había relajado hasta cierto punto cuando le había dicho que las heridas de su padre eran leves, había empezado a vestirse con presteza (aunque tal vez fuera por costumbre) sin preocuparse por mantener cierto pudor. Cuando había pasado a toda prisa junto a mí para sacar ropa limpia de un baúl de cedro, mi mirada se había deslizado al pareo que usaba para dormir, la tela fina y pálida se adhería a su piel dorada de un modo que dejaba poco a la imaginación. La noche de antes había estado demasiado angustiado como para preocuparme por que estuviera prácticamente desnudo, pero ahora, sin embargo, me dejó ruborizado. Para mis sensibilidades ralianas, el pareo era esencialmente una falda (aunque una imposiblemente inmodesta) y, por lo tanto, el tipo de prenda que nunca esperaría ver en un hombre. Yo no era inocente sexualmente y, sin embargo, el contraste entre su musculatura de guerrero con esa tela endeble de apariencia femenina me dejó con la boca más seca que si hubiera estado completamente desnudo.

Instantes después, esta comparación se puso a prueba cuando se desnudó por completo, dejando a un lado el pareo mientras se ponía un par de nara: un tipo de pantalones de cáñamo mezclado que se llevaban en Tithena con poca referencia a la posición o, al parecer, también al género. Tales diferencias se reflejaban más en las sutilezas del estilo y de la tela. Silenciosamente nervioso, aparté la mirada hasta que él terminó de vestirse.

—¿Velasin? ¿Estás bien?

Busqué desesperadamente una respuesta razonable y encontré una al instante:

—Sí —le dije—. Es solo que... yo no tengo ropa limpia. —Extendí los brazos para demostrar mejor el estado arrugado e impresentable de las prendas prestadas con las que había dormido.

La expresión de Caethari pasó de sorprendida a irritada y a irónica en menos tiempo del que tardé en parpadear.

—¡Mierda! —murmuró—. No se me ocurrió ver dónde había acabado tu equipaje.

—Tampoco sería de mucha ayuda —señalé—. Todo lo que tengo está sucio y además es bastante escaso.

Cuando salí originalmente de Farathel (una partida desde la que me parecía que había pasado una eternidad) apenas empaqué ropa: tenía prisa por marcharme y estaba ansioso por sacrificar mi guardarropa por conveniencia, y todavía estaba lo bastante molesto por la traición de Killic así que no le vi sentido al hecho de tratar de vestirme bien. Después de atravesar las montañas hasta Qi-Katai con dos pares de bombachos ahora arruinados con manchas de sangre, me quedé incluso sin la comodidad básica de la ropa conocida.

—Mierda —dijo de nuevo Caethari y, de repente, fui muy consciente de que, después de haberle impedido dormir con mi dramatismo, ahora lo estaba reteniendo lejos de su padre por más razones frívolas. Me avergoncé de mí mismo, parecía ser que mi desesperación no era tan fácil de apaciguar, sino que más bien había decidido adaptarse. Aunque pensé que era ridículo, una parte de mí quiso hundirse en el suelo.

—Deberías irte —le ofrecí con una calma que no sentía—. Mi guardarropa puede esperar y no creo que me necesites allí.

Caethari me miró de un modo extraño.

—O podrías simplemente tomar prestada mi ropa. Tendremos una talla bastante parecida.

Abrí la boca. La volví a cerrar.

—O podríamos hacer eso —coincidí y me quedé allí como una mula bajo el sol mientras Caethari volvía al baúl de cedro y sacaba un par de nara verde pálido, una camiseta de color crema con un lazo en el cuello y una especie de túnica-chaleco llamada «lin» para ponérmela encima de todo. Acepté la ropa inseguro de si esperaba que me cambiara mientras él miraba o si todavía no se le había ocurrido la posibilidad de que algo así me incomodara.

Al parecer, era lo segundo. Tras un instante de silencio, emitió un suave sonido de comprensión y se volvió de espaldas. Ese gesto, aunque no me proporcionara privacidad total, fue educado. Con la pierna recién cosida y tratada mágicamente todavía tierna, me moví con cautela buscando a tientas los lazos desconocidos de la ropa tithenai.

—¿Te aclaras? —preguntó Caethari. Movió levemente la cabeza y luego se quedó quieto como si acabara de reprimir el impulso innato de moverse.

—Lentamente, pero sí —gruñí—. Lamento estar siendo un inconveniente para ti...

—No eres un inconveniente, Velasin. Eres mi marido.

—Muchas mujeres ralianas afirmarían que ambas cosas son sinónimas.

Caethari resopló.

—Eso es porque muchas mujeres ralianas están casadas con hombres ralianos.

—Tú también, tiern. —Reprimí una mueca de dolor cuando apoyé el peso en la pierna mala mientras tiraba del nara limpio. Aunque me quedaba algo suelto, era manejable.

—¿No es eso una contradicción en términos? —inquirió Caethari.

—¿Qué es una contradicción?

—Habría pensado que este matrimonio era una institución completamente antirraliana. Los hombres ralianos no se casan con hombres de ninguna creencia; por lo tanto, o no estás casado conmigo o no eres raliano.

No sé qué me poseyó para decirlo, solo sé que el comentario salió solo y yo estaba bastante ocupado con la camiseta como para pensar en las implicaciones:

—Puede ser, pero puesto que no estamos casados en absoluto según los estándares ralianos, la pregunta es discutible.

—¿No lo estamos?

Vacilé dándome cuenta tardíamente de la trampa que me había tendido a mí mismo. Esforzándome por mantener el tono informal, expliqué:

—En Ralia un matrimonio no se considera válido hasta que no ha sido consumado. Y como nosotros, eh... Bueno.

—Ah —murmuró Caethari y, incluso con el rostro oculto, prácticamente pude oír cómo se ruborizaba. Suspiró torpemente y luego añadió—: Aun así, me parece un problema secundario. Si los hombres ralianos solo pueden casarse con mujeres, dudo mucho de que la consumación marcara la diferencia.

—Tienes razón —contesté rápidamente—. ¿Cuál es entonces, tiern?

—¿Cuál es qué?

—Si es que no estamos casados o es que no soy un hombre raliano. Ya puedes mirar —agregué alisando tímidamente la tela.

—Creía que eso era tu... —Caethari se volvió vacilando ligeramente—. Decisión. —Me miró de arriba abajo y luego susurró—: Aunque ciertamente no pareces un hombre raliano.

—Entonces puede que no lo sea.

Caethari exhaló lentamente. No lo conocía lo suficiente como para leer su expresión, aunque parecía una curiosa mezcla entre vacío y complejidad. Lo estudié intentando hacerme una idea del hombre. Sus ojos eran oscuros, de un marrón intenso y profundamente expresivos, y aunque yo no tenía ni idea de lo que estaban diciendo, solo sabía que su suavidad contrastaba con las líneas más afiladas de su nariz, sus pómulos y su barbilla. El día anterior se había afeitado escrupulosamente, pero esa mañana, en cambio, una débil sombra empezaba a asomar por su piel luminosamente bronceada. Tenía una atractiva constitución marcial: brazos fuertes, hombros amplios, muslos gruesos y, aunque había intentado no fijarme en eso, un culo bien formado; pero, a diferencia de cualquier soldado raliano al que hubiera conocido, llevaba el pelo largo, liso y negro como la tinta, recogido en una trenza que le caía por un hombro.

Durante un absurdo momento, me sentí tentado de alcanzarla y tirar de ella solo para saber cómo reaccionaría.

—Botas —dije en lugar de eso—. Voy a buscar mis botas...

Me las puse rápidamente ignorando el dolor de la pierna y salí a lo que Caethari llamaba la sala de recepción, aliviado al descubrir que, aunque todavía cojeaba, no me resultaba extremadamente penoso y podía caminar sin ayuda. Sin tener experiencias anteriores con la curación mágica a tal escala, asumí que cualquier cantrip que hubiera hecho ru Zairin con mi herida además de los puntos de sutura sería poco mejor que el encantamiento de Mirae contra la infección. Evidentemente, estaba equivocado.

—¡Espera! —exclamó Caethari cuando llegué a la puerta. Me sobresalté y él vino hasta mí con la hermosa frente levemente fruncida—. Tu pierna. ¿Estarás bien?

—Te lo haré saber si no.

Asintió, pero de un modo que decía que eso no era lo que había preguntado.

—No sé qué está pasando aquí —dijo mirando atentamente a la puerta—. Por qué alguien intentó matarte... por qué están intentando matar a mi padre. Nunca se me ha dado bien la política y tengo poca paciencia para tratar con ella. Pero quiero ponerte a salvo.

Ya lo has hecho. Tan solo pensar las palabras hizo que me diera un vuelco el estómago, no había posibilidad de decirlas en voz alta. Apoyé la mano en la puerta y pasé unos segundos preciosos tratando de pensar algo que pudiera decir hasta que finalmente me decidí:

—Puede que a ti no se te dé bien la política, pero a mí, sí. —Lo que quería decir que tenía una habilidad especial para navegar entre los grupitos, facciones, escándalos e intrigas que constituían la vida entre la nobleza joven de Farathel, lo que, dada su frecuente superposición con los eventos de la corte y las órdenes de la corona, era más o menos lo mismo—. Estamos casados. Y somos amigos o al menos intentamos serlo. Y yo... —Me tocó a mí vacilar al mirarlo— tengo un interés personal en esto. Si puedo ayudar, lo haré.

—Lo tendré en cuenta —respondió Caethari—. Gracias. —Alcanzó el pomo de la puerta, pero hizo una pausa y me lanzó una mirada curiosa—. ¿Has dicho que ha sido dai Kita la que te ha dado la noticia?

—En efecto.

—¿Y no ha querido quedarse para informarme en persona?

—Se ha ofrecido a hacerlo —admití—. Pero yo... bueno, no estaba seguro de la etiqueta ni de si debía dejarla entrar mientras tú dormías. Estos son tus aposentos. En Ralia no se haría así.

—¿Porque es soldado o porque es mujer?

—Por ambas cosas, en realidad. —Titubeé, repentinamente inseguro de mí mismo—. ¿He hecho mal?

—No, para nada. Como mi esposo, tienes derecho a decir quién puede entrar en nuestros aposentos y cuándo. No se me ocurrió que pudieras no saber eso. —Me dirigió una mirada de pesar—. Al parecer, no se me da muy bien estar casado.

Su comentario me hizo reír.

—No te preocupes, tiern. Yo no soy quién para juzgar.

Compartimos una breve sonrisa ante nuestra incompetencia mutua. Caethari abrió la puerta para mí y, juntos, salimos al Aida.

12

Decir que tieren Halithar estaba molesto por el ataque a su vida sería quedarse corto. Estaba *furioso* hasta tal punto que, a diferencia y a pesar de sus visitantes, no se había preocupado por vestirse. Debajo de una lujosa bata de seda no llevaba nada más aparte de un largo pareo azul y, si no hubiera sido por el hecho de que ya había visto a Caethari luciendo casi lo mismo, me habría escandalizado. Aunque estuviera más desnudo que vestido, era imposible verlo como cualquier otra cosa que no fuera imponente y, aunque me confundía admitirlo, bastante guapo, lo cual nunca habría esperado pensar de ningún suegro hipotético o real. A pesar de tener cincuenta y tantos, todavía estaba asombrosamente en forma y la musculatura de sus brazos y su torso era evidente debajo de su bata. Al igual que Caethari, llevaba el cabello gris recogido en una larga trenza, y a pesar de que la de su hijo apenas le llegaba a los omóplatos, la del tieren le colgaba hasta la cintura. Se balanceaba cuando se movía como la cola de un gato enfadado.

—¡En *mi cámara*! —estaba diciendo para beneficio de Caethari y probablemente para el mío también—. Si hubiera tenido la espada a mano, ¡los habría destripado!

—No nos cabe duda —murmuró tiera Riya en el tono de alguien que ya ha escuchado la misma declaración varias veces y está empezando a cansarse de ello. El tieren la ignoró pasándose los dedos de la mano izquierda inconscientemente por el vendaje que le envolvía el antebrazo derecho. La herida, como había dicho Kita, era un corte profundo y defensivo infligido cuando el tieren había bloqueado el ataque con cuchillo de su agresor. Por lo demás, parecía prácticamente ileso, algo que Caethari se había apresurado a comprobar en cuanto había entrado.

—Pero ¿ha huido? —preguntó frunciendo el ceño a su padre.

—En cuanto ha fallado. —El tieren arrugó la frente—. Y no, antes de que lo preguntes, no he podido verlo bien… Iba vestido de negro con el pelo tapado. Tan solo se le veían los ojos y estaba lo bastante oscuro como para que solo pudiera distinguir el blanco. ¡Cobarde miserable por intentar atacarme mientras dormía!

—¿Qué te ha despertado? —quiso saber Caethari.

—Ojalá lo supiera —contestó tieren Halithar—. Diría que el instinto para intentar halagarme, pero es más probable que haya un exceso de confianza. Al entrar como lo ha hecho, ha debido ser muy imprudente en el enfoque final.

—¿Y cómo ha logrado entrar? —Caethari señaló la puerta de la cámara que era lo más resistente que cualquier hombre desearía tener entre él y un agresor potencial—. Seguramente, no por la puerta.

—Por la ventana —dijo sombríamente el tieren—. Y al parecer sin cuerda, a pesar de la altura a la que estamos. Habría asumido algún truco de escalada, pero cuando lo he perseguido ha saltado por el alféizar como si la caída no fuera nada. Si os soy sincero, el hecho de que haya ido directamente al suicidio me ha asustado tanto como el corte. Pero cuando he mirado hacia abajo, ya estaba de pie y corriendo, y cuando alguien pudo llegar allí, ya hacía rato que se había ido. —Miró a la jefa de su guardia personal, una mujer con el rostro pétreo llamada tar Katvi Tiru (o así era como Caethari se había referido a ella) que parecía bastante furiosa porque hubieran violado tan a fondo su perímetro—. ¿Sospechas que usaron magia, tar?

—Es la explicación más lógica —espetó tar Katvi—. No soy ninguna experta, pero he enviado a uno de los míos a la Orden de Ruya a preguntar por las posibilidades. —Negó con la cabeza—. Un viejo comandante solía contar una historia sobre un amigo aventurero suyo que conocía un cantrip que le permitía escalar roca pura, pero siempre me lo había tomado como un cuento. Parece ser que podría estar equivocada. Aun así, eso no explica cómo ha bajado tan rápido.

Tiera Laecia le lanzó a su padre una mirada demasiado cargada de significado como para que yo supiera interpretarla.

—Qué raro que tu agresor haya podido exprimir tal utilidad de la magia.

—En efecto —coincidió Riya tan secamente como su hermana.

—Magia —resopló el tieren. Mirándome, agregó—: Nunca he tenido mucha paciencia para ella. La mayor parte del tiempo, lleva años de estudio aprender un atajo para algo que se haría mejor mundanamente, pero de vez en cuando te achecha sigilosamente. —Volvió a tocarse la venda y luego dejó caer la mano mirando deliberadamente a Caethari—. Esto, junto a la invocación de tu nombre, hace que quienquiera que lo haya hecho sea extremadamente inteligente o extremadamente estúpido.

El dolor de Caethari se reflejó en su voz.

—¿De verdad ha afirmado estar actuando en mi nombre?

—«El Cuchillo Indómito le envía saludos». Es lo que ha dicho justo antes de saltar por la ventana. No sabría decirte nada útil acerca de su voz; estaba medio amortiguada en primer lugar, no tenía ningún acento distintivo y el tono era promedio. Podría haber sido cualquiera. —Miró a Raeki, que estaba a un lado, rígido—. Entiendo que tu prisionero no ha revelado nada útil.

—No, tieren —respondió Raeki. Parecía furioso por ello—. Ni siquiera nos ha dado su nombre, lo que está complicando considerablemente las cosas. Si supiera algo de sus antecedentes, de su origen, tal vez podría saber cuáles son las preguntas adecuadas, pero hasta ahora solo ha repetido lo que le dijo al sirviente de tiern Velasin: que el Cuchillo Indómito y sus seguidores no van a permitir la presencia de ralianos en Qi-Katai.

Noté el cambio de atención como una corriente física. Además de Raeki, tar Katvi y tiera Riya, los otros ocupantes de la sala eran Keletha y tiera Laecia y todos me estaban mirando. La mirada del tieren era la que más pesaba. Sin perderme de vista, pero hablándole a Caethari, dijo:

—¿Asumo que te has casado con él, pues?

—Consintió aceptarme, sí —replicó Caethari. Y entonces, con un suspiro que implicaba cierto grado de formalidad ausente cuando habíamos entrado por primera vez, agregó—: Os presento a mi esposo, tiern Velasin Aeduria.

—Tiern —saludaron los dos tars al mismo tiempo y me ofrecieron idénticas reverencias. La mirada de Keletha era curiosamente intensa mientras que Laecia me miró con un escrutinio rápido y evaluativo que me hizo sentir como un caballo que su rival hubiera comprado antes que ella, es decir, como si estuviera tratando de establecer qué defectos podría haberse ahorrado sin darse cuenta para sentirse mejor consolada.

—Enhorabuena —dijo amablemente.

Riya me lanzó una mirada divertida.

—Bienvenido a la familia.

—Bienvenido —repitió el tieren con cierto cariño áspero en la voz, lo que asumí que tenía más que ver con su amor por Caethari que por una aprobación innata a mi ser—. Supongo que no podrás arrojar nada de luz en todo este asunto.

Abrí la boca para negar cuando se me ocurrió algo.

—Tal vez, no —dije con la voz lenta mientras reflexionaba—. Pero, discúlpeme, tieren, ¿estoy en lo cierto al pensar que el compromiso con mi familia era secreto?

—En la medida en la que puede haber secretos en Qi-Katai, sí —contestó tieren Halithar—. Ciertamente, la correspondencia entre tu padre y yo era privada en gran parte, aunque, por supuesto, los aquí presentes y algunos otros fueron informados cuando le escribí a asa Ivadi para pedirle permiso para proceder, incluyendo al embajador raliano de Qi-Xihan. Sin duda, los rumores estallaron con el regreso de dai Kita, pero, por lo demás, se sabía muy poco. —Frunció el ceño como si acabara de comprender por qué eso era importante.

—Es solo que, originalmente, no iba a casarme con su hijo —empecé mirando de soslayo a Caethari—. Tenía que casarme con tiera Laecia. Y por lo que entiendo, aunque más gente pudiera estar al tanto del compromiso, muy poca gente además de su familia conocía el contenido de la misiva de Keletha. —Me había enterado de ese chisme en particular mientras estaba en la enfermería, ya que más de uno de los ayudantes de ru Zairin se sorprendió al enterarse de que me iba a casar con Caethari—. Lo cual nos lleva a la pregunta: la decisión de atacarme en nombre del Cuchillo Indómito, ¿la tomó alguien que sabía que yo venía a *casarme* con el Cuchillo Indómito o alguien que creía que iba a casarme con su *hermana*?

En voz muy baja, Raeki maldijo mientras tieren Halithar se mostró tan enfadado como reflexivo.

—Esa es una pregunta interesante —murmuró—. Las alternativas cambian considerablemente las implicaciones.

—¿Cómo? —inquirió tiera Laecia—. Si han declarado que su objetivo es mantener a los ralianos fuera de Qi-Katai, el hecho de atacar a Velasin dependía poco de con quién fuera a casarse.

—Si el objetivo fuera tan simple como ese, sí —replicó tiera Riya—. Y si nuestro cuñado hubiera sido el único atacado, tal vez habría estado de acuerdo contigo. Pero atacar a padre, aunque hubieran llegado a matarle, no habría acabado con la presencia de Velasin. Esto no va solo del disgusto por Ralia personificado en un individuo, sino de la política que subyace a su presencia. Así, pues, y como estaban decididos a nombrar a Cae en cualquier caso, entonces sí: importa con quién pensaban que se iba a casar.

Tiera Laecia fulminó a su hermana con la mirada.

—Puede que le estés dando a esto demasiado crédito. Tal vez solo querían hacer una declaración sin preocuparse por implicaciones más sutiles.

—Es posible —admitió el tieren interviniendo antes que su primogénita—. Pero, estratégicamente, tiene más sentido asumir que el adversario es inteligente y no idiota. Si la intención, aunque fuera secundaria, era hacer que te cuestionaras si tu hermano había matado a tu prometido, habría una clara intención de sembrar la disidencia en el clan Aeduria. Pero si se considerara que Caethari ha matado a su propio prometido, el mensaje tendría más consecuencias para Ralia y para la casa vin Aaro que para nosotros. ¿Lo comprendes? Las relaciones con Ralia sufren en ambas opciones, pero solo en un escenario se divide activamente al clan Aeduria.

Tiera Laecia se sonrojó ante la reprimenda, aunque yo fruncí el ceño ante la conclusión del tieren.

—Discúlpeme, pero creo que me estoy perdiendo algo. Si se considerara que Caethari me quiere muerto en cualquier caso, ¿por qué sus acciones hipotéticas solo serían divisivas si van contra el prometido de tiera Laecia en lugar de contra el suyo? ¿Acaso no sería menospreciado su matrimonio concertado en ambos casos, tieren? A menos que… —Pasé la mirada de Caethari a tiera Laecia y de tiera Laecia al tieren y, al notar la repentina incomodidad que mostraban los tres, asentí al entenderlo—. Ah, ya veo. Porque *solo* tiera Laecia lo creería capaz de hacerlo. O, al menos, no lo consideraría capaz de sabotearse a sí mismo, pero sí que podría temer que fuera capaz de sabotearla a ella.

Una mueca se dibujó en el rostro de la tiera, lo que, junto con su profundo rubor, me confirmó que había dado en el clavo.

En el repentino vacío conversacional, tiera Riya comentó:

—Bien observado, tiern Velasin. Eres un hombre muy inteligente. Siendo así, lo que yo quiero saber es por qué consentiste casarte con mi hermano, un hombre al que no conocías y en quien no tenías razones para confiar, después de haber escuchado que estaba claramente implicado en el ataque contra ti. Escuché el informe de dai Kita sobre vuestro trayecto hasta aquí, además del de Keletha y del de Tar Raeki. Según todos los relatos, no parecías muy entusiasmado; de hecho, más bien parecías aterrorizado. Y aun así, aquí estás, al lado de mi hermano (con ropa de mi hermano, a menos que me equivoque) como hombre casado y sin parecer dudar en absoluto de la inocencia de Cae...

—Riya... —gruñó Caethari, pero ella se le adelantó con un gesto de la mano.

—No intento impugnar el juicio de tu marido —continuó con la mirada todavía puesta en mí—. Solo pretendo seguir su lógica. Prefiero saber qué pensar de la gente y qué piensan ellos de mí.

Si el escrutinio al que me había sometido antes me había parecido intenso, este no tenía nada que ver. Se me aceleraron los latidos, miré fijamente a tiera Riya centrándome en los detalles de su aspecto: ojos brillantes de un color miel más claro que el de su padre y su hermano; las intrincadas y entrelazadas trenzas de su cabello, meticulosas incluso a esas horas de la madrugada; el elegante corte de su bata de seda azul; las sencillas joyas de oro que le adornaban las muñecas, las orejas y el cuello; y traté de pensar qué respuesta darle que fuera lo bastante honesta como para parecer útil y creíble. No podía expresar en voz alta toda la verdad, que era que, puesto que Caethari me había impedido suicidarme la noche anterior, no tenía sentido que me quisiera muerto. Lo único que habría tenido que hacer era enseñarme dónde cortarme.

Cuando pude recomponerme lo suficiente para elaborar una respuesta, declaré:

—Antes de venir aquí no sabía que mi prometido era el legendario Cuchillo Indómito y cuando Markel... cuando mi sirviente me contó lo que le había dicho su agresor, tu hermano ya me había ayudado. —No confiaba en mí mismo para mirar a Caethari, pero en ese momento, quise hacerlo—. Fue amable conmigo, yo no esperaba amabilidad. Y después de desmayarme delante de él (o más bien, después de despertarme de nuevo) pensé que para el tiern habría sido muy fácil lastimarme mientras estaba inconsciente si esa hubiera sido su intención. Y si realmente me hubiera querido muerto antes de que tuviera lugar el casamiento, ¿por qué iba a ofrecerse a adelantarlo? No soy... —Tomé aire enderezándome ante la impenetrabilidad de la mirada de tiera Riya—. No soy una persona confiada, tiera, como podrías imaginar. Pero ahora mismo estoy vivo, a pesar de todas las oportunidades que tuvo tu hermano ayer para asegurarse de lo contrario. Siendo así, ¿por qué no debería trabajar desde la suposición de su inocencia?

—Eso, ¿por qué no? —repitió Keletha—. Con todo el respeto, tiera, creo que nos estamos saliendo del tema. Lo importante no es la confianza de Velasin, sino los motivos de quienes lo atacaron.

—Así es —confirmó el tieren lanzándole a Keletha una mirada de aprobación. Entonces, repentinamente cansado, dijo—: Por la paciencia de los santos, tendría que haberlo visto venir.

—¿Ver venir el qué? —inquirió Riya.

—Las facciones de la ciudad formándose alrededor de vosotros tres. —El tieren agitó una mano señalando a su descendencia—. Piensan que actúan en vuestro nombre o en lo que ellos suponen que son vuestros mayores intereses para ganarse el favor de cualquiera de vosotros que quiera heredar la tierencia. Hubo cierto revuelo cuando Kivali y tú os casasteis... —Miró a Riya, quien se mostró primero sobresaltada y después reflexiva—. Pero tendría que haber anticipado que una pareja raliana atraería más y mayores intereses. —Resopló—. De hecho, sí que lo consideré, pero no había señales de nada grave gestándose.

—Con ese fin, propongo que tar Raeki intente una nueva línea de investigación con su prisionero —intervino Keletha—. Se muestre reticente o no, su reacción a la pregunta podría revelarnos algo útil. Mientras tanto, tar Katvi puede seguir con su investigación para descubrir cómo su agresor logró entrar en el Aida en primer lugar, dejándonos al resto continuar con nuestras mañanas. A menos que alguien piense que la noticia de un ataque al tieren vaya a ser menos evidente si rompemos nuestras rutinas.

A pesar de su severidad, tieren Halithar parecía vagamente divertido.

—Como dice le enviade, que así sea. Idos, todos vosotros. Ya llevamos bastante tiempo aquí hablando y tengo muchos otros asuntos que atender.

Ante sus palabras, ambas tieras se mostraron igualmente indignadas.

—Pero, padre… —empezaron y se interrumpieron ambas horrorizadas por su sincronización. A mi lado, Caethari reprimió un resoplido, aunque no lo hizo demasiado bien y sus dos hermanas lo notaron. Dejando de fulminarse con la mirada la una a la otra para fulminarlo a él, salieron de la habitación como un par de vendavales dejándonos atrás a los meros mortales azotados por su estela. Más tranquilamente, Caethari le ofreció una reverencia de despedida a su padre y yo, todavía inseguro de la etiqueta, lo imité. A continuación, nosotros también salimos.

—Venga —murmuró Caethari dirigiéndonos por el vestíbulo—. Vamos a ver cómo va Markel.

Lo seguí inmediatamente tomando nota de los diversos giros y desvíos del laberíntico Aida. Dada su elevada posición en el centro de Qi-Katai, no sabía si se trataba más de un palacio, de un fuerte o de una ciudadela; a mí me parecía que contenía elementos de los tres. Era exactamente el tipo de espacio enorme, retorcido y complicado que habría anhelado explorar de niño y, de repente, sentí dolor por ese niño triste y cariñoso que había acabado aquí del modo menos imaginable posible.

Ajeno a mis pensamientos o quizá perdido en los suyos, Caethari eligió este momento para decir:

—Deberías saber que Laecia no es que me odie o que no sea inteligente ni nada de eso. Es que compite conmigo y no puede soportar que sea una competencia unilateral. Riya le sigue el juego, pero yo nunca lo hago, al menos, no a propósito, y eso la frustra enormemente, aunque no he llegado a entender por qué. Es como si… —Se rascó la mandíbula sin afeitar raspando las uñas contra los incipientes pelos—. Santos, no lo sé…

—Le preocupa que pienses que eres demasiado bueno para competir con ella —comenté—. Tiera Riya puede que gane en la mayor parte de sus intercambios, pero al menos considera a tiera Laecia digna como para jugar con ella en primer lugar.

Caethari me lanzó una mirada de asombro.

—¡Por la gracia de Ruya! ¿Has sacado todo eso de un solo encuentro?

—Más o menos —respondí con ironía—. Pero no me tomes por un sabio. Mis hermanos hacen más o menos lo mismo. O lo hacían, más bien —corregí sintiendo la punzada habitual—. Revic siempre odió ser el segundo hijo. Quería lo que tenía Nathian, ser heredero, ser respetado y, siempre, siempre, quería impresionar a padre. Así que intentaba competir contra Nathian en todo, pero la mayor parte del tiempo, Nathian no se prestaba a hacerlo. Por supuesto, en su caso era porque sabía que Revic era realmente mejor en casi todo y no quería parecer débil perdiendo... lo que Revic también sabía, o al menos sospechaba, y eso hacía que se enfadara aún más. —Sonreí un poco a mi pesar, aunque eran recuerdos agridulces—. Cuando se le negaba la oportunidad de burlarse de Nathian, intentaba vencerme en su lugar.

—¿Y lo lograba?

—Eso depende de tu definición de «vencer». Digamos que aprendí pronto que simular perder por poco margen me proporcionaba más paz que ganar ampliamente, y actué de ese modo.

—¡Ja! No es de extrañar que tengas tanta práctica entonces.

—La familia es la mejor preparación para la política, tiern. Puedes preguntárselo a cualquiera.

—Parece que me he casado con un cínico.

—Cínico, no —repuse cuando llegamos a la enfermería—. Solo realista. —Y, antes de que Caethari pudiera responder, abrí las puertas y entré.

Ru Zairin levantó la mirada cuando me oyó, claramente aliviade de verme. Al igual que Mirae, tenía pelo rizado y la piel oscura que indicaba cierta herencia nivonai, aunque, a diferencia de Mirae, sus ojos en forma de pétalo sugerían que también tenía algo de sangre khytoi. Aunque me había cruzado tanto con nivonai como con khytoi en Ralia, no solían ser inmigrantes ni descendientes de ellos; los inmigrantes que iban a Ralia eran mucho más a menudo attovari o palamitas, todos menos los más pálidos, que eran más complicados de distinguir como tales a simple vista. En Tithena, por el contrario, había habido amistad con Nivona y con

Khytë durante bastante tiempo para que, en una ciudad grande como Qi-Katai, hubiera mucha más diversidad de la que había visto nunca. Era extrañamente maravilloso y, aunque yo venía de un lugar diferente, me hizo sentir un poco menos extraño.

—¡Ah, tiern! —exclamó ru Zairin—. Llega en el momento adecuado… su sirviente está despierto, pero como yo no hablo raliano ni su idioma de señas, no he podido comunicarme con él.

Efectivamente, encontré a Markel sentado en la cama con una mirada de preocupación en el rostro que se transformó en puro alivio en cuanto me acerqué. Me atravesó un torrente de emociones: vergüenza por haber tolerado abandonarlo, alivio porque estuviera despierto y recuperándose y culpa por no haber ido antes. Las acallé todas cuando me senté a su lado tomándole las manos y estrechándoselas con fuerza. Me devolvió el apretón y me soltó para poder signar un rápido flujo de palabras mientras le echaba un vistazo a Caethari.

—Dicen que te casaste ayer. ¿Es cierto? ¿Estás bien? ¿Te ha hecho daño?

Cerré los ojos abrumado por su preocupación y negué con la cabeza. Cuando los volví a abrir, signé:

—Es cierto, nos hemos casado. Pero no me ha hecho daño y no creo que lo haga.

—¡Pero él es el Cuchillo Indómito! —Markel enfatizó sus señas—. ¡El hombre que me apuñaló trabajaba para él!

—No lo hacía. Era mentira.

—¿Cómo puedes saberlo? ¿Cómo puedes confiar en algo de lo que dice?

—Porque… —empecé, pero titubeé. No quería admitir la verdad, pero Markel más que nadie merecía escucharla. Suspirando temblorosamente, empecé a hacer señas—: Porque anoche intenté morir. Estaba asustado y débil, al igual que en Ralia, pero él me lo impidió tal y como lo hiciste tú. ¿Por qué iba a hacerlo si me quisiera muerto?

Markel hizo un sonido de angustia.

—¿Intentaste morir?

Tragué saliva sorprendido por encontrarme al borde de las lágrimas.

—Lo siento —dije en voz alta en raliano sabiendo que Caethari podía escucharme—. No volveré a hacerlo. Tenía miedo.

—Tu miedo me asusta —signó Markel.

No tenía respuesta a eso, solo bajé la cabeza. No obstante, tras unos instantes, Markel chasqueó los dedos y volví a levantar la mirada.

—¿Puedes preguntarle a le curandere cómo estoy? Me ha mirado cuando me he despertado, pero no ha dicho nada.

Asintiendo, me volví hacia ru Zairin y le pregunté en tithenai:

—¿Cómo se encuentra?

—Muy bien, dadas las circunstancias —respondió ru Zairin—. El filo pasó entre sus costillas, pero no alcanzó los órganos vitales. Una herida superficial, aunque inconveniente. Recomiendo que se quede en la cama al menos durante un par de días. Le daré amapola regularmente para el dolor, por supuesto, pero no tendrá que estar todo el tiempo durmiendo y conozco algunos cantrips que ayudarán a acelerar su recuperación.

Aunque Markel evidentemente lo había oído todo, lo repetí en raliano. Asintió con comprensión mostrándose cansado, molesto y resignado, y me di cuenta con una punzada de culpa de que no iba a poder quedarme con él. Aun sin la amenaza de ataque, era recién casado, nuevo en el Aida y tenía que aprender mi lugar allí por el bien de los dos.

Tras haber pasado más de una década junto a él, sabía que Markel estaba mayormente en paz con su mutismo, pero aun así le parecía frustrante, como le sucedería a cualquiera, ser excluido de la conversación. Al menos en Farathel, al igual que yo, tenía un pequeño círculo de amigos que lo entendían y le dejaban espacio, pero mi matrimonio le había robado la vida tan seguramente como me había separado a mí de los míos. Por mucho que le hubiera quitado importancia durante el trayecto hasta aquí insistiendo en que podía mantener sus amistades por correspondencia, ahora veía cuánto había retrocedido al encontrarse entre gente que, no solo veía su mutismo como algo nuevo, sino que además, por culpa mía, asumía que tampoco sabía hablar tithenai.

Caethari se acercó a la cama vacilando mientras pasaba la mirada de mí a Markel. A continuación, hablando en raliano, dijo (a Markel, no a mí):

—Tenemos algunos libros ralianos en la biblioteca de la tierena. Hay incluso algunas novelas. Podría hacer que la bibliotecaria te las trajera, si quisieras.

Los dos nos quedamos congelados, completamente desconcertados. Después de un momento, Markel recuperó la compostura lo suficiente como para asentir y, con los ojos muy abiertos, me signó:

—¿Le has pedido tú que me hiciera esa oferta?

—¡No! —contesté también en señas.

Markel asimiló la información. Miró a Caethari durante largo rato estudiándolo, buscando cualquier rastro de burla o deshonestidad en sus palabras. Pero no había nada que encontrar y, cuando se dio cuenta de ello, Markel asintió de nuevo, se llevó la mano derecha al corazón e hizo una reverencia ante el tiern en la medida en la que su herida se lo permitía. Fue un gesto pequeño y torpe, pero profundamente sentido, y Caethari también debió notarlo, ya que no se rio.

—Entonces haré que la bibliotecaria te traiga una selección.

Volviendo a cambiar al tithenai, se dirigió hacia mí y dijo:

—Me imagino... es decir, supongo que te gustaría que Markel se quedara en nuestros aposentos. No intento anticiparme a ti —agregó apresuradamente ante la expresión de asombro de mi rostro—, pero si tengo que hacer que preparen la segunda habitación para ti hoy, tendría sentido preparar al mismo tiempo la cámara de los sirvientes también. Solo por si acaso.

—Solo por si acaso —repetí débilmente—. Sí, claro... por favor. Me gustaría.

Caethari asintió mostrándose inexplicablemente cohibido.

—Y, eh... ¿las señas esas que hacéis? ¿El idioma de las manos? Yo, bueno. Si es algo privado entre vosotros dos, lo entiendo, pero ya que vamos a compartir espacio, me gustaría... apreciaría mucho que pudieras enseñarme al menos unos pocos signos para facilitar el uso.

—Yo... sí. Por supuesto, yo...

Markel chasqueó los dedos dos veces y me interrumpí para mirarlo.

—Dile que hablo tithenai —me pidió con un brillo feroz en los ojos—. Dile que puedo enseñarle yo mismo, si así lo desea. Y a cualquiera que me lo pida.

Noté un nudo en la garganta. Asentí hacia Markel, me tomé un momento para recomponerme y luego le dije a Caethari:

—¿Podemos hablar en privado?

—Por supuesto —contestó con una arruga de preocupación entre las cejas.

Con un gesto de despedida y una disculpa murmurada tanto a ru Zairin como a Markel, me condujo de nuevo al vestíbulo haciéndome pasar por una sala pequeña y desocupada adyacente a la enfermería. Aunque el persistente olor a flores secas delataba que una vez había sido usada como almacén de hierbas, ahora estaba ocupada por dos pequeños catres para dormir, un escritorio de madera con el material básico para escribir y de higiene personal y varios estantes con textos médicos. Así, pues, supuse que sería un espacio de uso común para los ayudantes de ru Zairin durante los turnos ajetreados aunque, tal y como sugería la fina capa de polvo acumulado, no se usaba mucho en el presente.

—Aquí no nos escucharán —dijo Caethari cerrando la puerta. La luz entraba por una alta ventana cuadrada en la pared opuesta, aunque no sabía a dónde daba. Hizo amago de dar un paso hacia mí, pero se detuvo flexionando los dedos y abortando el movimiento. Preocupado, preguntó—: ¿Te he ofendido?

—¡Por los dioses, no! —Negué con la cabeza—. Yo solo… quería decirte en voz baja que Markel entiende tithenai. Aunque apreciaría que de momento no se lo dijeras a nadie. Es solo que la gente suele hablar con libertad a su alrededor y, después del ataque a tu padre, podría sernos útil.

Caethari pareció momentáneamente sorprendido. Después se rio.

—Recuérdame que nunca os subestime a ninguno de los dos. Pero, eh… gracias por decírmelo.

Entonces me di cuenta de mi propia tensión.

—¿No estás enfadado?

—¿Te parezco enfadado?

—No, pero… —Tragué saliva y luché contra un repentino impulso de moverme con nerviosismo—. Muchos lo estarían en tu lugar.

Aunque traté de reprimirlo, recordé la ira de Killic al descubrir que Markel podía entenderlo a la perfección. Una ira que se había apresurado a justificar en términos de su propia vergüenza por haberlo ignorado tan a menudo, pero ira, de todas formas. No dije su nombre, pero algo en mi expresión debió delatarme. Caethari parecía ligeramente furioso, pero cuando habló lo hizo con voz suave.

—¿Killic? —No respondí, lo que, en cierto sentido, ya fue una respuesta suficiente. Siseó y apartó la mirada. Tras un momento, dijo con la misma voz suave—: Podría hacer que lo arrestaran, ¿sabes? Si tú quisieras.

Levanté la cabeza de golpe y lo miré.

—¿Qué?

—Tendría que estar en Tithena para eso, por supuesto —explicó Caethari—. Pero, técnicamente, cuando te agredió ya estabas vinculado al clan Aeduria por derecho de compromiso y por el testimonio de Keletha. Eso hace que pueda ser juzgado con nuestras leyes. Pensé que debías saberlo. Es una opción.

Se me escapó todo el aire. Si la única silla de la habitación hubiera estado accesible, me habría sentado. Me tambaleé ligeramente y apoyé la mano en la pared. Quise llorar desesperadamente, pero, lunas, odiaba ese impulso. Me sentía como si llevara semanas sin parar de llorar. No me conmovió el miedo, la tristeza ni el dolor, ni siquiera el alivio, sino que los eventos recientes me habían afectado tanto que ahora las lágrimas se habían convertido en mi primera respuesta para cualquier emoción fuerte.

—Lo consideraré —gruñí.

Caethari pareció ofendido.

—Lo siento. No tendría que haber sacado el tema así. ¿Quieres...? —Señaló hacia la puerta con la cabeza—. ¿Quieres volver con Markel? Puedes hacerlo, si quieres. Yo me encargaré de las habitaciones, la biblioteca... —Empezó a moverse pasando junto a mí de camino a la puerta.

Sin pensarlo, lo agarré del brazo, sobresaltándolo.

—¿Caethari? —Inhaló bruscamente mirándome la mano. La quité y fijé la mirada en la suya—. Yo... gracias —murmuré ruborizándome—. Por los libros, por Markel. Por... hablarle directamente a él en lugar de a través de mí. La mayoría de los nobles, la mayoría de la gente, incluso, no se molesta en hacerlo. Asumen que es tonto o no le ven el sentido porque no puede responderles. Los dos estaremos encantados de enseñarte sus señas. Son... son útiles.

—Ya me lo imagino.

De repente, la habitación me pareció demasiado cerrada.

—Deberíamos volver —sugerí con la boca seca.

—Tú primero —dijo Caethari con la voz igualmente ronca—. Si... si no te importa, tengo deberes que atender y otras cosas, pero no quiero separarte de él...

—No me quedaré aquí todo el día. Sé que tengo que conocer este lugar...

—Puedes encontrarme en cualquier momento, los sirvientes sabrán dónde estoy.

—No quiero entrometerme en tus tareas.

—¡No te entrometes, Velasin, por los santos!

Los dos nos interrumpimos y así me di cuenta de que, a pesar de mis protestas, me había ido acercando a él. Me aparté, sorprendido, y, antes de poder angustiarme o incriminarme más, hui a la enfermería y a la seguridad de la cama de Markel.

13

No me sorprendí cuando Caethari no me siguió, aunque a pesar de su amabilidad (o tal vez justo por eso) me sentí ligeramente aliviado. Me confundía enormemente y no sabía qué hacer con ese sentimiento. Que Markel confiara en él, que él le hubiera dado a Markel una razón para que confiara en él, era algo extremadamente sin precedentes: en todos los años que había pasado conmigo, ni un solo noble había pedido nunca que le enseñaran sus señas ni le había hablado directamente como a un igual sin que se le hubiera pedido hacerlo. Que Caethari hubiera hecho ambas cosas por iniciativa propia decía más de su carácter que cualquier otra consideración que hubiera ofrecido anteriormente y, como tal, no me sorprendió cuando Markel signó:

—Parece buen hombre.

—Eso creo —contesté, y aun así me preocupó lo rápida que había llegado esa apelación.

La noche anterior, había decidido creer en la bondad de Caethari en lugar de morir, de modo que ahora, a la luz del día, quería que esa confianza estuviera justificada por algo más que por mi propia necesidad. La idea de que podía haberme equivocado con él era intolerable, pero me habían traicionado horriblemente (y lo tenía demasiado reciente) para ignorar la posibilidad. La aceptación por parte de Markel me sorprendió porque confiaba más en su juicio que en el mío propio, pero aun así, no pude ignorar el hecho de que la confianza de Markel estaba basada, en gran parte, en mis propias tranquilizaciones.

¿Caethari era realmente un buen hombre? ¿O acaso mis propios estándares tan bajos habían elevado una simple amabilidad al estatus de algo extraordinario? Que no me hubiera violado (que, de hecho, hubiera expresado horror ante el concepto) era tal vez el estándar más bajo al que cualquier compañero podía ajustarse razonablemente. Probablemente, el hecho de que no me hubiera dejado morir no significaba que fuera alguien con quien podía convivir felizmente, solo que estaba vivo para hacer la distinción. Su trato a Markel contaba para algo, al igual que el hecho de que estuviera dispuesto a dejarme mi propio espacio en sus aposentos, pero, en última instancia, apenas conocía al hombre.

Y aun así, estaba casado con él. No podía volver a Ralia con mi familia, no era una opción disponible para mí y estaba empezando a darme cuenta de que tampoco quería. Caethari era mi marido y si la nuestra iba a ser una relación funcional y amistosa, *tenía* que confiar en él al menos hasta cierto punto o estaría temiendo perpetuamente la alternativa. Pero aun así estaba atrapado, que hubiera entrado voluntariamente en la jaula (que me hubiera parecido más acogedora de lo que me esperaba) no cambiaba mi incapacidad para marcharme. Y sin esa libertad, tampoco podía *elegir* confiar en nada sobre mi situación porque la propia decisión era una ilusión.

De repente, me arrepentí de haberle contado a Caethari que Markel podía entender tithenai. Era una ventaja incuestionable y ahora la había perdido para siempre. Aunque por el bien de Markel no podía arrepentirme de haber accedido a enseñarle ciertas señas. Independientemente de mi confianza, Caethari era otra persona con la que Markel podía hablar y estaba dispuesto a escucharlo, así que mi pérdida de la privacidad no era realmente una pérdida cuando se la comparaba con la ganancia de Markel.

Todo esto se me pasó por la mente en el tiempo que le llevó a Markel cambiar de posición haciendo muecas mientras se reacomodaba sobre el colchón. Estaba tumbado de nuevo, pero tenía la cabeza levantada con una almohada extra. En ese momento, cuando alcé la cabeza para ver a dónde había ido ru Zairin, me di cuenta de su ausencia. Siguiendo mi mirada, Markel chasqueó los dedos y me dijo:

—Ha ido a por el desayuno. Para los dos, creo. —Titubeó y luego agregó—: El hombre que me apuñaló… si no lo envió el Cuchillo Indómito, ¿quién lo hizo?

Le respondí en señas explicándole el nuevo ataque a tieren Halithar, la investigación de Raeki sobre el culpable y todo aquello remarcable que se había dicho en su ausencia. Cuando terminé, Markel reflexionó durante unos momentos y comentó:

—Es como si estuviéramos de nuevo en Farathel.

Torcí la boca irónicamente.

—Hay cierta sensación de familiaridad, sí. Aunque la gente de Farathel no intentaba matarnos a menudo.

La expresión burlona de Markel reflejaba la mía.

—No tan a menudo, no.

Detrás de mí, la puerta se abrió y volvió ru Zairin cargando con los brazos una bandeja llena con el desayuno.

—¡Ah! —exclamó al verme—. Hola, tiern… no esperaba que volviera, de lo contrario habría traído más comida. Aunque, por favor, sírvase.

El contenido de la bandeja tenía un aroma tentador. A primera vista, capté varios panecillos salados calientes, dos tazas de leche especiada y una selección de fruta cortada desconocida, pero, como no tenía intención de privar ni a Markel ni a le curandere de su comida, negué con la cabeza y me puse de pie.

—Te lo agradezco, pero debería irme —dije en tithenai—. Para empezar, tengo intención de ver qué ha sido de nuestros caballos y de nuestro equipaje. Odiaría que se perdieran o que no los trataran adecuadamente.

—Muy bien, entonces. —Ru Zairin dejó la bandeja en su escritorio. Por lo poco que había podido ver de elle, me parecía una persona precisa y eficiente. Calculé que le curandere tendría cuarenta y tantos. Sus cortos rizos estaban salpicados de plata y se le marcaban las arrugas de expresión alrededor de la boca.

—Si tiene hambre, le recomiendo que se pase por las cocinas inferiores y se presente a la cocinera. Ren Valiu siempre está dispuesta a alimentar a los recién llegados. Conociéndola, seguro que ya ha apartado algo para usted, solo por si acaso.

—Gracias —respondí extrañamente conmovido por el comentario. Entonces, le dije a Markel en raliano—: ¿Estarás bien solo?

Markel sonrió ampliamente.

—Estaré bien —signó—. Ve a conocer el entorno.

Con una reverencia de despedida, hice exactamente eso, salí de la enfermería en busca de los establos. Habiendo tomado la ruta solo una vez anteriormente y desde la dirección opuesta, me llevó algo de tiempo volver sobre mis pasos. Aunque pasé por delante de varios guardias y sirvientes no pedí ayuda, quería poner a prueba mi propio sentido del Aida, y como ninguno de ellos cuestionó mi derecho a estar ahí, asumí que ya se había extendido la información sobre mi apariencia, presencia y estatus matrimonial. La comprensión fue desconcertante por su familiaridad: también me conocían en Farathel y, cuanto más me recordaban Qi-Katai y su política a la corte, más me sentía, si no en casa, al menos en mi elemento.

Lo que, por supuesto, no era lo mismo que sentirse (ni estar) seguro.

Cuando finalmente llegué al patio al que había cabalgado la primera vez con Caethari, me tomó unos instantes orientarme. El espacio abierto miraba hacia el oeste, por lo que estaba cubierto por la sombra del Aida, aunque el dorado delineaba la parte superior de los muros de piedra con puertas que daban a la ciudad. Las losas de piedra eran lisas y simétricas, el espacio se extendía en todas las direcciones como un rectángulo torcido: a mi derecha, se estrechaba formando un camino angosto que cortaba entre el Aida y el muro exterior, mientras que a mi izquierda había un grupo de edificios, los establos entre ellos. Incluso a esa distancia, podía oler el débil y traicionero olor del cuero pulido, el heno fresco, el estiércol y el sudor de caballo. Me dirigí allí de inmediato esperando que Quip y Grace estuvieran bien atendidos.

Pronto quedó demostrado que los establos, al igual que todo en el Aida, eran más grandes y más complejos en el interior de lo que se podría pensar al ver la fachada. Ocupaban tres niveles distintos: un desván de almacenamiento arriba, un establo principal en la planta baja y un nivel subterráneo, accesible a través de una rampa inclinada en el suelo rodeada por una cerca de madera. Me quedé mirándolo fijamente, nunca había visto una disposición así, por lo que cuando un mozo de mediana edad se acercó a mí, me tomó un poco desprevenido:

—¿Puedo ayudarlo, tiern?

—Espero que sí —le dije y le expliqué que quería echar un vistazo a nuestros caballos—. No sé a dónde fue Grace —añadí recordando cómo

Raeki había cabalgado sosteniendo a Markel—. Pero había una moza joven que se hizo cargo de Quip, junto con un palafrén gris.

Un destello de pánico atravesó el rostro del mozo, aunque lo desechó rápidamente.

—¿Era un moza así de alta? —Levantó una mano indicando una altura aproximada que me llegaba al esternón—. ¿Con la nariz pecosa? ¿Con una librea roja y gris? —Asumí que diferente que la suya, que era roja y negra.

—No recuerdo cómo era su nariz —respondí sin poder evitarlo—. Pero, por lo demás, sí. Me parece que sí. —Tampoco es que me hubiera fijado mucho en ella, estaba mucho más preocupado por Markel, pero recuerdo su altura, o más bien, su falta de ella.

—Ren Vaia Skai —declaró el mozo con una expresión tensa—. No es parte del personal general del Aida, está al servicio personal de yasa Kithadi Taedu. El palafrén gris es de la yasa. —Bajó la voz como si temiera ser escuchado—. He oído que estaba furiosa con Vaia por dejar que el tiern tomara su caballo. Dudo de que alguna de las dos se alegre de verlo.

Eso sí que era interesante. Todavía me estaba familiarizando con los títulos honoríficos de los tithenai que eran lo bastante distintos de sus equivalentes ralianos para que me resultaran en gran parte desconocidos, pero yasa era un rango aún mayor que tieren, estaba más cerca del de duque que de cualquier otra cosa. Si esta yasa Kithadi estaba residiendo en Qi-Katai, complicaba que fuera tieren Halithar el encargado de la ciudad. Si hubiéramos estado en Ralia, en ausencia de otras pruebas, probablemente habría atribuido la discrepancia al género de la yasa, pero estábamos en Tithena, donde las mujeres claramente ocupaban un gran número de cargos que les eran negados en mi país natal. Además, el mozo estaba asustado y no lo habría estado si yasa Kithadi fuera realmente un gato de nieve sin colmillos.

—¿Debo suponer entonces que la yasa y el tieren no se llevan demasiado bien? —pregunté.

—Podría decirse así —intentó esquivar el mozo—. Es más que... bueno. No quiero hablar mal de yasa Kithadi. —Lo cual significaba que se moría de ganas de hablar mal de ella, pero que temía las consecuencias de hacerlo—. Es solo que ella es... *particular* con sus caballos. Muy particular. Y para ella es fácil decirle que no a un tieren si le surge la necesidad, pero ren Vaia difícilmente podría haberlo hecho… No es que tiern Caethari sea un hombre poco razonable —agregó rápidamente abriendo mucho los ojos por el posible desaire a mi esposo—. Pero es… bueno… por su rango, ya sabe, y Vaia es muy joven…

—Lo entiendo —le dije—. No quiero meter a la muchacha en problemas. Solo quiero saber dónde están mis caballos.

El mozo se lamió los labios, claramente angustiado.

—Creo que la yasa se los llevó, tiern. A sus propios establos en el Pequeño Aida.

—¿El Pequeño Aida?

—Es… bueno, ahora es la residencia de yasa, aunque era la de tierena Inavi antes de que se fuera, que es en parte el motivo por el que a tieren Halithar no le gusta que ella esté allí, si me permite el chisme. Está conectado con el Aida propiamente dicho por la pasarela cubierta que hay detrás de los Jardines Triples, ¿los ha visto ya, tiern? —Negué con la cabeza sin querer perturbar el flujo de información y el mozo continuó—. Bueno, cuesta no verlos si va hacia allí. No es que no pueda llegar por el camino de caballos, pero la yasa suele considerarlo un atrevimiento si no es para asuntos de los establos.

Parpadeé.

—¿El camino de caballos?

Señaló con la mano la rampa que conducía al nivel inferior.

—Es una especie de sendero, tiern. Corta por debajo del Aida, o entre los sótanos inferiores, en cualquier caso; así que podemos mover jinetes y caballos con discreción si hay un asedio o, en el día a día, para no tener que tomar el camino más largo alrededor de los muros. Creo que al principio tenía un nombre más elegante, pero ahora simplemente lo llamamos el camino de caballos.

—Entiendo —comenté aferrándome a un misterio aún más apremiante. Acostumbrado como estaba a que las mujeres ralianas fueran excluidas totalmente de los asuntos de sus maridos y entendiendo que muchos nobles vivían separados, no me había parecido extraño que la madre de Caethari hubiera estado ausente tras el ataque a tieren Halithar. Sin embargo, ahora me parecía que se me estaba escapando algo importante—. Discúlpame, ¿has dicho que tierena Inavi se marchó?

—Sí, tiern.

La pregunta pareció desconcertarlo. Supuse que eso significaba que mi sorpresa era más raliana de lo que había creído y lo intenté de nuevo:

—¿Esta sería la madre del tieren y de las tieras?

—Sí, tiern.

—¿Y está...? —Intenté conjurar una razón plausible por la que una matrona podría abandonar su casa y a su familia—. ¿De peregrinación? —Tales excursiones eran populares entre las mujeres nobles ralianas. Los santuarios y templos dedicados a las diosas lunas Riva, Asha y Coria eran destinos comunes para aquellas que deseaban buenos matrimonios para sus hijas; las que buscaban ayuda o intercesión con sus propios maridos le rezaban al lord Sol, y las plegarias para hijos o hermanos iban a la Primera Estrella, heredera del reino celestial del lord Sol. (Nunca he sabido dónde y cómo rezaban las mujeres ralianas por ellas mismas. Cielo era la madre de los hijos de lord Sol, pero por su escandaloso amor con el hermano de lord Sol, Tierra, que había dado lugar tanto a la humanidad como al mundo natural, la Doctrina del Firmamento no le dedicaba templos a ella y, si existía alguno a pesar de todo, yo no lo conocía).

Pero entonces recordé demasiado tarde que toda esa cuestión era discutible, ya que Tithena no seguía la Doctrina del Firmamento. Las lunas eran dioses diferentes para ellos (ayer me había casado bajo sus auspicios), pero no tenía ni idea de si esa fe incluía peregrinaciones.

La mirada de desconcierto del mozo me indicó que no.

—No, tiern —contestó arqueando las cejas—. Simplemente se mudó cuando ella y el tieren se divorciaron.

Me quedé varios segundos con la boca abierta antes de que se me ocurriera cerrarla.

—Ya veo —murmuré, aunque no entendía nada. Lo único que quería era acribillar al hombre con preguntas, pero no lo hice porque, aunque el pobre mozo era un objetivo adecuado para mi curiosidad, su lenguaje corporal cada vez más nervioso traicionaba sus ansias de volver a los deberes de los que lo estaba apartando, aunque como yo todavía era un desconocido para él, dudaba si decirlo o no.

No llevaba bolsa encima ni nada de moneda tithenai; sin embargo, me pareció educado ofrecerle algo.

—¿Puedo preguntar tu nombre? —inquirí y maldije interiormente cuando vi que la pregunta lo ponía tenso.

—Ren Taiko Arith —respondió, nervioso.

Le ofrecí una leve reverencia.

—Muchas gracias, ren Taiko. No tengo monedas a mano, pero si te pasas por las cocinas inferiores esta tarde y le dices a ren… —Me costó recordar el nombre de la cocinera—. A ren Valiu que te envío yo, seguro que te guarda una botella de lo que deseas.

Los ojos de Taiko se agrandaron.

—Mi más sincero agradecimiento, tiern, pero toda una botella… ¡seguro que es demasiado!

—Entonces considéralo un agradecimiento por adelantado por cuidar de mis caballos cuando te los haya devuelto. Y, por supuesto, me aseguraré de no decirle a yasa Kithadi quién me ha enviado en su dirección —añadí después de pensarlo.

Esta vez, el alivio de Taiko fue palpable. Hizo una profunda reverencia y yo sentí la satisfacción de haber hecho un aliado.

—Muchas gracias, tiern —murmuró y, después de que yo asintiera en reconocimiento, volvió rápidamente al trabajo.

Lancé una última y anhelante mirada a la entrada del camino de caballos (tenía que sacar tiempo para explorarlo) y volví al patio. Basándome en el hecho de que los panecillos de ru Zairin todavía echaban humo cuando había llegado a la enfermería, supuse que las cocinas inferiores estarían bastante cerca, así que volví en esa dirección husmeando entre los pasillos desconocidos hasta que encontré el desorden que conducía directamente a los dominios de ren Valiu.

La cocinera, cuando la encontré, resultó ser una mujer sensata y curvilínea de unos treinta y tantos y llevaba la cabeza afeitada dejando tan solo un oscuro rastro de su cabello.

—¡Es mejor mantener el pelo lejos de la comida!—comentó alegremente cuando se dio cuenta de que me había parado para mirarla. Llevaba el brazo derecho tatuado desde la muñeca hasta el hombro con un único dibujo de agua y criaturas acuáticas estampado con alargados glifos negros.

—¿Puedo preguntar…? —empecé, pero al igual que con mi interés por su falta de cabello, anticipó la pregunta.

—Pasé diez años como cocinera de una flota mercante —explicó con orgullo—. Estos son símbolos comerciales de diferentes puertos —indicó tocándolos con los dedos—. Tengo uno de cada sitio que visité. ¿Ves este? —Señaló una marca parecida a una vara de zahorí con una barra debajo de la bifurcación—. Es la marca de Aroven, en Ralia. Nunca llegué tan arriba del río como para ir a Farathel, pero ¡no se puede tener todo! —Suspiró y sonrió.

—He visitado Aroven varias veces —le dije—. Sus muelles y sus mercados son maravillosos.

Ren Valiu rio.

—¡Lo son, tiern! Pero veamos, ¡parece medio muerto de hambre! Con todo el jaleo de anoche, nadie ha tenido tiempo para desayunar como toca, pero he reservado gran cantidad de jidha, solo por si acaso. Adelante, sírvase usted mismo.

Mientras me conducía hacia una bandeja con los mismos panecillos salados que le había visto a ru Zairin (a pesar de la hora, todavía estaban calientes porque los había guardado en el horno) decidí que la cocinera me caía inmensamente bien. Los jidha estaban deliciosos, por lo que me dijo ren Valiu, estaban rellenos de una pasta de alubias rojas, anís y jugo de conejo y, aunque yo no sabía exactamente lo que significaba este ingrediente, el efecto general era maravilloso. Al ver lo mucho que lo apreciaba, Valiu me presentó rápidamente una taza de leche especiada (que aprendí que se llamaba khai) y, al vaciarla, resultó ser también de mi agrado. Si no hubiera sido por todo el tema de los caballos desaparecidos, podría haberme quedado algún tiempo más en las cocinas; sin embargo, decliné con pesar el ofrecimiento de un tercer jidha y le informé acerca de la promesa que le había hecho a ren Taiko.

—Espero que no te moleste, pero como parece ser que yasa Kithadi tiene mis alforjas no podía ofrecerle nada más. —Mis alforjas contenían, entre otras cosas, la documentación promisoria que me permitía acceder a mi sinecura desde varios bancos.

Valiu me ofreció una mirada de respeto.

—Para nada, tiern —contestó—. Ha sido un ofrecimiento bien hecho.

Reconfortado tanto por su aprobación como por el khai, pedí y me dio una serie de indicaciones fáciles para llegar a los Jardines Triples y al

Pequeño Aida. El rostro redondo de ren Valiu ya tenía de por sí cierta picardía, pero relució más cuando afirmó:

—La yasa es una persona interesante. Lo amará o lo detestará, pero no siempre será obvio cuál de los dos sentimientos le profesa.

—Suena algo siniestro —respondí secamente.

Ren Valiu se limitó a reírse.

Así de fortalecido, salí del desorden de la cocina por una puerta diferente a la que había entrado. Tras una rápida caminata por un tortuoso pasillo (o todo lo rápida que podía ser teniendo en cuenta que la pierna llena de puntos todavía me dolía) salí pronto al exterior ante un jardín central rodeado por el Aida por tres lados. Siguiendo un camino adoquinado alrededor de la frontera noroeste, pasé por la sección de vegetación de los Jardines Triples (ren Valiu me había explicado que se llamaba así porque en sus tres secciones crecían hierbas, frutas y flores, respectivamente) y llegué a la pasarela cubierta que había mencionado ren Taiko.

El Pequeño Aida estaba al final: era una única estructura hexagonal que parecía al mismo tiempo demasiado rechoncha para ser una torre y demasiado alta para ser cualquier otra cosa. Los establos estaban en el extremo este, separados del Pequeño Aida por un pulcro patio cuadrado con una fuente central y por un tramo abierto de césped al otro lado. Era un césped verde e intenso, pero aunque estaba claramente bien cuidado, también estaba salpicado con pequeñas flores silvestres de color rosa a las que los ralianos llamaban «ojitos» y a las que los tithenai llamaban «sika», aunque yo siempre las había conocido como «malas hierbas».

¿Por qué crecían aquí?

Tal vez fuera algo insignificante sobre lo que preguntarse, pero si todos los años que había pasado tratando con secretos en Farathel me habían enseñado algo, era a no subestimar nunca el significado de las pequeñas incongruencias.

Mientras me acercaba a la puerta principal del Pequeño Aida, una sirvienta con librea, botas negras, nara gris, camiseta blanca y lin rojo se acercó para recibirme. Era bajita, curvilínea y bastante guapa. Sus grandes ojos oscuros se veían realzados por un par de gafas negras lacadas, aunque le eché poco más de veinte años. Su cabello negro mostraba mechones marrones decolorados por el sol y los rizos pronunciados y elásticos se encontraban en

un punto medio entre los rizos apretados de Mirae y mis propias ondas sueltas. Su piel relucía de un tono marrón cálido, más oscuro que las pieles tithenai comunes doradas y bronceadas, aunque no necesariamente nivonai.
Cuando sonrió, vi que tenía los dientes blancos y perfectos.

—¡Tiern Velasin! —exclamó. Su voz era más cálida y profunda de lo
que me había esperado—. ¡Bienvenido! No esperaba que el aviso le llegara
tan pronto.

—¿Disculpa? —pregunté—. ¿Qué aviso? Yo he venido a buscar a mis
caballos.

—¡Ah! —Parecía realmente sorprendida—. ¿Entonces nuestro corredor no lo ha encontrado?

—¿Vuestro corredor? —pregunté, desconcertado.

Agachó la cabeza con elegancia. De hecho, su belleza era tan natural
que empecé a sospechar que difícilmente podría haberlo hecho de otra
manera. Irradiaba una especie de alegría inteligente y, aunque me sentí
inclinado a que me cayera bien, eso también me hizo ponerme en guardia,
ya que no era lo que esperaba. *Como las flores*, pensé y aparté a un lado la
comparación.

—Mis disculpas, tiern —dijo—. He empezado por el final. Soy ru Telitha Kairi, juramentada al servicio de yasa Kithadi Taedu. —Me ofreció
una pequeña y educada reverencia.

Parpadeé esforzándome por modificar mi noción de su estatus. No
era una sirvienta, pues, sino una erudita, a pesar de que vestía con los colores de su matrona. Entonces, algo que me había dicho ren Taiko encajó
con un comentario anterior de Caethari y me iluminó con una repentina
comprensión.

—Tú eres la que está a cargo de la biblioteca de la tierena —murmuré.
Quise decirlo como una pregunta, pero me salió como una afirmación y
la sonrisa de ru Telitha se ensanchó como si acabara de hacer un truco de
prestidigitación durante la cena.

—Lo soy —confirmó—, aunque la yasa considera que es *su* biblioteca
y se ha enfadado por la decisión de tiern Caethari de ofrecerle a su sirviente personal *sus* libros sin consultarla previamente.

Probablemente fuera un desliz o tal vez un insulto directo o, me di
cuenta de que lo más probable era que fuera un insulto de yasa Kithadi en

boca de ru Telitha, aunque no sabía si era malicia o mera especulación por parte de ninguna de las dos.

—Markel no es mi sirviente personal —corregí educadamente—. Es presumiblemente mi ayuda de cámara. —Usé el término raliano y vi que ella no lo entendía—. Pero, antes que eso, es mi amigo.

No era algo que soliera admitir en Ralia, dada la escasez de personas que lo hubieran aprobado o creído. Sin embargo, era cierto y se había vuelto más obvio desde que habíamos llegado a Tithena, donde tales distinciones aparentemente se aplicaban de modo diverso y siguiendo una lógica diferente.

—¡Ah! —exclamó de nuevo ru Telitha, aunque si la primera exclamación no había sido fingida, esta quedó claro que sí. Es más, me pareció que quería que lo fuera: el insulto pretendía poner a prueba mi comprensión, mi temperamento, la veracidad del rumor y, con su reconocimiento, ru Telitha no quiso hacerme saber que la había pasado (sospechaba que el veredicto era la máxima prerrogativa de su ama), sino que no la había fallado.

Durante un momento, pude saborear el calor de Farathel en el aire limpio de Qi-Katai. Estuve a punto de echarme a reír.

—Por favor, perdone cualquier ofensa —se disculpó ru Telitha con los ojos marrones brillantes.

—No me he ofendido —respondí—. Al fin y al cabo, no es un error nuevo. —Dejé que mis palabras flotaran en el aire unos instante y luego dije—: Puesto que me estabas esperando, ¿debo asumir que yasa Kithadi ha pedido que me presentase en persona?

Ru Telitha asintió.

—Si me sigue, lo llevaré con ella y podrán discutir el tema de los libros ralianos.

Consideré insistir en lo de los caballos, pero decidí que de momento no me serviría de mucho. En lugar de eso, me llevé dos dedos a la frente (una reverencia raliana para los eruditos que ella también pareció reconocer) y le indiqué que me guiara.

—Será un placer.

14

De pequeños, antes de que Nathian se declarara demasiado mayor para ello, a menudo mis hermanos y yo jugábamos al escondite por la finca Aarobrook. Nos turnábamos para ser el que buscaba y, siguiendo mi código establecido de autopreservación, normalmente dejaba que Revic y Nathian me encontraran con relativa facilidad y me aseguraba de tardar en encontrar a Revic especialmente. Sin embargo, si habían notado esa consideración por mi parte, ellos no la tenían el uno con el otro: Nathian enloquecía constantemente por el modo en el que Revic lograba eludirlo, mientras que Revic era tan mal ganador como mal perdedor. Se regodeaba con sus triunfos y lloriqueaba con sus derrotas.

Así que, durante una de nuestras partidas a principios de invierno, después de que se pasaran toda la tarde discutiendo sobre cuál de los dos era el mejor, finalmente perdí la paciencia y me decidí a demostrarles a ambos que se equivocaban. Con Revic buscando, me metí en un escondite que sabía que él nunca había encontrado. Me acomodé y esperé. Sin embargo, sin que yo lo supiera, Revic halló a Nathian casi al instante y la pelea a puñetazos resultante hizo que padre los castigara a los dos. Padre estaba demasiado enfadado para preguntar por qué estaban pegándose en primer lugar. Así, pues, pasaron horas sin que nadie notara mi ausencia. No sé cuánto tiempo me quedé escondido, solo sé que fue mucho después de darme cuenta de que el juego había terminado. El frío del invierno me caló en los huesos helándome por dentro y, aun así, me negué a moverme, convencido por un sentimiento oscuro e infantil de que, si entraba en casa, estaría cediendo ante mis hermanos para siempre.

Cuando finalmente me descubrieron (mis hermanos no conocían mi escondite, pero sí uno de mis mozos favoritos) estaba morado de frío y completamente hipotérmico. Cuando me desperté del delirio posterior, me encontré a mi padre sentado ansiosamente junto a mi cama con el rostro arrugado por una preocupación que rara vez me permitía ver. Ante su insistencia, le conté toda la historia, aunque apenas podía hablar. Fue tal el esfuerzo que volví a perder el conocimiento casi instantáneamente, pero en el espacio entre los sueños y la vigilia, oí a padre susurrar: «Tienes un corazón realmente obstinado, resistente y extraño, Velasin». Luego, en voz aún más baja, casi como si me lo estuviera imaginando, añadió: «Como el de tu madre».

«Un corazón obstinado, resistente y extraño». Las palabras bien podrían haber sido una profecía, ya que nunca dejaron de ser relevantes, ni en mi niñez ni en mi vida adulta. Las recordé a menudo a lo largo de los años y, mientras ru Telitha me conducía a la sala de recepción de yasa Kithadi, mientras me dolía tanto la pierna que casi me tambaleaba, volví a oírlas como si alguien las estuviera pronunciando en voz alta.

—¿Te encuentras bien? —preguntó yasa Kithadi con los ojos de águila. Era una mujer delgada, alta, de facciones afiladas y de unos sesenta y tantos. Llevaba la mayor parte de su cabello plateado recogido en una única trenza del mismo modo que Caethari y el tieren pero con trenzas más pequeñas e intrincadas alrededor del nacimiento del pelo (aunque no sabía lo que podían indicar), mientras que su curtida piel bronceada hablaba de todos los años que había pasado al aire libre. Había algo instantáneamente familiar en ella, aunque no lograba ubicarlo. En cualquier caso, estar ante ella me perturbó.

—Estoy bien, yasa —afirmé aunque me senté rápidamente y sin gracia cuando me señaló una silla. Flexioné un poco la pierna haciendo una mueca por el tirón de los puntos. No era una herida muy grande, pero la flecha se me había hundido profundamente en el músculo y, desde que me la había sacado tar Raeki, tampoco era que hubiera hecho mucho reposo. Le había preguntado a ru Zairin por la posibilidad de usar magia para cerrar la herida en lugar de puntos, pero me había mirado con el cansancio indulgente de une erudite ante la pregunta de un profano y me había dicho que, en este caso, eran preferibles los puntos. En lugar de explicarle algo de esto a yasa Kithadi, me di una palmadita reveladora en el muslo—. Solo me duele un poco.

Estrechó su aguda mirada y, por el rabillo del ojo, vi que ru Telitha colocaba una silla y se sentaba escuchando atentamente.

—Ah, sí. Los bandidos. ¿Creo que os atacaron en Vaiko?

—En efecto. Nos tendieron una emboscada al amanecer.

—Oí que mataste a dos hombres.

—Lo hice. —Hablé con la voz tranquila, pero se me aceleró el pulso—. Con una horca.

—¡Una horca! —Arqueó sus finas cenas—. Qué *innovador*.

—Ciertamente, es un modo de describirlo.

—¿He oído también que tomaron prisioneros? —continuó la yasa decidiendo ignorar el último comentario.

—Tres prisioneros, sí.

—¿Y que enviaron a un escuadrón de refuerzo hace unos… tres días?

—Eso creo.

—¿Y que tiern Caethari se pregunta si su ataque está conectado con el de tu sirviente?

—Yo… ¿qué?

Yasa Kithadi sonrió.

—¿No lo sabías? —inquirió—. Piensa que ambos ataques o, ahora supuestamente tres ataques, podrían tener un factor en común. No es una sospecha especialmente fuerte —agregó tan despreocupadamente tranquila como si no acabara de estacarme un cuchillo y retorcerlo en mi interior—. Pero sí que es lo bastante fuerte como para que haya ordenado que llevasen a los prisioneros de Vaiko al mismo cuartel en el que está el hombre de la Puerta Ámbar.

—No me lo ha mencionado. —*Pero podría haberlo hecho.*

Yasa Kithadi agitó una mano.

—Sin duda, pensará que es una conjetura prematura.

—Sin duda —respondí secamente.

Fue un momento de ingravidez, era como estar sumergido en aguas profundas. Miré a yasa Kithadi (a su boca torcida que no parecía ni amable ni satisfecha, a sus ojos pálidos e ilegibles) y, como si tales epifanías fueran un reflejo de autopreservación, de repente entendí por qué me sonaba tanto su rostro.

—Bien, acerca de tu sirviente… —empezó.

—Es hermana de enviade Keletha —espeté.

Yasa Kithadi se tomó una pausa para inhalar con la cabeza inclinada como para indicar que me había oído bien. Ahora que me fijaba, su parecido con Keletha era tan impresionante que me pregunté cómo no me había dado cuenta al instante.

—Sí —dijo lenta y majestuosamente—. Keletha es mi kinthé. —La palabra tithenai para une hermane kem—. Y también es le mayor, aunque solo por media hora.

—¿Son gemeles?

Mi asombro le pareció extrañamente agradable. Rio escandalosamente.

—¿No tenéis gemelos en Ralia, tiern Velasin?

—Sí que los tenemos, yasa, aunque he conocido a muy pocos. —Opté por apostar por la adulación—. Y nunca tan fascinantes.

Resopló, divertida.

—Si eso no fuera descaradamente cierto, jovencito, te tomaría por un adulador.

Mi mente se aceleró construyendo una teoría. Era consciente de que yasa Kithadi estaba observándome (y también ru Telitha, aunque con mayor especulación y menor intensidad que su ama) y me di cuenta de que habíamos llegado a otra prueba. Mirando a la yasa a los ojos, le dije:

—Me parece curioso que los enviados no tengan títulos y desechen sus apellidos.

—Eso hace que sean iguales a todo el mundo—replicó yasa Kithadi—. Es mejor negociar en igualdad.

Me mordí el labio, algo se me estaba escapando. En Tithena, parecía ser que la primogenitura era más una pauta que un requisito y, claramente, no estaba circunscrita por el género. Si Keletha había renunciado voluntariamente a su estatus de nobleza, si su título había pasado a yasa Kithadi, ¿por qué tieren Halithar seguía siendo el gobernante de Qi-Katai?

A menos que, por supuesto, la ciudad nunca le hubiera pertenecido a la yasa. *Pero si su territorio está en otra parte, ¿por qué reside aquí? No puede ser solo por proximidad a Keletha y, de todos modos, ren Taiko me ha dicho que el Pequeño Aida había pertenecido primero a la tierena.*

Pero si la tierena se marchó…

Miré fijamente a yasa Kithadi mientras ella me observaba. Había algo felino en todo el asunto, como si estuviéramos al borde de un conflicto que podría disolverse tan fácilmente como culminar. Frustrado, resistí el impulso de moverme. En Farathel, la respuesta habría sido obvia porque entendía cómo funcionaba Farathel. Pero en Tithena…

El problema me golpeó como una bofetada.

—Disculpe mi opacidad, yasa —le dije—. Parece que hoy estoy muy raliano.

Se rio de nuevo con un sonido genuino.

—Eso no puedes evitarlo, tiern. Aunque tengo curiosidad por saber por qué crees que es relevante.

—Porque hace que pase por alto lo obvio o, al menos, lo que es obvio en Tithena.

—¿Cómo qué?

—Como el hecho de que los títulos, la descendencia y el matrimonio no siempre funcionan como yo espero que lo hagan. —Respiré hondo y decidí apostar de nuevo—. El divorcio es raro en Ralia y el proceso se complica exponencialmente cuando se involucran altos rangos. Antes de oírlo, no se me habría ocurrido pensar que el tieren se hubiera divorciado y menos aún asumir que su suegra se quedaría en un sitio del que su esposa se había marchado voluntariamente.

Casi imperceptiblemente, yasa Kithadi se tensó.

—Aun así, parece que hubieras pensado exactamente eso.

—¿Estoy en lo cierto, yasa? —No me contestó, pero su expresión me lo reveló todo—. Usted es la madre de tierena Inavi. —Y, por lo tanto, la abuela de Caethari (y de Riya y Laecia). Lo que también hacía que Keletha fuera su grandkiun, asumiendo que esa fuera la terminología correcta, pero, de momento, me interesaba mucho más saber dónde yacía realmente el poder de yasa Kithadi.

—Inavi es mi única hija —explicó la yasa con la voz firme—. Cuando se casó con Halithar, sus hijos se convirtieron en herederos de mi dominio tanto como del de este. Aunque ella misma nunca llevó el título de yasa, mis nietos no pueden reclamarlo por nacimiento, solo por herencia nombrada o, si no se nombra a nadie, por aprobación mayoritaria del Cónclave.

—Lo que significaba, aunque no lo dijo, que solo podía haber un heredero—. Como ella se unió al clan Aeduria en lugar de traer a Halithar al clan Taedu, no la llamaban yasera después de casarse, solo tierena. Pero cuando se *divorció...* —Tensó la mandíbula al pronunciar la palabra mientras los ojos le brillaban con una vieja ira—. Los contratos estipulaban que renunciaba a su título de nacimiento, por lo que no podía transferírselo a ningún otro cónyuge o a hijos que pudiera tener posteriormente, por lo que permanecería en fideicomiso para los herederos del clan Aeduria. Halithar, por supuesto, tuvo la amabilidad de dejar que siguiera llamándose tierena y ella tuvo la amabilidad de aceptarlo.

La voz de yasa Kithadi derrochaba sarcasmo tanto para tierena Inavi como para tieren Halithar y me pregunté qué habría causado exactamente la separación de los padres de Caethari, ya que la yasa parecía ser la única persona que había conocido hasta el momento que daba la sensación de estar enfadada por ello.

Vi un tic en su mandíbula.

—Desde entonces Inavi ha vuelto a casarse con algún hombre de rango medio supuestamente amable y apuesto. Nunca lo he conocido ni deseo hacerlo... pero no ha tenido más hijos, lo que sin duda es una especie de misericordia. —Resopló—. Puede que todavía los tenga, por supuesto, aún no es lo bastante mayor como para que haya pasado la posibilidad. En ese caso, tendré un nuevo dolor de cabeza con el que lidiar.

Esperé a escuchar más, pero cuando vi que se quedaba en silencio, me di cuenta de que estaba esperando a que yo sacara mis propias conclusiones.

—El tiern y las tieras —dije—. No son solo herederos de tieren Halithar, también son sus herederos.

—Por el bien que me hacen... —murmuró yasa Kithadi aunque con menos amargura de la que esperaba—. Le *pedí* a Inavi que nombrara a un heredero oficial antes del divorcio cuando todavía tenía autoridad, pero no lo hizo. Dijo que sus hijos todavía eran demasiado pequeños como para tomar la decisión adecuada. Yo le dije que, si eran tan pequeños, que no los abandonara. Pero se marchó y me dejó a mí atrapada con esta maldita responsabilidad.

Con cautela, pregunté:

—¿Realmente es una tarea tan pesada?

La yasa me miró con lástima.

—¿De verdad eres tan estúpido, tiern?

—Podría ser más sabio si tuviera más información con la que trabajar —repliqué, ofendido—. Apenas llevo un día aquí y ya espera que entienda cómo funciona todo, lo que todo esto supone para usted. Lo estoy intentando, yasa, pero como ya le he dicho, no siempre es obvio —terminé bajando el tono demasiado tarde.

Durante un largo y tenso momento, la yasa no dijo nada. Casi me había olvidado de ru Telitha por completo porque estaba totalmente en silencio. Entonces, yasa Kithadi parpadeó y suspiró como si yo fuera un niño terco que no dejaba de fracasar en una lección muy simple.

—Sospecho que estás siendo raliano otra vez —comentó. En su boca, la palabra «raliano» era como un sinónimo de «testarudo» o tal vez de «atrasado». Podría haber objetado si no hubiera sido tan preciso—. ¿Qué crees que implica ser una yasa? ¿Qué crees que *hacemos*?

Notando que era otra prueba, dije:

—¿Qué creo que hacen las otras yasas? ¿O qué creo que hace *usted*? Porque, raliano o no, me parece que hay una diferencia.

La sonrisa de yasa Kithadi era dura y mostró una débil aprobación.

—Chico listo —comentó—. Mis principales tierras están en Ravethae, aunque también poseo una propiedad en Qi-Xihan. —La capital, de la que no conocía nada más que el nombre—. Las administro desde aquí lo mejor que puedo, aunque mi gente es bastante capaz. Y si declarara un heredero mañana, podría regresar directamente a casa. Pero no lo haría con la conciencia limpia. —Volvió a sentarse en la silla con la manos en el regazo y arqueó una ceja de modo desafiante—: ¿Por qué crees que es eso?

Miré a ru Telitha con el rostro cuidadosamente educado en la inexpresividad y, por primera vez, se me ocurrió preguntarme el motivo de su presencia en nuestra conferencia. No entendía completamente lo que significaba ser ru en Tithena: era un rango de erudito, no de noble (aunque podía haber nobles con él), e implicaba cierta cantidad de respeto, sobre todo en su campo de estudio. Pero a pesar de que nos habíamos desviado del tema de la biblioteca y de los libros sin llegar a tratarlo, yasa Kithadi no le había pedido a ru Telitha que se fuera ni había demostrado incomodidad con su presencia.

Dejando firmemente el misterio a un lado para más tarde, volví a la pregunta que me había planteado. ¿Por qué Kithadi no había nombrado a un heredero? ¿Qué sabía de ella? Solo que parecía tan enfadada con su hija como con tieren Halithar.

Oh.

—No ha nombrado a su heredero porque el tieren todavía no ha nombrado al suyo. Ustedes dos... —La miré enfermizamente fascinado—. Lunas, están en punto muerto, ¿verdad? Cada uno está esperando a que el otro muera para que el que viva pueda elegir sin competencia o sin... Un momento. —Levanté la mano. La cabeza me daba vueltas con las implicaciones—. ¿Puede una sola persona heredar ambos títulos, teóricamente hablando?

—Teóricamente, sí —contestó yasa Kithadi—. Pero no sucede a menudo, y ni al Cónclave ni a Su Majestad asa Ivadi suele gustarles cuando ocurre porque vuelve las cosas... complicadas, por así decirlo. Sobre todo en casos como este, cuando dos de los clanes involucrados no solo tienen títulos, sino que el heredero también hereda responsabilidades potencialmente conflictivas. —Ante mi mirada inquisitiva, elaboró—: El clan Aeduria ha gobernado Qi-Katai durante varias generaciones por decreto real, mientras que el clan Taedu tiene un asiento heredable confirmado en el Cónclave, que tiene autoridad sobre ciertos aspectos de gobierno, tanto nacionalmente como dentro de la capital.

—Sí que es complicado —coincidí—. ¿Y usted no quiere que suceda?

—Ninguno de nosotros quiere —contestó secamente la yasa—. Al menos, no por preferencia. Pero eso no significa que no lo aceptaríamos antes de perder a nuestro candidato.

—Pero si uno de los dos muere sin haber nombrado a un heredero, legalmente es por defecto el primogénito, ¿no es así?

—Asumiendo que nadie monte un desafío, sí.

—Por lo tanto, no pueden estar luchando por el derecho de nombrar a tiera Riya o no tendría sentido: aunque usted sobreviviera al tieren, él todavía podría lograrlo con la muerte porque ella es la mayor, y viceversa. Lo que la convierte en... ¿su segunda opción?

—Es un modo de verlo —contestó la yasa—. El otro es que ambos consideramos que es competente, una buena elección en cualquiera de los casos. Ambos queremos que herede algo y no nos importa de quién.

—Pero no es su primera opción porque cada uno tiene a un favorito —dije lentamente. Tragué saliva—. ¿Es el mismo favorito?

—Esa es la verdadera pregunta, ¿no? —declaró la yasa—. Ninguno de los dos puede ocultar lo que sentimos por Riya, pero en cuanto a Caethari y a Laecia... bueno. Yo sé a quién prefiero y creo que sé a quién prefiere Halithar, pero ninguno de los dos está seguro, lo que complica bastante las cosas, ¿entiendes? Porque si realmente preferimos a la misma persona, el punto muerto es algo totalmente sensato: nuestras primeras dos opciones tienen asegurada la herencia y el que viva más decide la distribución.

Inhalé bruscamente.

—Pero si uno quiere a Caethari y el otro a Laecia...

—Al decirlo, estaríamos efectivamente desheredando a Riya y eso no es algo que queramos ninguno de los dos.

—Lunas, qué lío. —Me froté las sientes intentando entender las posibles permutaciones—. No nombrarán a un heredero arriesgándose a que Riya lo pierda todo, pero tampoco nombrarán a Riya arriesgándose a que sea su favorito el que lo pierda todo.

—Eso es —confirmó la yasa—. Por lo tanto, estoy atascada.

—Con el mayor de los respetos, yasa, está apostando a que un hombre sano más de diez años menor que usted va a morir primero. Me parece una apuesta bastante sesgada.

La yasa resopló.

—Halithar se comporta como si todavía fuera un muchacho de la edad de Caethari, lo que difícilmente es propicio para su longevidad y, como ru Zairin bien podría decirte, las mujeres que sobreviven a sus años fértiles suelen vivir más que los hombres, sobre todo cuando no estamos casadas con uno. Y yo, siendo viuda, no lo estoy —agregó con cierta suficiencia sombría.

Mi cerebro, que luchaba por procesar la gran cantidad de información nueva, hizo una conexión que antes se me había pasado por alto.

—Anoche alguien intentó matar al tieren en nombre de su hijo... supuestamente por mí, claramente por mayores problemas políticos, pero también... tendría mucho sentido que fuera por su disputa para elegir a un heredero.

—Mucho sentido —coincidió con un tono repentinamente irónico—. ¡Por el bendito trasero de Ayla, estoy harta de estas tonterías!

Solté una carcajada ahogada.

—Y yo que creía que me había hecho llamar para hablar de libros.

—Ah, *libros*. —La yasa agitó la mano, irritada—. Santos, chico, esto nunca ha sido por los *libros*, ¡solo necesitaba un pretexto! Telitha puede llevarle a tu hombre todos los libros que desee en cuanto yo haya terminado contigo.

—¿Por eso se llevó también a mis caballos?

—¿Te parezco una ladrona de caballos? —replicó—. ¡Claro que sí! Pero pensé que los libros eran una excusa mucho mejor, aunque no sea lo que te haya traído hasta aquí.

El estómago me dio un incómodo vuelvo.

—¿Y puedo preguntarle *por qué* quería verme, yasa? O, al menos, ¿por qué ha sentido la necesidad de ocultar su verdadero motivo para verme?

Su mirada era intensa, pero su voz era casi amable:

—Porque de repente te has visto en medio de todo esto sin tener ni una noción de lo que significa y, como Caethari tiene la tendencia a fingir que todo este asunto no existe y como ahora eres una pieza del tablero, por así decirlo, he pensado que merecías una explicación.

De repente, mi conversación de antes con Caethari cobró mucho más sentido. Si Laecia era consciente de que ambos estaban compitiendo directamente para asegurarse la herencia (si ella entendía que era solo Riya la que tenía algo garantizado) no era de extrañar que pudiera considerarlo capaz de sabotearla. Al fin y al cabo, era la tercera y la más pequeña de los hermanos, una posición que me resultaba íntimamente familiar y, aun así, el temperamento de Laecia se parecía más al de Revic que al mío. Caethari era su Nathian, el hermano mayor cuya negativa desinteresada a participar solo hacía que ella estuviera más decidida a demostrar su valía, lo que me dejaba a mí como a Riya o a Riya como a mí, ambos lo bastante seguros de nuestros respectivos intelectos y futuros como para meternos en una pelea con los otros dos sin temor a fracasar.

Era una analogía clara y, por lo tanto, traicionera. No corría peligro al asociar a Nathian con Caethari. Dejando a un lado las diferencias obvias, no quería que mi marido me recordara a mi hermano, pero relacionar a Laecia con Revic y a Riya conmigo mismo era algo que podía hacer que me metiera en problemas fácilmente. No conocía a ninguna de las dos mujeres, pero si caía en la idea de que *fundamentalmente* las conocía, me ponía a mí mismo en riesgo de presunción, ignorancia o falsa seguridad. E, independientemente de que el ataque contra mí (¿o eran ataques?) fuera resultado del sentimiento antirraliano o de políticas más amplias, no podía permitirme el lujo de descuidarme.

—Se lo agradezco, yasa —le dije haciendo una reverencia desde la cintura—. Todo esto ha sido muy esclarecedor.

—Eso espero —contestó secamente—. Y ahora, tiern Velasin, si no te importa, dejaré que ru Telitha te muestre dónde están tus caballos, asumiendo, por supuesto, que confíes en ella para elegir algunos libros sin supervisión. —Asentí y ella dio una palmada a modo de despedida—. ¡Excelente! Entonces podéis marcharos los dos.

Con cuidado, me levanté de la silla. Notaba la pierna mucho mejor después de haber descansado y, tras unos pasos, pude caminar casi con normalidad.

Sin embargo, en la puerta, me detuve y me volví:

—¿Puedo hacerle una última pregunta, yasa?

—Puedes.

—La moza que prestó su palafrén, ren Vaia Skai, ¿de verdad la castigó? Entrecerró los ojos.

—Lo hice.

—¿Por dejar que el tiern se llevara su caballo o por hacer que mi visita fuera más creíble?

—Por ninguna de las dos —respondió bruscamente—. La castigué porque Silk es mía, no de ningún mensajero, y, sin embargo Vaia consideró adecuado montarla sin permiso. Y no te debo ninguna explicación.

—Discúlpeme, yasa —dije haciendo otra reverencia, pero yasa Kithadi ya se había dado la vuelta con disgusto.

Incapaz de decidirme sobre si había valido la pena perder la buena voluntad de la yasa para conocer la verdad, seguí a ru Telitha de vuelta a través del Pequeño Aida, que era más fácil de recorrer que su contraparte, hacia los establos. Efectivamente, descubrí que tanto Quip como Grace habían sido bien atendidos, que sus arreos habían sido pulidos y engrasados y que nuestras alforjas, por lo que podía ver, no habían sido tocadas. No era que contuvieran objetos de gran valor, pero fue un alivio encontrar mis documentos promisorios intactos, ya que el dinero era una de las muchas cosas que todavía tenía que discutir con Caethari y me desagradaba la idea de depender totalmente de él.

A petición mía y con las instrucciones de ru Telitha, dos mozos de cuadra fueron enviados rápidamente por el camino de caballos para llevarse a los dos animales y ponerlos al cuidado de ren Taiko, lo que me dejó a mí a cargo de las alforjas. En lugar de confiárselas a un sirviente, me colgué una de cada hombro gruñendo levemente por mi divertido parecido a una mula de carga y me volví hacia ru Telitha.

—Markel leerá casi cualquier cosa —dije respondiendo a una pregunta que no me había formulado—. Pero le gustan mucho los relatos de aventuras y los mitos, si tenéis algo de eso.

Ru Telitha sonrió.

—Me parece que sí —contestó. Se movió para despedirse, pero vaciló tal y como había hecho yo con yasa Kithadi—. Disculpe mi curiosidad, tiern, pero las señas que usa para hablar con Markel… ¿se las inventó usted o es un idioma existente?

Al combinar su verdadero interés con su título y sus conocimientos de raliano, comprendí algo:

—¿Eres erudita de idiomas, ru?

—Y de costumbres, sí. Estudié en Irae-Tai, en la universidad. Esperaba poder aprender también en Farathel, pero me dieron a entender que las mujeres eruditas no son muy apreciadas en Ralia.

—Lo cierto es que no, lamento decirlo.

Arrugó los ojos.

—Irónico, dados mis intereses.

—Sí que es irónico. Y, respondiendo a tu pregunta, no, yo no me inventé las señas. Nosotros, eh… —titubeé preguntándome cuánto tiempo tenía para explicárselo y hasta dónde quería hacerlo—. Nos enseñamos el uno al otro. Primero de un libro, lo que fue bastante difícil, y luego con un pescadero que fue…. instructivo. —Era una versión bastante censurada de los hechos.

Telitha me miró como si no fuera capaz de decir si estaba bromeando o no.

—¿Un pescadero?

Suspiré.

—Es una historia muy larga, pero el libro que usamos inicialmente se llamaba *La lengua quíntuple*, de Adoryc Lillain. Era un monje attovari convertido en explorador, creo, pero escribía en raliano.

—¡Conozco su obra! —exclamó ru Telitha, emocionada—. He leído sus tratados sobre el desarrollo de las lenguas comerciales en los estrechos de Rhysic, pero no sabía que había escrito un libro de señas. ¿Por casualidad lo tiene todavía?

—En realidad, creo que sí. O al menos lo tenía. Pero no sé si está entre las cosas que me traje hasta aquí o si… —Tragué saliva notando un nudo repentino en la garganta—. O si sobrevivió al viaje. —O si lo empezó, en primer lugar. Aunque Markel le había entregado la lista de nuestras posesiones a lady Sine, podía imaginarme fácilmente a padre interviniendo para asegurarse de que nunca nos llegaran, prefiriendo vender o tirar cualquier cosa que yo hubiera tocado.

Espontáneamente, me imaginé a padre abriendo mi cofre de palisandro esperando hallar algo de valor y encontrándose varias herramientas y materiales para provocar el placer de un litai. Era una imagen tan horrible que resultaba casi cómica. Casi. Me helé ante la posibilidad con un profundo pozo de vergüenza en mi interior que no sabía que hervía en mí como sedimentos removidos en el fondo de un lago.

Me di cuenta repentinamente de que llevaba demasiado tiempo en silencio y, con un esfuerzo de voluntad, dirigí mi atención de nuevo a Telitha y le dije con una alegría forzada:

—Pero, si aparece, puedes tomarlo prestado, aunque te advierto que no es una guía perfecta de lo que hablamos Markel y yo. Adoryc hizo todo lo que pudo, pero en realidad, eh… es difícil describirlo en un texto.

—Me lo puedo imaginar. —Telitha me dirigió otra deslumbrante sonrisa, dio un paso atrás e hizo una reverencia—. Ha sido un placer conocerlo, tiern Velasin. Estoy impaciente por ver lo que opina ren Markel de mis libros. —Tras ese comentario, se dio la vuelta y se marchó de los establos mientras yo me recolocaba las alforjas en los hombros.

Al mismo tiempo liberado de viejas cargas y cargado con nuevas, tanto literales como figuradas, me encaminé hacia el Aida. Esta vez, para saciar mi curiosidad, fui por el camino de caballos. La pendiente de la rampa de entrada fue dura para mi pierna, mientras que el peso desigual de las alforjas complicaba aún más las cosas, pero consideré que valía la pena aguantar las molestias por la novedad. Tal y como me habían prometido, el camino de caballos era recto, un túnel pavimentado que cortaba una línea recta por debajo del Aida, y tan ancho y tan alto para que pudieran pasar tres jinetes con armadura a la vez y, en ese sentido, era fascinante. Aun así, no pasó mucho tiempo antes de que mis pensamientos volvieran a centrarse en mi interior, dándole vueltas al problema de Caethari.

Para mi gran irritación, me di cuenta de que necesitaba mantener una conversación adecuada con mi marido y pronto. Tal y como estaban las cosas, ni siquiera tenía la llave de nuestros aposentos (aunque para ser justos, nunca los había visto cerrados) y aunque habíamos hablado mucho de mi inestabilidad, de nuestras respectivas familias y de la salud de Markel, apenas habíamos intercambiado una sola palabra útil y práctica sobre cómo convivir a partir de ahora. Molestamente, me vi obligado a reconocer que esto era sobre todo culpa mía. Al fin y al cabo, Caethari había estado dispuesto a hablar desde el principio y solo se había abstenido a hacerlo por deferencia a mi pesar. Quería enfadarme con él por no haber mencionado su teoría de que los bandidos de Vaiko podían estar relacionados con el apuñalamiento a Markel, pero, de nuevo, me lo impidió la razón: entre mi intento de morir y el ataque a tieren Halithar, apenas podía afirmar que hubiera tenido oportunidad. Después de todo lo que había hecho yasa Kithadi para ocultar su interés por mí, tampoco habría sido justo acusar a Caethari de no haberme advertido sobre eso.

Tal vez pueda enfadarme con él por no darme motivos auténticos para estar enfadado, pensé no sin cierta ironía amarga. Ni siquiera era un problema sutil: si hubiera podido culpar a Caethari por algo, habría servido para contrarrestar mi confianza en él dándole un mayor aire de legitimidad objetiva. En lugar de eso, el hecho de que no hubiera hecho nada evidentemente inadecuado tenía un efecto paradójico y hacía que me preocupara que realmente lo hubiera hecho y yo hubiera sido demasiado tonto para verlo.

Me entregué a estos pensamientos hasta que finalmente salí del camino de caballos subiendo a los establos por la misma rampa que había visto antes. Aunque las alforjas empezaban a pesarme, me detuve para comprobar que estuvieran cuidando bien de los dos caballos y me alegré al ver a ren Taiko almohazando a Quip. No hablamos, pero le dirigí un asentimiento de aprobación y le acaricié el morro a Quip mientras él resoplaba suavemente en mi mano antes de marcharme de nuevo.

Cuando logré llegar otra vez a los aposentos de Caethari, estaba exhausto. Sin embargo, en la sala de recepción me encontré a un trío de sirvientes trabajando duro para transformar la habitación de los sirvientes y la suite de invitados (o mi habitación, puesto que ahora lo era) en una estancia habitable, lo que parecía ser mayormente mover muebles de un lado a otro y discutir sobre dónde debería almacenarse todo.

Si hubiera habido un solo sirviente en los aposentos, podría haberme sentido demasiado cauteloso como para relajarme. En cambio, puesto que eran tres (y dos de esos tres eran mujeres) me resultó extrañamente tranquilizador. Murmurando algo sobre reposar la pierna, volví a entrar en la habitación de Caethari, dejé las alforjas en su baúl de la ropa y me derrumbé en la cama, donde me quedé profundamente dormido al instante.

Me desperté de nuevo con el sonido de unos golpes frenéticos. Cansado y desorientado, me senté y grité antes incluso de abrir los ojos:

—¿Sí? ¿Quién es?

—Soy dai Kita, tiern.

—¿Kita? —Me costó ponerme de pie, me sentí aliviado porque antes hubiera estado demasiado cansado como para desvestirme y le abrí la puerta—. ¿Qué pasa?

Mostraba una expresión entre furiosa y asustada.

—Tiern, lo lamento, no sabemos quién ha sido, pero ha habido... estamos buscando a quien lo haya hecho, pero debería, debería venir... No sé qué decir.

—Enséñamelo.

Noté el estómago hundido por el temor. Kita había estado menos nerviosa cuando me había hablado del ataque a tieren Halithar, así que lo que hubiera pasado ahora debía ser realmente horrible. Me guio por todo el Aida a buen ritmo y, cuando salimos al patio (había dormido hasta bien entrada la tarde y el sol poniente bañaba las piedras con una luz dorada anaranjada) vi que había una multitud delante de los establos. Pude oír llantos en el interior y el pánico de los caballos resoplando. Cuanto más nos acercábamos al origen de ambos sonidos, más mareado me sentía.

Con Kita a mi lado, entré en los establos. Al lado de la rampa que llevaba al camino de caballos, estaba ren Taiko arrodillado junto a un charco de sangre. Sollozaba en sus manos y entonces supe lo que iba a ver, aunque no pude evitar mirar.

—Lo siento, tiern —sollozó ren Taiko ahogándose con las palabras e hipando—. Le he fallado a usted, le he fallado a él, lo siento mucho, muchísimo…

La sangre era de Quip, tenía la dulce cabeza toda pegajosa. Le habían rajado la garganta, su cuerpo yacía en el suelo de su compartimento abierto. La imagen hizo que me entumeciera, o tal vez ya estaba entumecido de antes, pero pasaron varios segundos antes de que pudiera levantar la mirada para ver lo que habían escrito en la pared de madera de detrás (con la sangre de Quip, por supuesto, ¿con qué iba a ser, si no?). Las palabras tithenai resaltaban contra la madera:

PRIMERO EL CABALLO. DESPUÉS EL JINETE.
—EL CUCHILLO INDÓMITO

15

Caí de rodillas, incapaz de hacer otra cosa. Sentía que me estaba desmoronando, como una madeja desenrollándose poco a poco hasta que no quedaba nada. Por su propia voluntad, mi mano se puso sobre el morro de Quip acariciando su piel aterciopelada como un horrible eco de cuando lo había acariciado por última vez sin saberlo. Sabía que estaba llorando, pero en silencio, como si mis lágrimas se hubieran divorciado completamente del resto de mi ser. De un modo distante, era consciente de los lamentos de disculpa de ren Taiko, de Kita llevándoselo y de otras figuras acercándose a mirar a mi querido caballo muerto, pero no registré realmente ninguna.

—Tiern, por favor. —Era Kita otra vez, debía haber vuelto, aunque no sabía cuándo—. Venga conmigo, por favor.

—No se lo merecía —murmuré. Estaba helado, completamente inmóvil—. Era un buen caballo.

—Sí, lo era. Pero, tiern, debería levantarse...

—Está bien, Kita —dijo la voz de Caethari grave y cálida—. Tú ayuda a los mozos, yo me quedaré con él.

—Por supuesto, tiern. —El alivio que sintió fue evidente. Oí unos pasos alejándose y se marchó de nuevo.

Caethari se agachó a mi lado, justo fuera del charco de sangre con el que, me di cuenta demasiado tarde, había arruinado otra prenda. Se quedó allí un momento, como una estatua al borde de mi visión.

—¿Velasin? —preguntó suavemente.

Tal vez fuera solo porque ya me había visto en un estado mucho peor y, por lo tanto, no podía hacerse ilusiones por mi falta de estoicismo, pero algo en su tono hizo que me rompiera. Lo miré incapaz de impedir que se me quebrara la voz.

—Lo crie desde que era un potrillo. Siete años, era mío, me ayudó a cruzar las montañas a salvo y ahora…

—Lo siento muchísimo —murmuró poniéndome una mano en el hombro. Un roce suave, no una presunción, ofreciendo solo lo que yo consentía aceptar. Aun así, aunque yo no quería apoyarme en él, mi cuerpo parecía tener otras ideas y el deseo de consuelo era como un reflejo de mis lágrimas. Con debilidad, enterré el rostro en el cuello de Caethari y me aferré a él pensando tenuemente: *¿Para qué están los maridos si no es para esto?*

Él se puso de rodillas y suspiró acariciándome ligeramente la parte de detrás de la cabeza con la mano derecha mientras la izquierda ejercía una cálida presión en mis costillas.

—Ya no me queda nada —dije en raliano. Las palabras parecían pequeñas y ahogadas contra su hombro—. ¿Qué más pueden arrebatarme?

Era una pregunta retórica, pero como Caethari no respondió, mi propia paranoia no tuvo tal consideración. *Todavía podrían matar a Markel. O mutilarte, o violarte, o enviarte de vuelta con Killic o con tu padre…*

Debí haber gemido, ya que Caethari hizo un sonido tranquilizador acariciándome el cuero cabelludo con el pulgar.

—Deberíamos levantarnos —murmuró—. ¿Puedes ponerte de pie?

No estaba seguro de poder, pero asentí de todas formas. Me ayudó a sostenerme y luego vaciló como si no supiera si seguir sujetándome o dejarme ir. Anhelando su contacto incluso a expensas de mi orgullo, me aferré a él, acercándolo. Aceptándolo, Caethari me pasó un brazo alrededor de la cintura y me acompañó lejos de los establos; atravesamos de nuevo el patio hacia el Aida sin detenernos hasta que llegamos a sus aposentos, donde me acercó a una silla. Me sentí agradecido, débil y mareado.

—¿Puedo traerte algo?

—No —respondí esta vez en tithenai. Luego corregí mi respuesta—. ¿Podría ser un poco de agua?

Me obedeció rápidamente llenando un vaso de una conveniente jarra. Lo vacié y cuando me limpié la cara con la manga (con su manga, ya que todavía llevaba su ropa) me di cuenta de que había dejado de llorar.

—Gracias —murmuré dejando el vaso sobre la mesa. Tomé aire profundamente poniendo a prueba mis propias emociones—. Creo... creo que ya estoy bien.

O todo lo bien que podía estar teniendo en cuenta las circunstancias. No quería menospreciar a Quip, pero, por mucho que quisiera a mi caballo, su muerte no podía dolerme más que la herida de Markel o que la mía propia. O tal vez simplemente estuviera demasiado cansado para sentir toda la magnitud de lo que había perdido y el espectro de la muerte de Quip todavía esperaba para acecharme.

Me pareció que ese último pensamiento era la verdad. Estaba cansado en todos los sentidos: no me quedaba ultraje que aprovechar, así que estaba en barbecho para futuros dolores, mi corazón era como un campo sin sembrar.

Caethari hizo un sonido de alivio pasando las manos distraídamente por los muebles mientras se paseaba por la sala de recepción.

—¡Por las bolas de Zo, no entiendo nada de esto! —exclamó—. No tiene consistencia, no tiene lógica. Si hay una coalición antirraliana trabajando, debo decir que tienen unas prioridades realmente extrañas.

Consideré su afirmación y me sorprendió darme cuenta de que estaba de acuerdo.

—Tienes razón —dije parpadeando—. El ataque contra mí fue público, abierto, llevado a cabo por alguien lo bastante ferviente como para que no le importara si lo atrapaban y bastante competente, ya que estuvo a punto de lograrlo. Sin embargo, el ataque al tieren fue cubierto, tentativo. Era mucho más difícil acceder a él, lo que sugiere que el agresor debería haber sido más habilidoso, pero falló y huyó instantáneamente, no se molestó en quedarse y luchar. Parece que sí le importaba que lo atraparan. Y en cuanto a Quip...

Me mordí el labio usando el entumecimiento como una excusa para considerar el asunto. Caethari me esperó hasta que finalmente dije:

—Lo de Quip es lo que menos sentido tiene. Matar a un caballo es una táctica para asustar y... —Titubeé intentando recordar la palabra tithenai hasta que decidí pasarme al raliano—. Una desescalada. Un paso atrás —añadí ante su mirada de incomprensión.

—¿Un paso atrás? —preguntó—. ¿A qué te refieres? ¿Un paso atrás de qué?

—Quiero decir que han pasado de atacar al tieren en sus propias cámaras a matar al caballo de un extranjero. ¿A ti no te parece extraño? Normalmente los crímenes menores preceden a los mayores y no al contrario.

Se le iluminaron los ojos al comprenderlo.

—Ah, te refieres a una desescalada —dijo y asentí reconociendo el término tithenai—. Es cierto, bien visto. —Arqueó una ceja, curioso—. Tampoco es algo que esperaría que pensara alguien que no es soldado, ni guardia, ni juez de paz.

—Farathel es un lugar interesante —contesté secamente. Caethari rio, pero como no insistió en el tema, me pareció que el comentario había tenido el efecto deseado. (Aunque por la mirada que me lanzó, sospeché que él también lo sabía).

—Tu abuela piensa que todo esto tiene algo que ver con la política hereditaria —comenté cambiando de tema.

—¿Has conocido a mi abuela? —preguntó, sorprendido.

—Se las ha arreglado para que nos conociéramos esta mañana —comenté con la ironía marcando mi voz por su propia voluntad—. Ha pensado que yo apreciaría estar al tanto de su batalla de voluntades contra tu padre sobre quién heredaría qué.

Caethari hizo una mueca.

—Santos, espero que se equivoque. Ya es bastante horrible tener que vivir con un avispero colgando sobre mi cabeza, lo último que quiero es que haya más gente dándole con palos.

—También me ha dicho que tú creías que el ataque de los bandidos podría estar relacionado con todo esto.

Lo dije que cautela evaluando su reacción, pero no hubo nada en el modo en el que frunció el ceño y pasó la mano por el pelo que sugiriera que había tenido la intención de mantenerlo en secreto.

—No creo que sea *probable*, pero es ciertamente posible —admitió—. No quiero descartar ninguna posibilidad hasta que esté seguro.

—Lo que no entiendo —continué negándome a sentir alivio— es por qué la persona o el grupo que esté detrás de todo sigue culpándote a ti. Es decir, si esto fuera solo sobre mí, sobre mi presencia en Qi-Katai, puedo ver cierta lógica a que afirmen actuar en tu nombre. Pero ¿atacar al tieren?

¿Matar a mi caballo? ¿Por qué el Cuchillo Indómito apoyaría cualquiera de estos castigos? Es más, ¿cómo pueden pensar que nos lo íbamos a creer?

—Y, sin embargo, yo pensaba que eras más listo —comentó una voz irónica desde el marco de la puerta.

Ambos nos sobresaltamos y miramos asustados cómo tiera Riya entraba en la sala. Llevaba su ropa de montar y su boca estaba curvada en exasperación. Claramente, había oído una parte de nuestra conversación, pero no sabía cuánto. Tomé nota mentalmente de preguntarle a Caethari si había algo como una puerta cerrada con llave en el Aida.

—¿Tienes alguna teoría, hermana? —preguntó Caethari recuperándose rápidamente.

—No tengo una *teoría* —replicó la tiera apoyándose en el aparador—. Tengo una *observación*. Y lo que *observo*, hermanito, es que vosotros dos estáis pasando por alto lo más obvio.

—¿Y qué es?

—Que Velasin no debería confiar en ti.

Me tensé sin saber si sus palabras eran una amenaza o una advertencia. No obstante, Caethari pareció furioso.

—¿De verdad crees que yo le haría daño? —gruñó—. ¿Crees sinceramente...?

—Oh, por el amor de los santos cojones de Zo —espetó—. No me refiero a que seas *peligroso*, Cae... Me refiero a que él no debería *saberlo* y mucho menos confiar.

—Él... ¿qué?

La tiera hizo un ruido de frustración.

—Intenta ser racional por un momento, ¿vale? Velasin llegó ayer. No te conoce, ni siquiera conoce este *país*, pero sabe que el Cuchillo Indómito luchó contra ralianos y, después de lo que le pasó a Markel, de lo que le ha pasado a padre, incluso, tiene bastantes razones para tener cuidado contigo. Después de haber encontrado a su caballo muerto con tu nombre en la pared tendría todo el derecho de marcharse corriendo en la dirección opuesta y, como mínimo, debería estar preguntándose si estás involucrado, si está a salvo, si puede confiar en cualquiera de nosotros. Pero, en lugar de eso —prosiguió fulminándome con la mirada—, dejas que mi hermano te consuele, dejas que todo el mundo *vea* cómo te consuela y no has preguntado a nadie para tranquilizarte. No es *normal* y claramente no es la reacción que esperaba quien hizo esto.

—Ah —susurró Caethari resumiendo perfectamente mi reacción. Me sonrojé de vergüenza y luego me sonrojé todavía más cuando me encontré accidentalmente con la mirada de Caethari y me di cuenta de que él también se había sonrojado. Apartamos la mirada el uno del otro absurdamente humillados (y una parte de mí consideró que probablemente fuera algo más que eso).

Tiera Riya agitó una mano entre nosotros.

—¿Lo veis? Lo vuestro no tienen ningún sentido, joder. *Casi* podría achacárselo a vuestra atracción mutua, pero creo que ninguno de los dos es tan estúpido como para pasar por alto todo lo demás. —Me ardieron las mejillas ante ese comentario—. Y ahora, estáis pasando muchas cosas por alto. Veamos. —Se cruzó de brazos y nos fulminó a los dos con la mirada como si fuera una maestra de escuela disciplinando a los malhechores—. O me decís ahora mismo por qué confiáis tanto el uno en el otro o me comprometo a descubrirlo yo misma. Y creedme, no querréis eso —agregó con una mirada intencionada en mi dirección.

Durante un largo momento, nadie dijo nada. Caethari apoyó las manos sobre la mesa con los dedos flexionados y dijo en voz baja y plana:

—Riya, por favor, no es asunto tuyo lo que…

—Intenté suicidarme.

Caethari levantó la cabeza de golpe y me miró fijamente. La tiera parecía totalmente tomada por sorpresa. Tragué saliva y me encogí de hombros como si no me costara nada admitirlo y fijé la mirada en la pared.

—Estaba… muy asustado —dije con un dejo de risa oscura coloreando la afirmación—. Cuando tu hermano se casó conmigo, pensé que sería forzado, que él me forzaría. Y como dices, ya me habían atacado dos veces. Me pareció… mejor, más fácil, acabar con todo. —Tomé aire y me obligué a mirar a tiera Riya—. Me encontró apuntándome a mí mismo con un cuchillo, así. —Me puse dos dedos en la yugular sobre el pequeño corte que me había hecho con el filo y los mantuve así inclinando la barbilla—. Él no tenía por qué hacerme cambiar de opinión. Simplemente podría haber presionado o haberme incitado a morir. Nadie lo habría culpado por ello. Y si le hubierais preguntado a Markel, si se os hubiera ocurrido preguntarle a

Markel con lápiz y papel… os habría dicho que ya lo había intentado anteriormente cuando vino Keletha a por nosotros.

Le sonreí. Me pareció una expresión horrible sobre mi rostro, y cuando vi que se había quedado en blanco, dejé caer los dedos.

—Claro que tengo miedo, tiera. Es solo que tengo más miedo de mí mismo que de tu hermano.

Desde el principio, tiera Riya me había parecido una mujer que rara vez se dejaba confundir por los demás. Sin embargo, ahora estaba claramente a la defensiva y una parte de mí sintió una perversa sensación de orgullo por haber provocado tal reacción.

—Ahora, suponiendo que haya respondido a tu pregunta, ¿te importaría dejarnos algo de privacidad? —dije en el silencio de su conmoción—. Creo que me encantaría emborracharme sensiblemente, si no te importa. —Me levanté de la silla y me dirigí a mi cámara recientemente amueblada.

—Os mandasteis correspondencia —dijo la tiera de repente.

Me detuve, pero no me di la vuelta.

—¿Cómo dices?

—Como parte de las negociaciones del compromiso. Diré que vosotros dos os escribíais, que construisteis una relación. Os preocupabais el uno por el otro antes de conoceros, por eso confías en que el Cuchillo Indómito no te hará daño. —Más sardónicamente, añadió—: Eso, por supuesto, y las acciones de Caethari contra vin Mica que ayudaron al ascenso de tu padre, aunque indirectamente. Diré que habéis creado un vínculo por eso.

Solté una risita.

—Eres muy buena en esto, tiera. No me sorprende que le caigas tan bien a tu abuela.

La escuché inhalar profundamente con sorpresa.

—También tú, tiern. Ha quedado claro. —Un poco más tarde, agregó—: Y, por favor, nada de títulos entre nosotros. Solo Riya.

—Riya, pues —acepté inclinando la cabeza.

—¿Tengo algo de voz en todo esto? —preguntó Caethari más curioso que desesperado.

—No —respondió Riya.

Al mismo tiempo, yo pregunté:

—¿Por qué? ¿Quieres decir algo?

Esta vez fue el tiern el que rio.

—No especialmente. Dulces santos, si odio la política.

—Tendrías que haber nacido ermitaño —comentó Riya, inexpresiva. Entonces, suavemente, dijo—: Vuestra confianza es mi confianza. Tenéis mi discreción en esto.

—Gracias —murmuré y esperé en el sitio hasta que la escuché marcharse cerrando la puerta tras sus pasos.

Detrás de mí, Caethari declaró:

—No hacía falta que hicieras eso.

—Puede que no, pero ya está hecho.

—Yo... —Vaciló lo suficiente como para que me diera la vuelta de nuevo observándolo con una calma que no sentía. Me di cuenta de que había sangre en su nara, aunque en menos cantidad que en el mío—. Anoche hablé con Keletha mientras dormías. Le conté... bueno. Le conté lo que temías que significara nuestro matrimonio, lo que estabas dispuesto a hacer para escapar de él, y elle se dio cuenta de la verdad de lo que te había hecho Killic, aunque no se lo confirmé. Lamento haber traicionado tu confianza, pero estaba... enfadado. Mucho más enfadado de lo que me había dado cuenta al principio. Y no quería que el error se repitiera en el futuro si en algún momento se vuelven a hacer más alianzas con Ralia.

—¿Error?

—O malentendido, más bien. Que un matrimonio tithenai no es... no tiene... no conlleva las expectativas ralianas.

—Ah —susurré asimilando sus palabras. Consideré enfadarme por ello, pero me di cuenta de que no podía reunir la energía suficiente para hacerlo—. Es... bueno saberlo, pues.

Caethari asintió relajándose un poco.

—Le he asignado un guardia a Markel como precaución. Estaba muy enfadado por lo de tu caballo y he tenido que persuadirlo de que se quedara quieto. No creo que esté en peligro, pero solo por si acaso...

—Gracias —dije repentinamente. La idea de que una medida como esa fuera necesaria (o peor, insuficiente) amenazaba con ponerme el corazón en la garganta y yo no lo quería ahí—. Lo aprecio, de verdad.

Asintió de nuevo y me di cuenta de que eso era incómodo para él, de que no sabía cómo tratarme. Resoplé suavemente. Esa era una cosa que teníamos en común: yo tampoco sabía cómo tratarme a mí mismo.

—¿De verdad quieres emborracharte? —inquirió Caethari tras un momento.

Consideré la posibilidad, suspiré y negué con la cabeza.

—Ojalá quisiera emborracharme. En cierto modo, sería más simple. Pero no, creo que no quiero.

—¿Qué quieres, entonces?

Abrí la boca para responder, pero me quedé inexplicablemente estancado. Absorbido. Quieto. Todavía tenía el cuello sonrojado por los comentarios de Riya y me pregunté por qué una parte imprudente y traicionera de mí se sentía tentada de decir «creo que a ti».

Dependiendo de cómo lo mirara, era un impulso ridículo por los mismos motivos por los que no lo era, pero al fin y al cabo lo que me detuvo fue el hecho de que era un impulso. Asumiendo que me quisiera de ese modo, Caethari merecía algo más que ser una mala decisión, así que ignoré la parte de mí que anhelaba acurrucarse y ser abrazado (y quizás algo más que un simple abrazo) sin importarle las consecuencias y señalé:

—Bueno, para empezar, me gustaría que ninguno de los dos estuviera cubierto de sangre de caballo. Tal vez un baño decente y algo de ropa limpia. Cenar. Y luego, si no es demasiado inconveniente, podríamos mantener una conversación adulta sobre mis finanzas y las tuyas, las llaves de estos aposentos y cualquier otra política relevante familiar que no me haya explicado ya tu abuela.

—Eso me parece... muy sensato —admitió Caethari—. Aunque también agotador. ¿Puedo pedir que esa conversación adulta incluya algo de vino?

—Puedes —acepté magnánimamente.

Caethari sonrió, llamó a un sirviente y le dio indicaciones.

Aunque había logrado lavarme superficialmente en la enfermería el día anterior, el baño que me di en ese momento, en la cámara de baños de nuestros aposentos, me pareció el mayor de los lujos, sobre todo porque el Aida contaba con fontanería interior. A solas mientras mi marido llamaba a un sastre, me froté hasta que me escoció la piel y el agua quedó tan turbia debajo de la espuma que me pregunté cómo la gente de Qi-Katai había tolerado mi proximidad hasta entonces. Intenté hacer todo lo posible para mantener los puntos secos sacando la pierna mala por el borde de la bañera, aunque con poco éxito, por lo que rechacé afeitarme para poder mantener el equilibrio. Anticipaba una regañina de ru Zairin en el futuro cercano, pero en ese momento no me importó y lo único que me impidió alargarme fue que Caethari también necesitaba la sala.

Cuando finalmente salí enrollado con una bata de seda prestada (también me habían ofrecido un pareo, pero me sentía demasiado cohibido para ponérmelo, sintiéndome paradójicamente menos desnudo con mi ropa interior) vi que el sastre ya había llegado. Aunque Caethari abrió más los ojos al verme, no hizo ningún comentario sobre mi estado comparativo de desnudez. Tosió, agachó la cabeza y me presentó a ren Lithas Vael, afirmando que se encargaría de todo lo que yo pidiera y que me lo entregaría rápidamente. Entonces se fue a lavarse él mismo dejándome a solas con el sastre.

Me ponía nervioso la perspectiva de que me midieran, pero ren Lithas era un profesional consumado. Aunque algunas veces me estremecí o me tensé cuando apoyó la cinta métrica sobre mí, no comentó nada al respecto y esperó a que me relajara para continuar. Mientras tanto, mantuvo una charla ingeniosa sobre estilos y cortes de la moda tithenai que tenía muchas más combinaciones que solo el lin y el nara, que supuse que serían las opciones por defecto, y aunque no conocía casi nada de lo que él comentaba, encontré su voz tranquilizadora y asentí vagamente mostrando mi acuerdo en varios momentos. Ren Lithas tampoco comentó nada sobre mi ignorancia, pero mantuvo la misma sonrisita todo el tiempo y cuando finalmente declaró estar satisfecho con mis medidas, se enderezó, hizo una reverencia, reiteró su compromiso de traerme todo un nuevo conjunto de prendas lo antes posible y se marchó.

Solo entonces, mientras Caethari seguía bañándose, inspeccioné mi nueva habitación. No tenía grandes expectativas, pero tampoco grandes necesidades: mientras tuviera un sitio en el que pudiera dormir a solas, me serviría. En lugar de eso, acabé boquiabierto, asombrado por todo el esfuerzo que había requerido adecuar el espacio, no solo por la velocidad con la que se había transformado de almacén a habitación, sino por el evidente cuidado que se había puesto para asegurarse de que fuera cómoda.

La cama era lo bastante espaciosa como para que pudieran dormir tres personas. El marco de madera tallado mostraba liebres saltando y gatos de nieve agazapados. El colchón era mullido, el cobertor estaba relleno de plumas y forrado en un lino suave. Las propias sábanas eran de un algodón suntuoso teñido de un intenso azul acogedor. Las almohadas eran gruesas, mientras que la mullida colcha era de seda por un lado y de algodón por el otro, de un color que combinaba con el de las sábanas. Tenía un gran espejo con un marco de bronce junto a un hermoso baúl de alcanfor para la ropa, cuya pulida madera estaba tallada con vides, espirales, flores y plumas. Un tapiz de seda anudada cubría una pared representando una escena en el bosque. Había una mesita de noche, un sillón acolchado de lectura, una palangana y un aguamanil para un lavado básico y un armarito. Uno de los cajones contenía velas y cepillos y el otro objetos útiles y mundanos. Las botas que me había quitado para bañarme habían sido rápidamente pulidas y colocadas al lado del baúl. Había incluso una serie de estanterías vacías para libros y objetos personales que todavía no habían llegado o que podría adquirir supuestamente. También había una ventana que ahora estaba cerrada, pero que cuando se abría daba a los jardines del Aida y, aunque el suelo era de una piedra lisa y fresca, una gruesa alfombra cubría la mayor parte.

Se me hizo un nudo en la garganta ante la consideración y pasaron unos momentos antes de que me diera cuenta de que había otro par limpio de nara, supuse que otra donación de Caethari, junto al lin y la camiseta interior que llevaba antes. Tras un breve titubeo, me puse el nara y la camiseta, pero dejé el lin. Al fin y al cabo, era casi de noche y acostumbraba a vestir menos formal cuando estaba en mis habitaciones a esas horas.

Cuando volví a salir, descubrí que Caethari había hecho lo mismo y que tanto la cena como el vino que había prometido ya habían llegado.

—Esta vez no he pedido tanta comida —comentó Caethari sonriendo ligeramente—. Aun así, parece que te has ganado el favor de ren Valiu.

—¿A qué te refieres? —pregunté tomando asiento en la mesa de la sala de recepción.

—A esto —contestó señalando un cuenco azul poco profundo lleno de unas bolas aparentemente comestibles casi tan grandes como el círculo que quedaba si unía la punta del pulgar y del índice, cubiertas por un crujiente glaseado de un marrón dorado. Parpadeé al no reconocer el plato, aunque teniendo en cuenta que era nuevo en la cocina tithenai, no era algo sorprendente.

—¿Qué son?

—Se llaman «solecitos» —explicó Caethari—. Son bolitas de masa caramelizada hechas con miel, cebolleta, jengibre y una especia dulce. No me acuerdo del nombre, pero ren Valiu es conocida por sus solecitos. No los prepara para cualquiera. Debes de haberle dejado una buena impresión.

—¿Cómo sabes que no son para ti? —pregunté sirviéndome una ración de pescado escalfado.

Caethari resopló.

—Créeme, si hubiera hecho algo que ren Valiu considerara digno de celebrar, lo sabría.

Puse los ojos en blanco ante su comentario y empecé a comerme el pescado. Estaba delicioso, la carne blanca se me deshacía la boca, la salsa mantecosa compensaba perfectamente el sabor picante y la textura crujiente de las verduras de guarnición. Decidí que ren Valiu era una cocinera excelente, o bien la comida tithenai era realmente espectacular. Era un pensamiento inocuo pero me reconfortó, y después del día que había tenido, decidí que estaba dispuesto a disfrutar de cualquier comodidad que pudiera encontrar. Me negaba a pensar en el pobre y leal Quip muerto en su establo. No había pensado en preguntar qué iban a hacer con su cuerpo y, aunque tenía la inquietante sensación de que ese lapsus me perseguiría más tarde, en ese momento me tragué mis penas y lo dejé pasar.

—Lamento lo de mi abuela —murmuró Caethari de repente. No levantó la vista de su propia comida, determinado a perseguir un trozo de pescado resbaladizo con el borde de su kip, el utensilio de dos dientes que los tithenai parecían usar para todo lo que no fuera sopa—. Tendría que haber sabido que encontraría un modo de tenderte una emboscada.

—No ha sido ninguna molestia —contesté, sorprendido de sentirme así de verdad—. Ha sido… bueno, tampoco diría *agradable*, pero sí… refrescante, tal vez. Interesante como mínimo.

—Sí que lo es. —Levantó la botella de vino inquisitivamente. Empujé la copa hacia él observándolo mientras me lo servía. Era un vino de un color dorado pálido y ligeramente frío, un maridaje perfecto para el pescado.

—Y bien —empecé cuando el silencio subsiguiente amenazó con volverse incómodo—. ¿Qué hago ahora?

Caethari me miró parpadeando.

—¿En qué sentido?

—En el sentido de a partir de ahora... como tu... tu marido... —señalé odiando ruborizarme y apartando la mirada sin querer hacerlo. *Litai*. El marido de un marido. Una palabra tan pequeña con un significado tan grande—. Tengo una sinecura modesta, mis propios fondos ralianos, pero no tengo ni idea de cómo usarlos aquí.

—¿Cómo te gustaría usarlos?

Emití un sonido de frustración.

—Eso no es... lo que quiero decir es que, en Ralia, si estuviéramos casados, si hubiera estado en posición de casarme allí, tendría propiedades de algún tipo, una casa o una finca, y mi esposa sería su gobernanta. Cualquier herencia que ella reclamara iría destinada al mantenimiento de nuestra casa y ella... —Me sonrojé todavía más—. Si hubiéramos sido bendecidos con hijos, su cuidado recaería en ella. Probablemente, también tendría aficiones domésticas como un círculo social y sus propias ocupaciones y yo la animaría a dedicarse a ellas, como hace Nathian con su esposa, pero yo... yo soy, según mi sentido de las cosas, por haber venido a tu casa, a tus tierras como lo haría una novia raliana, no puedo evitar la suposición, por inadecuada que sea, de que yo soy *tu* esposa en el sentido ocupacional y que los deberes que yo considero propios de las esposas son ahora *mis* deberes.

»Pero esto, aquí... —Agité una mano señalando las paredes del Aida y tomé un trago de vino—. Esto no es una casa o una finca. Es un castillo o se parece mucho a uno: su funcionamiento, por lo que he podido ver hasta el momento, no tiene nada que ver conmigo. No tienes heredero al que yo pueda criar ni podemos divertirnos intentando engendrar uno. —Las palabras se me retorcieron en la boca con más amargura de la que pretendía—. Y puesto que mi sola presencia aquí es motivo de conflicto, encontrar un círculo social me parece... difícil ahora mismo. Así que te pregunto, tiern, ¿qué tengo que hacer por ti? ¿Cuál es mi función aquí? ¿Qué se espera de mí? ¿O qué se espera de ti en lo que te pueda ayudar tu esposo?

Caethari abrió ligeramente la boca. Nos miramos, el aire entre nosotros estaba cargado con vapor del pescado de ren Valiu, y luego mi marido se sacudió: fue un escalofrío suave, como si estuviera recordando sus pensamientos desde una cierta distancia.

—Tengo algunas propiedades pequeñas —dijo finalmente—. Más o menos a una semana a caballo desde aquí, en Avai, en las tierras de cultivo del altiplano del río. Las poseo por derecho propio, independientemente de otras políticas de herencia, aunque rara vez voy allí. Yo soy... siempre me he considerado primero un soldado y segundo un terrateniente. Mis propiedades fueron un regalo de mi madre, uno de los últimos regalos que me hizo antes de marcharse, lo que complica mis sentimientos hacia ellas. —Se mordió el labio, inseguro—. Mi abuela, yasa Kithadi, ¿te habló de tierena Inavi?

—Un poco —admití—. Parecía enfadada con ella y con tu padre, aunque no sé exactamente por qué. —Vacilé y luego dije con toda la neutralidad que pude—: Me sorprendió enterarme de lo del divorcio. Es algo raro en Ralia. No puedo decir que lo entienda.

—Lo cierto es que yo tampoco. O no del todo, al menos —suspiró Caethari jugueteando con su kip—. Yo tenía catorce años cuando se marchó. Su despedida pareció bastante amistosa, pero si realmente fue así, no entiendo el motivo de su separación. El divorcio aquí es accesible, aunque rara vez se usa cuando no hay culpa entre los compañeros, ya que las convenciones de consentimiento están destinadas a eliminar cualquier incompatibilidad de base al principio.

Intenté mantenerme inexpresivo ante eso, pero por el modo en el que Caethari se sonrojó, no debí conseguirlo. El corazón se me empezó a acelerar, pero antes de poder armarme de valor para preguntarle cómo era posible (para saber cómo podría escapar de él si alguna vez me sentía presionado sin delatar mis razones para preguntarlo), Caethari dijo en un estallido de dolor:

—Si me dejaras, Velasin, te pediría... sé que no tengo derecho a pedírtelo, poro me gustaría, si lo hicieras, sería muy amable que no declararas

mis culpas. Sé que tú no has elegido esto, que tu consentimiento fue abo-
minablemente violado y, si quisieras marcharte, sería un monstruo si te
culpara o te lo impidiera, fueran cuales fueren las consecuencias. Pero si
declaras mis culpas, es una marca, es una mancha sobre mí que podría
impedir que me volviera a casar y he intentado... estoy intentando... no
quiero...

—Caethari —dije en voz baja y se calló tan de repente como si le hubiera dado una bofetada. Sus ojos oscuros estaban muy abiertos y sentí la
garganta apretada cuando dije—: He llegado hasta aquí por deber y no
tengo ningún otro lugar al que ir. Intentaré quedarme para vivir la vida
que pueda tener aquí, si es que puedo. Pero si no puedo y eres tan amable
de dejarme marchar en paz, entonces no, no te culparé. Puedo prometerte
eso.

—Gracias —dijo con la voz ronca. Entonces con un débil intento de
risa, agregó—: Por la gracia de Ruya, ¿cómo hemos llegado a esto? Ni siquiera he respondido a tu pregunta.

Recibí el cambio de tema con alegría.

—¿Has dicho que tenías propiedades en el campo?

—Sí, y si realmente quieres administrarlas, o simplemente visitarlas,
podría encargarme de ello. Pero, como ya te he dicho, soy un soldado.
Vivo en Qi-Katai no solo porque prefiera la ciudad, sino porque me mantiene cerca de mi revetha por si nos llamaran para luchar nuevamente.

—Tu revetha —repetí probando la palabra tithenai—. Eso es... ¿como
tu guarnición o tu unidad? —Lo pregunté con términos ralianos inseguro
de si alguno sería el equivalente correcto.

—Más o menos —dijo Caethari—. No tenemos un ejército permanen-
te en el sentido raliano, pero cada ciudad tiene una revetha, un núcleo de
soldados entrenados que pagan un estipendio para mantener ese entrenamiento y formar a nuevos soldados y que tienen la autoridad de solicitar
reclutas locales o convocar a nuevas tropas para causas específicas en caso
de necesidad. El estipendio nos mantiene atados al ejército, pero nos deja
libres para realizar otros trabajos y deberes si no estamos de servicio.
Nuestra rahan, más o menos parecido a vuestro comandante, tiene la autoridad para desplegarnos bajo su propio reconocimiento en defensa de
Qi-Katai y de su territorio, al igual que el tieren en caso de que necesite

complementar la propia guardia de la ciudad. De lo contrario, solo servimos a la orden de Qi-Xihan por decisión de asa Ivadi o por aprobación mayoritaria del Cónclave.

—¿Os dirige una mujer? —inquirí incapaz de mantener la sorpresa fuera de mi voz, aunque este no fuera el punto más destacado de la explicación de Caethari. Aun sabiendo que aquí las mujeres también servían como soldados, todavía no había considerado que pudieran desempeñar tales rangos.

Caethari pareció divertido.

—A mí, sí. Rahan Nairi Siurin. ¿Por qué? —Arqueó una ceja considerándolo—. ¿Acaso eso ofende tus sensibilidades ralianas?

—No mucho —intenté evadirme. Siguió mirándome hasta que suspiré y puntualicé—: Una vez lo habría hecho. Al crecer no tuve exactamente un marco de referencia para mujeres guerreras. No era que pensara que las mujeres eran inferiores, exactamente; solo asumí que eran capaces de hacer menos cosas, o menos capaces de hacer ciertas cosas, aunque supongo que es más o menos lo mismo. Hasta que un día vi a la esposa de un pescadero detener a cuatro hombres adultos en una pelea de bar, convencerlos rápidamente de que pagaran los daños y... bueno. Fue difícil mantener mi antiguo punto de vista después de eso, sobre todo hizo que me preguntara por qué había tenido que sobresalir en algo masculino para que me impresionara la competencia femenina. Si las mujeres están destinadas a ser valoradas por sus habilidades femeninas, ¿por qué esas mismas habilidades están devaluadas? Me gustaría decir que en ese momento dejé de asumir lo que cierta gente era capaz de hacer, pero es una costumbre de la que cuesta desprenderse. He visto lo que pueden hacer Kita y Mirae, lo que pueden hacer las mujeres de Farathel, a pesar de que no son apreciadas por ello, pero no estoy acostumbrado a que eso signifique algo real y tangible como un rango o el respeto indiscutible.

—Bueno, no lo estás haciendo del todo mal, teniendo en cuenta los estándares ralianos habituales. —Caethari levantó la copa con fingido respeto y yo hice lo mismo curvando los labios en una casi sonrisa—. Nairi es amiga mía y una buena líder. De hecho, me gustaría que la conocieras. Lo que me devuelve de nuevo a la *cuestión*. —Tomó un sorbo de vino y volvió a dejarlo—. Es costumbre que la primera semana después del casamiento la pareja organice una reunión para presentar mejor al nuevo compañero. ¿Cómo lo habías dicho tú? A su potencial círculo social dentro de la ciudad. Aunque me temo que, dadas las circunstancias, será un asunto bastante político.

—Claramente —respondí.

Caethari hizo una mueca.

—Bastante. Y está en mi lista de tareas para mañana después de consultar con tar Raeki y con mi padre (y con mis hermanas, que Zo me ayude) sobre cómo será mejor organizarlo, asumiendo que no tengas ninguna objeción.

—En absoluto.

—Gracias. Pero, respondiendo a tu pregunta original, a menos que quieras administrar mis propiedades del altiplano del río, tus deberes aquí son los que tú quieras que sean. Lo digo en serio —insistió en respuesta a mi resoplido incrédulo. Un débil rubor le coloreó las mejillas—. Si alguna vez... si alguna vez quisiéramos un hijo, tendrás tanto que ver en su crianza como yo, o como tú desees, pero por lo demás... ¿qué hacías en Farathel?

La pregunta me tomó tan desprevenido que respondí con sinceridad.

—Poca cosa de valor y mucha cosa cuestionable. —Tragué saliva ante su mirada inquisitiva y aclaré—: Apostaba, tiern, tanto con secretos como con monedas. Jugaba a las intrigas, corría con caballos, tomaba amantes, me ganaba enemigos y caía en todas las tonterías propias de los hijos menores. Y estudiaba, cuando me acordaba de molestarme en hacerlo, aunque desde Killic, cada vez fue a menos. —La vergüenza me recorría ardiente y amarga. Aparté la mirada. Cuando se expresaba con esos términos, la mía parecía una vida pequeña.

—¿Qué estudiabas, Velasin?

Fue una pregunta amable, persuasiva. Encorvé los hombros y dije en dirección al suelo:

—Idiomas, a veces. Así fue como aprendí a signar y a hablar tithenai. De vez en cuando, magia, aunque no tengo una gran habilidad. Por lo demás, historia. Cuentos. Canciones. Cualquier cosa que me llamara la atención.

—Pues estudia aquí, si te apetece —ofreció Caethari. Entrecortadamente, agregó—: Como somos amigos, me gustaría verte feliz.

—Entonces haré todo lo que esté en mi mano para complacerte —respondí con las mejillas ardiendo—. Como amigo.

Los dos nos quedamos en silencio mirando nuestra comida. El pescado se había enfriado y, a pesar de lo delicioso que estaba, se me había ido el apetito. Intenté formular una pregunta pertinente (algo sobre su madre, tal vez, o sobre su vida como soldado) pero no encontré las palabras. En lugar de eso, me terminé el vino, notando el líquido al mismo tiempo frío y caliente en la garganta y suplicando internamente a las lunas que me dieran fuerza.

Alguien llamó elegantemente a la puerta principal. Di un brinco, sobresaltado, mientras Caethari se levantaba para responder, claramente tan agradecido por la interrupción como yo.

—Quién… —empezó y luego se detuvo, sorprendido—. ¿Raeki?

—Discúlpenme, tierns. —Raeki se quedó en el marco de la puerta y nos ofreció a cada uno una torpe reverencia. Le dijo a Caethari—: Es el prisionero, el que apuñaló a ren Markel. Le he hablado de lo que hemos discutido esta mañana… de que usted y no tiera Laecia se había casado con tiern Velasin… y se ha quedado pálido como el arroz. Quiere hablar con usted en persona. He intentado hacer que hablara conmigo, pero no cede. Dice que confesará ante el Cuchillo Indómito o que no lo hará. Así que he venido a decírselo yo mismo para ver cómo quiere proceder.

Noté el corazón en un puño. El rostro de Caethari se endureció.

—Hablaré con él —declaró firme como una roca—. Ahora.

—Yo también.

Las palabras me salieron antes de que pudiera detenerlas. Ambos se dieron la vuelta para mirarme: Raeki estaba claramente asombrado, pero Caethari parecía estar considerándolo. Enderecé la espalda, decidido.

—Era a mí a quien quería herir, pero apuñaló a Markel. Cualquier rencor que me guarde o que crea guardarme, quiero oírlo por mí mismo.

Durante un momento, pensé que Caethari iba a rechazarme. Claramente, Raeki le lanzaba miradas para que lo hiciera. En lugar de eso, el tiern asintió con expresión seria.

—Que así sea —declaró—. Cuanto antes se resuelva este lío, mejor para todos nosotros.

Raeki parecía dolido.

—Tiern, con el debido respeto…

—Que ensillen a Alik —ordenó Caethari interrumpiéndolo—. Y para Velasin… —Titubeó y me miró—. ¿Quieres el caballo de Markel o prefieres otro?

No habría sabido decir por qué, pero montar a Grace habría sido una mayor traición para el pobre y fallecido Quip que aceptar una nueva montura.

—Otro —contesté—. Si puede ser.

Caethari asintió.

—Entonces tiern Velasin puede montar a Luya —sugirió volviendo su atención a Raeki—. Encárgate y nos reuniremos en el patio.

—Tiern —se despidió Raeki e hizo otra reverencia lanzándome una mirada insondable antes de salir a grandes zancadas.

—Gracias —murmuré—. Yo… gracias.

—No tienes nada que agradecerme —replicó Caethari. Lanzó una última mirada anhelante al cuenco intacto de solecitos y reprimió un suspiro arrepentido—. Vamos, pues. Nos vestimos y nos vamos. Es una noche cálida, creo que no te hará falta abrigo si llevas el lin.

—Sí, madre —contesté, incapaz de contenerme.

El comentario burlón provocó un estallido de risas en Caethari. Arrugó los ojos y algo se removió en mi interior. El buen humor le sentaba bien. *Merece algo mejor que estar casado en la miseria*, pensé.

—Date prisa —dijo metiéndose en su habitación.

Lo observé marchar y me retiré a la mía para ponerme el lin prestado. Ya me estaba replanteando mi decisión de acompañarlo, aunque solo fuera porque montar a otro caballo tan poco después de la muerte de Quip me parecía oscuramente irrespetuoso. Me até las botas apartando las dudas a un lado. Markel había recibido una puñalada por mí, lo mínimo que podía hacer era intentar averiguar por qué, con o sin caballo muerto.

Salí de la habitación, cerré la puerta e intenté fingir que no me había apartado del espejo.

Cuarta parte

CAETHARI

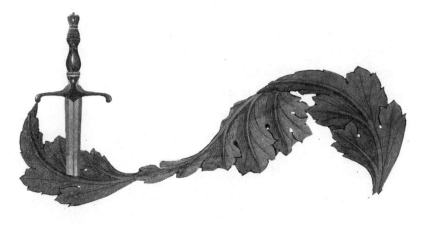

16

La ciudad alta de Qi-Katai era espeluznante por las noches, los bloques de edificios quedaban envueltos en la negrura más profunda del cielo y la distancia. Las lámparas que había a pie de calle proyectaban más sombras que charcos de luces, y las rocas reflejaban tonos anaranjados y blancos en sus breves halos y luego retrocedían hasta convertirse en carbón. Aunque Cae anhelaba correr hasta el cuartel, se obligó a llevar a Alik a paso rápido para poder estar alerta con los pocos transeúntes que había fuera a esas horas. Las ciudades media y baja estaban más animadas, llenas de tabernas, tiendas de placer, teatros y mercados nocturnos, todos ejerciendo sus diferentes oficios interconectados; pero por encima de la Puerta Ámbar, donde residían los ciudadanos respetables y los mercaderes cerraban sus establecimientos a la hora de la puesta del sol, el sonido más fuerte era su propio paso, el golpeteo de los cascos, el tintineo de los arreos y la conversación entre murmullos.

Dos de las tres lunas brillaban a baja altura, el Ojo era una hoz de oro desnuda que perseguía la plenitud de la rosada Mano, mientras que no se veía al Corazón por ninguna parte. Le hicieron pensar en Velasin, y cuando Cae miró a su marido sintió una nueva oleada de furia por el destino de su caballo. Los establos del Aida debían haber sido un lugar *seguro* y Cae no sabía qué posibilidad lo perturbaba más: el hecho de que un agresor hubiera podido entrar a pesar de los guardias adicionales que vigilaban desde el ataque a su padre o que alguien de confianza de dentro del Aida fuera el responsable de la carnicería.

Consciente del escrutinio de Cae, Velasin levantó la mirada. Sus largos dedos se aferraban a las riendas de Luya y se estremeció levemente al sentirse observado. El reflejo hizo que Cae se sintiera mal por otro motivo. Se tragó el sentimiento y le planteó una pregunta que le parecía más lógica que cuando la pronunció en voz alta:

—¿Les rezas a las lunas?

La boca de Velasin se curvó.

—Sí que juro por ellas. Que lo cuentes como rezo o no, depende de tu definición, aunque si te sirve de ayuda, nunca espero una respuesta.

—¿No crees en tus dioses? —No estaba seguro de por qué le importaba, él tampoco era muy devoto.

—Una declaración contradictoria —observó Velasin—. Me darías la propiedad de aquellos a los que desautorizo.

—¿Así que eres apóstata?

—Más bien diría que soy cínico.

—En mi experiencia, los cínicos creen en los dioses, pero no en su amabilidad.

—Un realista, pues. —Velasin levantó la barbilla hacia el cielo. El gesto coincidió con su paso por delante de una farola y su breve luz le lamió la garganta como una lengua ardiente—. Veo lunas, tiern; veo el sol, el cielo y las estrellas. Nunca he visto a los dioses.

—Yo tampoco —admitió Cae—. Aunque he de confesar que a veces me siento mejor al pensar que están ahí.

Velasin lanzó una mirada hacia el cielo.

—¿Cuál es cuál? —preguntó—. Quiero decir, ¿qué luna es qué dios? —Rio—. Me parece grosero no saberlo.

Contento por el buen humor de su marido, Cae apartó una mano de las riendas y señaló:

—El ojo de Ruya. —La dorada, la más pequeña de las tres—. La mano de Ayla. —Rosada y de tamaño medio—. Y el corazón de Zo, aunque ahora está escondido. —Señaló a un espacio bajo y vacío en el cielo como si se disculpara por la ausencia de la luna más grande llena de bandas—. Normalmente, decimos simplemente el Ojo, la Mano y el Corazón. —Hizo una pausa y agregó—. No me sé sus nombres en raliano.

Contestándole en ese idioma, Velasin dijo:

—Las llamamos las hijas del lord Sol: Riva, Asha y Coria. —Las nombró en el mismo orden en el que lo había hecho Cae, señalándolas mientras hablaba—. Diosas menores, según la Doctrina del Firmamento, otorgan suerte y favor a los mortales que captan su atención. A veces, en los cuentos más antiguos, incluso adoptan forma humana y se casan con reyes y héroes, aunque siempre vuelven al cielo después del nacimiento de sus herederos. —Vaciló y, cuando volvió al tithenai, su mirada parecía estar en un lugar lejano—. Mi madre siempre rezaba a las lunas, sus historias eran sus preferidas. Padre siempre se quejaba de eso, decía que tendría que haberle rezado a la Primera Estrella en honor a sus hijos, pero ella no lo hizo nunca. Era muy obstinada, como yo. Rara y obstinada. —Una compleja expresión espiritual y encantadora le atravesó el rostro—. Así que, cuando murió, no perdí la costumbre.

—¿Cómo...?

—Un aborto. El niño apenas se había desarrollado, pero perderlo le causo una infección.

En un reflejo, Cae hizo la señal de protección de Ayla contra las desgracias en los partos tocándose con dos dedos primero el ombligo y después los labios.

—Que los santos alivien su dolor y el tuyo.

—Fue hace mucho tiempo —contestó Velasin y, aunque se encogió de hombros, había un viejo dolor en sus palabras—. No logro imaginarme qué pensaría al verme a aquí. A veces... —Se interrumpió retorciendo su expresión hasta casi formar una sonrisa—. A veces creo que siempre supo lo que era yo y que me quiso de todos modos. Pero, sobre todo, pienso que solo tengo tales ideas porque ella no está aquí para contradecirlas.

—Tierns —dijo Raeki interrumpiéndolos antes de que Cae pudiera contestar—. Estamos aquí.

Y ahí estaban. En ese momento, Cae se dio cuenta de que habían pasado por debajo de la Puerta Ámbar sin siquiera darse cuenta y allí estaba el cuartel, marcado como tal por el cuarteto de farolillos amarillos alrededor de la puerta principal, mientras que un par más pequeños, situados más atrás, iluminaban el camino hasta los establos.

Mientras desmontaba, un mozo de cuadra flacucho salió corriendo para tomar sus riendas moviendo la garganta con deferencia hacia los tres.

Cae miró al muchacho con dureza, una pizca de paranoia le hizo prestar más atención de lo habitual, pero no impidió que se llevara los caballos; Luya iba resoplando suavemente detrás de Alik y del capón negro de Raeki, Sarus.

—Lleva todo el día inquieto —comentó Raeki mientras entraban en el cuartel. Aunque apenas habían hablado desde que habían salido del Aida, el tar tenía la costumbre de tratar los largos descansos entre las conversaciones como meras pausas—. Le he contado lo de su casamiento esta mañana. Se ha quedado callado durante un par de horas y luego ha pedido hablar con usted por primera vez. Le he dicho que podía hablar conmigo y se ha negado. Lo he intentado tres veces más antes de acudir a usted. —Vaciló como si se le acabara de ocurrir que Cae podría haber preferido interrogarlo antes y añadió—: He pensado que una espera más larga haría que tuviera más ganas de hablar, tiern. Y, bueno, no quería apartarlo de su marido si podía evitarlo.

—Pues no lo ha hecho —murmuró Velasin con un tono irónico que hizo que Raeki se sonrojara.

Cae sofocó una risa.

—Has hecho bien —dijo dirigiéndole una mirada divertida a Velasin que su esposo le devolvió poniendo los ojos en blanco. Sin embargo, su humor se desvaneció mientras Raeki los conducía entre las celdas y los guardias se apartaban rápidamente de su camino. Su reacción hizo que Cae se detuviera: los guardias tenían una disciplina diferente de la de los soldados, pero aunque apreciaba su deferencia hacia Raeki, le disgustaba su falta de cohesión. Aun con el tar al mando, esperaba que su superior estuviera en medio protestando por la necesidad de su investigación o bien intentando involucrarse él mismo en ella. En lugar de eso, los guardias de la Puerta Ámbar destacaron por su silencio, y cuando Raeki se fijó en que Cae lo había notado, chasqueó la lengua con disgusto.

—Varu Shan Dalu se ha ido a casa —explicó respondiendo a la pregunta sin plantear de Cae—. Parece pensar que el hecho de que yo esté aquí implica que él está de permiso. No sabría decir si es holgazán, incompetente o si simplemente está desesperado por establecer que cualquier error de la investigación es solo culpa mía. Sin embargo, por lo que he oído, parece ser parte de un largo patrón de conducta cuando están sus superiores cerca.

Cae frunció el ceño.

—Es mejor tomar leche que problemas...

— ... pero la negligencia lo amarga todo —sentenció Raeki completando el proverbio—. Haré que Kita lo investigue, tiern. Dudo de que esté relacionado con algo, pero mejor asegurarse cuanto antes.

—Bien —contestó Cae, aunque sonó más vago de lo que pretendía. Velasin estaba murmurando «mejor tomar leche que problemas» para sí mismo, con el ceño fruncido y perplejo ante la expresión, y Cae se distrajo con un impulso repentino de suavizar las líneas de su frente. El impulso lo tomó desprevenido y negó con la cabeza en privado flexionando los dedos en vano.

Céntrate, se dijo a sí mismo apartando la mirada.

Al pasar por las celdas, vieron que los pocos ocupantes que había estaban durmiendo o fingiendo dormir. Llegaron a una sala de interrogatorios cuya puerta bloqueada estaba vigilada por un par de guardias. Se enderezaron al ver a Raeki y uno se quedó quieto mientras el otro se apresuraba a dejarles entrar.

—Ha estado callado desde que se marchó, tar —dijo el de la llave con un murmullo deferente. Raeki resopló mostrando su falta de sorpresa y miró por un instante a Velasin. Claramente, seguía disgustándole que estuviera allí, pero era demasiado educado para decirlo. Cae fingió no darse cuenta de esa sutil insinuación y entró por la puerta con Velasin y Raeki siguiéndolo.

Era una sala pequeña y cuadrada y el prisionero estaba atado a una de las dos sillas que había a ambos lados de una mesa de madera. Estaba iluminada por una lámpara colgada del techo mientras que una pequeña ventana enrejada en lo alto de la pared opuesta no mostraba más que un trozo de cielo oscuro y dejaba entrar un acre olor a caballo.

El prisionero levantó la cabeza abriendo mucho los ojos cuando entraron los tres hombres. Cae se quedó pasmado porque, independientemente de lo que pudiera decirse del hombre, se veía que no era un asesino profesional. Era de mediana edad, de extremidades largas pero barrigón, y sus manos cuadradas suaves y sin callos se removían sobre la mesa. Sus ropa era simple, pero no del todo anodina, aunque Cae sospechaba que era lo que pretendía aparentar: su camiseta interior de lino sin teñir era bastante

sencilla, pero el lin marrón oscuro que llevaba encima mostraba claras señales de haber sido alterado, puesto que asomaban hilos sueltos por los
dobladillos mientras que algunos adornos (bordados, sobre todo) habían
sido arrancados. Una mirada debajo de la mesa mostró unas botas demasiado bien mantenidas y con una suela demasiado nueva como para pertenecer a un hombre pobre y, junto con los débiles ribetes de su por lo demás
soso nara, Cae vio que era un mercader medianamente próspero intentando hacerse pasar, con poco éxito, por alguien que no era.

Sus sospechas fueron confirmadas en cuanto el prisionero abrió la
boca: su acento era puramente de mercader de Qi-Katai, una dicción refi-
nada y retorcida por la delatora floritura de las vocales invariablemente
afectadas por cualquiera que pasara el tiempo suficiente hablando khyto
con bastantes comerciantes de pieles o escuchando tithenai con sus fuertes acentos.

—Mi tiern —empezó el hombre ya desesperado—. Por favor, debe
entenderlo, mi intención nunca fue…

—No me mientas —espetó Cae—. Tenías una intención bien clara. Lo
que quiero saber es por qué y bajo las órdenes de quién, puesto que claramente no eran mías. Puedes empezar diciéndome tu nombre.

—Me llamo Baru, tiern, pero, por favor…

—¿Baru qué más?

—Ren Baru K…

Una flecha pequeña y negra se le clavó en el cuello convirtiendo el
nombre de su clan en una escofina distorsionada. Baru abrió los ojos enormemente con el rostro lleno de conmoción y dolor y la sangre burbujeán-
dole en los labios.

—¡La ventana! —gritó Raeki—. ¡Tierns, agáchense! Ha entrado por la
ven…

El zumbido de otra flecha lo interrumpió clavándose en la garganta de
Baru justo al lado de la primera. Incapaz de llevarse las manos a la herida,
el prisionero solo podía dejarse caer mientras la sangre brotaba de su cuello empapando sus ataduras, su carne, su ropa y la mesa.

—¡Encontrad al tirador! —exclamó Cae—. ¡Ahora!

Raeki maldijo y salió corriendo casi arrastrando a los guardias de la
puerta tras él. Cae se estiró por encima de la mesa para colocar la mano

sobre el cuello de Baru e intentar detener el sangrado, pero aunque presionó y maldijo, era demasiado tarde. Entre ellos, las flechas habían abierto la yugular del hombre, y mientras presionaba inútilmente la herida, Cae sintió el último empujón de sus latidos antes de que se detuvieran y muriera.

—Santos —susurró medio furioso y medio asombrado por la precisión de los tiros. Miró por la ventana intentando comprenderlo: los huecos que quedaban entre las rejas medían menos de tres dedos de ancho y, aunque las flechas se habían clavado con una profundidad que sugería un alcance cercano, también habían sido disparadas desde un ángulo que indicaba que quien las hubiera disparado había comprometido su visión nocturna por la necesidad de disparar a una habitación iluminada. Incluso teniendo en cuenta la mayor precisión potencial de una ballesta, era impresionante, y considerando lo cerca que habían acabado los proyectiles, debía ser un arma bastante cara.

Aturdido por lo inesperado de los eventos, Cae dio un paso para retroceder y alejarse del cuerpo, mirándose asqueado las manos ensangrentadas. Se dio la vuelta buscando algo con lo que limpiárselas y solo entonces, cuando sus miradas se cruzaron, se acordó de Velasin.

—No… quédate ahí —indicó Velasin con la voz áspera y tembloroso. Dio un paso atrás hacia la puerta—. Tú espera.

Cae dio medio paso reflexivo hacia él y luego se mantuvo firme con un nudo en la garganta al ver cómo su marido desaparecía de su vista. Los latidos le retumbaban en los oídos. A través de la ventana, podía oír la persecución de tar Raeki al tirador, sus pasos enfurecidos y el siseo de sus instrucciones, aunque de algún modo, ya sabía que no iban a capturar a nadie. Quien hubiera matado a ren Baru sabía lo que estaba haciendo: si había sido capaz de ponerse en posición en el cuartel sin ser detectado… probablemente había disparado desde encima de los establos, pensó distantemente, así que también habría preparado una ruta de escape. *O es uno de los guardias,* reflexionó odiando la necesidad de tal cinismo. Lo alteró la conveniente ausencia de Shan Dalu. Había algo realmente perturbador en todo el asunto y odiaba no ser capaz de descifrarlo.

Caían gotas rojas lenta y pegajosamente desde sus manos hasta el suelo.

Levantó la mirada cuando oyó que unos pasos volvían. Velasin estaba en el marco de la puerta con un cántaro de arcilla y un trapo. Estaba pálido, pero se mostraba decidido en su negativa a mirar el cuerpo. En lugar de eso, miró directamente a Cae mientras se acercaba a él, parándose a un brazo de distancia.

—Las manos —dijo suavemente—. Dámelas.

Cae obedeció observando a Velasin con algo parecido a la sorpresa mientras él vertía el agua sobre sus palmas y luego dejaba el cántaro sobre la mesa. Con cuidado, mojó el trapo con lo que quedaba de agua, agarró a Cae suavemente por la muñeca y los nudillos y empezó a limpiarle la sangre. Cada vez que había pensado en el tema, Cae había considerado que sus manos estaban demasiado callosas como para haber conservado algo de sensibilidad, pero el lento y húmedo arrastre de la tela entre sus dedos y por sus muñecas le disipó la idea por completo. Velasin no dijo nada, los únicos sonidos eran la propia respiración de Cae que se oía con fuerza en el silencio sepulcral y el suave goteo del agua.

—No tienes por qué hacerlo —consiguió decir estremeciéndose cuando le tocó la segunda mano.

—Lo sé —respondió Velasin—. *Shh* —dijo acallando la incipiente protesta de Cae y levantando brevemente la mirada antes de volver a centrarse en sus manos.

No debería haber sido algo íntimo. Tan solo debería haber sido algo superficial, una cortesía. Por la gracia de Ruya, al menos debería haber sido algo *breve*, pero Velasin se tomó su tiempo y Caethari se lo permitió.

Segundos después de que Velasin se apartara finalmente, volvió tar Raeki furioso y enrojecido.

—Estamos peinando las calles —jadeó—, pero me ha parecido verlo por los tejados, subiendo y bajando por las paredes como una puta araña… ¡Santos, odio a los asesinos!

—Ya somos dos —coincidió Cae. Se frotó la cara, repentinamente cansado—. No tengo juicio para esto, Raeki. ¿Sabían que iba a hablar o lo habrían matado de todos modos? ¿Hay un espía en el cuartel o el asesino simplemente estaba atento?

Raeki movió la mandíbula silenciosamente.

—Tiern…

—Intentó matarme —declaró Velasin. Su voz era curiosamente plana. Se quedó mirando el cuerpo, el suave temblor de sus brazos desmentía la impasividad de sus rasgos—. Apuñaló a Markel. Y ahora está muerto y eso no equilibra nada: no hay justicia en esto. Tan solo más sangre para que la limpie un pobre sirviente y más preguntas sin respuesta.

—Aun así, las formularemos de todos modos —murmuró Cae—. ¿Cómo, si no, íbamos a descubrir la verdad?

—Si supiera cómo responder a eso, sería un hombre rico —replicó Velasin.

—Joder —soltó Raeki con expresión sombría.

Tenían una larga noche por delante.

17

Cuando finalmente volvieron al Aida, era noche profunda y el cielo estaba salpicado de estrellas. Cae se sentía como si acabara de envejecer una década: con el asesino de ren Baru lamentablemente suelto, él y Raeki habían interrogado a todos los miembros del cuartel intentando determinar el alcance de su culpabilidad. Como era de esperar, habían descubierto poca cosa útil, excepto que los guardias de la Puerta Ámbar eran rutinariamente negligentes en cuanto a la protección de su propio edificio: nadie había visto llegar al asesino y nadie además de Raeki lo había visto huir. Como varios guardias admitieron haber discutido libremente tanto de la captura de ren Baru como de su posterior decisión de hablar (detalles que, aunque no eran estrictamente secretos, deberían haber sido tratados con mayor discreción), Cae se vio obligado a concluir de mala gana que probablemente fuera más culpa de la incompetencia que de verdadera maldad. Aunque un guardia o varios habían traicionado activamente la inminencia de la confesión de ren Baru, con tantos chismes accesibles sirviendo a la misma función y con tantos nervios por la presencia del tiern, era imposible saber quién había sido.

Aun así, Cae había tomado nota de varios guardias que parecían más cautelosos y menos honestos que el resto y le ordenó a Raeki que los interrogara más a fondo al día siguiente. Era solo un elemento más de una lista de tareas cada vez más larga: había postergado la incineración del cuerpo del caballo de Velasin, sin saber si había algún ritual raliano que su marido quisiera celebrar en lugar de eso, pero la decisión no podía esperar mucho más. Tenía que organizar su reunión matrimonial, lo que significaba consultar la lista de invitados con sus hermanas y su abuela y, por supuesto, era probable que al día siguiente llegaran los prisioneros de Vaiko con el resto de jinetes de Keletha, lo que suponía más preguntas y más interrogatorios. Además de eso, era tradición que los soldados informaran personalmente a sus oficiales superiores después de un casamiento. Nairi no era muy fanática de ese tipo de cosas, pero, de todos modos, era alguien con quien Velasin debía reunirse antes de ser lanzado a los lobos...

Miró a Velasin mientras los dos caminaban exhaustos por el pasillo. Antes de empezar a interrogar a los guardias, Cae le había ofrecido a su marido la posibilidad de volver al Aida sin él, pero Velasin lo había rechazado y había afirmado que prefería preguntar a los guardias de la Puerta Ámbar sobre la ciudad, sus costumbres y Tithena en general. Cae había estado muy preocupado con sus propios asuntos y no había pensado mucho en esas conversaciones, pero mientras abría la puerta de sus aposentos se le ocurrió que Velasin era tanto sutil como inteligente sin importar su interés sumamente personal en el asunto. A pesar de su enfoque casual, probablemente él también hubiera estado investigando.

—¿Por qué tengo la sensación de que esta noche tú has descubierto más cosas que yo? —preguntó Cae cerrando la puerta tras ellos.

—Porque eres un hombre inteligente —contestó Velasin—. Y porque la gente dice más cuando piensa que no estás escuchando realmente. —Se encogió de hombros, se quitó el lin, y lo arrojó delante de él en su cámara frotándose distraídamente la pierna herida—. Deberíamos comparar nuestras notas durante el desayuno, pero ahora mismo, necesito dormir.

—Lo mismo digo —respondió Cae en el umbral entre su cámara y la sala de recepción. Su comida abandonada seguía sobre la mesa; podría haber llamado a un sirviente para que lo limpiara, pero estaba demasiado agotado para molestarse en hacerlo. Vaciló, inseguro de qué decir, y finalmente se decidió por un simple—: Buenas noches, Velasin.

Su marido le dedicó una sonrisa cansada.

—Buenas noches, tiern.

A continuación, se desvaneció en su habitación, así que Cae no tuvo más remedio que hacer lo mismo. Cerró la puerta, aturdido, se puso un pareo limpio y se metió en la cama esperando dormirse enseguida. Pero, a pesar de que se moría de cansancio, no lograba conciliar el sueño. Tenía la mente llena de pensamientos que daban vueltas a los ataques al clan Aeduria, amenazas hechas en su propio nombre. Apenas unos días antes, se había sentido enfadado por tener que casarse con un extranjero desconocido, y ahora no podía dormir, preocupado por la seguridad de Velasin. Ya era bastante malo que un grupo de gente lo quisiera muerto, ¿también tenía que exhibir todos los instintos de autoconservación de un patito? El hombre parecía totalmente incapaz de reconocer sus propios límites, menos aún de respetarlos: aunque estaba herido, solo y aterrorizado, se había metido de lleno en la política de Qi-Katai, lidiando tanto con Kithadi como con Riya (lo que no era nada fácil en el mejor de los casos) y pasando por alto sus propias heridas.

Va a hacer que lo maten, pensó Cae e instantáneamente se arrepintió al recordar el cuchillo tembloroso en la mano de Velasin y la mirada suplicante en su rostro. ¿Qué tipo de hombre caminaba hacia la muerte así? ¿Cuánta compasión se necesita para lavar la sangre del hombre que había intentado matarte de las manos de un hombre al que temías tocar? Cae rodó sobre su estómago cerrando los ojos en un intento inútil de dormir. No eran solo los votos matrimoniales, aunque claramente eran parte de ello: se sentía atado a su marido en un sentido más profundo, responsable de protegerlo de los asesinos y de sí mismo. Habría sido más fácil seguir enfadado, pero descubrió que no podía enfadarse con Velasin, solo con las circunstancias.

¿Y cuáles eran esas circunstancias, exactamente? Asumiendo que su incipiente matrimonio no terminara en divorcio (una posibilidad que inquietaba a Cae por varias razones), ¿llegaría a ser algo cómodo alguna vez? Había coqueteado anteriormente con hombres, mujeres y kemi, con algunos se había implicado más que con otros y había habido una persona con quien llegó a ser algo serio, pero todo eso era parte del pasado. Protegiendo las granjas de Vaiko, patrullando el Paso Taelic en busca de bandidos y luchando contra los hombres del difunto Ennan vin Mica, se había ganado la reputación del Cuchillo Indómito (¡ojalá pudiera volver atrás en el tiempo y estrangular a quien había popularizado ese maldito apodo!) y, desde entonces, había aprendido a desconfiar de los compañeros de cama que se acercaban a él en busca de novedad. En público, Nairi había puesto los ojos en blanco ante su insondable reticencia a, como ella había dicho, «acostarse con personas más interesadas en sus logros que en su estatus». Cae le había respondido en un murmullo diciéndole que, por lo general, estaban interesadas en ambos. No obstante, en privado, donde podían permitirse el lujo de ignorar la tensión entre sus respectivos rangos, su reacción era, irónicamente, más comprensiva.

—¿Sabes? Si no te conociera mejor, diría que estás esperando —le había dicho la última vez que él había rechazado una oferta de ese tipo unos siete meses atrás.

—En efecto, esperando a que se *cansen* —había respondido algo irritado.

—Sí, a que se *cansen*, bien, eso tiene sentido. Esperar a que se rindan es algo sensato. —Su cálida mirada era al mismo tiempo burlona y sincera—. Pero ¿seguro que no estás esperando también a que *llegue* alguien?

—Nairi, te lo juro por Ruya, Zo y Ayla al mismo tiempo, si vas a volver a mencionar a Liran…

—Lo has dicho tú, no yo.

—Mírame a los ojos y dime que no estabas pensando en él.

—No necesito mirante a los ojos —había replicado Nairi lanzándole una nuez—. Soy tu oficial al mando.

—¿Y?

—Y estaba pensando en él, sí, pero ¡tú también! Por la gracia de Ruya, Cae, ¿cuántos años han pasado?

—Al parecer, no los suficientes para acallarte.

Nairi hizo un ruido de exasperación.

—Mírame a los ojos y dime que lo has superado por completo.

—No necesito mirarte a los ojos —replicó Cae pelando la nuez agresivamente—. Soy tu subordinado.

—Eres idiota, eso es lo que eres —espetó Nairi y luego, con su habitual misericordia propia del campo de batalla, cambió de tema.

En ese momento, mientras Cae recordaba esa conversación, se dio cuenta de que no había pensado realmente en Liran desde entonces, solo de pasada. Fue una epifanía extraña, lo suficiente como para que su primer impulso fuera ponerla en duda. Puso a prueba su memoria al verificar el alcance de su indiferencia emocional y se sorprendió y se alegró al descubrir que aguantaba un escrutinio privado. Sin duda, si se hubiera materializado de repente el propio Liran en persona, la reacción de Cae habría sido algo más compleja, pero aun así, sintió un extraño alivio al comprender que esta vez el tiempo y la distancia habían obrado su magia curativa a pesar de que habían tardado mucho en hacerlo. Sin embargo, el alivio no duró mucho cuando cayó en la cuenta de que probablemente Riya insistiera en invitar a Liran a su reunión matrimonial, ya que la tradición era…

Cae gimió aplastando la cara contra la almohada.

—Soy un marido horrible —murmuró machacándose una y otra vez. Su remordimiento era tal que casi se sintió tentado de llamar a la puerta de Velasin y confesar inmediatamente, pero se vio obligado a admitir que ambos estaban demasiado cansados para esa conversación y que intentar tenerla ahora les haría más mal que bien. Como tantas otras cosas, tendría que esperar hasta la mañana siguiente.

Pasó bastante tiempo hasta que consiguió dormirse y, cuando lo hizo, fue con un sueño ligero. Se pasó la noche dando vueltas y más vueltas, lo suficientemente consciente para preguntarse si estaba soñando pero sin ser capaz de formular una respuesta convincente.

Cuando finalmente se despertó al día siguiente, tenía los ojos hinchados y le dolían los músculos. Emitió un sonido resentido y se estiró bajo las sábanas. Nairi diría que se estaba volviendo blando. En el campo, de patrulla, estaba acostumbrado a dormir en condiciones complicadas y se levantaba mucho antes de lo que lo había hecho en el Aida, pero en ese momento a Cae no le importó. Aun así, por muy tentado que se sentía de volver a dormirse, se obligó a ponerse de pie, con la columna crujiéndole y con la trenza aflojada pero todavía intacta. Bostezando, salió a la sala de recepción y se detuvo al ver inesperadamente a Velasin.

Su marido estaba sentado con las piernas sobre una cómoda silla, con un solecito a medio comer en una mano, una humeante taza de khai en la otra y los ojos somnolientos mirando en la distancia. Iba vestido con la misma bata prestada que se había puesto la noche anterior, desgastada por el tiempo y el uso. Sin embargo, a diferencia de la noche anterior, claramente no llevaba nada debajo (ni nara, ni pareo, ni siquiera su ropa interior) y aunque mantenía la bata cerrada con el cinturón, su postura tiraba de la tela. A decir verdad, le había caído del hombro derecho dejándolo desnudo de la clavícula al ombligo, lo que mostraba una musculatura ligeramente definida y una oscura piel aceitunada. Se podía ver totalmente uno de sus pezones marrones mientras que el otro estaba parcialmente oculto. Llevaba el pelo suelto y despeinado y le rozaba su esbelta garganta.

—Buenos días —murmuró Cae con la boca seca, incapaz de decir nada más.

Velasin se sobresaltó, derramó sin querer un poco de su khai y abrió como platos sus ojos de color avellana mientras se movía rápidamente, avergonzado.

—¡Ah, hola! —exclamó intentando al mismo tiempo dejar el khai y cerrarse la bata sin levantarse. Finalmente, consiguió hacer ambas cosas, pero no antes de que Cae descubriera que Velasin era capaz de ruborizarse desde la mejilla hasta el pecho—. Yo, eh… normalmente no me despierto tan pronto, pero ha venido un sirviente a llevarse lo de la cena y ha traído el khai…

—¿Te estás disculpando? Parece que sí, pero no tengo ni idea de por qué ni de qué.

Velasin abrió la boca. La cerró de nuevo y se cerró más la bata alrededor de las caderas (Cae se esforzó por no mirar) y finalmente dijo:

—Parecías sorprendido de verme. No estaba seguro de si había perturbado tu rutina o de si debía haberte despertado.

Sorprendido. Sí, dejémoslo así, pensó Cae distantemente. En voz alta, dijo:

—Admito que me ha confundido, pero es porque no he dormido muy bien esta noche.

Velasin hizo una mueca de simpatía.

—Ya somos dos… Yo he soñado con Quip y, después de eso, no he podido volver a relajarme.

Por lo temprano que era, Cae necesitó un momento para recordar que Quip era el nombre del caballo asesinado de Velasin y, cuando lo hizo, se sentó pesadamente en la silla vacía más cercana.

—No tendría que haber sucedido —comentó frotándose la cara—. Santos, me sorprende que no hayas salido ya gritando.

—Lo consideré, pero no estoy seguro de que mi pierna hubiera aguantado —replicó Velasin.

Cae rio débilmente y se estiró para tomar el bote de khai y la taza vacía que había a su lado. Mientras se servía, era consciente de que Velasin lo estaba mirando. Con el pulso acelerado, sopló el vapor de la leche y tomó un sorbo. Era la combinación perfecta de dulce y picante, hacía maravillas para calmar su inexplicable nerviosismo.

—¿Cómo están los solecitos? —preguntó señalando el cuenco.

Velasin torció los labios.

—Deliciosos, como me habían prometido. ¿La comida tithenai es universalmente excepcional o es que me están mimando?

—Espero que sea un poco de ambas cosas.

Velasin asintió inclinando la cabeza sobre su khai. Con aire ausente, levantó la mirada y se colocó un mechón detrás de la oreja.

—Te he causado muchos problemas —comentó a la ligera—. No es un trato muy justo si sigues dándome manjares.

—¿Tan terrible es la cocina raliana? —preguntó Cae, que se sentía inusualmente poco preparado para mantener una conversación tan benigna.

—No es terrible —replicó Velasin—. Es solo que no es esto. —Y para demostrarlo, masticó el solecito que tenía en la boca devorándolo con evidente deleite.

Mientras Velasin tragaba y se lamía los labios, Cae se preguntó a qué dios o santo en particular había ofendido tanto para verse sometido a tal nivel de tormento nada más levantarse. Ya estaba haciendo todos sus esfuerzos para aceptar su convivencia con un hombre hermoso con el que no podía flirtear y al que, mucho menos, podía tocar; no necesitaba un recordatorio tan evidente por todos los motivos por los que iba a querer hacerlo.

—Hablando de cosas menos agradables, hay ciertos asuntos que deberíamos discutir tarde o temprano —se obligó a decir.

Velasin suspiró.

—Ya me lo temía.

—Quieres, eh..., prefieres vestirte primero, yo estaba pensando en lavarme...

—¡Por supuesto! —El rubor volvió, aunque no tan visible como antes. Velasin se puso de pie asegurándose la bata con una mano y se dirigió a su habitación—. Por favor, deberíamos estar los dos cómodos...

—No tardaré mucho, es solo…

—Son tus aposentos, tiern, no tienes que darte prisa por mí.

—*Nuestros* aposentos, y no quiero hacerte esperar.

—Lo creas o no, puedo ser paciente.

—¡Nunca he dicho lo contrario! Yo… —Cae se quedó en silencio de repente sonriéndole estúpidamente a Velasin, quien le sonreía también. No, no era una simple sonrisa, era una amplia sonrisa que le iluminaba el rostro y transformaba su expresión de lo bello a lo extraordinario. A Cae se le quedó el aliento atrapado en el pecho, aunque de algún modo, no perdió la capacidad de hablar—. Somos bastante inútiles en esto, ¿verdad?

—Solo un poco —contestó Velasin con un resoplido de risa y se metió en su habitación.

Cae volvió tan mareado que estuvo a punto de chocarse contra la puerta del baño.

—Bien, bien, bien —murmuró.

Sus abluciones fueron superficiales: tanto para despertarse como para cualquier otro motivo, optó por una ducha fría rápida después de la cual se secó y se dispuso a trenzar de nuevo su cabello húmedo trazando los movimientos familiares con los dedos. Se detuvo antes de salir desnudo a la sala de recepción, aunque había estado a punto de hacerlo (estaba acostumbrado a hacerlo y solo en el último segundo recordó que Velasin podía sentirse incómodo) y corrió a vestirse en su propia habitación eliminando a la fuerza cualquier pensamiento inapropiado de su mente.

Velasin también se dio prisa en su rutina matutina y salió solo un minuto después que Cae. Por necesidad, todavía llevaba ropa prestada, la misma que la noche anterior. Cae no sabía por qué al verlo así ataviado se sentía tentado de un modo totalmente diferente a su casi desnudez anterior, solo que sabía que necesitaba controlar firmemente su imaginación. *Y otras partes del cuerpo.* Como siempre, esa particular voz interior suya era como una mezcla de Riya y Nairi, pero, por una vez, a Cae no le molestó la intrusión. Su habitación seguía siendo suya y lo que hacía él tras la puerta cerrada o lo que pensaba en hacer solo sería asunto de Velasin si él quería que lo fuera. Y no quería, no lo sería, por eso esa puerta tenía que permanecer cerrada en primer lugar. Así es.

Así es.

—¿Estás bien? —preguntó Velasin sentándose a la mesa. Se había retirado el cabello negro en una coleta, pero lo bastante suelta como para que todavía le quedaran unos finos mechones enmarcándole el rostro.

—Sí —mintió Cae sentándose enfrente.

Iba a ser un día muy largo.

—Vale —dijo eligiendo el que esperaba que fuera el menos tenso de todos los temas como punto de partida—: Sé que no es lo más agradable de discutir, pero tu caballo… ¿Hay alguna costumbre raliana que desees seguir en términos de… eh… entierro?

Velasin se removió en su asiento.

—¿Qué?

—Tu caballo —dijo de nuevo Cae—. No estaba seguro de si habría algo en particular que quisieras hacer, algún ritual o plegaria…

—No te parece… —empezó Velasin y se interrumpió. Se lamió los labios y Cae siguió involuntariamente el movimiento de su lengua. Empezó de nuevo con la voz más suave—. ¿No te parecería algo raro?

—¿Por qué iba a parecérmelo? —replicó Cae—. Cuando una montura tithenai cae durante la batalla, la honramos en la muerte. Dadas las circunstancias, esto me parece un poco diferente.

Velasin guardó silencio unos instantes.

—En Ralia no lo haríamos… la mayoría de los de mi clase considerarían extraño mostrarle ese respeto a un animal muerto. Inapropiado, incluso. —Algo ahogado, agregó—: Había asumido que ya se lo habrían llevado para descuartizarlo.

—De momento, no —respondió Cae. Entonces, como se sentía extrañamente perturbado por la noción, preguntó—: ¿Los ralianos no tenéis mascotas?

—No, sí que las tenemos. Y si enferman o quedan mortalmente heridas, se otorga un gran valor a la bondad de proporcionarles una muerte rápida. Pero además de eso, cualquier muestra de duelo o tristeza por su ausencia se considera excesiva. Yo… —Vaciló jugueteando con los dedos de una mano con la manga—. ¿Qué ritos hacéis vosotros para un caballo caído?

—Pocos —contestó Cae—. Los incineramos, pero nos quedamos un mechón trenzado de su melena o su cola como recuerdo. La mayoría de los soldados tienen los suyos lacados a prueba de agua.

Velasin tragó saliva.

—Eso me gustaría —afirmó en voz baja.

—Me encargaré de que lo preparen, pues. —Tomó un sorbo de khai y evitó mirar a Velasin frotándose los ojos con la muñeca—. También está la cuestión de la reunión matrimonial.

—Ah, sí —parpadeó Velasin. Su expresión de dolor se transformó en una atención educada con una facilidad que habría sido asombrosa si no hubiera sido tan estremecedora—. Recuerdo que hablaste de dos eventos así.

—Sí, uno pequeño y uno grande. El primero se hace para presentar al compañero que se ha mudado a la vida con el otro (a ti, en este caso), para presentarte a tus nuevos amigos y vecinos. El segundo es algo más grande destinado a demostrar que es un matrimonio estable, y ese no lo haremos hasta dentro de unos meses. —*Asumiendo que no me dejes antes*, pensó, aunque no lo dijo—. Sin embargo, el pequeño deberíamos celebrarlo pronto.

—¿Cuán pronto?

—Esta semana.

—Ah —dijo Velasin. Una extraña expresión le atravesó el rostro—. Perdóname, pero… ¿será tiempo suficiente para que tu madre llegue hasta aquí?

—¿Mi *madre*? —inquirió Cae incapaz de ocultar la sorpresa en su voz. Velasin hizo una mueca.

—Lo siento, eso ha sido muy raliano. Había asumido que…

—No, no, está bien, lo entiendo. —Tragó saliva intentando recomponerse ante la repentina e inesperada torcedura de su pecho—. No es… Es que, en otros casos… incluso cuando los padres están divorciados, es común que ambos asistan a la reunión de matrimonio de un hijo. Pero como he dicho, esta es la pequeña y es más para presentarte a la gente de aquí que a toda la familia extendida, por eso Kivali tampoco va a venir, por mucho que le guste una buena fiesta. Pero la grande… es muy probable que mi madre venga entonces. Pero eso será en meses. De momento, puedes considerar esta como un calentamiento. —Sonrió aliviado por devolver la conversación a aguas más seguras—. Por supuesto, no se espera que ayudes con la organización…

—Por supuesto —repitió Velasin inexpresivo con una simple chispa de humor.

— … pero hay, eh… ¿Hay una tradición de la que deberías estar al tanto? —Hizo una mueca odiando que hubiera sonado como una pregunta—. Puedo pedir que la ignoremos, por supuesto, pero es probable que lo mencionen y al menos deberías saber en qué consiste…

—¿Qué tradición?

Cae se sonrojó.

—Hay que besarse —informó—. Tres besos. Tres besos cada uno. Bueno… el tercero debe ser entre la pareja, pero los otros dos pueden ser solicitados por los invitados, así que en total son cinco.

—Besos —repitió Velasin planamente.

—Se supone que es para simbolizar una despedida de… bueno, de la vida de soltero o de relaciones pasadas, lo que se aplique en cada contexto. —No pudo evitar gesticular—. También puede ser platónico, pero… normalmente no lo es porque el tercer beso, el que se hace entre los cónyuges, se supone que es para demostrar lo que se ha elegido en contraposición a lo que había antes, y se espera que te quedes cerca de tus amigos y familia. La gente lo espera con ansias sobre todo porque… bueno. Si todavía estás en buenos términos con algún antiguo amante y lo invitas, se espera que bese a tu nuevo esposo.

—¿A tu *esposo*? —preguntó Velasin, sorprendido—. ¿No a ti?

Cae miró al techo.

—Sucede a veces, pero se lo considera algo incómodo, francamente —confesó.

Pasaron varios segundos en silencio.

—¿Y resulta que tú tienes un antiguo amante con el que estás en buenos términos?

—Sí.

—Ah.

—Más o menos.

Hubo una pausa y en un momento Cae se sintió obligado a ofrecerle a Velasin algo de contacto visual. Fue recibido a cambio con una mirada de una intensidad sorprendente y, sin embargo, la expresión que la rodeaba no le dio ni una pista de su significado.

—Vale, para que quede claro —recapituló Velasin lentamente—. En esta pequeña reunión matrimonial, tanto tú como yo debemos besarnos públicamente de un modo no platónico con dos personas todavía por determinar. Sin embargo, lo más probable es que una de las personas candidatas a besarme sea tu antiguo amante, de hecho, es lo que se espera, y después de eso, ambos tenemos que hacer un espectáculo besándonos. ¿Lo he entendido bien?

—Sí —confirmó Cae—. Pero, como he dicho, no tenemos que partici...

Velasin estalló en carcajadas.

—Creo que me encanta Tithena —comentó sonriendo de oreja a oreja—. ¡Tenéis unas ideas muy novedosas!

—Así que... ¿no te opones?

—Mi querido Caethari —empezó Velasin arrastrando las palabras—. Puede que esté fuera de mis dominios y en riesgo potencial de asesinato, pero nunca permitas que se diga que no sé *divertirme*. No, por supuesto, todavía no me has visto divirtiéndome. —Había una nota de disculpa entre esas palabras combinada con una suave sonrisa de autodesprecio—. Pero, tranquilo, hacer un espectáculo besando a desconocidos en fiestas es una de mis principales habilidades.

Muy a su pesar, Cae rio.

—Lo creeré cuando lo vea.

Velasin le lanzó un solecito a la cara; Cae lo atrapó, sus reflejos estuvieron a la altura y se lo metió en la boca con aire de suficiencia. Velasin hizo un puchero.

—Y bien, ¿qué más tenemos en la agenda de hoy? —preguntó comiéndose él también un solecito.

Cae suspiró.

—Aparte de informar a Nairi de nuestro casamiento, casi todo lo demás está relacionado con esclarecer todo este asunto del Cuchillo Indómito. Mirae y los demás deberían llegar hoy junto con los prisioneros tomados en Vaiko... Primero había pensado alojarlos en el cuartel de la Puerta Ámbar, tenerlos a todos bajo un mismo techo, pero después de lo que vimos anoche, creo que preferiría alojarlos en otro sitio.

—Es comprensible —murmuró Velasin.

En ese momento, Cae recordó que su marido también había hecho preguntas a los guardias de la Puerta Ámbar.

—¿Qué impresión te dieron? —inquirió con curiosidad—. Los guardias, no los bandidos.

Velasin estiró los brazos por encima de la cabeza y ese movimiento hizo que Cae llevara su atención a la estrecha forma cónica de su cintura debajo del lin prestado.

—Descuidados. Poco atentos. Acostumbrados al desorden. Es verdad que soy nuevo tanto en Qi-Katai como en Tithena, pero vi que algo no estaba bien en ellos.

—Me siento inclinado a darte la razón —contestó Cae. Hizo una pausa dejando que sus pensamientos disparatados se unieran formando algo útil—. El asesino de anoche —dijo finalmente—. Esos proyectiles pasaron entre las rejas. ¿Te pareció raro?

—¿Raro en el sentido de extremadamente difícil o raro en el sentido de ayudados mágicamente?

—Lo segundo.

—Ah. —Velasin apoyó la barbilla sobre el puño—. No es una mala idea, sobre todo teniendo en cuenta cómo irrumpieron en las cámaras de tu padre. Hay encantamientos y cantrips para la precisión, para la visión clara, para la puntería… Eso no significa que nuestro objetivo no sea simplemente un tirador experto, pero tampoco está más allá de las posibilidades.

—Confieso que sé muy poco sobre magia —admitió Cae—. Mi padre no tiene tiempo para ella más allá del contexto médico.

—¿Nunca has intentado ejercerla tú mismo? —preguntó Velasin, sorprendido.

—No desde que era niño, lo que no quiere decir que piense que la magia es algo infantil —añadió rápidamente Cae—. Es solo que… bueno. Mis intereses residen en otras partes y, a decir verdad, me alegro de que así sea.

—¿Y eso por qué?

—Porque aquí los magos se forman en la Orden de Ruya y cuando haces juramento de servicio en un templo, quedas descalificado para ocupar ciertos cargos y títulos públicos, incluida la tierencia. Es una cuestión de lealtad: los templos sirven en primer lugar a los dioses, mientras que el resto servimos a la corona. Intentar hacer ambas cosas a la vez es contradictorio. Puedes ser autodidacta, por supuesto, o contratar tutores privados, pero pasar de cierto nivel de habilidad está... mal visto. Digamos que es como tomar el don de los dioses sin ofrecerles tu servicio, y hay muchas historias sobre nobles corrompidos por el deseo de ejercer tanto el poder divino como el terrenal. Lacia siempre ha tenido aptitudes, pero hay un motivo por el que nunca lo ha intentado. —Parpadeó—. ¿No es igual en Ralia?

—Es más o menos lo contrario, en realidad; los magos son, casi exclusivamente, nobles. Un solo hombre podría renunciar a su rango para servir a una orden religiosa, es lo mismo y por las mismas razones, pero no tiene nada que ver con la magia. Se la considera una habilidad de caballeros. ¿A quién más se le podría confiar algo así? —resopló Velasin recostándose en la silla y masticando meditativamente un solecito—. Mi tutor preferido solía decir que la magia es la energía dirigida por la voluntad formada por el conocimiento. Sin los tres, o no consigues nada o prendes fuego a tus propias cejas y, aun con los tres, todavía necesitas un constructo o un ancla para definir tus intenciones o le prenderás fuego a las cejas de otra persona.

—¿Entonces te sabes algún hechizo?

—¿Hechizos? Lunas, no —rio Velasin—. Los hechizos son cosas complicadas y confusas... tienen demasiados componentes para un laico como yo. Intenté una vez un cantrip y casi lo logré, pero eso fue después de semanas de práctica. No me sometí por completo a los horrores de la sobreextensión mágica, pero estuve a punto y no es algo que desee experimentar de nuevo pronto. Aunque sí conozco algunos encantamientos. Cosas simples, nada sorprendente.

Cae se inclinó hacia adelante, ansioso muy a su pesar.

—Enséñamelo.

—¿Qué? ¿Ahora?

—¿Por qué no?

Velasin arqueó una ceja.

—Pensaba que te opondrías a que prendiera fuego a tus aposentos.

—Nuestros aposentos —corrigió Cae automáticamente. Entonces, parpadeando, inquirió—: ¿Puedes hacer fuego?

—Puedo encenderlo, sí. Es como sacar chispas de una piedra, pero sin la piedra. —Hizo un gesto con su mano elegante y de largos dedos—. El fuego necesita combustible y algo para arder, así que no puede aparecer de la nada, pero una chispa es más como un relámpago, como un empujón desde el que empezar. Eso sí que puedo hacerlo. Pero, como he dicho, asumo que preferirías que no lo hiciera en la mesa del desayuno.

—En otra ocasión, pues —aceptó Cae, fascinado—. ¿Qué otros encantamientos conoces?

—Puedo purificar agua o quitarle la sal. —Arrugó la nariz—. Hay una palabra que lo define en raliano, pero no sé cómo es en tithenai.

—¿Desalinizar?

—Sí, me parece que sí. Pero seguro que has visto usar ese encantamiento muchísimas veces. Me sorprendería que ninguno de tus soldados lo conociera.

—Lo he visto y sí que saben —confirmó Cae curvando los labios en una sonrisa—. Mi padre lo cuenta como uso médico de la magia, aunque desde el punto de vista preventivo y, por lo tanto, sensato.

Velasin resopló.

—Muy sensato. —Hizo una pausa como si quisiera evaluar si Cae seguía interesado en el tema de los encantamientos. Habiendo establecido que sí, prosiguió—: Por lo demás, sé desatar nudos, admito que eso lo aprendí para encargarme de los cordones en invierno, ya que nunca puedo hacerlo cuando tengo los dedos helados. Y puedo también desenredar el cabello, lo que es lo mismo, solo que lo uso sobre todo para la crin de Quip. Lo usaba, quiero decir. —Se le oscurecieron los ojos al recordar que su caballo estaba muerto—. Nunca le gustó que le pasara el peine.

—Velasin...

—¿Quieres venir conmigo a ver a Markel? Quería pasar a ver cómo iba antes de empezar nuestro día.

—¿Nuestro?

—Sí, nuestro. O el frente de investigación, al menos. No voy a interferir en tu reunión con Nairi ni en la organización de la fiesta, pero me niego a quedarme sentado como una roca mientras hay alguien ahí fuera intentando matarme y, probablemente, también a tu padre y echándote a ti las culpas. —Se había ido inclinando hacia adelante mientras hablaba, pero de repente, su postura se volvió a desplomar—. A menos que prefieras mantenerme alejado, claro.

—¡En absoluto! —exclamó rápidamente Cae—. Agradecería tu compañía. —Al fin y al cabo, era algo práctico: cuanto más cerca estuviera Velasin de él, más fácil sería protegerlo, y todavía tenían mucho que hacer conociéndose el uno al otro.

Velasin le sonrió y Cae ignoró un impulso salvaje, repentino e inapropiado de pasar por encima de la mesa y darle un beso en la comisura de los labios.

Es práctico. Eso es todo, se dijo a sí mismo.

18

Con la agenda del día establecida, Cae acompañó a Velasin a la enfermería a ver a Markel dejando que él abriera el camino para mejorar su conocimiento del Aida. Mientras caminaban, recordó su deseo de aprender los signos de Markel y decidió que ese era tan buen momento como cualquier otro para empezar.

—¿Cómo le digo «hola» a Markel? —preguntó.

Velasin se sobresaltó y lo miró como si le hubieran salido antenas.

—¿Qué? —Entonces, tras un instante de confusión, preguntó—: ¿En raliano?

—¿Cómo? —Cae parpadeó desconcertado—. Me refería a decirlo en signos.

—¡Ah! —La confusión de Velasin se transformó en alegría—. Para decir «hola» simplemente movemos la mano como cualquier otra persona, pero si quieres decir su nombre... —Levantó las manos e hizo una rápida seña en dos partes. Entonces hizo una pausa y repitió la seña, solo que ahora más lentamente.

Con cuidado, Cae levantó las manos, lo copió y se detuvo cuando terminó. Velasin hizo lo mismo y Cae se volvió hacia él prestando más atención a la colocación de las manos de la que había prestado nunca con sus tutores de armas.

—Casi —dijo Velasin—. Mira, así... —Tomó las manos de Cae entre las suyas enseñándole cómo mover los dedos para hacerlo. Fue un contacto intencionado, funcional, y aun así Cae sintió que le ardía la piel cuando Velasin se apartó. Notaba la lengua espesa en la boca, repitió la seña tal y como le había enseñado y fue recompensado con una gran sonrisa de aprobación.

—¡Bien hecho!

—¿Cómo se os ocurrieron los signos para los nombres? —preguntó cuando echaron a andar de nuevo—. ¿Hay un alfabeto o simplemente existen?

—Hay un alfabeto, sí, y se puede usar para deletrear palabras y nombres, pero, cuando conoces a una persona, te inventas un signo que la define, como un apodo o algo así, hecho de otros signos. El apodo de Markel significa «suerte afilada». Lo eligió el mismo cuando empezamos a aprender juntos porque… bueno. En ese momento sentía que resumía su vida bastante bien.

Por muy intrigado que estaba, Cae pensó que eso parecía el comienzo de una larga historia para otro momento, así que dirigió su curiosidad hacia otro sitio.

—Entonces, ¿qué significa el signo de tu nombre?

Velasin soltó una risa sobresaltada y un ligero rubor le tiñó las mejillas.

—Me temo que el mío es mucho menos interesante. —Mostró otra seña diferente, un signo en dos partes que solo requería el uso de una mano—. Significa simplemente «tercer hijo».

—¿Y así es como te llama Markel? ¿O hay un honorífico tipo «milord» o algo así?

—Nada de honoríficos. Me llama por mi nombre y yo a él por el suyo. —Parecía extrañamente nervioso—. Nunca se lo hemos dicho a nadie. Se consideraría… bastante raro en Ralia.

Había muchas cosas que Cae quería decir en ese momento, pero ninguna le parecía apropiada. En lugar de eso, esperó un poco y luego preguntó:

—¿Cómo le digo «buenos días»?

En relativamente poco tiempo, había aprendido a decir «buenos días», «cómo estás», «perdón», «por favor» y «gracias» con una confianza aceptable y también había aprendido lo que significaban varios chasquidos de dedos que se hacían entre ellos. Aunque tenía mucha práctica aprendiendo patrones de combate, nunca había aprendido algo así, y se decidió en su interior a mejorar en ese frente.

Cuando entraron en la enfermería, Cae se sorprendió al descubrir que Markel, lejos de estar solo, tenía la compañía de alguien más aparte de ru Zairin y sus aprendices: ru Telitha también estaba presente, sentada al lado de su cama con una pequeña pila de libros en el regazo y una bandeja de desayuno casi vacía en una mesa cercana. Experimentó un breve escalofrío de preocupación al verla. Por muy encantadora que fuera ru Telitha, también era, incuestionablemente, una agente de yasa Kithadi, y desconfiaba por principio de su abuela que siempre se entrometía, pero se dijo firmemente a sí mismo que lo superaría. *Ahora no importa, Caethari,* pensó, y se acercó a los pies de la cama mientras Velasin corría a ocupar el lado de ru Telitha.

Hablando en raliano (lo que sorprendió a Cae hasta que recordó que el hecho de que Markel supiera tithenai seguía siendo un secreto), Velasin dijo:

—¿Cómo te encuentras? ¿Puedo traerle algo?

Markel sonrió y contestó con una serie de señas. Lo que dijera relajó considerablemente a Velasin; Cae no se había dado cuenta de lo tenso que estaba su marido hasta que vio que él se había distendido, y se reprochó mentalmente por no haber estado atento.

—Debería poder andar mañana —comentó ru Zairin eligiendo ese momento para informar. Estaba un poco a la derecha de Cae y pasaba la mirada de Velasin a Markel—. Todavía tendrá que tomárselo con calma, por supuesto, pero usaré otro cantrip curativo cuando haya tenido tiempo de digerir el desayuno y, si va bien, lo coseré.

Atentamente (aunque también innecesariamente) Velasin se lo transmitió todo a Markel en raliano, quien asintió con gravedad. Satisfeche porque lo hubieran entendido todo, ru Zairin se volvió hacia Velasin y le dijo arqueando una ceja de manera puntiaguda:

—En cuanto a usted, tiern, ¿cómo van sus puntos?

Velasin tuvo la delicadeza de mostrarse humillado.

—Admirablemente —respondió—. ¿Quieres… verlos?

Ru Zairin dejó la pregunta flotando durante un momento y luego sacudió la cabeza.

—Mientras no haya sangrado o inflamación, debería estar bien… pero si ve señales de cualquiera de las cosas, venga inmediatamente, ¿entendido?

—Sí, ru.

—Bien. —Ru Zairin los barrió a todos con la mirada, asintió educadamente y se dirigió de nuevo a su banco de trabajo.

Aprovechando el momento, Cae llamó la atención de Markel y, torpemente, signó:

—Buenos días, Markel. ¿Cómo estás?

Una lenta y amplia sonrisa se formó en el rostro de Markel. Signó una lenta respuesta mirando a Velasin mientras lo hacía. Traduciendo, su marido le dijo:

—Dice que se encuentra mucho mejor y que gracias por preguntar.

—Me alegra oír eso —contestó Cae. Asintió en reconocimiento a ru Telitha, quien había estado observándolo todo con una expresión de educado interés, y le dijo—: Buenos días, ru. Espero que mi abuela no fuera molestada indebidamente por mi voluntad de ofrecer la biblioteca de la tierena para el uso de Markel.

Ru Telitha sonrió con elegancia.

—Yasa Kithadi siempre se alegra de ayudar a su familia.

Cae se tragó ese comentario demasiado poco caritativo.

—Por favor, transmítele mi agradecimiento entonces.

—Por supuesto.

Mientras hablaban en voz alta, Markel y Velasin habían aprovechado para signarse el uno al otro en un rápido intercambio en dos direcciones que a Cae le pareció fascinante. No tenía ni idea de lo que se estaban diciendo; Markel pareció preocupado al principio, pero su expresión se tranquilizó por la respuesta que le dio Velasin y, al final, ambos hombres parecían, si no felices, por lo menos claramente de acuerdo con el otro.

—Ru Telitha —dijo Velasin hablando en tithenai—. Le confío a Markel tu compañía. Por favor, transmítele mis agradecimientos a tu señora por el préstamo de los libros.

—No hay problema, tiern —respondió ru Telitha.

Velasin asintió y miró a Cae.

—¿Siguiente orden del día?

—Siguiente orden del día —afirmó Cae despidiéndose de todos los presentes incluyendo a ru Zairin, y volvieron al Aida.

Esta vez fue Cae el que abrió el camino: tenían que encontrar a Raeki, asumiendo que el tar estuviera disponible, y Velasin todavía no había estado en el cuartel del Aida.

—Le he contado a Markel lo que pasó anoche —informó Velasin mientras doblaban la esquina—. Y que estamos investigando. Quiere que me ande con cuidado, lo que no es nada nuevo.

—No puedo decir que lo culpe por ello.

Velasin le lanzó una mirada apaciguadora que Cae ignoró.

—Aparte de eso, también le he explicado las bases de tu relación con yasa Kithadi y el lío de la herencia. Sabe que ru Telitha trabaja para ella y, a menos que opte por decírselo él mismo (lo que podría hacer a su debido tiempo, ya veremos cómo se desarrollan las cosas), ru Telitha no sabe que habla tithenai, así que, si a ella se le escapa algo, nos lo transmitirá.

Cae hizo una mueca.

—Gracias. Odio lo asquerosamente complicado que es todo. No soy nada bueno en política.

—La política es solamente gente, solo que más grande.

—Tampoco se me da bien la gente.

—Me parece extremadamente difícil de creer.

—Bueno —cedió Cae—. Tal vez se me da bien alguna gente.

—Claramente, te has ganado a Markel. Si… si quieres podría enseñarte después el alfabeto de señas. —Le ofreció esto último con vacilación, como si todavía estuviera inseguro del interés de Cae.

—Por favor —dijo Cae intentando impregnar sus palabras con toda la sinceridad posible—. Si podemos, me gustaría sacar tiempo para aprender un poco cada día.

Velasin asintió silenciosamente, complacido.

—Podemos hacer eso —contestó y luego parpadeó como si se le acabara de ocurrir algo—. Hablando de idiomas, ¿cuándo y cómo aprendiste raliano? No se me había ocurrido preguntártelo hasta ahora.

—Ah —murmuró Velasin—. Bueno, es bastante común como lengua comercial. Los attovari y los palamitas suelen hablarlo más que el tithenai, así que nos enseñan a todos lo básico de niños, pero, en mi caso, fue una cuestión práctica. —Titubeó esperando a que Velasin captara la inferencia. Cuando lo hizo, Cae suspiró y agregó—: Me he pasado la mayor parte de la década combatiendo con ralianos en el Paso Taelic. Es difícil interrogar a los cautivos si no hablas su idioma.

Velasin se estremeció.

—Ah.

—No es... —espetó Cae sintiendo una repentina necesidad de explicarse para disipar cualquier temor persistente que su esposo pudiera tener al respecto—. No es que les desee a los ralianos mala voluntad. —Se estremeció ante la mentira y luego se corrigió—: O, bueno, no. Eso no es cierto. Al principio, cuando era más joven y las acciones de vin Mica empezaron a afectarnos, estaba furioso. Lo tomé como una acusación condenatoria de toda la nación y las primeras veces que cabalgué contra bandidos ralianos, me sentí un gran defensor de Tithena. —Sacudió la cabeza haciendo una mueca por la locura de su versión más joven—. Entonces abrí los ojos y vi que estaba levantando la espada no contra asesinos egoístas, sino contra hombres desesperados impulsados por el miedo y la pobreza. Algunos eran duros y codiciosos, sí, pero no más que la gente que podrías encontrar en cualquier parte, y cuando nuestra propia gente empezó a cometer crímenes bajo las mismas condiciones... bueno. Fue difícil mantener la idea de que éramos inherentemente especiales y ellos inherentemente defectuosos. Lo que me dolía era el desperdicio de vidas y sustento y, a pesar de ello, no podía hacer nada para arreglar la raíz del problema. Lo único que podía hacer era luchar. —Se encogió de hombros y apartó la mirada, oscuramente avergonzado por la admisión.

—He oído que luchaste contra el propio vin Mica en una o dos ocasiones —comentó Velasin entrecortadamente.

—Es probable —admitió Cae—. Más de una vez, nuestros campamentos de patrulla o los comerciantes a los que escoltábamos sufrieron incursiones de hombres armados, más entrenados y coordinados de lo normal, y nunca logramos atrapar a su líder. Podría haber sido él perfectamente. Pero nunca se identificaban ni llevaban sus colores.

—Claro que no —murmuró Velasin en voz baja.

Se produjo un silencio incómodo. Mientras el mutismo flotaba entre ellos, salieron de los pasillos del Aida a la Corte de Espadas, donde ya había un grupo de soldados practicando ejercicios de entrenamiento. Al verlos Cae sintió cierta culpabilidad punzante sobre el hecho de que él mismo no hubiera tenido tiempo para entrenar desde la llegada de Velasin. Nairi tenía un sexto sentido para esas cosas y sin duda se burlaría de él despiadadamente cuando finalmente se lo dijera.

Dejando a un lado esos pensamientos inútiles, Cae buscó un rostro familiar y se sintió aliviado al encontrar el de Kita, quien estaba supervisando a dos reclutas más jóvenes que practicaban una serie de ejercicios de bloqueo y parada.

—¡Dai Kita! —la saludó.

Se dio la vuelta retorciendo los labios mientras Cae y Velasin se aproximaban.

—Buenos días, tierns —dijo llevándose la mano derecha a la parte izquierda del pecho e inclinándose ligeramente—. ¿Cómo puedo ayudarles?

—Estamos buscando a tar Raeki —respondió Cae—. ¿Sabes dónde podemos encontrarlo?

—Lo cierto es que sí. Ha pasado por aquí no hace mucho para ir a hablar con tar Katvi.

—¡Excelente! Muchas gracias, dai Kita. Como siempre.

—Tiern —dijo ella de nuevo repitiendo su media reverencia, y con una rápida sonrisa para Velasin, volvió con sus reclutas.

—Tar Katvi tiene una oficina cerca de la cantina —comentó Cae cuando empezaron a andar de nuevo—. Esto es bueno, podemos hablar con los dos a la vez sin tener que ir de nuevo a la Puerta Ámbar.

—Todavía no logro ver el patrón en todo esto —replicó Velasin—. ¿Qué sentido tenía atacar a tu padre? Si es que a eso se le puede llamar «ataque».

Cae lo miró fijamente.

—¿Qué significa eso?

—No lo sé. Lo siento. —Velasin le lanzó una mirada de disculpa—. Es solo que, cuanto más lo pienso, más extraño me parece. La magia que se usó para entrar en las habitaciones del tieren no es algo común. Quien lo haya hecho se tomó muchas molestias para aprender a hacerlo o aún más molestias para conseguir las herramientas si no es practicante de la magia... ¿y luego lo echa todo por la borda despertando al objetivo y fallando el golpe? ¿De verdad no tenía un plan para moverse en silencio ni un plan por si tu padre se resistía? Y aun así se aseguró de dejar claro que lo había enviado el Cuchillo Indómito, aunque habría tenido mucho más sentido marcharse en silencio.

Cae asimiló el análisis y se sintió molesto al no encontrar ningún defecto en su deducción.

—Crees que fue una artimaña —comentó lentamente—. Una maniobra de distracción.

—Puede ser —contestó Velasin sin mirarlo a los ojos—. Pero me pregunto… ¿y si el objetivo no era herir al tieren, sino dividir a tu familia? O, al menos, hacernos saber que la facción antirraliana que esté usando tu nombre tiene más poder del que pensábamos. Un disparo de advertencia para informarnos acerca de sus capacidades.

Ambas perspectivas eran inquietantes.

—Lo que quieran expresar, afirman hacerlo en mi nombre —murmuró Cae incapaz de contener un gruñido—. ¿De verdad pensarán que los apruebo? ¿Habrá alguien ahí fuera fingiendo ser mi enlace con el grupo o simplemente asumen que apoyaré sus acciones? Ren Baru parecía pensarlo, pero él era claramente prescindible. Si le mintieron sobre mi participación mientras seguían usando mi nombre, eso sugiere que me están usando como testaferro. Pero ¿con qué fin?

Velasin emitió un ruido de frustración.

—El ataque de ren Baru a Markel… No vivió lo suficiente para confirmar que pensaba que me había casado con tu hermana y no contigo, pero por cómo reaccionó cuando Raeki se lo dijo, todo parece sugerir que es así. No obstante, todo lo que ha pasado desde entonces… ahora *saben* que estamos casados. ¿Por qué no han cambiado sus tácticas? —Se detuvo de repente y Cae dio un paso más antes de darse la vuelta y mirarlo a la cara—. Pero si hubieran cambiado… ¿cómo íbamos a saberlo? Tampoco es que tengamos su lista de tareas original para compararlo. —Miró a Cae con una extraña luz en los ojos—. Tenemos que encontrar el espacio negativo.

Cae lo miró parpadeando sin llegar a comprenderlo.

—¿El qué?

Velasin empezó a moverse nuevamente obligando a Cae a hacer lo mismo.

—Tal vez el término no tenga traducción, es como llaman los artistas ralianos al espacio que rodea a una imagen. Si dibujara un retrato tuyo (solo un retrato, sin fondo), todo el papel en blanco sería el espacio negativo. Pero a veces los artistas usan el espacio negativo para hacer una especie de imagen engañosa, una segunda imagen que invierte las líneas de la primera... Ay, no lo estoy explicando bien. —Chasqueó los dientes y echó a andar más rápido—. Lo que quiero decir es que tenemos que fijarnos en lo que *ha hecho* esta gente desde que me casé contigo para ver qué es lo que *no* ha hecho y así intentar descubrir cómo han cambiado sus planes. ¿No estábamos diciendo ayer...? ¿Solo hace un día? ¡Lunas! Comentamos que matar a Quip había sido una desescalada, que no tenía sentido.

—Creo que fuiste tú el que se dio cuenta —replicó Cae.

Velasin agitó una mano, irritado, como si su propia inteligencia no tuviera importancia.

—De cualquier modo, lo que quiero decir es que esto podría explicarlo. Hemos estado intentando comprender la estructura de un plan, pero ¿y si, en cambio, debemos buscar un plan que ha perdido la estructura?

—Creo que podrías tener razón —concedió Cae tomando suavemente el codo de Velasin como si este fuera a seguir la dirección equivocada en un cruce.

Velasin se sorprendió por el contacto.

—¿Qué?

Los labios de Cae se torcieron, la única señal externa de la repentina oleada de cariño que estaba esforzándose por ocultar.

—Velasin, ¿sabes ir a la oficina de tar Katvi?

—No.

—Porque yo sí.

—Ah. —Velasin se sonrojó y una sonrisa avergonzada le cruzó los labios—. Sí. Claro. Ve tú delante, tiern.

Cae lo hizo y en pocos minutos llegaron a la puerta de tar Katvi. Llamaron y Raeki respondió rápidamente; su ceño fruncido por ser interrumpido se suavizó en una expresión de alivio cuando vio quiénes eran los visitantes.

—Tierns —los saludó inclinándose—. Por favor, pasad.

Tar Katvi estaba sentada detrás de su escritorio con una expresión de cansancio y molestia grabada en sus rasgos. Se puso de pie cuando entraron, pero se sentó aliviada cuando Cae le indicó que lo hiciera.

—¿Cómo va la investigación? —preguntó sentándose en una de las sillas para visitantes mientras Velasin se sentaba en la otra.

—Lenta —respondió Raeki apoyándose en el escritorio de tar Katvi—. Me reuní con el agente de inteligencia del tieren y, aunque estaba al tanto de comentarios de sentimiento antirraliano, antes de eso no había sido consciente de que hubiera grupos afiliados al Cuchillo Indómito o fingiendo estarlo. —Emitió un sonido de frustración—. Si ren Baru nos hubiera dicho algo antes de que aquel bastardo le disparara…

—Apostaría a que era mercader —dijo Cae—. Había cierto rastro de Khytë en sus vocales también, no era hablante nativo, pero estoy casi seguro de que trataba bastante con comerciantes khytoi como para que se le pegara. No es un gran punto de partida, pero junto con su nombre, es mejor que nada. —Khytë era una nación montañosa al norte y al oeste de Tithena conocida principalmente en Qi-Katai por su comercio de pieles, lana, cuero y artifex, aunque estaba lejos de ser su único comercio. La educación de Cae como heredero potencial de la tierencia había cubierto sus costumbres básicas, sistemas de gobierno, importaciones y exportaciones, pero para su pesar había olvidado la mayor parte por la falta de uso. A Riya y a Laecia siempre se les habían dado mejor las actividades académicas.

Al principio, Raeki pareció atónito y luego se mostró concentrado.

—Ciertamente, lo es —comentó intercambiando una mirada significativa con tar Katvi—. Enviaré a alguien de confianza a investigar en cuanto terminemos aquí.

Cae se maldijo mentalmente por no haber compartido esa observación en particular con el tar la noche anterior, aunque en ese momento ambos estaban ocupados y no parecía apremiante por encima de todo lo demás…

—Hablando de ello —empezó—, supongo que hoy vas a hablar con los guardias de la Puerta Ámbar.

—Sí, tiern, y con su comandante, varu Shan Dalu. Aquí hay algo raro y no me gusta ni un pelo.

—Bien —contestó Cae—. Y ya que estamos, te comento que cuando Mirae y los demás vuelvan con los prisioneros de Vaiko, prefiero mantenerlos en el Aida. —Miró a tar Katvi—. A menos que a ti te suponga un problema, tar.

Tar Katvi negó con la cabeza.

—Para nada, tiern. —Miró a Raeki, tomó aire y agregó—. He estado escribiendo un informe para el tieren sobre la magia utilizada para irrumpir en sus cámaras. Según la Orden de Ruya, hay una gran variedad de tipos de magia que podrían haberse usado para escalar la pared, pero solo unos pocos hechizos o cantrips muy complejos podrían haber permitido un descenso tan rápido y seguro. La Orden mantiene registros de magos con la capacidad de actuar a un nivel tan alto, pero solo de aquellos que han sido certificados por el templo. Cualquiera que haya aprendido de un modo... digamos menos oficial será más difícil de encontrar. —Se enderezó—. Aun así, tengo nombres y podrían llevarnos a alguna parte. Si nuestro culpable estudió en algún momento en los templos y tenía talento suficiente para ser recordado, un antiguo compañero podría acordarse de quién era. —Rio secamente—. O, tal vez, si tenemos suerte, el primer mago certificado por el templo con el que hablemos podría confesar.

—Gracias, tar Katvi —contestó Cae. Se frotó la frente odiando la poca información que tenían para continuar—. ¿Y qué hay del caballo de Velasin? ¿Tenemos al menos alguna pista de quién podría haber hecho eso?

Raeki se estremeció.

—Todavía no, tiern. Anoche hice que mi gente hablara con todos los mozos que estaban trabajando ayer y con algunos de los que no, y hoy he repasado sus declaraciones a primera hora de la mañana. Por todas las entradas y salidas, podemos determinar cuándo debió pasar, pero no hay testigos.

—¿Nadie? —inquirió Velasin, enojado e incrédulo—. ¿Cómo se puede matar a un caballo en un establo lleno sin ser visto?

Raeki le lanzó una mirada comprensiva que Cae sabía que era auténtica. Más allá de lo que sintiera el tar personalmente por Velasin, albergaba un odio especial por el maltrato a los animales.

—Justo antes de que sucediera, hubo jaleo en el patio. El senescal de tiera Riya había montado a un semental y, justo cuando regresaba de la ciudad, una moza de cuadra conducía a una yegua en celo hacia el Pequeño Aida. La cuerda de la yegua se rompió, el semental tiró a su jinete y todos los mozos que había por la zona intentaban sujetar a uno o al otro, además de que trataban de poner a salvo al senescal. El furor duró menos de diez minutos, pero eso fue suficiente y el sonido debió tapar cualquier ruido proveniente de los establos.

Velasin frunció el ceño.

—Me parece… demasiado conveniente para quien haya matado a Quip. ¿De quién era esa yegua y por qué se la llevaban al Pequeño Aida?

—Por regla general, yasa Kithadi no tiene sementales —explicó entonces Cae—. Así, pues, a menudo ofrece su establo para alojar a las yeguas en celo a las que no queremos que posea ningún semental.

Raeki asintió.

—La yegua pertenece a una de las guardias del Aida, a dai Tarsa Xon. No había nada inadecuado en que la movieran en ese momento, tampoco creo que nuestro agresor tenga la capacidad de hacer que el celo de una yegua empiece bajo demanda. Sin embargo, que el senescal de la tiera volviera cuando lo hizo… alguien podría haberlo arreglado para que los dos se cruzaran. —Miró a Cae—. Con su permiso, tiern, hablaré yo mismo con el hombre de tiera Riya. Le dijo al guardia que lo interrogó ayer que estaba haciendo recados para su señora, pero puede que hubiera algo más.

Cae asintió.

—Hazlo, por favor. Y si Riya arma un alboroto, envíala a verme y se lo explicaré. Y… —Vaciló mirando a Velasin—. Si pasas por delante, agradecería que pidieras a los establos que incineraran al caballo de mi esposo y que salvaran una trenza para él.

—Por supuesto, tiern —contestó Raeki haciendo una reverencia—. ¿Algo más?

Cae compartió otra mirada con su marido, quien asintió en aprobación.

—Sí, resulta que sí —dijo y procedió a exponerle la cadena lógica que habían pensado por el camino o, para ser más exactos, que Velasin había expuesto mientras Cae escuchaba. Los dos tars parecieron reflexionar, sobre todo tar Katvi, ante la idea de que el ataque a tieren Halithar nunca hubiera pretendido ser mortal y se quedaron en silencio varios segundos cuando Cae terminó.

—Bueno —empezó Raeki—, ciertamente vale la pena considerarlo. Hay que tener en cuenta que, si le mintieron a ren Baru, lo que está pasando ahora podría haber sucedido independientemente de con quién se hubiera casado tiern Velasin, pero todo el tema del caballo... sin querer menospreciar la amenaza a la seguridad de mi tieren, lo del caballo es lo que más me perturba.

—¿Por qué? —preguntó tar Katvi adelantándose a Cae.

—Porque es algo personal —respondió Raeki—. Y lo que es peor, si esa maldita pelea de ayer en los patios fue realmente un accidente, si nadie tiró de los hilos del senescal o colocó así a la yegua, el asesinato del caballo fue un crimen de oportunidad. Y si ese es el caso...

— ... nuestro villano vive en el Aida —completó Cae—. O al menos, tiene acceso.

La posibilidad dejó una mezcla de expresiones preocupadas y enfermizas en sus rostros.

—Hablaré con todos los guardias —se ofreció tar Katvi tras un momento. Su voz era oscura y su expresión aún más—. Haré que refuercen la seguridad en todas partes, no solo alrededor de los aposentos del tieren y de los tierns. Si tenemos una rata en nuestras filas, quiero descubrirla.

—Que tus labios lleguen a oídos de Zo —murmuró Raeki. A continuación, se dirigió a Cae—: Si eso es todo, tiern, tengo que ponerme con el trabajo del día. ¿Me disculpa?

—Por supuesto —aceptó Cae, cuya propia agenda estaba lejos de estar vacía. Miró a Velasin—. Ahora ¿a dónde?

—En realidad —murmuró lentamente Velasin—, si tar Raeki no se opone, he pensado que tal vez... Que podría ir con él a los establos. Para supervisar la incineración de Quip. —Agachó la cabeza mirando a Cae con incertidumbre—. Asumiendo que esté permitido, por supuesto.

—Claro —contestó Cae en voz baja.

—No es que quiera apartarme de ti —agregó Velasin rápidamente—. Pero, como lo hemos conversado, tú tienes tareas que cumplir que no requieren mi presencia. Puedes recogerme después. Estaré... bueno, asumo que tú sabrás mejor que yo dónde tendrá lugar la incineración del caballo, pero si no estoy allí, estaré con Markel o bien en tus aposentos.

—Nuestros aposentos —corrigió Cae—. Y sí, tiene sentido.

Velasin sonrió (con algo de tristeza, pero era comprensible teniendo en cuenta lo que estaba a punto de hacer), se levantó y procedió a seguir a

Raeki fuera de la oficina de tar Katvi. Cae esperó el tiempo justo como para no tener que andar incómodamente por el mismo pasillo después de haberse despedido ya, y luego se puso de pie, le dio las gracias a tar Katvi por su tiempo y se dirigió a ocuparse de sus laboriosas tareas emocionales: organizar la reunión matrimonial y hablarle de ello a Nairi.

19

Para gran alivio de Cae, cuando fue a hablar con Keletha a sus aposentos, resultó que la gran mayoría de los preparativos para su reunión matrimonial ya estaban hechos. Cuando expresó su sorpresa y su alegría ante este descubrimiento, Keletha puso los ojos en blanco y le dio en la cabeza con un pergamino enrollado, no con demasiada suavidad.

—Tiern Caethari —dijo con la voz tan seca como el vino attovari—. ¡Por favor, tenga la cortesía de asumir que sé hacer mi trabajo! No tenía mucho más con lo que ocupar mis tardes en el camino de vuelta desde Ralia aparte de esbozar una lista de tareas que cumplir cuando tuviera lugar su casamiento, y establecer la lista de invitados era de las tareas más sencillas. —Echó un vistazo a la mesa sobrecargada, rebuscó un portapapeles con varias páginas y se dio con él en el pecho—. Aquí está. Siéntese y léala. Dígame si he omitido a alguien o si he incluido a alguna persona que preferiría que no estuviera.

—Sí, grandkiun —dijo dócilmente usando el extraño título familiar en señal de contrición. Técnicamente, ninguno de los dos debía reconocer la relación (los enviados renunciaban tanto a sus apellidos como a sus parientes), pero se entendía que las conversaciones privadas entre parientes cercanos eran una excepción.

—Miserable —espetó Keletha no sin cierto grado de cariño.

Por supuesto, la lista de invitados de Keletha era perfecta: además de ciertos miembros selectos de la aristocracia de Qi-Katai, se esperaba que hubiera círculos políticos y mercantiles invitados, al igual que los miembros más cercanos de su revetha, entre los que se encontraba Liran.

También, junto a ese documento había sugerencias de comida, lo que Cae agradeció poder dejar a su discreción y, por consiguiente, a la discreción de sus hermanas, quienes evidentemente ya habían hablado con Keletha del asunto.

—¿Cuándo crees que deberíamos celebrarlo? —preguntó Cae. La lista de invitados no era muy grande, alrededor de un centenar de personas incluida la familia, que era pequeña teniendo en cuenta los estándares de la nobleza tithenai, pero seguía siendo lo bastante grande como para que el personal del Aida necesitara tiempo para prepararse y a los invitados se les debía al menos un día de cortesía. Para fiestas más grandes y elaboradas, lo habitual era enviar una invitación con un mínimo de siete días de antelación, pero las reuniones matrimoniales eran diferentes: una vez publicado el aviso del justiciar, como había sucedido con el suyo, cualquier persona con probabilidad de ser invitada debería estar esperándoselo. Toda la panoplia real se reservaría para las festividades que se celebrarían en un mes o por ahí, cuando se demostrara que el matrimonio estaba funcionando de verdad. Esto era solo un aperitivo.

—En tres días —respondió Keletha tras considerarlo un momento—. Diarruya, el veinticinco de kidae. A menos que el tieren tenga alguna objeción, haré que las invitaciones sean escritas y enviadas esta tarde. —Elle dudó y su expresión adquirió un matiz de preocupación—. Después de nuestra última conversación sobre tiern Velasin, no puedo evitar preguntar si... le ha hablado de la tradición de la fiesta.

—Sí, lo he hecho —contestó Cae—. A mí también me preocupaba, pero se rio y dijo que le parecía divertido.

Keletha se mostró visiblemente aliviade.

—Bueno, ya es algo. —Le lanzó a Cae una mirada evaluadora—. A pesar de todo el problema del Cuchillo Indómito, ¿cómo se van llevando los dos?

—Solo bien —dijo Cae.

—¿Solo bien?

—Totalmente bien. —Entonces, como Keletha seguía mirándolo de un modo que le recordaba desagradablemente a yasa Kithadi, añadió—: Hemos acordado ser amigos.

—Bueno, mejor eso que nada.

—Sí, lo es.

Keletha arqueó una ceja con aspecto de querer preguntar más detalles. En lugar de proporcionárselos, Cae se levantó y se disculpó asegurando que tenía asuntos (¡extremadamente legítimos!) en otro sitio y que por eso no podía quedarse más. Evidentemente, no logró engañar a Keletha, pero elle le permitió marcharse de todos modos y Cae salió, aliviado.

Mientras caminaba, tuvo la esperanzadora idea de que tal vez se encontraría con Velasin en los establos, pero pronto lo descartó por improbable. El pobre Quip sería incinerado en uno de los potentes hornos que ardían debajo del Aida, proporcionando calor no solo a las lavanderías y tuberías de agua caliente que recorrían toda la estructura, sino también a los baños comunes que usaban tanto los guardias como los sirvientes. Recordando la horrible imagen de Velasin arrodillado sobre la sangre de su caballo, Cae apretó la mandíbula. Raeki tenía razón, el asesinato de Quip era personal, brutal y amenazante de un modo que sobrepasaba todo lo demás. A pesar de que el culpable se había tomado tiempo de escribir una amenaza con sangre en la pared, la política no le parecía el motivo. Pero ¿quién en Qi-Katai podía odiar a Velasin el hombre, a diferencia de a Velasin, un raliano desconocido? Apenas llevaba allí el tiempo suficiente…

No obstante, si el crimen hubiera tenido lugar en Ralia… a pesar de lo poco que sabía Cae de la vida anterior de su marido, enseguida se le venía un nombre a la mente: Killic. Lord Killic vin Lato, ojalá se pudriera donde estuviera, era capaz de una crueldad así. Cuando llegó a los establos, se entretuvo con una breve y viciosa fantasía de Killic siendo atrapado merodeando por el Aida, recluido bajo custodia de un modo poco agradable y luego sometido a la justicia más severa de Tithena, probablemente bajo sus propias manos. Por supuesto, era imposible. Nadie había seguido a Keletha y a Raeki por el Paso Taelic, por no hablar de lo que había sucedido en Vaiko, pero, por un momento, se dejó seducir por la fantasía.

—¡Tiern! —exclamó un mozo sacándolo de sus pensamientos—. ¿Necesita ayuda?

—Me gustaría que ensillaras a Alik, por favor —le pidió. El mozo asintió en reconocimiento y se apresuró a obedecerlo dejando a Cae librado a su suerte.

Rodeado por un olor a sudor, heno y caballo, Cae caminó lentamente hacia adelante mirando el lugar en el que había caído Quip. Efectivamente, había una mancha oscura de un color marrón rojizo en la piedra del establo tristemente vacío. Habían limpiado las horribles palabras de la madera, pero costaba más quitar la sangre de una piedra porosa y Cae sospechó que pasaría bastante tiempo antes de que ese compartimiento en particular volviera a ser utilizado. Los mozos tenían sus propias supersticiones y ¿qué podría haber más nefasto que el lugar en el que han asesinado a un caballo?

En poco tiempo, le trajeron a Alik con los arreos brillantes e inmaculados. Alik le mordió el hombro y Cae le rascó los oídos con indulgencia.

—Gracias —le dijo al mozo.

Esperaba que el muchacho se inclinara y se marchara, pero, en lugar de eso, vaciló.

—Tiern —murmuró con la voz temblorosa—. No quiero importunarle, pero… tiern Velasin, ¿cómo está?

En ese momento, Cae reconoció al mozo: era ren Taiko, el que había encontrado el cuerpo de Quip.

—Está viendo cómo incineran a su caballo —respondió amablemente—. Aparte de eso, está todo lo bien que podría estar.

—Le fallé —susurró ren Taiko—. Tiern, lo lamento mucho.

—No fue culpa tuya —le dijo Cae—. De verdad, ren.

Ren Taiko levantó la cabeza con una terrible luz en los ojos.

—No volveré a fallar, tiern. Lo juro por Ayla, por Zo y por Ruya. ¡Los establos no quedarán desatendidos hasta que atrapen a este demonio asesino!

Cae no sabía qué contestar a eso, pero agradeció poder librarse de formular una respuesta cuando ren Taiko inclinó rápidamente la cabeza, hizo una reverencia y se marchó. Cae lo observó desvanecerse en la sala de los arreos, dejó escapar un suspiro y se subió a lomos de Alik. Ya no había motivos para demorarse: ahora que Keletha estaba enviando las invitaciones para la reunión matrimonial, sería imperdonable dejar que Nairi recibiera la suya antes de que Cae hubiera hablado con ella en persona.

Era una mañana agradable y soleada, el aire otoñal era fresco y limpio cuando salió del Aida. Primero cabalgó a Alik al paso dejando que el capón estirara las piernas y lo llevó al trote cuando pasaron por la Puerta Ámbar dedicando una mirada amarga al cuartel cuando recorrieron su periferia. Sin duda, Cae volvería en algún momento: independientemente de lo que surgiera de las investigaciones de Raeki, estaba claro que el lugar necesitaba una buena reorganización.

La revetha de Qi-Katai se encontraba en el centro de la ciudad, ligeramente por encima del distrito de la herrería y colindando con el Mercado de Hierro, donde se vendía el armamento. A pesar del bullicio matutino que atestaba las calles, Cae llegó rápidamente y pronto estuvo frente a las puertas del recinto.

Los dos guardias lo reconocieron al instante.

—¡Enhorabuena, tiern! —exclamó uno mientras el otro sonreía ampliamente y silbaba.

—¡Se nota que estás celoso! —contestó Cae haciendo un gesto medio obsceno con la mano al que le había silbado, quien se rio en respuesta.

Al lado estaban los campos de entrenamiento, que de normal estaban más ocupados que los del Aida. Cae desmontó en poco tiempo, ató a Alik a un poste dejándole las riendas lo bastante largas para que pudiera beber del abrevadero y se abrió camino entre el familiar y reconfortante bullicio. Como rahan, Nairi tenía alojamientos personales en el segundo piso de las barracas. Sin embargo, su oficina estaba en el edificio administrativo, así que acudió allí primero intercambiando saludos con los conocidos con los que se cruzaba.

Encontró a Nairi escondida tras su escritorio con el ceño fruncido y rodeada por dos pilas tambaleantes de papeles que sin duda eran la causa de su expresión. Se tomó un momento para observarla desde la puerta abierta y llamó al marco inteligentemente. Ella levantó la cabeza y lo fulminó con la mirada, aunque más por el ruido que por la interrupción. Su piel negra azulada parecía casi iridiscente bajo la luz del sol, mientras que su cabeza casi recién rapada brillaba bajo el ligero asomo del pelo.

—Aquí estás —dijo como si hubiera encontrado su taza favorita fuera de la cocina.

—Aquí estoy —confirmó él sentándose en la silla de visitas—. Me presento para decirte, oficialmente, como mi rahan, que estoy recién casado.

—No me digas —espetó Nairi. Se quedó mirándolo fijamente durante tres segundos, el tiempo justo para que Cae se preguntara si realmente se había ofendido porque él hubiera tardado tanto en decírselo antes de estallar en carcajadas—. ¡Dioses, qué cara! —se rio golpeando el escritorio—. ¿De verdad creías que te iba a reñir por no habérmelo dicho antes?

—Se me ha pasado por la mente.

Nairi le lanzó una mirada fulminante, aunque seguía sonriendo.

—Hablando en serio, ¡enhorabuena! O, bueno, espero que sea algo por lo que felicitarte —se corrigió con una pizca de curiosidad en la voz.

—En efecto—contestó él y se conmovió al ver el alivio de ella—. Eso no quiere decir que no sea complicado, pero… somos amigos. Por ahora es suficiente.

—El Cuchillo Indómito casado con un raliano —reflexionó Nairi—. ¿Quién iba a decirlo? Yo no, claramente.

Cae notó una oscura punzada. Nairi lo conocía desde hacía bastante como para haber visto su ira inicial en las incursiones ralianas en el Paso Taelic de primera mano y, aunque ambos sabían que había madurado desde entonces, escuchar la referencia en ese momento lo hizo sentirse avergonzado.

—Nai, sabes que no es así —le dijo.

Nai arqueó las cejas.

—Lo sé. —Un instante después, añadió—: ¿De verdad no te sientes raro?

—Tal vez —admitió Cae—. Pero no por ese motivo. Es solo que es… complicado.

—Los ralianos suelen serlo —soltó Nairi—. Lo santos lo saben, se meten en un montón de líos por nada. Me sorprende que accedieran a dejar que uno de sus hombres se convirtiera en tu marido.

—Como ya he dicho, es complicado.

—Hum… —De repente, su mirada se agudizó—. Aunque he oído que hubo algunos problemas cuando llegó. Algo sobre un agresor atacando a su sirviente.

—Sí que ha habido problemas y no solo durante su llegada —explicó Cae. Sabiendo que podía confiar en su discreción, le hizo un rápido repaso a Nairi de todo lo que había pasado, empezando por el ataque de Vaiko y terminando con el asesinato de ren Baru, omitiendo tan solo los traumas personales de Velasin. Su expresión pasó de perturbada a sombría, para establecerse finalmente en la preocupación.

—Santos, Cae, nunca haces nada a medias, ¿verdad? —comentó ella cuando él terminó su relato.

—Parece que no —respondió él, molesto.

Nairi suspiró.

—Te ofrecería ayuda, pero sospecho que si hubiera algo útil que yo pudiera hacer, ya me lo habrías pedido.

—Correcto.

—Vale. Si no tienes nada más que decirme, ¿puedo quedarme a la espera de una reunión matrimonial? ¿Asumo que merezco una invitación? ¡Es broma! —agregó cuando él se tensó, indignado—. Estás bastante irritable hoy, ¿no?

—Solo un poco —admitió encogiéndose de nuevo.

—Cae —dijo Nairi. De repente, habló con una voz insoportablemente suave—. ¿También va a ir Liran?

—Sí —respondió él—. Pero, de verdad, Nairi, él no... eso ya no es un problema. Lleva bastante tiempo sin serlo.

Ella le lanzó una mirada evaluadora y parpadeó, aparentemente decidiendo que él lo decía en serio.

—Ja —murmuró. Entonces, como al igual que sus hermanas, Nairi era demasiado observadora para su gusto, preguntó—: ¿Y bien? Tiern Velasin... ¿cómo es?

Cae resistió valientemente el impulso de esquivar la pregunta, pero no pudo evitar un suspiro.

—Obstinado a más no poder. Ingenioso. Amable. Tan inteligente que cuesta creerlo. Valiente. —*E increíblemente guapo*.

La expresión de Nairi se suavizó; lo conocía demasiado bien.

—Ay, Cae.

—No —espetó él pasándose una mano por la cara—. Por favor, Nai. No es... hay complicaciones. No puedo hablar de ello y no es nada que lo desacredite, pero... complicaciones, después de todo.

—¿Y cuándo no las hay? —comentó ella ligeramente triste. Parecía que quería decir algo más, pero la mirada que le lanzó Cae misericordiosamente tuvo el efecto deseado—. En cualquier caso, lo veré pronto yo misma, ¿verdad?

—Lo harás —confirmó él—. Keletha espera tener las invitaciones esta tarde, pero, a menos que haya algún otro incidente… —Hizo la señal para no tentar al destino, golpeándose primero el hombro izquierdo, la frente y el derecho—. La reunión matrimonial debería ser en tres días.

—Despejaré mi agenda extremadamente ocupada —dijo Nairi secamente.

Una vez tratados los asuntos más serios, se metieron en una conversación casual que básicamente consistió en Nairi poniéndolo al tanto de los chismes de los soldados que se había perdido los últimos días. La saga de larga duración de los compañeros de escuadrón de Cae, Xani y Seluya, que llevaban con idas y venidas desde aproximadamente el origen de los tiempos, había vuelto una vez más al territorio del «sí», lo que había resultado en que la mitad de la revetha apostara sobre cuánto duraría esta vez. Estaban comentando las posibilidades cuando una joven dai asomó la cabeza y dijo:

—Lamento interrumpir, rahan, pero le intendente tiene un problema que requiere su supervisión.

Nairi suspiró.

—Dile que ahora mismo voy.

La dai se despidió y se marchó corriendo. Cae se levantó al mismo tiempo que Nairi y los dos se dieron la mano cuando ella rodeó el escritorio.

—Nos pondremos al día de nuevo pronto —aseguró ella. Entonces, con una leve sonrisita, le dijo—: Ve a pasar tiempo con tu *marido*.

A Cae se le puso el cuello rojo.

—Lo haré —contestó él en voz alta—. Es muy buena compañía.

—Estoy segura de que lo es —repuso Nairi moviendo las cejas.

Cae se giró volviendo hacia donde había dejado a Alik.

—¡Vale, adiós, te odio!

El trayecto de regreso al Aida fue menos placentero que el de ida. La temperatura había subido con el sol y la pálida piedra de la ciudad parecía aumentar el calor impropio de la estación, mientras que cualquier rastro de brisa fresca se veía interrumpido por los edificios. Cuando pasó por la

Puerta Ámbar Cae estaba sudando, y en cuanto Alik estuvo a salvo en los establos, fue enseguida a lavarse y a ponerse ropa limpia.

Sin pensar mucho en ello, se dirigió directamente al baño común, algo que hacía a menudo después de entrenar en la Corte de Espadas o tras un vigoroso paseo. Se quitó la ropa en la cámara exterior, hizo que uno de los asistentes llevara su ropa sucia a la lavandería y entró desnudo en la sala de enjuague suspirando con alivio mientras se colocaba bajo el chorro de agua fría. El cambio de temperatura fue un shock refrescante, justo lo que necesitaba. Normalmente, habría pasado a la segunda cámara, donde estaban los baños calientes y las duchas, pero ese día decidió rechazarlo. Solo quería refrescarse y limpiarse el sudor, y tampoco era que hubiera trabajado tanto los músculos como para necesitar el calor. También evitó mojarse el pelo para no tener que volver a trenzárselo.

Con el humor ampliamente mejorado, Cae agarró una toalla limpia del cubículo, se la enrolló firmemente alrededor de las caderas y volvió a ponerse las botas, que eran la única prenda que le quedaba. Sin prestar atención al decoro, salió al Aida sonriendo alegremente a todos los guardias, sirvientes y transeúntes que miraban boquiabiertos su semidesnudez. Probablemente, alguien lo regañaría después, pero en ese momento, no le importaba.

Cuando llegó a sus aposentos, a los aposentos de ambos, estaba prácticamente seco. Contento consigo mismo, se quitó las botas en la puerta, entró y se sobresaltó al ver a Velasin, pues de algún modo había olvidado la probabilidad de encontrarse con su presencia. Velasin también se quedó helado, de modo que se miraron unos instantes boquiabiertos el uno al otro.

—Oh —murmuró Cae estúpidamente.

Velasin llevaba ropa tithenai, aunque no las prendas prestadas de Cae, sino ropa nueva que se adaptaba a su complexión. Evidentemente, ren Lithas había cumplido su palabra de darse prisa en sus creaciones y el resultado le complicó a Cae la capacidad de reaccionar. Velasin lucía los colores de los Aeduria: un nara verde bosque, una camiseta impecablemente blanca cuyas mangas abullonadas se ceñían a la altura de las muñecas, y un lin dorado y crema con rayas verdes cuyo corte realzaba a la perfección la amplitud de su pecho y su estrecha cintura. Todavía llevaba el pelo recogido, pero, por primera vez, Cae se fijó en que tenía las orejas perforadas, a pesar de que en ese momento estaban desprovistas de ornamentación. *Debería comprarle algo, algo dorado,* pensó Cae distantemente.

Y en contraste con él, estaba Cae con solo una toalla prestada cubriéndole el cuerpo.

—Pareces haber tenido una aventura, tiern —comentó débilmente Velasin rompiendo el silencio. Ese hermoso rubor oscuro suyo le manchaba las mejillas y Cae amaba y odiaba al mismo tiempo saber hasta dónde le bajaba.

—Ah, sí, lo siento —murmuró Cae sonriendo con pesar—. Esto es, eh… Acabo de volver de la revetha y hace mucho calor, así que quería ducharme. He ido a los baños comunes. Normalmente, cuando voy, me preparo ropa para cambiarme con antelación, pero hoy no lo he hecho… así que he venido andando hasta aquí.

—Has venido andando.

—Sí.

—Con la toalla.

—Correcto.

—Correcto —repitió Velasin—. Eso es… claramente, sí. Pero, eh… yo en realidad me refería a eso. —Señaló las costillas de Cae.

Las cicatrices por el ataque del oso llevaban allí tanto tiempo que, incluso al observar su propio torso desnudo, a Cae le llevó unos segundos de confusión darse cuenta de a qué se refería su marido. No obstante, cuando finalmente lo entendió, levantó la mirada y se rio.

—¡Ah, esto! —Se tocó las largas y finas líneas—. Fue un oso rabioso hace unos años.

—¿Un oso rabioso? —Velasin parecía realmente horrorizado—. ¡Que las dulces lunas te bendigan! Tienes suerte de que no te partiera en dos.

—En ese momento nos preocupaba más que pudiera haberme transmitido la enfermedad del agua. Suele transmitirse por mordiscos, no por arañazos, pero lo que yo recibí no fue precisamente una muestra de amor. Tuve suerte en ambos aspectos. —Vaciló porque no quería sonar como un fanfarrón, pero al mismo tiempo sí que quería presumir un poco, así que agregó—: Aunque finalmente lo maté. Enfermo como estaba, el pobre estaba mucho más débil de lo que debía haber estado. Lo atravesé con una lanza, pero siguió moviéndose, a pesar de estar empalado. Así que me dio un último golpe cuando estuvo cerca, con media lanza saliéndole por la espalda.

—¿Cuántos años tenías?

—Quince.

Velasin hizo un ruido de asombro.

—No creo que yo sea tan valiente ahora, mucho menos con quince años.

Cae resopló.

—Con quince años lo que se tiene son cuatro partes de coraje y seis de estupidez. La decisión de cazar a un oso rabioso fue realmente por lo segundo.

Velasin sonrió ante ese comentario y entonces, de repente, pareció recordar que Cae todavía estaba medio desnudo, por lo que se sintió avergonzado. Tosiendo, se volvió para mirar a la pared señalando la habitación de Cae con una mano.

—Deberías vestirte, tiern. No dejes que yo te entretenga.

20

—Saldré en un momento —dijo Cae repentinamente paranoico por si Velasin se tomaba su ausencia como una excusa para marcharse.

No cerró la puerta del todo, sino que la dejó entreabierta mientras se quitaba la toalla, sacaba ropa nueva del baúl y se vestía con una velocidad sin precedentes. Salió a toda prisa mientras acababa de ponerse el lin y se sintió excesivamente aliviado al ver que Velasin, que no había dado señales de querer marcharse, estaba exactamente donde lo había dejado.

—Perdón por eso —dijo Cae alisándose la camiseta.

Velasin se dio la vuelta con una débil sonrisa en los labios.

—No hay nada que perdonar, tiern.

—Caethari —espetó Cae de repente—. Puedes, es decir… si vamos a ser amigos, me gustaría que me llamaras por mi nombre.

—Caethari, pues —murmuró Velasin tras un instante incómodo. Apartó la mirada y su rubor volvió—. Mis disculpas. No quería poner distancia entre nosotros, pero no… no se me da bien esto.

—A mí tampoco.

—Sabes a lo que me refiero.

Cae parpadeó.

—No estoy seguro de saberlo.

Velasin gesticuló con fuerza.

—Me refiero a que tú no… tú no estás dañado.

—Tú tampoco.

—No hace falta que me mimes.

—¡No lo hago! —repuso Cae sin saber cómo se le había escapado la conversación de las manos—. Velasin, puedes estar a la deriva, puedes estar herido y en proceso de curación, pero no estás *dañado*.

—Me siento dañado —replicó él en voz baja.

Cae inhaló mirando al suelo y le costó encontrar las palabras. Finalmente, dijo:

—No puedo decirte cómo debes sentirte sobre ti mismo, pero puedo decirte que yo no comparto ese sentimiento. No es eso lo que yo pienso de ti. Nunca he pensado en ti así.

—Eso es... extrañamente reconfortante. —Velasin levantó la cabeza y, así como así, su sonrisa había vuelto—. Lo siento... Caethari. Tengo una facilidad terrible para la autocomplacencia sensiblera y estoy acostumbrado a tener a Markel cerca para que me saque de ella.

—Ru Zairin ha dicho que saldrá de la enfermería mañana. Después vendrá aquí con nosotros. —Cae señaló la cámara de los sirvientes recién restaurada que, a pesar del nombre, apenas era un poco más pequeña que la de Velasin—. ¿Crees que falta algo en su habitación que te gustaría que añadiera? ¿O que hay algo que debería quitar?

Velasin negó con la cabeza.

—Parece extremadamente cómoda —dijo—. No creo que Markel quiera cambiar nada, pero te lo haré saber si así lo desea. —Titubeó—. ¿De verdad no te importa que esté aquí con nosotros? No puedo evitar sentir que te estamos desplazando de tus aposentos.

—*Nuestros* aposentos, Velasin, y no, no me estáis desplazando.

—Lo siento. Sospecho que estoy siendo demasiado raliano otra vez. —Suspiró—. Es solo que... no estoy acostumbrado a la idea de que una relación entre dos hombres no sea algo de lo que avergonzarse.

A Cae se le calentó el cuello.

—Pero nosotros no... es decir, estamos casados, sí, pero no...

—No me refiero a eso —intervino rápidamente Velasin—. Es decir... aunque no estuviéramos casados, aquí en Tithena no tendría que tener cuidado sobre cuánto tiempo paso contigo ni preocuparme porque otra gente cotillee sobre lo que somos el uno para el otro. No tengo que seguir ofreciéndome a marcharme para ahorrarte la molestia de tener que pedírmelo tú porque no te preocupa que nos descubran. Sé que sigues diciendo que estos son nuestros aposentos, no los tuyos, pero si dos hombres vivieran juntos en Ralia y lo admitieran tan casualmente… es el tipo de desliz que podría costarte todo. No puedo acostumbrarme a ello de la noche a la mañana.

A Cae se le retorció el estómago. Nunca había pensado mucho cómo debía ser la vida para los hombres ralianos que compartían sus inclinaciones y, cuando había pensado en el historial romántico de Velasin antes de enterarse de lo de Killic, había asumido más o menos, que, en cierto nivel, Velasin simplemente se alegraría de vivir en un país en el que las cosas eran más fáciles para él. Sin embargo, en ese momento sintió una oleada de temor al darse cuenta de que, para su marido, su matrimonio había empezado con una amarga ironía: al ganarse la libertad de vivir abiertamente con un hombre, Velasin había perdido la libertad de poder elegir a su propio compañero, haciéndola inútil.

El descubrimiento lo arañó profundamente como unas afiladas garras de oso.

—No lo sabía —dijo sintiendo que era un comentario terriblemente inadecuado, pero era lo único que podía ofrecer—. No había pensado…

—Por favor —murmuró Velasin y su voz adquirió un matiz desesperado—, no me tengas más lástima de la que ya me tienes, no estoy seguro de poder soportarlo.

—¡No es lástima! —exclamó Cae. A continuación, respirando hondo, repitió con más calma—: No es lástima. Es solo que… detesto que no haya un modo de hacer todo esto más fácil. Odio no poder ser mejor para ti.

—¿No poder ser mejor? —Velasin lo miró notando un nudo en la garganta cuando tragó saliva—. Tie… Caethari, no podrías ser mejor. Lo único que he hecho desde que he llegado ha sido causarte problemas y aun así has sido amable, complaciente y con un mejor humor del que tendría derecho a esperar. Todas las deficiencias de nuestro matrimonio son causadas por mí.

—Eso es ridículo.

—Es un hecho —contrarrestó Velasin cruzándose de brazos—. Dime una cosa que hayas hecho hasta el momento que pueda merecer un reproche.

En voz muy baja, Cae murmuró:

—Te obligué a compartir cama conmigo.

Velasin se quedó paralizado.

—Eso no es... eso no fue culpa tuya, fui yo...

—No importa. Sabía que éramos unos desconocidos. Si me hubiera detenido a pensarlo aunque fuera un momento, habría hecho que el personal preparara tus habitaciones para la primera noche, no habría asumido que te meterías directamente en mi espacio.

—Me alegro de que fueras con prisas —replicó Velasin. Sus palabras los sorprendieron a ambos; Cae lo miró, incapaz de apartar la mirada de sus lánguidos ojos grises y dorados.

—Pero...

—Si me hubiera quedado solo aquella primera noche, no me habría sentido menos aterrorizado, simplemente habría tenido más espacio para autocompadecerme. O para haber hecho una tontería. —Sus dedos se crisparon como si quisiera agarrar algo pero no se atreviera. En lugar de eso, se acercó a él—. No he llegado a darte las gracias. Por haberme hecho cambiar de opinión.

A Cae se le quedó la boca seca.

—No tienes que darme las gracias por ser una persona decente.

—La decencia es una cosa y la compasión es otra. No he... —Apartó la mirada con la mandíbula tensa—. Sigo molestándote. Haciendo que te erices. Mereces algo mejor de un esposo que lo que yo te ofrezco, pero aun así...

Se dio la vuelta con la expresión temblorosa y, antes de que Cae pudiera llegar a mentalizarse, Velasin se inclinó y le dio un beso en la comisura de la boca. Sus labios eran suaves y Cae se estremeció con su contacto sintiendo un hormigueo por todo el cuerpo cuando Velasin se apartó. Quería tirar de él, darle un beso de verdad, pero solo podía mirar fijamente los labios de Velasin, entreabiertos en una exhalación temblorosa.

—Gracias —dijo Velasin en voz baja.

—Cuando quieras —logró decir Cae—. Velasin, yo...

Alguien llamó a la puerta con fuerza.

Cae se tensó reprimiendo una maldición. Miró desesperadamente a Velasin intentando transmitirle su voluntad de ignorar a quienquiera que fuera hasta que se marchara, pero pronto su deseo se vio frustrado por el sonido de una voz alegre y demasiado familiar.

—¡Caethari! ¡No me ignores, sé que estás ahí, la mitad del Aida te ha visto venir hacia aquí solo con una toalla! —exclamó Laecia.

Cae gruñó. Velasin puso los ojos en blanco y señaló la puerta como queriendo decir «acaba con esto cuanto antes».

Alisando su lin, Cae le lanzó una última mirada a su marido, cuyos mofletes seguían hermosamente ruborizados, y abrió la puerta a la miserable interrupción de su hermana pequeña.

—¡Ah, así que sabes dónde tienes la ropa! —comentó Laecia sonriente. Pasó junto a Cae sin esperar respuesta—. Es un alivio, creía que habrías perdido la cabeza de algún modo. ¡Ah, hola, Velasin!

—Tiera Laecia —saludó Velasin inclinando educadamente la cabeza.

Laecia rio.

—¿Por qué tan formal? Has estado a punto de casarte conmigo y ahora eres mi cuñado, eso te da más derecho a llamarme por mi nombre que a la mayoría. —Se dio la vuelta en su sitio sonriéndoles con picardía. Iba vestida toda de azul (camiseta azul pálido, lin azul celeste y nara azul marino con un elegante nuevo estilo suelto parecido a las faldas de montar de las mujeres ralianas) y con el brillante cabello negro trenzado formando una corona alrededor de su cabeza—. A pesar del paseo semidesnudo de Cae, he venido para pediros que almorcéis conmigo. Ahora, en mis aposentos.

Cae miró a Velasin, inseguro. Sintió que perdía el equilibro, todavía le ardía la boca con la huella de los labios de Velasin. Su marido, aún sonrojado, se encogió levemente de hombros, lo que Cae interpretó como: «Es tu hermana. ¿Qué le voy a hacer?».

Cautelosamente, Cae dijo:

—Hoy tenemos la agenda muy llena, Laecia. Con todo lo que está pasando...

—Con todo lo que está pasando, todavía necesitáis comer —replicó ella con un tono firme como el de Riya—. Y hoy, ahora mismo, vais a comer conmigo. —Se acercó a él sonriéndole ampliamente—. No pienso aceptar un «no» por respuesta.

—Pues aceptamos gentilmente —intervino Velasin acudiendo al rescate de Cae—. Por favor, tú primera.

Laecia le dedicó una sonrisa de aprobación y echó a andar con los dos jóvenes siguiéndola de cerca. Cuando llegaron al pasillo, Cae estaba frustrado por ver que Velasin había suavizado su rostro en una máscara agradable y que todo rastro de su sentimiento anterior había desaparecido. *Me has besado*, pensó Cae. *Me has besado y no sé por qué. ¿Qué has querido decir con eso? Quería devolverte el beso, pero ¿qué habría pasado si lo hubiera hecho?*

—Estás extrañamente callado —comentó Laecia dándose la vuelta para arquearle una ceja—. ¿Tu paseo de la vergüenza te ha despojado de la elocuencia o es que el matrimonio requiere más capacidad intelectual de la que estás acostumbrado a utilizar?

—Ese tipo de preguntas son el motivo exacto por el que Riya no te cuenta sus chistes de casada —replicó Cae uniéndose a la broma familiar.

—Creo que en realidad es porque no tiene ningún chiste y no quiere admitirlo.

—Kivali no aguantaría a una esposa sin sentido del humor.

—Kivali aguanta a Riya.

—Mantengo lo que he dicho.

—Yo también. —Entonces, antes de que Cae pudiera responderle, preguntó—: Dime, Velasin, ¿tienes que soportar la carga de alguna hermana mayor?

—Hermana, no, pero soy el más joven de tres hermanos —respondió Velasin.

Laecia se dio la vuelta con los ojos llenos de luz.

—¡El más joven de tres! Sabía que me caías bien por algo. Y cuéntame, ¿son los dos insufribles?

—Revic era... complicado cuando vivía —relató Velasin ofreciéndole una sonrisa incómoda—. Pero Nathian siempre ha sido como es ahora, incluso de niños.

—Eso me suena —murmuró Laecia y no dijo nada más hasta que llegaron a sus aposentos, que estaban una planta por debajo de los de Velasin y en el lado contrario del ala.

Con una sacudida de culpa, Cae se dio cuenta de que había pasado bastante tiempo desde la última vez que había visitado a Laecia ahí. Ella también había redecorado su sala de recepción: una mullida alfombra de lana en tonos blancos, azules y negros cubría el suelo, a juego con los diáfanos tapices blancos y azules de las paredes. Incluso la mesa era nueva, la madera teñida de un tono miel oscuro relucía y era lo bastante grande como para albergar cómodamente seis sillas combinadas, con los respaldos tallados representando delfines de río saltando.

En ese momento, también estaba llena con un pequeño banquete. Cae no había sido consciente de que tenía hambre, pero cuando se sentó, empezó a hacérsele la boca agua. Laecia le lanzó una mirada de superioridad: había tomado la silla a la cabeza de la mesa, con Cae a la derecha y Velasin a la izquierda.

—¡Comed! —exclamó y empezó a servirse. En cuanto Velasin siguió su ejemplo, Cae no tuvo excusa para hacer otra cosa, así que dejó a un lado sus recelos y se puso a llenarse un plato de conejo dulce ahumado con salsa de miel especiada, verduras sazonadas, arroz de campo y albóndigas de cerdo.

Laecia también había traído vino y se sirvió una modesta copa, pero Cae se abstuvo de beber a esas horas tan tempranas (y Velasin se fijó en ello) y se sirvió de la jarra de agua aromatizada con limón, menta y jengibre.

Durante un breve momento, los únicos sonidos fueron los de la comida intercalados por los murmullos sorprendidos y complacidos de Velasin mientras expandía su conocimiento de la comida tithenai.

—También deberías probar estos —comentó Cae dejando una albóndiga en el plato de Velasin.

—Mmm —murmuró Velasin asintiendo, agradecido. Se tragó el bocado de conejo, atravesó la albóndiga con el kip, se la metió en la boca y dijo todavía con más énfasis—. *Mmmm.*

Laecia pasó la mirada de uno al otro sonriendo.

—Qué adorable —soltó—. ¡Y yo preocupada porque te desanimaras por todos los platos desconocidos!

Velasin tragó de nuevo.

—Imposible —replicó—. Si alguien me hubiera hablado de la comida tithenai, habría emigrado hace años.

—¿Tan mala es la cocina raliana?

—No exactamente mala —titubeó Velasin con la atención puesta en la última albóndiga del cuenco compartido. Los modales claramente le impedían tomarla, así que Cae hizo lo más lógico y se la dio, ganándose una brillante sonrisa a cambio. Velasin la pinchó y explicó—: Es que es muy pesada, muy fuerte. En pequeñas porciones puede ser realmente divina, pero si la comes todos los días, se vuelve algo enfermizo. —Se comió la albóndiga con deleite.

—¿Y tú cómo estás, Laecia? —preguntó Cae más que nada porque quería proporcionarle a su marido tiempo de calidad con la comida. En ese momento fue consciente del hecho de que realmente no se habían sentado a hablar de que el matrimonio hubiera sido con él y no con ella y eso lo hizo sentir incómodo, sobre todo porque no sabía si las ambiciones de Laecia de «civilizar a Velasin», como había dicho ella, seguían en pie.

—Bueno, ya sabes —comentó Laecia gesticulando alegremente con su kip—. Ya había empezado a preparar mi reunión matrimonial antes de… bueno, antes de todo, y me parecía desperdiciar el trabajo, así que me he estado coordinando con Keletha para incorporar mis ideas en la tuya. Espero que no te moleste, solo…

—No, no, para nada —contestó Cae—. Yo… te lo agradezco. —Sin saber si estaba cayendo en una trampa al decirlo en voz alta, aventuró—: Has sido muy amable con todo esto.

Laecia resopló.

—*Amable*. ¡Qué modo tan estúpido de expresarlo! Me alegro de que os llevéis bien, pero, con todo el respeto, ¿por qué iba a querer a un marido que no se acostara conmigo? ¡Falla a todo el propósito!

Cae hizo una mueca, dolorosamente consciente de que Velasin se había tensado. Quería acercarse a él, tocarlo para hacerle saber que no estaba de acuerdo con tener que compartir sus asuntos privados en voz alta con su hermana, pero sus manos estaban demasiado lejos.

—Puede que tengamos ideas diferentes sobre el matrimonio, tiera —replicó Velasin con un tono engañosamente suave—. Pero, sobre todo en un matrimonio diplomático, yo no diría que el juego en la cama es *todo* el propósito.

—Bueno, tal vez no —concedió Laecia aparentemente ajena a la tensión del ambiente—. Pero tampoco es insignificante. Difícilmente se podría decir que una unión diplomática es exitosa si ambas partes están cortejando a otros amantes desde el principio e ignorándose mutuamente.

—Hizo una pausa y arqueó una ceja delicadamente—. A menos, por supuesto, que ese amante fuera preexistente.

Demasiado tarde, Cae recordó el debate de Laecia y Riya sobre si era más probable que Velasin estuviera enamorado de Killic o de Markel y qué bando había elegido ella.

—No tengo ningún amante —respondió tensamente Velasin—. No sé lo que pensarás de mí, pero debes saber que yo no deshonraría a tu hermano.

Laecia chasqueó la lengua.

—Estás siendo raliano, Velasin. Un amante no es ningún deshonor. El problema empieza cuando se favorece al amante y se excluye al cónyuge. Así que si tuvieras uno...

—Laecia —espetó Cae tan bruscamente que ella saltó sobre su asiento. Con los dientes apretados, le advirtió—: No sé a qué juego estás jugando, pero para mí no es ningún juego. Deja de acosar a mi marido.

La mirada de Laecia se movió entre ellos rápida y evaluadora, antes de que ella inclinara la cabeza ante Velasin.

—Mis disculpas —murmuró—. Ha sido muy grosero por mi parte.

—No le des importancia —contestó Velasin.

—Sí que debería darle bastante importancia —contradijo Cae inyectando todo el énfasis de hermano mayor que pudo en sus palabras.

Laecia no se encorvó en su silla como hacía cuando eran pequeños, pero algo en la posición de sus hombros sugería que quería hacerlo.

—Bien, pues ¡cambiemos de tema! —dijo ella—. Caethari, ¿de qué deberíamos hablar?

Literalmente, de cualquier otra cosa, pensó Cae, aunque no lo dijo.

—Estoy abierto a sugerencias.

—Caballos —comentó Velasin tras un instante algo incómodo—. Yo... después de lo que le pasó a Quip, supongo que voy a necesitar una nueva montura. Tie... Laecia, ¿tienes alguna recomendación?

Cae no suspiró de alivio, pero estuvo a punto de hacerlo. Laecia se animó al instante pronunciando todo un resumen de las ventajas y los inconvenientes de visitar los mercados de caballos de Qi-Katai en lugar de comprárselo directamente a un establo particular. Cae pudo unirse a la conversación y, durante unos diez minutos más o menos, los tres pudieron hablar cómodamente.

La tensión estaba empezando a abandonar los hombros de Cae cuando, como había pasado en sus propios aposentos, el momento fue interrumpido por alguien llamando a la puerta. Gruñendo, murmuró:

—¿Y ahora qué?

—Me imagino que nada bueno —comentó Velasin a la ligera colocándose un mechón de pelo detrás de la oreja.

Ignorándolos a ambos, Laecia se levantó para abrir la puerta y se sobresaltó visiblemente cuando vio a Riya con el rostro sombrío al otro lado.

—¡Ri! —exclamó—. En nombre de Zo, ¿qué...?

—Lamento interrumpir —espetó sin sonar nada arrepentida mientras pasaba junto a Laecia, y Cae no pudo evitar fijarse en que lo había hecho exactamente del mismo modo que Laecia con él—. Dai Mirae y sus prisioneros acaban de llegar al Aida.

A Cae le dio un horrible vuelco el corazón. Esperaban a Mirae, así que su regreso no podía ser la causa del enfado de Riya. Y estaba enfadada, aunque lo exhibía con una tensión vibrante y furiosa.

Velasin también pareció notarlo, ya que se puso de pie instantáneamente.

—¿Qué ha pasado? ¿Qué ocurre?

La boca de Riya se convirtió en una línea tensa mientras Cae también se levantaba.

—Parece ser que han recogido a otra persona de camino a Qi-Katai. Es... no es exactamente un prisionero, pero dai Mirae no se sentía muy cómoda tratándolo como invitado tampoco. Ahora mismo, está ocupándose de él en la Corte de Espadas, pero quiere que vayáis y le digáis qué hacer con él.

—¿Quién es? —preguntó Cae, pero incluso mientras pronunciaba la pregunta, un horrible instinto ya sabía la respuesta.

—Lord Killic vin Lato —confirmó Riya.

Quinta parte

VELASIN

21

Killic.

Me quedé helado donde estaba con el corazón golpeándome con fuerza las costillas. No tenía sentido, no debería ser posible, pero tenía los pensamientos demasiado dispersos para saber por qué.

—¡Lord Killic! —exclamó Laecia con una discordante emoción en la voz. Me lanzó una mirada tan astuta como curiosa y, junto con sus anteriores insinuaciones, recordé tardíamente el debate sobre Killic y Markel que se había producido entre los jinetes de Keletha y me di cuenta de qué bando había tomado ella.

Un extraño hormigueo de entumecimiento me recorrió haciéndome sentir como un intruso en mi propio cuerpo. No me desmayé ni me caí, pero perdí la conciencia de la habitación y de la gente que había en ella durante el tiempo suficiente para que, cuando Caethari apareció junto a mi codo, no supe cómo había llegado hasta ahí. Me estremecí apartándome antes de que pudiera tocarme, hablarme o hacer cualquier cosa que pudiera quebrarme delante de sus hermanas. Me sorprendí a mí mismo inclinándome ante Riya.

—Gracias por informarnos —le dije con el tono más neutro que pude—. ¿Podrías decirle a Mirae que bajaremos en breve, en cuanto haya… hablado con tiern Caethari? En privado —agregué para asegurarme de que Laecia no se autoinvitara a nuestra conferencia.

Riya frunció el ceño (al fin y al cabo, estaba dándole una orden, tratando a la hermana mayor de mi marido como a una mensajera) pero, tras un momento, asintió y dijo:

—Por supuesto.

Me sentí mareado mientras la veía marcharse. Cuando Caethari se movió para colocarse a mi lado, no reaccioné excepto para decir, sin darme la vuelta para mirar a la hermana que quedaba:

—Tiera, gracias por la comida. Me disculpo por tener que acabar tan pronto.

Tal vez Laecia me haya respondido a esto o tal vez no, mi conciencia se tambaleaba cuando salí de la habitación caminando a ciegas por el todavía desconocido pasillo mientras mi respiración se volvía más fuerte y más rápida, más rápida y más fuerte.

—Velasin —murmuró Caethari con la voz tensa llena de preocupación—. Velasin, tienes que c…

—Que las lunas me ayuden, si me dices que me calme, ¡te morderé! —espeté en raliano. Me detuve sintiendo una presión en el pecho, temblando, y llevé la mirada al suelo para evitar la expresión de Caethari.

—Tienes que relajar la respiración —dijo suavemente aferrándose al tithenai—. Puedes estar enfadado, puedes estar molesto, siente lo que tengas que sentir ahora mismo, pero te harás daño en los pulmones si no puedes respirar de manera estable.

—Cállate —grazné, desagradecido y furioso. Tomé aire de manera rápida y superficial con la garganta monstruosamente apretada—. Cállate, no puedo… no puedo hacer esto aquí, alguien me *verá*…

—Hay alojamientos para invitados a dos puertas de aquí. Podemos hablar allí.

Asentí, todavía incapaz de mirarlo pero patéticamente agradecido por el roce ligero como una pluma de su mano en mi hombro guiándome en la dirección correcta. Cerré los ojos confiando en su guía y no los abrí hasta que hizo que me detuviera. Estábamos en una habitación ordenada y desconocida, con una disposición no muy diferente de la de Laecia, pero a menor escala y con muebles mucho menos lujosos. Solo me importaba que hubiera una silla vacía en la que me desplomé con las piernas temblorosas, todavía luchando por respirar de un modo estúpido y miserable y con manchas bailando al borde de mi visión.

Aunque el suelo era de piedra desnuda, Caethari se arrodilló a mi lado colocándome una cálida mano en el brazo.

—Toma aire —murmuró y, de algún modo, obedecí aguantando el aire hasta que me dio un suave apretón y susurró—: Suéltalo.

Odié que funcionara, odié necesitarlo y, aun así, a pesar de la vergüenza, dejé que me calmara siguiendo sus suaves instrucciones hasta que se me aclaró la visión y dejó de dolerme el pecho.

—¿Por qué está aquí? —logré decir finalmente en lugar de algo más apropiado como «gracias» o «lo siento». Levanté la cara y miré a Caethari anhelando unas respuestas que él no podía darme. Entonces, volviendo al tithenai, pregunté—: ¿Cómo es posible que esté aquí? No lo entiendo. No entiendo nada.

—Yo tampoco, pero podemos averiguarlo —repuso Caethari.

Racional. Sé racional, Velasin. ¿Ahora qué?

—Dependerá mucho de cómo reaccione cuando me vea —me obligué a decir.

Caethari me apretó el brazo con la mano.

—No tienes por qué verlo.

—Sí. Tengo que hacerlo. —Me obligué a mirarlo a los ojos y a ignorar su amabilidad—. Por una parte, lo conozco mejor que tú, y, por otra, su reacción será reveladora. —Reí amargamente—. No tengo esperanzas de que reconozca lo que me hizo por lo que fue, pero necesitamos saber si está enfadado, si piensa recuperarme, si alguien de Ralia lo ha enviado aquí o si ha venido por su propia voluntad. —Las posibilidades se me fueron ocurriendo a medida que hablaba.

—¿De verdad lo necesitamos?

Lo miré fijamente.

—¿Qué?

—¿Importa por qué está aquí o con qué intenciones? Te hizo daño, Velasin. —Los oscuros ojos de Caethari brillaron—. ¿Recuerdas lo que te dije de los contratos de compromiso? Ya tenías estatus de Aeduria cuando Keletha te puso los ojos encima. Bajo las leyes tithenai, es un delincuente. Podemos retenerlo como tal.

Era un concepto sorprendente. Por lo que recordaba de la conversación, no me había parecido real, sino más bien una historia para calmar a un niño asustado. Reflexioné sobre las implicaciones durante un momento y luego me di cuenta de que estaba pensando en términos de justicia raliana, que no tenía el concepto real de cómo se trataría un delito como ese en Tithena.

—Si... si lo arrestamos, ¿sería público? —pregunté probando el concepto—. Es raliano y noble. Seguro que habría consecuencias diplomáticas.

—Habría que decírselo al embajador raliano —explicó Caethari—, pero no tendría que ser necesariamente público. Hay... no lo llamaría «superposición» exactamente, sino más bien cierta fricción entre el juez y la tierencia en cuanto a casos que involucran a la nobleza. Cualquier noble acusado o acusador tiene derecho a que su caso se escuche ante el tieren, pero además de emitir un veredicto, el tieren puede decidir entregar el caso al juez en su lugar, lo que mi padre prefiere hacer normalmente. Pero cuando se trata de nuestra familia... técnicamente tenemos derecho a lo que se llama «privilegio del tieren», que consiste en tratar ciertos delitos domésticos internamente de acuerdo con nuestros propios deseos, y podemos hacerlo aquí. —Vaciló y luego agregó—: Si se invoca el privilegio del tieren, se prefiere que notifiquemos al juez tanto el crimen como el castigo para que haya un registro externo de lo sucedido, pero, técnicamente, no es obligatorio. Pero, Velasin, nada de esto es un obstáculo. No importa.

—Pero sí que importa, me importa a mí —le dije. Entonces, como seguía mirándome con esa dulce determinación, espeté—: Caethari, si lo arrestamos, la gente sabrá lo que me hizo. Tal vez no sean muchos, pero sí los suficientes. Habrá un registro. —Caethari se quedó paralizado—. No quiero eso —susurré—. Por favor, no puedo... no puedo lidiar con eso además de con todo lo demás.

—Nadie te tendría en menos consideración...

—¡Yo me tengo en menos consideración! —grité levantándome. Me ardían los ojos. Tenía la garganta apretada contra el dolor con la misma eficacia que un puño atrapando agua. Caethari se puso de pie con expresión apenada, pero no habló ni se movió mientras las palabras brotaban de mí, inestables y sangrientas—. Tendría que haberme resistido. Tendría que haber hecho algo más que simplemente quedarme quieto y aceptarlo. Me quitó las manos de encima más de una vez, podría... pero me *corrí*, Caethari, ¿sabes lo asqueroso que es que una parte de mí lo disfrutara? Porque no intentó penetrarme sin más, no se abrió camino a puñetazos para tomar lo que quería… *Eso* habría sido peor, *eso* me habría dejado heridas peores que magulladuras. ¿No debería estar agradecido por eso? ¿Por su cortesía? ¿Cómo puede afectarme tanto cuando yo permití que sucediera? ¿Cuándo lo que dejé que pasara no fue nada en comparación con lo que podría haber sido? —Me froté los ojos con la mano y me sentí furioso al notar que los tenía llenos de lágrimas—. ¿Por qué no podía simplemente haberse quedado *lejos*?

—Velasin —dijo Caethari, y solo eso, el sonido de mi nombre murmurado con tanto sentimiento, me deshizo como nada más podría haberlo hecho.

Yo quería alejarme, pero cuando inclinó su cuerpo en una oferta tácita de consuelo, me quedé paralizado, incapaz de retirarme ni de aceptarlo. Sacudí la cabeza en silencio, enfadado, avergonzado y un montón de otras cosas, y lo único que hizo Caethari fue mantener las manos en el sitio y dedicarme una sonrisa torcida, como si quisiera decir que lo entendía. Una parte hambrienta y animal de mí quería lanzarse hacia adelante, presionar la mejilla contra su hombro, hundir la cara en su garganta, pero no confiaba en mí mismo para eso. Ya era bastante malo que lo hubiera besado, abrumado por la ansiedad y la gratitud y por el hecho de que siguiera *existiendo* cerca de mí, amable, ingenioso y hermoso. Tentarlo con la promesa de algo que no me atrevía a ofrecerle sería indescriptiblemente cruel para ambos, así que me quedé allí, temblando míseramente.

—Perdóname —exhalé las palabras sin saber por quién de los dos lo sentía más.

Caethari hizo un ruido áspero y negó con la cabeza. Movió los dedos quitándole importancia.

—No tienes que disculparte por nada.

No lo creí, pero era un pensamiento agradable. Me obligué a pasar junto a él, pero en mi estado conmocionado, pasé demasiado cerca. Nuestros hombros se rozaron y el brazo se me iluminó como si estuviera ardiendo.

—¿Qué quieres hacer? —preguntó tras unos segundos de silencio.

—No lo sé. No creo que pueda soportar lo que sucedería si lo lleváramos ante el juez, no con todo lo demás, pero invocar el privilegio del tieren tampoco haría que se quedara todo en calma si hay que involucrar también al embajador. Pero si lo dejamos marchar, sabría que está por ahí, y que… y eso tampoco lo quiero.

Caethari lo consideró.

—¿Y si… simplemente lo amenazamos con el arresto?

Me volví para mirarlo.

—¿Qué?

—Amenazarlo —repitió Caethari—. Déjale escoger: o se queda aquí y es arrestado por violación, o se marcha para no volver nunca. No creo que se dé cuenta de que es un farol y diga: «Sí, por favor, arrestadme». Ningún violador quiere ser conocido como tal.

Esas palabras desencadenaron una onda de comprensión a través de mí asociando el concepto al pensamiento hasta que tuve una idea preciosa y perfecta. Por simple que pudiera parecer sacar a Killic de Qi-Katai, quería que sus actos tuvieran consecuencias más allá de mi terror, quería asegurarme de que no pudiera hacerle a nadie más lo que me había hecho a mí. Le expliqué mi plan a Caethari y me dirigió una aguda mirada de aprobación, aliviado, aunque no sabía si era por la perspectiva de responsabilizar a Killic o porque hubiera algo que pudiera hacer por mí. Probablemente fuera por ambas, aunque en ese momento me parecía demasiado abrumador para contemplarlo.

—Sí —dijo cuando terminé—. Sí, podemos hacer eso.

Discutimos los detalles que resultaron ser bastante prácticos. La idea de ver a Killic en persona todavía me revolvía el estómago, pero ahora tenía un plan y el apoyo de Caethari. La tarea no se volvería más fácil porque la retrasara.

—De acuerdo —dije con un ligero temblor en la voz—. Ya estoy preparado.

Estabilizándome, dejé que Caethari saliera primero de la sala y luego me moví junto a él cuando empezamos a caminar hacia la Corte de Espadas. Cuando pasamos junto a un par de sirvientes, Caethari los llamó y, después de asegurarse de que no estuvieran cumpliendo recados urgentes para nadie del Aida, les dio instrucciones.

—Tierns —dijeron al unísono y se marcharon para obedecer.

Cuanto más nos acercábamos a la Corte de Espadas, más ansioso me sentía. Aun así, si la vida en Farathel me había preparado para algo, era para ocultar mis verdaderos sentimientos a la hora de tratar con nobles ralianos, así que tragué saliva y me armé de valor para la tarea.

El sol brillaba sobre el patio, deslumbrante contra la piedra pálida, tan reluciente que mis ojos necesitaron varios parpadeos para finalmente adaptarse.

—¿Es él? —murmuró Caethari señalando con la barbilla.

Seguí su mirada y, durante dos segundos muy confusos, no pude reconocer la figura desaliñada que había de pie junto a Mirae. Pero entonces se movió e incluso de perfil era imposible confundir ese rostro de mandíbula fina, sin importar su estado.

—Sí —susurré.

Caethari me puso una mano en el hombro y me dio un rápido apretón de apoyo antes de seguirme un paso por detrás de mí. Saber que estaba ahí cubriéndome las espaldas era casi tan bueno como tener a Markel conmigo (lunas, tendría que contarle todo esto después a Markel, le debía muchas cosas), pero cuando se trataba de sentirme seguro, no había mayor cumplido.

Killic todavía no nos había visto, tenía la cara inclinada hacia arriba, los ojos marrones muy abiertos mirando todo el Aida. Parecía… «miserable» no era la palabra (su postura seguía siendo firme y la ropa era suya), pero teniendo en cuenta sus estándares de compostura incluso en condiciones difíciles, estaba más desaliñado de lo que lo había visto nunca. Todavía llevaba la misma ropa que en la finca de mi padre, aunque los bordados dorados habían desaparecido de su camisa, que estaba visiblemente rasgada en algunos lugares, y todo su atuendo estaba cubierto de tierra, sudor y otras manchas. Llevaba el pelo recogido hacia atrás, pero despeinado, y, cuando finalmente se volvió hacia nosotros, vi que tenía un moretón en la mejilla izquierda.

Al verme, me miró dos veces, presumiblemente tan poco preparado para mi apariencia actual como yo para la suya. Entonces sonrió (una auténtica sonrisa de placer) y las náuseas me atravesaron al darme cuenta de lo horrible que iba a ser esto.

—¡Tierns! —dijo Mirae inclinándose ante Caethari y ante mí—. Me disculpo por molestarles, pero no estaba segura de qué hacer con este.

—Has hecho lo correcto —dijo Caethari—. A partir de ahora nos encargaremos nosotros. Puedes marcharte.

—Gracias —respondió Mirae suspirando con alivio. Me dirigió una sonrisa rápida y alentadora y se marchó corriendo a las barracas, ansiosa tanto por lavarse como por reunirse con Kita.

Eso dejó solo a Killic, quien permaneció en silencio durante el intercambio. Me miró de arriba abajo de un modo que me hizo querer despellejarme, notando mi ropa tithenai, la expresión cerrada de mi rostro antes de hablar en raliano.

—Aaro, querido. Sé que debes estar enfadado conmigo, pero, por favor, ¿podemos hablar?

Caethari inhaló bruscamente ante esto. Killic se sobresaltó como si reparara por primera vez en él y luego añadió con una mirada aguda:

—En privado, tal vez.

—Killic —contesté en el mismo idioma—, permíteme presentarte a mi marido, tiern Caethari Xai Aeduria.

Killic palideció.

—¿Marido? —graznó—. Aaro, no bromees, no es nada divertido...

—No estoy bromeando —repuse. Su confusión me tomó por sorpresa; Mirae y los otros guardias sabían que yo estaba destinado a Caethari, ¿por qué nadie se lo había dicho? La respuesta me vino en cuanto pensé en la pregunta: a diferencia de mí, Killic no tenía una gran facilidad con los idiomas y, aunque había alcanzado un conocimiento selectivo y torpe de tithenai para mantenerse al día con las intrigas de Farathel, carecía de la fluidez para comunicarse con un hablante nativo, sobre todo con uno que supiera muy poco de raliano.

—Pero eso no... —empezó Killic mirándome desesperado—. Me dijiste que ibas a casarte con una muchacha tithenai, no con un *hombre*.

Cualquier respuesta que pudiera haber dado implicaba cosas que no quería decir en público.

—Entra —le dije con voz entrecortada para ocultar lo enfadado que estaba—. Podemos hablar allí. *Todos* —agregué cuando Killic le dirigió una mirada de frustración a Caethari.

Sin hablar, Caethari tomó la delantera rozándome el brazo con los dedos al pasar junto a mí. Ya habíamos decidido dónde alojar a Killic el tiempo que durara su estancia (con suerte sería breve), pero como yo to-davía carecía de un conocimiento funcional de los pasillos del Aida, dejé que Caethari nos llevara hasta allí.

Afortunadamente, Killic permaneció en silencio mientras caminaba a mi lado mirándome fijamente con una mansedumbre inusual. Su compor-tamiento me desconcertó: estaba medio convencido de que todo era una especie de farsa para ganarse mi simpatía, pero eso no impidió que me sintiera como un tonto por haber temido que lo hiciera. Todavía no sabía los detalles de cómo había llegado hasta aquí, pero a juzgar por el more-tón de su mejilla y su ropa sucia, el viaje no le había ido muy bien y no pude evitar sentir un destello de vindicación mezquina ante la idea.

Nuestro destino era una habitación de invitados aislada en la planta baja del Aida, ubicada más cerca de las barracas que de cualquier otra cosa. Según Caethari, normalmente estaba reservada para su rahan, Nairi, cuando venía para quedarse, aunque también se la ofrecían a los parientes de los guardias del Aida cuando estaban de visita. Uno de los sirvientes con los que habíamos hablado antes ya estaba esperando en la puerta. Le hizo una reverencia a Caethari, le entregó tres objetos pequeños de metal y se marchó.

Las dos habitaciones del interior estaban escasa pero cómodamente amuebladas: había un pequeño baño privado detrás de una cortina de se-paración a la izquierda, mientras que la única habitación principal contaba con una cama, un baúl y cuatro sillas alrededor de una mesa de madera, sobre la cual habían colocado una jarra de agua, tres tazas de arcilla y un plato lleno de panecillos recién hechos y una fragante porción de queso de cabra. Había incluso un pequeño cuchillo de mantequilla para poder es-parcirlo, aunque con el borde tan redondo que tenía, ni siquiera un hom-bre desesperado pensaría en usarlo como arma.

—Siéntate —dije incapaz de formular un «por favor» y, solo cuando Killic eligió su asiento a un lado de la mesa, tomé yo el de enfrente. Sin embargo, Caethari se quedó de pie detrás de mí como una presencia re-confortante y silenciosa.

Animándose un poco ahora que estábamos en el interior, Killic se en-corvó en su asiento, lanzó una amarga mirada a Caethari y dijo:

—¿Tu marido sabe hablar o simplemente acecha?

—Habla cuando hay alguien con quien vale la pena hablar —repuse finalmente dejando que parte de mi ira sangrara en mi voz—. Killic, ¿qué demonios estás *haciendo* aquí?

—¡He venido por ti! —espetó. Entonces, un poco desesperado, agregó—: Por la Primera Estrella, Aaro, ¿acaso no era obvio? ¿Qué más iba a querer de un sitio como este?

—No lo sé —repliqué fríamente—. Tal vez solo querías un cambio de aires. —Me crucé de brazos, más para ocultar el temblor de mis manos que por cualquier otra razón—. Dime cómo acabaste con Mirae.

—¿Quién? Ah, ella. —Arrugó la nariz. Killic siempre había tenido poca paciencia para las mujeres, lo que yo durante mucho tiempo atribuí a que lo hubieran presionado a casarse con una, pero su tono despectivo me hizo tensar la mandíbula. Ajeno a mi reacción, enfocó el rostro en lo que pensé que era su expresión persuasiva, una mirada de casi contrición pero realmente defensiva reservada para cuando quería explicar, educadamente, por qué sus acciones estaban absolutamente justificadas.

—Bueno —dijo—, después de todo ese... desacuerdo en el jardín, me vi obligado a marcharme rápidamente. No puedes culparme por eso, Aaro, tu padre fue bastante firme. Así que retrocedí unas pocas millas hasta una pequeña taberna, todavía dentro de la heredad de vin Aaro, creo, pero, francamente, estaba demasiado enfadado para ir más lejos. Apenas dormí, pero cuando me desperté tuve una idea brillante: ¿por qué no adelantarme a ti y estar aquí para recibirte en Qi-Katai?

Lo pronunció del modo raliano, *Qi-Katai*, y como esto fue lo menos objetable de todo lo horrible que había dicho, me fijé en ello como punto de cordura.

Killic hizo una pausa, como si esperara mis comentarios. Como no dije nada, continuó:

—Así que compré provisiones en la taberna; la tarifa no era la mejor, pero no quería perder más tiempo, y luego me dirigí inmediatamente al Paso Taelic. Por supuesto, tenía que tener cuidado y rodear la finca, pero aun así llegué bastante pronto. —Parpadeó—. ¿Cuándo salisteis?

—Un día después que tú —espeté. No me sorprendió que Raeki no se hubiera dado cuenta de que nos seguía: Killic había ido por delante todo el tiempo.

—¡Qué pronto! —exclamó. Disgustado, agregó—: Bueno, no puedo culparte por haberte dado prisa, tu padre debía tener un humor horrible… Me atrevo a decir que el mío estará igual cuando le lleguen los rumores. Pero ese un problema para otro día. —Agitó una mano con desdén—. En cualquier caso, un hombre solo viaja más rápido que una caravana, así que pensé que podría atravesar el paso a Tithena con tiempo de sobra. Sin embargo, resultó que había sido demasiado ambicioso. —Me lanzó una sonrisa que estaba destinada a encandilar, a desarmarme para reducir la impulsiva estupidez que había cometido a algo de lo que reírse con unas copas por delante. Alguna vez me habría parecido entrañable; ahora, solo me irritó.

Killic hizo otra pausa, claramente esperando a que le mostrara algo de amabilidad. Como no lo hice, frunció el ceño como si yo estuviera siendo poco razonable.

—Vamos, Aaro… sé que estás enfadado, pero al menos tienes que darme algo de mérito por haberlo intentado. ¡He venido hasta aquí solo para estar contigo!

Me puse rígido. Notaba el pulso latiéndome en la garganta. Bloqueé los dientes y me obligué a no reaccionar, a no decir nada que pudiera animarlo o desviar la conversación de su dirección actual. Me enfrentaría a él pronto por eso, pero por mi propia paz mental, necesitaba saber qué había pasado o las preocupaciones y las posibilidades me provocarían más pesadillas de las que ya me habían causado.

—¿Y entonces? —pregunté. Mantuve el nivel de voz, aunque me costó. Tenía la lejana sensación de que mi compostura actual pagaría un precio más alto después, pero era demasiado tarde para echarse atrás.

—Y entonces —continuó Killic empezando a sonar molesto—, pasé hambre durante varios días, mi caballo perdió una herradura y, aun así, casi logré atravesar el paso… y lo habría hecho si no hubiera sido por esos miserables bandidos.

—Bandidos —dije rotundamente. Oí a Caethari tensarse detrás de mí, pero no me atreví a darme la vuelta para mirarlo.

Killic soltó un resoplido de disgusto.

—Si hubiera ido bien armado y si no hubiera estado medio muerto de hambre, me habría librado de ellos en un santiamén. Pero, tal y como estaban las cosas, me capturaron, aunque opuse resistencia, vaya sí lo hice. —Se tocó el moretón de la mejilla—. Y me llevaron a su sórdido y pequeño campamento en las colinas. Por suerte, hablaban raliano, uno de ellos incluso con fluidez; creo que debió haber empezado como uno de los granjeros arrendatarios del viejo vin Mica antes de que todo se torciera. Pero, lamentablemente, no me creyeron cuando dije que viajaba solo sin nada más valioso que ofrecer que mi caballo y mi monedero. Por supuesto, me quitaron ambas cosas —agregó sombríamente—, pero estaban convencidos de que estaba reconociendo el terreno para un grupo más grande.

»Cuando tu grupo pasó detrás de mí, más o menos averiguaron que tenían razón y se dispusieron a tenderos una emboscada. Por supuesto, se llevaron mi caballo y me dejaron atado. Me costó un infierno soltarme las manos con una roca que había cerca y, cuando finalmente logré bajar a ver lo que había pasado, encontré la posada en la que debisteis alojaros y ya solo quedaban los gritos: os habías ido y ninguno de los guardias que habías dejado atrás hablaba raliano, lo que me dejó en un aprieto. Tampoco era que los bandidos fueran a traducirnos y, en cualquier caso, el único que hablaba raliano con fluidez estaba muerto. Aun así, fui capaz de transmitir que era amigo tuyo y que quería verte, así que accedieron a traerme con ellos. Y aquí estoy. De verdad, Aaro, he sido muy paciente con todo esto... ¿no tienes una palabra amable para mí después de todo lo que he hecho para llegar hasta aquí?

—Una palabra amable —repetí. Me salió como un gruñido, tan diferente de mi voz normal que Killic pareció desconcertado—. Aunque lo único que hubieras hecho fuera traicionarme con Avery y seguirme hasta casa sin estar invitado, no te daría la bienvenida aquí. Pero, ¡joder, no es lo único que hiciste y lo sabes! —Estaba gritando, temblando. Me puse de pie sin querer hacerlo—. Ese «desacuerdo en el jardín», como dices tú... ¡fue una *violación*, Killic! Me retorciste el puto brazo y me *forzaste*; tuviste la arrogancia de ser descubierto en el acto y ¿ahora me sigues hasta aquí como si yo debiera *desearte*?

Killic abrió los ojos enormemente.

—¿Violación? Aaro, querido, no seas dramático... Fue un juego violento, sí, nos descubrieron en el momento, pero no es nada que no hayamos hecho antes...

—¡Te dije que no, y no paraste!

—Por supuesto que no lo hice, ya que claramente estabas disfrutando. —Sonrió con superioridad—. ¿O acaso se te ha olvidado esa parte? Fue *a mí* a quien interrumpieron antes de poder llegar al clímax del placer.

La rabia me atravesó en oleadas de calor y de frío.

—Nunca olvidaré ni un segundo de lo que me hiciste —siseé—. Por muchas excusas que te pongas a inventar, ambos sabemos la verdad.

La sonrisa de Killic se ensanchó.

—¿Y él lo sabe? —preguntó en voz baja.

Tan conmocionado como estaba, me llevó un momento recordar la presencia de Caethari. Pasé la mirada de Killic a Caethari y de nuevo a Killic, incapaz de comprender su inferencia, y entonces lo entendí y me sentí fatal por pensar que una vez me había importado Killic.

No creía que Caethari entendiera el raliano. Solo le había oído hablando tithenai con Mirae y con el sirviente y, como se había quedado callado desde entonces, había interpretado ese silencio como ignorancia, tal y como había hecho anteriormente con Markel. Se había tomado muchas molestias cuando se había enterado de la inteligencia de Markel, por disculparse, por asegurarnos de que no pretendía ofender, por dejarlo todo como un malentendido, por decir que su ira era producto de la sorpresa y no del veneno... Y yo, egoísta, solo, tonto y cobarde como era, me dejé encandilar por sus disculpas. No volvió a menospreciar a Markel después de eso, o no me habría quedado, pero cometí el error de pensar que su contrición era sincera y no solo un medio para volver a llevarme a la cama.

Pero ahora Killic había vuelto a cometer exactamente el mismo error completamente ajeno al paralelismo: no había aprendido nada y ahora intentaba forzarme con la amenaza de revelarle nuestra anterior relación a Caethari.

Malinterpretando mi silencio como miedo, Killic se inclinó hacia adelante:

—¿Por qué no te sientas, eh? Hablemos de esto racionalmente.

Controlando la ira, la conmoción y el disgusto, miré a Caethari. Su rostro era inexpresivo, pero me sorprendió darme cuenta de que lo conocía lo suficiente como para discernir el esfuerzo que estaba haciendo para mantenerlo así. Esperando que pudiera leer mis intenciones, le supliqué en silencio que se quedara callado un poco más para dejar que Killic se incriminara por completo. Me dolía todo como un veneno, pero una parte de mí lo necesitaba: necesitaba que Caethari viera a Killic en su peor momento para que yo pudiera dejar de torturarme con el terrible miedo de haberlo exagerado todo de algún modo.

Así que me senté con el corazón palpitándome con fuerza y espeté:

—Pues habla.

Killic suspiró.

—La cosa es, Aaro, que yo habría mantenido tu secreto felizmente si te hubieras casado con una mujer, pero tengo un instinto de autopreservación demasiado grande como para enfrentarme a alguien de mi propia categoría. —Sonrió como un tiburón—. Así que, ya que no pareces querer huir conmigo y como sin duda mi perspectivas de futuro en Ralia en cuanto se corra la voz serán bastante sombrías, me gustaría que me compensaras con… digamos un generoso préstamo de las arcas de tu nuevo esposo.

Me clavé las uñas en las palmas de las manos.

—¿Y a cambio?

—Y a cambio no le diré que somos amantes —ronroneó Killic.

—No somos amantes, Killic, ya no. Me violaste.

—Lo que te hice fue lo que deseabas. —Su sonrisa adquirió un matiz depredador, toda la apariencia de cortesía se había esfumado—. Y volverías a desearlo si este hombre nos dejara algo de privacidad.

—Lamento disentir —dijo Caethari fríamente en raliano. Me puso una mano en el hombro—. No obtendrás nada más que lo que te mereces, lord Killic vin Lato.

22

Toda la sangre se drenó del rostro de Killic, su moretón destacaba tanto como si acabara de recibir la bofetada. Nos miró al uno y al otro, furioso por haber sido engañado, y luego me devolvió una mirada de puro veneno.

—Eres un pequeño cabronazo, Aaro, pero la novedad acaba pasando. Tu *marido* lo descubrirá pronto. Yo…

Caethari se movió tan rápido que ni siquiera lo vi. Un momento estaba a mi lado y al siguiente tenía la mano sobre el cuello de Killic agarrándolo con fuerza y aplastándole la mejilla contra la mesa. Killic hizo un ruido de ahogo e intentó escabullirse de la silla, pero Caethari lo sostenía firmemente en su sitio con los ojos negros llenos de ira.

—Te pediría que te disculparas —gruñó—, pero ambos sabemos que no lo dirías en serio y, aunque lo hicieras, las palabras no bastarían. Me das asco. —Le dio un último apretón al cuello de Killic y se apartó dejándolo jadear y farfullar contra la mesa.

—Bárbaros —soltó—. Sois todos unos bárbaros…

Alguien llamó a la puerta.

Caethari me llamó la atención, una pregunta silenciosa sobre si deseaba proceder. Asentí con el cuerpo retumbando con más sentimientos de los que podía identificar y solo entonces me moví para responder.

Entró ru Zairin, desconcertade, con una pequeña bolsa en la mano.

—Justo a tiempo, ru —dijo Caethari volviendo al tithenai.

Ru Zairin frunció el ceño evaluando la escena.

—Es un placer, tiern, aunque su mensaje fue bastante misterioso. —Miró a Killic—. ¿Entiendo que este es el paciente?

—Está a punto de serlo —respondió Caethari sombríamente.

La expresión de ru Zairin se endureció.

—Tiern Caethari —murmuró con la voz más aguda que le había escuchado—. Si planea torturar a este hombre no solo me avergonzará, sino que me insultará por pensar que voy a formar parte de esto.

—¿Torturar? No. Voy a promulgar justicia. —Caethari agitó las manos a los lados—. Ru, este hombre es un violador confeso. Acabo de oír las pruebas de su propia boca; además, ha intentado chantajear a mi marido. Sin embargo, también es un noble raliano, así que, en lugar de someternos a todos al inevitable circo diplomático que resultaría si intentáramos llevarlo hasta el juez, tiern Velasin ha sugerido una solución más raliana, invocada bajo el privilegio del tieren.

—Así que ha confesado —dijo ru Zairin lanzándome una mirada demasiado conocedora. Tragué saliva con dificultad y me obligué a soportar su escrutinio: Caethari no había dicho abiertamente que yo era la víctima de Killic, pero dadas las circunstancias, había poco más que explicara tanto mi visible temblor como la furia de Caethari—. ¿Y de qué modo esta solución suya incluye tratamiento médico, tiern?

—Marcarlo —respondí. La voz sonó impactante y hueca ante mis propios oídos; no podía imaginar cuán peor sería para los demás. «Eres un pequeño cabronazo, Aaro, pero la novedad acaba pasando»—. En Ralia se marca a los violadores en el dorso de la mano. Cualquiera que lo vea sabrá lo que significa, al igual que la mayoría de los marineros que atraviesen aguas ralianas. —Tragué saliva—. No lo defendería si no fuera... es solo que no puedo... debe haber consecuencias.

Si ru Zairin no había entendido antes que yo era la víctima de la violencia de Killic, claramente lo había comprendido ahora. Con expresión grave, murmuró:

—Ya veo.

—No te pedimos que lo marques tú —explicó Caethari—. Sé que eso iría contra tu juramento. Pero aunque claramente se merece el dolor...

—Le dirigió un feo vistazo a Killic que estaba tratando de seguir la conversación y fallando estrepitosamente, a juzgar por la mirada irritada y confundida en su rostro—. Tiern Velasin pide que lo adormezcas de antemano y que le trates la quemadura después.

Ru Zairin vaciló y después asintió.

—Es... irregular. Pero aunque sea un delincuente, me aseguraré de que sufra lo mínimo. Y espero recibir una explicación más detallada a su debido tiempo —añadió dirigiéndole una mirada significativa a Caethari.

Caethari inclinó la cabeza.

—Por supuesto, ru, tienes todo mi agradecimiento.

Con eso acordado, Caethari se metió la mano en el bolsillo y sacó dos de los objetos que le había dado el sirviente: un par de brazaletes de metal lisos. Moviéndose lentamente, volvió al lado de la mesa de Killic (Killic lo observó todo el rato con suspicacia) hasta que estuvo lo bastante cerca para atacar. Los reflejos de Killic eran buenos, pero los de Caethari eran mejores: agarró los antebrazos de Killic, los colocó encima de la mesa y deslizó un brazalete en cada muñeca.

—*Anclaos* —ordenó Caethari todavía sujetando a Killic en el sitio. Un escalofrío mágico ondeó por toda la sala y Killic gritó cuando sucedieron dos cosas simultáneamente: los brazaletes se apretaron encajando alrededor de sus muñecas como si hubieran sido moldeados para ellas mientras también se quedaban fijos en el sitio, así que incluso cuando Killic se levantó intentando liberarse salvajemente, no pudo levantar los brazos de la mesa.

—¡Bastardo! —gruñó doblado en un ángulo incómodo por los brazos inmovilizados. El pelo sucio le cayó sobre los ojos—. ¿Qué es esto?

—Tú los llamarías «puños de anclaje» —dijo Caethari suavemente—. Me han resultado muy útiles en el pasado para retener a cautivos ralianos. Están vinculados a mi voz, así que no te molestes en intentar averiguar la palabra para soltarlos. —Killic, quien estaba tratando de hacer esto mismo, maldijo violentamente—. Y esto... —Caethari se volvió a meter la mano en el bolsillo y extrajo una delgada varilla de metal con una punta plana en forma de cuña que parecía la cabeza de un destornillador—. Es una pluma de soldadura.

Killic abrió los ojos de par en par y me miró, afligido.

—Aaro, por favor, dime que esto no es lo que creo que es.

—Es exactamente lo que crees que es —respondí en voz baja—. Y es un trato más amable del que mereces. —Le hice una señal a ru Zairin, quien abrió el estuche médico y sacó un pequeño vial y una jeringuilla. Killic empezó a removerse en el sitio al verlo, pero no pudo hacer nada más que levantar los codos a un pelo de la mesa, quedando doblado hacia adelante—. Es un sedante —indiqué con una voz plana que no tenía nada que ver con la calma—. No queremos torturarte.

Killic dejó escapar una risita histérica.

—¿De verdad?

—Si yo fuera tú, me sentaría —aconsejó Caethari empujando su silla hacia atrás—. No querrás que a le doctore se le resbale la mano.

Killic volvió a maldecir con violencia, pero tuvo el sentido común de obedecer. Ahora estaba temblando y tenía verdadero temor en los ojos cuando me miró con una desesperación que no había estado ahí momentos antes.

—Aaro —suplicó—. Lo siento, lo siento muchísimo, por favor, no me hagas esto. Me equivoqué, me retracto, no debería haberlo hecho, no volveré a hacerlo nunca… Estaba atrapado, estaba enfadado por lo mucho que te había echado de menos, *por favor*…

Se interrumpió gimiendo mientras ru Zairin, quien no hablaba raliano y por lo tanto había permanecido ajene a su monólogo desesperado, aprovechó la preocupación de Killic para localizar la gran vena en la esquina de su codo. Le dio unos golpecitos, frunció el ceño y preparó la jeringuilla.

—Estate quieto —dijo Caethari, y Killic obedeció haciendo una mueca mientras entraba la aguja. Ru Zairin le administró el sedante con práctica facilidad y ya tenía un hisopo listo para quitar la gota de sangre que brotó por el punto de salida.

—Por favor —jadeó Killic mirándome fijamente—. Por favor, Aaro, si me has querido alguna vez…

—Lo hice. Esa es la cuestión —dije en voz baja—. Y tú traicionaste ese amor de todos los modos que me importaban.

Killic gimió con los párpados caídos y lentamente bajó la cabeza hasta la mesa. Como si estuviéramos embelesados, los tres observamos en silencio a Killic sumiéndose en la inconsciencia con los hombros caídos mientras su respiración se volvía lenta y uniforme.

—Con esto debería permanecer inconsciente una media hora más o menos —informó ru Zairin sentándose en una silla libre—. Discúlpenme si aparto la mirada de lo que viene a continuación. Entiendo la necesidad, pero de todos modos, preferiría no presenciarlo.

—Por supuesto —dijo Caethari. Apretó un botón de la pluma de soldadura alimentada por lo que supuse que sería un cantrip bastante sencillo, aunque extremadamente útil, a diferencia de los puños de anclaje, que eran algún tipo de hechicería fascinante y sin duda caro que no había visto nunca. En unos instantes, la punta se puso al rojo vivo. Caethari la estudió y volvió la mirada hacia mí con la amabilidad reflejándose en sus ojos oscuros—. Velasin, tampoco es necesario que lo mires tú.

—Sí que tengo que hacerlo.

—No le debes nada.

—Lo sé —repliqué—. Pero a ti, sí.

Caethari se sorprendió.

—¿Qué?

—Estás haciendo esto por mí —dije incapaz de apartar la mirada de él, aunque sentía que mi cuerpo había estallado en llamas por la fuerza de su atención—. Por mi bien, estás ignorando tu justicia habitual y grabando una marca raliana a fuego en una mano raliana. Si no fuera por mí, no lo harías. Lo menos que puedo hacer es mirar.

Lentamente, Caethari asintió.

—Como quieras.

La marca, como le había descrito anteriormente, era sencilla: un círculo atravesado por dos líneas horizontales y una vertical. No se requería ninguna habilidad artística, tan solo el dominio más básico de la caligrafía y un estómago lo bastante fuerte como para soportar el olor de la carne quemada.

Mientras ru Zairin se servía uno de los panecillos con queso de cabra (todos los cirujanos a los que había conocido estaban acostumbrados a comer a pesar del entorno y a ru Zairin le habíamos apartado de su almuerzo) Caethari colocó una silla al lado de Killic inconsciente y empezó, con esmerado cuidado, a dibujar una marca en el dorso de su mano dominante.

Tradicionalmente se habría puesto la marca como al ganado, con una sola pieza de hierro calentada en el fuego y presionada directamente sobre la piel desnuda. Pero las plumas de soldadura tampoco eran algo poco común, en parte porque permitían modificar la marca (desde su aparición, a veces se grababan marcas alternativas a violadores de mujeres casadas y menores, por no hablar de la introducción de diferentes marcas para diferentes delitos), pero sobre todo porque una gran cantidad de jueces ralianos, según mi experiencia, eran sádicos. Una marca tradicional acababa demasiado rápido con el castigo, pero una pluma de soldadura permitía que el dolor (y teóricamente la lección que pretendía impartir el dolor) se alargaran más.

Killic se había librado del dolor gracias al sedante de ru Zairin, pero su carne ardió igualmente. Olía a cerdo chamuscado y la sola comparación fue suficiente para hacer que me entraran ganas de vomitar. Como si pudiera leerme el pensamiento, ru Zairin me hizo un gesto con su panecillo a medio comer.

—El gusto y el olfato están bastante conectados —señaló elle—. Me parece que a menudo lo más fácil es usar uno para bloquear el otro.

Asentí sombríamente. Era un consejo sensato, pero sentía demasiadas náuseas, y, aunque tenía el estómago revuelto, no podía apartar la mirada del horrible trabajo de la pluma de soldadura grabando la marca en la piel de Killic.

El proceso entero no duró mucho, pero aun así sentí que había pasado una eternidad cuando Caethari apagó la pluma y se la guardó de nuevo en el bolsillo.

Me puse de pie con las piernas temblorosas y me obligué a mirar la obra terminada, que era una condena para su portador tan nítida como cualquiera que yo hubiera tenido la desgracia de ver de cerca.

—Gracias —murmuré con la voz áspera y de repente me di cuenta de que iba a vomitar.

Me tambaleé hasta el baño detrás de las cortinas y lo solté todo en la letrina. *Ahí va gran parte del almuerzo de Laecia*, pensó histéricamente una parte de mí. Levanté la cabeza jadeando como un perro con una insolación e intenté recuperar el control sobre mi cuerpo. Nadie me siguió, lo que agradecí patéticamente, y cuando finalmente volví a la sala principal, ru Zairin estaba murmurando un cantrip sobre las vendas recién puestas en la mano de Killic y le habían quitado de las muñecas los puños de anclaje.

—Aconsejo dejarlo descansar un día antes de que se vuelva a marchar para que pueda asegurarme de que la quemadura no esté infectada, pero dadas las circunstancias, entenderé que no sea posible —dijo elle.

—Puede quedarse un día —afirmé con el sabor de la bilis todavía fresco en la boca. Caminé hasta la mesa, me serví un vaso de agua, me enjuagué la boca y luego bebí hasta vaciarlo—. Prefiero que esté encerrado y custodiado, pero puede quedarse un día.

—Muy bien —dijo ru Zairin—. Mientras tanto, tiern Velasin, sospecho que a usted también le vendría bien un descanso.

Sonreí horriblemente.

—Estás en lo cierto.

Con una facilidad envidiable, Caethari flexionó las rodillas y tomó a Killic entre sus brazos, llevándolo hasta la cama y tumbándolo con poca elegancia sobre las mantas. Sentí una absurda punzada de ira al verlo, demasiado profunda y complicada para desentrañarla en el momento, por lo que la desestimé cuando Caethari se puso a mi lado.

Me miró con su hermoso ceño fruncido. Todavía llevaba el cabello negro como la tinta retirado en la misma trenza perfecta que había lucido toda la mañana, apenas se le había soltado un pelo a pesar de su excursión a la revetha y de su posterior cambio de ropa. Me hizo querer despeinarlo, deshacerle la trenza y hundir los dedos en su mata oscura y sedosa. La fuerza del anhelo me tomó por sorpresa y la culpa me ardió en la garganta. Ya era bastante malo que lo hubiera besado en un momento de debilidad, no podía permitirme el lujo de complicar todavía más el frágil acuerdo que había entre nosotros.

—¿Estás bien? —me preguntó y al instante hizo una mueca negando con la cabeza para sí mismo—. Lo siento, ha sido una pregunta tonta. ¿Quieres compañía?

Conseguí soltar algo parecido a una carcajada.

—Apenas sé lo que quiero —contesté—. Creo que… ru Zairin tiene razón, sí que necesito descansar, pero antes de eso… necesito hablar con Markel. A solas.

—Por supuesto —accedió Caethari. Vaciló—. Estableceré a un guardia en la puerta y hablaré con Mirae y los demás para que mantengan la presencia de Killic en toda la confidencialidad posible a estas alturas.

Asentí ahogando la miseria que acompañaba a la idea de que la gente supiera algo de mi historia con Killic. Había rechazado invocar la justicia tithenai para no montar un espectáculo, pero era imposible suprimir el conocimiento de su presencia, sobre todo dados los chismes existentes (aunque increíblemente poco acertados) entre los guardias sobre mis sentimientos por él. Ru Zairin también se había enterado de más cosas de las que sabía unos minutos antes y, aunque una parte de mí todavía se estremecía ante la revelación, aun así prefería que la horrible verdad se dijera en voz alta en privado antes de que se escribiera y la leyeran desconocidos fuera de mi control.

De cualquier modo, la marca en la mano de Killic estaba vendada por el momento y, aunque una antigua marinera como ren Valiu pudiera saber lo que significaba, había pocas probabilidades de que alguien más del Aida lo supiera. Si tenía suerte, solo circularían murmullos sobre que el antiguo amante del nuevo tiern había vuelto a por él y había sido rechazado en favor del tiern Caethari.

Si tenía suerte.

—Ru Zairin, si no tienes ninguna objeción, te acompañaré a la enfermería —le dije—. Tie… Caethari, yo… iré a buscarte cuando termine.

—O podrías descansar —replicó amablemente.

—O eso.

Me sonrió con una expresión suave y compleja y, aunque le devolví la sonrisa, me di la vuelta rápidamente antes de poder avergonzarme, dejando que ru Zairin me precediera para salir de la habitación.

Fui un paso detrás de elle todo el camino hasta la enfermería. No hablamos, aunque le buene ru parecía vagamente perturbade cada vez que se daba la vuelta para comprobar que le estaba siguiendo. Cuando entramos, me sentí aliviado internamente al ver que ru Telitha no se encontraba presente, a pesar de que había dejado una pila de libros, un fajo de papeles con notas sobre las señas de Markel y un lápiz que sugerían que tenía intención de volver. Por otra parte, me sorprendí porque, a pesar del regreso de la partida de Mirae, que incluía a Siqa herido, Markel seguía siendo el único paciente de la enfermería. En ese momento se me ocurrió que, a pesar de que a Keletha también le había dado una flecha, tampoco le había visto nunca por allí. Le pregunté a ru Zairin y puso los ojos en blanco.

—Enviade Keletha es casi tan obstinade como usted —contestó elle—. Estoy acostumbrade a pelear por asuntos médicos para los que se niega a buscar tratamiento. En cuanto a Siqa, necesita reposo para recuperarse, pero prefiere descansar en sus propios aposentos. Por cierto, no se preocupe por mí —agregó devolviendo los suministros médicos que había usado con Killic a sus lugares habituales—. Me voy a por un buen almuerzo. —Y con una última mirada significativa en mi dirección, salió de la enfermería cerrando la puerta suavemente tras elle.

Markel me sonrió y dejó a un lado el libro que había estado leyendo. Estiró la espalda contra las almohadas haciendo solo una pequeña mueca cuando el movimiento tiró de su herida y de repente todo el impacto de los eventos de la mañana me golpeó como un martillo. Me acerqué a la silla que había dejado vacía ru Telitha y me senté pesadamente, pero antes de que Markel pudiera signar la pregunta que vi en sus ojos, tomé su mano entre las mías y presioné la frente contra ella temblando mientras me esforzaba por respirar.

—Lo siento —murmuré con voz áspera—. Markel, lo siento. Recibiste una puñalada por mí y yo no he sido sincero contigo. —Levanté la cabeza odiando la preocupación que vi en su rostro—. Necesito contarte la verdad sobre Killic.

Y así lo hice, en señas porque no confiaba en mi voz y también para evitar que pudieran escucharnos. Le conté la verdad de lo que había sucedido en el jardín, el motivo por el que había levantado un cuchillo contra mí mismo dos veces. Estaba tan angustiado que emitió una rara vocalización, un sonido áspero y herido mientras me tomaba de las manos y las estrechaba, ofreciéndome consuelo mientras yo lloraba. Y entonces, cuando pude volver a signar, le conté el resto de los acontecimientos del día, empezando por el almuerzo de Laecia y terminando con la marca de Killic, omitiendo tan solo el casi beso que le había dado tan tontamente a Caethari.

Cuando por fin terminé, Markel me estrechó brevemente las manos y signó:

—No me debes ninguna disculpa. Estoy furioso porque te hiciera daño y el hecho de que lo hayas marcado es mucho más amable de lo que habría elegido hacer yo si de mí dependiera. Pero no era necesario que me lo dijeras ni que te disculparas por no habérmelo dicho antes.

—Sí que era necesario —respondí. Me mordí el labio recordando que ya no vivíamos en Ralia (que era casi seguro que no volveríamos a vivir allí nunca) y decidí ser valiente—. Actuaste como mi sirviente porque, desde que nos conocimos, no había otro modo aceptable para que nos asociáramos. Eres mi amigo más querido, Markel, y llevas años conmigo. Que estuvieras dispuesto a servirme, a quedarte conmigo, a soportar los desaires de Farathel... es algo por lo que nunca podré recompensarte. Sin ti habría estado perdido decenas, cientos de veces. Pero aquí creo, espero, que puedes tener más oportunidades. Eres inteligente, trabajador y aprendes rápido, y Tithena es una nación que valora estas cualidades más que Ralia. Yo... —Vacilé con la garganta cerrada por lo que estaba a punto de pedirle—. Te rogaría que te quedaras conmigo al menos un poco más, hasta que me haya aclimatado a este lugar, pero después de eso, tendrás mi apoyo para hacer lo que desees, ya sea aquí o en cualquier otra parte.

Markel me miró fijamente durante dos segundos. Después me tomó las manos y tiró de mí para darme un abrazo. No fue un abrazo menos sentido porque fuera un poco torpe (era demasiado consciente de su herida como para dejar caer todo mi peso) y quebró algo en mi interior, o probablemente reparó lo que ya estaba quebrado, o tal vez ambas cosas.

Markel me dio un beso en la frente y me soltó con una cariñosa expresión de exasperación.

—De verdad que eres ridículo —signó—. ¡Por supuesto que no me voy a ninguna parte! No necesito que me digas qué puedo hacer y qué no en Tithena y sí, podría haber más oportunidades para mí aquí que en Ralia. Ru Telitha... —Deletreó su nombre usando el alfabeto de signos que todavía no le había enseñado a Caethari y luego introdujo un signo nuevo que significaba literalmente «erudita brillante»—. Me ha hablado de las universidades, de que cualquiera que pase las pruebas puede entrar. Y, con el tiempo, podría estar interesado, como ella sugirió, en contribuir a que el uso de las señas se extendiera.

Me dedicó una sonrisa torcida y estiró el brazo para darme un par de palmaditas en la mejilla, como una tía soltera complaciendo a un sobrino descarriado con jerez.

—Pero tú eres mi amigo, Velasin. Te debo al menos tanto como tú crees que me debes a mí... incluso diría que más, pero ese es un debate para otro momento. Como amigo tuyo, sé que tienes la horrible costumbre de apartar a la gente más cercana a ti cuando empiezas a considerar que eres una carga para ellos. —Me taladró con una mirada tan firme como amable, así que cualquier negación que pudiera haber opuesto murió en mis dedos—. Contarme lo de Killic no es una carga. Tus sentimientos no son una carga. *Tú* no eres una carga y, pase lo que pasare en el futuro, no voy a marcharme corriendo ni a dejarte solo porque las cosas aquí estén complicadas —resopló—. Al fin y al cabo, ¿en qué momento no han sido complicadas nuestras vidas en un sentido o en otro?

Apenas sabía qué responder a eso y debió reflejarse en mi rostro porque el siguiente acto de Markel fue apiadarse de mí y cambiar de tema.

—Parece que Caethari te trata bien.

—En efecto —contesté tan aliviado de no tener que hablar sobre mis temores internos que incluso mi matrimonio me pareció un tema de conversación más seguro—. Cuando veníamos hacia aquí tenía muchísimo miedo, y aun así ha resultado ser increíblemente amable. Hemos acordado ser amigos y, cuando se resuelva todo este asunto del Cuchillo Indómito, creo que incluso podremos lograrlo.

Markel me tocó la mano, ligero como una pluma.

—Lamento profundamente lo de Quip. Sé lo mucho que significaba para ti.

—Era un buen caballo —dije en voz alta. Las palabras parecían inadecuadas para la punzada de dolor que las acompañó.

Me metí la mano en el bolsillo y le di la trenza de su crin, aun sin lacar, que me habían ofrecido como recuerdo. Markel la examinó suavemente acariciándola con el pulgar y me la devolvió.

—¿Has comido? —le pregunté buscando un respiro de asuntos emotivos.

Markel me sonrió ampliamente.

—Ru Telitha ha ido a por el almuerzo poco antes de que llegaras, creo que volverá pronto.

Arqueé una ceja, puesto que estaba muy familiarizado con esa sonrisa en particular.

—¿Ah, sí? Y supongo que te gustaría tener algo de privacidad cuando volviera.

—No me opondré a ello.

Reí, aliviado, tanto por ser capaz de emitir ese sonido como porque uno de los dos pudiera coquetear con sensatez.

—¿Debería tomármelo como una señal de que te encuentras mejor?

—¡Muchísimo!

—En ese caso, te dejo tranquilo —dije poniéndome en pie.

—Cuídate —signó Markel—. Sé que has perdido práctica, pero, por favor, inténtalo.

Agité una mano quitándole importancia y salí de la enfermería sintiéndome un poco más ligero que cuando había entrado, aunque no menos exhausto. Tal vez dormir habría sido sensato, pero en ese momento justo me faltó el ingenio para ir a descansar, tal y como ya me habían sugerido tres personas por separado. En parte, era por miedo a tener que quedarme solo con mis pensamientos y que me venciera mi cuenta pendiente con la aflicción y, por otro lado, por pura terquedad. En lugar de eso, me dirigí al patio principal probando la fuerza de mi pierna en proceso de curación. Me dolía en el fondo, pero no me molestaba activamente, lo que consideré que era una señal positiva. No quería quedarme quieto ni desocupado, pero tampoco confiaba en mí mismo para ir a buscar a Caethari, así que, sobre esa base, decidí dar un paseo.

Eligiendo una dirección más o menos al azar, me puse en marcha a un ritmo ni rápido ni lento y fingí tener un propósito mayor que un paseo sin destino. Llegué a los Jardines Triples antes de que mi estómago empezara a hacer rugidos desagradables, en un recordatorio no demasiado amable de que finalmente mi almuerzo había acabado fuera de mi cuerpo.

—Sí, sí —gruñí mientras la desaprobación de Markel, Caethari y ru Zairin acechaba en mi imaginación—. Lo sé.

Retrocedí hasta las cocinas y a los dominios de ren Valiu. Estaba claramente en su elemento, gritando órdenes a los pinches y ayudantes de cocina mientras batía una mezcla aromática en un gran cuenco de madera con sorprendente entusiasmo. Aun así, cuando me vio sonrió y me hizo señas para que me acercara, sacando un plato de jidha fresco de alguna parte y poniéndomelo en las manos sin que se lo pidiera.

—Gracias —murmuré, asombrado.

Ren Valiu chasqueó la lengua.

—Alimento a la gente y usted necesita alimentarse. No tiene que darme las gracias.

Vacilé.

—¿Vino ren Taiko a por la botella que le prometí?

—No, tiern. —Su expresión adquirió un matiz sombrío—. Se la ofrecí, pero no quiso aceptarla. Dijo que usted se la había regalado con la condición de que cuidara de su caballo y que, como le había fallado, no podía aceptarla.

Se me revolvió el estómago de un modo desagradable.

—Si vuelves a verlo, por favor, dásela —le dije—. Insisto. No me falló. Lo que le pasó a Quip... no es algo de lo que debieran protegerlo los mozos.

—Lo haré, tiern.

—Muchas gracias por la comida —murmuré y salí rápidamente antes de que su amabilidad o su aprobación pudieran inspirar otro complejo sentimiento con el que tener que tratar.

Comí mientras andaba, el jidha se había enfriado lo justo para no quemarme la boca y ya estaba casi en la Corte de Espadas de nuevo cuando alguien me llamó:

—¡Velasin! —gritó Caethari. Me volví hacia el sonido de su voz y lo vi acercándose al trote con Raeki siguiéndolo de cerca. Me tragué un bocado de jidha y busqué sin éxito un lugar en el que dejar el plato cuando mi marido me alcanzó—. Velasin, los guardias de Raeki acaban de volver de preguntar por ren Baru y creen que lo han encontrado. Bueno, que han descubierto su identidad.

—Ren Baru Kasha —confirmó Raeki colocándose al lado de Caethari con expresión sombría—. Un mercader local conocido por vender pieles khytoi, entre otras cosas. Hace días que no lo ve ninguno de sus socios, pero parece ser que era conocido por su adoración al héroe Cuchillo Indómito.

—Sabemos dónde vivía —continuó Caethari—. Los guardias todavía no han entrado, primero nos han informado, pero vamos ahora mismo a liderarlos. ¿Quieres venir?

Le entregué el plato a Raeki, que lo miró dos veces, indignado, antes de aceptarlo frunciendo el ceño.

—Vamos.

23

La casa de ren Baru Kasha era un estrecho edificio de dos plantas en el borde de la ciudad alta. Estaba a tres calles de su tienda en el distrito textil, donde se vendían pieles, telas y otros materiales finos y donde se ganaban la vida los mejores sastres de Qi-Katai, incluyendo, como me informó Caethari, a ren Lithas Vael. Desde el exterior, nada distinguía al edificio de los que tenía a ambos lados, sin señales de disturbio y violencia. Frenamos a nuestros caballos y desmontamos dejándolos al cuidado de uno de los dos guardias que Raeki había insistido en que nos acompañaran. Tomando la delantera junto a la otra guardia, una mujer nervuda de rostro afilado llamada dai Sirat Lo, Raeki caminó hasta la puerta y llamó. No hubo respuesta, pero tampoco la esperábamos: según todos los informes, ren Baru vivía solo. Raeki esperó unos segundos más por si acaso y luego le asintió a dai Sirat.

—Adelante.

Metiéndose la mano en el bolsillo, dai Sirat sacó un juego de ganzúas y abrió la puerta en un espacio de tiempo sorprendentemente breve. Silbé, impresionado por su habilidad, y ella me lanzó una amplia sonrisa retorcida mientras entrábamos en la casa.

Un angosto conjunto de escaleras delante de la puerta llevaba directamente a la planta superior, mientras que el pequeño vestíbulo se habría a una sala de estar. Aunque las ventanas estaban abiertas, como los edificios a ambos lados eran altos, entraba poca luz a través de ellas, pero evidentemente ren Baru era lo bastante próspero para poder permitirse luces mágicas: bolas de cristal brillaban con luz diurna capturada, pero que podía atenuarse o apagarse con un mero toque. Caethari suspiró lanzándoles una mirada de envidia.

—Tengo afición por las luces mágicas —admitió Caethari mientras levantaba un dedo para encender la bola más cercana—. Pero mi padre opina que son un gasto frívolo. En su defensa, la mayoría de las habitaciones del Aida están bastante iluminadas durante el día y no son necesarias, mientras que las velas que compramos nos mantienen en un buen acuerdo con el gremio de candeleros. Sin embargo, siempre me han parecido hermosas. Incluso aquí —sonrió tristemente.

Era la segunda vez que el aparente disgusto del tieren por la magia surgía en la conversación, y tomé nota mentalmente para preguntar después por ello. Aunque eran meticulosos y excéntricos en sus aplicaciones, nunca antes había conocido a un noble que despreciara la hechicería de un modo tan evidente como mi nuevo suegro y quería saber por qué.

—Por lo que sabemos, ren Baru tenía dos empleados —indicó Raeki todavía por delante de nosotros—. Un ama de llaves y un dependiente. Los dos se presentaron a trabajar en los días posteriores a su arresto y ambos informaron sobre la aparente ausencia de su empleador al cuartel de la calle Cibelina, pero nadie de la Puerta Ámbar contactó con ellos. —Hizo un ruido de disgusto—. Si tienes un delincuente desconocido en custodia, debería ser el procedimiento estándar contactar con otros cuarteles para saber si se ha informado de alguna desaparición. Llevo años diciéndolo, pero… ¿me ha escuchado alguien?

Caethari y dai Sirat intercambiaron una mirada que me reveló que era una queja que venía de largo. Raeki no parecía esperar respuesta, sino que resopló y miró fijamente al diván, como si se considerara responsable personalmente de los fallos en la aplicación de la ley en Qi-Katai.

Detrás de la sala de estar había una cocina bien equipada, el aparente dominio del ama de llaves de ren Baru, y, a un lado, un pequeño armario. Cuando ninguna de las habitaciones reveló nada de interés, Raeki le ordenó a dai Sirat que hiciera otra búsqueda minuciosa en la sala de estar mientras nosotros tres íbamos a mirar arriba.

Los escalones de madera crujieron bajo nuestros pies y, cuando llegamos al rellano, los tablones del suelo resultaron igual de ruidosos. A nuestra izquierda, un armario empotrado separaba un baño de un estudio, mientras que el dormitorio de ren Baru estaba justo delante.

—Primero el estudio —indicó Caethari.

Las paredes estaban cubiertas con estanterías llenas de libros de contabilidad. Caethari avanzó hacia ellas, tomó un libro al azar y analizó el contenido mientras yo llevaba mi atención al pesado escritorio de roble dispuesto para aprovechar la única ventana de la habitación. Estaba sorprendentemente ordenado, con pilas de papeles a una lado y una pluma y un tintero de aspecto caro al otro. El papel secante era nuevo, salpicado tan solo con unas pocas manchas de tinta negra, pero a mí me interesaron más los dos cajones, uno a cada lado.

—¿Han encontrado algo? —preguntó Raeki que sostenía la puerta abierta viéndonos trabajar.

—Libros de contabilidad —contestó Caethari volviendo a colocar el que estaba hojeando en la estantería—. Deberíamos hacer que los revisaran para ver si tenía alguna deuda y quiénes eran sus socios.

Raeki asintió.

—Voy a registrar el baño —informó.

Cuando el tar se alejó, la pesada puerta se cerró por sí sola encajando silenciosamente en el marco. Abrí el primer cajón y encontré el desorden habitual que uno esperaría de un cajón de escritorio: lacre, un cortaplumas, plumas de repuesto, un pequeño bote de tinta roja y un fajo de cartas atadas con una cinta que le pasé de manera ausente a Caethari. El segundo cajón era más pesado que el primero y estaba pegajoso, como si la madera se hubiera deformado en algún momento. Aun así, conseguí abrirlo y revelar un fajo de panfletos baratos de los que se venden en las ciudades detallando de todo, desde las principales noticias y éxitos militares hasta los chismes y rumores más salaces.

—Prensa sensacionalista —comenté hojeándolos. Las fechas no eran consecutivas, pero todos tenían unos años a juzgar por el papel amarillento. Arqueé una ceja al darme cuenta de qué los relacionaba—. Todas las noticias narran las hazañas del Cuchillo Indómito.

Caethari hizo una mueca y me las quitó.

—Siempre he odiado estas historias —murmuró—. Y el propio nombre, ya que estamos. *El Cuchillo Indómito.* —Retorció los labios.

—¿Entonces no es un título autoimpuesto? —pregunté atreviéndome a burlarme de él.

—Una vez lo fue —farfulló con un aspecto deliciosamente avergonzado—. Una vez derribé a un bandido que escapaba lanzándole un cuchillo arrojadizo y desde entonces no se ha acabado.

—Para ser justos, tienes un cuchillo y una tabla para lanzarlo en tus aposentos.

—En *nuestros* aposentos —resopló Caethari.

Sonreí muy a mi pesar.

Cerrar el cajón pegajoso costó tanto como me había costado abrirlo. Lo sacudí y me sobresalté cuando noté algo pesado y metálico que debía estar antes detrás del fajo de panfletos y que ahora rodó hacia adelante con un ruido sordo. Lo levanté mirando tontamente mi hallazgo.

Era una flecha de ballesta idéntica a las que habían perforado la yugular de ren Baru.

Caethari inhaló con fuerza.

—¿Eso es...?

—Lo es. —La levanté para que mi esposo la observara—. Una flecha.

Caethari maldijo.

—Raeki tiene que ver esto.

En ese momento, escuché un ruido en el pasillo. Pensando que Raeki habría acabado con el baño, me levanté y me dirigí hasta la puerta, la abrí y...

Un filo voló hacia mí y faltó un pelo para que me diera en la garganta. Mi agresor iba todo vestido de negro con la cara oculta excepto por los ojos y tuve el tiempo justo para darme cuenta de que cuadraba a la perfección con la descripción de tieren Halithar del intruso que había irrumpido en sus habitaciones antes de que el filo volviera a moverse y lo esquivara con un grito cayendo hacia atrás.

—¡Raeki! —chillé.

Mi atacante se quedó paralizado y yo también, lo que fue un grave error, ya que le proporcioné un espacio de tiempo crucial en el que pudo empujarme bruscamente hacia Caethari antes de meterse corriendo en el dormitorio. Cuando mi marido y yo chocamos, Raeki pasó corriendo con la espada desenvainada y la puerta del estudio se cerró de nuevo.

—¡Detente! —rugió Raeki, pero quienquiera que fuera lo ignoró. Corriendo por el pasillo, Caethari y yo llegamos a la puerta del dormitorio justo a tiempo para ver a mi agresor lanzándose por la ventana a la pared del edificio contiguo, un salto de unos tres metros. No debería haber asideros, pero cuando los tres corrimos a la ventana, vimos al intruso colocar los guantes y las botas sobre la pared de ladrillos desnudos y, de algún modo imposible, se quedó pegado como un geco. Subió con una velocidad sorprendente hasta que llegó al tejado, donde se impulsó por encima del borde y echó a correr.

Gritando de frustración, Raeki se dio la vuelta y bajó a toda prisa por las escaleras gritándole a dai Sirat que le diera caza. Caethari y yo nos quedamos anclados en el sitio, viendo cómo el desconocido vestido de negro llegaba al final de un tejado y saltaba al otro, repitiendo el patrón hasta que desapareció de la vista. Caethari estaba rígido, había dejado caer las cartas y la prensa sensacionalista y clavaba los dedos de ambas manos en el alféizar de la ventana.

—Está ahí —dijo con la voz tensa—. Es la persona que atacó a mi padre.

—Lo atraparemos —aseguré tratando de proyectar una seguridad que no sentía.

Caethari se volvió hacia mí.

—¿Estás bien?

—Sí.

—¿No te ha herido?

—No —exhalé lentamente, tembloroso por las repercusiones—. No, ha fallado. —Con un toque de humor negro en la voz, agregué—: Otra vez.

Como Caethari no respondió a eso, me agaché junto a sus pies y recogí cuidadosamente los papeles que había dejado caer. La cinta todavía sujetaba las cartas, pero las hojas de prensa sensacionalista eran más ligeras, estaban sueltas y algunas se movían con la brisa arrastrándose por el suelo y debajo de la cama.

—Joder —masculló Caethari dándose cuenta en ese momento del desorden que había provocado. Se agachó tan rápido que nuestras cabezas estuvieron a punto de chocar y retiró la mano cuando ambos fuimos a recoger el mismo panfleto. Se rio ante eso lo bastante avergonzado como para calmar cualquier chispa que yo hubiera sentido y me ayudó a recoger los papeles esparcidos.

—Quien haya sido, debe haber estado aquí desde el principio —murmuró Caethari mirando alrededor del espacio—. ¿Por qué no ha escapado cuando estábamos todavía abajo?

—Tal vez esperaba que nos marcháramos sin encontrarlo —sugerí considerándolo tras una pausa—. Atacarme a mí ha sido un riesgo, dudo de que supiera que fuéramos a venir. Pero ha fallado, parece que se está convirtiendo en una costumbre y, cuando he llamado a Raeki, se ha dado cuenta de que estaba en peligro de ser rodeado y atrapado, así que ha huido.

—Lo que nos lleva a una pregunta —murmuró Caethari pasando una mano sobre la talla del guardarropa de ren Baru—: ¿Ha actuado porque hemos encontrado la flecha o porque estábamos a punto de entrar en el dormitorio?

Me había metido la flecha en el bolsillo mientras ordenaba los papeles caídos, pero la volví a sacar sopesándola en la mano. No sabía mucho de ballestas, mi experiencia de primera mano con el tiro con arco estaba restringida a la partidas de puntería y de caza con Markel y no sabía si era más pesada de lo debería o si yo era simplemente un ignorante.

—¿Te parece rara esta flecha? —pregunté tendiéndosela a Caethari.

Frunció el ceño cuando la tomó, examinando el metal.

—No exactamente. Es bastante distintiva, pero también lo eran las que le sacamos a ren Baru.

—¿A qué te refieres con que es distintiva?

—Es un tipo de flecha más pesado, hecho para atravesar las armaduras. Pero el peso significa que es más difícil apuntar con ellas desde la distancia y que no llegarán tan lejos, por lo que normalmente se usan en combates cuerpo a cuerpo. —El pliegue de su entrecejo se profundizó—. Lo que hace que todavía sea más extraño que la usaran para matar a ren Baru. Ya habría sido un disparo bastante complicado sin flechas pesadas.

Suspiré.

—A menos que haya magia involucrada, algo que sirva para mejorar el alcance o la puntería de la propia ballesta.

Caethari asintió mirando de nuevo por la ventana.

—Por lo que acabamos de ver, apostaría a que nuestro objetivo lleva guantes y botas hechizados. ¿Por qué no también una ballesta hechizada?

Por acuerdo mutuo, bajamos las escaleras crujientes y salimos donde estaba el segundo guardia de Raeki, dai Moras Mara, todavía sujetando los caballos con una expresión tensa en el rostro. Levantó ansiosamente la mirada cuando nos vio llegar y preguntó:

—¿Qué ha pasado, tierns? Raeki le ha ordenado a Sirat que se marchara corriendo y él mismo se ha escabullido para buscar testigos.

Caethari le contó los detalles del intruso, aunque omitió cualquier mención a los papeles y a la flecha que habíamos encontrado. Dai Moras miró anhelante hacia el callejón por el que se habían marchado sus compañeros luciendo como un sabueso al que le han negado las sobras de la mesa. Miré a Caethari inseguro de si yo estaba en posición de sugerir algo así o no y me sentí aliviado cuando él le dijo a dai Moras:

—Deberías quedarte aquí y hacer guardia por si vuelve. Dile al tar Raeki que Velasin y yo nos volvemos al Aida.

—Sí, tiern —dijo dai Moras y nos entregó nuestros caballos sin decir ni una palabra más.

Montamos y empezamos a cabalgar. Iba otra vez sobre Luya y, aunque era un caballo perfectamente servicial, echaba de menos el vínculo fluido que tenía con Quip, los años de entrenamiento que significaban que podía dirigirlo con las rodillas o guiarlo con la rienda más ligera sabiendo cómo respondería.

—Una ballesta hechizada, ropa hechizada y un mercader muerto —murmuró Caethari más para sí mismo que para mí. Miró al vacío durante unos momentos, luego se sacudió y dijo—: Esa lista de magos de tar Raeki de la Orden de Ruya… ¿y si estamos mirando en el lugar equivocado?

Capté instantáneamente lo que quería decir.

—¿Crees que deberíamos buscar vendedores de artifex en lugar de magos?

—Creo que deberíamos investigarlos a ambos.

Consideré lo poco que sabía sobre la venta de artifex en Tithena, cuya diferencia principal con el mismo tipo de comercio en Ralia, tal y como lo entendía yo, era la falta de supervisión religiosa. Aunque cualquier caballero de buena reputación podía aprender magia en Ralia, la creación de artifex para cualquier otro uso más allá del personal estaba estrictamente controlada y regulada por los templos. Sin una licencia de un templo, ningún mago tenía permitido vender o distribuir de algún otro modo sus creaciones, mientras que el artifex importado era sometido a un minucioso escrutinio para asegurar que no hubiera nada inmoral, herético o antiético para los valores de los ralianos circulando entre la población. Siempre había pensado que era simple alarmismo (al fin y al cabo, los templos consideraban que mi atracción por los hombres era inmoral, lo que demostraba lo útiles que eran sus restricciones), pero eso también implicaba que fuera comparativamente mucho más fácil rastrear los orígenes de un artifex en particular. No obstante, sospechaba que en Tithena sería una misión bastante más complicada.

—¿Entonces por dónde deberíamos empezar? —pregunté para relajar el tema.

Caethari emitió un sonido de frustración.

—No lo sé. El Aida no tiene muchos tratos con vendedores de artifex, debe haber cientos en Qi-Katai, por no hablar de los mercaderes que traen objetos de otras partes. Podríamos estrechar el círculo porque sabemos que se trata de artículos de calidad, pero aun así… —Se interrumpió con una mirada de vergüenza dibujándosele en la cara—. Oh.

—¿Oh, qué?

—Creo que sé a quién tenemos que ir a ver —comentó Caethari—, pero es… incómodo. Un poco. Es decir, podría ser incómodo para ti y claramente lo será que me presente sin previo aviso, pero estará bien. Es solo que…

—Caethari —lo interrumpí, divertido, y él cerró la boca de golpe como una planta carnívora—. ¿Quién es?

—Ru Liran Faez —contestó—. Mi, eh… mi antiguo amante. El que va a venir a la reunión matrimonial.

Digerí la información durante unos instantes estudiando la expresión de Caethari. Parecía tan nervioso como cuando me había explicado la tradición de los besos y un ligero rubor le calentaba los mofletes y la garganta. Le quedaba bien estar sonrojado y me distraía, por eso me llevó algo más de lo habitual reconocer la fuente de su aprensión.

—¡Ah! —exclamé—. Te preocupa que me ponga celoso.

—Se me ha pasado la idea por la mente.

—¿Sigues enamorado de él?

Caethari se sobresaltó.

—No.

—¿Todavía te acuestas con él?

—¡Claro que no!

—¿Entonces por qué debería estar celoso? —Reí—. De verdad, tiern, sé que estamos casados, pero también nos acabamos de conocer. No tengo derecho a sentir ese tipo de celos y, en cualquier caso, hemos acordado ser amigos, y ¿qué tipo de amigo iba a ser si envidiara tus intimidades? —Tragué un poco de saliva, ya que mis propias palabras estaban muy cerca de los comentarios inconscientes de Laecia durante el almuerzo. «¿Por qué iba a querer a un marido que no se acostara conmigo? ¡Falla a todo el propósito!». Aparté esa idea a un lado y, tanto por mi propio bien como por el de Caethari, añadí—: En cualquier caso, ya que parece ser que estoy destinado a besarlo, o más bien, a que él me bese dentro de tres días, difícilmente puedo oponerme a conocerlo de antemano.

Caethari parpadeó.

—Mis disculpas, Velasin, pero creía que serías más raliano con todo esto. Sobre todo teniendo en cuenta… bueno. —Agachó la cabeza y me lanzó una mirada y esta vez supe exactamente a qué se refería: al hecho de que, antes de sus peores ofensas, Killic me había sido infiel.

Me miré las manos donde sujetaba las riendas de Luya tratando de continuar a través del repentino torrente de emociones que se me había formado debajo del esternón.

—Perdóname —insistió Caethari en voz baja—. No tendría que haberlo mencionado.

—No —repuse—. Si vamos a ser amigos, debemos ser honestos con estos temas. —Me quedé en silencio un largo momento dejando que mis oídos se llenaran con el ruido de fondo de Qi-Katai y el constante golpeteo de los cascos en la calle en pendiente—. La traición de Killic… —dije finalmente—. Bueno, es decir, su primera traición… me llegó a lo más hondo porque habíamos acordado ser exclusivos y creía que eso significaba algo. No somos muchos los monógamos de verdad en Ralia o, al menos, no en

Farathel ni en la corte. Es demasiado peligroso parecer demasiado obsesionado con una persona. Así que el sentimiento general es que, puesto que tienes que dejarte ver compartiendo tus favores, ¿por qué no disfrutar haciéndolo? —Me encogí de hombros, aunque ese dolor no era tan fácil de mitigar y me obligué a continuar:

»Pero Killic... Killic me hizo un juramento y yo fui lo bastante estúpido como para creerlo. Lunas, si me hubiera dicho que quería acostarse con otra persona, probablemente habría accedido, porque creía... creía que tenía su corazón. —Tragué saliva—. Si lo hubiera pedido, habría sido una parte de la confianza entre nosotros y podríamos haber negociado de buena fe. Pero no lo hizo, así que no fue así. —Las palabras me rasgaban la garganta y odié de repente estar enfadado todavía por la infidelidad de Killic cuando lo que había hecho después de eso era mucho peor. Presioné los nudillos con fuerza contra el borrel delantero para no tirar las riendas del pobre Luya y murmuré esforzándome por mantener la voz plana—: No puedo estar celoso de ru Liran. Aunque todavía tuvierais algo, no me has hecho ninguna promesa que fuera a romperse por el hecho de que aún lo amaras.

—¿Acaso el matrimonio no es una promesa? —preguntó amablemente Caethari.

Mi boca se retorció como si tuviera voluntad propia.

—Es una promesa diferente —contesté sin tener la confianza suficiente en mí como para mirar a algún sitio que no fuera la crin de Luya—. Es un contrato, no unos votos. Pero es un contrato que yo me tomo muy en serio —agregué tanto porque era cierto como porque no quería que Caethari pensara que desdeñaba nuestro matrimonio.

—Odio que te hayas visto obligado a esto —soltó repentinamente Caethari. Lo miré preocupado por la verdadera angustia que se revelaba en su voz—. Me siento como si te hubiera robado, como el ogro de un cuento.

—En todo caso, un ogro agraciado —comenté intentando aligerar las cosas—. Y, aunque me hubieras robado, tampoco me habrías apartado de un lugar al que pudiera o quisiera volver, en caso de tener opción. —Me di cuenta de que era cierto mientras lo decía. Caethari me dirigió una mirada de asombro, lo que me obligó a explicarme—: Si mis preferencias nunca hubieran sido reveladas, me habría casado con tu hermana en la debida miseria y, sin querer menospreciarla, no creo que su tolerancia por mis carencias fuera remotamente comparable con la tuya.

—Velasin…

—Y si nunca se hubiera ofrecido la alianza en primer lugar —proseguí pasando sin miramientos sobre cualquier amabilidad que Caethari estuviera a punto de decir—, todavía estaría en Farathel, solo y herido e intentando tantear a mis conocidos para ver quién podía elegir mi bando sobre el de Killic. Cuando mi padre me convocó a casa, todavía no les había contado a nuestros amigos en común que habíamos roto. —Sonreí con una expresión tan pequeña como mis horizontes pasados—. ¿Robarme? Tanto como el cielo puede robar a un pájaro enjaulado.

Su pierna rozó la mía cuando nuestros caballos se acercaron y luego se inclinó y me agarró el brazo apretando con fuerza suficiente para que lo mirara a los ojos.

—¡Deja de menospreciarte! —espetó Caethari. Su mano me soltó, pero sus ojos no lo hicieron, me taladraron afilados como una obsidiana e igual de hermosos—. No eres insuficiente.

—Por favor —murmuré y me salió la voz temblorosa. La conversación ya me había acercado peligrosamente a todo lo que llevaba bloqueando en mi mente todo el día, demasiada amabilidad y estaría perdido—. Por favor, aquí no. Mañana podrás discutir conmigo sobre mí cuanto quieras, pero por favor… ahora no.

No esperaba que me escuchara, lo que tal vez fuera injusto, pero muy poco de las últimas horas había sido algo diferente. Algún sentimiento complejo se reflejó en la expresión de Caethari y entonces, para mi alivio, asintió y se apartó.

—Bien —dijo después de dejar que pasara un minuto para que pudiera recomponerme—. ¿Te opones a ver a Liran ahora? Suponiendo que esté en casa, por supuesto —agregó—. Puede que no esté, pero nos viene de camino. Vive cerca del Mercado de Jade.

—Por supuesto, vamos —contesté y dejé que mi curiosidad por ru Liran me distrajera de mí mismo.

24

Caethari nos condujo de un modo experto a través de las calles entrelazadas de la ciudad alta a un trote ligero hasta que llegamos a una amplia avenida residencial que estaba a solo dos giros del presuntuoso Mercado de Jade. Aquí, todas las casas altas eran considerablemente más espaciosas que en el barrio de ren Baru y había postes de amarre para que las visitas ataran los caballos colocados a intervalos por todo lo largo de la calle.

—¿Son casas individuales? —pregunté intentando mejorar mi perspectiva. En Farathel, los edificios de este tamaño se consideraban demasiado pequeños para la nobleza más próspera, pero seguían siendo demasiado grandes para que cualquier otro se los pudiera permitir, a menos que estuvieran divididos en varias viviendas.

—Solo algunas —respondió Caethari—. La mayoría son estudios elegantes, muy populares entre los jóvenes de la nobleza y los descendientes de mercaderes que han prosperado, a quienes les gusta que los vean mezclándose con artistas y artesanos sin tener que apoyarlos realmente —comentó con una nota de diversión irónica, como si estuviera citando una crítica ingeniosa pronunciada por otra persona.

Mi intuición se activó y le pregunté:

—¿Es eso lo que dice ru Liran?

Caethari me miró dos veces y luego me dedicó una gran y dulce sonrisa que le arrugó los rabillos de los ojos.

—Santos, eres muy listo —dijo frenando a su caballo hasta detenerlo—. Sí, resulta que así es. ¡Y aquí estamos!

Desmontamos juntos dejando los caballos atados a uno de los convenientes postes.

—Y bien, ¿cuál es ru Liran? —indagué.

—¿Cómo que cuál es?

—¿Joven noble, descendiente de mercader próspero, artista o artesano?

Caethari rio.

—Un poco de los cuatro si tiene un buen día. Es el hijo mediano de una casa noble, como yo... Su título apropiado sería ciet Liran, pero odia utilizarlo, dice que prefiere que se le conozca por sus estudios antes que por su nacimiento.

Ciet estaba un rango por debajo de tiern.

—Un hombre de buen juicio, entonces —comenté.

—Extremadamente. En cuanto al resto... —Caethari agitó una mano mientras subíamos los escalones que conducían a un generoso edificio de tres plantas hecho con una piedra dorada pálida—. Hace incursiones.

Nos detuvimos ante una gran puerta blanca adornada con una atrevida aldaba de bronce en forma de gato de nieve. Caethari llamó y en unos instantes se abrió la puerta revelando a une kem uniformade de pie en un pequeño recibidor.

—Tierns Caethari y Velasin desean ver a ru Liran si este está en casa y acepta visitas —anunció Caethari.

Le kem respondió con una rápida sonrisa y asintió indicándonos que entráramos.

—Ru Liran está en casa —informó—. Por favor, pasen.

Murmurando un agradecimiento, Caethari me dirigió a través del recibidor hasta la escalera.

—La planta baja es la cocina principal y la lavandería para ambos estudios, junto con las habitaciones de los sirvientes —explicó mientras subíamos fijándose en mi interés por la disposición—. Tienen acceso todos los sirvientes personales de cada inquilino, así como los propios inquilinos. —Cuando pasamos el primer rellano, dijo—: Liran está en la última planta.

A diferencia de las escaleras de casa de ren Baru, los dos tramos que llevaban hasta la puerta de ru Liran eran silenciosos y alfombrados, lo que aseguraba que los inquilinos no se molestaran con los ruidos de sus vecinos o con los de los sirvientes ocupándose de sus asuntos. Llegamos al segundo rellano y nos paramos delante de otra puerta, donde Caethari volvió a llamar.

—¡Un momento! —exclamó alguien desde el otro lado. Se oyó un sonido de rasguños y la puerta se abrió para revelar, no a un sirviente, sino al propio ru Liran. Tan solo llevaba un pareo y una túnica de un dorado pálido que parecía brillar contra el marrón cálido de su piel. Llevaba largas rastas negras apartadas de la cara con un hilo de oro, lo que mostraba la elegante línea de su cuello, y un pincel colocado detrás de una oreja llena de pendientes. Su rostro se iluminó al ver a Caethari y solo el curioso arco de sus finas cejas oscuras delató una mínima sorpresa por verme a mí también.

—¡Cae! —exclamó encantado—. Si hubiera sabido que venías, me habría vestido. —Me miró y pude ver el momento en el que se dio cuenta de quién debía ser yo—. ¿Y este es tu marido, verdad? Tiern Velasin.

—Es un placer conocerte, ru Liran —contesté nervioso por algo más que su pareo.

—Solo Liran, por favor —dijo y dio un paso a un lado para indicarnos que entráramos—. ¡Pasad, sentaos! ¿Qué os trae a mi rincón de Qi-Katai?

La habitación principal del estudio estaba iluminada, aireada y elegantemente decorada. Un ecléctica combinación de colores y comodidad que, sin embargo, respondía a una estética singular. Había un caballete junto a una ventana, pero como el lienzo estaba de espaldas a la habitación, solo podía suponer el objeto del arte de Liran.

—Si tienes tiempo, esperábamos hacerte unas preguntas sobre una cosa —dijo Caethari sentándose en un mullido diván verde. Vacilé, pero me senté junto a él totalmente consciente de la presión de su pierna contra la mía.

Cerrándose más la bata, Liran se sentó en un sillón enfrente y se inclinó hacia adelante, claramente interesado.

—Os escucho.

Caethari le lanzó una mirada significativa.

—Es sobre un asunto confidencial. Nunca te acusaría de ser indiscreto, pero…

—Pero qué mentiroso —interrumpió Liran con la boca torcida, divertido—. Los dos sabemos que lo has hecho y los dos sabemos que me lo merecía. Pero en esta ocasión, sí, juro solemnemente respetar tu privacidad... y la de tu marido, por supuesto, a quien me presentarás debidamente en algún momento, ¿verdad?

—Por supuesto —cedió Caethari, avergonzado.

—Entonces bien. —Liran cruzó las manos a la altura de las muñecas y jugueteó con los dedos—. Cuéntame cuál es ese asunto secreto que requiere la intervención de mi intelecto.

Y Caethari se lo contó sin ahorrar detalles: desde el ataque en Vaiko hasta la desaparición de un intruso desconocido por la ventana del dormitorio de ren Baru. Habló como un soldado informando de la situación, relatando la cadena de eventos con calma e incluso con precisión. Liran escuchó atentamente y, aunque no interrumpió en ningún momento, sus expresivos rasgos mostraron todo el rango de sus sentimientos. Lo estuve observando todo el tiempo, en parte porque ya sabía lo que había pasado y por lo tanto no tenía motivos para prestar atención, pero sobre todo porque era uno de los hombres más exquisitamente guapos que había visto nunca. Era luminoso.

—Y por eso acudimos a ti —terminó Caethari—. Si nuestro objetivo está comprando o robando artifex en lugar de creándolo, he pensado que tú podrías saber dónde buscar ese tipo de hechicería especializada de alta gama.

—Es... mucho que asimilar —comentó Liran recostándose en su sillón. Me miró con ojos comprensivos—. Parece que Qi-Katai te ha acogido con una recepción bastante pobre.

Me encogí de hombros curvando ligeramente los labios ante la afirmación.

—No me lo tomo como algo personal.

—Tendrías todo el derecho del mundo a hacerlo.

—Puede ser, pero no creo que eso fuera de ayuda.

—Cierto —contestó Liran sonriendo. Tenía una sonrisa muy bonita y, aunque había sido totalmente sincero al decirle a Caethari que no iba a sentir celos de Liran, me sentí claramente intimidado. Este era el hombre con el que iban a compararme invariablemente, si no el propio Caethari, seguro que sí los demás. No me tenía en tal mala estima como para considerarme feo o poco talentoso, pero incluso en mis mejores momentos no era ni la mitad de guapo y encantador de lo que parecía ser Liran, por no hablar de que fuera un artista y experto en vendedores de artifex.

—Hum —murmuró Liran, que había estado mirando al vacío—. El tipo de mecanismo hechizado que me describes está un poco fuera de mi círculo, pero tiene algunas implicaciones inquietantes. Ese hechizo para saltar con seguridad desde cierta altura, por ejemplo... me pregunto cómo funciona. ¿Regula el descenso, redistribuye la fuerza del aterrizaje o es algo totalmente diferente? —Se dio golpecitos en los labios con el dedo—. Habría que tener en cuenta la masa, seguramente... pero no, eso sugiere un hechizo personalizado y estamos buscando componentes genéricos, al menos lo bastante genéricos para poder comercializarse. ¿A la medida de una masa dentro de unos parámetros establecidos? Podría ser arriesgado, pero... ¡ah! ¡Un cojín de aire! Eso sí que parece prometedor. —Nos sonrió—. No quiero minimizar tus dificultades, Cae, ¡pero es un rompecabezas maravilloso!

—Me alegro mucho de poder proporcionarte entretenimiento —espetó Caethari secamente.

—Como debería ser —contestó Liran—. Los otros artifex... la ballesta, los guantes y las botas, no son tan raros como podrías pensar. Es equipamiento especializado, por supuesto, pero no necesariamente hecho a medida, aunque podría estar patentado. —Juguetéo con una de sus rastas con el ceño fruncido ante la idea—. De hecho, junto con el hechizo de salto, lo primero que se me ocurre es la caza.

—¿La caza? —repetí, sorprendido.

—La caza, sí. Pero, ¡ah! No del tipo con el que estás familiarizado —agregó Liran al ver mi expresión—. No es la caza raliana por los bosques minuciosamente cuidados, me refiero a la que se practica en montañas altas. —Le lanzó una aguda mirada a Caethari—. Los cazadores khytoi pueden usar este tipo de mecanismos para cazar gatos de nieve y rebecos de seda, por ejemplo. Entiendo que muchos prefieren las ballestas para esa tarea, puesto que sus flechas son menos dañinas para las pieles y más fáciles de transportar, mientras que el hechizo de salto tiene mucho más sentido como protección contra las caídas desde alturas importantes que como creación única.

—Khytoi otra vez —comentó Caethari arrugando la frente—. Podría ser coincidencia, pero...

—Bastante —comentó Liran indolentemente en su silla—. Por supuesto, no creo que sea una especie de complot khytoi, pero al menos, sospecho que vuestro objetivo está familiarizado con mercaderes khytoi como para saber dónde adquirir sus artículos, que, por lo que sé, se venden en Qi-Katai, pero no abiertamente y no a mucha gente. —Sonrió descaradamente—. Dadme uno o dos días y podré prepararte una lista de nombres que investigar.

Miré a Liran totalmente impresionado.

—Si es así cuando está fuera de tu círculo, me da miedo ver qué es lo que consideras un tema que controlas.

De repente, la expresión de Liran se volvió, si no exactamente fría, innegablemente reservada.

—Cae —empezó con cautela—, ¿puedo preguntarte si le has explicado a tu marido *por qué* tengo un interés particular en la magia?

Caethari parpadeó, desconcertado.

—No. ¿Por qué iba a hacerlo? —Tras un momento, tan avergonzado como preocupado, murmuró—: Ah.

Liran se frotó la cara.

—Que los santos me guarden. Esto es algo incómodo, ¿verdad?

—¿Qué es incómodo? —pregunté pasando la mirada de uno al otro, confundido. Claramente, había dado un paso en falso, pero no sabía cómo y eso me hizo sentir ansioso.

Caethari hizo una mueca.

—Lo siento. No lo había pensado.

—Pensar nunca ha sido tu fuerte —masculló Liran. Me habría ofendido por ese comentario por Caethari, pero había una antigua línea entre ellos, el tono de Liran era irónico y Caethari no se había molestado. Liran suspiró y luego me dijo:

—Tiern Velasin...

—Solo Velasin —dije sintiendo el impulso de ofrecerle la misma intimidad que él me había brindado.

Los labios de Liran se torcieron.

—Velasin —corrigió—. Normalmente no voy pregonando sobre mi persona, y menos con gente a la que acabo de conocer, pero puesto que estaré en tu reunión matrimonial, que, por cierto, he recibido la invitación hace una hora y me muero de ganas de asistir —añadió mirando a Caethari, quien inclinó la cabeza en reconocimiento—. Como eres, por decirlo finamente, raliano, prefiero decírtelo yo mismo antes de que algún graciosillo decida soltártelo para ver cómo reaccionas.

En ese momento, estaba totalmente desconcertado.

—¿Decirme qué?

—Que mi interés en la magia se debe a que en un principio se me consideró mujer —contestó Liran sin rodeos—. Desde bien temprano supe que no lo era y aquí no hay nada vergonzoso al respecto, pero entiendo que en Ralia las cosas son… diferentes.

La pausa que siguió a su declaración fue bastante significativa para considerarla vencida. Absorbí la admisión entendiendo por qué Liran había optado por decirlo, aunque odié haberlo puesto en esa situación y dije:

—Es cierto, pero yo no, eh…. En ese aspecto, no soy muy raliano.

Liran arqueó una ceja.

—¿No?

Me sonrojé intentando averiguar el mejor modo de expresarme. La magia para alterar el cuerpo a la que Liran se refería provocaba la misma risita lasciva en Farathel que otros muchos conceptos tithenai, pero aunque en raliano había términos equivalentes para «kemi» y para los maridos de un marido, había una cantidad inquietante de viciosos epítetos para gente como Liran.

Finalmente, dije:

—No excusaré a mi nación natal. Somos abominables en muchas cosas. Pero, como bien sé por experiencia, menospreciar una cosa no impide que exista. —Tragué saliva mirando a Liran a los ojos—. He conocido anteriormente a hombres y mujeres como tú, aunque no siempre han tenido acceso a la magia corporal. Ralia no los trata con amabilidad, y sin embargo ellos han sido invariablemente agradables conmigo. Una mujer… —Me callé sin saber si tales detalles eran necesarios o incluso deseados, pero Liran me indicó que continuara, así que le hice caso—. Una mujer que conozco es sanadora. Antes de conocerla, creo que nunca había oído hablar de las personas metem. —Utilicé el término tithenai aliviado por no tener que confiar en la palabra raliana menos ofensiva que se me ocurriera—. Pero aunque yo era un ignorante, fue paciente conmigo. Fue algo más que eso, le salvó la vida a mi mejor amigo. La vida de Markel —agregué para que Caethari lo supiera.

A mi lado, mi marido hizo un sonido de sorpresa. Hasta entonces, no me había parecido incongruente que no supiera cómo nos habíamos conocido Markel y yo. Era una historia que tenía pocas ocasiones de contar o, más bien, para la que normalmente no tenía una audiencia de confianza, pero de repente no me pareció bien.

Liran frunció el ceño.

—Markel... ¿es el sirviente que ha mencionado Cae? ¿Al que apuñalaron en tu lugar?

—Justo —confirmé—, aunque, más que nada, es mi amigo. Siempre lo ha sido, en realidad, aunque explicar eso en Ralia es... difícil.

—Por suerte, no estamos en Ralia —dijo Liran—. Me gustaría escuchar la historia completa.

No había nada hiriente en su declaración, solo una curiosidad auténtica. Miré a Caethari y, al notar que él también parecía interesado, decidí *¿por qué no?*

—Conocí a Markel cuando estaba a punto de cumplir catorce años —empecé—. Mi padre nos había llevado a mis hermanos y a mí a Farathel por asuntos de negocios. En primer lugar solo quería llevarse a Nathian para enseñarle sus deberes como heredero, pero como Revic armó un alboroto por tener que quedarse atrás, acabamos yendo todos. Pero esa noche, él tenía un compromiso al que ninguno de nosotros habíamos sido invitados, así que nos dejó en el estudio y nos dijo firmemente que no saliéramos solos.

Caethari resopló.

—Me parece una expectativa demasiado ambiciosa para tres jóvenes nobles.

—Y se demostró que así era —confirmé irónicamente—. Nathian quería salir, por supuesto, tenía dieciocho años, era prácticamente un hombre adulto, pero también lo habían dejado a cargo y se lo tomó en serio, aunque solo fuera porque eso le confería permiso para mandarnos a Revic y a mí. Revic tenía dieciséis años por aquel entonces y quería colarse en los burdeles. Evidentemente, Nathian se escandalizó, lo que solo hizo que Revic se empeñara más en avergonzarlo; no pararon de decirse cosas cada vez más lascivas hasta que estuvieron casi en la garganta del otro. Así que cuando yo, el tonto del hijo menor, decidí intervenir, les dije a ambos que se calmaran y eso hizo que Revic se enfadara tanto que dijo que el único motivo por el que yo no quería ir a los burdeles era porque allí no habría ningún hombre con el que pudiera fornicar. —Me estremecí ante el recuerdo—. Más adelante, me di cuenta de que no *conocía* realmente mis inclinaciones, solo lo sospechaba o intentaba conseguir una reacción, pero aun así, no es el tipo de acusación que se hace a la ligera en Ralia.

»Me quedé paralizado, estaba aterrado. Pero Nathian se enfureció con él, estaba absolutamente indignado porque hubiera dicho algo tan obsceno sobre su hermanito. —Solté una risa amarga, la ironía todavía me dolía una década después—. Entonces llegaron a las manos y yo me vi en el medio. Lo más indigno que hayáis visto nunca, todos empujándonos y dándonos patadas y puñetazos. Hicimos tanto ruido que vino la cocinera y Revic saltó y huyó de la casa gritando que podía hacer lo que quisiera y que ninguno de los dos podíamos detenerlo. Le supliqué a Nathian que fuera tras él, pero se negó: simplemente se metió en la cama para ocuparse de su ojo morado en privado.

—¿Estabas preocupado por Revic después de lo que te había dicho? —preguntó Liran claramente sorprendido.

Me reí.

—Era una preocupación puramente egoísta, te lo aseguro. Tal vez Nathian estuviera al cargo, pero si padre volvía a casa y veía que Revic había desaparecido, sabía que nos haría responsables a los dos. Así que decidí ir a buscarlo yo mismo. Lo cual fue... bueno, como he dicho no tenía ni catorce años, estaba solo e iba a pie por la capital que nunca antes había explorado. Revic tenía ventaja sobre mí y yo me consideraba inteligente porque sabía que probablemente hubiera burdeles junto a los muelles del río. Se podía ver el río desde nuestro estudio, así que me pareció que sería una caminata fácil. —Hice una pausa, disgustado con el Velasin joven—. No lo fue. Cuando me di cuenta de mi error, ya había cubierto la distancia suficiente como para no querer volver con las manos vacías, pero tampoco tenía dinero para tomar un carruaje, así que seguí avanzando.

—Cabezota —murmuró Caethari con algo parecido a una cariñosa exasperación.

—Cabezota —coincidí—. Y, en este caso, también extremadamente tonto. Estaba oscuro cuando llegué a uno de los distritos de luz roja más sórdidos y no se me había ocurrido que, de hecho, llamar a la puerta de un burdel y preguntar si mi hermano estaba ahí no era una buena estrategia.

Liran soltó una carcajada escandalizada.

—¡Dime que no hiciste eso!

—Lo hice —admití—. El portero del primer establecimiento al que fui simplemente se rio de mí, el segundo me dio un golpe en la cabeza y el tercero me dijo que era demasiado joven para ser cliente, pero que, si quería trabajar, siempre buscaban a muchachos agraciados en La Pluma Azul o en la calle Kestrel. Después de eso, me di cuenta de que necesitaba un enfoque diferente. —Puse los ojos en blanco—. Así, pues, mi siguiente movimiento ingenioso fue empezar a mirar por los callejones de *detrás* de los burdeles buscando un modo de entrar a escondidas.

Caethari ahogó una carcajada entre las manos.

—¡Santos, Velasin!

—Sí, sí. —Le lancé una mirada nerviosa—. Aun así, tuve suerte. Nadie me molestó y, para mi gran enfado, todas las puertas traseras que encontré estaban cerradas o vigiladas, todas excepto una. —Se me cerró la garganta de repente. Incluso una década después, el recuerdo seguía siendo agudo y claro como el cristal—. Me agaché cuando vi la puerta abierta pensando que podría quedarse entreabierta y podría colarme. En lugar de eso, salió un hombre (un hombre grande, uno de los matones que tenían mucha clientela) y lanzó a alguien al callejón. Era un muchacho, un muchacho pequeño, más joven que yo, y el sonido que hizo cuando se golpeó contra los adoquines… Años después todavía tenía pesadillas con ese sonido, como de carne mojada que cae al suelo de la cocina. —Me estremecí pasándome una mano por la cara.

»No descubrí los detalles hasta mucho después, pero resultó que era Markel. Era huérfano, trabajaba en el hotel como sirviente para todo, iba y venía cumpliendo recados y apenas le pagaban. Había estado guardándose las monedas debajo de un tablón del suelo, pero el matón las había encontrado y había pensado que se merecía una buena bonificación. Markel se las volvió a robar, pero el matón lo descubrió y les dijo a todos que era un ladrón; Markel no podía defenderse (es que es mudo) —agregué para que Liran lo entendiera— y nadie se molestó en darle una pluma o en esperar a que dibujara signos en el suelo para explicarse. Así que el matón lo golpeó hasta dejarlo sangrando y lo abandonó para que muriera con el permiso de su empleador. Yo lo encontré allí y no podía... no podía simplemente dejarlo abandonado. Así que lo recogí, era todo piel y huesos, habíamos tenido perros más pesados... y fui a buscar ayuda.

Se hizo el silencio entre nosotros. Miré al suelo consciente de la atención de Caethari y de Liran, y cuando continué, mi voz era más áspera que antes.

—Podéis imaginaros a dos muchachos en medio de la oscuridad, uno de ellos llorando y buscando a un médico y el otro casi muerto. Era hijo de un noble, estaba acostumbrado a que la gente me hiciera caso. La idea de gritar pidiendo ayuda y no encontrarla, la idea de que arrojaran a un muchacho como si fuera basura, estaba en un lado del mundo que nunca antes había visto. Los adultos me insultaban cuando intentaba pedirles ayuda, se daban la vuelta o me arrojaban cosas. Estaba angustiado, no tuve la sensatez de volver corriendo por donde había venido hacia los distritos más acomodados, pero, de todos modos, si lo hubiera hecho, me habría encontrado con otro tipo de problemas. Así que, en lugar de eso, me adentré más en los barrios pobres gritando y llamando a puertas en busca de ayuda. Finalmente, alguien me respondió.

»Ella se llamaba Aline. Su trabajo se había convertido en ayudar a quienes más lo necesitaban, a los pobres, a la gente que no tenía a dónde ir. Nos acogió y usó su magia para mantener vivo a Markel y la medicina mundana para calmar sus otras heridas. Probablemente, debería haberlo confiado a su cuidado y haberme marchado a casa, pero no se había despertado y era consciente de que, si lo dejaba allí, después yo no podría volver. Así que me quedé. Me dormí en el suelo a su lado y me desperté al día siguiente lleno de pánico. En ese momento, me di cuenta de que Aline... no se parecía a ninguna mujer que hubiera visto antes. —Sonreí avergonzado por mi antigua ignorancia, pero feliz por estar pensando en Aline—. Fue franca conmigo sobre los metem y paciente con mis preguntas, y me di cuenta de que su vida, la sospecha y el miedo con el que vivía se parecían bastante a mi propia experiencia. Así que le conté que me gustaban los hombres y ella fue muy amable. Era la primera persona a la que se lo decía y me dio unos consejos que en ese momento hicieron que me ardieran las orejas, pero ¡después los agradecí muchísimo!

Todos nos reímos ante eso compartiendo camaradería. Liran había recuperado su brillante sonrisa y yo agaché la cabeza, avergonzado por lo mucho que me afectaba.

—Markel se despertó poco después. Al principio me asusté porque pensé que los golpes le habían dañado la voz, pero Aline le dio algo para escribir. Le habían enseñado las letras, pero poco más; había descifrado la ortografía por su cuenta. Así nos dijo que el mutismo no era algo nuevo, aunque no sabía si había nacido así o si se debía a algún accidente durante su infancia. Hablamos así un buen rato con Aline, observándonos, y me sentí… me sentí como una persona. No era un noble, no era el hijo o el hermano de nadie, era solo una persona. Él tenía once años y no sabía quién era yo. Markel me gustó. No, no de un modo romántico —agregué mirando a Caethari—, pero me gustó y yo también le gusté a él y sabía que no tenía ningún sitio al que ir.

—Así que… me lo llevé conmigo a casa —espeté—. Me pasé todo el camino de vuelta intentando pensar razones por las que padre debería darle trabajo, por qué era lo correcto. Sabía que yo iba a tener problemas por haberme escapado y haber estado fuera toda la noche y no quería que esos problemas afectaran también a Markel. Pero, cuando volvimos, padre se sintió tan aliviado de verme vivo y entero que no hizo más preguntas. Simplemente le solté la primera mentira que se me vino a la mente: que había ido a buscar a Revic y Markel había sido herido al querer protegerme de unos rufianes, y lo aceptó. Así que, cuando le pregunté si Markel podía formarse para ser mi ayuda de cámara, él también estuvo de acuerdo. Y lleva conmigo desde entonces.

»Pasaron tres años antes de tener la oportunidad de volver a buscar a Aline. Nos costó mucho rastrearla, incluso cuando encontramos el distrito adecuado, los lugareños la protegían porque no querían que un noble la metiera en problemas, pero al final lo logramos. Le di todo el dinero que llevaba encima y le agradecí, muy efusivamente, por los consejos que me había dado para la cama. —Sonreí ampliamente—. Hemos mantenido el contacto desde entonces, financié los inicios de su clínica, pero tiene cabeza para las inversiones y se ha mantenido bastante bien con esas ganancias desde hace un tiempo.

Me quedé en silencio frotándome la nuca, cohibido. Hubo un breve instante durante el cual se me revolvió el estómago con ansiedad ante la idea de haber metido la pata de nuevo de algún modo, pero entonces Liran rompió nuestro mutismo con una suave carcajada.

—Eres un tipo sorprendente, Velasin Aeduria. ¿Te lo han dicho alguna vez?

Me ardieron las mejillas; Liran era la primera persona además de Caethari que me llamaba Aeduria en lugar de vin Aaro y me afectó de un modo que no había anticipado.

—Normalmente, suelen decirme que soy obstinado —respondí—. Me tomaré lo de «sorprendente» como un cumplido.

—Y harás bien, lo he dicho en ese sentido —contestó y me volví a sonrojar. Lunas, ¿por qué tenía que ser tan guapo? Ni siquiera la belleza de Caethari me ponía tan nervioso, aunque eso tenía más que ver con la inherente mortificación de saber que me había visto en mi peor momento y sin nada de sensatez. Un monstruoso impulso conectó un pensamiento con el otro y, durante un momento, me imaginé cómo debieron lucir juntos Caethari y Liran.

La imagen mental era tan abrumadora que me ahogué al visualizarla provocando miradas sobresaltadas en ambos.

—¡No os preocupéis! —jadeé con la cara roja y ridiculizado—. Estoy bien, solo ha sido… nada. Absolutamente nada.

—¿Quieres un poco de té? —preguntó Liran, preocupado—. Elit ha salido ahora mismo, pero seguro que puedo hervir una tetera sin prender fuego a nada. —Asumí que Elit era su sirviente.

Negué con la cabeza, tragué saliva y conseguí recuperar el control.

—Muchas gracias por el ofrecimiento, pero no hace falta, de verdad.

—¿Seguro que estás bien? —preguntó Caethari. Asentí firmemente y me sentí aliviado de un modo que no se puede expresar con palabras cuando él se relajó y dijo—: En ese caso, Liran, me temo que deberíamos volver ya al Aida. Le había dicho a tar Raeki que íbamos ya hacia allí y, teniendo en cuenta todo lo que ha pasado, no me sorprendería que enviara una partida de búsqueda si nos retrasamos demasiado.

Liran rio.

—No podemos permitírnoslo, ¿verdad? Envíale saludos al tar.

Nos pusimos de pie, y aunque lancé una mirada anhelante al caballete de Liran, no logré echarle un vistazo a su creación.

—En cuanto descubra algo, os lo haré saber —prometió Liran desde la puerta—. ¿Preferís que envíe un mensaje o que vaya en persona?

—Si puedes, en persona —dijo Caethari en tono de disculpa—. Odio sospechar que algún miembro del personal del Aida pueda interceptar el mensaje, pero después de lo que le pasó al caballo de Velasin...

Liran hizo una mueca de comprensión, luego cambió la expresión a la velocidad de la luz y me sonrió.

—Ha sido un placer conocerte, Velasin. —En su mirada se reflejó una chispa de picardía—. Ya estaba ansioso por ir a la reunión matrimonial, pero ahora tengo todavía más ganas. —Y, antes de que pudiera prepararme, se inclinó y me dio un beso en la mejilla.

Me quedé allí, sorprendido, mientras él hacía lo mismo con Caethari, y luego se marchó retirándose de nuevo a sus aposentos como si nada.

—Bueno —dijo Caethari tras un momento. Me lanzó una mirada que se suponía que tenía ser irónica, pero no pude evitar fijarme en que, al igual que el mío, su rostro estaba más sonrojado de lo habitual—. Ese es Liran.

—Sí que lo es —comenté y empecé a bajar las escaleras.

25

Volvimos al Aida sin más incidentes y cuando llegamos a los establos encontramos a un Raeki ansioso y con el ceño fruncido.

—¿Dónde estaban? —le ladró a Caethari—. ¡Creía que les había pasado algo!

—Hemos pasado a visitar a un amigo —contestó Caethari bajando de su caballo y entregándole las riendas a un mozo que pasaba por ahí. Mientras yo hacía lo mismo, los nervios de Raeki se relajaron visiblemente.

—Bueno, bien —murmuró—. No hemos atrapado al corredor, por si se lo estaban preguntando. Dai Sirat ha hecho todo lo posible, pero se ha escapado demasiado rápido por los tejados. Lo ha perdido en una manzana.

—Aun así, la excursión no ha sido un fracaso total —comentó Caethari. Se metió la mano en el bolsillo, sacó la flecha que habíamos encontrado y se la tendió a Raeki—. ¿Puedes confirmar que es como las que mataron a ren Baru? Y que alguien revise sus libros de contabilidad, hay pocas posibilidades de encontrar algo, pero a estas alturas, necesitamos toda la ayuda que podamos conseguir.

—Considérelo hecho, tiern. —Raeki vaciló—. ¿Desea examinar las cartas y los panfletos usted mismo o prefiere que los mire yo?

Caethari me miró expectante y pasó un momento vergonzoso antes de que me diera cuenta de que quería mi opinión. Tosí para ocultar mi sorpresa y dije:

—¿Por qué no les echamos un vistazo primero y ya después vemos si necesitan la atención del tar?

Mi marido sonrió de oreja a oreja.

—Lo que ha dicho Velasin.

—Muy bien, tiern.

Mientras Raeki se marchaba, dimos tres pasos hacia el Aida antes de que una joven sirviente se acercara corriendo y se detuviera delante de nosotros.

—¡Tiern Caethari! —exclamó con seriedad—. Tieren Halithar solicita que usted, su marido y el sirviente de su marido se unan a él para cenar esta noche. Por favor, deben estar en el Salón Jardín al atardecer.

—Ah —dijo Caethari quien, a juzgar por la expresión de su rostro, se lo esperaba tan poco como yo—. Eso sería, eh... sí, por supuesto. Claro que estaremos allí. Gracias.

—Sí, tiern —contestó la sirviente y se marchó de nuevo rápidamente.

—¿Debería preocuparme? —pregunté medio en broma cuando empezamos a andar de nuevo.

—No, en absoluto. —Caethari se pasó una mano por la cara y suspiró—. No debería sorprenderme que quiera conocerte bien... y también a Markel, pero el día de hoy ha sido...

—¿Agotador?

—Sí, eso. —Me lanzó una sonrisa cansada—. Seguramente también estarán allí Riya y Laecia. Las quiero mucho a las dos, pero en esta ocasión preferiría quedarme en nuestros aposentos con una botella de vino. O con dos botellas incluso.

—Es una idea encantadora. —Hice una pausa— ¿Tenemos que decírselo a Markel o ya lo sabrá?

Por toda respuesta, Caethari maldijo y cambió de dirección encaminándose hacia la enfermería.

Encontramos a Markel una vez más acompañado por ru Telitha, ambos enfrascados en una conversación íntima pero animada que era, por lo que parecía, medio signada y medio escrita.

—Hola, Markel —saludé dirigiéndole también una sonrisa a su acompañante—. Tieren Halithar nos ha invitado a cenar esta noche. ¿Te apetece?

Markel asintió.

—Me he sentido un poco enclaustrado estos días —signó—, aunque Telitha ha sido una compañía excelente. Una cena suena bien.

Ru Telitha nos miró al uno y al otro boquiabierta.

—¿Hablas tithenai? —exclamó.

Markel se quedó paralizado mientras yo reprimía una maldición. Tan distraído como estaba, había olvidado cambiar al raliano.

—En efecto —confirmé estremeciéndome ante la mirada dolida que atravesó el rostro de ru Telitha—. Pero, por favor, ru, no le guardes rencor por ocultártelo. Yo le pedí que lo mantuviera en secreto.

Ru Telitha pareció aplacarse un poco ante mis palabras, aunque había un rastro de puchero en su expresión cuando se volvió hacia Markel y le dijo:

—¡Y me has dejado estar todo el día traduciendo para ti!

Markel sonrió.

—Lo siento. Por si sirve de algo, has hecho un trabajo excelente y es reconfortante saber que no has intentado en ningún momento engañarme con una traducción incorrecta.

—Hum... —dijo ru Telitha. Me lanzó una mirada especulativa y supe que en menos de una hora yasa Kithadi estaría al tanto de que Markel era políglota. Me habría preocupado más si no hubiera alcanzado ya el límite de mis capacidades de preocuparme por las pequeñas intrigas de la corte—. Bueno, supongo que eso significa que, evidentemente, tienes un lado serio. —Esta última afirmación iba dirigida a Markel y, por supuesto, hacía referencia a alguna conversación que habían mantenido previamente. La sonrisa de Markel se ensanchó, lo que provocó un resoplido en ru Telitha e hizo que se reajustara las gafas.

—Haré que te manden ropa limpia, si es aceptable —sugirió Caethari lanzándome una mirada de interrogación.

Markel hizo una mueca.

—Mejor aún, puede convencer a ru Zairin de que me deje lavarme como toca.

Reí y traduje su disgustada petición para los demás.

—Haré lo que pueda —dijo ru Telitha—. ¿Para cuándo necesitan que esté listo?

—Al atardecer en el Salón Jardín.

—Allí estaré.

Una vez establecido eso, Caethari y yo reanudamos el camino hacia nuestros aposentos moviéndonos sincronizados rápida y silenciosamente para evitar más interrupciones.

Afortunadamente, nadie nos molestó en todo el trayecto y dejamos escapar suspiros de alivio cuando se cerró la puerta detrás de nosotros.

—¡Me pido el primer baño! —exclamé—. Tú ya te has bañado dos veces, no tienes tanta necesidad.

—Eso es discutible, pero lo acepto —respondió Caethari curvando los labios, divertido—. Además, también podría aprovechar para ver si hay algo en esas cartas. No estoy seguro de que tengamos esa suerte, pero nunca se sabe.

—Suplicaré a las lunas en tu nombre —añadí y me metí en el baño.

El vapor llenó el aire cuando abrí el agua caliente y, por primera vez en horas, me permití relajarme. Desvistiéndome, dejé la ropa doblada en el cesto y me ocupé con otras abluciones mientras se llenaba la bañera. Había un pequeño frasco de vidrio con sales de baño en una esquina y me di el gusto de echar unas pocas en el agua. Un agradable aroma inundó el aire, olía a jazmín con algo más agudo y mineral. Suspirando con alivio, cerré los grifos y me metí en la bañera cerrando los ojos mientras descansaba la cabeza en los azulejos de cerámica brillante.

Mis pensamientos eran un torbellino. No quería procesar los eventos de la mañana, ni el almuerzo con Laecia y, por supuesto, nada que tuviera que ver con Killic, así que me centré en Liran y Caethari. Era fácil visualizarlos como pareja: su amistad estaba llena de una familiaridad burlona, bromas compartidas y respeto mutuo, por no hablar de lo guapos que se veían uno al lado del otro. Costaba entender por qué no seguían juntos, pero, en ese momento, me di cuenta de que no tenía ejemplos de relaciones que hubieran acabado bien. Pensé de nuevo en los padres de Caethari, cuyo divorcio habría sido inconcebible en Ralia, y me pregunté si alguna vez escucharía la historia completa o si alguna vez sabría qué había separado a Caethari y a Liran de paso. ¿Saldría el tema en la reunión matrimonial? ¿Era un tema sobre el cual se me permitía preguntar o se esperaba que simplemente lo dejara pasar?

Mi excitación llegó tan lentamente que casi no me di ni cuenta, hasta que de repente el lento movimiento de mis dedos sobre mis muslos dejó de ser tan relajado. Hice un ruidito de sorpresa y me quedé quieto, agudamente consciente del hecho de que, desde aquella noche en el jardín, no me había aliviado ni una sola vez. Al principio lo había achacado a las circunstancias (los viajes públicos al aire libre no eran propicios para tales cosas), pero incluso cuando me habían dado mi propia habitación, tampoco me había molestado en aliviarme. O tal vez sí, pero me había dado demasiado miedo intentarlo, teniendo en cuenta los eventos más recientes.

Killic ya me había arrebatado demasiadas cosas. Me negaba a que me privara de esto también.

Cerré los ojos con la piel ardiente por razones que poco tenían que ver con el calor del agua y me estremecí cuando me tomé entre las manos. El placer me inundó mareándome con su urgencia repentina. Apoyé la cabeza hacia atrás mientras se me aceleraba la respiración con imágenes de Caethari y de Liran desdibujándose en mi mente. Pensé en Caethari como lo había visto esa mañana (desnudo excepto por una toalla prestada y húmedo tras haberse dado una ducha, tan firme, musculoso y con los ojos llenos de dulzura) y me imaginé lo que podía haber pasado después si yo hubiera tenido habilidades de seducción, valor para intentarlo con él y el contenido de mi cofre de palisandro a mano.

En una situación diferente, podría haberme avergonzado por lo fuerte y repentino que llegó mi clímax, pero, en lugar de eso, estaba abrumado, apenas logré sofocar un grito mordiéndome el labio con fuerza. Se me nubló la visión, el pulso me retumbaba en los oídos. Me quedé como aturdido, mirando hacia el techo como si nunca antes lo hubiera visto, y estuve a punto de reír de puro alivio al confirmar que tal placer seguía siendo mío, que acudía a mi voluntad, que no lo había perdido (como había empezado a sospechar) ni me lo habían arrebatado para siempre. Ahora esa preocupación me parecía una tontería mientras todavía sentía el hormigueo en la piel, pero prefería esa tontería a la alternativa.

Cuando finalmente me moví para alcanzar el jabón, me sentí más ligero de lo que me había sentido en días. Recordé un fragmento de música, una melodía popular raliana que Nathian nunca confesaría que le gustaba, y empecé a tararearla mientras me lavaba. Abrí el agua fría para enjuagarme el pelo, vacié la bañera y me sequé con la toalla negando que la perspectiva de una cena con mi familia política pudiera arruinar mi buen humor.

Al salir del baño, me encontré a mi marido frunciendo el ceño ante las cartas de ren Baru, pasando rápidamente de una página a otra como si intentara descifrar un código.

—¿Alguna alegría?

Caethari levantó la mirada y se sobresaltó al verme abriendo mucho los ojos. Se me calentaron las mejillas, pero después de su comportamiento esa misma mañana, me negaba a sentirme avergonzado por llevar tan solo una toalla en la privacidad de mis propios aposentos y lo reté en silencio a hacer algún comentario arqueando una ceja. Puede que no tuviera su físico envidiable, pero tampoco era nada feo.

—Ah —murmuró Caethari tras un instante—. Ah... no, así no. Solo estoy... confundido. —Señaló las cartas—. Por lo que he podido ver, no están escritas por ren Baru ni dirigidas a él, la única firma es una inicial y en ellas no se nombra a nadie. Son cartas de amor, más o menos, aunque con un toque bastante sombrío: una mujer joven, infelizmente prometida, escribe para suplicarle a su amante que vuelva a casa y mate a su prometido.

—Sí que es sombrío —coincidí—. ¿El amante obedece su orden de asesinato o lo deja en el aire?

—Parece ser que un poco de ambas. —Caethari dejó las cartas sobre la mesa—. Leyendo entre líneas... no tengo las cartas del amante, pero en las respuestas de ella se refleja lo que le ha dicho. Al amante le han impedido volver, aunque jura que matará a su marido si está casada cuando vuelva y la muchacha tiene miedo de lo que le pueda pasar.

—Un relato desagradable —comenté reprimiendo una chispa de empatía por la mujer en cuestión.

—Desagradable, sí —repitió Caethari con el ceño fruncido—, pero también muy extraño.

—¿Extraño en qué sentido?

Caethari hizo una pausa.

—Es difícil decirlo —contestó, frustrado—. No es una cosa sola, sino muchos detalles juntos. ¿Por qué su familia está obligándola a casarse en primer lugar? ¿Por qué mantenía a su amante en secreto? ¿Por qué no expresa su intención de divorciarse si se opone a la unión?

—Puede que sea raliana —bromeé sombríamente—. Ninguna de vuestras cortesías tithenai se aplicaría en ese caso.

Caethari me miró fijamente.

—¡Velasin, eres *increíble*!

Me sonrojé más por el elogio que por su mirada.

—No seas absurdo. Las cartas están escritas en tithenai, ¿no? ¿Por qué iba a escribir en tithenai una muchacha raliana?

—Tú hablas tithenai —señaló—. Y tiene mucho sentido si su amante es tithenai, pero su prometido no.

—Eso no explica qué hacían sus cartas en el cajón de ren Baru.

—Los misterios de uno en uno —replicó Caethari. Se levantó de la silla y se dirigió al baño pasando tan cerca de mí que su camiseta me rozó el hombro.

Me estremecí levemente, me quedé anclado en el suelo y, hasta que no oí la puerta cerrándose, no recordé mi necesidad de vestirme. Aun así, en cuanto estuve a salvo en la privacidad de mi habitación, no me moví para buscar mi ropa, simplemente me dejé caer boca abajo sobre la cama sin hacer nada y apoyé la cabeza en el codo. No era mi intención dormirme, pero lo siguiente que sé es que Caethari estaba llamando a mi puerta y preguntando ligeramente preocupado:

—¿Velasin? ¿Todo bien ahí dentro?

—Estoy bien —grazné en respuesta colocándome de lado. Parpadeé sorprendido, consciente de que la habitación estaba más oscura que antes y de que la luz del sol estaba dejando un crepúsculo plateado a su paso—. ¿Qué hora es?

—Casi el atardecer.

—¡Ay! —Me senté con las extremidades rígidas por haber descansado en una sola posición sin beneficiarme de una manta y empecé a vestirme a toda prisa. Era un suerte que me hubiera dormido boca abajo, de lo contrario se me habría quedado el pelo con una forma ridícula y habría parecido un estúpido durante la cena. Tal y como lo tenía, las ondas de un lado estaban ligeramente más pronunciadas que en el otro, lo que solucioné retirándome el pelo con una cinta.

Bendiciendo en silencio a ren Lithas, me puse otro conjunto de ropa nueva, comprobé mi aspecto en el espejo y corrí con Caethari, quien se levantó de su sitio en la mesa cuando salí.

—Lo siento —me disculpé pasándome tímidamente una mano por el pelo—. Me he quedado dormido.

—No te culpo —respondió. Me miró de arriba abajo (no con lujuria, sino para comprobar que estaba bien) y asintió—. ¿Listo para ir?

Sonreí.

—Como nunca.

Todavía no había estado en el Salón Jardín, así que Caethari fue delante cuando salimos de nuestros aposentos, tomando nuevos caminos y giros por el Aida. Tras unos minutos, tosió y dijo:

—Técnicamente, esta es mi presentación de tu persona a mi familia. Así que puede que sean... un poco inquisitivos preguntando cómo te vas adaptando.

Resoplé.

—Francamente, mientras ninguno intente apuñalarnos a Markel o a mí, lo consideraré un éxito.

Caethari se rio ante esto y, cuando doblamos la siguiente esquina, nos encontramos ante unas puertas dobles, elaboradamente talladas.

—Después de ti.

Con una pequeña punzada de nerviosismo, entré.

Comprendí que el Salón Jardín se llamaba así porque sus grandes paredes laterales estaban cubiertas de plantas vivas y exuberantes. Había elaboradas jardineras de piedra y madera llenas de tierra donde crecían frutas y plantas, mientras que el techo alternaba entre zonas de piedra y otras de cristal con un patrón de cuadros asegurándose de que a la vegetación no le faltara luz. Una larga mesa de madera ocupaba el centro de la sala, mientras que la pared trasera eran otras puertas dobles, ambas abiertas revelando un balcón de piedra semicircular. En ese momento, recordé que estábamos en la tercera planta del Aida.

El efecto era tan bonito que me llevó un momento darme cuenta de que la sala estaba iluminada por luces mágicas en lugar de por velas, las primeras que veía en el Aida, con forma de flor en recipientes de vidrio coloreados sobre soportes de metal que simulaban enredaderas entrelazadas. Miré a Caethari con los labios separados para formular la pregunta sobre la aparente excepción a la norma de su padre y vi que tenía una sonrisa triste en el rostro.

—Esta sala es obra de mi madre —explicó en voz baja—. Antes se llamaba Salón Piedra, pero a ella no le gustaba, decía que era demasiado frío, así que eligió y cuidó las plantas ella misma, hizo que instalaran los paneles de vidrio en el techo e insistió en las luces mágicas para que nada pudiera quemarse accidentalmente.

—Francamente, una de sus mejores decisiones —comentó una voz conocida.

Nos dimos la vuelta y Caethari le ofreció una fluida reverencia a yasa Kithadi.

—Hola, abuela.

—Sí, sí. —Agitó la mano moviendo los dedos con irritación y luego volvió su atención hacia mí recorriendo mi ropa tithenai con la mirada—. Por lo que veo, te has aseado de un modo bastante pasable.

—Le aseguro que es todo obra del sastre.

—Me lo creo —contestó echando un vistazo a su alrededor. Chasqueó la lengua—. Veo que Halithar ha dejado que los invitados llegasen primero. ¡Qué típico!

—Somos familia, no invitados —repuso Caethari, no sin falta de razón.

Para mi gran sorpresa, yasa Kithadi se rio ante esto, una carcajada repentina que atravesó la habitación y sonó como cerámica rompiéndose.

—¡Ja! Es cierto, es cierto. —Le dio una palmadita amable en el hombro y se dirigió a la mesa, eligiendo una silla aparentemente al azar y sentándose.

Le lancé una mirada confusa a Caethari.

—¿No hay un orden para los asientos?

—¿Qué?

—Un orden para los asientos —repetí—. Ya sabes, lugares establecidos en los que nos tenemos que sentar.

—No para una cena privada.

Suspiré.

—¿Estoy siendo raliano de nuevo, verdad?

Caethari me dirigió una sonrisa que hizo que recordara el calor de la bañera de repente.

—Puede que solo un poco —comentó—. Pero eso no es ningún defecto.

Mientras nos movíamos para tomar asiento (ambos enfrente de yasa Kithadi, lo que me gustó, puesto que en Ralia se insistía en que los cónyuges debían sentarse uno enfrente del otro) se produjo un alegre clamor en la puerta y entraron ambas tieras enfrascadas en una discusión juguetona. Justo después de ellas entró Markel, quien sonrió y se dirigió hacia mí. Lo observé moverse fijándome que todavía estaba lejos de recuperar su velocidad habitual y cojeaba levemente apoyando más peso en un lado. Aun así, noté un gran alivio en el pecho al verlo de pie.

Cuando Markel se sentó en la silla a mi izquierda, Caethari se inclinó hacia adelante y signó un saludo para él. Markel se lo devolvió y la comodidad entre ellos relajó una ansiedad que no sabía que estaba sintiendo.

Las tieras todavía no se habían sentado porque Laecia se había desviado para examinar una de las luces mágicas.

—¿Lo ves? —preguntó levantando la mano para señalarla—. Los detalles del artifex no requieren menos habilidad que cualquier otro tipo de artesanía.

Riya negó con la cabeza.

—Un vidriero hizo el vidrio, no un mago. El mago lo hechizó, sí, y estoy de acuerdo en que ese es un trabajo de artesanía, pero la creación de artifex es una colaboración, no una sola habilidad.

—Aun así, el vidriero no habría hecho el vidrio si no hubiera sido por la orden del mago —replicó Laecia—. Si un sastre hace uso de una tela hecha a mano por un tejedor, no consideramos la prenda que resulta una colaboración, le damos las gracias al sastre.

—¡Es un caso totalmente diferente! —protestó Riya—. La tela es el producto final del tejedor y puede ser usada para cualquier cosa por cualquiera que la adquiera. —Extendió una mano sin llegar a tocar la bola en forma de flor—. Pero cuando el vidriero hizo esta pieza, le pidieron que la creara para un propósito determinado. Eso es lo que la convierte en una colaboración.

—Aun así, el sastre no puede trabajar sin el tejedor. ¿Por qué es tan diferente? —Antes de que Riya pudiera contestar, agregó—: Subestimas la importancia de la magia, como todos en esta familia.

—¡No lo hago! —espetó Riya—. De hecho, yo…

Yasa Kithadi tosió intencionadamente y arqueó una ceja a sus nietas.

—¿Y yo qué soy? ¿Parte del decorado?

Instantáneamente, las tieras dejaron su debate y se acercaron a saludar con el debido respeto a su abuela. Laecia se inclinó para darle un beso en la mejilla. A pesar de haber solicitado ella su atención, yasa Kithadi las apartó con un gesto de la mano con la misma indiferencia aparente que a Caethari, aunque pareció bastante complacida cuando se sentaron cada una a un lado de ella.

—¿Estamos todos, pues? ¡Excelente! —exclamó una voz desde la puerta.

Todos giramos la cabeza y vimos a tieren Halithar llegando por fin con Keletha. La mesa de la cena tenía muchos más espacios que personas y con nosotros seis ya ocupando el centro, mis instintos ralianos se prepararon para una velada con conversaciones gritadas si el tieren y le enviade decidían sentarse cada uno a una punta de la mesa. Pero, en lugar de eso, de un modo mucho más sensato, Keletha se sentó a la izquierda de Riya y el tieren a la derecha de Caethari. Como mi marido había dicho, no era ninguna ceremonia: solo una cena familiar, lo que me hizo alegrarme todavía más por la inclusión de Markel.

Sin ninguna señal perceptible, excepto tal vez la entrada del tieren, los sirvientes empezaron a entrar colocando platos y utensilios delante de nosotros.

—Bueno, Riya, ¿cómo va tu búsqueda para negociar un progenitor para mi futuro nieto?

Riya hizo una mueca.

—Los hombres son horribles —declaró—. Gracias a los santos por no bendecirme con la carga de encontrarlos atractivos.

—En ese caso, deberías haberle pedido a Kivali que hiciera ella las negociaciones —bromeó Caethari.

—Lanzamos una moneda y perdí —contestó Riya irónicamente.

Yasa Kithadi resopló y cualquier insignificante incomodidad presente se desvaneció cuando la familia se relajó en el ritmo de la conversación con bromas y burlas. Incluso la mayor se unió con Keletha burlándose de su hermana por su insistencia en recibir una invitación física para nuestra reunión matrimonial «¡teniendo en cuenta que vives aquí y sabes de sobra que estás invitada!».

—Sigue siendo importante vigilar las propiedades —replicó la yasa lanzándole a su gemele un mirada divertida—. Y, en cualquier caso, tu caligrafía requiere práctica. El último informe tuyo que recibí parecía como si un pájaro hubiera caminado sobre la tinta.

—Mi letra es perfectamente legible —repuso Keletha—. Tu vista, por otra parte…

—¡Mis ojos están perfectamente!

—¿Seguro que ru Zairin está de acuerdo con eso, verdad?

—¡Serás hipócrita! —espetó yasa Kithadi inclinándose hacia adelante y señalando a Keletha con el dedo—. ¡Decirme que le pregunte a le ru por mis ojos cuando tú apenas consientes que te mire la herida de la flecha!

—El hombro se me está curando adecuadamente —contestó Keletha con gran dignidad—. No necesito que me lo toque.

—¡Ja!

La discusión se interrumpió cuando volvieron los sirvientes colocando una deliciosa variedad de platos entre nosotros. Vacilé un poco, inseguro del protocolo, hasta que Caethari me murmuró que era todo para compartir.

—¡Ah! —susurré, tan entusiasmado por la perspectiva que no sabía por dónde empezar.

—Toma —dijo Caethari y se puso a servirme un poco de cada plato mientras me explicaban lo que eran mientras lo hacía. Me ruboricé con su amable atención insistiendo en que se sirviera también a sí mismo y, cuando me ignoró, quise encargarme yo tomando una cuchara de servir para empezar a ponerle comida en el plato. Pesqué a Markel sonriéndome mientras lo hacía y me pare a mitad de camino.

—¿Qué? —le pregunté fijándome en que él ya se había servido puerro y conejo.

—Nada —signó con un brillo de picardía en los ojos—. Es que sois adorables juntos, eso es todo.

Hice un ruido ofendido.

—Nunca he sido ni seré *adorable* —le dije en raliano ignorando su resoplido y puse un trozo de pescado humeante en el plato de Caethari. Mi marido decidió recompensar mi amabilidad con traición traduciendo nuestro intercambio para el resto de la mesa.

—Ay, no sé —comentó Laecia—. A mí sí que me pareces muy adorable.

Se me sonrojó todo el cuello, no sabía qué contestar, sobre todo porque no estaba lo bastante familiarizado con Laecia para saber cómo burlarme de ella.

—Velasin es tan adorable como tiene que serlo —respondió Caethari a la ligera—. ¿Puedes pasarme las verduras?

—Lo que sea por mi querido hermano —dijo Laecia poniendo los ojos en blanco.

La conversación se silenció cuando empezamos a comer, lo que fue un alivio, puesto que todavía estaba embelesado con la comida tithenai y no tenía ningún deseo de concentrarme en cualquier otra cosa mientras probaba los platos que Caethari había elegido para mí. Ninguno de los sabores parecía chocar, las diferentes especias y salsas se complementaban sin ser sosas y desconecté de las personas que me rodeaban mientras me deleitaba saboreando cada bocado.

Por eso, todavía me sobresalté más cuando, de la nada, tieren Halithar preguntó:

—Por cierto, Caethari, ¿hay algún motivo por el que tenemos a un noble raliano encerrado en el Aida?

Caethari se tensó con el kip a mitad de camino de la boca.

—Lo hay —admitió.

El tieren arqueó una espesa ceja plateada.

—Será una buena razón, ¿no? Una tan buena que no has visto necesidad de consultarme.

Caethari se estremeció un poco ante eso.

—Mis disculpas, padre. Pasó todo muy rápido. Pero —añadió antes de que el tieren pudiera volver a hablar—, también pensé que, por razones diplomáticas, estaría bien que pudieras alegar desconocimiento sobre… sus circunstancias.

—Eso pensaste —dijo tieren Halithar. Le lanzó una temible mirada a su hijo, una que me habría hecho acobardarme si hubiera estado en la posición de Caethari. Pero mi marido le devolvió una mirada mesurada y, tras un momento, el tieren resopló y dio una palmada sobre la mesa—. ¡Bueno! Lo hecho está hecho y confío en que lo hayas hecho por una buena razón. Sin embargo, si su visita se prolonga…

—No lo hará —contestó rápidamente Caethari—. Mañana mismo tomará el camino de regreso.

—Bien —aceptó el tieren y, tras decir eso, se centró de nuevo en su cena.

Y eso fue todo. Me quedé paralizado en el sitio con el corazón acelerado esperando a que alguien más preguntara por Killic o pidiera explicaciones, pero no pasó nada. Cuando volví a levantar la mirada, solo Laecia parecía perturbada y miraba a su padre con el ceño fruncido como si tuviera algo que decir o preguntar pero no quisiera aventurarse cuando claramente él había dejado el tema apartado.

Markel me dio un suave codazo para captar mi atención. Con las manos por debajo de la mesa, me preguntó:

—¿Estás bien?

Me tomé un momento para considerar mis sentimientos y me sorprendió descubrir que estaba en calma.

—Sí —signé en respuesta—. Extrañamente, creo que sí.

—Bien —contestó y se metió una albóndiga en la boca.

El resto de la comida fue decepcionante en comparación. Las conversaciones amistosas y las burlas se retomaron cuando nos terminamos el plato principal, llenando la calma antes de los dulces con bromas familiares entre todos los miembros que, a pesar de sus diferencias, parecían caerse bien los unos a los otros. No era lo que me esperaba y me pregunté si eso decía más de mi vida que cualquier cosa que hubiera pasado desde que padre me convocó en Farathel, o si ambas cosas estaban más relacionadas de lo que me atrevía a reconocer.

Cuando sirvieron el postre, estaba delicioso. Consistía en un sorbete helado que se derretía en la boca maridando maravillosamente con el pálido y dulce vino que trajeron los sirvientes.

Al final de la comida, todos se habían reído y habían sido objeto de risas (incluyendo a Markel, que había bromeado con Caethari y conmigo) creando un ambiente cálido y cordial que desafiaba todas mis expectativas de tales cenas. Utilizándome como intérprete, Markel se disculpó, hizo una reverencia a tieren Halithar por haberlo incluido, pero alegó que necesitaba descansar.

—Por supuesto —dijo el tieren reconociendo a Markel con un profundo asentimiento—. Solo lamento que tu primera experiencia en Qi-Katai fuera una puñalada.

Fingí traducirlo al raliano, aunque yasa Kithadi me lanzó una mirada que decía que ru Telitha ya la había informado de las competencias lingüísticas de Markel. Eso me hizo preguntarme si también habría hablado con tieren Halithar, quien la había invitado a la cena, pero entonces recordé su extraño y silencioso tira y afloja sobre sus respectivos sucesores y decidí que probablemente no. Lo más probable era que al tieren no se le hubiera ocurrido que Markel pudiera entender la conversación, a menos que, por supuesto, lo hubiera tenido en cuenta como un motivo para hablar libremente. Era un pensamiento cínico, que chocaba con la agradable velada que acabábamos de tener. No quería pensar mal de mi suegro, pero estaba demasiado acostumbrado a que Markel fuera menospreciado por los demás como para ignorar por completo la posibilidad. Aun así, que se hubiera molestado en invitarlo era una señal positiva y decidí permitirme un poco más de optimismo.

Cuando Caethari se disculpó para retirarnos, Laecia y Keletha se habían intercambiado los asientos para entablar discusiones enérgicas y separadas con sus respectivas hermanas. Me incliné ante el tieren al pasar, fijándome en su mirada divertida con los debates superpuestos, y suspiré, feliz y satisfecho.

—Ha sido… agradable —comentó Caethari mientras volvíamos a nuestros aposentos—. Hacía una eternidad que no cenábamos juntos y la última vez resultó mucho más agresiva. —Me sonrió—. Puede que seas una buena influencia para mi familia.

Me eché a reír ante su comentario.

—Me han llamado muchas cosas, pero «buena influencia» nunca ha sido una de ellas.

—¿No? —Me dirigió una sonrisa descarada—. Supongo que eso significa que tampoco eres adorable.

—Para nada —respondí y caminé más rápido para ocultar mi repentino rubor.

No se me había escapado que empezaba a sentirme decididamente no platónico con respecto a mi marido, pero habiendo acordado ser su amigo, no podía soportar la idea de complicar las cosas entre nosotros. No estaba seguro de poder confiar en mí mismo: ¿lo quería porque era amable o porque era Caethari? No quería creer que estaba tan falto de afecto que incluso las amabilidades más básicas podían hacerme mirarlo con los ojos brillantes en un espacio tan corto de tiempo, pero Caethari era mucho *más* de lo que yo estaba acostumbrado: más abierto, considerado y juguetón y también más *presente*, aunque eso fuera porque aquí nuestra relación era pública y legítima. Incluso los gestos más pequeños me parecían magnificados.

Volviendo a nuestros aposentos, Caethari suspiró de alivio mientras se quitaba las botas junto a la puerta. Me miró con una expresión repentinamente tímida.

—Creo que todavía no estoy lo bastante cansado como para dormir.

—Yo tampoco —respondí con el corazón acelerado.

Caethari asintió.

—¿Sabes jugar a kesh?

—Sí. —De hecho, se me daba muy bien y a Markel también.

—¿Te apetece una partida entonces? Tengo un tablero por aquí.

—Por supuesto —respondí—. Aunque, si no tienes ninguna objeción, voy a quitarme el lin.

—Claro que no —respondió Caethari agachando la cabeza cuando me marché a mi dormitorio.

Hasta que no me saqué el lin por la cabeza no vi el papel y en ese momento lo capté por el rabillo del ojo. Me di la vuelta con el ceño fruncido y dejé el lin al borde de la cama mientras iba a investigarlo. El papel no era nada que reconociera, solo una hoja plegada con nada destacable excepto por el hecho de que estaba en medio de mi cama y, definitivamente, no había estado ahí cuando me había marchado a la cena.

Lo recogí preguntándome si se habría volado de alguna parte, pero cuando lo desdoblé, el mensaje que encontré escrito me encogió el estómago.

«Lo siento mucho».

Sexta parte

CAETHARI

26

Cae durmió poco y mal aquella noche revolviéndose a cada poco e imaginándose ruidos en la puerta y la ventana. Había despertado a Raeki y a la mitad del Aida después de que Velasin encontrara la nota sobre la cama, pero ninguno de los sirvientes ni los guardias a los que había interrogado habían visto a nadie cerca de sus aposentos. Había querido seguir, que llevaran ante él a todos los miembros del personal de Aida hasta que encontrara alguna respuesta, y tal vez lo habría hecho si Keletha no hubiera insistido firmemente en que le delegara la tarea a elle. Cae se estremeció al recordarlo con una taza de khai, algo cansado y muy estresado. Lo que le había dicho realmente Keletha había sido «deja de asustar a tu marido y deja que me encargue yo antes de que caves un hoyo en el suelo de tanto pasearte», y probablemente había dicho algo también sobre las recientes prioridades de Cae y la necesidad de tranquilizar a Velasin sobre su constante deseo de acción.

Velasin temblaba comprensiblemente cuando la había encontrado, pero ahora, durante el desayuno, solo parecía cansado.

Claramente, ninguno de los dos había descansado bien por la noche.

—Markel se traslada hoy —comentó Velasin. Sujetaba la taza de khai cerca de sus labios, aunque Cae todavía no lo había visto beber nada—. Me sentiré mejor con él cerca.

—Yo también —admitió Cae. Cuando Velasin lo miró, se corrigió—: Me refiero a que yo también me sentiré mejor porque él esté cerca de ti.

—Ah —murmuró Velasin ruborizándose detrás de su khai—. Es bueno saberlo.

Cae recordó, no por primera ni por última vez, el roce de la boca de Velasin contra la comisura de la suya y se estremeció. No creía que fuera su imaginación que su marido se estuviera ablandando con él, pero por mucho que una parte ansiosa y deseosa de sí mismo quisiera acercarse a Velasin y besarlo como es debido, las consecuencias si metía la pata eran demasiado horribles como para considerarlo. ¿Cuánto tardaría Cae en recuperar la confianza de Velasin si se apresuraba ahora?

Y, de todos modos, todavía podrás darle un beso en la reunión matrimonial, susurró esa vocecilla deseosa.

Cae apartó el pensamiento a un lado debido al pánico de la autopreservación. Si se pasaba los dos días siguientes pensando en la boca de Velasin, no conseguiría hacer nada y (desafortunadamente, exasperantemente) había asuntos más urgentes que tratar.

Estaba a punto de sugerir hablar primero con Raeki cuando alguien llamó con urgencia a la puerta de sus aposentos. Los dos se tensaron instantáneamente; Cae miró a su marido y, tras una breve y silenciosa conversación, se levantó para ver quién era.

Se esperaba a Raeki o tal vez a Keletha, por lo que se sorprendió al ver a ru Telitha ante él con los rizos retirados de la cara. Cae dio un paso a un lado para dejarla pasar tan sorprendido como educado y, en cuanto la puerta se volvió a cerrar, ella habló:

—Yasa Kithadi necesita que vayan los dos al Pequeño Aida ahora mismo.

—¿Ahora? —preguntó Cae.

—¿Qué ha pasado? —inquirió Velasin al mismo tiempo.

—Será mejor que lo vean ustedes mismos —respondió ru Telitha. Hablaba con voz ansiosa y mostraba una expresión tensa—. Por favor. La yasa no se lo pediría si no fuera urgente.

Cae intercambió otra mirada con Velasin. Ambos estaban ya vestidos para el día, tan solo les faltaba ponerse las botas y Velasin se puso de pie en un instante.

—Guíanos —dijo.

Ru Telitha no dijo nada más mientras los conducía rápidamente por los pasillos del Aida llevándolos a los Jardines Triples por el camino más corto. No se cruzaron a nadie mientras atravesaban la pasarela cubierta, pero cuando llegaron al patio que separaba el Pequeño Aida de los establos, ru Telitha giró hasta el segundo edificio.

—Aquí —dijo sujetando la puerta para que pasaran—. El último compartimento.

Lo primero que notó Cae fue la inquietud de los caballos pateando y moviéndose mientras se relinchaban los unos a los otros. Lo segundo fue un olor poco propio de un establo, pero que había notado cuando habían matado a Quip.

—Oh, dioses —susurró Velasin temblando al pasar por la puerta abierta—. Otro no.

—No es lo que estás pensando —dijo la voz de yasa Kithadi. Salió de la puerta abierta del compartimento con una expresión dura. Su apariencia era impactante: el pelo deshecho, todavía con la ropa de dormir debajo de una bata apenas anudada, y sus pantuflas de ir por casa cubiertas de paja y estiércol.

No solo estiércol, se fijó Caethari. Sangre.

—Aquí —murmuró la yasa—. No entréis, solo… mirad.

Cae echó un vistazo y casi deseó no haberlo hecho. A su lado, Velasin maldijo.

Muerta en el suelo del compartimento debajo de los cascos de la misma palafrén gris que Cae había tomado prestada para acudir al rescate de Velasin (la yegua estaba ahora medio ensillada y los arreos torcidos mientras se apretaba contra la pared con las orejas hacia atrás) había una joven moza. Estaba casi irreconocible: le habían dado varios golpes con fuerza en la cabeza, pero su librea roja y gris junto con su complexión delgada hicieron que pudiera invocar su nombre.

—Ren Vaia Skai —susurró. Miró a su abuela, pálido y conmocionado—. ¿Qué ha pasado aquí?

—Un asesinato —dijo yasa Kithadi con los ojos relucientes—. Aunque se supone que debemos pensar que fue un accidente.

—¿Cómo puedes…? —empezó Cae, pero se interrumpió cuando Velasin le apretó el brazo.

—Mira los cascos traseros —murmuró. Cae lo hizo inhalando bruscamente al ver que estaban llenos de sangre—. Ha muerto a coces. —Velasin miró a yasa Kithadi y agregó—. O es lo que quieren que creamos.

—Si no tuviera otros motivos para encontrarlo sospechoso, me habría dado que pensar la elección de la yegua. —Miró a la palafrén asustada, quien claramente no estaba muy cómoda con un cadáver en su compartimento—. Tengo a Silk desde que era una potra y nunca ha mordido a un mozo, muchos menos ha dado coces. Y Silk *conocía* a Vaia. —Le tembló la voz y flexionó los dedos—. O bien obligaron a Silk de algún modo, ya sea hiriéndola, hechizándola o incitándola a atacar; o los hechos corresponden a una mano humana y ha creado pruebas falsas ensuciándole las patas. De cualquier modo, esto no ha sido ningún accidente.

Cae todavía estaba procesando todo cuando Velasin indagó:

—Pero ¿tiene otros motivos para sospechar?

—Sí —respondió la yasa. Vaciló y luego llamó a ru Telitha, quien se acercó mientras hablaban—. Por favor, pon a Silk en un compartimento separado y haz guardia con... con el cuerpo. —Tragó saliva y la breve mirada que dirigió a los restos de ren Vaia estaba llena de dolor—. Pobre y dulce tonta —susurró—. ¿Por qué tuviste que acudir a mí?

Pero ren Vaia ya no podía responder.

En silencio, yasa Kithadi los condujo al Pequeño Aida a través del atrio principal y subiendo las escaleras hacia sus aposentos privados. Cae intercambió una mirada incómoda con Velasin, pero no habló mientras la yasa los guiaba a su salón personal y les indicaba que esperaran mientras se metía en su dormitorio.

—Mirad —dijo al volver—. He encontrado esto en mi almohada cuando me he despertado.

Cae tomó el papelito doblado y lo abrió para que pudieran leerlo los dos. La breve nota decía:

Por favor, perdóneme. Siempre he intentado ser digna de su servicio. Creía que estaba siendo leal a los Aeduria, pero me engañaron. No tengo ningún otro lugar en el mundo al que ir, pero debo marcharme. Me temo que ya no estoy a salvo.

Vaia

—Ella escribió mi nota —murmuró Velasin, conmocionado. Metiéndose la mano en el bolsillo, sacó la nota que había encontrado en su cama y la sujetó contra la esquina rasgada de la despedida de Vaia. Encajaba perfectamente, al igual que su letra garabateada. Tragó saliva mirando a yasa Kithadi—. ¿Esto… esto significa que ella mató a Quip?

—No lo sé. —yasa Kithadi tiró de su bata y luego se sentó pesadamente en un mullido sillón luciendo más vulnerable de lo que Cae la había visto nunca—. Claramente, hizo *algo*, pero no queda claro. Me cuesta imaginármela trepando por la ventana de Halithar vestida de negro o matando al mercader que apuñaló a tu amigo. —Miró a Velasin al decir esto—. Pero, claramente, estaba involucrada.

—No nombra a quien la engañó —comentó Caethari mirando la nota.

Su abuela emitió un sonido que era tanto de asco como de frustración.

—Vaia sabía que yo habría actuado si lo hubiera hecho, pero evidentemente no confiaba en que fuera capaz de mantenerla a salvo de las represalias. Así que se negó a hacerlo y la mataron de todos modos en el suelo de mi establo. —Yasa Kithadi golpeó enfadada el reposabrazos del sillón—. ¡Malditos dioses, odio esto!

—Yasa, ¿somos los primeros a los que se lo dice? —preguntó Velasin.

—Por supuesto —contestó levantando la barbilla—. He ido corriendo a los establos en cuanto he encontrado la nota, he supuesto que intentaría llevarse a Silk otra vez esa niña tonta. Pero cuando he visto… el cuerpo —vaciló tragando saliva ante la horrible verdad—. He mandado a Telitha a buscaros de inmediato. Toda el Aida sabe que vosotros también os encontrasteis una nota anoche, no era descabellado pensar que tuvieran el mismo origen.

Velasin asintió y se volvió hacia Cae.

—¿Cuánto sabe ru Zairin de patología?

—Sabe bastante —afirmó la yasa respondiendo por él—. Si crees que puede proporcionarnos una hora aproximada de la muerte, me inclino a estar de acuerdo contigo. Pero… —Una cierta dureza familiar volvió a su expresión. Yasa Kithadi se levantó de su silla y se colocó delante de ellos—. Apostaría toda mi herencia a que quien ha hecho esto sigue en el Aida. Tenemos que hacer que crea que se ha salido con la suya, dejar que piense que consideramos que la muerte de Vaia ha sido un accidente. Es demasiado tarde para mantener vuestra nota en secreto, pero solo Telitha está al tanto de la mía y me gustaría que siguiera siendo así.

—Estoy de acuerdo —intervino rápidamente Cae. Velasin también asintió y yasa Kithadi se relajó, solo una fracción.

—Si ese es el plan necesitamos una explicación de por qué nos ha hecho llamar a ambos a primera hora de la mañana si no ha sido para ver el cuerpo —dijo Velasin—. Tenemos que asumir que quien haya hecho esto estará prestando atención a lo que suceda a continuación.

—Chico listo —comentó la yasa con una extraña nota de aprobación en la voz—. ¿Qué sugieres?

Velasin miró a Cae en busca de alguna sugerencia, pero ese tipo de engaños nunca había sido el fuerte de Cae. Negó con la cabeza mientras sus pensamientos seguían otra dirección. ¿Cómo había incitado el asesino a Silk para que matara a ren Vaia? Asumiendo que ese fuera el caso, por supuesto… la teoría de que le hubieran golpeado la cabeza y hubieran preparado la escena posteriormente era igual de probable. Tal vez ru Zairin pudiera ser capaz de determinar la diferencia, pero, si a sus ojos era un claro caso de asesinato, tendrían que involucrarle en el secreto.

—Markel —dijo Velasin finalmente—. Se traslada hoy a nuestros aposentos y, después de verlo en la cena anoche y de discutirlo con ru Telitha, ha querido regalarle algo. Cuando hemos pasado con ru Telitha por delante de los establos, hemos visto que los caballos estaban inquietos y hemos entrado a investigar. —Hizo una pausa arrugando la frente—. Aunque eso no justifica si alguien la ha visto a usted en los establos antes o si nos han visto entrar juntos al Pequeño Aida ahora mismo. Pero entonces, cualquiera que haya visto todo esto sabrá que estamos mintiendo a pesar de todo.

—Me arriesgaré si queréis —declaró yasa Kithadi—. No creo que nos hayan estado observando hasta ahora, no hay muchos escondites cerca desde los que mirar y, si quieres ser discreto, y supongo que quien haya hecho esto lo estará intentando, no se arriesgará a que lo descubran merodeando.

—Es más probable que esté esperando a que se expanda la noticia de la muerta de Vaia —agregó Cae.

Su abuela asintió mostrando su acuerdo y luego apretó los labios hacia Velasin.

—Entonces, ¿un regalo?

Velasin dibujó una sonrisa.

—Si consiente dar uno.

—Hum… —Movió una mano—. Podemos decir que se nos ha olvidado con todo el alboroto, pero estoy segura de que ru Telitha puede escoger un libro para él. Se lo ha pasado bastante bien llevando la biblioteca de un lado a otro.

Una vez acordado eso, volvieron al establo, donde estaba ru Telitha con el rostro grisáceo montando guardia junto a los restos de Vaia. Velasin fue directamente a su lado con la mano extendida tentativamente como si quisiera ofrecerle consuelo pero no estuviera seguro de si iba a ser bien recibido, un problema que ru Telitha resolvió dejando escapar un sollozo ahogado y lanzándose contra él. Aunque estaba claramente sorprendido, Velasin la rodeó con los brazos dirigiéndole una mirada preocupada a Cae por encima de la cabeza de ru Telitha.

—Iré a buscar a Raeki y a ru Zairin —informó Cae—. Quedaos aquí vosotros tres.

—Por supuesto —contestó su abuela.

Cae echó a correr. Estaba sano y en forma, pero el esfuerzo le proporcionó un claro recordatorio de que no había practicado sus patrones de combate ni había entrenado con Nairi desde la llegada de Velasin. Decidió recuperar su rutina tan pronto como le fuera posible, aunque no tenía ni idea de cuándo podría ser eso.

Encontró a Raeki, quien no había descuidado sus patrones de combate, entrenando en la Corte de Espadas y le dio la noticia del cuerpo encontrado mientras jadeaba. Un puñado de guardias cercanos, y mozos chasquearon la lengua y se mostraron conmocionados mientras Raeki maldecía y se apresuraba a salir del campo de entrenamiento.

—¡Por los santos cojones de Zo, es lo último que necesitamos! —gruñó—. ¿Podría…?

—Ru Zairin es le siguiente de mi lista —cortó Cae.

Raeki hizo un ruido ronco de aprobación, les gritó a todos los que estaban allí que dejaran de mirarlos boquiabiertos y se ocuparan de sus asuntos, y se apresuró hacia el Pequeño Aida. Esto dejó a Cae rodeado de murmullos mientras iba de camino a la enfermería, donde encontró a ru Zairin dando vueltas alrededor de su escritorio.

—Hola, tiern —dijo parpadeando sorprendide por la entrada de Cae—. Si ha venido a por Markel, me temo que ya lo he liberado… debería estar de camino a sus aposentos ahora mismo, de hecho. Me sorprende que no se lo haya cruzado en los pasillos.

Cae negó con la cabeza.

—Vengo del Pequeño Aida —dijo sin tener que fingir un ápice de su angustia o su urgencia—. Ha habido una muerte, ru. Necesitamos que examines el cuerpo.

Ru Zairin palideció y se enderezó.

—Por supuesto —dijo preparando su botiquín médico con la facilidad que conlleva la práctica—. Lléveme hasta allí. ¿Qué ha pasado?

Mientras caminaban, Cae le relató los detalles incluyendo la historia inventada sobre por qué él y Velasin habían ido hasta allí en primer lugar. Ru Zairin escuchó sombríamente en silencio hasta que llegaron a los establos, donde Cae se quedó en silencio.

Tanto su abuela como ru Telitha seguían presentes, la segunda apoyada contra el costado de la primera como un pollito refugiado bajo el ala de su madre, mientras que Velasin estaba en la puerta del compartimento con Raeki.

—Todo suyo, ru —dijo Raeki.

Asintiendo, ru Zairin entró en el compartimento haciendo una leve mueca al notar el olor. Mientras Cae y los demás observaban, sacó una selección de instrumentos de su bolsa y se puso a examinar el cuerpo. Cae estaba acostumbrado a la muerte (había matado anteriormente, aunque rara vez a sangre fría, ya que prefería el calor de una escaramuza), pero este aspecto de los resultados era algo totalmente nuevo para él. Cuando moría un soldado o un bandido en la batalla, no había necesidad de autopsia: si no habías sido tú la causa de la muerte, generalmente sabías quién había sido. Tratar de averiguar el arma a través de una herida era un arte que Cae (por suerte) no había tenido que practicar nunca.

—Lleva muerta desde la hora más oscura de la noche —declaró ru Zairin examinando el cráneo destrozado—. ¿Han dicho que había un caballo aquí?

—Mi palafrén, Silk —respondió yasa Kithadi con la voz tensa.

Ru Zairin asintió distraídamente pasando las manos por la carne rota y triturada.

—Un caballo herrado pateando con fuerza suficiente durante bastante tiempo podría claramente infligir este tipo de daño. —Se enderezó—. Necesitaría hacer un examen más preciso para estar segure, pero hay paja y pelo de caballo en las fracturas y nada que sugiera que podría haberse hecho con un garrote o un martillo. Al menos, nada que pueda ver.

—¿No puede ser más precise? —preguntó la yasa.

Ru Zairin suspiró.

—Algunos de mis compañeros de la Facultad de Medicina de Irae-Tai están intentando trabajar en un cantrip que muestre un eco del arma que ha causado una herida, pero hasta el momento hay demasiadas variables potenciales para expresar la intención verbalmente. En ausencia de una herramienta así, me veo obligade a confiar tan solo en la experiencia.

—Por supuesto —contestó Yasa Kithadi inclinando la cabeza. Ella también empezaba a estar pálida y se apoyaba en ru Telitha tanto como esta en ella.

—¿Podemos moverla ya? —preguntó Raeki con la voz ronca—. Pobrecilla, yaciendo en la inmundicia así.

—Si es tan amable, podrías llevarla a la morgue por mí —dijo ru Zairin en voz baja.

Velasin parpadeó, sorprendido.

—¿El Aida tiene una morgue?

—Una pequeña —respondió Cae—. Está debajo de las cámaras frigoríficas.

—Primero tendré que absolverla —contestó Raeki ignorando su intercambio—. ¿Tenemos algún sudario?

—Deberíamos tener algo dentro —dijo yasa Kithadi, tensa—. Disculpadnos, por favor, yo… haré que Telitha os lo traiga.

Las dos mujeres se dieron la vuelta y se marcharon juntas, yasa Kithadi estremeciéndose visiblemente. Cae sintió una punzada de empatía al verlas: su abuela podía ser inquebrantable algunas veces, cortante, dura y autoritaria, pero aun así tenía un lado tierno y, a pesar de toda la calma que había mostrado hasta el momento, sabía que estaba muy afectada. Y *ren Vaia juró directamente a su servicio. Por supuesto que se lo toma como algo personal.*

El silencio incómodo y pesado que siguió fue roto por Velasin.

—Tar Raeki, puesto que parece que no ha habido nada turbio, ¿se opondría a que informara de la noticia a ren Taiko para que se lo dijera a los otros mozos? Creo que él tenía buena relación con ren Vaia y que le gustaría enterarse de primera mano y no por rumores.

Cae se esforzó por mantenerse inexpresivo ante eso. Esperaba informar a Raeki sobre sus sospechas de asesinato, aunque entonces se dio cuenta de que Velasin no podía decírselo todavía, no con ru Zairin aún allí presente.

—Por supuesto, tiern. —Raeki titubeó pasando la mirada del uno al otro y luego añadió—: El raliano que ha pasado la noche aquí, ¿todavía desean que sea escoltado fuera de Qi-Katai cuanto antes?

—Ah, sí, claro —contestó Velasin.

—Me encargaré después de ir a la morgue, entonces.

Lo siguió otro silencio, esta vez roto por los pasos de ru Telitha al regresar con un sencillo sudario de batista. Le lanzó a Cae un mirada que estaba demasiado llena de sentimientos para interpretar algo más aparte de la conmoción y el dolor evidentes, y luego se volvió a retirar silenciosamente al Pequeño Aida.

—Allá vamos —murmuró Raeki llevándose el sudario al compartimento—. Suavemente, eso es.

Mientras el tar y la ru empezaban a preparar a ren Vaia, Velasin se dio la vuelta y se dirigió al camino de caballos dejando que Cae lo siguiera. El aire frío del subsuelo también estaba más limpio y carecía del persistente olor a muerte que impregnaba los establos, y respiró hondo por primera vez en lo que le parecieron horas.

—Hablé ayer con ren Taiko —le susurró a Velasin—. Dijo que iba a vigilar los establos porque quería mantenerlos a salvo.

—Joder —espetó Velasin.

Al salir a los establos principales del Aida emergieron en medio del caos, cuyo alboroto les había llegado antes de subir la rampa. Cae estaba pensando que tendrían que buscar a ren Taiko, pero no había contado con que los chismes se expandieran a la velocidad de la luz y que hubiera varios mozos cuando había ido a hablar con Raeki. Apenas habían salido del camino cuando ren Taiko corrió hasta ellos con expresión angustiada.

—Mis tierns, ¿es cierto? ¿Vaia está muerta?

—Lo está —confirmó Velasin en voz baja—. Lo siento mucho, ren.

Ren Taiko emitió un sonido desgarrador y negó con la cabeza.

—¡Ay, pobre niña! ¡Pobre niña! ¿Qué le ha pasado?

Cae intercambió una rápida mirada con su marido y luego explicó:

—Parece que intentó tomar a la palafrén de la yasa para dar un paseo nocturno y que le dio una coz en la cabeza. —No era necesario entrar en detalles de cuánto la había pateado ni tampoco explicar con qué efecto. Los santos sabían que a menudo solo hacía falta un golpe.

Algo de esa idea lo perturbó sugiriéndole que necesitaba una investigación más profunda. Lo ignoró cuidadosamente y se centró en ren Taiko, que estaba haciendo todo lo posible para no romper a llorar.

—¡Pobre Vaia! —gimió—. Tierns, se lo suplico, por favor, no la juzguen con demasiada severidad. Siempre era muy buena con los caballos, buena con sus deberes, pero estos últimos días algo iba mal. Fue desde que se llevó a Silk y nunca había hecho algo así antes, ni una sola vez, pero desde ese día... Desde el día que llegó usted, tiern, aunque no tenga nada que ver con eso... —Agitó la cabeza con nerviosismo en dirección a Velasin—. Pero desde entonces, se comportaba de un modo extraño—. Se retorció las manos—. Tendría que haber hecho algo más para hablar con ella después del horrible suceso de su caballo, tiern, estaba claro que se culpaba a sí misma, pero yo también estaba demasiado conmocionado.

—¿Por qué se culpaba a sí misma? —inquirió Cae.

—Por haber causado el alboroto en primer lugar —contestó ren Taiko—. Le dije que no era culpa suya por mover a la yegua en ese momento... había una yegua en celo, tierns, deben haberlo oído, un semental se soltó para montarla y se vaciaron los establos para ocuparse de la situación. Vaia solo estaba haciendo su trabajo, no podía haber sabido que alguien... que algún *monstruo* aprovecharía para colarse y matar a una criatura indefensa. —Se pasó una mano temblorosa por la cara—. ¡Y ahora ella también está muerta! ¡Pobrecilla!

27

Velasin se sobresaltó, pero no dijo nada. Cae murmuró de nuevo sus condolencias a ren Taiko, quien las aceptó asintiendo y estremeciéndose y prometió contar a los amigos de Vaia lo que había sucedido. Se dio la vuelta dejando a los tierns solos y Velasin lo observó marcharse con una extraña intensidad en los ojos caídos.

—Markel —dijo repentinamente—. Tenemos que encontrar a Markel y decirle lo que ha pasado.

Cae no se lo discutió.

—Ya se había marchado de la enfermería cuando he ido a por ru Zairin —informó—. Probablemente esté ya en nuestros aposentos.

Velasin emitió un ruido de frustración y echó a andar.

—Una bienvenida realmente acogedora. Por fin puede salir de la cama y ¿dónde estamos? Investigando una muerte sospechosa.

—Estoy seguro de que lo entenderá —contestó Cae e intentó distraer a Velasin de su enfado pidiéndole que le enseñara más señas.

Llegaron a los aposentos sin mayores incidentes, lo que les pareció un pequeño milagro.

—¿Markel? —llamó Velasin entrando rápidamente en la estancia principal—. Markel, ¿estás aquí? Ay, gracias a la diosa —comentó mientras Markel salía de lo que iba a ser su nuevo dormitorio con aspecto claramente aliviado al ver a la pareja.

Cae signó un saludo todavía sintiéndose un poco torpe pero animado por la sonrisa de Markel en respuesta y luego dijo en voz alta:

—Lamento no haber estado aquí para recibirte. Ha pasado algo.

Al instante, la expresión de Markel adquirió un matiz de gravedad.

—Contádmelo —signó.

Cae se permitió un momento para sentir orgullo por haberlo entendido antes de que Velasin contestara con una ráfaga de señas demasiado rápidas y fluidas para que Cae las pudiera seguir. Pasó la mirada del uno al otro intentando captar el ritmo conversacional y se concentró tanto que se sobresaltó de verdad cuando Velasin dijo en voz alta:

—¡Lunas, lo siento! Eso ha sido muy maleducado por mi parte.

—¡Para nada! —exclamó Cae—. Tampoco es que estéis discutiendo nada que no sepa ya.

—Aun así —replicó Velasin—, Markel y yo a menudo nos signamos, pero eso no es excusa para excluirte.

—Aun así —repitió Cae—, no ha habido ninguna ofensa. De verdad, Velasin.

Velasin tomó aire como si fuera a discutir, pero pareció pensárselo mejor. En lugar de eso, asintió y se sentó a la mesa indicándoles a Cae y a Markel que hicieran lo mismo, y volvió a empezar su relato en voz alta, esta vez en raliano, para diversión de Cae.

Cuando terminó la explicación, Markel parecía preocupado. Le signó una pregunta a Velasin, quien asintió y dijo:

—Sí. Killic se marcha de todos modos.

—Bien —signó Markel con ferocidad.

De repente, el pensamiento disperso que Cae había estado intentando conceptualizar desde la conversación que había mantenido con ren Taiko adquirió coherencia.

—Es demasiado —espetó.

—¿Qué?

—Patear la cabeza de ren Vaia así. Eso fue pasarse. Esa cantidad de daño, llegar a romper el hueso... Puedo imaginarme a un caballo dándole una patada a alguien, pero ¿quedarse y golpear el mismo sitio una y otra vez? —Torció la boca en una mueca—. Quien hizo esto estaba *enfadado*.

Velasin palideció.

—Ay, lunas —susurró—. Es culpa mía. La nota, la nota que me dejó... todo el Aida se enteró, incluyendo a la persona de quien huía ren Vaia. Supo que la habían traicionado y fue tras ella. Si me hubiera quedado callado...

—No —interrumpió Cae tomando a Velasin de la mano y estrechándole suavemente los dedos—. No te culpes. Culpa a quien haya hecho esto.

Velasin emitió un sonido ahogado que fue casi una risa.

—Lo intento, pero es difícil no sentirme responsable —respondió.

—Lo que le ha pasado a ren Vaia no es más culpa tuya que mía; quienquiera que sea, sigue actuando en nombre del Cuchillo Indómito —dijo Cae firmemente—. Velasin…

—El Cuchillo Indómito —murmuró Velasin sentándose recto y con los ojos muy abiertos—. Cae, quien haya hecho esto no ha culpado al Cuchillo Indómito.

Cae se quedó inmóvil con el corazón latiéndole estúpidamente. *Me has llamado Cae, has usado mi nombre; hazlo otra vez, por favor*, pensó, y, aunque quería decirlo en voz alta, no era el momento y se obligó a concentrarse con un brutal esfuerzo de voluntad.

—Tienes razón —contestó lentamente—. Lo que… ¿por qué? Ambas cosas están claramente conectadas, así que ¿por qué dejar de fingir ahora? ¿Porque no estaba funcionando?

—Probablemente —respondió Velasin—, pero todavía no sabemos qué estaba intentando conseguir ni por qué razón. —Levantó una mano para enumerar los incidentes con los dedos—. Primero hace que ren Baru intente apuñalarme, pero en lugar de eso hiere a Markel. Luego se cuela en las habitaciones del tieren y le hace un corte en el brazo, pero huye gracias a lo que creemos que es un artifex de caza. Matan a mi caballo, tal vez después de haber usado a ren Vaia para crear una distracción vaciando los establos, y luego asesinan a ren Baru mientras lo mantenemos en custodia con una ballesta hechizada, pero cuando visitamos la casa de ren Baru, encontramos una flecha idéntica en su cajón y la misma persona que cortó a tieren Halithar intenta matarme rápidamente antes de salir huyendo por la ventana. Y luego, anoche, ren Vaia trata de escapar y la matan… pero en lugar de reclamar su muerte en nombre del Cuchillo Indómito, procuran hacer que parezca un accidente. —Negó con la cabeza, desconcertado—. Nada tiene sentido, ¡pero debe haber una lógica!

Markel chasqueó los dedos y, cuando tuvo la atención de Velasin, empezó a signar.

—Quiere que traduzca —explicó Velasin—. Markel dice que, si la flecha estaba en casa de ren Baru, no acabó allí por accidente. ¿Y si la ballesta era suya? Pero si era así, ¿por qué no la usó para intentar matarme, a nosotros, en lugar de un cuchillo aquel día en la Puerta Ámbar? Habría sido más fácil y habría podido escapar con mayor facilidad. Pero si la ballesta era suya, o al menos estaba en su casa, quien lo mató sabía que estaba allí. ¿No habéis dicho que solo salió cuando encontrasteis la flecha en el cajón? Las flechas de ballesta se venden en packs. Puede que no se diera cuenta al principio de que faltaba una flecha, sobre todo si tenía prisa, pero después entró en pánico y volvió a por ella, solo que vosotros llegasteis antes.

Cae asintió frunciendo el ceño ante esa idea.

—Si el asesino tenía acceso a la ballesta, ¿por qué no haberla tomado antes para usarla contra mi padre?

—A menos que —replicó Velasin hablando ahora por sí mismo—, como ya hemos especulado, la idea nunca fuera matar al tieren.

Cae se puso de pie sin querer hacerlo y empezó a pasearse de un lado a otro. Se había dejado el cuchillo arrojadizo en una cómoda cercana, lo tomó y se lo pasó de una mano a otra mientras analizaba las implicaciones.

—Ren Baru tenía la ballesta, pero en lugar de eso, usó un cuchillo. ¿Por qué un cuchillo? ¿Y por qué guardar una flecha en el cajón de su escritorio? —Volvió a girar el filo una y otra vez resistiendo el impulso de arrojarlo al objetivo—. Era mercader. Trataba con khytoi, pero no era cazador. Entonces, ¿por qué compró la ballesta si no iba a utilizarla?

—Porque no la compró —espetó Velasin de repente. Cae dejó de pasearse y lo miró, detenido por el brillo de sus ojos—. La ballesta, el artifex de escalada, el hechizo de salto… digamos que Liran tenía razón y que todo es equipamiento de caza khytoi. ¿No tiene más sentido pensar que lo adquirió todo junto? Y ya sabemos que ren Baru era un chivo expiatorio… él realmente pensaba que estaba actuando bajo las órdenes del Cuchillo Indómito, o al menos para tu beneficio, pero en cuanto Raeki le dijo que iba a casarme contigo y no con Laecia entró en pánico. Así que…

Velasin tamborileó la mesa con los dedos, impaciente con su propia inteligencia y sacando la lengua de la boca mientras pensaba.

—Así que… digamos que nuestra mente maestra quiere que ren Baru me mate, no importa por qué, ya que realmente él también es capaz de matar, pero por algún motivo quiere un chivo expiatorio o al menos una distancia plausible entre él y el crimen. Tú viste esos dos panfletos en el cajón de ren Baru, oíste el informe de Raeki: el hecho de que idolatrara al Cuchillo Indómito no era ningún secreto para los que lo rodeaban. Sabiendo esto, nuestro asesino lo convence de que me necesitas muerto y le da la ballesta hechizada. Tiene que estar hechizada, por supuesto que debe estarlo, ya que ren Baru no es cazador ni tiene experiencia con ese tipo de arma. Y tal vez por eso acabó decidiéndose por el cuchillo: no se sentía seguro disparando. Pero yo creo que eligió un cuchillo especialmente para impresionarte. Un cuchillo para demostrarle al Cuchillo Indómito que valía la pena.

—Santos —murmuró Cae pasándose una mano por la cara—. Es lo bastante estúpido como para ser posible.

—Pongamos que tengo razón —continuó Velasin—. Pongamos que estaba en su escritorio mientras reflexionaba con la flecha en una mano y el cuchillo en la otra sopesando las posibilidades. Deja la flecha, tal vez como recuerdo, y se dispone a matarme. Pero falla. Markel recibe la puñalada en mi lugar… —Hizo una pausa lanzándole una mirada cariñosa, exasperada y preocupada a su amigo, quien puso los ojos en blanco y se encogió de hombros como respuesta—. Y ren Baru acaba arrestado. Claramente, tenía órdenes de no decir nada en caso de que lo atraparan, y el asesino debía confiar en que lo cumpliría al menos un poco, de lo contrario no habría esperado un día más para matarlo. Pero entonces… eh. —Se detuvo con la mirada perdida y farfulló para sí mismo—: ¿Por qué esperó?

Markel volvió a chasquear los dedos, lo que sacó a Velasin de su ensimismamiento para actuar como intérprete de sus enfáticas señas:

—Markel dice que la verdadera pregunta es qué había cambiado desde que arrestaron a ren Baru hasta que lo asesinaron, además del ataque al tieren. Asumiendo que tuvieran un plan mayor para ren Baru, como prepararlo para una caída posterior, eso debió haber cambiado cuando lo atraparon. Si hubieran intentado sacarlo del cuartel, aunque hubieran fracasado, habría parecido que ren Baru era parte de una conspiración mayor, pero, en lugar de eso, lo mataron directamente. ¿Qué cambió?

¿Qué sabía él que no podían arriesgarse a que nos lo dijera y por qué decidieron que era prescindible solo después del ataque a tieren Halithar?

Cae siempre había pensado que Markel era inteligente, pero su perspicacia lo tomó por sorpresa. Se frotó la barbilla, que estaba áspera por la barba incipiente, y siguió haciendo girar su cuchillo.

—¿Qué pasó ese día? —preguntó tanto para sí mismo como para Velasin y Markel—. No sirve de nada especular sobre incógnitas, así que asumamos que es algo que presenciamos. Quien haya hecho esto, vive en el Aida o bien tiene acceso. Nos reunimos con mi padre y tar Katvi mandó a alguien a la Orden de Ruya para preguntar por la magia... ¿podría haber sido eso?

—También conocí a tu abuela ese día —señaló Velasin—. ¿Puede tener algo que ver con su legado?

Cae hizo una mueca.

—Santos, espero que no. —Se obligó a considerar la posibilidad, pero luego negó con la cabeza—. No. No tiene sentido... si alguien quería inclinar la balanza o acelerar las cosas, habrían matado a mi padre directamente, no se habrían limitado a amenazarlo, y además nadie ha venido a por mí, Riya o Laecia.

—Cierto —respondió Velasin sombríamente—. En lugar de eso, fueron a por Quip. Y justo después de eso, bajamos al cuartel de la Puerta Ámbar porque...

—Porque ren Baru quería hablar —completó Cae mientras la importancia de esas palabras lo recorría—. Porque te habías casado conmigo en lugar de con Laecia, eso cambió sus motivos. *Eso* fue lo que lo hizo hablar, así que es razonable asumir que fue eso lo que marcó la diferencia.

Markel chasqueó. Traduciendo una vez más, Velasin dijo:

—¿Quién estaba en la reunión?

Cae se quedó helado.

—No —contestó tragando saliva con dificultad—. Sé lo que estás preguntando, Markel, pero... no. Además de Raeki y de tar Katvi, solo estábamos la familia: Keletha, mis hermanas y mi padre. Si empiezo a dudar de alguno de ellos sin más pruebas... —se interrumpió incapaz de terminar la frase.

—Además —intervino Velasin acudiendo a su rescate—, la reunión no se mantuvo en secreto. Tar Katvi envió a un mensajero a la Orden de Ruya y Raeki fue al cuartel de la Puerta Ámbar. Todo el Aida estaba al tanto del ataque y apostaría a que, después de eso, los chismes se expandieron con rapidez.

Markel asintió mostrando su acuerdo, pero con expresión terca. Apoyó la barbilla en el puño y miró pensativo a Cae o, más bien, al cuchillo que no dejaba de pasarse de una mano a la otra. Cae se removió un poco bajo el escrutinio, pero no tanto como para perder el ritmo y, tras un momento, reorganizó su línea de pensamiento:

—Así que el asesino se entera de que ren Baru quiere hablar conmigo en persona y entonces sabe que tiene que actuar. Lo abate con la ballesta, no sabemos cuándo la sacó de casa de ren Baru, pero claramente ya la tenía entonces; pero después se da cuenta de que le falta una flecha que podría incriminarlo y vuelve a por ella.

—Te has saltado a Quip —dijo Velasin—. Primero mató a mi caballo. —Frunció el ceño uniendo sus oscuras cejas—. La muerte de Quip siempre me ha parecido extraña —reflexionó en voz baja—, pero ahora todavía más. ¿Por qué pararse a matar a mi caballo si tenía prisa por acabar con ren Baru? Sabemos que ren Vaia no pudo hacerlo, ya que, aunque estuviera involucrada, estaba ocupándose de la yegua en celo, no tuvo tiempo; pero su muerte fue orquestada, no fue solo un crimen de oportunidad...

—Entonces ¿qué? —preguntó Cae aunque temía que ya sabía la respuesta.

Velasin suspiró pesadamente.

—Entonces lo más probable es que estemos tratando con dos asesinos y no solo con uno. O con un segundo cómplice en el Aida al menos. Es *posible* que nuestro amigo de negro sacara tiempo para matar a Quip antes de ir a por la ballesta y correr al cuartel, todo esto sin ser visto, pero...

—Pero no es probable —terminó Cae. Dejó de voltear el cuchillo, miró al objetivo de la pared, apuntó y exclamó—: ¡Joder! —El cuchillo se clavó con un golpe seco. Cae lo observó temblando en el lugar y luego soltó una exhalación tensa y se corrigió tímidamente—: Lo siento.

—No lo sientas —contestó Velasin parpadeando con lo que Cae esperaba fervientemente que fuera diversión y no miedo—. Pero, en el futuro, me gustaría recibir una advertencia antes de que hicieras eso. —Markel, que sonreía ampliamente, le signó algo en respuesta y Velasin lo tradujo medio riéndose—. Aunque ha sido un lanzamiento excelente.

—Deberías verme lanzarlo desde un caballo —murmuró Cae recuperando su lugar en la mesa.

Velasin le ofreció una sonrisa torcida.

—Recuerdo que me dijiste que los tithenai no cabalgaban en interiores.

—Lo reservamos para ocasiones especiales.

—¿De verdad? ¿Eso significa que puedo esperar verte montado en nuestra reunión matrimonial?

—Tú puedes verme como quieras. —Las palabras le salieron por sí solas.

Pasó un instante en el que la piel de Cae se calentó por empatía con el rubor instantáneo de Velasin. Tragó saliva consciente de que tenía que arreglar el momento, recuperar la conversación, pero no tenía ni idea de qué decir.

—Ah, esto…

—Lo siento —dijo Velasin.

Cae lo miró fijamente.

—¿Por qué lo sientes? Soy yo el que lo ha dicho.

—Sí, pero… yo he hecho que fuera incómodo, yo…

—Si tú lo has hecho, yo también.

—Eso no es…

Markel chasqueó los dedos dos veces, lo que los sobresaltó a ambos e hizo que se callaran. Sonreía de oreja a oreja, mirándolos como si hubieran llegado los días festivos, y, cuando posó la mirada en Velasin, signó algo que hizo que el rubor de su marido se intensificara todavía más. Velasin le signó una respuesta furiosa y, de repente, estuvieron enfrascados en la discusión más silenciosa e intensa que Cae había presenciado. Era la única vez que se alegraba de no saber lengua de signos con fluidez, aunque eso no impidió que ardiera de curiosidad y que quisiera preguntar qué habían dicho exactamente.

Tras casi un minuto así, Velasin hizo lo que Cae sabía que era un gesto grosero universalmente, a lo que Markel le sacó la lengua y se recostó en la silla con los brazos cruzados con aspecto engreído y nada acobardado.

Velasin tosió.

—Vale. Bien. Como íbamos diciendo antes de distraernos…

—Asesinos —dijo Cae emocionado por el cambio de tema—. O un asesino y un cómplice. Es una cosa o la otra.

—Más o menos. Y todavía no sabemos por qué mataron realmente a Quip.

—Creo que sí que lo sabemos —replicó Cae dándose cuenta repentinamente—. Como con la muerte de ren Vaia, hiciste enfadar a quien lo haya hecho. Fuiste tú quien sugirió que Raeki le dijera a ren Baru que te habías casado conmigo, y como parece ser que era la línea de interrogatorio correcta…

—Matar a Quip fue un castigo —completó Velasin. De repente, parecía agotado—. Fue algo personal, tal y como pensábamos. Lo hice enfadar, así que mató a mi caballo e intentó que te tuviera miedo. —Esbozó una media sonrisa—. Al menos falló en una de esas cosas.

De pronto, Cae quiso besarlo. Ya quería besarlo de antes, lo había deseado varias veces, pero en ese momento la fuerza de su anhelo bloqueó el aire de sus pulmones. Le dolió ver el pesar de Velasin y no poder suavizarlo. Quería acercarse, tomar sus mejillas y pasarle el pulgar por el pómulo, quería colocarle un mechón de cabello oscuro detrás de la oreja y besarlo una y otra vez hasta que esos preciosos ojos grises y dorados estuvieran repletos de risa y no de tristeza.

Pero no podía. No podía porque le había prometido a Velasin seguridad y amistad, y besarlo no formaba parte de eso a menos que Velasin quisiera.

Asesinos, se recordó a sí mismo. *Un traidor en el Aida y un asesino cuyos orígenes y motivos desconocemos.*

—Odio esto —espetó Cae en voz alta. Se levantó de nuevo con una energía incansable en las extremidades—. Odio quedarme aquí sentado esperando a que suceda la próxima desgracia.

—¿Y qué propones hacer? —inquirió Velasin amargamente—. ¿Salir a la ciudad y pedir un duelo honorable por si te escuchan?

Markel chasqueó, pero no dijo nada, solo le lanzó a su amigo una mirada de advertencia. Velasin tosió y murmuró:

—Lo siento, eso no ha sido nada justo por mi parte. Yo también lo odio.

—Lo sé —contestó Cae. Giró los hombros sintiendo la necesidad de entrar en acción y tomó una decisión—. ¡Por el aliento de los santos! Estoy atrapado en mi cabeza y eso no es bueno para ninguno de nosotros. Me voy a blandir una espada hasta que vuelva a sentirme más yo mismo. No aquí dentro —puntualizó al ver la expresión de alarma de Velasin—. Es decir, voy a entrenar a la Corte de Espadas. Repasar algunos patrones de combate, tal vez, o buscar a un compañero de entrenamiento.

—Ah —murmuró Velasin. Un instante después, agregó—: ¿Te molestaría tener público?

—Para nada —respondió Cae reprimiendo una repentina emoción.

28

Cae se dijo a sí mismo, con bastante determinación, que no estaba presumiendo. A menudo repasaba patrones de combate llevando tan solo un nara y una fina camiseta interior casi translúcida que era demasiado pequeña, sobre todo cuando hacía calor y tenía planeado sudar, como era el caso ese día. Tampoco estaba eligiendo los patrones más dífiles solo porque fueran visualmente impresionantes, tenía que mantener su conjunto de habilidades en forma y compensar todos los días que había estado sin entrenar. Estaba acostumbrado a que lo observaran entrenando, ya fueran los guardias del Aida, los soldados de su revetha o cualquier otra persona que pasara por ahí y le pareciera entretenido. Velasin, al igual que Markel, era tan solo un observador más, y si Cae era consciente de su atención mientras giraba, bloqueaba, arremetía y pivotaba, era solo asunto suyo.

Tal vez sí que estuviera presumiendo.

Aun así, a pesar de que Cae era extremadamente consciente de la mirada de su esposo, afortunadamente, repasar el patrón lo centró. Con el pulso retumbando y los músculos estirándose, dejó que sus frustraciones se convirtieran en acción usándolas para alimentar cada paso, cada golpe y cada postura hasta que solo le quedó la alegría del movimiento.

Cuando terminó un patrón, vio a Velasin apoyándose indolentemente en un poste cercano con los brazos cruzados mientras seguía el progreso de Cae y, aunque ya le ardían los pulmones, se sumergió inmediatamente en otro patrón. Solo uno más, se dijo a sí mismo e ignoró la combinación de ego y masoquismo que lo llevó a elegir la «aguja trenzada», una rutina a la velocidad del rayo con estocadas repentinas, giros bruscos y bloqueos tensos hecha para simular peleas en espacios cerrados. Agotando sus reservas, Cae realizó una ejecución impecable, su enfoque se redujo hasta que dejó de existir cualquier otra cosa que no fuera el patrón, con la espada como una extensión de su propio brazo. El ambiente empezó a difuminarse y, cuando finalmente completó el último y complejo pivote y volvió a la primera posición, se sintió casi mareado.

—Esto sí que es una vista agradable —comentó una voz conocida.

Volviendo en sí mismo, Cae parpadeó y le sonrió ampliamente a Liran, quien acababa de llegar montado en su llamativa yegua negra rojiza, Jisi.

—Si hubiera sabido que venías, me habría esforzado —comentó Cae.

Velasin se rio ante sus palabras, se enderezó y se acercó a Markel.

—Si le hubieras puesto más ganas, se te habrían caído los brazos.

—Eso no lo sabes —replicó Cae envainando la espada mientras salía del círculo de entrenamiento.

—Tengo mis sospechas.

Liran desmontó, pero siguió sosteniendo a Jisi y llamó cortésmente con un gesto de la mano a un mozo cercano. Inclinó la cabeza ante Markel, puesto que no lo había conocido antes según aclaró, y luego miró inquisitivamente a Velasin.

—Este es Markel, ¿verdad?

—Lo es —contestó Velasin—. Markel, este es ru Liran.

Markel le dirigió un pequeño saludo al que Liran respondió con una sonrisa y dijo:

—¡Excelente! Ahora que nos conocemos todos, me preguntaba si os gustaría a los tres dar un paseo conmigo, como comentamos. Aunque… —añadió lanzándole a Cae una mirada divertida—, deberías darte una ducha primero, suponiendo que puedas despegarte de esa pobre tela a la que llamas «camisa» y ponerte una que te quede bien.

—Me *gusta* esta camisa —murmuró Cae.

—Claro que te gusta.

Cae miró a Velasin.

—¿Te importa esperarme aquí? No tardaré.

—Seguro que podré arreglármelas —respondió Velasin secamente, pero suavizó sus palabras con una sonrisa—. Venga, ve a cambiarte.

Asintiendo, Cae se dirigió al banco en el que había dejado su ropa limpia (esta vez lo había planeado para evitar otro paseo en toalla por el Aida) y, tras entregarle su espada a un guardia que pasaba por ahí para que la devolviera a la armería, se encaminó hacia las duchas. Mientras se alejaba, notó un picor en el cuello: no era que no confiara en Velasin o en Liran (o en Markel, ya que estábamos), pero la perspectiva de que su marido y su antiguo amante conversaran en su ausencia contenía más posibilidades de las que le resultaba cómodo reconocer.

Tras quitarse la ropa sudada para mandarla a la lavandería, se duchó, se secó, se volvió a trenzar el pelo y se vistió tan rápidamente que, hasta que no estaba a medio camino de la Corte de Espadas, no procesó la razón de la visita de Liran. *Ha encontrado algo*, comprendió y notó que se le levantaban los ánimos ante la perspectiva de entrar en acción.

Volvió y se encontró a Alik y a Luya ya ensillados y preparados y sus riendas en la mano de Velasin.

—¿Tú no vienes? —le preguntó a Markel.

Markel negó con la cabeza y miró a Velasin, quien respondió por él.

—Todavía le duele el costado y ru Zairin le dijo que de momento no cabalgara. Pero va a mantener los oídos alerta por el Aida durante nuestra ausencia —agregó en voz baja.

—Me parece extremadamente sensato —contestó Cae. Tomó las riendas de Alik y casi las soltó cuando los dedos de Velasin rozaron los suyos. Liran hizo un ruidito cortés que sonó sospechosamente parecido a una risa ahogada que Cae ignoró mientras montaba. Velasin lo imitó un instante después, al igual que Liran, y tras despedirse de Markel, los tres se adentraron en la ciudad.

—Bien —empezó Liran cuando estuvieron a una distancia prudencial de las puertas del Aida—. Me he pasado toda la noche revisando mis contactos y pensando quién os aconsejaría mejor sobre compras de artifex khytoi, y he recordado a alguien a quien conocí hace dos años en un colegio abierto organizado por la Orden de Ruya. No es exactamente un mercader, es más bien un intermediario entre aquellos que buscan adquirir ciertos artículos en particular, a menudo artifex, y aquellos que quieren venderlos. Se llama ren Adan Akaii y es bastante fascinante, creo que su madre era de origen raliano —comentó mirando a Velasin—, pero su padre es un mercader khytoi, así que trata mucho con cazadores y vendedores de pieles. Si hay alguien en Qi-Katai que pueda saber quién ha comprado artifex de caza khytoi, es él.

—Gracias —dijo Cae de todo corazón—. ¿Nos acompañarás hasta allí o tienes otros asuntos?

—Os acompañaré, si me lo permitís.

—Por supuesto —contestó Cae—. Aunque estaría bien saber a dónde nos dirigimos.

—Tiene una oficina en la ciudad media, entre el Mercado de Pieles y el distrito del Templo. —Volviéndose hacia Velasin, Liran preguntó—: ¿Has estado ya en el distrito del Templo? Arquitectónicamente, es una de las partes más antiguas de Qi-Katai y es bastante bonito.

Velasin tosió.

—En realidad, yo… no he visto todavía nada de la ciudad.

—¿Qué? ¿Nada de nada? —exclamó Liran—. Cae, estoy escandalizado… ¿Qué le has estado *haciendo* a este pobre hombre?

Algo molesto, Cae replicó:

—Básicamente, intentar mantenerlo con vida.

—Ah —murmuró Liran—. Bueno, supongo que es *una* excusa. Y una razón más para solucionar esto rápidamente y que Velasin pueda empezar a explorar.

—Que los santos así lo quieran —coincidió Cae. Pensó de nuevo en ren Vaia y se estremeció—. Y hablando del tema, ¿conoces algún tipo de magia que pueda hacer que un caballo se ponga violento?

Liran hizo una mueca.

—Muchos, aunque depende del tipo de violencia. ¿Qué ha pasado?

Mientras Cae le relataba los eventos más recientes, la expresión de Liran se ensombreció.

—La violencia —empezó a explicar— es algo abominable, pero, desafortunadamente, bastante fácil de conseguir si sabes cómo hacerlo. Las coces son una acción refleja: el cerebro envía señales a los nervios y a los músculos y el cuerpo responde. Eso es tan cierto en los caballos como en las personas. Lo único que un mago necesita es una comprensión básica de la anatomía y un control lo bastante fino como para activar el reflejo deseado... y un estómago lo bastante fuerte para seguir, por supuesto. Si no fuera ilegal, se podría hacer lo mismo con una persona con la misma facilidad, aunque el efecto sería obviamente diferente.

Cae se estremeció.

—Diferente, pero no menos dañino. Podrías hacer que un arquero dejara caer la flecha o que un espadachín se tambaleara durante el combate. —Miró a Velasin—. Aquí es ilegal usar la magia sobre otra persona sin su consentimiento, a menos que sea por autodefensa o por salvar una vida. ¿Es así también en Ralia?

Velasin pareció sorprendido.

—Lo cierto es que no. Es decir, si dañas a alguien con magia sin causa justificada, tendrás que rendir cuentas como si le hubieras hecho daño de cualquier otro modo, pero si es benigno, no habría problema.

—¿Benigno cómo?

—Bueno, ya sabes... como cambiarle el color de pelo a alguien o hacer que un amigo se resbale. Bromas y ese tipo de cosas. —Torció los labios—. Por supuesto, eso solo se aplica si tienes permitido usar la magia en primer lugar... lo que significa ser alguien de buena cuna y buen origen. Cualquier otro tendría muchos más problemas, sobre todo si lo usa contra sus superiores.

—No obstante, debería ser más difícil tener ese tipo de control sobre el cuerpo de otra persona —repuso Cae.

—Idealmente, sí, pero eso es lo fascinante de la hechicería —intervino Liran entusiasmado con el tema—. Mucha gente cree que la magia es inútil porque funciona a pequeña escala... ¿Qué tiene de bueno si no puedes empuñar un rayo o convocar dragones como los héroes de las historias? Pero las pequeñas palancas pueden lograr grandes cosas si sabes dónde aplicarlas. La magia corporal es una prueba de ello.

—Siempre me he preguntado... —empezó Velasin, pero se interrumpió negando con la cabeza.

Liran le lanzó una mirada divertida.

—Déjame adivinar, ¿quieres saber cómo puede la magia remodelar las partes íntimas de una persona cuando no puede hacer crecer una extremidad amputada?

Velasin sonrió irónicamente.

—Algo así, sí. En Ralia se rumorea sobre la magia corporal tithenai, pero ni siquiera Aline estaba segura de cómo funcionaba, no realmente.

—Entonces, permíteme iluminarte —se ofreció Liran—. En pocas palabras, los cuerpos no están diseñados para rejuvenecerse, pero todos hemos nacido para cambiar. El cambio de niño a adulto es tal vez el ejemplo más drástico de esto, y piensa en cuántos desarrollos experimentamos antes de eso. Un bebé recién nacido no tiene el mismo cráneo que un niño mayor; por ejemplo, tienen placas de hueso más blandas que ayudan a, perdón por mi franqueza, ser exprimidos para salir al mundo. Ni siquiera tienen rótulas, ¿lo sabías? ¡Los bebés no tienen rodillas! —Rio encantado por la falta de rodillas en los recién nacidos—. Eso nos lleva a preguntarnos: ¿cómo saben nuestros cuerpos que deben cambiar? ¿Qué elementos contenemos de nacimiento que solo emergen cuando crecemos para cumplir a ese mayor desarrollo?

»Podría aburrirte hasta dejarte seco con una larga explicación de hechos médicos y etapas psicológicas de desarrollo, pero el resultado es que, a medida que salimos de la niñez, nuestros cuerpos (o más bien ciertas partes internas) producen una esencia que guía nuestros futuros cambios físicos. Una *combinación* de esencias, que es lo que os molesta tanto a vosotros, los ralianos. La misma esencia que convierte a un niño en hombre se encuentra en las mujeres, al igual que la esencia que convierte a una niña en mujer se encuentra en los hombres; simplemente, en la mayoría de los casos, una esencia es mucho más prevalente que la otra, ¿lo entiendes? Pero incluso entonces, los ratios entre ellas no son ni remotamente consistentes y cuanto más lo estudian los magos cirujanos, más variaciones encuentran.

»Lo que significa que, cuando surge alguien como yo, sobre todo cuando nos conocemos a nosotros mismos lo bastante temprano como para adelantarnos a una adolescencia descontrolada, los elementos básicos adecuados ya están ahí. Simplemente hay que convencer al cuerpo para que produzca una esencia en lugar de la otra y luego usar esa esencia para remodelar las partes que ya tienes en lo que quieres que sean, tanto por dentro como por fuera. Algunos kemi también eligen jugar con eso variando las combinaciones, pero lo importante es que es una pequeña palanca que produce grandes cambios. Lentamente y a lo largo del tiempo, tal vez, pero grandes cambios de todos modos. Y aquí lo tienes.

Cae, que había oído hablar a Liran muchas veces sobre el tema, había estado prestando menos atención al discurso en sí que a la reacción de Velasin. Su marido se había mostrado intrigado en todo momento y ahora se apoyaba en la silla con una exclamación de sorpresa.

—Expresado así, tiene todo el sentido del mundo —declaró Velasin—. Por lo que se rumorea en Ralia, podría parecer que se trata de matar bebés. —Entonces agregó—: Pero también es cierto que hay demasiados hombres que desdeñan cualquier cosa que consideren *femenina*, incluso a las mujeres reales. Solo puedo imaginar lo indignados que estarían si se les dijera que una parte de su esencia no es *puramente* masculina.

Liran rio.

—¡Pobrecillos! Se les partiría el corazón.

Ante la mención de los hombres ralianos, los pensamientos de Cae se desviaron naturalmente a Killic, quien, con un poco de suerte, ya se habría marchado de Qi-Katai o estaría a punto de hacerlo. Le llegó un breve y desagradable recuerdo del olor de la carne quemada, del modo en el que la piel de Killic se había endurecido y chamuscado bajo la pluma de soldadura, y lo disipó diciendo lo primero vagamente relevante que se le pasó por la cabeza.

—Los teatros —dijo ganándose miradas de asombro de sus acompañantes.

—¿Qué pasa con los teatros? —preguntó Liran arqueando una ceja que a Cae le pareció innecesariamente crítica.

—Cuando todo esto termine, he pensado en... los teatros. Puedo llevar a Velasin. Si te apetece, claro —puntualizó mirando a su marido.

—Me encantaría —contestó Velasin atreviéndose a dedicarle una pequeña sonrisa—. Aunque tendrás que educarme en las producciones tithenai... ¿Qué tipo de cosas están de temporada aquí?

Cae aprovechó el cambio de tema como un hombre ahogándose se aferraría a una cuerda, y con la elegante (aunque también divertida) ayuda de Liran, logró abrirse camino por una conversación sobre las normas teatrales que duró hasta pasado el Mercado de Pieles.

—Es ahí abajo —señaló Liran devolviéndolos abruptamente a la misión. Los condujo por una calle lateral cuyos escaparates estaban bien mantenidos pero daban pocas pistas sobre las mercancías o los servicios que se podían encontrar en el interior. Se detuvieron en una pequeña plaza abierta entre dos edificios donde una guardia privada vigilaba un abrevador y un poste de amarre. Se inclinó mientras desmontaban y Liran le dio una propina mientras dejaban los caballos bajo su atenta mirada, y después los condujo un poco más arriba de la calle.

Ren Adan Akaii trabajaba en un estrecho edificio rojo con una brillante puerta negra. Liran golpeó hábilmente la madera y, tras un momento, la puerta se abrió para revelar a un esbelto hombre khytoi vestido con inmaculados grises y blancos... o al menos a Cae le pareció khytoi, teniendo en cuenta sus ojos en forma de pétalo, su piel marrón claro y su distintivo pelo pelirrojo, que llevaba rapado de los lados dejando lo que parecía una cresta peinada hacia atrás. Esto, junto con su nariz estrecha y afilada y sus iris de un marrón tan claro que era casi dorado, hacía que pareciera un ave de presa.

—Bienvenidos a la oficina de ren Adan Akaii —dijo con un marcado acento khytoi—. ¿Puedo preguntar si tienen cita?

—Me temo que no la tenemos —contestó Liran con lo que Cae reconoció como su dulce «lo siento pero por favor déjame hacerlo a mi manera»—. Sin embargo, los tierns Caethari y Velasin te estarían muy agradecidos si nos concedieras un momento del tiempo de ren Adan. Es una asunto de *extrema* urgencia.

—Ah —murmuró el hombre abriendo ligeramente los ojos mientras observaba a Cae y a Velasin—. Por supuesto, ren Adan siempre está dispuesto a ayudar al clan Aeduria. Sin embargo, ahora mismo está atendiendo un asunto comercial en otra parte de la ciudad.

—¿Cuándo volverá más o menos? —inquirió Liran—. Podemos esperarlo.

—Debería volver en la próxima media hora, ¿ren...?

—Ciet Liran Faez —respondió él alegremente—. Aunque, en realidad, prefiero ser tratado como ru. ¿Y a quién tengo el placer de dirigirme? —Batió las pestañas mientras lo preguntaba, obligando a Cae a reprimir una carcajada inapropiada.

—Disculpe, ciet... ru, quiero decir —contestó el hombre mortifica-do—. Soy ren Zhi Kai'ia y todos ustedes son más que bienvenidos a espe-rar a ren Adan en el vestíbulo. —Se hizo a un lado para dejarlos entrar, visiblemente nervioso—. Por favor, pasen.

—Con mucho gusto —ronroneó Liran.

Cae sí que resopló ante esto.

El vestíbulo era una habitación bien equipada en la planta baja, lo bas-tante llena de sofás, obras de arte y cojines como para que Cae se sintiera a salvo asumiendo que, probablemente, la mayoría de los negocios de ren Adan se hicieran allí. Un armario de bebidas de estilo raliano en la esquina reforzó su impresión, aunque, teniendo en cuenta cómo había empezado el día, también le recordó a Cae que se merecía emborracharse agradable-mente en algún momento del futuro cercano.

—¿Puedo ofrecerles unos refrigerios mientras esperan? —preguntó ren Zhi claramente avergonzado por su desliz con el título de Liran—. Tenemos khai, té blanco, brandy raliano, o'oa khytoi...

—Te agradecería mucho un té —dijo Liran, y tomó asiento mientras ren Zhi hacía otra reverencia y corría hacia lo que sería, supuestamente, una pequeña cocina.

—No te tenía por un hombre cruel —bromeó Velasin sentándose al lado de Cae en un sofá bajo.

—Ah, no te preocupes. Apenas le he revuelto las plumas. Y son unas plumas preciosas —agregó estirando el cuello para tratar de echar un vis-tazo a ren Zhi, que, Cae tenía que admitir, no estaba nada mal—. En cual-quier caso, he hecho que pasáramos de la puerta, ¿verdad?

—No lo había puesto en duda.

Liran rio.

—¡Menuda confianza! Quédate con este, Cae, me gusta.

—Tu aprobación significa un mundo para nosotros —espetó Cae, lo que era más fácil que decir «a mí también me gusta».

Ren Zhi volvió con el té servido en elegantes tazas de cerámica vi-driada y una tetera de estilo khytoi en forma de dragón rodeando una roca: su cola enroscada era el mango y el humeante líquido salía de su boca abierta.

—Una pieza preciosa —comentó Cae—. ¿Puedo preguntar de dónde es?

Ren Zhi se sonrojó.

—Es mía, tiern. La hizo mi hermana del clan.

—Pues tu hermana tiene mucho talento.

—¿Cuánto tiempo llevas trabajando para ren Adan? —indagó Liran aceptando elegantemente una taza—. Me acordaría si te hubiera visto antes.

—Ren Adan tuvo la amabilidad de ofrecerme empleo como su secretario hace tres meses —dijo ren Zhi sirviendo la última taza para Velasin. Cae se fijó en que no había preparado una para él y se preguntó si sería por nerviosismo o por costumbre—. Antes de eso, viajaba con la Tercera Caravana de Ei'iko.

—¿La Tercera Caravana de Ei'iko? —preguntó Liran—. ¿No la de Kai'ia?

Ren Zhi se tensó tan levemente que, si Cae no hubiera estado mirándolo, no se habría dado cuenta.

—En mi clan no son comerciantes, ciet —murmuró. Liran abrió la boca para plantear otra pregunta, pero antes de que pudiera hacerlo, ren Zhi se inclinó y dijo—: Por favor, discúlpenme. —Y se retiró a la seguridad de la cocina.

Cae le lanzó a Liran una mirada molesta.

—¡Lo has vuelto a asustar!

—¡Ha sido un accidente! —Liran suspiró y tomó un sorbo de té—. Aun así, es poco probable que esté al tanto de todos los asuntos de su maestro. A mí me vale esperar si vosotros también.

—Tengo la paciencia de los mismísimos santos —replicó Cae con altivez.

Liran esperó hasta que Cae tomó un sorbo de té antes de susurrarle a Velasin.

—Tú sabes que eso no es ni remotamente cierto.

Velasin tosió discretamente.

—Estoy al tanto, sí.

El nerviosismo que había sentido Cae anteriormente por haber dejado a Liran y a Velasin juntos sin supervisión volvió con fuerza. *Ah, esto era lo que me preocupaba*, pensó.

Estaba a punto de montar una protesta por la evaluación de su carácter cuando se abrió la puerta principal, lo que hizo que ren Zhi saliera a toda prisa de la cocina.

—Zhi, ¿puedes abrir la puerta? —dijo una voz entrecortada y pulida—. Tengo las manos llenas.

—Por supuesto —contestó ren Zhi apresurándose a obedecer—. Pero, ren Adan, tiene… visita.

—No había nada en la agenda —replicó ren Adan. De repente entró en su campo de visión cargado con un montón de pieles y parpadeó al verlos a los tres en su vestíbulo.

—Tierns Caethari y Velasin Aeduria y ciet Liran Faez —dijo ren Zhi rápidamente—. Desean hablar con usted por un asunto de extrema urgencia.

Ren Adan se tomó un momento para asimilarlo. Era más joven de lo que Cae se había imaginado, su piel marrón clara resaltaba cubierta por el lin rojo sobre un nara gris carbón y una camiseta crema. Esta última prenda era de mangas estrechas y las llevaba subidas hasta los codos mostrando sus musculosos antebrazos mientras sujetaba las pieles. Tenía una barba corta y cuidada, una mirada inteligente y una mandíbula cuadrada, y llevaba el cabello sin trenzar recogido en una coleta.

—Bien —dijo sonriendo—. Es claramente inesperado, pero, caballeros, les ruego que esperen un minuto y estaré encantado de atenderlos.

—Por supuesto —accedió Cae y observó a ambos rens corriendo escaleras arriba donde asumió que ren Adan tendría su oficina privada. Esperaba que se tomaran su tiempo, pero apenas se había terminado la taza de té cuando volvió ren Zhi y les hizo de nuevo una reverencia.

—Ren Adan los recibirá ahora —indicó—. Por favor, suban las escaleras. Está en la primera puerta, justo enfrente.

—Muchas gracias —dijo Cae.

—Nos has ayudado mucho —agregó Liran y le guiñó un ojo a ren Zhi al pasar.

—Eres incorregible —murmuró Cae mientras subían las escaleras.

—No tengo ni idea de por qué lo dices.

Velasin ahogó una carcajada.

La puerta de la parte superior de las escaleras estaba abierta y en el umbral estaba ren Adan.

—¡Tierns! —saludó inclinándose—. Y también ciet Liran… es un placer volver a verlo. Me honra con su costumbre. —Los condujo al interior de la oficina mientras hablaba con el cuidado de cerrar la puerta tras ellos—. Se lo confieso, me han sorprendido bastante ocupado, pero uno siempre debe ser flexible con estas cosas. —Volvió a su escritorio, que era enorme y estaba llamativamente pulcro, pero no se sentó, sino que entrelazó las manos en la espalda—. ¿En qué puedo ayudarles?

—Nos preguntábamos si has visto u oído de alguien que haya intentado comprar recientemente equipamiento de caza khytoi —empezó Cae—. Una ballesta y guantes artifex y algo hechizado para protegerse al caer de grandes alturas.

Ren Adan arqueó las cejas en sorpresa.

—No es un tipo de artículo con el que se comercie a menudo en Qi-Katai —dijo lanzando una mirada evaluadora a Liran—. Sin caer en la falsa modestia, entiendo por qué han pensado en mí. —Vaciló y luego agregó—: No quiero entrometerme en los negocios de los tierns, pero ¿puedo preguntar primero por qué desean saberlo? Estoy encantado de ayudar, por supuesto, es solo que mi trabajo depende en gran medida de la confidencialidad y aunque confío en que no lo preguntarían por motivos frívolos, sería… digamos que poco práctico simplemente revelar esa información a cualquiera que preguntase. Incluso a ustedes. —Inclinó la cabeza a modo de disculpa.

Cae hizo una pausa sopesando cuánto ocultar y cuánto revelar.

—Tenemos motivos para creer que usaron estas herramientas para atacar a tieren Halithar, para asesinar a un sospechoso en custodia en el cuartel de la Puerta Ámbar y para escapar de la casa del sospechoso del asesinato.

—¿De veras? —exclamó ren Adan. Palideció al oír estas palabras y se sentó abruptamente—. Es algo… extremadamente desconcertante. —Tragó saliva y los miró—. Por favor, discúlpenme, tierns… si hubiera sabido lo que él pretendía, nunca se lo habría proporcionado, se lo juro…

—¿A quién? —preguntó Velasin adelantándose a Cae—. ¿Quién se llevó el equipo?

—Fue varu Shan Dalu —contestó ren Adan—. El jefe del cuartel de la Puerta Ámbar.

29

La facilidad con la que fue arrestado varu Shan Dalu fue casi anticlimática.

Cuando Cae y Velasin llegaron al Aida, Liran se había desviado por el camino; arribaron a los establos justo cuando Raeki se disponía a interrogar a varu Shan. Armado con la información de ren Adan, Raeki cambió los planes y reclutó rápidamente a una pequeña camarilla de guardias para que lo acompañaran. Cae también quería ir, pero Raeki y tar Katvi (maldita sea) le pusieron los pies en el suelo e insistieron en que se quedara a salvo en al Aida. Cae obedeció impaciente y de mala gana, paseándose por sus aposentos, arrojando su cuchillo a la pared y sin dejar de pensar en las muchas formas en las que todo podía salir mal.

Aun así, no pasó nada. Habiendo pagado a un corredor para avisarlos del regreso del tar, Cae y Velasin supieron el instante en el que Raeki y sus guardias aparecieron y corrieron a recibirlos. Lado a lado, observaron cómo varu Shan, obediente aunque encadenado, entraba en la Corte de Espadas con la cabeza bien alta a pesar de sus temblores. Era de estatura media y de mediana edad, con el pelo corto y fino y un bigote cuidado que no combinaba con sus facciones suaves y redondeadas. No llevaba uniforme, lo habrían arrestado en casa, y su camiseta era lo bastante pálida como para mostrar el sudor que se le había formado debajo de los brazos, aunque no estaba claro si era por la caminata hasta el Aida o por la ansiedad. Si hubiera tenido que decidirse, Cae habría dicho que se debía a una combinación de ambas.

Mientras Kita y Mirae conducían a varu Shan hasta las celdas, Raeki vio acercarse a los tierns y frunció el ceño.

—Lo hemos atrapado preparándose para huir —informó—, aunque no nos ha dicho dónde y tampoco ha confesado nada. Pero después de hablar hoy con algunos de los suyos en la Puerta Ámbar, está claro que es un corrupto y que lleva años siéndolo. —Su ceño se oscureció significativamente—. Me han hablado de soborno, intimidación, despotismo, negligencia, malas conductas tanto graves como menores, y, cuando podamos registrar como debe ser su casa y su oficina, no me queda duda de que encontraremos más pruebas. Incluyendo sus artículos artifex —agregó tras un instante—. No hemos encontrado ninguno a primera vista, pero no me sorprende. Probablemente los tenga ocultos en alguna parte.

—Me gustaría interrogarlo ahora —declaró Cae.

—A mí también —dijo Velasin—. O, al menos, me gustaría estar presente.

—No, deberías hacerlo tú —repuso Cae sorprendiéndolos a los tres.

Raeki elevó tanto las cejas que casi le llegaron a la línea del cabello.

—¿Está seguro, tiern?

—Si Velasin lo consiente, sí —insistió Cae. Entonces, se dirigió a su marido, quien todavía estaba procesando este giro—: No tengo tus habilidades para leer a las personas, para responder a sus señales.

—Yo no soy ningún experto...

—Eres mejor que yo.

—Pero eso no significa...

—Velasin —interrumpió Cae—, ¿lo harás o no?

—Bueno, sí, pero...

—Limítese a aceptar el cumplido, tiern —dijo Raeki amablemente.

Velasin cerró la boca de golpe. Asintió moviendo la mandíbula en silencio y así se dirigieron hacia las celdas que se encontraban debajo de las barracas. Por lo que Cae sabía, Velasin no había estado anteriormente allí, pero no era el momento más oportuno para ofrecerle una visita guiada. En lugar de eso, bajando la voz para que Raeki no los oyera, murmuró:

—¿Estás seguro de que te parece bien?

—Lo estoy —contestó Velasin. Miró a Cae de reojo y suspiró pasándose una mano por el pelo—. Lo siento. No... no se me da bien aceptar los cumplidos.

—Tendré que ayudarte a practicar, entonces —dijo Cae. Siendo de poca ayuda, su cerebro reaccionó a estas palabras conjurando una imagen de Velasin despeinado y jadeando en su cama mientras Cae le susurraba elogios sucios al oído. Cae cerró una puerta mental a esa imagen (muy intrigante, tendría que considerarla después) y volvió a centrarse en el momento.

El aire era más frío en las celdas porque estaban bajo tierra y también estaba viciado porque, por lo general, casi nunca se usaban. Los bandidos capturados en Vaiko seguían bajo custodia y Cae se aseguró de detenerse delante de sus celdas para inspeccionar las condiciones. Nunca le había gustado tomar prisioneros, pero aún le gustaba menos verlos maltratados y sintió alivio al no advertir señales de enfermedad ni escasez de servicios básicos.

—¿Vamos a quedarnos aquí para siempre? —le ladró uno fijándose en su escrutinio, pero no con maldad. El hombre tan solo parecía cansado y Cae experimentó una chispa de empatía involuntaria. La mayoría se pasaban al bandolerismo por desesperación y, aunque eso no justificaba sus delitos, hacía que fuera más difícil enfrentarse a ellos sabiendo que, a pesar de sus esfuerzos por matarlo a él o a sus soldados en ese momento, la mayoría todavía podían ser rehabilitados.

—Para siempre, no —contestó y siguió adelante armándose de valor para enfrentarse a varu Shan, cuya maldad no nacía de esas circunstancias extenuantes.

Lo habían metido en una sala de interrogatorios (no era una cámara de tortura, aunque incluso en Tithena había quien consideraba ambos conceptos como sinónimos) equipada con una pesada mesa de madera y varias sillas igualmente resistentes. La mesa tenía anillos de hierro a los que habían atado los grilletes (el equivalente más común a los puños de anclaje de Cae, que eran un delicado trabajo personalizado) pero lo bastante sueltos como para que pudiera recostarse en la silla. Cuando entraron los tres, Kita y Mirae saludaron y se movieron automáticamente para colocarse cada una a un lado de la puerta.

Velasin vaciló, tomó aire y se sentó frente a varu Shan dejando a Cae de pie a un lado con Raeki.

—¿Sabes quién soy? —preguntó con voz neutra.

Varu Shan resopló.

—El nuevo tiern, el raliano.

—En efecto —confirmó Velasin. Cruzó las manos sobre la mesa examinando al guardia deshonrado—. Supongo que sabes por qué estás aquí.

—*Bah*. Puede *suponer* todo lo que quiera. —Cae pensó que era un buen intento de bravuconería, pero un temblor traicionero en la voz le delataba—. ¡Yo no he hecho nada malo!

—¿Ah, no? —preguntó Velasin a la ligera—. Pues, bien, varu Shan... como eres inocente, dime qué es eso que no has hecho y que nosotros, tan tontos como somos, creemos que sí. Solo para poder limpiar tu nombre.

El rostro de varu Shan se quedó paralizado. Una mirada calculadora le cruzó la cara y desapareció, pero si Cae la había visto, seguro que Velasin también. Lentamente, inclinándose ligeramente hacia adelante como si estuviera probando las aguas, dijo:

—Ser varu, sobre todo en un lugar como la Puerta Ámbar... es algo que te hace ganarte enemigos.

Velasin asintió y cuando varu Shan lanzó una mirada cautelosa a Cae y a Raeki, ambos hicieron su mejor esfuerzo para mostrarse inexpresivos. Envalentonado por esto, varu Shan continuó:

—Subalternos celosos que quieren un ascenso, delincuentes cuyos negocios has arruinado o cuyos parientes obtuvieron lo que se merecían... un varu puede pasarse la vida con las manos limpias y aun así parecer implicado sin que sea culpa de él.

—¿No estabas huyendo? —inquirió Velasin—. Me refiero a cuando tar Raeki ha llegado a tu casa.

—¿Huyendo? ¡Que los santos me libren! Estaba preparándome para hacer una visita a casa, mi madre se ha puesto enferma, por eso no estuve disponible la semana pasada. —Adoptó un tono piadoso—. Si hubiera sabido lo que iba a suceder en la Puerta Ámbar, habría rezado con más fuerzas a la madre Ayla.

Era una maniobra tan poco original que Cae necesitó un fuerte autocontrol para evitar resoplar, burlarse o incluso ponerse a sacudir al hombre hasta que dejara de mentir. En lugar de eso, cerró el puño detrás de la espalda, donde varu Shan no podía verlo, y apretó los dientes hasta que le dolió la mandíbula.

—Por supuesto —dijo Velasin, calmado—. Pero entiendes por qué tenemos que investigar, ¿verdad? El varu de la Puerta Ámbar debe estar por encima de toda sospecha y eso significa que tenemos que tratarte como a cualquier otro sospechoso... lo que, por supuesto, ya sabes, puesto que has tenido la amabilidad de venir en silencio.

—Lo juzgué mal, tiern —comentó varu Shan claramente pensando que se había ganado un oyente comprensivo. Le sonrió a Velasin de un modo que hizo que a Cae se le pusiera la piel de gallina por la falsedad—. Lo entiendo, no le deseo ningún mal a Ralia y no quería empezar con mal pie, es solo que... bueno. Sabe lo que es ser objeto de chismes tan bien como yo, espero, y ¿quién de nosotros no ha sido presa de los rumores antes?

—Lo comprendo perfectamente —replicó Velasin—. Así que dime, varu... —En este momento su tono amable se volvió más duro, un cambio de registro tan vertiginoso que hizo que los pensamientos de Cae vagaran de nuevo hacia direcciones poco útiles—. Asumiendo que no conspiraras para matarme a mí o a tieren Halithar y que no tuvieras nada que ver con el asesinato de ren Baru Kasha, ¿quién quieres que pensemos que fue?

Varu Shan palideció.

—¿Qu-qué? —tartamudeó pasando la mirada de Velasin a Raeki y a Cae y de nuevo a Velasin como si esperara un remate—. ¿Conspiración? ¿Asesinato? Tiern, eso no... yo nunca... he pasado algunas líneas, sí, pero nada así...

—¿Qué líneas, varu? ¿Qué líneas has pasado?

Ahora varu Shan sudaba visiblemente, las gotas le perlaban la frente como perlas falsas.

—Yo... un hombre en mi posición, tiern... A veces los ciudadanos agradecidos me ofrecen regalos o divulgan información que lleva a arrestos pero que no puede aparecer en informes oficiales debido a razones de discreción. O bien hay errores, ¡errores honestos!, ¿qué oficial no ha errado nunca? Pero juro por los santos, por Ruya, por Zo y por Ayla, que nunca he conspirado contra el clan Aeduria, ni he querido hacerles daño, ¡ni tampoco al tieren!

—Por supuesto que no —replicó Velasin y su voz provocó escalofríos en la espalda de Cae—. Ya hemos discutido tu inocencia. No te he preguntado tus motivos, varu, te he preguntado a quién culparías tú.

Probablemente los últimos días habían calado en Cae más de lo que se había permitido reconocer, por eso reaccionaba tan… inapropiadamente a las técnicas de interrogación de Velasin. O, más específicamente, a su *voz* de interrogatorio: sabía que Velasin era ingenioso y observador, pero también tendía fuertemente al autodesprecio y a la evasión, lo que era más molesto que una simple falsa modestia. Sabiendo lo que sabía de la historia de Velasin, y no solo con Killic, sino con toda la familia vin Aaro, Cae podía ver de dónde provenía su reticencia, pero eso no hacía que fuera más fácil soportarla o arreglarla. Llevaba intentando sacarlo de su caparazón desde su primer y desastroso día en Qi-Katai y, cuanto más aprendía de él, más se enfadaba al pensar que un hombre así fuera despreciado.

Pero verlo así ahora (sereno, controlado, *competente*) era emocionante de un modo mucho más familiar. Era una habilidad que Liran también poseía y Cae era consciente de que tenía preferencia por ella. Ya se había sentido atraído por Velasin en su ausencia, y que de repente estuviera ahí fue como recibir una bofetada en los oídos. En lo más profundo de su ser, sabía que todavía estaba procesándolo todo, seguía siendo consciente de la gravedad del caso que tenían entre manos, de los delitos con los que varu Shan estaba relacionado, pero también era un hombre sano recién casado con un esposo muy atractivo y, con promesa de amistad o sin ella, Cae seguía siendo humano.

—¿A quién culparías tú, varu Shan? —repitió Velasin—. O, mejor dicho, ¿quién te incriminaría a ti en esto? Vamos. Como has dicho, debes tener alguna idea de quiénes son tus enemigos.

—No lo sé. —Varu Shan abrió las manos y los grilletes resonaron ominosamente—. Tiern, cuando su tar me trajo aquí, pensé… asumí que era una acusación de negligencia por la muerte de ren Baru. ¡No pensé que me acusarían de la muerte en sí!

—Piénsalo un poco más —insistió Velasin en un tono que hizo que Cae se estremeciera de nuevo—. Me encantaría creer que no estás involucrado, varu, aunque solo sea por el bien de la reputación de la Puerta Ámbar, pero como tú mismo has señalado antes, todavía soy nuevo en Qi-Katai. ¿Qué puedo saber de sus costumbres, sus delincuentes y sus hábitos si tú no me iluminas?

Varu Shan tembló moviendo la boca en silencio durante unos instantes hasta que se le ocurrió una idea.

—¡Quien me haya implicado! —exclamó haciendo resonar una vez más las cadenas—. ¡Quien les haya dicho que fui yo es de quien tienen que sospechar!

Secamente, Velasin repuso:

—Discúlpame, varu, si necesito algo más convincente que eso.

—¡Convincente! —explotó varu Shan. En contraste con su asombro anterior, esta nueva oleada de ira le estaba poniendo el rostro rojo—: Por favor, ¿cómo voy a convencerlo si ni siquiera me ha dicho qué acusaciones hay en mi contra? ¿Como puedo saber si alguno de ustedes...? —Señaló toda la habitación con el dedo hasta que apuntó directamente a Velasin—. ¿Si alguno se ha inventado todo esto de la nada?

—Se usó un conjunto de herramientas muy específico para llevar a cabo tanto el ataque contra tieren Halithar como el asesinato de ren Baru, herramientas que tienen un origen distintivo una vez que sabes buscar. Hemos visto el libro de contabilidad, varu Shan: tu nombre estaba en él.

—Un impostor —declaró varu Shan pasándose ansiosamente la lengua por los labios—. Un impostor usando mi identidad e intentando incriminarme...

—Nómbralo —dijo Velasin—. Te lo pregunto otra vez, varu Shan, si de verdad eres inocente, ¿quién te incriminaría por esto?

Las manos de varu Shan temblaron sobre la mesa.

—¡No lo sé! —exclamó, agitado—. Tiern, no... lo juro, ¡no sé nada!

—Entonces te sugiero que pienses —insistió Velasin y, sin decir ni una palabra más, le dio la espalda a varu Shan y salió directamente de la sala. Cae intercambió una mirada con Raeki y ambos se apresuraron a seguirlo, dejando a Kita y a Mirae encargadas de instalar a varu Shan en una celda.

Alcanzaron a Velasin encima de las escaleras, bajo la luz de última hora de la tarde, dorado como un santo.

—¿Y bien, tiern? —preguntó Raeki—. ¿Qué piensa de él?

Velasin suspiró.

—No creo que lo hiciera y, si lo hizo, no creo que supiera la importancia de lo que le pedían. O bien fue manipulado para comprar el equipo de caza sin saber cómo lo usarían o realmente alguien utilizó su nombre como un alias. —Hizo una pausa rascándose la mandíbula—. Claramente, es un mentiroso, pero no creo que sea tan buen actor. Cuando le he dicho por qué había sido arrestado, su asombro ha sido real. Puede que ese hombre sea un corrupto, pero no es más que un peón en todo esto.

Raeki asintió, frustrado.

—Es lo que he pensado yo también, pero aun así creo que sabe más de lo que dice.

—¿Crees que está protegiendo a alguien? —preguntó Cae.

—O eso, o le tiene miedo a alguien, lo que encajaría con la experiencia de ren Vaia. —Raeki cerró el puño como si quisiera golpear algo, pero se vio forzado a dejar caer la mano en ausencia de algún objetivo—. Veré si Kita puede sacarle algo, es muy hábil, pero si no, lo intentaré de nuevo yo mismo mañana. Dejémosle marinar durante la noche y veamos si cambia algo.

Con una repentina sensación de hundimiento, Cae se dio cuenta de que no había nada más que hacer, al menos, no ese día. Contra toda la razón y la experiencia, una estúpida parte de él había tenido la esperanza de que todo iba a acabar con el arresto de varu Shan, que iba a confesar sus delitos gruñendo enrabiado y no iba a dejar dudas de que el asunto había sido resuelto. Pero, en lugar de eso, tal vez inevitablemente, habían acabado todavía con más preguntas que no tenían respuestas sencillas.

—Cuando lo hagas, prueba una línea diferente de interrogatorio —indicó Cae resignándose—. Pregúntale qué pasó cuando llevaron por primera vez a ren Baru, dónde estaba él, qué órdenes dio, y contrástalo con el testimonio de alguien de la Puerta Ámbar que sepa realmente lo que estaban haciendo, asumiendo que exista tal persona. —Negó con la cabeza intentado disipar una repentina oleada de amargura—. Luego pregúntale por la falta de guardias apostados fuera durante la noche. Me parece el vínculo más prometedor: la facilidad con la que se colaron en la Puerta Ámbar.

—Por supuesto, tiern —confirmó Raeki—. ¿Algo más?

—No, Raeki. Gracias.

—Entonces me ocuparé de mis asuntos. —Hizo una reverencia y se marchó dejando a Cae solo con Velasin.

Una suave brisa sopló revolviendo el césped cercano que flanqueaba el camino de piedras que llevaba a las celdas. Cae miró a su marido y fue testigo del momento exacto en el que salía de él la fuerza que había mostrado con varu Shan. Fue algo sutil, como la luz del sol apartándose de una ventana, pero el cambio que dejó detrás no lo era. Velasin se hundió, se frotó la frente con cansancio y le sonrió a Cae de un modo que no se reflejó en sus ojos.

—Ha sido un día muy largo.

—Sí —coincidió Cae como un tonto.

Velasin miró sombríamente a lo lejos.

—¿Van a enterrarlo ya o sigue en la morgue? No me respondas —agregó cuando Cae abrió la boca para hacerlo—. Creo que no quiero saberlo ahora mismo.

Cae tuvo que luchar contra un complejo pozo de emociones provocado por la línea exhausta de los hombros de Velasin y por el suave arco de su cuello. Tras unos segundos, su boca ganó parte de la batalla y pudo decir:

—¿Velasin?

—¿Sí?

—Esta... amistad que hemos acordado tener... ¿incluye alguna intimidad casual?

Velasin levantó la cabeza.

—¿Qué?

—Tocarse —dijo Cae con el cuello ardiendo y el estómago encogido—. Como has dicho, ha sido un día muy largo y simplemente... me parece mal ignorar la posibilidad de un consuelo.

—Consuelo —repitió Velasin, que no estaba temblando del todo como un cervatillo asustado—. Qué... No sé qué...

—Solo tocarse —dijo Cae y, antes de perder los estribos, entró en el espacio de Velasin. Lentamente, muy lentamente, le puso las manos en los hombros. Velasin lo miró con los ojos muy abiertos y dulces, pero no había temor en él, solo una chispa de asombro y sus labios separados en una suave sorpresa. Pasaba la mirada de los ojos a la boca de Cae. Con la piel ardiendo, Cae pasó las manos por arriba y debajo de los bíceps de Velasin dejando que sus dedos se curvaran a la altura de los hombros. Tentativamente, apretó y fue como si se rompiera una presa. Velasin emitió un sonidito involuntario y lo abrazó rodeando cálidamente la espalda de Cae con los brazos.

Cae respiró entrecortadamente y cerró los ojos acunando con una mano la cabeza de Velasin y agarrándolo por la cintura con la otra. Podía notar la cabeza de Velasin presionada contra su clavícula a través de la tela del lin y de la camiseta. Fue consciente, íntima y profundamente, de que el modo en el que encajaron sus cuerpos, pecho con pecho y cadera con cadera, era mucho mejor de lo que podría haber deseado. Se dio cuenta entonces de que, aunque había abrazado anteriormente a Velasin, era la primera vez en la que no había un horror atenuante que los obligara a juntarse: ningún Markel herido, pierna sangrante, amenaza de cuchillo o caballo asesinado. Ese pensamiento lo puso furioso y triste a partes iguales, una tierna ferocidad arremolinándose alrededor de su esternón mientras respiraba la esencia del pelo de Velasin.

Sintió más que oyó la risa de Velasin cuando notó una vibración entre ellos.

—¿Qué te parece tan divertido? —preguntó con el corazón latiendo con más fuerza de la que requería la pregunta. Velasin se movió contra él y, aunque era imposible, Cae habría jurado que sonreía.

—¿Sabes lo escandaloso que sería esto en Ralia? Dos hombres abrazándose sin empujarse… una estupidez. Pero aquí estamos. —Giró la cabeza, por lo que quedó encarado al pecho de Cae en lugar de al lado contrario—. No dejo de olvidar que aquí está *permitido* —murmuró con una pureza que hizo que a Cae le doliera el corazón—. He sido tan miserable desde que llegué aquí, has tenido que sostenerme la mano cada poco tiempo, y aun así, nunca se me ha ocurrido que puedes, literalmente, sostenerme la mano o que yo puedo sostener la tuya.

—No se puede aprender toda una cultura nueva de la noche a la mañana.

—O desaprender una antigua. No, supongo que no puedo. Pero es agradable recordar que el cambio está ahí. —Se rio de nuevo y se apartó mirando a través de sus pestañas de un modo completamente natural, un producto de su proximidad y de su menor estatura, y aun así hizo que Cae se quedara sin aliento—. No dejas de confundirme, eso es todo. Lamento ser tan lento.

—¿Confundirte cómo?

—No en el mal sentido, es solo que… a veces me cuesta distinguir qué es específicamente tuyo y qué es simplemente la ausencia de lógica raliana.

Sin hacerlo conscientemente, Cae le colocó a Velasin un mechón rizado por detrás de la oreja, tal y como había deseado hacer esa mañana, y sintió el repentino aliento que eso llevó a cada centímetro de su cuerpo.

—¿Como qué?

—Como esto —replicó Velasin con una sonrisa torcida—. Como el hecho de que estés dispuesto a estar conmigo, a pesar de que estoy estropeado.

Cae se tensó.

—No estás estropeado, Velasin, debes saberlo, no es…

—No lo digo por Killic. O no solo por Killic —se corrigió bajando un poco la mirada—. Es una tontería, como te dije cuando hablamos de dinero y de propiedades, pero una parte de mí sigue caracterizando mi papel como el de una esposa raliana, y las esposas, a diferencia de sus maridos, se supone que deben llegar castas a su lecho matrimonial.

—Tú no eres una esposa —replicó Cae intentando no centrarse en la parte de «lecho matrimonial».

—Racionalmente, lo sé. Pero luego están esas partes de mí en las que nunca antes había tenido que pensar, que siguen apareciendo en los momentos más raros, ideas que anteriormente habría jurado que no tenía porque eran invisibles, ¿lo entiendes? Como un camuflaje pero en el interior, una forma de estar dentro de mí mismo y de aparentar ante los demás. Pero aquí el camuflaje no encaja, ahora puedo verlo, pero no es lo mismo que poder echarlo todo de una vez.

—Velasin…

—Pero lo importante es —continuó Velasin agarrando con los dedos la espalda del lin de Cae— que has sido, que estás siendo, extraordinariamente amable conmigo, a menudo de modos que no espero. Como ahora, por ejemplo. Y como te he dicho, no sé cuánto de esto eres *tú* siendo tú mismo y cuánto es simplemente no ser raliano, pero... —Levantó la mirada para encontrarse con los ojos de Cae—. Empiezo a pensar que no importa. —Volvió a apartar la mirada mientras un oscuro rubor se expandía por sus mejillas—. O, bueno, evidentemente, sí que importa... No voy a confundirte con Raeki ni a lanzarme a los brazos del primer mozo que me guiñe el ojo...

—Me alegra oír eso —murmuró Cae y se sintió inmensamente aliviado cuando Velasin rio.

—Lo que quiero decir es que no tiene sentido intentar sacar Tithena de ti, al igual que no tendría sentido que tú intentaras quitar Ralia de mí. Hemos crecido así y, por mucho que podamos cambiar en el futuro, ese siempre será nuestro origen. Supongo que lo que intento decir es que, si tengo que estar involucrado en todo este lío con alguien, me alegro de que sea contigo.

—Yo también me alegro de que sea contigo —contestó Cae.

Se miraron con dulzura e intensidad en la luz que empezaba a desvanecerse y, durante un momento, Cae habría jurado que Velasin estaba esperando a que lo besara, tenía la barbilla en ese ángulo y su boca estaba justo ahí...

Pero habían acordado amistad. Amistad y el tipo de intimidad física que podían compartir los amigos, de compañerismo y consuelo, lo que no incluía que Cae lo empujara contra la pared más cercana e hiciera cosas sobre las cuales no podía seguir pensando mientras estuvieran tan cerca el uno del otro.

Con un resoplido silencioso, Velasin pasó las manos por el lin de Cae, ajeno a los escalofríos que dejaban a su paso, y se apartó. A Cae le temblaron las manos por la pérdida del contacto y, no por primera vez, se preguntó si estaría volviéndose loco.

—Me muero de hambre —dijo Velasin de repente—. ¿Y tú?

—Podría comer —admitió Cae.

—Pues hagámoslo, entonces... pero en nuestros aposentos, por favor, nada de cenar en público. No estoy en condiciones de tener otra compañía que no seas tú o Markel.

De repente, Cae recordó esa mañana de la que parecían haber pasado mil años, cuando él y Velasin habían hablado con yasa Kithadi. Velasin había dicho lo mismo entonces (y finalmente había dicho «nuestros» en lugar de «tus») pero las circunstancias habían sido demasiado tensas para que lo registrara por completo. En ese momento sí que lo hizo y Cae sintió una vertiginosa oleada de cariño entrelazado con algo sospechosamente parecido a la esperanza.

—Por supuesto —aceptó, y dejó que Velasin abriera el camino para volver.

30

Esa noche, Cae soñó con Velasin y durmió muy bien o extremadamente inquieto, dependiendo del punto de vista. Probablemente hiciera ambas cosas a la vez, si es que eso era posible: sus sueños no habían sido tan desesperadamente gráficos desde que tenía catorce años, y la única diferencia era que ahora no se avergonzaba en sus sueños. Aun así, se despertó sudado y duro debajo del pareo, tan sobresaltado por la transición a la vigilia que necesitó unos segundos para darse cuenta de que Velasin no estaba realmente en la habitación con él.

Mañana lo besaré, pensó Cae estúpidamente, y, mientras una nueva excitación lo recorría por la posibilidad, se levantó el camisón y se la agarró con la mano. Estaba tan cerca del umbral que llegó con un puñado de sacudidas gimiendo suavemente mientras se dejaba caer sobre la almohada. Se quitó el pareo, lo usó para limpiarse y lo lanzó al cesto de la ropa sucia con una silenciosa mueca de disculpa para el personal de la lavandería del Aida. El orgasmo le había despejado la cabeza y, durante unos minutos, flotó entre una dichosa lasitud blanca, apartado del mundo y de sus responsabilidades.

Sin embargo, inevitablemente, ese estado de perfección no podía durar. Suspiró, repasó mentalmente todo lo que le podían pedir que hiciera durante el día, se mentalizó para ello y salió de la cama, recordando en el último momento ponerse un pareo nuevo antes de salir a la estancia principal.

Menos mal que se había molestado en hacerlo, ya que tanto Velasin como Markel estaban despiertos y manteniendo una de sus silenciosas conversaciones. Cae cayó en la cuenta de que, a pesar de su entusiasmo, había avanzado poco en su aprendizaje de las señas y decidió mejorar... justo después de bañarse y vestirse, claro.

—Buenos días —saludó y fue recibido con un alegre saludo de mano de Markel y una sonrisa cansada de Velasin.

—Buenos días —contestó su marido—. ¿Te apetece un poco de khai? Ren Valiu lo ha subido.

—Tal vez después de lavarme. —Vaciló y luego, algo incómodo, preguntó—: ¿Tenéis planes para el día?

—¿Planes? No como tales, pero estoy seguro de que surgirá una nueva crisis que requiera nuestra atención tarde o temprano.

Cae resopló.

—Bueno, cuando me haya lavado, iré a entrenar un poco y luego, asumiendo que la inevitable crisis tenga la amabilidad de aguardar hasta la tarde, esperaba que tú... que los dos, en realidad, me enseñarais un poco más de lengua de signos.

—Estaremos encantados de hacerlo —afirmó Velasin tras intercambiar una mirada con Markel—. ¿Tu entrenamiento requiere público? O ¿te opondrías a que fuéramos a visitar la ciudad? Todavía no he llevado mis documentos provisorios a un banco y me sentiría mejor teniendo algo de dinero a mi nombre.

Cae titubeó.

—¿Consentirías que fuera un guardia contigo? No dudo de que podáis cuidar de vosotros mismos, pero yo estaría más tranquilo.

—Supongo que es sensato —suspiró Velasin—. Veré si están disponibles Kita o Mirae, ambas son una compañía decente.

—Gracias —contestó Cae, aliviado, y se metió en el baño.

Se duchó más que bañarse ajustando la altura de la boca para quedar debajo del chorro, pero no se preocupó por el pelo, sabía que se lo lavaría mejor después de entrenar. El sonido del agua era lo bastante fuerte como para que solo pudiera captar fragmentos de ruido de la sala principal, que eran bastante fáciles de ignorar. Por eso se sorprendió cuando, una vez seco, afeitado y vestido, se encontró a Markel y a Velasin de un humor notablemente más sombrío que el que habían mostrado apenas quince minutos antes.

—¿Qué ha pasado? —preguntó.

—Se ha pasado por aquí ru Telitha —informó Velasin—. Tenía un libro para Markel, como le había prometido... —Señaló con el pulgar un fino volumen rojo sobre la mesa que no había estado ahí antes—. Pero también nos ha invitado a un servicio conmemorativo por ren Vaia que tendrá lugar en el Pequeño Aida al atardecer. —Un músculo se contrajo en su mandíbula—. Al parecer, no tenía parientes, ni siquiera un amante. Nadie que la llore excepto el personal del Aida. Ya se han llevado su cuerpo al templo de Ayla, pero parece ser que yasa Kithadi se ha guardado un mechón de su cabello. No sé por qué —añadió mirando finalmente a Cae—, pero asumo que habrá algún tipo de ritual involucrado.

—Lo quemará —respondió Cae en voz baja—. Junto con una pluma, para la migración de su alma, y una flor para el regreso de su cuerpo a la tierra.

—Ah —dijo Velasin. Soltó una breve y aguda risa—. Eso es... es mejor de lo que estaba pensando.

—¿Qué estabas pensando?

—Que a mí me dieron una trenza con la melena de Quip como recuerdo y que tal vez la yasa quería algo del pelo de su sirvienta para un propósito similar. Lo siento. —Bajó la mirada ante la mueca de Cae—. Ha sido poco caritativo por mi parte, tanto con Tithena como con tu abuela. Pero todo esto es...

—Lo sé —dijo Caethari atreviéndose a ponerle una mano en el hombro a Velasin y estrechándoselo suavemente. Velasin suspiró y se inclinó hacia el tacto, lo que lo emocionó tanto como si hubiera persuadido a un halcón salvaje de que lo hiciera. Dejó que el contacto se prolongara un momento y luego se obligó a alejarse, consciente del hecho de que Markel lo estaba observando como un naturalista en el campo—. Si no quieres ir... —empezó Cae, pero Velasin negó con la cabeza.

—No, sí que quiero. O, al menos, me avergonzaría de mí mismo si no fuera. —Se pasó una mano por el pelo que llevaba suelto, con las ondas oscuras enmarcándole el rostro—. Supongo que esto da una horrible impresión de mí, lo siento.

—No te disculpes —replicó Cae—. Sé a qué te refieres.

Velasin consiguió esbozar una sonrisa.

—¿Te veremos aquí antes de ir?

—Sí —prometió Cae y fue a por la ropa limpia que había preparado para ponerse cuando acabara su entrenamiento.

De camino a la Corte de Espadas, medio esperaba ser abordado por alguien, pero no hubo interrupciones. Fue a buscar su espada, calentó y repasó varios patrones de combate antes de que, de entre todas las personas, apareciera tar Katvi y le preguntara si quería una compañera de entrenamiento, una oferta que él aceptó encantado. Era una espadachina muy capaz, fuerte y precisa en sus formas, y lo que le faltaba de imaginación lo compensaba con creces con la velocidad de su juego de pies, lo que aceleraba considerablemente sus tiempos de reacción.

Esa pelea era exactamente lo que Cae necesitaba y, cuando se separaron y se inclinaron el uno ante el otro sobre las empuñaduras de sus armas, se alegró al ver que ella también estaba colorada y sonriente.

—Muchas gracias por el combate, tiern —le dijo—. Es bueno salir de detrás del escritorio y ponerse a prueba.

—No podía estar más de acuerdo. Muchas gracias a ti también. Vaciló porque no quería preguntar y así hacer que volvieran ambos al mundo real y a los papeles que desempeñaban en él, pero el deber estaba tan arraigado en Cae como en ella—. ¿Alguna novedad en la investigación? Asumo que tar Raeki te ha puesto al tanto de todo.

—Sí, tiern, pero no, no hay nada significativo de lo que informar. O, bueno… —Retorció los labios—. Tenemos muchas pruebas de la corrupción de varu Shan Dalu ahora que hemos registrado su casa. Habrá que llevar a cabo otra investigación independiente en la Puerta Ámbar, que será tan divertida como un barril de gatos cabreados, perdón por el lenguaje. Pero todavía estamos revisando los libros de contabilidad y no hemos encontrado nada útil.

Suspiró.

—¿Y el caballo de Velasin? ¿Tenemos alguna idea de quién pudo haberlo matado?

Tar Katvi hizo una mueca.

—No, tiern. Hemos interrogado a todos los mozos y los sirvientes, pero estaban todos demasiado distraídos con lo de la yegua y los guardias de la puerta no registraron ninguna entrada ni salida inusual. —Dejó escapar un resoplido enfadado—. Odio pensar que pueda haber alguien trabajando en el Aida que haya estado colaborando e instigando estos sucesos, pero empieza a parecerlo. Detesto tener que someter a todo el personal a interrogatorios sobre su lealtad, es lo típico que proporciona más división y miedo que información útil, y ya sabemos que a esta persona se le da bien pasar inadvertida… Pero si no encontramos nuevos indicios pronto, podríamos vernos obligados a intentarlo. Los dioses saben que ya hay bastantes chismes y alarmismo entre el personal.

—Esperemos no tener que llegar a eso.

—Que los santos le oigan —murmuró tar Katvi e hizo otra reverencia antes de salir del campo de entrenamiento.

Cae la observó marcharse, movilizó los hombros y se puso a practicar patrones de combate más simples como ejercicio de recuperación. Mientras lo hacía, volvió a pensar en la cena de la noche anterior cuando Markel, con Velasin como intérprete, había explicado sus observaciones sobre el Aida. Como Velasin había dicho que sucedía en Farathel, la gente hablaba con libertad a su lado hasta tal punto que a Cae le parecía tan asombroso como fascinante. Cualquier otro sirviente que viviera tan cerca de los Aeduria sería excluido de los chismes más casuales, pero evidentemente ese no era el caso con Markel. Había pasado una gran cantidad de tiempo en las zonas comunes y cerca de las cocinas y había captado más en un día de lo que captaría la mayoría de recién llegados en un mes.

Markel (y también Cae gracias a él) se había enterado de que el senescal de Riya no caía nada bien, ya que no había servido en el Aida antes de unirse a su casa, y aun así se consideraba por encima del personal general del Aidá por pertenecer al séquito personal de la tiera. Por la misma razón, había al menos tres guardias que eran excesivamente amables con Laecia, quien recientemente se había asegurado de enviar cerveza adicional de sus propios suministros a las barracas cuando llegaban días calurosos. Era tranquilizador saber que nadie parecía tomarse el ataque a su padre a la ligera (la mayoría veían como una afrenta personal que alguien hubiera faltado el respeto al tieren ¡y más en nombre de su hijo!), pero, al mismo tiempo, le preocupó enterarse de que ru Daro, el agente de inteligencia de su padre, fuera menospreciado por su costumbre de no dar la suficiente información (o eso decían los sirvientes) a sus subordinados.

Había sido vergonzoso tanto para Cae como para Velasin descubrir que la historia de Riya de su supuesta correspondencia premarital había cobrado vida propia hasta el punto en el que algunos hablaban de matrimonio por amor. Las orejas de Cae habían enrojecido tanto como las mejillas de Velasin al escuchar que un número importante del personal, aunque admitieran ser escépticos porque Velasin fuera raliano, pensaban que él era bueno para Cae, aunque solo fuera porque eso significara que iba a sentar la cabeza finalmente.

Fue un placer en comparación poder escuchar los chismes más insignificantes y espantosos de los últimos días. Nadie sospechaba que hubiera juego sucio en la muerte de ren Vaia, pero un ayudante de cocina y un mozo de cuadra joven habían llegado a las manos al discutir sobre de quién sería la culpa de haberla llevado a intentar huir del Aida, lo que hizo que estuviera en el compartimento de Silk. Por lo general, los mozos seguían conmocionados por el asesinato de Quip: no solo ren Taiko había respondido aumentando tanto su vigilancia como sus sospechas, y la muerte de ren Vaia los había hecho cerrar aún más las filas. Estaba por convertirse en un verdadero punto de conflicto entre los mozos de cuadra que sentían que se les estaban imponiendo injustamente estándares más rígidos que antes, mientras que ciertos guardias y mozos se trataban mal entre sí. Cae se maldijo mentalmente por no haberle mencionado esto a tar Katvi como algo que debería evitar y decidió comentarlo con Raeki antes de que terminara el día.

Markel informó que, afortunadamente, poca gente se había preocupado por el asunto de Killic, lo que hablaba bien de la discreción de Mirae y sus guardias. Los que se habían enterado de su presencia lo habían tomado por un mensajero raliano que tal vez llevara algo para Velasin o que simplemente estaba de paso y no tenía más relación con él. Teniendo en cuenta que anteriormente los chismes habían hablado de Killic y de Markel como amantes potenciales de Velasin, Cae asumió que esto se debía más a que habían mantenido su nombre en secreto que a cualquier falta de curiosidad inherente. Eso y la historia de Riya sobre su correspondencia romántica habían cambiado el relato de varios modos.

Y luego estaba la propia reunión matrimonial que iba a celebrarse al día siguiente. El Aida se encontraba entre un estado de emoción y un arrebato de cautela: nadie quería que hubiera un incidente, aunque como nadie podía ponerse de acuerdo en cómo podría suceder tal interrupción, ciertas imaginaciones corrían el riesgo de desbocarse. Los turnos de los guardias habían cambiado, y las listas de servicio eran disputadas solo por el buen sentido de ren Valiu y ciertos otros incondicionales del personal del Aida en quienes prevalecía el sentido común.

Al terminar sus patrones, Cae devolvió la espada a la armería y se marchó a lavarse y cambiarse, tomándose más tiempo del que se había tomado el día anterior. Estaba a mitad de camino de la relativa seguridad de sus aposentos cuando Keletha, Riya y Laecia (un trío alarmante en el mejor de los casos, y este no lo era) lo arrollaron en el pasillo.

—*Aquí* está —suspiró Keletha, exasperade.

Cae parpadeó intentando parecer inocente.

—¿Debería haber estado en otra parte?

—Caethari —intervino Riya—, tu reunión matrimonial es mañana. Velasin está exento de sus tareas de organización porque todavía no sabe cómo funciona el Aida…

—Y es raliano —agregó Laecia ayudándola.

—Y es raliano, sí, pero tú, mi querido hermano, no tienes tales excusas y no puedes esperar a permanecer exento de todo.

—Creía que ya estaba todo arreglado —replicó él volviéndose hacia Keletha con una mirada suplicante.

—Lo que es la organización, sí —contestó Keletha—, pero tiene que estar al tanto del orden de los acontecimientos y de cuándo pronunciar su discurso…

—Ay, dioses. Un discurso, no —gimió Cae mientras se lo llevaban a los aposentos de Keletha.

—Claro que tienes que dar un discurso —repuso Laecia deleitándose en el tormento de su hermano—. Tienes que darle la bienvenida oficialmente a Velasin al clan Aeduria y agradecer a tus aún invitados su agradable presencia.

—¿No puedo improvisarlo?

—No —sentenció Keletha.

—Eso no se puede improvisar —murmuró Riya.

—Además —continuó Laecia—, ¿has pensado un regalo para Velasin? Al fin y al cabo, se ha mudado a tu casa, deberías darle algo para mostrarle tu aprecio.

Esperanzado, Cae preguntó:

—¿Tenías algo en mente ya?

Riya le dio un golpe en la oreja.

—¡Ten algo de respeto! Es *tu* marido, así que *tú* debes elegir el regalo.

—Sí, sí —aceptó Cae haciendo una mueca mientras se frotaba la cabeza—. Solo era una broma.

—Antes del oso, tus bromas tenían más gracia.

Las horas siguientes pasaron rápidamente mientras cumplía sus deberes. Cae escribió un discurso tan corto como le permitió Keletha, aprobó el orden de acontecimientos propuesto por sus hermanas (mientras se aseguraba de darles las gracias generosamente por todo su arduo trabajo, elogio ante el cual Riya puso los ojos en blanco, pero Laecia lo aceptó remilgadamente diciendo que era su deber) y luego comió con su compañía. Después de eso, hizo que Keletha lo acompañara a la cámara acorazada de la familia para buscar algo para Velasin. Por supuesto, en el fondo de su mente, sabía que tenía que darle un regalo, pero los acontecimientos lo habían abrumado y había tenido muchas más cosas y más desagradables que hacer en los últimos días que seleccionar una reliquia familiar para obsequiarle. Aun así, estaba muy a favor de darle algo a Velasin (apartó con firmeza sus pensamientos del mismo lugar al que habían ido a parar sus sueños con tanto entusiasmo, ya que era un hombre adulto, no un muchacho riéndose de su primer chiste verde). Al final, eligió lo que le pareció un regalo excelente. Incluso Keletha lo aprobó y prometió quitarle el polvo, envolverlo y tenerlo preparado a tiempo para la reunión.

Con todo eso finalmente solucionado, buscó a Raeki y le pasó la información de Markel sobre la creciente animosidad entre los mozos y los guardias sin revelar cómo se había enterado. Raeki, cuyas sienes empezaban a parecer más grises que antes de salir hacia Ralia, le dio las gracias y volvió a revisar los informes sobre los últimos negocios de ren Baru.

Finalmente, se encontró sus aposentos vacíos cuando volvió. Supuestamente, Markel y Velasin estarían todavía por la ciudad y sintió una pizca de preocupación al pensar en ellos, pero la apagó con su pragmatismo y recordó en ese momento el memorial de ren Vaia, para el cual debía llevar algo de los colores apropiados. Una de las pocas similitudes culturales entre Tithena y Ralia era el uso del color negro para el luto y los funerales; la principal diferencia, como él la entendía, era que los ralianos tenían un reglamento mucho más complicado sobre los grados del luto, sobre cuántas prendas negras llevar, durante cuánto tiempo y en qué condiciones, mientras que el sistema tithenai era mucho más sencillo. Ren Vaia no era de su familia, pero había estado al servicio de ella (o al de yasa Kithadi, lo que era más o menos lo mismo) y eso requería un brazalete negro.

Sabiendo que era probable que ni Velasin ni Markel tuvieran uno, Cae rebuscó por las profundidades de su baúl de ropa hasta que encontró tres y los dejó sobre la mesa. Tanto para pasar el tiempo como porque realmente tenía sed, pidió y le llevaron una botella de vino frío, y se sirvió una modesta copa que sorbió con las botas apoyadas en la mesa.

Velasin y Markel lo encontraron en esa actitud al volver, haciendo girar su cuchillo con una mano mientras sostenía el vino en la otra. Markel resopló por la nariz y se metió en su habitación con un paquete envuelto entre los brazos mientas Velasin lo miraba desde el umbral.

—Si realmente fuera un esposa raliana —comentó— y al llegar a casa me encontrara a mi nuevo marido con los pies donde comemos, lanzando un cuchillo y bebiendo en mitad de la tarde, sin duda sería compadecida por todas mis amigas.

—Es un supuesto considerable —murmuró Cae aunque bajó tímidamente los pies hasta el suelo.

—Bastante —contestó Velasin secamente, pero le sonrió mientras lo decía y se sentó—. ¿Qué tal tu día?

—Me han acorralado para organizar cosas para mañana.

—A ti antes que a mí —comentó Velasin con una cierta ligereza que daba a entender que él también había estado pensando en ello—. ¿Hay novedades de algún otro tipo?

—Ninguna —respondió Cae—, aunque no sé si debería alegrarme o asustarme. —Procedió a relatar lo poco que había que contar de su conversación con tar Katvi.

Markel volvió cuando estaba terminando y, tras preguntar amablemente por su excursión por la ciudad (se habían quedado todo el tiempo en la ciudad alta, y después de que uno de los bancos comerciales aceptara los documentos promisorios de Velasin, habían explorado un poco el Mercado de Jade), Cae cumplió su anterior promesa y pidió que le enseñaran más señas.

Pronto descubrió que era mucho más fácil aprender de dos maestros que de uno, en parte porque Velasin podía pronunciar las palabras en voz alta mientras Markel las gesticulaba de un modo fluido con las manos, dejando a Velasin libre para poder corregir a Cae, pero sobre todo porque trabajaban muy bien juntos. Desde que se había enterado de las circunstancias en las que se habían conocido, no había tenido muchas oportunidades de sentarse y digerir la historia, pero en ese momento la recordó y le provocó una punzada aguda y afectuosa debajo del esternón. Markel era inteligente, irónico y pragmático y, según el sentido militar de Cae, también tenía el aplomo decidido de un superviviente, una capacidad casi indefinible no solo para aguantar, sino también para recuperarse. Y luego estaba Velasin, obstinadamente amable, fuerza y vulnerabilidad a partes iguales. También era imprudente y no porque no se valorara a sí mismo, sino porque valoraba más a otras personas y otras cosas. Tan solo hacía una semana que Cae lo conocía y ya lo había vuelto loco, si era que la locura podía definirse por deseo de llevárselo a la cama y dejarlo demasiado feliz y saciado como para ponerse en peligro.

—¿Caethari? —preguntó Velasin en un tono que sugería que ya lo había llamado varias veces.

Cae se sonrojó y volvió de golpe al momento presente.

—Lo siento —se disculpó—. Estaba talando árboles de leña.

—Podemos parar si quieres…

—No, no, por favor. —Sonrió y le dolió la cara por la sinceridad con la que lo decía—. Quiero aprender.

Velasin le devolvió la sonrisa y la lección continuó hasta justo antes del atardecer, cuando Cae les repartió los brazaletes negros y los tres descendieron en tropel solemnemente hacia el césped salpicado de sika del Pequeño Aida. Estaba presente la mitad del personal del Aida, incluyendo los mozos excepto ren Taiko, quien sin duda estaría vigilando solitaria y determinadamente los establos. La multitud de guardias y sirvientes se separó para dejarlos pasar hasta que quedaron junto a yasa Kithadi y ru Telitha a la cabeza de la multitud, donde habían colocado un pequeño brasero de bronce sobre un trípode.

—Gracias por venir —murmuró la yasa y Cae se asombró por la pureza de su dolor: tenía la voz áspera y los ojos enrojecidos y había desaparecido todo rastro de compostura.

—Claro, abuela —contestó.

Yasa Kithadi abrió la boca, pero se detuvo cuando la multitud se volvió a separar y llegó Laecia, quien se mordió el labio y se colocó incómodamente al lado de Cae. Ella también llevaba un brazalete, algo en lo que Cae se fijó al mismo tiempo que su abuela, cuyos ojos se abrieron ligeramente al ver tal muestra de cortesía.

—Laecia —murmuró sorprendida y emocionada—. No tenías por qué.

Laecia se encogió de hombros.

—Me ha parecido lo correcto —dijo y agachó la cabeza.

Yasa Kithadi tragó saliva, se recompuso y empezó a hablar.

—Estamos aquí reunidos para llorar la muerte de ren Vaia Skai, quien vivió y trabajó entre nosotros y cuyo fallecimiento ha supuesto una gran conmoción para todos. —Su voz era fuerte y clara, pero estaba cargada de emoción—. No voy a fingir haberla conocido como amiga, pero aun así me era muy querida. Se unió a mi servicio a la edad de catorce años y siempre fue una muchacha dulce y alegre. —Se le quebró la voz—. Le ha sido arrebatada al mundo. No me lo tomo a la ligera. Y ahora, pido que todo aquel que la conociera y que desee hablar, venga hasta aquí y lo haga.

Hubo revuelo entre la multitud mientras, uno a uno, miembros del personal del Aida se adelantaban para pronunciar sus palabras. La mayoría eran mozos de cuadra, incluyendo a una mujer mayor que habló de un modo apasionado tanto en su nombre como en el de ren Taiko mientras le resbalaban las lágrimas por las mejillas, pero también se unieron otros sirvientes. Aun así, el servicio pasó demasiado rápido, un evento tan fugaz como el final de la vida de ren Vaia. Hizo que a Cae se le retorciera el estómago con rabia y culpa por saber que había sido asesinada y que el culpable seguía en libertad. *Te debíamos algo mejor.*

Una vez terminados los discursos, yasa Kithadi dio un paso hacia adelante una vez más sacándose del bolsillo de su nara el mechón de pelo de ren Vaia, una pequeña pluma blanca y una flor azul claro. Lo dejó con sumo cuidado en el brasero y asintió en dirección a ru Telitha, quien lo encendió con una cerilla. Emitió un aroma extraño, el desagradable olor del pelo quemado y la pluma mezclado con la dulzura de la flor, una combinación que hizo que Cae estuviera a punto de estornudar. Sin embargo, por suerte, sus sentidos se adaptaron mientras la fina columna de humo gris blanquecino ascendía hacia el cielo y su abuela cantaba la primera parte del llamado y respuesta que llevaba incontables años formando parte de los memoriales tithenai.

—Vuela bien alto, que los santos dirijan tu camino, los que nos quedamos te liberamos.

Y la multitud respondió:

—La tierra está pagada, el cielo te espera, que tu paso entre ambos sea agradable.

Velasin cerró suavemente la mano alrededor de la muñeca de Cae. Él se estremeció ante el contacto y luego se dio cuenta de que era el modo de Velasin de unirse a él, ya que ni él ni Markel conocían las palabras.

—Ayla te creó, Zo te observó, ahora Ruya te conduce al misterio.

—Vete en paz, vete en paz, que los santos dirijan tu camino; tú que fuiste conocida, volverás a serlo.

El humo se despejó, Velasin le soltó la muñeca y la multitud quedó en silencio. Alguien sollozó y luego calló cuando la última luz bañaba las paredes del Aida.

—Adiós, Vaia —susurró la yasa y Cae oyó el sentimiento repetido en la multitud: «adiós».

Fue un momento conmovedor lleno de sentimiento. Entonces yasa Kithadi suspiró y todo se terminó: la multitud murmuró mientras se dispersaba volviendo a sus casas y barracas, a su reposo o a sus deberes, a su comida o a su compañía, a todo lo que ren Vaia nunca volvería a tener. Laecia les dirigió una sonrisa triste y se marchó sin decir nada más. Cae quiso llamarla, darle las gracias por estar ahí, pero no pudo encontrar las palabras. En lugar de eso, miró a su abuela, quien tenía la vista fija en el brasero y las manos tensas a los lados.

Suavemente, ru Telitha le tocó el hombro a su ama.

—Yasa —murmuró—. Entre. La cena la está esperando.

Yasa Kithadi negó con la cabeza.

—Claro —graznó. Frunció el ceño enderezándose visiblemente y luego repitió, esta vez con más suavidad—: Claro. —Pasó la mirada por Velasin y por Markel y se detuvo en Cae—. Ofrécele justicia, Caethari. Encuentra a quien le hizo esto.

—Lo haré —dijo él—. Lo prometo.

—Bien —respondió ella y permitió que ru Telitha la condujera mientras dejaba que el brasero ardiera por última vez en el crepúsculo.

Séptima parte

VELASIN

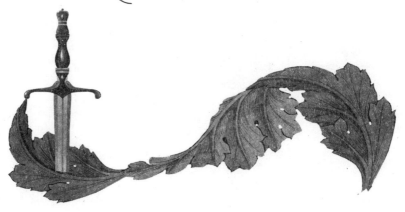

31

El día de nuestra reunión matrimonial amaneció tan soleado y despejado como nublado y sombrío estaba mi ánimo. Me sentía exageradamente ansioso, atormentado por una especie de confusión inquieta que no sabía cómo articular. Para mi mente raliana, esta reunión matrimonial se parecía más a una boda que los votos que habíamos pronunciado delante del justiciar. Aunque ya estábamos casados, sentía lo que imaginaba que eran tradicionalmente los nervios previos a una boda, y sin embargo, había otro elemento entre mis sentimientos, un hilo más sutil del que no me atrevía a tirar por miedo a saber a dónde podría llevarme. Me levanté, me lavé la cara, me paseé por mi habitación y me volví a meter en la cama enterrando la cara en la almohada mientras ahogaba un gemido por el ridículo aprieto en el que me encontraba. *Solo tú, Velasin,* me dije a mí mismo. *Solo tú te casarías aterrorizado, convencerías de algún modo a tu marido de ser amigos y luego descubrirías que quieres acostarte con él.*

Porque me había dado cuenta de que sí que quería acostarme con Caethari, simplemente estaba demasiado asustado para intentarlo. Había soñado nebulosamente con Killic, lo que no era un buen presagio, y me sobresalté al pensar que las secuelas que me había dejado, esos momentos de miedo irracional en los que se me aceleraba el corazón y mi cuerpo me traicionaba, podrían volver repentinamente en cuanto intentara actuar sobre mis deseos. Tampoco era que pensara que Caethari fuera a culparme por ello, aunque no podía disipar por completo el temor a que su paciencia se acabara en algún momento. No: era el orgullo lo que me dolía, un obstáculo creado enteramente por mí. Quería mostrarme seguro, deseable, quería volver a sentirme yo mismo, ser una versión de mí que no estuviera manchada por el falso amor de Killic ni por su crueldad; y el temor de poder volver a serlo no dejaba de reconcomerme.

Decidí que ese día sería una prueba. La tradición tithenai de besar a dos desconocidos y luego al cónyuge era un experimento perfecto y, si me bloqueaba en algún momento, los espectadores lo atribuirían a mi mojigatería raliana. Aunque, claro, yo no era especialmente mojigato para los estándares ralianos, o al menos no lo había sido antes de todo esto.

Suspiré, me levanté y empecé a vestirme.

Cuando ren Lithas me había traído mi ropa nueva, me había llamado la atención un conjunto de nara, lin y camisa más lujoso que el resto y, aunque él no me lo había dicho, supuse que sería la ropa que tenía que llevar en la reunión matrimonial. Sin embargo, como el evento no empezaría hasta la tarde, dejé las lujosas prendas a un lado y me puse otro atuendo más práctico para la mañana. Normalmente, me habría duchado primero, pero como iba a bañarme en unas pocas horas, me permití desayunar directamente.

Markel ya estaba levantado y sumergido en la lectura del libro que le había regalado yasa Kithadi. Era una antigua traducción tithenai de un volumen de fábulas ralianas cuya edición original ya estaba descatalogada, exactamente lo que más le gustaba a Markel. Sin querer menospreciar a la yasa, supuse que la mano de ru Telitha estaría detrás de ese gesto y deseé, no por primera vez en mi vida, tener la gran facilidad de Markel para asegurarse las perspectivas románticas.

Ya había una jarra de cerámica de khai sobre la mesa junto con tres tazas y (dejé escapar un suspiro de deleite) un cuenco con los famosos solecitos de ren Valiu.

—Esto sí que es un regalo —comenté metiéndome uno en la boca mientras me servía un poco de khai—. ¿Se ha levantado ya Caethari?

—Se ha despertado temprano para ir a entrenar, pero debería volver pronto —signó Markel. Me sonrió y luego agregó—: Creo que quería descargar algo de energía nerviosa.

—Bueno, no es el único —murmuré y me consolé con otro solecito.

Me molestaba que Markel hubiera empezado a tener *opiniones* sobre mi matrimonio con Caethari. Específicamente, opinaba que ambos hacíamos el ridículo al lado del otro como dos jóvenes inexpertos intentando navegar por su primer enamoramiento. Desafortunadamente, no estaba del todo equivocado. Le había explicado lo de los tres besos la noche anterior para que no se sorprendiera cuando pasara y se había limitado a reírse silenciosamente con pequeños espasmos, aunque no me había explicado por qué. Era extremadamente irritante, pero todavía sentía un extraño consuelo al pensar que, por muy gracioso que se pusiera a veces, a Markel le gustaba Caethari, lo que era más de lo que podía decir de sus sentimientos hacia la mayoría de mis anteriores compañeros. Me había reprochado varias veces que tenía un gusto horrible para los hombres, pero bajo esas circunstancias (las circunstancias de estar en Ralia en general y en la cultura de la cortesana Farathel en particular) no me culpaba de lo podía conseguir, aunque lo había dicho de un modo burlón, para nada censurable.

Había reducido significativamente el número de solecitos cuando Caethari volvió de su entrenamiento y se le iluminaron los ojos al verlos.

—¡Esto sí que es un regalo! —exclamó. Markel parecía tan encantado por el eco que tosió en su khai sonriendo como si hubiera ganado una apuesta mientras yo le daba un golpe en la espalda. Por suerte, Caethari no se dio cuenta de que había algo más de lo que darse cuenta detrás de la tos de Markel y, tras haber establecido que yo tenía el asunto controlado, se sentó a desayunar con nosotros.

—Pues aquí estamos —comenté consciente de que mi tono era excesivamente animado, pero sin lograr que sonara de otro modo—. ¡Vaya día tenemos por delante!

La expresión de Caethari decayó.

—Velasin, si no deseas que esto suceda…

—¡No! No, lo siento. —Suspiré y la siguiente frase me salió en raliano—. Eso ha sido muy grosero por mi parte.

—¿Qué? —preguntó Caethari cuyo vocabulario raliano carecía evidentemente de la palabra «grosero», así que lo repetí en tithenai para él. Hizo una mueca y negó con la cabeza—. No estás siendo grosero. Te has visto obligado a esto…

—No es eso —espeté interrumpiéndolo—. Estoy de un humor extraño, eso es todo. —Y entonces, como todavía parecía malhumorado y nadie debería estarlo en presencia de los solecitos de ren Valiu, agregué—: Es solo que esto me parece más una boda que los votos que tomamos y, por lo tanto, estoy nervioso. Que las lunas me ayuden, estoy realmente *nervioso* como lo estaría cualquiera antes de una boda, solo que nosotros ya estamos casados y eso hace que me sienta todavía más tonto.

—No es nada tonto —repuso Caethari con una expresión tan clara que me animó el corazón—. A decir verdad, yo también estoy nervioso.

—¿Lo estás? —pregunté y, a pesar de que Markel había bromeado sobre su descarga de energía, mi sorpresa fue auténtica.

—Lo estoy. En parte es porque no me gustan los eventos formales, siempre me siento atrapado, como si estuviera a un paso de que me arrinconasen en una esquina y empezasen a darme una conferencia sobre economía, pero esto... lo de hoy es importante para ambos. Quiero que salga bien. —Me miró con una seriedad en sus ojos oscuros que yo apenas podía manejar a esas horas de la mañana—. Quiero que *tú* estés bien, Velasin, y me temo que te estoy fallando en esto. O, más bien, es un temor más o menos constante.

Se me secó la garganta.

—No —contesté—. Eso... Caethari, eso es absurdo. No me estás fallando lo más mínimo. Yo, esta noche... no diría «entusiasmado», pero ¿está mal decir que, a pesar de todo, estoy emocionado?

—¿Lo estás?

—Lo estoy —confirmé y noté que algo se estremecía entre nosotros, un escalofrío de posibilidad que hizo que me hormiguearan los dedos—. Yo... me di cuenta anoche de que una parte de mí se siente como si estuviera en un cuento infantil, aunque uno imposible. —Gesticulé tímidamente hacia el libro de Markel y fingí no darme cuenta de su silenciosa alegría ante nuestra conversación—. Casarme con un hombre, un matrimonio abierto y verdadero, es algo que ni siquiera consideré que fuera posible, pero creo que es algo que anhelaba en secreto en mi corazón. Mostrar esta parte de mí a los demás, que me vean por quién soy, y este es un modo de hacerlo. Un modo de hacerlo de verdad. Y el contexto que sea... no lo sé. Pero me hace sentir algo y por eso estoy tan susceptible.

Caethari me estaba sonriendo con tanta dulzura que era casi insoportable, así que yo, como el hermano pequeño provocativo que seguía siendo en el interior, elegí romper el momento tomando un solecito y metiéndoselo a la fuerza en la boca. Separó los labios, sorprendido, noté el roce de mi pulgar contra ellos y entonces me reí, tanto para protegerme de esa sensación como por la hermosa confusión de su cara. Masticó, tragó y entonces él también se rio y vi los oscuros mechones de cabello mojado que se le habían soltado de la trenza y de repente pensé: *¿Se lo cepillaré alguna vez? ¿Se lo trenzaré yo?* No era un servicio que se esperaba que se prestaran habitualmente los cónyuges ralianos, en gran parte porque no se esperaba que los hombres supieran algo más sobre cabello más allá de lo básico para el aseo personal, pero la imagen de Caethari ante mí, sentado o arrodillado mientras le pasaba los dedos por esa mata sedosa...

Tosí, me reí, me comí otro solecito y me dije firmemente que Markel no poseía la habilidad de leer mentes.

Seguimos sin conversación durante un rato bebiendo khai y disfrutando del aire de la mañana hasta que Markel cerró de repente el libro y signó que iba a buscar a ru Telitha para ver si ella podía aconsejarlo sobre su papel en la reunión matrimonial. Me despedí de él (al igual que Caethari, que aprovechó para practicar sus señas) y de repente me encontré solo con mi marido, más desocupados de lo que habíamos estado en días.

Negándome a que me pareciera incómodo, dije:

—¿Se espera que hagamos algo antes del evento o simplemente nos presentamos allí?

—Bueno, por lo general se considera apropiado vestirse —comentó Caethari irónicamente—, pero por lo demás, no. Dicho esto, yo no me sorprendería si aparecieran en algún momento mis hermanas. De hecho, si no hubiéramos estado tan ocupados, habrían estado entrando y saliendo los últimos días como abejas en una colmena.

—¿Riya también? —pregunté—. Creía que estaba ocupada negociando su... paternidad conocida.

—Ah, bueno, sí —contestó Caethari—, pero es más que capaz de sacar tiempo para molestarme cuando le conviene.

—Como todos los hermanos mayores —dije en reconocimiento, lo que nos llevó a una conversación sobre nuestros respectivos hermanos, intercambiando historias de Riya, Nathian, Revic y Laecia que pronto nos hicieron reír a carcajadas. Era el tipo de conversación que ya deberíamos haber mantenido, pero aparte de una vaga noción de que lo estábamos haciendo al revés, me complació que fuera tan fácil.

Aun así, como seguía siendo yo mismo, no pude evitar dar voz a algo que me provocaba una curiosidad persistente:

—Perdón si es un tema delicado —empecé—, pero ¿por qué se marchó tierena Inavi? Sé que me dijiste que no lo entendías del todo, pero me cuesta creer que saliera de la nada.

Caethari se tensó y, durante un horrible momento, pensé que había roto el buen humor, pero entonces sonrió con dulzura y algo de tristeza.

—Era infeliz —respondió simplemente—. Digo que no lo entiendo y, esencialmente, es cierto. No sé cuándo empezó a sentirse descontenta aquí, no sé los detalles de lo que salió mal entre ella y mi padre, pero echando la vista hacia atrás... Creo que él la erosionó, la desgastó como el agua desgasta una piedra, no con malicia ni crueldad, sino simplemente por falta de entendimiento. Creo que ella cambió más que él. Cambió de modos que él no se preocupó por notar o examinar en comparación consigo mismo hasta que fue demasiado tarde. Siempre pienso en las luces mágicas del Salón Jardín... ella desarrolló cierta fascinación por la magia y él siempre la desdeñaba como si su inteligencia no tuviera importancia si no se convertía en algo que él consideraba útil.

—Pero tú no... ¿no le guardas rencor por haberte abandonado?

Frunció el ceño.

—Esa pregunta es más compleja. En ese momento, estaba más enfadado por Laecia que por mí, ya que ella era la más pequeña, pero, en retrospectiva, creo que eso me hacía sentir que debía ser mayor de lo que era, más adulto de algún modo, como Riya, para que mi madre pensara que ya no la necesitaba a mi lado. Un año después luché contra el oso, por mi propia decisión, por supuesto, no la culpo de *eso*, pero sospecho que al menos parte de mi bravuconería venía porque me consideraba ya un hombre adulto. —Se rascó la barbilla y miró pensativamente el cuenco de solecitos casi vacío.

»Lo hemos hablado desde entonces, aunque vagamente; no es una conversación precisamente sencilla. Tal vez me sentiría diferente si ella fuera más abierta conmigo al respecto, pero tal y como están las cosas...

no, no le guardo ningún rencor por haberse marchado. Durante un tiempo, quería estar enfadado porque se hubiera elegido a sí misma sobre sus hijos, pero cuanto más crezco, más empatía tengo con ella, el miedo al sacrificio... ¿tiene sentido? Puedo desear que se hubiera quedado unos años más, pero ¿cuánto le habría costado eso? Tal vez nada, tal vez algo, tal vez todo. Lo que me hace enfadar ahora es no saberlo, la sensación de que es demasiado tarde para preguntárselo o de que no me lo diría si lo hiciera. Quiero ser capaz de juzgarlo yo mismo, de ver la verdad del asunto, pero no puedo... —Hizo un ruido de frustración flexionando los dedos en busca de la palabra—. No puedo esperar que, aunque lo hiciera, tenga tanto sentido para mí como lo tuvo para ella.

De repente, comprendí por qué se lo había preguntado y noté que algo se me retorcía debajo de las costillas.

—Caethari —susurré—, yo no soy ella.

—¿Qué?

—Que no soy ella —repetí sintiendo que ambos necesitábamos escucharlo—. No soy ella y no seré ella, no de ese modo. No soy infeliz aquí y, si lo fuera, te lo diría. Y si algún día decido dejar este matrimonio por la infelicidad... —Se me atascó la voz ante ese sentimiento como si me hubiera tragado una espina—. No te dejaré con la duda.

Me miró como si fuera una aparición.

—Velasin...

—Solo quiero decir —me apresuré a agregar— que no tienes que seguir preocupándote por fallarme, que no voy a levantarme y esfumarme. Sé que puedo ser ridículo, frustrante y cortante, sobre todo cuando estoy de mal humor, pero aunque a veces sea un imbécil sobre algo, puedes estar seguro de que Markel me hará expresarlo en algún momento. Si estoy del todo cuerdo y equilibrado, es gracias a él.

—Creo que eso te hace un flaco favor —comentó Caethari—. Pero... gracias. No había... ¡santos! —Negó con la cabeza con una sonrisa torcida que me hizo querer poner el pulgar en la comisura de su boca (donde le había besado impulsivamente) y dejarlo ahí como si quisiera anclarle esa sonrisa en el sitio—. Tienes un don para ver el interior de las personas.

—Tengo un don para ser presuntuoso en mis declaraciones y cuestionarnos a ambos —repliqué.

Se rio.

—Se te da realmente mal aceptar los cumplidos, ¿verdad?

—Lo admito libremente.

De repente, perdió el lado lúdico y se puso aún más serio.

—¿Puedo preguntarte algo?

—Sería hipócrita decirte que no.

—Eso no es lo mismo que un «sí» —señaló Caethari.

—Pregunta pues.

—¿Nunca habías considerado venir a Tithena por voluntad propia? —Sentí que se me escapaba el aliento—. Es solo que hablas tithenai con fluidez y, como hijo pequeño, no había legado que te retuviera en Ralia. Deberías haber sabido que tus preferencias encontrarían mayor aceptación aquí. Así que me preguntaba si alguna vez habías pensado emigrar.

Me quedé en silencio durante unos instantes recordándome a mí mismo que yo había hecho la primera pregunta indiscreta y que Caethari había tenido la bondad de responder honestamente. Me tragué una bocanada de excusas y finalmente dije:

—Sí que lo consideré una vez, pero me daba miedo.

—¿El qué?

—Todo —reí, avergonzado y frágil—. ¿Qué pensaría de mí mi familia? ¿Se verían resentidas sus amistades y sus alianzas por lo que yo era? ¿De qué iba a vivir si mi padre me desheredaba? Y si me equivocaba, ¿qué encontraría aquí? Hablaba el idioma, sí, pero no entendía la cultura. ¿Y si venía hasta aquí y resultaba que lo había malinterpretado de algún modo o si las reglas excluían a los cónyuges ralianos? Pero el peor de mis temores... —Aquí vacilé porque era la verdad más profunda de todas y, aunque sentía que se lo debía a Caethari, eran palabras difíciles de pronunciar—. ¿Y si era posible, pero nadie me quería? Renunciar a todo solo para descubrir que era culpa mía, que no era... que no podía ser deseado de ese modo, ni siquiera en Tithena... Prefería quedarme en Ralia y no saberlo nunca antes que marcharme y que quedara confirmado.

Los ojos de Caethari transmitían una dulzura imposible.

—De todas las cosas que tienes que temer en Tithena, Velasin, no ser deseado no es una de ellas.

Oh.

Agaché la cabeza. El corazón me latía salvajemente.

—Es… bueno saberlo —murmuré y las palabras me salieron a medias. Esperé un momento intentando recuperar el control de mí mismo, pero cuando finalmente miré a Caethari, nada podría haberme preparado para su expresión, un tierna y dolorosa esperanza que casi me derrite. Solo eso fue casi suficiente para hacerme abrir los brazos hacia él y ver qué sucedía después.

Pero no lo hice. No me atreví, no con la reunión matrimonial todavía por delante. Si sufría ahora uno de mis episodios (si apostara de un modo incorrecto y me pusiera a revivir a Killic) no sabía cómo podría soportar el resto del día sin avergonzarnos a ambos. Usando cada pizca de aplomo de Farathel que poseía, le sonreí a mi marido y le dije:

—¿Sabes? Todavía no hemos jugado esa partida de kesh. ¿Te apetece probar ahora?

—Claro —contestó Caethari y se levantó para traer el tablero.

32

Pasaron las horas al mismo tiempo lentas como la miel y veloces como un ciervo hasta que llegamos al borde de nuestra reunión matrimonial. Caethari se bañó primero, en parte porque había ganado la última partida de kesh (habíamos demostrado estar igualados con dos victorias cada uno y un empate), pero sobre todo porque su cabello requería más tiempo de secado que el mío. Esperé hasta que oí el agua correr y luego me metí en la habitación de Markel, tomé el regalo que había comprado impulsivamente durante la excursión del día anterior al Mercado de Jade y me lo llevé furtivamente a mi habitación. Ahora me parecía una tontería, como si fuera a decirle más de lo que pretendía al entregárselo, pero no era algo que me habría comprado para mí, así que decidí dárselo a Caethari antes de unirnos a la celebración.

Markel volvió justo cuando estaba preparando la ropa, echó un vistazo a mi cara y me honró con una expresión que transmitía al mismo tiempo preocupación, diversión y exasperación.

—Lo sé —dije, sonrojándome—. Lo sé, Markel. Estoy haciendo todo lo que puedo.

—Lo sé —signó—. Y es lo que hace que sea tan gracioso.

Me enderecé y pasé la mano por encima de mi atuendo para la velada. El lin estaba hecho de una seda pesada, teñido de hermoso verde bosque y bordado con ciervos y flores dorados. La camisa era de un asombroso color dorado pálido casi iridiscente y, por lo que pude ver, estaba hecha de una mezcla de lino y seda, mientras que el nara era de un dorado oscuro y rojizo con bordados de vides verdes. Había llevado mucho trabajo hacer esta ropa y seguramente era imposible que ren Lithas la hubiera confeccionado en tan poco tiempo, ni siquiera con la ayuda de todo un grupo de asistentes y aprendices. Pero entonces recordé que el dorado y el verde eran los colores de los Aeduria: lo más probable era que a ren Lithas le hubieran pedido que empezara a trabajar en mi atuendo para la reunión matrimonial mucho antes de que cualquier persona de Qi-Katai supiera que estaba destinado a Caethari y no a Laecia. Los bordados habrían tomado la mayor cantidad de tiempo y podrían haberse iniciado de antemano, solo habrían necesitado mis medidas.

Demasiado tarde, me di cuenta de que llevaba un tiempo vagando por mis pensamientos y le dirigí a Markel una mirada de disculpa. Esa vez, su expresión solo mostró preocupación.

Con las manos tentativas, preguntó:

—¿Seguro que estás bien?

Le concedí la cortesía de pensármelo antes de responder.

—Extrañamente, creo que sí. Una parte de mí piensa que no debería estarlo después de lo de Killic, pero esto… creo que tengo ganas. ¿Parece raro?

—Para nada —signó Markel con una sonrisa sincera—. Me preocuparía más si no tuvieras ganas de ir a una fiesta. Sin contar todas esas semanas de viaje, creo que es la vez que más tiempo has pasado sin ir a un encuentro de ningún tipo desde que tu padre decidió que eras lo bastante mayor para beber.

Me reí en voz alta ante sus palabras. Estaba exagerando, pero tampoco mucho.

—¿Cómo va tu costado?

—Mejor. Me he pasado a ver antes a ru Zairin, me ha aplicado un cantrip curativo y ha comprobado los puntos. Dice que resisten bien y me ha dado analgésicos para que me los tome por las noches y que no me duela al moverme mientras duermo.

—Me alegro mucho de que estés recuperado —comenté moviéndome para estrecharle la mano. Hasta ahora, me las había arreglado para no dar demasiadas vueltas al aterrador «y si…» de las acciones de ren Baru, pero la idea de tener que hacer algo de todo esto sin Markel… El concepto surgió de la nada y amenazó con ahogarme, y fui consciente de que él podía leer el temor en mi cara—. Por favor, no te metas en la trayectoria de más cuchillos por mí.

—Tu habrías hecho lo mismo por mí.

—Da lo mismo.

La expresión de Markel se suavizó.

—Lo haré lo mejor que pueda —signó y luego me sonrió—. No es mi pasatiempo favorito.

—Me alegra oír eso.

En ese momento, se abrió la puerta del baño y Caethari gritó:

—¡Te toca!

—¡Gracias! —contesté.

—¿Joyas? —preguntó Markel cuando iba a marcharme—. Deberías llevar alguna.

Hice una mueca.

—No trajimos muchas de Farathel y casi todas son plateadas. Aunque puede que haya un par de pendientes dorados... ¿puedes echar un vistazo?

—Haré lo que pueda.

Habría estado bien deleitarme en la ducha, pero estaba demasiado tenso para ello. Me froté, me acicalé y me di más cuidados que los que me había dado en días, incluyendo más preparativos íntimos, aunque me dije que su inclusión era mera rutina y no un reflejo de cualquier cosa que pensara hacer. Cuando salí, me sequé el pelo con la toalla con tanto vigor que noté un hormigueo en el cuero cabelludo y luego me lo cepillé con cuidado para que se secara del modo en el que yo quería. Además del regalo que le había comprado a Caethari, también había adquirido ciertos cosméticos y artículos de aseo personal en el Mercado de Jade. Era perfectamente capaz de aplicarme crema hidratante en la piel sin supervisión, pero Markel tenía mucho más talento para el maquillaje.

Envuelto en la toalla, volví al dormitorio y, por primera vez en semanas, dejé que Markel me ayudara a vestirme. Me sentí bien y reconfortado porque tenerlo actuando como mi ayuda de cámara ahora, aunque solo fuera porque la última vez que él había sido físicamente capaz de hacerlo yo estaba demasiado asustado para permitírselo. Fue algo tranquilizador para ambos: me ayudó a ponerme la ropa nueva, me abrochó los pequeños pendientes de oro en las orejas, me volvió a cepillar el pelo y luego me hizo sentarme en un extremo de la cama con la barbilla hacia arriba y los ojos cerrados mientras los delineaba cuidadosamente con kohl. En Farathel seguía siendo atrevido que los hombres usaran maquillaje, pero en ciertas reuniones privadas entre amigos me había permitido la indulgencia y había descubierto que me gustaba, en gran parte, gracias a la habilidad de Markel.

Cuando terminó, dio un paso atrás para que me pudiera mirar en el espejo. Inhalé, complacido y sorprendido por el efecto. Tenía mejor aspecto del que había tenido en días y los sencillos pendientes combinaban notablemente bien con el dorado de mi ropa tithenai.

—Siempre he sostenido que el dorado te queda mejor que el plateado —signó Markel con expresión engreída.

—Me gusta el plateado —contesté más por costumbre que por convicción—. Aunque tienes razón, me queda bien.

—Pues sal y enséñaselo. —Markel echó un vistazo alrededor de la habitación, vio el regalo que todavía estaba sobre la colcha y me lo tendió—. Y dale esto también.

—Lo haré.

—Bien. Y ahora, si me disculpas, tengo que ir a prepararme yo también. —Me dirigió otra sonrisa arrogante—. Ru Telitha ha accedido a acompañarme y tengo que estar presentable.

—Nos vemos allí —le dije y, aunque sentí una extraña punzada al recordar que Markel no entraría a la fiesta conmigo, era tranquilizador saber que también estaría allí.

Me detuve un momento, vacilante, y luego me obligué a dejar de hacer el ridículo. Me temblaban las manos ligeramente, tomé el regalo y salí a la estancia principal a esperar a Caethari.

No tuve que esperar mucho; apenas me había sentado cuando salió de su habitación. Me levanté de un salto y ambos nos quedamos mirándonos. Tragué saliva con dificultad: su trenza inmaculada tenía un alambre dorado entrelazado y un solo pendiente en forma de gota con una esmeralda engarzada en oro colgaba de su oreja derecha. Su ropa, al igual que la mía, llevaba los colores de los Aeduria pero colocados de un modo diferente: su camiseta era de un verde pálido, mientras que su lin estaba hecho de seda dorada rígida con bordados mucho más lujosos que los míos y con un corte que enfatizaba la amplitud de su pecho y de sus hombros. Era más largo que un lin típico, más cercano al largo de una túnica raliana, por lo que tenía cortes hasta la cadera a ambos lados para no restringir su libertad de movimiento. También llevaba un cinturón de un cuero suave como la mantequilla atravesando un nara verde oscuro metido por dentro de sus pulidas botas marrones. Tenía un aire principesco que me aturullaba, por lo que sentí que yo no tenía ninguna elegancia cuando me acerqué y le entregué el paquetito.

—Esto es para ti —dije, incómodo—. Un regalo. Una especie de regalo de bodas, supongo, aunque ya estamos casados. No tienes que quedártelo si no quieres, pero pensé… quería darte algo.

Caethari se quedó mirándome durante un momento, tomó el paquetito y lo desenvolvió. Abrió los ojos enormemente cuando sacó el cuchillo arrojadizo con empuñadura de jade y una resistente vaina de cuero. El jade era verde claro, el anillo de la base estaba cortado y pulido en un bucle perfecto, y cuando lo sacó de la vaina, vio que el cuchillo en forma de hoja era de acero brillante y afilado en ambos bordes. Era simple y hermoso, no era algo que esperara encontrarme en el Mercado de Jade a pesar de que estaba hecho de ese material, pero tras haber pasado días viendo a Caethari volteando y girando un cuchillo cuyo equilibrio claramente no estaba diseñado para ser lanzado, tenía que comprárselo.

—Velasin —suspiró—. Es exquisito. —Me miró a los ojos buscando algo en mi rostro—. Gracias.

Quería apartar la mirada, contar un chiste, hacer cualquier cosa para escapar de la intensidad del momento, pero lo único que pude decir fue:

—Me alegra que te guste.

—Voy a ponérmelo ya —dijo. Me reí pensando que estaba bromeando, pero vi que ya estaba atando la vaina a su cinturón posicionándolo de modo que la empuñadura de jade quedara como un adorno a través de la hendidura de su lin—. Y sí —dijo adelantándose a mí—, sé que no tengo por qué hacerlo, al igual que tú no tenías por qué comprarlo, pero quiero llevarlo.

—Gracias —respondí tontamente. Me sentí sonrojado e idiota y de repente también sentí que estaba demasiado encerrado en nuestros aposentos—. ¿Deberíamos ir yendo ya? Tienes que guiarme, podría perderme si voy solo.

—Por supuesto.

—¿Por supuesto que me perdería o por supuesto que deberíamos irnos ya?

—¿Por qué no ambas? —espetó y sonrió como si yo hubiera intentando y fracasado al ofrecer una respuesta ingeniosa.

La reunión matrimonial iba a celebrarse en el Salón Dorado, que me habían dicho que era el salón principal del Aida y estaba justo debajo del Salón Jardín, aunque era mucho mayor en tamaño y escala. No lo había visitado antes, así que me tomé un momento para disfrutar de su esplendor. No era opulento para los estándares de Farathel, pero Farathel era una corte real y yo siempre había pensado que su decoración representaba cierta jactancia feúcha. Había unas cuantas luces mágicas en concesión al tamaño del espacio (estaban dispuestas principalmente en las alturas, en lugares en los que costaría colocar y mantener velas), pero ni estas ni las antorchas estaban encendidas todavía, puesto que aún entraba a raudales la luz de la tarde por las ventanas de cristal.

El salón se abría a los jardines principales del Aida y pronto llegarían los invitados a través de esas puertas dobles. Habían colocado mesas, incluyendo una sobre un estrado para el clan Aeduria, y habían dejado el centro del salón despejado para bailar, entremezclarse y cualquier otra actividad agradable. Había flores por todas partes, saliendo de jarrones, enroscadas ingeniosamente por las columnas y trenzadas en coronas a lo largo de las paredes; una profusión de amarillos y blancos que llenaba el aire con un aroma dulce y agradable. Sirvientes con libreas se movían para colocar los cubiertos y también había música. Un trío de músicos afinaba sus instrumentos, aunque se detuvieron para inclinarse cuando se dieron cuenta de que los estaba observando.

—Esto es precioso —murmuré.

—Ojalá pudiera atribuirme el mérito —contestó Caethari—, pero ha sido prácticamente todo obra de Keletha, Riya y Laecia.

—Pues me aseguraré de darles las gracias.

Rodeamos todo el salón y Caethari hizo todo lo posible por elogiar los adornos ante cualquiera que estuviera contribuyendo a su colocación.

Estábamos a punto de dar una segunda vuelta cuando tieren Halithar nos llamó desde el otro lado del salón. Ambos nos giramos y yo hice todo lo posible por no mostrarme intimidado por mi suegro.

—¿Va todo bien? —preguntó el tieren. Caethari le confirmó que sí y empezaron a repasarlo todo durante un minuto o dos como si se estuvieran tranquilizando mutuamente de no haber omitido nada de los planes en los que, por lo que pude ver, ninguno de los dos había contribuido significativamente.

—No estamos seguros de si llegará el embajador raliano —dijo el tieren de repente reclamando mi atención—. Lo último que he oído es que estaba viniendo de Qi-Xihan, así que consideramos apropiado enviarle una invitación por medio de la embajada local, pero ¿quién sabe si llegará a tiempo? —Resopló y me dio una fuerte palmada en el hombro—. Seguro que está enfadado porque vayas a casarte con mi hijo, pero así sois los ralianos. Bueno, la mayoría de los ralianos, al menos.

—En efecto —murmuré esperando fervientemente que el embajador raliano, quienquiera que fuera, fuera abordado en un futuro próximo. Era posible que el hecho de vivir en Tithena hubiera alterado su punto de vista sobre las relaciones entre personas del mismo sexo, pero no quería poner a prueba la teoría en persona.

El tieren se movió para marcharse y se detuvo fijándose en el cuchillo arrojadizo que le había regalado a Caethari. Arqueó las cejas levemente y dijo:

—Sé que últimamente han sucedido acontecimientos lamentables, pero venir armado a tu propia reunión matrimonial me parece un poco excesivo.

—Ha sido un regalo de Velasin —contestó Caethari con una clara nota de orgullo en la voz.

La expresión de tieren Halithar se aclaró al instante.

—Ah, bueno. Eso es diferente —comentó dirigiéndome una sonrisa de aprobación—. Os dejo solos a los dos.

—¿Qué pasa ahora? —le pregunté a Caethari mientras los músicos empezaban a tocar una melodía suave y desconocida.

—Esperamos a que lleguen los invitados —respondió y, por suerte, no tuvimos que esperar mucho: las reuniones tithenai, a diferencia de las fiestas de Farathel, eran asuntos evidentemente puntuales y, en cuestión de minutos, empezó a entrar gente por las puertas del jardín, acompañados por los sirvientes.

—Santos, allá vamos —susurró Caethari. Podía sentir su tensión a mi lado y, en un impulso, le di un suave apretón en la mano retirándome antes de que pudiera hacer más que ruido sorprendido y lastimero.

Al momento, teníamos a los invitados sobre nosotros y yo no conocía a ninguno (al menos de los de esa primera oleada), lo que significaba que a Caethari le correspondía presentarme, una tarea que, por la razón que fuera, le parecía intimidante. Eran algunos de los líderes políticos de Qi-Katai, funcionarios cuyos puestos derivaban de una mezcla de elecciones, nombramientos y herencias, pero todos eran responsables de varios aspectos del gobierno de la ciudad. Como tal, técnicamente eran subordinados de tieren Halithar y, por lo tanto, del clan Aeduria, pero mientras memorizaba nombres y rangos, estrechaba manos y charlaba, tuve la misma sensación intensa de jerarquía, maniobra y dominio que había caracterizado mi vida en Farathel.

La familiaridad casi me hizo reír en voz alta, pero conseguí reprimirme y en lugar de eso saboreé la novedad de ser presentado como el marido de un marido a hombres que compartían el título, o a mujeres con esposas, o a kemi de todas las inclinaciones, y también a parejas que no pude evitar considerar más ralianas. También había líderes de gremios y mercaderes cuya influencia política era equivalente a la de los otros funcionarios que había conocido. Me di cuenta de que probablemente me llevaría años comprender todas las tensiones e historias de sus relaciones, exactamente el tipo de enredo que siempre me había gustado desentrañar, y experimenté una sacudida extraña y encantada al darme cuenta de que en realidad tenía años por delante.

Cuando el mercader de seda con el que habíamos estado hablando se excusó, el ánimo de Caethari se iluminó de repente.

—¡Nairi! —exclamó sonriéndole a una mujer alta y poderosa con la piel del hermoso negro azulado del crepúsculo más profundo. Iba vestida de rojo y blanco y acompañada por un trío de desconocidos, cuyos gestos, aunque no hubieran estado cerca de su rahan, los habrían delatado como soldados—. Ven y te presento a mi marido.

—Así que tú eres Velasin —dijo arqueando una ceja perfecta mientras me tendía la mano. Se la estreché notando tanto sus callos como la fuerza de su agarre—. Es un placer conocerte. No me llames rahan, me da urticaria por parte de personas que no están en mi revetha. ¿Te ha hablado de Liran?

—¡Nairi! —siseó Caethari, pero yo solo me reí.

—No estoy seguro de qué debería haber mencionado en específico, pero lo he conocido, si es eso lo que estás preguntando.

Nairi sonrió de oreja a oreja.

—Es un buen comienzo. —Señaló a los soldados que la acompañaban—. Estos son dais Xani, Seluya y Kirit, quienes han prometido mostrar su mejor comportamiento.

—Yo no he prometido nada —espetó dai Kirit, un hombre larguirucho con una sonrisa de aspecto lobuno. Me dirigió una sonrisa y se inclinó para abrazar a Caethari mientras los dos se daban mutuamente palmaditas en la espalda—. ¡Enhorabuena! Te ha tocado casarte con un raliano, pero al menos has elegido a uno guapo.

—Por favor, ignore a Kirit, tiern —dijo dai Xani, que llevaba una trenza verde de kem en el cuello de su lin—. Tiene un gusto adquirido y usted no tiene obligación de adquirirlo a él por el bien de Cae.

—¡Calumnias! —espetó dai Kirit y se agachó rápidamente cuando tanto Nairi como Seluya se movieron para darle un golpe en la cabeza.

Su camaradería hizo maravillas en el estado de ánimo de Caethari, se le aflojaron los hombros y, durante unos preciosos minutos, fue capaz de librarse de la formalidad de la velada para charlar con sus amigos, quienes parecían un grupo agradablemente ruidoso.

Con los cuatro distraídos, Nairi bajó la voz y me dijo:

—No quiero crear un incidente diplomático, pero si alguna vez le rompes el corazón, tú y yo tendremos un *encontronazo*.

Me sonrojé completamente abriendo la boca de un modo estúpido mientras intentaba (y fracasaba) pensar una respuesta ingeniosa que tampoco me comprometiera a una promesa imposible de regalar mis sentimientos. Nairi observó mis esfuerzos y lentamente se extendió una sonrisa por su rostro. Me di cuenta con una sacudida de que ya me había traicionado a mí mismo.

—Ah... —murmuró sonriendo. No me dio una palmadita en el hombro, pero parecía que quería hacerlo—. Bueno, estoy impaciente por mantener una conversación como es debido en algún momento, pero ahora mismo hay demasiado vino en este maldito salón que está trágicamente esperando a ser bebido y estoy obligada a remediarlo por mi honor. Discúlpame, por favor. —Con eso, acorraló de algún modo a sus tres dais, le dio un cariñoso puñetazo en el hombro a Caethari y se acercó al sirviente con bebidas más cercano.

Caethari sonrió para sí mismo cuando se marcharon, aunque también había cierta melancolía en su expresión.

—Me caen bien —comenté. No estaba preparado para la luminosa sonrisa que me ofreció como respuesta.

Parecía ser que no estaba preparado para muchos aspectos de Caethari y había sido así desde que había puesto el pie por primera vez en Qi-Katai.

Markel y ru Telitha llegaron poco después agarrados del brazo. Hacían una pareja encantadora y me negué a sentir envidia de la facilidad con la que se apoyaban el uno en el otro, ru Telitha para murmurarle algo al oído o Markel para signarle algo. Evidentemente, ella había progresado más en la lengua de signos de lo que me esperaba después de su tiempo en la enfermería, aunque me di cuenta de que Markel todavía llevaba su pizarra y su tiza. Les dimos la bienvenida a ambos y Markel me guiñó el ojo mientras avanzaban para mezclarse entre los invitados, lo que me animó enormemente.

A continuación llegaron Riya, Laecia, yasa Kithadi y Keletha, más imponentes que cualquier cuarteto familiar que hubiera visto nunca. La yasa estaba resplandeciente con un halik gris tórtola repleto de joyas (una alternativa más lujosa y más parecida a un vestido que a un lin que caía en paneles desde la cadera hasta el tobillo) sobre un nara de seda con una pequeña corona de alambre trenzado salpicada de diamantes encima de la cabeza. En contraste, la ropa de Keletha era más modesta, como elle prefería, pero por una vez llevaba los mismos colores que su gemela y tanto elle como su hermana tenían el pelo recogido en un moño trenzado hábilmente enrollado en la nuca. Laecia lucía un halik azul pálido sobre un nara azul oscuro mientras que Riya vestía un lin rojo sobre un nara también rojo, una inmaculada camiseta blanca y el cabello oscuro suelto con una redecilla enjoyada.

Yasa Kithadi me miró y torció el labio con lo que esperaba que fuera aprobación.

—Te has arreglado muy bien —comentó.

—Mi objetivo es complacer —contesté.

La yasa se rio ante mi respuesta y, para mi total asombro, se inclinó y me abrazó.

—Cuídalo —susurró con una voz dirigida solo a mis oídos.

A continuación, abrazó a Caethari, aunque no sé si a él también le dijo algo, estaba demasiado preocupado por una pequeña crisis interna. No fueron sus palabras las que me afectaron tanto (al fin y al cabo, era una petición perfectamente razonable para el cónyuge de un nieto) sino el darme cuenta de repente de que esto era *real*, que estaba *casado con Caethari* y era un verdadero Aeduria. Del mismo modo en el que los nervios propios de una boda habían aparecido en mi reunión matrimonial y no en los votos que ya habíamos tomado, al parecer algún instinto interno raliano medía la validez de un matrimonio con la aprobación de las viudas y, de repente, me invadieron sentimientos que apenas sabía cómo manejar.

Mientras Riya y Laecia me abrazaban una a una y me llamaban «hermano», me encontré al borde de las lágrimas, aunque no tenía ni idea de si eran de felicidad, de tristeza o de histeria, pero fui capaz de retenerlas. Aun así, parte de mi esfuerzo debió ser transparente para Keletha, quien me tomó las manos y, en lugar de abrazarme, me dijo simplemente:

—Nos alegramos de tenerlo.

Debí contestarle algo cortés, pero la respuesta desapareció de mi memoria en cuanto tocó mi lengua. Mi nueve pariente se apartó y experimenté una repentina confusión vertiginosa mientras todo lo que me habían explicado sobre el orden de los eventos revoloteó por mi cabeza como papeles atrapados en una ráfaga de viento.

—¿Qué pasa ahora? —le siseé a Caethari.

—Cuando hemos dado la bienvenida un poco, los invitados se entremezclan un rato y luego… —Suspiró—. Luego tengo que pronunciar mi discurso. Y después de eso, ambos seremos el blanco de los besos.

—Adelante con los besos —murmuré.

Caethari soltó una risita.

Los siguientes invitados eran de la nobleza local y había tanto gente de una edad parecida a la de Caethari y la mía como amigos y aliados de tieren Halithar.

—No sé si Riya le preguntará a alguno de los clanes por la paternidad conocida —reflexionó Caethari—. Había supuesto que ya habría contactado con las familias locales, pero tal vez estuviera esperando hasta ahora.

—Tendrás que preguntárselo después —contesté e inmediatamente me distraje de la respuesta que iba a recibir por la llegada de Liran, que nos estaba saludando a ambos con la mano. Llevaba las rastras colocadas hacia arriba y hacia atrás en una coleta en forma de abanico y su halik era amarillo con cuentas formando flores en rojo, azul y naranja.

—Vais perfectamente combinados —dijo estrechándonos la mano a los dos al mismo tiempo—. Si tuviera tiempo y material, os pintaría.

—Otro día —prometió Caethari—. De todos modos, en algún momento necesitaremos que nos hagan un retrato.

Los ojos de Liran, delineados con kohl y salpicados de dorado en los párpados, se ensancharon:

—¡Velasin ni siquiera ha visto mi trabajo todavía! —Le dio un golpe a Caethari en el hombro—. ¡Puede que no le guste mi estilo! Lo que me dolería terriblemente, pero aun así no puedes ir por ahí prometiendo que me dejaréis pintaros a ambos cuando no sabes si él preferiría a un artista diferente. Sinceramente, Cae, deja de ser tan dictatorial.

Caethari se sonrojó y no se relajó hasta que Liran se rio demostrando que estaba bromeando.

—Es muy fácil irritarte, ¿lo sabías? ¡Ah! Ahí está Nairi, hace siglos que no la veo. ¡Y Kirit! Siempre es muy gracioso, aunque, trágicamente, no le interesan los hombres. —Nos estrechó las manos, sonrió ampliamente y dio un paso atrás—. Os veré a ambos después. Acordaos de respirar, ¿vale?

—Santos —farfulló Caethari mirando el vino con anhelo—. Esto es agotador. ¿Por qué es tan agotador?

—Porque la gente es agotadora —declaré con empatía y lo empujé mientras se acercaban a nosotros más invitados a los que no conocía.

Cuando terminamos de saludar a este último grupo, me daba vueltas la cabeza con demasiados nombres y títulos que asimilar en tan poco tiempo. Casi me derretí de alivio cuando tieren Halithar se acercó y nos informó que, excepto el embajador raliano, que llegaría tarde si era que llegaba, ya estaban presentes todos los invitados. Esto nos dejó libres finalmente para poder movernos por toda la reunión en lugar de tener que quedarnos quietos de pie como un par de estatuas mecánicas. Ambos fuimos directamente hacia el vino compartiendo una sonrisa de alivio mientras tomábamos cada uno una copa y, en unos instantes, Caethari se fue a buscar a Nairi y a sus compañeros soldados mientras que yo hice lo mismo con Markel.

Para mi diversión, lo encontré sonriéndole en silencio a ru Telitha, quien le seguía la broma «traduciendo» para un pequeño grupo de nobles tithenai que intentaban presumir sobre las maravillas de Qi-Katai. Intercambiamos una mirada de diversión privada y, al ver que tanto él como ru Telitha estaban pasándoselo bien, me aparté antes de que los nobles se distrajeran con mi presencia. Vi a Liran, pero estaba manteniendo lo que parecía una conversación seria y privada con Riya, así que me di la vuelta y tras intercambiar varios cumplidos vacíos con la gente con la que me cruzaba, volví hacia Caethari y sus soldados.

Aunque sin duda habría sido mucho más político que me congraciara con varios de los nobles, líderes gremiales, mercaderes y políticos a los que me habían presentado, juzgué que ya habría tiempo para eso más tarde. Nairi me saludó calurosamente y pronto me incluyeron entre sus alegres cuchicheos con Kirit demasiado feliz por explicarme sus anteriores chistes internos.

Eran una compañía tan agradable que pronto perdí la noción del tiempo y, por lo tanto, me tomó por sorpresa cuando la música cesó finalmente y tieren Halithar llamó la atención de todo el salón anunciando que, según la tradición, Caethari daría un corto discurso para darme la bienvenida al clan Aeduria.

Sabía que iba a pasar, pero aun así me ruboricé al ser el centro de atención de todos los casi desconocidos que aplaudían mientras Caethari me llevaba hasta el estrado, me colocaba a su lado y empezaba a hablar.

33

La primera parte del discurso de Caethari fue más o menos lo que esperaba: una reiteración de los agradecimientos que su padre ya había extendido a los invitados, un elogio por todo el trabajo que se había hecho en la organización de la reunión y un reconocimiento de los fundamentos diplomáticos de nuestro matrimonio, incluyendo la esperanza de la mejora de las relaciones entre Ralia y Tithena en el futuro. Había oído muchos discursos como ese a lo largo de los años y me permití relajarme en el ritmo, aliviado de que se hablara de mí en un tono más abstracto que específico... Hasta que, de repente, el tono de Caethari se volvió juguetón.

—Por supuesto, debemos ser conscientes de que el plan *original* no era que yo me casara con Velasin. —Este comentario se ganó unas risas del público—. Aunque espero que nuestra unión sea igualmente honrada en Ralia como vínculo diplomático, no guardaré rencor a los parientes de mi marido si tardan un poco en aclimatarse. Pero solo un poco, porque si no se aclimatan, o si no lo intentan, me veré obligado a sentir lástima por ellos. —Hizo una pausa y luego agregó con un sentimiento auténtico que hizo que mi rubor se me extendiera hasta las raíces del pelo—. Sentiré lástima por todo aquel que no vea el valor de Velasin. Es extraordinario.

Dijo esto último en voz más baja y mirándome, como si estuviéramos hablando en privado y no delante de un salón lleno de gente. Me ardió tanto la piel que fue como si estuviera bajo el sol de mediodía y, en este estado de confusión, no estaba en absoluto preparado para que Keletha diera un paso hacia adelante, como evidentemente estaba esperando hacer, y le entregara a Caethari un paquetito envuelto en una tela.

—Velasin —pronunció y mi nombre en su boca sonó como una bendición—. Con este regalo, aunque no puedo esperar que se aproxime a tu valía, te doy la bienvenida al clan Aeduria.

Sostuvo el paquetito en las palmas de las manos. Yo lo desenrollé con la boca seca y no quedé menos abrumado al ver lo que contenía.

—Lunas —susurré levantando la pieza con las manos temblorosas. Era un collar de exquisita artesanía, fácilmente, lo más caro que había tenido nunca entre las manos. Tenía seis capas superpuestas de anillos en un patrón repetido de oro, oro rosa y platino, cada capa con un anillo más grande que la anterior. Esto significaba que, aunque se repetía de un modo idéntico de manera vertical, el patrón cambiaba un punto cada vez, creando un brillo iridiscente como el de las escamas. La capa más externa estaba bordeada con un patrón alterno parecido de diamantes, perlas y un impecable jade oscuro, y solo entonces me di cuenta de que había unos pendientes a juego, todavía en las palmas de Caethari, y cada uno consistía en tres bucles (uno de cada metal) de los que colgaban un solo diamante, una sola perla y un solo jade.

Un tesoro así no habría sido un regalo inadecuado para un monarca o, me di cuenta de repente, para la hija de una yasa. Verde, blanco y dorado, los colores del clan Aeduria. Un solo vistazo a yasa Kithadi, quien parecía tan sorprendida de ver las joyas como yo de recibirlas, me confirmó que originalmente había pertenecido a la anterior tierena Inavi. Un tesoro hecho para honrar al clan del que había terminado marchándose y que ahora me entregaba a mí su único hijo varón.

Por la oleada de asombro que recorrió todo el salón, no fui el único que comprendió la importancia del regalo.

—Es precioso —murmuré, lo que era un comentario inútil y luego, en un arrebato de locura, pregunté—: ¿Puedo ponérmelo ahora?

—Por supuesto —respondió Caethari con la voz ronca llena de sentimientos. Con cuidado, con mucho cuidado, dejó los pendientes en mis manos y tomó el collar sosteniéndolo extendido entre las suyas. Apenas respiraba cuando se colocó a mi lado, viviendo con cada roce de su piel contra mi pelo y mi mejilla mientras levantó el collar sobre mi cabeza y lo cerró. Podía sentir su respiración entrecortada contra la nuca mientras cerraba el broche, y luego se puso delante de mí, con los ojos fijos en los míos, me quitó los pendientes que me había traído antes Markel y los reemplazó con el nuevo par a juego. Todo el proceso no pudo haber durado más de un minuto y aun así me pareció infinitamente más largo, no dejaba de tragar saliva cuando sus manos y sus dedos rozaban mi cuello, mis orejas y mi mandíbula.

—Deberías guardarte estos —murmuró mientras dejaba en mis manos los pendientes que llevaba originalmente.

Asentí, puesto que no confiaba en mí mismo para poder hablar y estuve a punto de salir de mi piel cuando todo el salón empezó a aplaudir con uno o dos silbidos en buena medida. Reí, medio asombrado y medio avergonzado por haberme comportado de un modo tan descarado ante una audiencia y, sin embargo, esa era la intención, ¿no?

—Y ahora —anunció Keletha con su cálida voz resonando por toda la sala—, ¡vamos a ver si los recién casados pueden ser tentados!

Un vendaval de risas y aplausos siguió a este anuncio, que comprendí que serían las palabras tradicionales que se usaban para empezar la parte de la velada que consistía en ser besados por desconocidos. Me sentí un poco mareado e hipersensibilizado, como si hubiera tomado demasiado vino bajo el sol con el estómago vacío, y cada mirada a Caethari mientras bajábamos del estrado me acaloraba más que la anterior.

La música empezó a sonar de nuevo, ahora mucho más animada y, antes de que pudiera darme cuenta, la multitud estaba haciendo cola para bailar en el generoso espacio entre las mesas. Me quedé atrás reconociendo la melodía sin saber si los pasos que había aprendido en Ralia se traducirían aquí, pero Caethari no tuvo tales escrúpulos y me dirigió una sonrisa mientras se paraba frente a Kirit.

Pronto me di cuenta de que la principal diferencia entre los bailes ralianos y los tithenai era la falta de segregación por géneros: los pasos eran prácticamente los mismos, pero mientras que yo estaba acostumbrado a ver a los hombres a un lado y a las mujeres en el otro, aquí las filas se formaban con la persona que prefiriera bailar cada parte, lo que me pareció encantador.

Observé a Caethari bailar dos rondas alternando entre Kirit y Nairi hasta que me atreví a unirme yo mismo. Acabé delante de uno de los jóvenes nobles y, aunque este baile tenía algunas variaciones para las que no estaba preparado, conseguí no deshonrarme a mí mismo por completo.

Cuando volvía hacia la periferia, Nairi me tomó del brazo, me sonrió ampliamente y gritó a todo el salón:

—¡Testigos, una tentación! —Entonces se inclinó y me besó. No fue un beso profundo, pero sí que presionó generosamente los labios contra los míos y me sonrojé hasta las orejas recién ornamentadas mientras todos vitoreaban a nuestro alrededor.

Miré a mi alrededor en busca de Caethari y lo encontré observándome desde el otro lado del salón. Noté un calor en las entrañas al ver la expresión de su rostro y algo similar debió expresarse en mi cara porque, incluso a esa distancia, podía jurar que se le habían oscurecido los ojos. Estábamos tan preocupados el uno por el otro que me sobresalté tanto como él cuando Xani apareció a su lado y gritó:

—¡Testigos, una tentación! —Y se puso de puntillas para tirar de Caethari y besarlo. Todos vitorearon una vez más y luego el baile se reanudó como si no hubiera pasado nada aunque, por supuesto, no era nada para los estándares tithenai.

Me reincorporé a las festividades en una agradable aturdimiento, sirviéndome más vino por el camino. Como si yo fuera la aguja de una brújula y él mi norte, nunca perdía conciencia de en qué parte del salón se encontraba Caethari, pero la anticipación era una chispa evidente que ambos deseábamos, porque ninguno de los dos buscaba al otro. Como cónyuge obediente y social que era, aproveché el tiempo para congraciarme con nobles, políticos y mercaderes, empleando lo mejor de mi encanto y mis modales de Farathel mientras me movía por toda la fiesta bailando por aquí o hablando por allá, aprendiendo la interacción de mi nueva situación. Tomé nota de quiénes eran amables con Markel y quiénes eran desdeñosos, de quiénes intentaban sacudir mis sensibilidades ralianas con hechos o preguntas que pensaban que me asombrarían (incluyendo, para mi profunda molestia, a un ciet borracho que se acercó demasiado a mí para decirme que Liran era metem) y quiénes eran acogedores.

Mientras la música cambiaba y yo salía de una conversación para buscar otra, vi a Markel y a ru Telitha acercándose a Caethari. Sonreí pensando en unirme a ellos, por lo que me tomó por sorpresa cuando ru Telitha gritó:

—¡Testigos, una tentación!

Pero no fue ru Telitha quien se metió en el espacio de Caethari, sino Markel.

Perdí el aliento mirándolo y sintiendo envidia y asombro a partes iguales mientras mi mejor amigo le ponía una mano en la mandíbula a Caethari y se acercaba para besarlo. Y no fue un beso casto como el que me había dado Nairi ni uno cómico como el de Xani, sino un beso como es debido, tan dulce y absorbente que Caethari cerró los ojos y se sumergió en él. Markel se demoró antes de apartarse con una tímida sonrisa en el rostro mientras, una vez más, todo el salón estallaba en aplausos. Caethari parecía atónito y, mientras me acercaba, vi que le signaba a Markel:

—¡Sorprendente!

—Me ha parecido apropiado —respondió Markel. Y después, mirándome mientras me acercaba, agregó—: Además, mentiría si dijera que nunca he sentido curiosidad.

—¡Markel! —exclamé mientras ru Telitha se reía. En señas, agregué—: ¿Besas por fin a un hombre y no soy yo? Me has roto el corazón.

—No eres mi tipo —respondió Markel sonriendo mientras me guiñaba el ojo.

Emití un sonidito de indignación como respuesta y, aunque pretendía hacerlo de buen humor, la expresión de Markel se suavizó instantáneamente en una mueca de preocupación.

—Lo siento. ¿No tendría que haberlo hecho?

—¡No, no! No estoy nada ofendido. Y como dices, era apropiado. —Le sonreí—. Solo me has sorprendido, eso es todo.

—Creo que también yo me he sorprendido, para ser sinceros.

—¿De verdad?

—¿Qué puedo decir? Tiene una boca bonita.

—¡Markel! —volví a exclamar y ambos nos echamos a reír con mi mano sobre su hombro mientras él resollaba en silencio y casi soltaba una carcajada.

—Por favor, decidme que no me estáis ridiculizando —dijo Caethari casi lastimosamente.

—No te estamos ridiculizando —contesté—. De hecho, es más bien lo contrario.

—¡Ah! —exclamó, encantado—. Bueno, entonces está bien.

—Me alegro de contar con tu aprobación.

—Claro que sí —dijo Caethari y la nota de calidez en su voz hizo que me estremeciera de placer.

—Lo tomaré como una señal, pues —intervino Liran materializándose a mi lado de la nada. Tragué saliva con el corazón acelerado mientras me ponía un dedo por debajo de la barbilla y gritaba:

—¡Testigos, una tentación!

Se inclinó hacia mí y no me avergüenza decir que me quedé sin aliento rápidamente. Su beso fue provocativo, suave, pero nada casto, y, cuando me atreví a devolvérselo un poco, lo sentí sonreír contra mi boca.

—Todo tuyo —murmuró mientras nos separábamos.

La multitud volvió a vitorear y, sobre los aplausos y silbidos, volví a oír la voz de Keletha sonando como una campana:

—¡La tentación ha sido ofrecida! ¿Veremos una respuesta?

—La veremos —afirmó Caethari reclamando el espacio que Liran había dejado suavemente vacío.

Durante un momento, simplemente nos miramos el uno al otro. La falta de aire que había sentido antes no era nada comparada con lo que estaba experimentando ahora. Podía notar el pulso en la garganta, en la lengua, tenía cada centímetro de piel sensibilizado. Los ojos oscuros de Caethari tenían la profundidad de dos pozos, vi que se le entrecortaba el aliento y tuve un último instante para ser consciente de su belleza antes de que acunara mi rostro entre ambas manos, me levantara la barbilla y me besara.

Hice un ruido con la parte posterior de la garganta y me agarré a su lin para sostenerme. Fue un beso profundo, hambriento, con la cantidad justa de agresividad. Me derretí en él, devolviéndole el beso mientras me aferraba a su cuerpo. Una mano se movió sobre mi mejilla entrelazando los dedos entre mi pelo de un modo que cambió el ángulo entre nosotros. Noté que empezaba a apartarse y, olvidándome de nuestro público, perseguí su boca con la mía acercándolo con ambas manos. Me pasó el pulgar por la mandíbula y bajó la mano hasta dejarla descansando sobre el collar que me había regalado, justo en mitad de mi cuello.

A nuestro alrededor, la multitud estalló en vítores, aunque yo apenas era consciente de ellos a pesar del estruendo. Tomé el labio de Caethari entre los dientes y sentí que se estremecía soltándolo solo cuando presionó la frente contra la mía. Ambos nos sentíamos inestables, sostenidos solo el uno por el otro; quería volver a besarlo una y otra vez y tal vez lo habría hecho si no hubiera oído a alguien gritar:

—¡Ah! El embajador raliano, ¡por fin!

Suspirando, la sonreí a Caethari y me preparé internamente para tratar con el compatriota desconocido, cuya reacción podía ser cualquier cosa, desde una preocupación desconcertada hasta la indignación. Me di la vuelta escaneando el gentío en busca de ropas ralianas y capté un destello de patrones familiares en mi visión periférica. Me moví para seguirlos y me quedé helado, con la boca abierta y sin nada que decir cuando reconocí a Killic, ahora lo bastante cerca como para poder tocarlo.

—*No* —jadeé—. Killic, no...

Me empujó a un lado con tanta violencia que choqué contra Markel y lo hice caer al suelo. Yo logré mantener a duras penas el equilibrio agarrándome ciegamente para mantenerme de pie mientras Killic llegaba hasta Caethari metiéndose la mano a la velocidad del rayo en el bolsillo. Caethari lo vio, abrió mucho los ojos horrorizado al reconocerlo y retrocedió justo a tiempo de evitar el terrible mandoble de la pequeña pero afilada daga de puño de Killic. Alguien gritó, el espacio se despejó mientras Killic arremetía una y otra vez y Caethari lo esquivaba todas las veces con sus reflejos perfeccionados con sus patrones de combate. Desarmado como estaba, no podía contraatacar...

Pero no estaba desarmado. El cuchillo que le había regalado colgaba de su cinturón, olvidado en medio del caos. Se acercaban los guardias (pude oír el repiqueteo de las armas en la distancia) pero solo hacía falta un solo golpe, un solo corte...

Caethari retrocedió a mi lado con los brazos en alto demostrando que no quería infligir ningún daño (el rostro de Killic era como un gruñido contorsionado por una ira animal) y en cuanto la daga de Killic paso silbando junto a nosotros, agarré el cuchillo del cinturón de Caethari y me lancé hacia adelante. No tenía formación real en combate cuerpo a cuerpo, pero sabía cómo matar a un sabueso con piedad y fue este instinto el que me guio para poner la mano en un ángulo hacia arriba, cargar todo el peso detrás y prepararme cuando el propio impulso de Killic se combinó con mi golpe para clavarlo hasta el fondo.

Se hizo un silencio horrible. El rostro de Killic se retorció, la ira y el dolor se convirtieron en sorpresa cuando se dio cuenta furiosamente de que había sido yo el que lo había golpeado. Me tembló la mano, podía sentir su sangre en mis dedos y fue esa sensación la que provocó un acto reflejo aún peor: saqué la hoja.

Mi mano se abrió con un espasmo. El cuchillo de jade repiqueteó contra el suelo. La sangre salió a borbotones de la herida de Killic como si hubiera abierto un grifo.

—Bastardo —susurró Killic—. Él me juró que iríais desarmados.

Entonces, visiblemente pálido, cayó de rodillas, se balanceó incómodamente y se desplomó a un lado mientras la sangre se acumulaba debajo de él.

Me tambaleé hacia atrás con las manos temblorosas. ¿Dónde estaba Caethari? Me di la vuelta y lo agarré por los hombros sin importarme la sangre de las manos.

—¿Estás bien? ¿Te ha cortado?

—Velasin —murmuró él con la voz áspera y tomándome las manos—. ¿*Tú* estás bien?

—*¿Te ha cortado?*

—No, no lo ha hecho. Estoy bien.

Pasó sus manos temblorosas por mi pelo y me di cuenta de que ambos estábamos hiperventilando y de que yo había cambiado instintivamente al raliano.

La llegada de los guardias me sorprendió, habría saltado si no hubiera sido por el agarre de Caethari. En lugar de eso, vi cómo tar Katvi y Raeki acompañaban a los invitados sorprendidos a la salida, pero cuando Raeki tomó la daga de puño, me aparté de Caethari, encontré mi tithenai y espeté:

—¡No toques eso!

Raeki se quedó paralizado dándose la vuelta para mirarme, confundido.

—¿Tiern?

—La hoja —indiqué notando las palabras pesadas y extrañas en la lengua—. Creo que la hoja está envenenada. —En ese momento, no sabía de dónde venía esa certeza, solo sabía que me parecía lo bastante verdadero para ser aterrador.

La expresión de Raeki se ensombreció, Caethari maldijo y la multitud empezó a murmurar de nuevo. Volví a mirar a Killic, a la sangre que rezumaba lenta y terriblemente de su pecho.

—Ru Zairin —dije y esta vez capté la atención de tar Katvi—. Para Killic, alguien debería llamar a ru Zairin...

—Ya está muerto, tiern.

El mundo se precipitó en picado como un gorrión evadiendo el ataque de un halcón.

—¿Qué?

—Está muerto —repitió tar Katvi con una horrible empatía en los ojos—. Le ha dado limpiamente, tiern. Justo en el corazón.

—No —murmuré mirando a Killic (no a su cadáver, no podía ser su *cadáver*), le había deseado el mal, había deseado que hubiera consecuencias, pero no esto, no la muerte, la muerte bajo *mi mano*...

Caethari me apoyó la mano en el hombro. Me giré con el contacto y de repente noté una tensión en la garganta, casi al borde de las lágrimas.

—Lo siento —gruñí—. Lo siento, no quería:... estaba asustado por ti, pensé... yo no...

Caethari maldijo, me abrazó y me dio un beso en la frente. Cerré los ojos y me apoyé contra él notando el relajante latido de su corazón donde se encontraban nuestros cuerpos.

—Nada de disculpas —susurró Caethari—. No has hecho nada malo.

Me aparté y apoyé una mano en su mejilla, un nivel de intimidad así me habría parecido inimaginable hacía tan solo unos días, y aun así ahora tocarlo me parecía tan vital como respirar. Pasé los dedos por su mandíbula y le acaricié con la mano libre el brazo, ignorando el rastro rojo que dejaba a mi paso.

—¿De verdad que no te ha cortado?

—Ni un rasguño. —Me puso un mechón de pelo detrás de la oreja—. ¿Qué te ha hecho pensar que la hoja estaba envenenada?

—Lo ha hecho antes —respondí con voz temblorosa—. No... no para cometer un asesinato, al menos que yo sepa, pero una vez me contó, antes de un duelo, que a veces bañaba su filo con una sustancia que hacía que las heridas fueran más dolorosas y que tardaran más en sanar. Yo me quedé horrorizado, me prometió que lo hacía muy pocas veces y solo a aquellos que realmente merecían el castigo, que los hombres como nosotros teníamos que hacer todos los esfuerzos posibles para permanecer con vida, aunque eso significara romper las reglas, pero... —Tragué saliva incapaz de mirar el cuerpo de Killic—. Esa daga de puño es muy pequeña. No es nada propio de él renunciar a una ventaja adicional. No lo era, quiero decir.

—¿Conocíais a este hombre? —preguntó una voz severa y lo bastante repentina para sobresaltarme. Era tieren Halithar con el rostro atronador—. Porque estoy bastante seguro de que no es el embajador raliano.

—Padre —dijo Caethari tragando saliva—. Creo que deberíamos hablar en privado.

34

Dejando lo que quedaba de la reunión matrimonial en las más que capaces manos de Keletha y yasa Kithadi y tras anunciar a los invitados (audazmente, me pareció) que pronto se harían cargo de todo, tieren Halithar nos acompañó fuera del salón hasta una especie de oficina vacía. Cerró la puerta y se plantó frente a nosotros de brazos cruzados.

—Explícate.

La orden iba dirigida a Caethari, pero me obligué a responder en su lugar. Killic era (había sido) mi carga y aunque me daba escalofríos tener que explicarle a mi suegro el cadáver que había dejado en el suelo de su salón, le debía la verdad.

—El... hombre muerto es lord Killic vin Lato —expliqué. Las palabras me salieron con calma, pero me sentía como si estuviera fuera de mi propio cuerpo y alejándome más y más con cada palabra que pronunciaba—. Una vez fue mi amante, pero me traicionó. Lo dejé. Cuando mi padre me convocó para hablar de mi compromiso, Killic me siguió. Él... me abordó en los jardines. Keletha nos vio, pero no sabía que yo había sido forzado. Por eso me prometieron a Cae en lugar de a Laecia. Creía que había vuelto a Farathel, pero allí habría estado arruinado. En lugar de eso, vino hasta aquí. Dai Mirae lo encontró en Vaiko, había sido capturado por los mismos bandidos que atacaron a nuestro grupo. Pero tenerlo aquí...

Me quebré, incapaz de continuar, y Caethari tomó el relevo con ferocidad.

—Actuaba como si nunca le hubiera hecho daño a Velasin —dijo hablando rápido y enfadado—. Como si todavía tuviera derecho a reclamarlo.

Velasin sabía que podría haberlo castigado bajo las leyes tithenai, pero no quería que se conociera su historia ni quería arriesgarse a provocar un incidente diplomático con Ralia. Así que, en lugar de eso, lo tuvimos aquí un día y lo marqué como a un violador del modo raliano.

—¿Lo marcaste?

—En la mano, con una pluma de soldadura. —Caethari sonaba agotado—. Ayer, tar Raeki hizo que lo escoltaran hasta la puertas de Qi-Katai. Creíamos que se había marchado, pero… —Gesticuló inútilmente.

—Por los santos cojones de Zo. —El tieren se pasó una mano por la cara—. Así que esto ha sido… ¿qué? ¿Venganza? ¿El retorcido desquite de un solo hombre?

—Sí —contestó Caethari.

—No —dije yo estupefacto, cayendo en la cuenta en ese momento. Padre e hijo me miraron y me di cuenta tardíamente de que solo yo había oído las palabras que había pronunciado Killic al morir, cuyo significado no había registrado hasta ahora—. Cuando yo… mientras él caía, ha dicho: «Él me juró que iríais desarmados». Entró fingiendo ser el embajador raliano, pero ¿cómo logró la invitación? ¿O cómo supo que tenía que venir?

—Alguien lo instó a hacerlo —comprendió Caethari. No era una pregunta, aunque vi que él habría deseado que hubiera lugar para la duda.

—Específicamente, un hombre le instó a hacerlo —puntualizó el tieren.

—O une kem —agregué—. Killic no entiende la diferencia. No la habría entendido, quiero decir.

Siguió una breve pausa, ya que ninguno quería ser el que dijera lo que todos estábamos pensando. Fue Caethari el primero que se atrevió, frotándose la cara con ambas manos.

—Es la misma persona, ¿verdad? El que está detrás de todo lo que ha sucedido hasta ahora.

El tieren gruñó.

—De lo contrario, sería una gran coincidencia.

—Al menos ahora sabemos que es un hombre —bromeé intentando ofrecer una pizca de falsa alegría—. O une kem, supongo. Ya es más de lo que sabíamos esta mañana.

—Aunque sabemos más que eso —reflexionó Caethari lentamente—. Casi nadie sabía que Killic estaba en Qi-Katai, y menos gente todavía estaba al tanto de su conexión contigo, y solo unos pocos de ese grupo eran hombres.

—¿Quiénes? —inquirió el tieren.

—Los guardias que volvieron de Vaiko con dai Mirae y los pocos que lo vigilaron durante la noche. También tar Raeki y, potencialmente, ru Zairin, aunque me estremezco al sospechar de cualquiera de ellos. Es posible que el chisme saliera a la luz, pero aun así es un buen punto de partida.

—Nuestra propia guardia *no* es un buen punto de partida —gruñó el tieren. Me estremecí pensando que estaba enfadado con nosotros, pero negó con la cabeza, agotado, para indicar que su ira iba dirigida a otra parte—. No deseo más que vosotros desconfiar de tar Raeki, pero dadas las circunstancias, dejaré la investigación en manos de tar Katvi.

—También deberíamos volver a interrogar a varu Shan Dalu —aventuré—. No puede ser él el que reclutó a Killic, ya que ha estado encerrado todo este tiempo, pero si ambos han sido utilizados por la misma persona, puede que haya un modo de hacerle hablar.

Un golpe en la puerta se adelantó a la respuesta del tieren.

—¡Adelante! —exclamó balanceando irritado su larga trenza, y entraron tar Katvi y tar Raeki. Ambos hicieron una reverencia y, cuando el tieren les ordenó que informaran, fue tar Katvi quien habló.

—El salón ya está limpio y se han llevado el cuerpo de agresor a la morgue —indicó—. Un examen superficial de la hoja indica que las sospechas de tiern Velasin eran correctas, hay algo en la hoja, aunque ru Zairin tendrá que analizarla para determinar qué sustancia concreta es.

—Joder —susurré agarrando ciegamente la mano de Caethari. Apreté los dedos y, durante un momento, solo pude oír la sangre retumbando en mis oídos. No quería tener razón, que mi pánico fuera confirmado fue como observar la daga de puño silbando junto al vulnerable cuello de mi marido una y otra vez. *Podría haber muerto. Podría haberlo perdido.*

—Que la examine —ordenó el tieren dirigiéndome una mirada de preocupación. Tar Katvi se inclinó aceptándolo y tieren Halithar pasó la mirada a Raeki, quien retomó el informe astutamente.

—El agresor, lord Killic vin Lato, entró por las puertas principales del Aida. De hecho, llevaba la invitación que le había mandado enviade Keletha al embajador, aunque todavía está por determinarse cómo se hizo con ella. Fue admitido como cualquier otro invitado, pero más tarde; aunque como mis guardias ya habían sido advertidos de las circunstancias del embajador, no levantó ninguna sospecha.

—¿Quién avisó que el embajador llegaría tarde? —interrumpí dirigiendo la pregunta a tieren Halithar. Se me había ocurrido una idea horrible—. Hemos estado trabajando con el supuesto de que hay alguna facción tithenai antirraliana detrás de todo esto, ya que los primeros ataques fueron pintados como tal, pero la invocación del Cuchillo Indómito siempre ha sido una distracción. ¿Y si lo comprendimos mal y la verdadera oposición es raliana? ¿Alguna facción dentro de la corte o algo así que no desee esta alianza? —Tragué saliva odiando lo perfectamente plausible que me parecía de repente—. Mi casamiento con Laecia habría sido una cosa si había facciones que se oponían a arreglar la brecha, pero una unión como esta, entre dos hombres… demasiados ralianos lo considerarían un insulto. Un ultraje. Lunas, ¡ni siquiera sabemos qué piensa el rey Markus de todo esto! —Se me tensó el pecho ante la idea—. Si Su Majestad se ha tomado este matrimonio como un insulto, dependiendo de la política de cómo sea recibido en la corte, no sería necesario actuar contra nosotros abiertamente.

—Pero ¿qué hay del tiempo? —replicó Caethari—. Ni siquiera los mensajes enviados por magos llegan instantáneamente. La noticia tendría que haber pasado de tu padre a Farathel, de Farathel a quién sabe qué otra parte de Ralia, y desde allí, a Qi-Katai.

—Olvidas que tardé quince días en llegar hasta aquí —repuse—. Yo ya estaba de camino antes incluso de que tú supieras que iba a casarme contigo, lo mismo podría haber sucedido con cualquier acción raliana. Pero lo de involucrar al rey Markus es pura especulación por mi parte. Es mucho más probable que se oponga una facción, sobre todo si ha sido orquestado por ralianos que ya estaban presentes en Tithena. Considera esto: todo lo que ha pasado desde que llegué por primera vez a Qi-Katai, si olvidas las formas, lo que lo unifica todo son los intentos de desbaratar nuestro matrimonio. De asustarme haciéndome pensar primero que me querías muerto y luego atacándote directamente a ti. —Me volví hacia tieren Halithar.

»Señor, las... circunstancias que le he contado, de Killic siendo visto conmigo... aunque eso no explicara por qué me habían destinado a Caethari en lugar de a Laecia, es el tipo de escándalo que cobra alas enseguida. Si el embajador raliano lo sabía, o si lo sabía su personal, y si ya estaban buscando romper la alianza... Soltaron a Killic a las puertas de Qi-Katai, pero ¿y si acudió a la residencia del embajador en busca de ayuda? Podría haberse inventado cualquier historia sobre que lo habían marcado injustamente y exiliado también injustamente y se habría convertido en la herramienta perfecta: desechable, motivado y tan claramente poseído por su propia agenda que sus acciones podrían ser descartadas por considerarlo un agitador solitario, un hombre en busca de venganza, como ha dicho usted mismo.

—Por la gracia de Ruya —maldijo Caethari.

La cara del tieren era como una nube de tormenta.

—No son acusaciones que deban pronunciarse a la ligera —dijo—. Ru Daru no ha oído nada de esto, pero, como dices, sería de extrema necesidad ser sutil y sus investigaciones se han dirigido a otra parte. Una facción raliana actuando contra los intereses de su monarca es una cosa; pero si está involucrado el propio rey Markus, después de todas sus charlas sobre reconciliaciones... —Se interrumpió cerrando los puños con una furia silenciosa. Se quedó callado un momento y, cuando volvió a hablar, lo hizo con los dientes apretados—. Tar Katvi. ¿Mi enviade y la yasa han mantenido a los invitados de buen humor?

—Sí, tieren —contestó—. Las tieras han ayudado a le enviade asegurando que lord Killic era un amante despechado y, si se me permite hablar con franqueza, a la gente le encanta el chismorreo. Llevaba mucho tiempo sin suceder nada en una reunión matrimonial.

Para mi gran sorpresa, tieren Halithar se rio.

—Ay, sí, lo de la amante secreta de ciet Madani y sus gemelos pequeños, lo recuerdo. ¡Menudo escándalo!

Miré a Caethari.

—Perdona, pero sospecho que estoy siendo raliano de nuevo. ¿Cuál fue exactamente el escándalo?

Caethari sonrió.

—Que se comprometió a mantener a sus hijos y luego no lo hizo, mientras que tampoco los mencionó a ellos ni a la madre en los contratos de compromiso. Su nueva esposa estaba furiosa, disolvió el matrimonio en el acto, tenía una causa para echarle la culpa y así lo hizo, y se llevó tanto a la amante como a los niños a su casa. Lo último que supe fue que se estaban cortejando la una a la otra. —Me miró arqueando una ceja—. Supongo que en Ralia las cosas no funcionan así.

—No mucho —admití—, pero me gusta más esta versión.

—¡Pues bien! —dijo tieren Halithar dando una palmada—. Caethari, Velasin... limpiaos y volved aquí, ¿vale?

Esbocé una mueca de pez fuera del agua.

—¿Qué?

—De vuelta a la reunión matrimonial —indicó—. Todavía quedan horas y, mientras tanto, los tars pueden ocuparse del asunto. Ah, y hablando de eso... —Se volvió hacia tar Katvi—. Que alguien interrogue a varu Shan Dalu, ¿de acuerdo? A ver si sabe algo sobre este vínculo raliano o si sabe quién podría haber involucrado a lord Killic.

—Por supuesto, tieren.

Raeki pareció un poco incómodo.

—Con todo el respeto, tieren, varu Shan Dalu es parte de mi investigación. ¿No debería interrogarlo mi gente?

—Quiero que tu gente controle perímetros adicionales y vigile las puertas —contestó el tieren—. Por lo que sabemos, lord Killic podría ser solo una apuesta; si alguien más intenta interrumpir esta reunión, quiero que lo detengan.

—Por supuesto, tieren.

—Pero, primero —añadió tieren Halithar—, agradecería que uno de vosotros trajera algo de agua para lavar a mi yerno.

—Yo lo haré —se ofreció Raeki.

Mientras ambos tars hacían una reverencia y se marchaban, el tieren dio un paso hacia adelante y nos dio una palmada tanto a mí como a Caethari en el hombro.

—Una última pregunta —murmuró mirando a su hijo—. ¿De verdad habías olvidado que ibas armado?

—No —admitió Caethari con una facilidad que me robó el aliento—. Pero he pensado que sería una mala demostración diplomática que *yo* atacara a Killic. Había pensado mantenerlo a raya hasta que aparecieran los guardias... —Me miró y suavizó la mirada en respuesta a mi angustia—. Pero lo habría matado en un santiamén si hubiera sabido que la hoja estaba envenenada.

—Bien —dijo el tieren bruscamente—. Creo que la yasa tiene tu cuchillo. Por cierto, un artículo precioso, tu marido tiene muy buen ojo.

Y, tras decir eso, salió de la habitación.

En el silencio que siguió, miré inexpresivamente a Caethari.

—¿De verdad vamos a volver ahí dentro?

—Si prefieres no hacerlo...

Negué con la cabeza.

—No es eso. Solo estoy... «sorprendido» sería decir poco, pero no sé qué otra palabra usar.

—Si algo similar hubiera sucedido en Ralia, ¿se habría disuelto la reunión?

—Lunas, no lo sé. —Conseguí reírme—. Probablemente no, si no hubiera salido nadie demasiado importante herido y si solo hubiera un asaltante. La emoción genera chismes por todas partes. Es solo que... en cierto modo, me parece surrealista.

Me sobresalté cuando volvió Raeki sin ceremonias, con un trapo y un cuenco de agua. Observé, desconcertado, cómo lo dejaba en el escritorio, nos hacía una reverencia en silencio a los dos y se marchaba de nuevo rápidamente.

—¿Qué...?

—Querido Velasin —murmuró Caethari con tanta dulzura como tristeza—. Sigues teniendo sangre en las manos.

Me quedé paralizado en el sitio mirándome las manos sin decir nada y vi que estaban mancilladas con la sangre de Killic. No había mucha, pero sí la suficiente como para que se notara y mucha más de la que quería volver a tocar. De repente me eché a temblar y se me aceleró la respiración al recordar el húmedo crujido del cuchillo al penetrar en el corazón de Killic. No era lo mismo que había sentido en Vaiko matando a los hombres que nos habían asaltado; esto era indiferente, una intimidad más sangrienta de lo que nunca había deseado experimentar. A pesar de todo el daño que me había hecho Killic, también había sido mi amante y, aun así, lo había matado. No a sangre fría, ni mucho menos, pero de cerca y sin vacilar de un modo que no me habría considerado capaz.

Algo suave me tocó la mano, húmedo y caliente. Me sacó de mis horribles pensamientos y ahí estaba Caethari, preparado con el trapo.

—¿Me dejas? —preguntó.

Asentí reducido a una silenciosa sensación mientras me limpiaba tierna y lentamente la sangre de las manos. Retrocedí en el tiempo hasta la muerte de ren Baru, cuando yo había hecho lo mismo por él y ante esa idea, se me aceleró la respiración por algo diferente al miedo. Estábamos haciendo eco el uno del otro, atrapados en un bucle extraño e imposible. Lo observé mientras me limpiaba y, cuando terminó, tomé el trapo y le limpié las marcas ensangrentadas que le había dejado por el rostro y el cuello. Habrían hecho falta más habilidades de lavado de las que poseía para limpiarle por completo las manchas de su camiseta verde pálido, pero hice lo que pude y solo me detuve cuando Caethari levantó el brazo y me agarró por la muñeca.

—Es suficiente —dijo con la voz áspera—. Son solo marcas.

Negué con la cabeza, aunque dejé que me apartara la mano.

—Es su sangre. No debería poder tocar nada de ti.

Caethari inhaló bruscamente y, de repente, dejé de fingir. Dejé el trapo, lo agarré del cuello y lo atraje a un beso desesperado. Estaba hambriento de consuelo, de pruebas de que ambos estábamos ilesos, y él recibió mi hambre con su propia necesidad hasta que estuvimos agarrándonos el uno al otro, resollando tanto por poder tocar como por ser tocados.

—Deberíamos parar —jadeó Caethari besándome en el cuello—. Tenemos que parar o acabaré corrompiéndote sobre el escritorio de algún pobre empleado.

—¿Quién dice que eres tú el que me va a corromper a mí? —Le apreté el muslo y él se estremeció y gimió en respuesta. Por supuesto, ninguno de los dos iba a desnudarse en la oficina de un pobre trabajador a tan solo una habitación de distancia en la que estaban reunidos tantos amigos y familiares, pero el deseo que sentía (ese puro anhelo de poner mis manos en toda la piel de Caethari que me permitiera tocar) fue tal que casi me pareció una opción. *Como beber agua salada a falta de agua dulce,* pensó una estúpida parte de mí, y la comparación fue lo bastante rara como para que me echara a reír y presionara la cara contra el lin de Caethari.

—¿Qué te parece tan gracioso? —preguntó apartándome el pelo de la cara.

—Nada —dije y le sonreí—. Tienes razón, tenemos que volver ahí fuera.

Suspiró.

—Odio tener razón.

Le di un beso en la mejilla a modo de disculpa, me alisé el lin que se había arrugado por lo que estábamos haciendo y le tomé la mano con más atrevimiento que confianza.

—Adelante, pues —dije y Caethari me obedeció.

El pasillo estaba vacío, pero en cuanto volvimos a entrar en el salón, nos recibieron los estridentes vítores de los invitados. Sin saber qué más hacer, hice una incómoda reverencia que fue recibida con carcajadas, pero no de las burlonas, sino de las que me invitaban a unirme.

—¡Que siga la fiesta! —exclamó tieren Halithar y, mientras los asistentes se animaban nuevamente, la música cambió a un ritmo más salvaje y festivo que hizo que todo el mundo volviera a formar las líneas de baile.

Cuando el espacio se despejó a nuestro alrededor, Markel corrió hacia mí, seguido de ru Telitha, Liran, Nairi y sus dais.

—¿Estás bien? —signó con expresión frenética—. No nos han dejado salir para veros, pero ese era Killic. ¿Estás bien?

—Estoy bien —contesté—. Y luego, en voz alta, en tithenai para que me comprendieran los demás, agregué—: No voy a decir que no ha sido desagradable y, sin duda, tendré que procesarlo todo después, pero, de momento, estoy bien. Lo juro.

Markel me miró durante un momento evaluando la sinceridad de mi expresión (después de todo lo que le había ocultado desde que salimos de Ralia, no podía reprocharle sus sospechas) hasta que, con un suspiro de alivio, se relajó.

—Me alegro —signó—. Lo único que lamento es no haberlo matado por ti.

Fue extrañamente conmovedor y muy típico de Markel.

—Aprecio el sentimiento —le respondí en señas y él asintió con firmeza y satisfacción.

Cuando Caethari empezó a ofrecer garantías verbales del mismo estilo a los demás oyentes preocupados, me di la vuelta y le signé un rápido resumen de la conversación que habíamos mantenido con tieren Halithar, incluyendo mis desagradables sospechas sobre la involucración raliana. La expresión de Markel se ensombreció y, cuando terminé, sus hombros volvían a estar tensos.

—Tiene mucho más sentido del que me gustaría —confesé con signos furiosos—. ¡Putos juegos de Farathel! Tendría que haber sabido que nos seguirían hasta aquí.

—No sabemos seguro si es Ralia, solo es una teoría.

—Una teoría convincente y que encaja, no obstante. —Se enderezó—. Mantendré los oídos alerta a ver si me entero de algo.

—Te lo agradecería —dije en voz alta, aliviado.

Puso los ojos en blanco.

—Lo dices como si alguna vez hubiera estado en duda. —Y, de repente, su expresión se volvió astuta—. Además, si me paso la noche deambulando por el Aida y luego me acuesto en la enfermería, a nadie le parecerá raro. Es natural que os deje privacidad.

El calor que no hacía mucho que había abandonado mis mejillas volvió con fuerza. Mi instinto reflexivo fue negarlo, y no por molestia, sino porque sentí una repentina sensación de vergüenza sobre mis propios deseos, como si con el trapo hubiera desaparecido por completo mi miedo a la intimidad. ¿Qué decía de mí que nada de lo que había hecho esa noche hubiera desencadenado mis peores recuerdos sobre Killic? ¿Había estado exagerando el problema ante mí mismo de algún modo o estaba siendo un arrogante al asumir que había desaparecido? Y ¿qué podría suceder después cuando asimilara su muerte y el hecho de que se la había causado yo? Debería haber sido una catarsis perfecta (y, de hecho, una pequeña y vehemente parte de mí insistía en que debía serlo), pero el resto de mi ser estaba demasiado acostumbrado a la injusticia, a la incoherencia y a los caprichos generales de mi personalidad para creerlo.

En ese momento, me di cuenta de que me había quedado mirándolo en lugar de responder y durante tanto tiempo que Markel ahora me miraba con verdadera preocupación.

—Lo siento —signó rápidamente cuando se dio cuenta de que tenía mi atención—. No debería haber asumido nada ni haber bromeado sobre ello. Por supuesto que me quedaré contigo.

—No —respondí sorprendiéndonos a ambos—. No es eso. Creo... creo que sí que me gustaría esa privacidad, si no te molesta. Es solo que... —Aquí hice una pausa con las manos flotando en el aire a mitad de un signo durante varios segundos—. Me preocupa que haya algo mal conmigo por desear esto. Por incluso estar dispuesto a intentarlo. Y no es quiera sentirme mal, pero tampoco me parece correcto que sea tan fácil.

—Velasin —signó Markel con gran cantidad de exasperación tanto en sus señas como en sus expresiones—. No hay nada malo en ti. Permítete querer cosas. Si Caethari es lo bastante idiota por burlarse de ti o avergonzarte por cualquier cosa que puedas sentir más adelante esta noche, puedes venir a buscarme y le expresaré mi desagrado del modo en el que desees, pero, francamente, no me parece que sea ese tipo de hombre y creo que tú tampoco lo piensas. Si sospechara de él, no me ofrecería a dejaros a solas en primer lugar. ¡Y podría equivocarme! Las lunas lo saben, me he equivocado anteriormente. Pero no creo que me equivoque ahora y, si tienes oportunidad, una oportunidad real de hacer que este sea el tipo de matrimonio que mereces, deberías aprovecharla. —Sonrió de oreja a oreja—. Sé que no vale mucho, pero tienes mi bendición.

—Lo vale todo —dije en voz alta en raliano y nos tomé por sorpresa a ambos al abrazarlo. Él vaciló, lo que comprendí (nos habíamos pasado toda una vida ocultando nuestra amistad en público, reprimidos por el rígido sentido raliano de género y clase), pero luego me devolvió el abrazo firmemente.

—Gracias —susurré y Markel hizo un ruidito, una pequeña vocalización que no habría oído de no haber estado tan cerca.

Nos separamos, nos sonreímos estúpidamente y Markel me dio un golpecito en el hombro.

—Ahora voy a bailar —signó—. Tú y tu marido deberíais intentarlo.

—Vas a coquetear —le dije con cariño. Markel me sacó la lengua y volvió al lado de ru Telitha convenciéndola de que bailara con él simplemente inclinando la cabeza hacia los bailarines, arqueando una ceja y sonriendo de un modo infantil, a lo que ella respondió riendo, entrelazando los brazos y acompañándolo a la pista.

—Esas señas vuestras… —comentó Nairi tan repentinamente que me sobresalté. Aunque había participado en una conversación a un metro todo el tiempo que yo había estado hablando con Markel, me las había arreglado para olvidarme de ella—. Podrían ser extremadamente útiles en un entorno militar.

—Estaremos encantados de enseñártelas —respondí tras tomar aire para recuperar la compostura—. Caethari ya está aprendiendo.

—¿Ah, sí? —preguntó Nairi y, por alguna razón, su énfasis hizo que mi marido se ruborizara—. ¡Tienes que mantenerme al día, Cae!

—Lo consideraré —contestó él.

Y, de algún modo, imposiblemente, el resto de la fiesta continuó como suelen ser las fiestas. Hablamos, bailamos, comimos y bebimos (también nos reímos mucho, lo que me parecía un milagro si me paraba a pensarlo) y no hubo más derramamiento de sangre, ni una crisis repentina, ni una escena desagradable que nos sacara de la celebración. Yasa Kithadi me buscó para felicitarme por la precisión de mi golpe mortal, lo que fue inquietante pero no realmente angustioso; Riya alabó mi decisión al defender a su hermano, mientras que Laecia parecía hervir ante la «absoluta barbarie raliana» (como ella misma dijo) de poner veneno en una daga de puño.

—¡Es insultante! —espetó gesticulando salvajemente con el vino—. Para Caethari y para su nombre. ¡Sinceramente! Si vas a envenenar a alguien, envenénalo, y si vas a apuñalarlo, apuñálalo. ¡No lo mezcles todo como un golfillo en una carreta!

—No estoy segura de que estés lo bastante borracha para mantener esta conversación —replicó Riya, divertida—. ¿Quieres que te traiga un poco de brandy?

Laecia frunció el ceño.

—El brandy es *raliano*. —Tomó un largo sorbo de vino y pasó la mirada por toda la multitud, malhumorada—. Me preguntó si habrá alguien por aquí con quien soportaría fornicar.

Riya se rio.

—¡Esa es la actitud!

—Voy a abandonar esta conversación —anunció Caethari en voz alta—. Velasin, sálvame.

—¿Bailamos?

35

C uando finalmente se terminó nuestra reunión matrimonial, el cielo estaba salpicado de estrellas y yo estaba agotado en todos los sentidos menos en uno. La mera posibilidad me infundía una energía sobrenatural. También estaba mareado y no era por el vino, había bebido poco cuando había vuelto a la fiesta y, aunque ren Valiu se había superado en la cocina, cuando nos habían puesto la comida delante, estaba demasiado nervioso para comer mucho. Afortunadamente, no hizo falta malgastar esfuerzos despidiendo a los invitados: los que se habían marchado pronto nos habían buscado a Caethari y a mí para mostrar sus respetos, pero, por lo demás, la tradición decía que los recién casados debían retirarse primero.

Cuando llegó el momento, nos vitorearon tan fuerte como con los besos. Busqué a Markel entre la multitud y lo encontré con una mano levantada y sonriéndome. Entonces Caethari me rodeó la cintura con el brazo y me sacó fuera, y todos los demás sentidos se volvieron de repente algo secundario ante la sensación de su cuerpo junto al mío.

Los pasillos del Aida estaban casi vacíos, pero cada vez que pasábamos junto a un guardia o a un sirviente había una especie de sonrisa en su expresión, por mucho que trataran de ocultarla: una mirada cómplice que decía que sabían, o que pensaban que sabían, lo que íbamos a hacer. No habría sabido decir si me molestaba; estaba demasiado alterado. Quería que su suposición fuera cierta, pero no quería que se supiera, solo que sí que quería, y aun así... aun así...

Cuando llegamos a nuestros aposentos el silencio que había entre nosotros se tornó eléctrico, incluso el ritual mundano de quitarse las botas y los calcetines en la puerta parecía extrañamente tenso. Con la boca seca, miré a Caethari, él me miró también, pero, antes de que él pudiera decir algo, balbuceé un sinsentido sobre querer lavarme la cara y me metí en el baño cerrando la puerta detrás de mí.

El ambiente tenso era fresco y silencioso. Me aseé ampliando el baño de antes y me miré en el espejo. Tenía un aspecto feliz y agitado, era completamente yo mismo y al mismo tiempo alguien desconocido, aunque no habría sabido decir por qué. Cerré los ojos y respiré profundamente, estabilizándome, preguntándome qué quería, si estaba bien que lo quisiera, si, si, si…

Pensé en la boca de Caethari sobre la mía, en el calor ardiente de sus manos callosas, y volví a abrir la puerta.

Me encontré a Caethari paseándose, pasándose el cuchillo con el mango de jade (que ya le había devuelto Keletha sin restos de sangre) de una mano a otra, el filo emitiendo un reflejo plateado bajo la poca luz. Se detuvo en cuanto me vio con una mirada intensa y dejó el cuchillo sobre la mesa mientras nos acercábamos.

—Cae —murmuré y me puso las manos en la cintura acariciándome suavemente las caderas con los pulgares mientras me miraba, me miraba, me miraba y me miraba—. ¿Cae, eh… quieres…?

—¿Quieres tú? —preguntó y levantó la mano para tomarme la mejilla. Me incliné en su querido y áspero calor, luego alcé la mía para entrelazar los dedos. Caethari soltó un jadeo asombrado—. Velasin, ¿estás seguro?

—Vel —puntualicé y me di cuenta de que estaba temblando—. Solo Vel. Y sí, estoy seguro. Tan seguro como puedo estarlo. Quiero… quiero…

Me besó y me sentí como si volara. Jadeé en el beso rodeándole el cuello con los brazos y presionando nuestros cuerpos. Me agarró de las caderas con las manos subiendo por mi espalda para estabilizarme los hombros, con su boca como una dulce tentación que yo perseguía y anhelaba.

—¿Markel…? —preguntó y yo negué con la cabeza.

—Va a dormir en otra parte —contesté. Caethari gimió y volvió a besarme.

Como en un vaivén de mareas, atravesamos el umbral de su dormitorio en el que, hacía tan solo unos días, me había tumbado con un horror que nunca antes había sentido y que no volvería a sentir porque no todos los hombres eran Killic, y Caethari, mi Cae, claramente no era todos los hombres. Me presionó con fuerza contra el marco de la puerta y me estremecí de deseo arqueándome entre dos puntos de apoyo sólidos hasta que hizo que nos moviéramos hacia el interior con los ojos muy abiertos bajo la tenue y cálida luz. Una parte distante de mí pensó que algún sirviente habría encendido las velas como cortesía para sus tierns.

Me rozó el estómago con los nudillos mientras sacaba el dobladillo de mi camiseta de mi nara; me rozó de nuevo cuando, lentamente, muy lentamente, tiró de mi lin y me lo sacó por la cabeza. Yo busqué el suyo riendo cuando su prenda más larga y de una tela más pesada resultó más difícil de maniobrar, pero Cae también rio y el sonido fue como música para mis oídos. Me besó con dulzura y con ferocidad y, cuando me quitó la camiseta, sus caricias fueron tan irreverentes como oscuros eran sus ojos. Me miró y, si no hubiera estado temblando ya, su mirada me habría hecho estremecer. Me rozó un pezón con el pulgar y jadeé en voz alta. Volví a jadear cuando pasó los dedos por el metal de mi collar lleno de calor corporal y se acercó a mí levantando las manos para soltar el broche, pero lo tomé de las muñecas y se las estreché negando con la cabeza.

—Déjamelo puesto —susurré.

—Vel —murmuró él con la voz ahogada. Sonreí al oír mi nombre más íntimo de sus labios y lo despojé de su camiseta tan limpiamente como lo había hecho él conmigo hasta poder beber para saciarme de sus encantos. Le pasé las manos por el torso trazando las líneas de sus cicatrices hechas por garras de oso hasta que se retorció y jadeó. Volvíamos a estar muy cerca y, cuando alcé la mirada, su expresión mostraba una desnudez que no tenía nada que ver con la ropa. Se me encogió el corazón con una alegría feroz y vertiginosa, sostuve su rostro acariciando con los pulgares el arco de sus pómulos y acerqué su boca a la mía.

Nos movimos juntos con las manos desnudas deslizándose sobre nuestra piel, mapeando las líneas del otro. Me faltaba voluntad para ser tímido, y cuando sentí el duro calor de su miembro contra mi cadera, me moví para dejarlos uno junto al otro aferrándome a sus hombros.

—Vel —volvió a suspirar y noté que le temblaban las manos mientras me desabrochaba el nara deslizándolo junto con mi ropa interior hasta que la gravedad me dejó desnudo junto a él, gimiendo mientras él amasaba la curva de mi trasero. Hice lo mismo por él aunque sentí que lo hacía con mucha menos elegancia, puesto que se me resbalaban los dedos sobre los botones; mis manos se habían vuelto torpes por mi ansia, pero el resultado final valió la pena. Lo toqué lentamente saboreando el cambio de la piel suave a las cicatrices que tenía aparte de las del oso, aunque ninguna tan dramática. Emitió un sonido grave y encorvó las caderas de un modo que decía que estaba intentando no hacerlo, y algo de ese gesto me derritió más incluso de lo que lo había hecho su desnudez. Tomé toda su longitud en la mano, acariciándole de arriba abajo solo una vez, y noté que se me erizaba la piel cuando inclinó la cabeza y me dio un beso succionador en la garganta justo por encima del collar.

Lo solté, jadeando, y dejé que nos arrastrara a ambos a la cama. Estaba preparado para que me derribara de un empujón, pero, en lugar de eso, giró, se sentó y me colocó en su regazo.

—Joder —susurré derritiéndome sobre él. Notaba sus manos enormes sobre mis caderas y, cuando se inclinó y me dio un beso en el pecho, eché la cabeza hacia atrás y entrelacé los dedos en su pelo, tirando del alambre de oro trenzado en él. Descubrí el truco solo por el tacto, sacando el alambre con una exclamación que era en parte por el triunfo y en parte por el roce de sus dientes contra mi pezón. Su cabello era oscuro y suave como una pluma, le solté la melena negra y contuve el aliento al verlo tan despeinado por mis manos.

—¿Tienes aceite? —pregunté. Asintió y me aplasté contra él, haciendo que ambos resolláramos—. Dime dónde.

—En el cajón —indicó y me balanceé para alcanzarlo, anclado en el lugar por su agarre de mis caderas. Encontré el vial con los dedos y, cuando me reacomodé sobre él, sentí un poder que raramente había experimentado antes en la cama: el de ser deseado sin miedo, sin vergüenza, sin cautela. Le puse el vial en la mano y sostuve sus dedos alrededor de él, hipnotizado por la suavidad de sus labios.

—Qué... —empecé, pero me salió la voz aguda como la de un niño. Reí y las arrugas de sus ojos me quitaron la vergüenza. Volví a intentarlo—: ¿Qué preferencias tienes?

Me pasó la mano libre por el costado de un lado a otro.

—¿En general o en este momento?

—Ambas cosas.

Se inclinó y me dio un beso en la clavícula.

—En general —murmuró—, prefiero dar que recibir, pero en este momento... —Inclinó la cabeza para mirarme con los ojos y la voz tan suaves como el terciopelo—. Dependiendo de si me quieres montado o montando, soy todo tuyo, Vel. Completamente tuyo.

Lo besé con el corazón acelerado y me perdí en las sensaciones. Sus palabras desataron una parte de mí, y solo cuando la reclamé, la hice a un lado y le dije:

—Pues prepárame para montarte.

Cae gimió, se untó los dedos con aceite y empezó a frotarme. Me rodeó y me empujó, un estiramiento lento y caliente mientras yo gemía y presionaba la cabeza contra su hombro mordisqueando la línea de su garganta. Enganché las caderas arqueándome con él mientras me abría y coloqué los dientes en su hombro mordiendo un beso que seguro que le dejaría marca. Movió los dedos y de repente me encontré gimiendo, lamiéndole el labio inferior y suplicándole más. Él me obedeció con un jadeo propio, anclando una mano en mi cabeza y tomando control del beso. Se movió mientras lo hacía deslizando los dedos de la mano libre para recolocarnos sobre el colchón hasta que su espalda quedó contra el cabecero.

—Vel —susurró gratamente asombrado y, como respuesta, apoyé la palma de la mano en el hombro que no le había mordido, busqué su resbaladizo miembro con la otra mano y me hundí sobre él. Lento, rápido, lento. Me costaba tanto evitar gemir de placer que casi me dolía. Era muy intenso. Lunas, él era mucho que asimilar y hubo un momento en el que me quedé quieto en el sitio, respirando con dificultad y temblando de esfuerzo por sostenerme mientras me cuerpo se ajustaba. Cuando lo hizo, me senté con un gemido.

Sus manos se deslizaron con reverencia sobre mis caderas y me sentía como si me devorara la adoración, con todo él dentro de mí y esa mirada en su rostro que me encendía la piel como un rayo. El collar brillaba en mi cuello y el único sonido además de nuestra respiración era el débil tintineo metálico de mis pendientes balanceándose. Me sentía completo, brillante y hermoso y, si alguna nube se deslizara sobre la luna creciente en este momento, todavía permanecería inmaculada e intacta.

—Cae —susurré. Moví las caderas y empecé a montarlo yo.

Siempre había sido un jinete talentoso y, aunque mis anteriores tutores habrían ardido de furia si hubieran sabido el otro uso que les estaba dando a sus lecciones, había cierta transferencia de habilidades. Mis muslos eran fuertes y mis caderas, fluidas. Subía y bajaba, me apoyaba y me retorcía y cada sonido que le sacaba a Caethari nos acercaba, nos calentaba. Cuando ancló los pies y me agarró de las caderas para impulsar hacia arriba en contrapunto, grité cerca del éxtasis; ambos maldecimos, le agarré el pelo con las manos mientras intentábamos darnos un beso que se perdió en la traducción, con nuestras bocas desesperadas rozándose demasiado superficialmente para hacer algo más que provocar.

Poco a poco, mis caderas perdieron el ritmo; estaba casi frenético, me ardía tanto la piel que sentía que estaba emitiendo chispas. Gemí con la energía abruptamente drenada, quería más de lo que podía tomar y algo en el modo en el que presioné a Cae debió decírselo, ya que me besó en la garganta, salió de mí (jadeé al perderlo) y nos dio la vuelta, colocando mis piernas alrededor de su cadera.

—¿Esto...?

—Por favor, *por favor*...

Apoyó una mano en mi muslo y me penetró sosteniéndome debajo de él mientras me clavaba el talón en la espalda. Me presionó y me besó profundamente hasta dejarme sin aliento y, cuando estaba a punto de ver las estrellas solo con eso, se puso manos a la obra con una fuerza que estuvo a punto de desmontarme. Perdí el tithenai y cambié al raliano mientras me aferraba a su cuello, a sus hombros. Luego perdí todas las palabras, con el cuerpo como un alambre tan tenso que un guiño lo habría hecho vibrar.

Metiendo la mano entre nosotros, Cae me pasó los nudillos por el pene y eso fue todo: me arqueé debajo de él y me corrí con más fuerza que nunca, gritando mientras se me nublaba la visión. Lo sentí empujando dos veces más y luego siguió hasta el éxtasis, haciéndonos temblar a ambos por las réplicas. Apoyó el peso en sus brazos, me besó la sien, la mejilla, la mandíbula y, en un instante que duró años, nos separamos, pegajosos, resbaladizos y saciados, recolocándonos de modo que mi cabeza descansara sobre su pecho. Entrelazamos las piernas y saboreé la sal que relucía en su clavícula con el corazón latiendo mientras nos deslizábamos en esa dicha que es prima hermana del sueño, pero mucho más dulce.

Y luego nos dormimos, al menos durante un rato, aunque dudo de que él quisiera hacerlo más que yo. Simplemente, había sido un día muy largo, como todos los anteriores, y, ahora que habíamos traspasado la última de las barreras que habíamos establecido entre nosotros, lo natural era querer descansar. Pero, cuando me desperté de nuevo, pegajoso y confuso, fue con la suave sensación de Caethari tapándome. Las velas casi se habían consumido y la habitación estaba sumida en una suave luz amarillenta. Lo observé increíblemente consolado por el lento movimiento de sus manos y, cuando se dio cuenta de que estaba despierto, me sonrió, casi avergonzado.

—Tendría que haberte atendido primero —murmuró—. En lugar de eso, me he quedado dormido como un tonto desconsiderado.

—Los dos nos hemos quedado dormidos —contesté, aunque me sentí reconfortado por el sentimiento. Levanté un poco la cabeza e hice una mueca al darme cuenta de que se me habían clavado tanto el collar como los pendientes—. Lunas, tendría que habérmelos quitado. Si los he estropeado…

—No lo has hecho —repuso Cae y se inclinó sobre mi cuerpo para besarme. Me rendí adorando el modo en el que se apoyaba sobre mí y, cuando se apartó, estaba sonriendo y con su pene duro contra mi cadera.

Me sonrojé, aunque yo estaba igual de empalmado. Estaba acostumbrado a fingir menos deseo del que sentía, era mejor para no parecer necesitado. Nunca se me había dado demasiado bien, lo que deleitaba a Killic de modos que, ahora en retrospectiva, deberían haberme alertado; pero me di cuenta de que ahora no me hacía falta fingir. O, al menos, esperaba que no lo hiciera: las reglas de asignaciones en Farathel podrían haber sido duras, pero incluso cuando me dejaban vacío, seguía entendiéndolas. Pero lo que estaba sucediendo entre Caethari y yo… no había reglas para eso. O, si las había, las desconocía. Estábamos casados y, tras días de miedo y desventuras por mi parte, finalmente habíamos acabado en la cama, pero ¿qué implicaba eso con lo que fuera a suceder después?

—Puedo oírte pensando —tanteó Cae tumbado junto a mí. Jugueteó con uno de mis pendientes, pero su expresión era dulce—. ¿Estás bien?

—Sí —respondí—. Es solo que desconozco las reglas para esto.

—¿Las reglas?

—Para esto —repetí gesticulando entre nosotros. Un destello de preocupación le atravesó la mirada y se me retorció el estómago de un modo tan desagradable ante la posibilidad de estropear las cosas entre nosotros que decidí soltar—: Te deseo. —Tragué saliva con dificultad—. Te deseo muchísimo, pero no... no sé cómo... ¿se supone que tengo que hacerme el remilgado? Nunca se me ha dado bien, pero normalmente se espera que lo haga.

—Velasin —repuso suavemente—. Estamos casados.

—Lo sé, pero por como algunos maridos tratan a sus esposas, obligándolas a dejarse llevar ante cualquier atisbo de afecto, o por cómo algunas esposas dejan que sus maridos piensen que les son indiferentes para siempre...

—Ni tú eres mi esposa, Vel, ni yo la tuya. Además —agregó antes de que yo pudiera seguir hablando—, esto no es Farathel.

Cerré los ojos y me incliné hacia adelante presionando la frente contra la suya.

—Tengo miedo —susurré—. Apenas sé de qué, pero no quiero que esto salga mal.

—¿Puedo confesarte algo?

—Por favor.

—Yo también tengo miedo. —Nuestras manos se movían mientras hablábamos deslizándose sobre nuestra piel desnuda, dejando chispas a su paso—. La idea de hacerte daño, de apartarte... no puedo soportarla.

Solté un ruido entrecortado que no era del todo risa.

—Entonces parece que compartimos dilema.

—Ajá —confirmó y me besó la mandíbula—. En ese caso, tal vez deberíamos acordar ser sinceros el uno con el otro.

—¿Sinceros?

—Sí.

—Puede que me cueste un poco —admití y las palabras me salieron como un jadeo mientras él me pasaba los labios por el cuello—. Pero prometo intentarlo.

—No puedo pedirte nada más.

—¿Entonces esto no es nada? —Bajé las manos y lo tomé una vez más, provocando gemidos en ambos.

—Es sinceridad. —Me tomó de la barbilla y me miró—. Te deseo, Vel. Y si alguna vez no me deseas, ya sea durante una hora o para siempre, puedes decírmelo y te escucharé. Pero si quieres, como yo quiero ahora…

—Quiero —suspiré—. Quiero. —Me incliné para besarlo. Y entonces, cuando el beso empezaba a profundizarse, siseé de frustración y me aparté—. Espera, espera.

—¿Qué pasa? —Se sentó enderezado con el ceño fruncido.

Me reí de su expresión y agité la mano para demostrar que no era nada malo.

—Necesito quitarme esto —dije y me levanté lo suficiente para acercarle la nuca—. ¿Puedes?

Respondió con una acción besándome el cuello mientras desabrochaba su regalo. Me quité los pendientes yo mismo mientras él dejaba el collar en la mesita de noche y luego se los pasé. Hubo un momento en el que nos miramos y casi me quedé helado con la absurda convicción de que ese sería el momento en el que todo empezaría a ir mal; que se daría la vuelta o que mis recuerdos más oscuros decidirían salir a la luz. Pero cuando lo besé, no pasó nada, excepto que me devolvió el beso y el incongruente alivio que sentí fue como descorchar a la vez todos mis deseos reprimidos. Nos hice rodar colocándolo debajo de mí y noté que la sangre se me calentaba por la facilidad con la que me siguió, a pesar de que él era más fuerte que yo, por el modo en el que sus ojos se oscurecieron en expectativa.

—Sinceramente —susurré acercando los labios a su oído—, me he dado cuenta de que no estoy nada cansado.

—Yo tampoco —dijo con voz áspera, y esas fueron las últimas palabras coherentes que pronunciamos en un buen rato.

Octava parte

CAETHARI

36

Para Cae, despertarse junto a la calidez de Velasin desnudo y acostado pacíficamente a su lado fue una experiencia transformadora y una de lo que no pensaba que fuera a cansarse. Había considerado a su marido atractivo desde la primera vez que le había puesto los ojos encima (lo que parecía haber sucedido meses atrás, pero de algún modo, imposiblemente, había sucedido hacía tan solo unos días), pero dormido, con toda esa tensión suavizada y reemplazada por el precioso abanico de sus espesas y oscuras pestañas sobre sus mejillas, los rizos rebeldes de su pelo… Tenía la piel suave y, para los estándares marciales de Cae, sin cicatrices; con alguna pequeña marca en alguna parte, pero no hechas con deliberada violencia.

La única excepción era la marca en forma de flecha que tenía en el muslo, donde le había dado la flecha en Vaiko, actualmente desnuda por el lío de sábanas alrededor de su esbelta cintura. El tejido de la cicatriz era tenso y brillante, rojo alrededor de los bordes y con alguna costra todavía. Los cantrips de ru Zairin habían acelerado la curación, pero el cuerpo solo podía acelerarse hasta cierto punto. Cae la rozó ligeramente con el pulgar y el calor se acumuló en sus tripas al recordar a Velasin cabalgando hacia él, a Velasin debajo de él, las manos, los labios y la voz de Velasin…

—No deberías mirar a la gente mientras duerme —murmuró Velasin con un ojo entreabierto y una sonrisa somnolienta en los labios—. Es grosero.

—Soy un hombre malvado y grosero —admitió Cae y se inclinó para darle un beso de buenos días. Velasin hizo un dulce ruidito contra su boca

y dejó que lo besara enroscando perezosamente los brazos alrededor de
Cae mientras se movía de su lado a su espalda, abriendo las piernas mientras lo hacía. Cae se deslizó en ese acogedor espacio con una alegre facilidad y pronto la languidez fue reemplazada por una urgencia jadeante
mientras se recorrían el uno al otro. Cae tomó los miembros de ambos
entre las manos y gimió por el roce del pene de Velasin contra el suyo,
incitado por la urgencia con la que él giraba y se arqueaba debajo de él.
Aunque habían quedado más que satisfechos la noche anterior, no pasó
mucho tiempo antes de que ambos provocaran un desastre sobre la barriga de Velasin, con Cae jadeando junto al cuello de su marido y los dedos
de Velasin acariciándole el pelo.

—Soy un depravado —susurró Velasin dándole un beso en la mejilla a
Cae—. ¿Cómo voy a seguir con el día tras un despertar así?

—Es claramente imposible —coincidió Cae pasando los nudillos por
sus articulaciones y sintiendo que los músculos de Velasin se contraían
bajo su roce—. Igual deberíamos quedarnos en la cama.

—Mmm —murmuró Velasin—. ¡Oh! —exclamó cuando Cae le hizo
un chupetón en el cuello.

Eso los distrajo otra vez, pero cuando la luz de la mañana entró a raudales por la ventana, ni siquiera la parte más enamorada de Cae podía olvidar por completo las responsabilidades que los esperaban fuera de sus
aposentos.

—Deberíamos levantarnos —dijo con pesar.

—Solo si te bañas conmigo —contestó Velasin, lo que le pareció una
perspectiva tan agradable que Cae salió inmediatamente de la cama, tomó
entre sus brazos a un sorprendido y risueño Velasin y se lo llevó al baño,
donde lavarse no fue la primera actividad que llevaron a cabo.

Cuando finalmente salieron a la estancia principal con batas y con el
pelo mojado, Cae estaba hambriento. Pidió el desayuno y, cuando estaba a
punto de trenzarse el pelo para el día, Velasin inquirió tímidamente:

—¿Puedo?

A Cae le llevó un momento entenderlo, pero cuando lo hizo, se sonrojó por completo. Trenzar el cabello de otra persona era un acto de gran
intimidad en Tithena, hasta el punto que ofrecerse a hacerlo por alguien
que no fuera un pariente equivalía a una declaración de amor. Sabía que

no era eso lo que quería decir Velasin (esa misma convicción no se aplicaba en Ralia), pero cuando asintió y se sentó entregándole el peine y el lazo a su marido, se estremeció al sentir sus dedos largos y diestros trabajando a lo largo de su melena. La última persona a la que le había permitido trenzarle el pelo había sido Riya hacía años cuando él estaba aprendiendo alguno de los estilos más complicados después de que su madre se marchara y él no se aclarara haciéndolo solo.

—¿Alguna vez te trenzó el pelo Liran? —preguntó Velasin separando su melena en segmentos.

Cae se quedó sin aire.

—No —respondió tragándose el deseo de explicarle las implicaciones tanto de la pregunta como de la respuesta. Cuando estaban juntos, había deseado muchas veces que Liran se ofreciera, pero nunca lo había hecho, y eso le había dolido tanto en ese momento como mucho después. Nairi tenía buenas razones para preocuparse de que todavía estuviera enamorado de Liran, quien se preocupaba por él entonces y seguía haciéndolo ahora, pero no del modo que Cae habría deseado. Una vez lo había querido, pero ahora ya no. Él y Liran estaban mejor como amigos y, en cuanto a lo que quería ahora…

—¿Debería dejarme el pelo largo yo también? —inquirió Velasin trenzando el suyo firmemente—. Nunca lo he llevado más largo de lo que lo llevo ahora, en Ralia no es común que los hombres lleven el pelo largo más allá de los hombros, pero siempre me he preguntado cómo me quedaría.

—Si quieres dejártelo largo, no tengo ninguna objeción —contestó Cae, quien ya estaba imaginando cómo sería trenzarle el pelo a Velasin. Parpadeó haciendo que se desvaneciera la fantasía—. Entonces, ¿quién te enseñó a hacer trenzas si no podías practicar contigo mismo?

Velasin rio.

—Mozos de cuadra y propietarios de caballos —explicó—. Para cacerías formales y ese tipo de cosas se espera que los nobles mantengan a sus monturas presentables. Por supuesto, hay muchos que prefieren delegar la tarea en otros, pero a mí siempre me ha parecido relajante. —Remató sus palabras atando la trenza de Cae y apartándose—. Ya está. ¡Listo!

—¿Ahora parezco una montura presentable? —preguntó Cae.

Velasin rio de nuevo.

—¡Eso espero!

Cae se dio la vuelta en la silla, tomó a Velasin de la mano y tiró de él para darle un beso... o al menos lo intentó. Velasin se quedó quieto de repente y Cae lo soltó en cuanto se dio cuenta de que algo iba mal.

—¿Vel?

—Lo siento —susurró Velasin. Su voz había cambiado; se sintió desubicado un momento y le puso las manos de un modo protector en los hombros—. Perdóname, no quería...

Demasiado tarde, Cae recordó que la agresión de Killic había provocado que Velasin sintiera reparos de ser agarrado y estirado de ese modo, y se maldijo mentalmente por haberlo olvidado.

—No tienes que disculparte por nada. ¿Puedo tocarte?

Velasin asintió y Cae lo abrazó, muy consciente de los lugares en los que sus batas mal atadas permitían que su piel se tocara. Velasin tomo aire estremeciéndose, se apoyó con un fuerza un momento contra él y luego se enderezó con una sonrisa torcida.

—Creo que estoy bien —declaró—. Solo ha sido un destello. Es solo que no me lo esperaba.

—Ha sido culpa mía, lo siento. No tendría que haberte agarrado así.

—Deberías poder estirarme de la mano.

—Aun así...

—*Ssh* —siseó Velasin dándole un beso en la comisura de la boca—. Si a mí no se me permite disculparme, a ti tampoco.

Cae no estaba de acuerdo, pero antes de poder expresarlo, un sirviente llamó a la puerta para anunciar la llegada del desayuno, lo que fue una agradable distracción para ambos. Instantes después, estaban sentados de nuevo, tomando khai y sirviéndose los frutos del gran talento de ren Valiu.

—Y bien —dijo Velasin, recuperado de nuevo—, ¿qué agradables tareas nos esperan en el día de hoy?

Cae suspiró.

—Alguien tendrá que hablar con el embajador raliano y con su gente sobre lo que pasó anoche... Con discreción, por supuesto, pero tiene que hacerse.

—¿Entonces no es un trabajo para nosotros?

—En esta etapa, no. Las indagaciones amables son más cosa de Keletha y, en cualquier caso, incluso aunque no sospecháramos del embajador, todavía habría que informarle que anoche murió un hombre raliano. —Reprimió una mueca—. Sé que no es tu tema de conversación preferido, pero...

—Lo sé, lo sé. —Velasin movilizó los hombros y miró por la ventana, mientras el vapor que salía de su khai enmarcaba su perfil—. Nunca tuve mucha relación con el resto de la familia de Killic, pero creo que la probabilidad de que los ralianos busquen venganza por su muerte depende más de Su Majestad que de lord vin Lato y eso dependerá de cómo sea visto nuestro matrimonio en la corte. —Soltó una risita amarga—. ¿Sabes que realmente no había pensado en cómo nos verían en Farathel hasta anoche? Estaba demasiado involucrado en todo lo demás. Si me hubiera parado a considerar...

—Vel. —Cae pasó el brazo por encima de la mesa y le estrechó la muñeca. Velasin le dirigió un asentimiento cansado, una media sonrisa se dibujó en su rostro mientras entrelazaban brevemente los dedos.

—Sin embargo —continuó tras un momento—, teniendo en cuenta que... la relación de Killic conmigo era escandalosa, puede que su familia no desee reclamar su cuerpo para distanciarse ellos mismos de la desgracia. Aunque lo lloren en privado, puede que se vean obligados a actuar de otro modo en público. Pero si el rey Markus o alguna facción de la corte siente más desprecio por esta alianza que repugnancia por las preferencias de Killic, puede que consideren su muerte como un ultraje. —Hizo una mueca—. Por supuesto, el hecho de que lo haya matado *yo* podría hacer que el resto del mundo le quitara importancia por ser una sórdida disputa entre hombres *como nosotros* y que no se necesitara mayor diplomacia.

—Bárbaros —gruñó Cae con el estómago revuelto por la perspectiva. Se estremeció y adoptó una expresión de disculpa—. Lo siento, sé que son tu gente.

—Lo son, por mis pecados. Y no los defiendo. O al menos, no a esa parte de ellos. —Emitió un sonido de frustración—. Ralia es lo que es. Espero que pueda cambiar, pero ¿quién sabe cuánto puede tardar un cambio como ese?

Cae asintió.

—En cualquier caso, Keletha sin duda nos lo hará saber si tenemos que hacer algo. En cuanto al resto… Raeki probablemente volverá a hablar con varu Shan Dalu para ver si sabe algo sobre la participación de los ralianos. También haré que entregue los bandidos de Vaiko a un magistrado, no podemos tenerlos encerrados aquí indefinidamente. Y deberíamos hablar con ru Zairin sobre el veneno de la daga de Killic. Si descubrimos qué es, podemos ser capaces de descubrir de dónde lo sacó, lo que sería una pista diminuta, pero es mejor que nada. Aunque, además de eso… —Esbozó una pequeña sonrisa esperanzada—. Creo que podemos tomarnos la mañana para nosotros.

Velasin se animó considerablemente.

—Podríamos salir, ¿qué te parece? —preguntó—. Markel y yo vimos una pequeña parte del Mercado de Jade, pero no fue como tener una visita guiada.

—Estaré encantado de presentarte todo de Qi-Katai, si así lo deseas.

—Así es —confirmó Velasin y Cae no pudo evitar sonreírle.

Así fue como, tras desayunar y retirar los platos, se vistieron y se dirigieron a la enfermería para hablar con ru Zairin. Para evidente alegría de Velasin, Markel ya estaba allí (como había prometido, había pasado la noche en su anterior lecho de enfermo, y le sonrió ampliamente cuando entraron), así que fue incluido en la subsecuente discusión sobre los descubrimientos de ru Zairin.

—Me gustaría tener algo más de lo que informar —dijo le ru con tono de disculpa—. Por lo que puedo decir, es savia de fruta fantasmal. La buena noticia es que definitivamente intentaba matarlo: la savia es inofensiva sobre la piel, pero si se ingiere o se introduce en el torrente sanguíneo, puede detener el corazón o los pulmones si no hay un antídoto a mano.

Cae parpadeó.

—¿Esa es la *buena* noticia?

—Comparativamente, sí. —Ru Zairin señaló a Velasin con la barbilla—. En el sentido en el que probablemente su marido no reaccionó de un modo exagerado. Si el fallecido lo hubiera cortado aunque fuera una vez, si los guardias hubieran intentado someterlo y él hubiera arremetido contra ellos, entonces el resultado de la noche podría haber sido catastrófico.

—Dioses —murmuró Cae al darse cuenta de lo cerca que había estado—. ¿Y la mala noticia?

—La mala noticia es que es un matarratas muy bueno, lo que significa que está disponible por todo Qi-Katai. Al parecer, lo que tiene un sabor asquerosamente distintivo para nosotros, es irresistible para los roedores.

—¿Cómo se vende? —preguntó Velasin en un tono que daba a entender que tenía una idea—. En viales, frascos, bolsas… ¿cómo?

—Depende de la tienda. No hay una sola distribuidora. Los apotecarios con licencia suelen tener un registro de todas las ventas de veneno, pero no son los únicos que lo venden.

Velasin asintió.

—¿Alguien ha registrado el cuerpo?

Ru Zairin parpadeó.

—No que yo sepa, tiern.

—Pues deberíamos hacerlo. Me refiero a rebuscar en él. Si todavía tiene el recipiente en el que venía el veneno, podría ayudarnos a estrechar el cerco para descubrir dónde lo compró y, si podemos hacer eso, tal vez podamos rastrear sus pasos.

—Me parece algo muy sensato —coincidió ru Zairin—. Puedo llevarlo a la morgue ahora mismo, si así lo desea.

Cuando Velasin asintió, Cae intercambió una mirada significativa con Markel, quien se plantó ante Velasin y empezó a signar. Su velocidad regular seguía siendo demasiado rápida para que Cae pudiera seguir fácilmente la conversación, pero comprendió que la esencia sería: no tienes que hacer esto.

—Estaré bien, Markel —aseguró Velasin en raliano con la voz extrañamente suave—. Verlo muerto no me hará más daño que saber que lo maté yo.

Ante esto, Markel hizo una mueca, pero asintió y se apartó a un lado dejando que Cae llenara el espacio en el codo de Velasin mientras ru Zairin los dirigía fuera de la enfermería.

—No empieces tú también —murmuró Velasin.

—No iba a hacerlo —mintió Cae.

Fueron en silencio el resto del trayecto hasta la morgue, excepto por los saludos entre murmullos de ru Zairin a aquellos con quienes se cruzaban en el Aida. De un modo inusual, aunque tal vez sensato, cuando llegaron se encontraron la puerta de la morgue vigilada por un guardia, quien se inclinó ante Caethari y Velasin. Cuando entraron la sala estaba helada y Cae reprimió un escalofrío mientras Velasin se movía lentamente hacia la única losa ocupada.

Killic estaba tumbado de espaldas con las manos cruzadas sobre la herida del pecho, aunque sus elegantes prendas ralianas todavía estaban manchadas de sangre. Tenía los ojos abiertos mirando a la nada y Velasin se quedó sin aliento al verlo. Alargó la mano con los dedos temblorosos, pero la retiró antes de llegar a tocar el cuerpo. Entonces se derrumbó y Cae estuvo allí al instante, rodeándole los hombros con el brazo para mantenerlo recto.

—Yo lo haré —signó Markel, y Cae asintió dándole las gracias mientras Velasin se apoyaba en él.

—Lo siento —susurró con los ojos cerrados—. Pensaba...

—*Ssh* —dijo Cae y observó cómo Markel metía la mano en los bolsillos del hombre muerto. Parecía muy experto, lo que hizo que Cae se preguntara si era algo que había hecho antes. De todos modos, no iba a preguntárselo en ese momento, pero tomó nota mentalmente del asunto para futuras investigaciones.

En el fondo no esperaba que Markel encontrara nada, por lo que se sorprendió realmente cuando él se enderezó repentinamente mostrando un pequeño vial de arcilla sellado con un tapón de corcho. Se lo pasó directamente a ru Zairin, cuyas cejas se arquearon mientras lo examinaba.

—¿Alguna idea? —preguntó Velasin, quien, evidentemente, había vuelto a abrir los ojos.

—Es difícil decirlo —comentó ru Zairin haciendo girar el vial entre las manos—. No hay marca de ninguna apoteca, pero no me sorprende. Me atrevería a decir que fue vendido en la ciudad alta, ya que los viales de arcilla son baratos, pero podría estar equivocada. —Con un suspiro, se lo entregó a Cae, quien le echó un rápido vistazo y se lo guardó en el bolsillo—. A menos que quiera ir tienda por tienda preguntando si alguien lo reconoce o recuerda a un cliente raliano, me temo que hemos llegado a un punto muerto.

—Valía la pena intentarlo —dijo Cae.

A su lado, Velasin se enderezó.

—Necesito tomar el aire —dijo y salió a toda prisa. Mientras Markel corría tras él, Cae se despidió de ru Zairin e hizo lo mismo hasta que los tres salieron a la luz del sol. Markel vacilaba al lado de Velasin con las manos levantadas, como si quisiera hablar pero no estuviera seguro de qué decir.

—Lo sé —espetó Velasin respondiendo a lo que nadie había dicho—. Me lo habíais advertido. Soy una delicada flor de invernadero y tendría que haberlo sabido.

—Para —signó Markel al instante seguido de algo demasiado rápido para que Cae lo comprendiera.

—La muerte nunca es fácil —agregó Cae—. Ni verla, ni tratar con ella y, mucho menos, ambas cosas juntas.

Velasin rio y se frotó la cara.

—Aquí estamos, disfrutando de una agradable mañana. —Se le hundieron los hombros—. Supongo que esa excursión ya no está en pie.

—¿Por qué no iba a estarlo?

Velasin abrió la boca y la volvió a cerrar. Parpadeó y entonces esbozó una lenta, preciosa y brillante sonrisa.

—Cierto, ¿por qué no?

37

Al final les llevó casi una hora salir del Aida (Cae tenía que hablar primero con Keletha y Raeki y este último frunció el ceño ante la idea de que se aventuraran a salir por placer, aunque no llegó a vetar la expedición), pero valió la pena la espera para hacer feliz a Velasin. Era un jinete por naturaleza y, aunque Cae sabía que todavía se sentía dolido por la muerte de Quip, se relajó visiblemente en cuanto montó a Luya. Se marcharon juntos y Markel los despidió descaradamente con la mano. Lo habían invitado a unirse a ellos, pero lo había rechazado alegando que su herida todavía se estaba curando y que no quería interrumpir. O, al menos, había dicho algo por el estilo, aunque, si tenía que guiarse por el rubor de Velasin, algo más se había perdido en la traducción.

—¿Por dónde empezamos? —preguntó Cae.

—Eliges tú —contestó Velasin—. Al fin y al cabo, eres tú el que va a dirigir la visita guiada.

—En efecto —confirmó Cae y se encaminó hacia su parte preferida del Mercado de Jade, donde los sopladores de vidrio tenían sus puestos. Se sintió curiosamente vulnerable al hacerlo, como si Velasin pudiera burlarse de él, como habían hecho ciertos amantes anteriores a Liran, porque le gustaran los artículos delicados, pero no tenía por qué preocuparse. Velasin compartió su alegría por los artículos expuestos insistiendo en volver a pasar por ahí en el camino de regreso al Aida.

—Compraría algo ahora —confesó mientras dejaba que Cae lo condujera a los puestos de comida—, pero luego me pasaría todo el día preocupado por que pudiera romperse antes de llegar a casa.

A casa. El uso casual de la palabra por parte de su marido envió toda una oleada de emociones a través de Cae. Después de días de Velasin refiriéndose a sus aposentos como si fueran solo de Cae, le pareció todo un logro; tanto que en parte deseó agarrar las riendas de Luya y guiarlo de vuelta adonde lo habían dejado antes de desayunar.

Pero ya habría mucho tiempo para eso después y la anticipación hacía que fuera más dulce y, por supuesto, aunque su alma lo deseaba, incluso Cae se vio obligado a admitir que su cuerpo ya no tenía diecinueve años. Por muy saludables y vigorosos que fueran ambos, seguía siendo necesario descansar entre asaltos.

Así que Cae le mostró a su marido el mercado charlando agradablemente todo el rato. Volvieron a visitar un par de lugares en los que Velasin ya había estado con Markel (uno para comprar una carne a la parrilla particularmente sabrosa, que Cae también admitió que estaba deliciosa), pero también exploraron nuevos terrenos. De vez en cuando, eso significaba desmontar, dejar a Alik y a Luya atados a algún poste para visitar las secciones traseras más angostas y eclécticas del mercado a pie, con Cae disfrutando del deleite de Velasin como si fuera un segundo sol privado.

Al pasar junto a un puesto que vendía ropa usada y joyas (todo de buena calidad aunque la mayoría de modas pasadas) Velasin se detuvo con una ligera arruga entre las cejas. Se acercó al perchero más cercano y tocó con aire ausente la tela de un abrigo de piel, pero antes de que el vendedor pudiera acercarse a él, se volvió hacia Cae y le dijo:

—La ropa que llevaba Killic. No la había visto nunca.

Sus palabras tomaron a Cae por sorpresa.

—¿Y tendrías que haberla visto?

—Si esto fuera Farathel, diría que no. Siempre había tenido un guardarropa muy completo. —El pliegue de su ceño se profundizó y torció la boca de un modo que Cae no supo interpretar—. Pero aquí... perdió todas sus posesiones en Vaiko, ¿recuerdas? Los bandidos se encargaron de ello. Pero su ropa de anoche era raliana. Así que ¿de dónde salió?

Antes de que Cae pudiera aventurar una respuesta, Velasin llamó la atención de la vendedora y le preguntó:

—¿Por casualidad vendes ropa raliana?

La vendedora, una mujer mayor y muy digna, arrugó la nariz.

—¿Raliana? Me temo que no, tiern.

—¿Y conoces a alguien que venda?

Lo consideró durante unos instantes.

—¿Quiere decir para obras de teatro? ¿O para llevarla realmente en el día a día?

—Lo segundo.

—Hum, pues en ese caso, me temo que no. Al menos, no en la ciudad alta.

—Muchas gracias —dijo Velasin.

—¿En qué estás pensando? —indagó Cae mientras su marido lo agarraba del brazo y empezaba a caminar rápidamente por la parte trasera del mercado.

—Estoy pensando en que la ropa de Killic tuvo que salir de algún sitio y no puede ser del guardarropa del embajador raliano, o al menos, no de él personalmente. No llegó a tiempo a Qi-Katai o... un momento, ¿estamos seguros de eso?

Cae esbozó una mueca.

—Es posible que nos mintieran, así que él tendría una negación plausible. Pero como tú mismo has señalado, todavía no sabemos si él está involucrado en esto o si es alguna otra facción raliana.

Velasin gruñó, maldijo y se dio cuenta de que se había saltado un cruce. Deteniéndose de golpe, giró sobre sus talones y empujó a Cae en la dirección correcta murmurando por lo bajo. Cae no pudo evitar sentirse muy querido con ese gesto, pero apartó a un lado ese pensamiento para centrarse en el asunto que tenían entre manos, que de golpe parecía una pista mucho más prometedora que el vial de savia de fruta fantasmal.

—Bien —continuó Velasin—. Admito que es posible que quien haya reclutado a Killic simplemente tuviera ropa raliana de su talla a mano, sobre todo si esa persona también es raliana, pero para poder tratar esto como una pista, asumamos que no la tenían. En algún lugar de Qi-Katai se venderá ropa raliana, no sé, habrá alguna comunidad que sabrá dónde conseguir algo a corto plazo. De cualquier modo, apostaría a que hay menos posibilidades en esa área que vendedores de matarratas en la ciudad alta. ¿Qué piensas?

—Me parece que es buena idea —contestó Cae—. Ciertamente, vale la pena intentarlo. El problema es que no sé dónde buscar. —Se rascó la barbilla—. Siempre podríamos volver a preguntarle a Liran; no es su especialidad, pero tiene un círculo de amigos bastante amplio.

—O también podríamos preguntarle a ren Adan —sugirió Velasin lentamente.

—¿Por qué a ren Adan? Él comercia con los khytoi.

—Sí, pero es medio raliano, ¿recuerdas? Puede que conozca a otros inmigrantes ralianos en Qi-Katai.

Cuando llegaron al poste en el que habían dejado a Alik y a Luya, Cae se subió a su montura un instante después de que lo hiciera Velasin. Ambos asintieron y le dieron las gracias al empleado.

—Entiendo que quieres ir ahora —dijo Cae intentando ocultar la diversión de su voz.

—Sí, a menos que te opongas. —Velasin hizo una pausa e inclinó la cabeza cuando empezaron a cabalgar—. ¿Tienes alguna objeción?

—No se me ocurre ninguna.

—¡Ah! En ese caso, bien.

Velasin se quedó en silencio mientras salían del mercado, esperando hasta volver a estar en la calle principal para decir con un aire estudiadamente casual:

—Debería advertírtelo, cuando hayamos aclarado todo esto, probablemente me pondré un poco extraño.

—¿Extraño en qué sentido?

—Ah, lo normal. —Velasin agitó la mano—. Inseguridades, manías, esperar que me leas la mente, ser generalmente imposible.

Con cautela, Cae replicó:

—Yo no diría que nada de eso es lo normal.

—Lo es para mí —puntualizó Velasin—. Lo creas o no, esto... —Se señaló a sí mismo y a la ciudad—. Es como soy cuando estoy bien bajo presión. Admito que esto ha implicado algo más de violencia de la que estoy acostumbrado, pero las intrigas de Farathel también requieren cierta cantidad de merodeo, resolución y seguimiento de pistas y ese tipo de cosas. Pero una vez que se termina todo, nunca sé qué hacer conmigo mismo. —Rio con tristeza y con cariño—. Markel dice que soy como un sabueso sin presa… si no tengo un proyecto entre manos, me vuelvo loco. Así que…

—Pues tendremos que buscarte un proyecto —afirmó Cae. Lo consideró durante un momento—. Mis propiedades del altiplano del río de Avai necesitan claramente una inspección. Deberías ir a verlas de todos modos, pero apreciaría cualquier opinión que tuvieras sobre su uso o sobre cómo mejorar los terrenos de mis arrendatarios.

Velasin lo miró con la boca ligeramente abierta.

—¿Qué?

—Mis propiedades del altiplano del río. Estoy seguro de que ya te las he mencionado, aunque admito que no con mucho detalle. O si eso no te gusta, podríamos visitar Qi-Xihan, me encantaría enseñarte la capital. —Frunció el ceño—. Aunque, pensándolo bien, probablemente tengamos que ir allí de todos modos. Me da la sensación de que Keletha lo mencionó en algún momento y me tirará de la oreja si le pregunto por detalles que ya debería saber.

—No… —empezó Velasin, pero se calló. Tragó saliva—. ¿No te molesta?

—Bueno, no puedo garantizar cómo reaccionaré en ese momento y seguro que en algún momento nos pelearemos y nos pondremos de los nervios el uno al otro, pero no veo por qué debería ser un problema el hecho de que quieras tener un proyecto. —Cuando Velasin se quedó en silencio, Cae se inclinó sobre su montura y le estrechó el hombro hasta que Velasin lo miró—. Vel, ¿de verdad pensabas que me iba a molestar?

—No lo sé. No dejas de confundirme —respondió Velasin en voz baja—. Un noble raliano debe ser un hombre de ocio. Sobresalir en las artes masculinas es una cosa y la erudición es aceptable siempre que no te obsesiones o apoyes teorías pasadas de moda, pero cualquier cosa más sustancial… se parece demasiado a un trabajo. A *trabajar*. Y se supone que tenemos que estar por encima de eso. Que somos *mejores* que eso. —Curvó la boca en una mueca de disgusto, pero, antes de que Cae pudiera pensar cómo responder a esto, Velasin murmuró en parte para sí mismo—. Parece ser que he vivido una vida estrecha. Demasiado temeroso de que pudiera descubrirse mi mayor indiscreción que apenas me atrevía a complacerme en las más simples. —Levantó la cabeza y miró a Cae con unos ojos tan dulces como penetrantes—. Debes ser muy paciente conmigo, querido Cae, mientras aprendo a vivir en mí mismo.

Con la boca seca, él contestó:

—Por ti, cualquier cosa.

Velasin se sonrojó y apartó la mirada, pero antes de que Cae pudiera pescarlo sonriendo. El calor lo inundó y, ni por primera ni por última vez desde que habían salido del Aida, se recordó a sí mismo que ya tendrían tiempo suficiente para volver a la cama después.

Sin una necesidad apremiante de correr, cabalgaron tranquilamente atravesando Qi-Katai y, cuando empezaron a hablar de nuevo, fue sobre la ciudad: sobre sus distritos, su historia, las vistas y el bullicio que los rodeaba. Cae se relajó en su papel de guía sintiendo pequeñas oleadas de emoción y placer cada vez que lograba hacer reír o sonreír a Velasin con sus comentarios. Fue así desde la alta ciudad hasta la media ciudad, ralentizando solo cuando tenían que concentrarse para recordar el camino hasta las oficinas de ren Adan. Pese a ser nuevo en Qi-Katai, Velasin demostró tener una gran memoria visual y, tras un solo giro en falso, llegaron pronto a la calle correcta, dirigiendo sus monturas al mismo poste de amarre que habían usado en su primera visita.

Acababan de empezar a andar hacia su destino cuando Velasin tuvo que mirar dos veces para reconocer a otro transeúnte y llamó:

—¡Ren Zhi!

El hombre en cuestión se detuvo y se dio la vuelta y su expresión de sorpresa se transformó en una sonrisa educada de reconocimiento.

—Bienvenidos, tierns —saludó inclinándose ligeramente. Llevaba la misma ropa blanca y gris que Cae recordaba de su anterior visita, aunque ahora también llevaba una cesta de mimbre en un brazo llena con una tentadora selección de comida caliente—. He ido a por el almuerzo —indicó señalando la cesta y su acento khytoi hizo que la frase pareciera casi una pregunta—. Ren Adan ha tenido una mañana difícil.

—Lamento oír eso, ya que esperábamos hablar con él —dijo Cae—. ¿Deberíamos volver en otro momento?

Ren Zhi frunció el ceño considerándolo y luego negó con la cabeza.

—Creo que le parecerá bien —dijo—. O, al menos, si no se lo parece, creo que querrá decírselo él mismo. Supuestamente ahora tiene una pausa entre dos reuniones.

—Muchas gracias —contestó Velasin y los tres se pusieron en marcha. A Cae le rugió el estómago por los sabrosos aromas que emanaban de la cesta. La carne asada que habían comprado en el Mercado de Jade estaba deliciosa, pero no era exactamente abundante y, cuando llegaron al edificio rojo de ren Adan Akaii con su brillante puerta negra, Cae tomó nota mentalmente de llevar a Velasin a un buen sitio para comer después.

—Hemos venido... —empezó ren Zhi, pero se interrumpió sorprendido cuando la puerta se abrió a una discusión acalorada, lo bastante fuerte como para ser escuchada desde debajo de las escaleras.

—¡...culpa mía! —estaba gritando ren Adan—. Si hubiera sido tan fácil como darle la mano y acompañarlo hasta las puertas, no lo habríamos necesitado en primero lugar.

—Te di *una regla* —replicó la voz de una mujer, tan familiar que Cae se quedó congelado—. ¡Una sola regla! Sea como fuere, mi familia vive. Era *tu* trabajo dejárselo claro...

—¿Y cómo se supone que debería hacerlo sin decirle que era reemplazable? Eres tú la que juró que Caethari se defendería, y en lugar de eso...

—¡Si Baru hubiera matado a Velasin para empezar no estaríamos manteniendo esta discusión! ¡O si lo hubieras hecho *tú* en lugar de huir!

—Mierda... —susurró Velasin agarrando frenéticamente la mano de Caethari cuando oyó pasos bajando los escalones—. Cae...

Pero Cae estaba anclado en el sitio mirando impotente a Laecia cuando do apareció ante él. Ella abrió los ojos como platos al verlo y, durante un instante, su reacción fue un reflejo de la de él, asombro, dolor y un leve rastro de miedo. Pero cuando recuperó la compostura, esbozó una sonrisa trémula mientras ren Adan aparecía tras ella.

—Vaya —comentó mientras ren Adan fulminaba con la mirada a un paralizado ren Zhi—. Esto es un poco incómodo.

38

En el instante paralizado que siguió, Cae tomó la decisión de mantenerse firme en una fracción de segundo. El instinto de salir huyendo de Velasin tenía sentido, pero si bien a Cae no le gustaba la perspectiva de tener que someter físicamente a su hermana pequeña o (que los santos lo ayudaran) a ren Adan, sabía que podía hacerlo si era necesario y quería respuestas. Aun así, las palabras se le quedaron atrapadas en la garganta, la simple noción era absurda y, a pesar de las pruebas indisputables de lo que acababan de oír, no quería creerlo.

—Laecia —espetó con voz áspera—. ¿Qué has hecho?

Su hermana se estremeció.

—¿Qué he hecho *yo*? —preguntó con voz quebradiza mientras bajaba las escaleras—. ¿Qué he hecho alguna vez aparte de intentar ser una buena hija y una buena hermana? Y aun así, da igual lo que haga, siempre se me considera menos que a ti y que a Riya. —Se detuvo a dos escalones del final manteniendo sus ojos a la altura de los de Cae—. Riya se mudó para estar con Kivali. Tú te preocupas más por tu revetha que por el gobierno de Qi-Katai. Y aun así nuestro padre y nuestra abuela no logran ponerse de acuerdo en quién de vosotros dos debería heredar qué. —Se dio un golpe en el pecho con un brillo de dolor en los ojos—. ¿Y yo qué? ¡A mí no me han considerado *nunca*!

Cae palideció.

—Laecia…

—Ni una sola vez —insistió hablando por encima de él—, hasta que nuestro padre necesitó una unión diplomática con Ralia. ¿Acaso sabes lo patéticamente feliz que me hizo ser la ofrecida? No me importó que Riya no estuviera disponible, podía haber pedido una esposa raliana para ti, pero no lo hizo. Me ofreció *a mí* y pensé que con eso estaba reconsiderando quién de nosotros debía heredar, porque ¿qué mejor para reforzar Qi-Katai que casar a su heredero con el clan que posee el otro lado del Paso Taelic? —Rio amargamente—. Y después, acabaste *tú* con él, de todos modos.

—Y por eso decidiste matarme —continuó Velasin en voz baja—. Arrebatarle a tu hermano su ventaja antes de que pudiera reclamarla. —Inclinó la cabeza pasando la mirada de Laecia a ren Adan—. Supongo que fuiste tú el que reclutó a ren Baru. Un compañero mercader, uno obsesionado con el Cuchillo Indómito. Debió de ser muy fácil convencerlo de que estabas actuando como agente de Caethari. Pero ¿cómo…? ¡Ah! —Rio negando con la cabeza como si se regañara a sí mismo por haber tardado en comprenderlo—. Las cartas que encontramos en el escritorio de ren Baru. Cae dijo que no parecía que las hubiera escrito un raliano, pero tú eres medio raliano y medio khytoi. ¿Las usaste para convencer a ren Baru de que Laecia ya tenía un amante o solo querías mostrarle lo horribles que son los matrimonios ralianos?

La sonrisa de ren Adan reflejaba todo su resentimiento.

—Ah, las cartas eran reales, tiern, aunque las copias que le di fueron editadas. Mis padres escribieron las originales y, como puede ver, mi madre escapó de su compañero original; de lo contrario, yo no estaría aquí.

Cae inhaló bruscamente. Un dolor entumecido empezaba a acumulársele tras las costillas y lo notó palpitar cuando Laecia bajó finalmente pasando junto a él para llegar al vestíbulo como si no estuvieran discutiendo nada más importante que el tiempo. Ren Adan la siguió, pero antes le apretó con fuerza el hombro a ren Zhi y le susurró algo en khyto que lo hizo estremecerse y agachar la cabeza mientras iba a cerrar la puerta.

En ese momento, Cae se dio cuenta de que los dedos de Velasin todavía le rodeaban la muñeca con fuerza. Miró a su marido intentando comunicarle en silencio que debía confiar en él. Durante un instante, Velasin lo sujetó con más fuerza, con sus ojos caídos inusualmente abiertos, y luego lo soltó y dio un paso atrás con un asentimiento brusco.

—Gracias —articuló Cae y recibió una sonrisa fugaz y perturbada como respuesta. Tan animado por la sonrisa como las circunstancias lo permitían, se encaminó rígidamente a la sala de estar. Cuando vio que ren Adan ya se había sentado, tomó asiento justo enfrente con los puños cerrados sobre los muslos mientras Velasin se colocaba a su lado. Laecia, en un alarde cortés de incongruencia, abrió el armario de la bebida.

—¿Alguien quiere un poco de brandy?

—No, gracias —respondió Cae. Su hermana se estremeció de nuevo, lo que lo hizo sentirse como un monstruo, y luego ella se encogió de hombros y fue a sentarse al lado de ren Adan. No sintió mucho consuelo en el hecho de que ren Adan pareciera estar tan enfadado por el giro de los acontecimientos como él. Al fin y al cabo, el ren no era el que estaba siendo traicionado.

—Vale —empezó Laecia con falsa alegría—. Supongo que tienes muchas preguntas y no me opongo a responderlas en principio, pero la cuestión es, Cae, que me has puesto en una posición bastante complicada. —Le temblaba la voz. Hizo una pausa mientras se recomponía y, cuando continuó, lo hizo con un tono serio y preocupado—. Por favor, debes entender que nunca he querido herirte a ti... ¡me enfureció mucho que Killic hubiera envenenado la daga!

—Y aun así, ¿lo enviaste a por mí?

Laecia resopló.

—¿A ese idiota? Por favor, podrías haberte deshecho de él mientras dormías.

—Querías un escándalo diplomático —reflexionó Velasin haciendo que Cae se sobresaltara—. Cuando el ataque de ren Baru fracasó, intentaste asustarme haciéndome pensar que el Cuchillo Indómito me quería muerto y, cuando eso no funcionó, intentaste que Cae matara a un noble raliano esperando que eso estropeara la alianza.

—Más o menos —confesó Laecia fulminándolo con la mirada. Entonces adoptó una expresión de casi arrepentimiento—. No te tenía por un asesino, Velasin, pero, al parecer, me equivocaba.

—Pues ya somos dos —contestó Velasin con una sonrisa que no le llegó a los ojos—. En ese caso, asumo que fue ren Adan quien apareció en las cámaras del tieren, quien mató a ren Baru y quien intentó después rebanarme la garganta en su casa.

—Sí —confirmó Laecia ignorando el siseo de protesta de ren Adan. Volvió la mirada a Cae con expresión seria—. Nuestro padre no corrió ningún peligro, Cae. Por mucho que me frustre, solo quería que se tomara todo esto en serio.

Cae la miró fijamente.

—Y que no confiara en mí, ¿verdad?

Laecia agitó la mano.

—Sí y no. Necesitaba que Velasin estuviera asustado, pero sabía que nuestro padre nunca te creería capaz de asesinar a tu pretendiente. De verdad, Cae, no intentaba volverlo contra ti, ¡no de ese modo! Solo necesitaba que pensara que tus *simpatizantes* son peligrosos. —Resopló, molesta, con la voz amarga de nuevo—. Pero entonces tu inteligente Velasin tuvo que estropearlo todo destacando la diferencia, que era que él se había casado contigo y no conmigo, y que muchos no lo sabían. —Le lanzó a Velasin una mirada llena de resentimiento—. Si no lo hubieras resaltado, tar Raeki habría tardado más en preguntarle a ren Baru por ello, lo que nos habría dado tiempo para sobornar discretamente a varu Shan y que lo dejara escapar (ya sabes que es fácil de sobornar), y no habría sido necesario que Adan se ocupara de él.

—Mataste a mi caballo —comprendió Velasin con la voz aparentemente inexpresiva— ¿Como… como un castigo por haber hablado?

—Solo era un *caballo* —espetó Laecia, exasperada—. Sí, estaba enfadada, pero en realidad solo quería asustarte. Y tendrías que haberte asustado sin que importara la estúpida historia de Riya sobre el intercambio de cartas. ¿Por qué no tenías miedo? No he podido averiguarlo todavía.

—Adivina —gruñó Cae.

Laecia lo miró fijamente.

—Vale, me da igual. Lo importante es que nunca he querido hacerte daño *a ti*.

—¿Y qué hay de ren Vaia? —inquirió Cae—. ¡Tan solo era una niña! Laecia, por favor. —*Viniste a su funeral*, aunque no llegó a decirlo, recordarlo hizo que le doliera el pecho. Tragó saliva. Ya sabía la respuesta, pero esperaba que, de algún modo, aunque fuera imposible, no fuera cierto—. Dime que no lo hiciste.

—Lo hice —confirmó Laecia con calma, pero aun así él pudo ver que sus manos temblorosas la delataban y que tenía un nudo en la garganta—. Lamento que fuera necesario, pero se habría convertido en un lastre.

—¡Un lastre! ¿Por qué estaba involucrada, en primer lugar?

—Era mi intermediaria con ren Baru. Ella creía que nos estaba ayudando a ti y a mí, pero a pesar de sus palabras de lealtad, al final resultó que le importaban los caballos. ¡*Caballos*! —Su hermana emitió un sonido de frustración—. Todo ese trabajo, todas sus promesas y, al final, ¡me traicionó por un animal que ni siquiera sufrió!

—¿Y ren Vaia? —preguntó Velasin en voz baja—. ¿Ella sufrió, Laecia?

Laecia tembló levantando la barbilla.

—Sí —admitió.

De repente, Cae sintió náuseas con un recuerdo: la pequeña Laecia, con tan solo seis años, admitiendo que sí, que había pegado y empujado a otra niña: «¡Pero solo porque ha sido mala conmigo! ¡Se lo merecía!». Se le nubló la visión intercalando el pasado con el presente: el mismo tono defensivo y desafiante, la misma barbilla levantada y los brazos cruzados con fuerza, e incluso antes de que la Laecia del presente abriera la boca, Cae supo lo que iba a decir a continuación:

—Lamento que sufriera —declaró su hermana—, pero se lo merecía.

Cae sintió que se le revolvía el estómago. *¿En qué momento te convertiste en esto? ¿En qué momento te volviste tan cruel y por qué no he sabido verlo? ¿Cuándo aprendiste a ocultarte?* Quería gritar, zarandearla por los hombros y exigirle una explicación, pero antes de que pudiera hacer alguna estupidez, Velasin habló de nuevo.

—¿Por eso estaba con la yegua de la yasa el día que llegué al Aida? ¿La habías mandado a hablar con ren Baru?

—El listado de guardias cambió en el último minuto. Tenía que avisarlo.

—E hiciste que se llevara a la yegua en celo cuando entró el senescal de Riya para crear una distracción mientras tú... —Tragó saliva y esbozó una horrible mueca—. Matabas a Quip.

Laecia tensó la mandíbula.

—Lo hice. Pero, como ya he dicho, ella quería mucho a los caballos. Te mandó esa nota de disculpa y habríamos estado perdidos si hubiera huido… Pero hiciste que toda el Aida supiera que la habías encontrado y así pude… —Tragó saliva mientras una oscura emoción se le reflejaba brevemente en el rostro—. Así tuve tiempo de detenerla. De hacer lo que tenía que hacer.

Mareado, Cae intentó ponerse de pie, pero descubrió que la mano de Velasin sobre su pierna lo mantenía en el sitio.

—En cierto modo, tiene sentido —murmuró Velasin mirando intencionadamente a Laecia—. Pero ¿cómo os involucrasteis vosotros dos, en primer lugar? ¿Y qué tiene todo esto que ver con Ralia?

—Laecia —advirtió ren Adan, pero Laecia lo ignoró y habló con un tono entusiasmado.

—Nos conocimos hace meses en un colegio de magia. A diferencia de nuestro padre, Adan puede ver el valor del artifex, el bien que puede hacer por Qi-Katai. Cuando se sugirió el casamiento por primera vez, ambos estábamos emocionados por las posibilidades de abrir un comercio de artifex más robusto con Ralia. ¡Incluso empezamos a planearlo! Ciertas facciones ralianas estaban encantadas con la idea, al igual que los artesanos de artifex de Khytë. —Su expresión se oscureció y apretó los puños mientras miraba a Cae—. Y entonces, justo cuando empezábamos a hacer progresos, se corrió la voz de que *tú* ibas a casarte con Velasin y no yo. Tuvimos que detener nuestros planes, lo que fue extremadamente inconveniente y, por un tiempo, pensé que tendría que entregártelo todo a ti. Otra vez. —Se le debilitó la voz—. Renunciar a todos mis planes y mis ambiciones y convertirlos en un proyecto para ti… Y tal vez lo habría hecho, Cae, por el bien de Qi-Katai. Lo consideré seriamente. Pero a ti no… no te *interesa* nada de esto, ni la magia, ni el comercio, ni el artifex. ¿Y si no me escuchabas? O ¿y si lo hacías pero tú y nuestro padre me lo arrebatabais todo? Así que se me ocurrió otro plan. —Tomó aire para estabilizarse y miró a Cae a los ojos.

»Decidí establecer mi propia alianza. Adan y yo trabajamos bien como compañeros y él tiene sus contactos con Ralia, con el embajador raliano, incluso, por si os estabais preguntando cómo conseguimos esa invitación para Killic. No es exagerado pensar que este sería un matrimonio controvertido en Ralia, así que, ¿por qué no empezar de nuevo desde cero, dejando que tu alianza flaqueara y luego interviniendo con la mía para salvar la situación? Y si los ralianos se ofendían demasiado, Adan es medio khytoi, siempre tendríamos la posibilidad de construir nuestros puentes allí si era necesario.

—Y, por supuesto —interrumpió Velasin—, si nuestro matrimonio acababa en desastre diplomático, sería una razón más para que tu padre o tu abuela te eligieran como heredera.

—¡Tendrían que haberme nombrado a mí desde el principio! —espetó Laecia y entonces, con la misma velocidad, se calmó como si nunca hubiera sentido esa ira. Se volvió hacia él con un brillo calculador en los ojos—. Así que, Velasin vin Aaro… puesto que he tenido la amabilidad de responder a tus preguntas, tal vez tú puedas responder a las mías: después de todo, ¿cómo habéis acabado aquí? La primera vez que Liran os trajo aquí, no sabíamos si había sido buena o mala suerte… cobrasteis conciencia de Adan, pero también fue fácil dirigiros hacia varu Shan. No es que el estuviera aliado con nosotros, por supuesto, simplemente era un corrupto muy útil. Pero me estoy desviando… ¿Me habéis seguido hasta aquí o ha sido una corazonada?

—Ni una ni la otra —respondió Velasin sonriendo levemente—. Solo me preguntaba de dónde había salido la ropa raliana nueva de Killic y he pensado que ren Adan tal vez lo supiera.

Una nube de tormenta atravesó el rostro de Laecia.

—En serio.

—En serio.

De repente, ren Adan golpeó con furia el brazo del sofá y dijo:

—¿Has terminado de ayudarlos a colgarnos, Laecia? ¿O quieres desvelar algún otro secreto?

—No los estoy ayudando —declaró ella mirando de nuevo a Cae—. Estoy explicando las cosas para que mi hermano pueda tomar una decisión informada.

—¿Sí? —inquirió Cae—. ¿Y qué decisión es esa?

Laecia se cruzó de brazos sobre su regazo. Estaba luchando por parecer tranquila, pero Cae podía ver sus grietas, el esfuerzo que necesitaba para mantener la fachada, y una horrible parte de él la compadeció.

—Caethari, te he contado toda la verdad y espero lo mismo a cambio. ¿Me crees cuando te digo que nunca he intentado ni he querido matarte?

Cae se guardó una réplica sarcástica. Laecia estaba sonrojada y llevaba el pelo trenzado recogido en un elegante moño. Era su hermanita y le dolió la garganta al darse cuenta de que no la conocía en absoluto.

Excepto por que en cierto sentido, sí que la conocía. O al menos, eso esperaba.

—Sí —contestó en voz baja—. Te creo.

Laecia se relajó casi imperceptiblemente.

—Bien —dijo—. Porque, ahora mismo, tienes dos opciones y es importante que entiendas que estoy siendo totalmente honesta. —Levantó un delicado dedo—. Una, Velasin y tú podéis fugaros. Marcharos de Tithena, viajar o vivir donde queráis con mi bendición con las únicas condiciones de que no volváis y de que nuestra conversación sea confidencial.

Cae no se rio ante su propuesta, aunque una parte de él deseara hacerlo. Le parecía un chiste malo.

—¿O?

—O —continuó Laecia levantando un segundo dedo—. Os encerraré a los dos en Khytë.

Se hizo el silencio. Cae esperó un remate que nunca llegó.

—Laecia, eso es ridículo —dijo finalmente.

La ira se reflejó en los ojos de su hermana.

—¿Lo es?

—Sí que lo es. Por una cosa: aunque seas lo bastante tonta como para pensar que me voy a marchar sin armar un escándalo, no me creo ni un instante que ren Adan opine lo mismo. Nadie en tu posición que pretenda hacerse con todo dejaría un cabo suelto así, ni siquiera por el bien de la familia, y sobre todo, sin ningún tipo de ventaja… Y tú, Laecia, no tienes ninguna ventaja, tan solo la esperanza de mi buena voluntad. Y, por otra parte, puesto que no tengo intención de huir, no tienes medios para retenernos a ninguno de los dos.

—Caethari, por favor —suplicó—. Piénsalo razonablemente. ¿De verdad *quieres* heredar? Nunca has sido administrador y odias las intrigas políticas. Si vas corriendo a padre y le hablas de esto, te asegurarás pasarte la vida haciendo aquello que odias y ¿para qué? Nuestra familia puede creerte, pero el privilegio del tieren no se aplica en casos que involucran a la tierencia. Si este caso llega a los jueces, no tienes pruebas contundentes para demostrar nada de esto, será solo tu palabra contra la mía. Pondrás a todo nuestro clan en el centro de un escándalo público y no puedes esperar que el resultado sea mejor que el daño que nos provocarás a todos en el proceso. Y en cuanto a que no tengo ventaja… —Vaciló recomponiéndose visiblemente y luego agregó—: Esa marca que dejaste en la mano del fallecido Killic revela muchas cosas.

Mientras Velasin se tensaba a su lado, los dedos de Cae se apretaron en unos imponentes puños.

—No lo harías —reflexionó, impotente, sabiendo que esa declaración era falsa incluso mientras hacía una mueca por la ingenuidad de haberla expresado.

—¿Qué no haría? —inquirió Laecia de nuevo con la voz amarga—. ¿Decirle al embajador raliano que llevaste a cabo una acción extrajudicial violenta contra un noble extranjero escudándote en el privilegio del tieren para buscar venganza pública? ¿Rodear tu matrimonio en una discusión pública y diplomática sobre violación y retribución? —Laecia se enderezó mientras la ira le ascendía por la cara—. ¡Me sermoneas a mí por lo que he hecho, pero tú también has hecho lo que te ha dado la gana con las reglas! Al menos, lo que he hecho yo ha sido por el bien de Qi-Katai… ¡mientras que tú solo has actuado por ti mismo!

Era lo bastante cierto para que le doliera.

—Laecia… —empezó Cae y luego se detuvo.

No quería discutir los motivos con ella, aunque se le arremolinaban en la cabeza de todos modos: que había actuado en defensa de Velasin, no por él mismo; que él no había hecho daño a ningún inocente como ren Vaia, solo a un culpable de violación. Laecia lo había tomado por sorpresa, su traición le dolía, pero lo que más le dolió fue darse cuenta de que no conocía a su hermana, que ella había recurrido fácilmente a la violencia calculada y a sangre fría.

—Lo siento mucho —murmuró Caethari con la voz ronca—. No sé cuándo te fallé, por qué te convertiste en esto y no pude verlo, pero lo siento. Lo siento muchísimo, Laecia.

Se puso de pie calculando mentalmente el mejor modo de inhabilitar a ren Adan, quien también se había levantado para interponerse entre Cae y Laecia, y calculando también el modo más amable de atarle las muñecas a su hermana y llevárselos a ambos al Aida.

—Quédate sentado —le dijo a ren Adan, quien ya tenía la frente perlada de sudor—. No quiero hacerte más daño del necesario.

—*Espera* —suplicó Laecia con una voz repentina, aguda y lo bastante desesperada como para que Cae le hiciera caso. Se levantó tambaleándose retorciendo las manos mientras pasaba junto a ren Adan—. Caethari, por favor... no hagas esto. Soy tu *hermana*. Olvida lo que acabo de decir sobre Killic y los ralianos, no lo decía en serio. Yo no... —Apartó la mirada y tragó saliva esforzándose por encontrar las palabras y luego continuó—: Aunque pudiera hacerte eso, no le haría eso a Qi-Katai ni a nuestra *familia*. Tienes razón. No tengo ninguna ventaja, nada sobre lo que apostar más que el amor que nos profesamos. —Dio un paso tembloroso hacia él con las lágrimas anegándole los ojos—. Sí, he hecho cosas horribles... he hablado de ellas ahora mismo, he intentado justificarme, pero lo cierto, la verdad... Cae, yo nunca he querido nada de eso, pero lo que yo quiero *no importa*. Nada de lo que yo soy ha importado *nunca*. —Se le quebró la voz de rabia y dolor.

»Tengo una habilidad natural para la magia, ¿lo sabías? A la orden de Ruya le habría encantado tenerme. Pero nuestro padre no la utiliza, así que no importó. Trabajo mucho más por el bien de Qi-Katai que tú y que Riya. Sé cómo liderar nuestro clan hacia el *futuro*, Cae. Puedo hacernos crecer, hacer que Qi-Katai vuelva a prosperar. ¿No puedes perdonarme simplemente? ¿No puedes dejarme tener esto? —Cayó de rodillas sobre la alfombra mirándolo suplicante—. Podemos hacer un trato diferente, el tipo de trato que tendría que haber hecho contigo en primer lugar. Velasin y tú podéis quedaros aquí, descubrir aquí vuestro matrimonio, hacer todo lo que habéis planeado hacer. Pero no me delates. Guarda mi secreto. Deja que sea varu Shan Dalu quien caiga. Lleva años siendo un corrupto, debes estar al tanto, no es para nada inocente. Por favor. —Se agarró al nara de su hermano con una mano mientras se limpiaba las lágrimas con la otra—. Por favor, Cae. Como sé que me quieres, te pido que no me delates.

Durante un momento horrible y lleno de culpa, Cae se sintió tentado. No quería hacerle daño a Laecia y, a pesar de todo, la creía cuando decía que nunca había querido hacerle daño a su familia. Pero la vida de ren Vaia importaba, la vida de ren Baru importaba, sus mentiras y manipulaciones importaban.

Suavemente, le soltó los dedos de su nara.

—No, Laecia —dijo con voz suave y llena de pesar—. Lo siento, pero no. Intercederé por ti ante nuestro padre, le diré que nunca le has deseado ningún daño a la familia, pero tienes que responder por todas las otras cosas que has hecho. —Llevó la mirada a ren Adan, quien seguía revoloteando inútilmente alrededor de Laecia—. Los dos. Ya.

Dio un paso para apartarse de ella, respiró hondo y observó cómo su hermana se ponía de pie tambaleándose.

—Como te he dicho, no quiero hacerte daño...

—Yo tampoco quería —dijo Laecia. Tenía una extraña mirada en los ojos, un brillo maníaco entretejido con la tristeza de su voz—. De verdad que no quería, Cae, pero no me has dejado elección.

—Laecia, sé razonable...

Ella rio con un sonido quebrado.

—Me subestimas descaradamente, ¿verdad? —Levantó las manos, agitó los dedos y entonces...

Cae convulsionó, sufrió un violento espasmo que lo hizo gritar mientras caía al suelo. Esforzándose por respirar con sus pulmones de plomo, intentó moverse, pero era como si tuviera pesas sobre todo el cuerpo. No entendía lo que había pasado. El dolor lo atravesó encendiendo cada nervio y cada tendón. Yacía como si estuviera paralizado, congelado del cuello hacia abajo. Sin poder evitar poner los ojos en blanco, solo pudo ser testigo de cómo Velasin también se derrumbaba sobre el sofá como un soldado caído.

—¿Qué...? —se atragantó jadeando mientras Laecia se movía para pararse junto a él—. ¿Qué...?

Ella le sonrió con tristeza.

—No hay mucha diferencia entre los nervios humanos y los nervios de un caballo... al menos no para esto. Solo hace falta suprimirlos, pellizcarlos o ajustarlos... —Chasqueó los dedos de un modo ilustrativo y el brazo derecho de Cae se agitó violentamente durante un momento como un pez fuera del agua—. Y hacen lo que quiera que hagan.

Tenía los sentidos distorsionados: la visión borrosa, los oídos llenos del sonido terrible e incongruentemente fuerte de los gemidos de Velasin.

—Ilegal —graznó estúpidamente, porque ella ya había cruzado esa línea de innumerables maneras y, aun así, todavía estaba asombrado. Una cosa era romper las leyes, pero el tabú contra el uso de la magia en otros sin su consentimiento era más antiguo que Qi-Katai—. Laecia, todo esto... tú no eres...

—¿No soy una maga? —preguntó bruscamente—. No, no estoy certificada por el templo. Podría estarlo si nuestro padre no hubiera estado tan convencido de la inutilidad de la magia. Pero él es así y yo no, por lo que me veo forzada a improvisar. Aun así, ni siquiera tú puedes dudar de que tengo un don.

Se agachó, le puso una mano en la mejilla y, durante un instante, vio un destello de algo parecido a disculpa en su mirada.

—Lo decía en serio, Cae. Nunca te he deseado la muerte. Todavía puedes alejarte de todo esto... tú y Velasin.

Incapaz de mover el resto de su cuerpo, Cae hizo lo único que podía hacer y le escupió. El líquido blanco y espumoso aterrizó en la mejilla de su hermana. Laecia se quedó paralizada con una máscara de furia en el rostro y se levantó.

—Te daré un día —afirmó con la voz temblando de ira mientras se limpiaba la cara con la manga—. Un día para cambiar de opinión, Caethari, y después, sea por mi voluntad o por la tuya, ambos os marcharéis de Qi-Katai para siempre.

La pesada bota de ren Adan se movió hacia su cabeza y el mundo entero se sumió en la oscuridad.

39

ae recuperó la conciencia en aturdidos estallidos. Le daba vueltas la cabeza, tenía un ojo cerrado por la hinchazón donde ren Adan le había dado la patada y la herida irradiaba picos de dolor contra un fondo de tormento. Se consideró afortunado por no notar un sabor extraño y metálico en la boca, lo cual sabía por experiencias pasadas que era muy mala señal. Gruñó, el estómago se le revolvió con náuseas y abrió el ojo bueno y su visión borrosa se aclaró mientras parpadeaba. Estaba tendido de lado sobre un suelo de piedra, tenía las muñecas atadas con fuerza en la espalda unidas con una cuerda a sus tobillos, lo que mantenía su cuerpo en un arco poco natural. A su lado yacía Velasin, inconsciente, no lo bastante cerca para poder tocarlo, ninguno de los dos podía llegar hasta el otro, pero tampoco tan lejos como para que Cae no pudiera ver el oscuro moretón que se le estaba formando en la sien. Desde su posición, vio que estaba atado del mismo modo y Cae sintió una oleada de furia por pensar en Velasin herido una vez más después de todo lo que ya había pasado.

Los habían dejado el uno de cara al otro de forma deliberada. No era exactamente amabilidad, pero habría sido mucho más cruel mantenerlos separados. Cae apretó los dientes y se permitió sentirse agresivamente agradecido por ello.

Al menos podía sentir de nuevo sus extremidades. Era un alivio saber que la magia de Laecia se había desvanecido, pero quien los hubiera atado sabía de nudos: había la cuerda suficiente para no cortarles la circulación y nada más.

—Veo que estás despierto.

Unas botas aparecieron ante sus ojos. Las de ren Adan, a juzgar por la voz.

—Lo estoy —confirmó Cae, que no le veía sentido a negarlo.

Ren Adan suspiró.

—Preferiría hablar contigo cara a cara, pero deberás perdonarme por no confiar en acercarme más.

—No te perdono nada.

—Que así sea, pues. —Hubo una breve pausa, las botas retrocedieron un paso y de repente ren Adan se puso de cuclillas, tapándole la vista de Velasin—. Sabes que a tu hermana le importas de verdad.

Cae ahogó una carcajada y reprimió una mueca por el dolor que le provocó ese simple movimiento. Ya empezaba a arderle el cuello; si pasaba mucho tiempo así, se quedaría totalmente rígido.

—Tiene una forma curiosa de demostrarlo.

—Puede ser —coincidió ren Adan—, pero teniendo en cuenta la situación, ninguno de los dos estaríais vivos si no le importaras. —Resopló, pero cuando volvió a hablar, había un extraño afecto en su voz—. Te da un día. ¿Qué mierdas se piensa que vas a decidir em un día que no hayas decidido ya? Pero esa es Laecia.

—Tendré que creer en tu palabra.

—Supongo que lo harás. —La expresión de ren Adan se oscureció—. ¿Sabías que tu padre se negó a dejarla estudiar magia? Teniendo un don innato como el suyo, aunque no quisiera que ella heredara nada, tendría que haberla dejado ir de todos modos a la orden de Ruya.

Cae inhaló bruscamente.

—No lo sabía.

Adan se rio de él.

—Claro que no lo sabías. ¿Por qué iba el Cuchillo Indómito a preocuparse por algo tan trivial como los sueños de su hermana cuando tiene ralianos que matar?

Vergonzosamente, Cae no tenía respuesta para eso, por lo que no se defendió. Ren Adan lo miró durante un largo momento y torció los labios cuando vio que Cae no iba a hablar.

—Esta es la cuestión, tiern. Lo que has dicho arriba sobre que Laecia no puede esperar que los dos os marchéis y tengáis la boca cerrada, ambos sabemos que es cierto. Y, en el fondo, ella también lo sabe. No lo admitirá nunca, pero la fría verdad es que sois un lastre. —Se metió la mano en el cinturón y sacó un cuchillo de aspecto cruel de una vaina y golpeó la parte plana de la hoja contra su palma—. Tal y como yo lo veo, nos estaría haciendo un favor a ambos si te matara aquí y ahora. Sabe que eres luchador, siempre existe la posibilidad de que te retuerzas, encuentres algo con lo que cortar tus ataduras, te liberes y me ataques cuando venga a darte agua. Le diré que ha sido en defensa propia y puede que dude de mí, puede que se enfurezca, maldiga y encuentre un modo de castigarme mientras llora. Y llorará, tiern, eso te lo aseguro. Pero, al final, tú seguirás muerto y ella sabrá, en lo más profundo de su corazón, que era lo mejor.

Una calma horrible se apoderó de Cae, muy parecida y a la vez diferente de la que sentía en medio de la batalla.

—¿Y qué hay de Velasin?

—Eso es un poco más complicado. —Ren Adan sujetó el cuchillo entre ambas manos pasando el pulgar y el índice de una mano por el filo mientras sujetaba la empuñadura con la otra—. Por una parte, dejarlo vivo para que pueda escapar lo convierte en un excelente chivo expiatorio o, al menos, en sospechoso. Sería difícil de explicar que los dos acabarais muertos, pero ¿uno muerto y el otro desaparecido? Eso sí.

Dejó caer la empuñadura del cuchillo de la palma para que colgara brevemente por la punta de la hoja antes de agarrarla adecuadamente y Cae sintió un incongruente enfado tanto por la teatralidad innecesaria como por el pobre manejo de las armas.

—Pero, por otro lado, si lo dejo vivo y se le considera sospechoso de tu muerte, intentarán encontrarlo y lo conseguirán, se lo llevarán para interrogarlo, ajusticiarlo o cualquier otro sinsentido. Lo más sensato —declaró apoyando la fría parte plana de la hoja en la mejilla magullada de Cae— sería dejar que lo vieran huyendo y después matarlo.

—No —repuso Cae y la palabra le salió antes de que pudiera impedirlo. Apretó los dientes, consciente de que estaba traicionando su debilidad al apelar a la empatía de un hombre que no la tenía, y aun así no pudo hacer más que suplicar por la vida de Velasin—. No lo mates. Por favor.

Ren Adan apartó el cuchillo y suspiró una vez más.

—Tu hermana tiene razón. No se te da nada bien esto, ¿verdad?

—Nunca he afirmado lo contrario.

Un gemido grave sonó detrás de ren Adan seguido de un estallido de tos seca. Cae tiró de sus ataduras intentando levantar la cabeza, pero no lo consiguió.

—¿Vel? Vel, ¿estás bien?

—Me duele la cabeza —graznó Velasin mientras ren Adan se daba la vuelta para examinarlo—. Sed.

Cae observó impotente cómo ren Adan le hacía algo a Velasin. Le tocó la cara o el hombro, no pudo verlo, solo vio que extendió el brazo antes de girar sobre sus talones con un gruñido.

—Bien —murmuró—. Deberías tomar algo de agua. —Se enderezó y salió del campo de visión de Cae. Cae lo escuchó marcharse fijándose en que en tan solo cinco pasos cambió el sonido de sus pisadas y luego contó otros ocho hasta lo que supuso que sería una escalera de piedra antes de oír el revelador crujido de las bisagras.

Sus ojos se encontraron con los de Velasin al otro lado del suelo, pero antes de que Cae pudiera decir nada, su marido le dijo con urgencia:

—Dame la espalda.

—¿Qué?

—Rápido, antes de que vuelva. ¡Ponte de espaldas!

—No estoy seguro de poder hacerlo —gruñó Cae, pero sin embargo, hizo el esfuerzo. Se meció y se retorció con los hombros ardiendo dolorosamente mientras notaba un tirón en las muñecas cada vez que intentaba mover las caderas. Logró levantarse un poco, pero eso fue todo: no podía doblar los brazos o retorcer los pies lo suficiente como para darse la vuelta sin dislocarse algo en el proceso. Maldijo y se dejó caer hacia atrás negando lentamente con la cabeza—. Lo siento.

—No pasa nada —susurró Velasin—. Solo… lo que voy a decirle ahora, por favor, ten en cuenta que no lo digo de verdad.

—Claro, pero ¿qué…?

La puerta volvió a crujir y Cae se quedó en silencio con el corazón retumbándole en los oídos mientras ren Adan volvía con una jarra en una mano y una taza en la otra. Asegurándose de arrodillarse donde ambos cautivos pudieran verlo, sonrió con superioridad y ofreció un elaborado espectáculo vertiendo agua en la taza y tomando un sorbo él mismo para demostrar que no estaba envenenada.

—No podréis quejaros de mi falta de hospitalidad —comentó y se inclinó hacia adelante, llevando la taza a la boca de Velasin. Levantando la cabeza con un visible esfuerzo, Velasin bebió torpemente mientras el agua le chorreaba por los labios y le goteaba por la barbilla. Apenas había tomado unos tragos cuando ren Adan apartó la taza riéndose mientras Velasin intentaba seguirla y no lo lograba.

—Por favor —graznó Velasin en raliano, no en tithenai—. Por favor, señor. No quiero morir aquí. Nunca he querido estar aquí.

—Si esperas mantener una conversación privada —contestó ren Adan en el mismo idioma—, me han dicho que tu marido habla este idioma con fluidez.

—Lo sé, sé que lo habla —admitió Velasin lanzándole una mirada envenenada a Cae. Le sentó como un puñetazo, tanto que Cae tardó unos segundos agonizantes en recordar la advertencia de Velasin y, para entonces, su marido ya estaba hablando de nuevo—. No tienes ni idea de cómo es todo esto. Esas cartas, las que dejaste con ren Baru... fue como leer sobre mí mismo. —Un sollozo le quebró la voz—. Amaba a Killic. Lo amaba de verdad. Pero cuando me siguió hasta aquí, Caethari estaba tan enfadado, tan celoso... que lo marcó e hizo que Killic creyera que yo lo había acusado de violación, ¡hizo que se volviera contra mí! Nunca quise matarlo, pero sabía que le gustaba envenenar sus dagas y tenía miedo... tenía tanto miedo de que después se volviera hacia mí. Lo hice en defensa propia. —Tragó saliva y las lágrimas le inundaron las pestañas—. Nunca deseé que muriera.

Lentamente, Adan se puso de pie. Lo contempló durante un momento, Velasin inclinó la cabeza para mirarlo lo mejor que podía y entonces, sin ninguna advertencia, ren Adan le dio una fuerte patada en el estómago. Velasin emitió un ruido ahogado y gritó de dolor. Su cuerpo había intentado encogerse alrededor de la patada, pero las ataduras que tenía solo consiguieron empeorar su dolor. Cae se agitó furiosamente, pero no gritó. Velasin estaba intentando algo, jugando para liberarlos a ambos, y no quería interrumpirlo.

—¿De verdad te piensas que nací ayer? —replicó ren Adan con la voz engañosamente suave. Si de verdad te hubiera dado miedo el tiern y hubieras anhelado a tu amante raliano, te habrías escapado en cuanto le achacaron el primer ataque contra ti.

—Puedes llamarme «mentiroso» si quieres, pero es cierto —jadeó Velasin. Ren Adan le dio otra patada con una ejecución casi perezosa a pesar de la clara fuerza del golpe y Velasin hizo un ruido tan espantoso que Cae no pudo contener un grito retorciéndose contra sus ataduras mientras su marido vomitaba por el suelo y gemía porque cada espasmo era una tortura para sus brazos y sus piernas.

—Por favor —tosió Velasin entre sollozos—. Aunque hubiera tenido miedo de Caethari, ¿qué sentido tenía huir? Hasta que apareció en Qi-Katai, creía que había perdido a Killic para siempre. —Escupió bilis en el suelo temblando visiblemente mientras cerraba los ojos—. Nuestra relación había quedado al descubierto en Ralia, él podría resistir la vergüenza solo, pero no si yo volvía y, después de cómo acabaron las cosas con mi padre, no tenía ningún sitio al que volver. —Emitió una carcajada espantosa y Cae se horrorizó al ver un rastro de sangre en sus labios mientras volvía a abrir los ojos llorosos una vez más mirando a ren Adan—. ¿Por qué iba a huir de una amenaza de muerte cuando yo ya deseaba morir?

Velasin se desplomó esforzándose por tomar aire. Ren Adan preparó el pie para darle otra patada, pero cuando vio que Velasin no reaccionaba a la amenaza, se detuvo. Cae no podía ver su rostro, pero algo de su postura le dijo que lo estaba considerando. Que, tal vez, solo tal vez, Velasin había sembrado la duda en él.

Cae no sabía cuál era la táctica de su esposo, pero sabía que confiaba en él.

—Maldita serpiente mentirosa —escupió en tithenai—. ¿Así es la lealtad raliana?

Velasin no le respondió, sino que dirigió sus próximas palabras a ren Adan.

—Por favor. Lo prefería a él a la muerte, pero no quiero morir por él, no si puedo vivir de algún modo. Desapareceré, no tendréis que volver a verme, por favor, solo...

—¡Basta!

Velasin obedeció, jadeando suavemente. El hedor acre del vómito ya era fuerte en las fosas nasales de Cae, y debía ser unas diez veces peor para Velasin, quien yacía sobre él.

—Guárdate las súplicas para Laecia —espetó ren Adan tras largos segundos—. Es a ella a quien tienes que convencer, no a mí.

Velasin cerró los ojos de nuevo y asintió como pudo.

—Gracias, señor.

Mientras ren Adan se daba la vuelta para marcharse de nuevo, Cae gritó:

—¡No puedes dejarnos así!

—¿Por qué no, tiern? —Sonaba casi entretenido, pero de la forma en que lo haría un hombre enfadado cuya paciencia están poniendo a prueba—. Ha sido tu hombre el que ha hecho ese desastre, eso significa que tiene que quedarse tumbado sobre él.

—Sí, ha sido *él* —replicó Cae forzando una nota de amargura en su voz. Nunca había sido buen actor y solo podía esperar que cualquier fallo en su actuación pudiera achacarse a las circunstancias—. Pero ¿por qué tengo que sufrirlo yo? Podrías al menos darme la vuelta para que no tuviera que olerlo. —Esperó un instante y agregó—. O mirarlo.

Ren Adan se rio ante eso.

—Claro, tiern. Lo consideraremos una cortesía. —Se movió hasta allí, se arrodilló, agarró el lin de Cae y, sin mucha amabilidad, le dio la vuelta hasta que quedó mirando a la pared opuesta. En lugar de Velasin, sus nuevas vistas contenían varios cajones apilados, algunos barriles con los bordes de hierro y una canasta con cebollas y tubérculos, lo que confirmó las sospechas de Cae de que estaban en una celda debajo de la cocina de las oficinas de ren Adan—. Disfruta de las vistas —dijo ren Adan poniendo énfasis en el comentario al darle una palmada a Cae en la cabeza. Cae gruñó al absorber el golpe y escuchó una vez más sus pasos hasta que al golpe de la puerta lo siguió el inconfundible sonido de una llave girando en una cerradura.

Cae esperó unos segundos más para estar completamente seguro y luego preguntó:

—¿Estás bien?

—He estado mejor —admitió Velasin—. Cae, lo que he dicho... lo siento, era todo mentira, solo intentaba...

—Sacarnos de aquí, lo sé. Yo he hecho lo mismo.

Velasin tosió desagradablemente.

—Gracias.

—Bueno, al menos he conseguido que me dé la vuelta. ¿Ahora qué?

—Dame un minuto.

Cae asintió, aunque no estaba seguro de que Velasin pudiera percibir el gesto y cerró los ojos porque le dolía la cabeza. *Laecia ha hecho esto*, pensó, y ese hecho tan solo le produjo más dolor. Quería apartarlo, dejarlo para más tarde, pero había poco más con lo que ocuparse.

Se sintió horrible por haberle escupido.

—Joder —farfulló Velasin. Su voz sonaba más débil que un momento antes y a Cae se le aceleró el pulso por la preocupación.

—¿Qué pasa?

—Calla —espetó como respuesta, aunque sin rabia—. Estoy intentando concentrarme.

Cae obedeció forzando sus pensamientos a seguir otra línea. No sabía cuánto tiempo habían estado conscientes, pero teniendo en cuenta que no estaba hambriento ni desesperado por orinar, dudaba de que hubiera pasado mucho más tiempo que el que había usado ren Adan (y probablemente también ren Zhi) para llevarlos hasta allí y atarlos.

Ren Zhi. Al pensar en el nombre se detuvo en seco. ¿Cuál era el papel del khytoi en todo eso? Los había llevado hasta allí provocando el encuentro casual y, dadas las circunstancias, Cae no creía que ren Zhi fuera parte de la conspiración. Habría sido más fácil, cuando se los había encontrado en la calle, enviarlos a otra parte, afirmar que ren Adan estaba demasiado ocupado para recibir visitas o hacerlos esperar fuera antes de volver a avisar a su amo. Aun así, tampoco los había ayudado: lo que le hubiera dicho ren Adan, o alguna otra cosa, lo había dejado paralizado en ese momento. Si se hubiera resistido o hubiera protestado por su captura, Cae se habría esperado verlo atado también a él en la celda, pero eso tampoco significaba necesariamente que se hubiera dejado llevar por la causa de su amo.

Pensando en su primer y más agradable encuentro con ren Adan, Cae se esforzó por recordar qué había dicho ren Zhi sobre sí mismo. Liran lo habría sabido, porque se interesó bastante para flirtear con él y porque, a pesar de su actitud casual en esos momentos, rara vez olvidaba los detalles que descubría en el proceso. Pero Cae no era Liran y lo único que podía recordar era la tetera del dragón y algo sobre que la había hecho un miembro de su clan. Nada útil, nada que pudiera ayudarlos en ese momento, cuando ren Zhi podía ser su único aliado potencial para escapar...

—¡Ah! —gritó de repente Velasin con un ruido de dolor que sacó a Cae de sus pensamientos—. Casi... ¡ah!

De repente, la horrible presión de las muñecas y los hombros de Cae se desvaneció. Se desplomó, aturdido y aliviado, gimiendo mientras estiraba lentamente los brazos y se sacaba la cuerda del pecho con incredulidad. Yacía boca arriba parpadeando mientras las cuerdas se deslizaban sobre su pecho como si no hubiera estado atado y solo entonces se dio cuenta de que estaba totalmente liberado.

Se sentó de repente apoyándose con las rodillas y las manos.

—¿Qué has hecho?

—Magia —contestó Velasin sonriendo con la boca ensangrentada. También le goteaba sangre de la nariz y su piel tenía un tono ceniciento que Cae habría asegurado que no tenía antes—. Te lo dije... el otro día... puedo deshacer nudos. —Emitió un ruido sibilante que Cae se dio cuenta de que se suponía que tenía que ser risa—. Es solo que... nunca lo había hecho desde lejos. Siempre tenía que... tocar primero. Y mirar. Necesitaba mirarlos o habría... soltado los míos. Primero. Pero. No puedo ver detrás. Así que. Tenían que ser. Los tuyos.

Velasin puso los ojos en blanco sacando a Cae de su estupor.

—¡Vel! —exclamó corriendo al lado de su marido.

Velasin no respondía y respiraba superficialmente. Maldiciendo, Cae se colocó detrás de él y se puso a soltar los nudos al estilo de la vieja escuela, maldiciendo mientras sus uñas entrecortadas se enganchaban y se pegaban en los nudos firmes y pegajosos. Miró a su alrededor, molesto pero no sorprendido al darse cuenta de que no había nada afilado al alcance e intentó calmar sus miedos.

—No se me dan bien los nudos —murmuró, tembloroso—. No se me da bien la magia tampoco, aunque ahora desearía haber aprendido algo. ¿Vel? —No hubo respuesta—. Santos, Vel, si te has hecho daño con esto, yo... yo... —Tragó saliva intentando pensar en algo, en cualquier cosa—. Te haré comer comida raliana durante toda una quincena.

—Cruel —balbuceó Velasin—. Mal *marío*.

Cae hizo un ruido que no era para nada un sollozo de alivio.

—Un mes, pues. Dos meses. —Se enzarzó con furia con un nudo y estuvo a punto de llorar cuando finalmente empezó a aflojarse—. Le diré incluso a ren Valiu que no te deje entrar en las cocinas.

Cuando el nudo se soltó, Velasin gimió y se dejó caer sobre su espalda. Cae se arrodilló a su lado desatando la cuerda que quedaba con una satisfacción enfermiza. Cuando terminó, se inclinó sobre el cuerpo de Velasin y agarró la taza y la jarra que ren Adan había dejado justo al lado del vómito para su propio divertimento. Poniéndose a Velasin en el regazo, Cae le acunó la cabeza con una mano y llevó la taza a sus labios con la otra, instándolo a beber.

Temblando, Velasin levantó la mano y la presionó contra la de Cae dejándola allí mientras tomaba un sorbo. Con una lentitud dolorosa, se metió el agua en la boca, se inclinó de lado y la escupió para limpiarse el mal sabor. Lo hizo tres veces más antes de beber profundamente por fin, pero cuando Cae volvió a llenar la taza y le ofreció más, él negó con la cabeza.

—Bebe tú también un poco.

—No tengo sed —mintió Cae, pero cedió cuando Velasin inclinó la cabeza para mirarlo débilmente. El agua estaba fría y limpia y bebió más de la que quería. Velasin lo miró engreído, o todo lo engreído que era posible con un moretón en la mejilla y sangre seca debajo de la nariz. Cae se lo pagó dándole un beso en la frente, abrumado en ese momento por todo el miedo que había sentido cuando ren Adan lo había pateado.

Dejando la taza a un lado, metió la manga en la jarra y le limpió suavemente la sangre de la cara a Velasin. Nunca había visto anteriormente a nadie sobrepasando sus límites mágicos, pero tenía nociones básicas de las consecuencias y se estremeció al pensar en el drenaje del cuerpo de Velasin además de todo lo demás. Cuando hubo terminado, volvió a llenar la taza y se le devolvió a Velasin, que tomó pequeños sorbos con los ojos cerrados.

—Bien —dijo Velasin finalmente—. Al menos, ya nos hemos deshecho de las ataduras. ¿Ahora qué?

—Ahora qué, sí —murmuró Cae—. Estoy bastante seguro de que estamos encerrados aquí abajo, así que, a menos que tengas un puñado de ganzúas escondido en la bota, tenemos que esperar hasta que entre alguien.

—Podría intentar hacer algo más de magia.

—Ni lo pienses. —Cae le acarició el pelo a Velasin deteniéndose un instante con una mano a cada lado de su frente—. Como último recurso, tal vez. Pero ya te has sobreextendido y me costará sacarte de aquí y llegar contigo al Aida si estás inconsciente, por no hablar de los daños en tu cuerpo.

—Mentiroso —espetó Velasin torciendo los labios—. Ya sé que puedes cargarme. —Pero, para alivio de Cae, no insistió en el tema.

Hubo un instante de silencio. Dos.

—Velasin, ¿puedes levantarte?

—Pregúntamelo en una hora.

—*Vel*.

—No. —Giró la cabeza mirando a la pared opuesta—. No, no creo que pueda.

Con cautela, Cae preguntó.

—¿Por la magia o por las patadas?

—Sospecho que un poco por ambas. Pero… —Hizo una mueca levantando la mirada hacia Cae—. Sobre todo por la magia. Siempre he usado ese encantamiento en nudos que podía ver y tocar y mi área de efecto es pequeña para empezar… Como te dije, no tengo un gran talento. Trabajar sin poder tocarlo y desde esta distancia… no diré que es como levantar una piedra de molino con una cucharilla de té, pero se le parece bastante. —A continuación, en voz más baja, agregó—: Tu hermana sí que debe tener un don mucho mayor para habernos hecho eso.

Para tranquilizarse, Cae le dio otro beso en la frente a Velasin y le dijo:

—Descansa por ahora. No tenemos una prisa inmediata.

Velasin soltó una carcajada sobresaltada.

—Estamos encerrados en una celda mientras tu hermana prepara nuestra desaparición.

—Bueno, sí. Pero dudo de que esté aquí ahora.

—¿Qué te hace decir eso?

—Que no está *aquí*. Con nosotros, quiero decir, en la celda evaluando tu aparente traición o tomando una decisión sobre qué hacer a continuación. Y si fuera a bajar ahora, ren Adan no habría cerrado la puerta con llave. —Movilizó los hombros intentando aliviar la tensión—. Eso y que sería sospechoso que llevara fuera del Aida desde nuestra desaparición... para cuando la gente se dé cuenta de que hemos desaparecido. —Hizo una mueca recordando la desaprobación de Raeki de salir sin escolta. *Lo siento, Raeki*—. Lo que no será hasta dentro de unas horas por lo menos.

—Ja —dijo Velasin—. Eso es... sí.

—¿Qué?

Un grito ahogado desde algún lugar por encima de su cabeza se anticipó a su respuesta.

40

Cae se revolvió bruscamente mirando hacia el techo. Pasaron dos segundos y luego se oyó otro grito y la lucha de unos pies seguidos de un estruendo horrible.

Otra pausa, más larga que la primera.

Un golpe desagradable.

Silencio.

—Eso no ha sonado bien —comentó Velasin.

—No —corroboró Cae con el pulso acelerado—. Nada bien.

—Levántate —dijo Velasin con una urgencia repentina en la voz—. Si baja alguien, tienes que estar preparado para…

—No.

—¿No?

—No, no voy a dejarte indefenso en el suelo.

—Caethari…

—Vel. No.

—¡No te sacrifiques como un idiota!

—No voy a hacerlo —repuso Cae con calma—. Mira, la escalera es estrecha y empinada y la puerta se abre hacia afuera. Ren Adan va armado y estará en la parte elevada. Si subo allí estaré en clara desventaja y no solo porque podría simplemente cerrarme la puerta delante de las narices.

Velasin asimiló sus palabras y soltó un resoplido indignado.

—De acuerdo. Pero quítame de tu regazo, difícilmente podrás levantarte si te estoy inmovilizando las piernas.

—Es justo —dijo Cae y empezó a apartarse. Cuando tuvo sus pies debajo de él, tomó a Velasin entre los brazos y lo apoyó en la pared dejándolo sentado. Apenas había podido mover la taza y la jarra a su sitio original cuando oyó la llave girar en la cerradura, por lo que maldijo y se apresuró a acurrucarse contra Velasin.

La puerta se abrió de golpe. Cae se preparó con los puños cerrados esperando al momento en el que ren Adan se alejara completamente del hueco de las escaleras. Cargar a ciegas era demasiado arriesgado: si ren Adan se daba cuenta de que Cae y Velasin no estaban donde los había dejado (y era algo muy posible, dependiendo de cuán visible fuera la celda desde la puerta) podría llevar su cuchillo en la mano y Cae no sería de utilidad para ninguno de los dos si acababa apuñalado por un descuido.

El lado útil de una ballesta cargada apareció desde detrás de la pared, sujetada por un ren Adan furioso y tembloroso. Un hilo de sangre le corría por la cara. Tenía los ojos muy abiertos con un brillo salvaje.

Cae se quedó parado en el sitio.

—Joder —susurró Velasin.

—¿Cómo habéis…? —empezó ren Adan y luego se interrumpió. Respiraba con dificultad y tenía el dedo en el gatillo. A tan poca distancia, las pesadas flechas serían fatales—. No importa. Hay un pequeño cambio de planes. —Levantó más la ballesta, apuntó directamente a la cabeza de Cae y…

—¡Si nos matas a nosotros te matas a ti mismo! —gritó Velasin.

Ren Adan lo apuntó a él con la ballesta con una sonrisa maníaca en el rostro.

—¿Qué ha sido de lo de quererlo muerto, eh? Eres buen mentiroso, tiern, pero no lo suficiente.

—Pero Laecia sí que lo es, ¿no? —jadeó Velasin apoyando las palmas de las manos en el suelo—. Y la has dejado volver al Aida.

—¿Qué se supone que significa eso?

—Lo has dicho tú mismo: no tiene sentido retenernos esta noche y Laecia lo sabe. Así que ¿por qué molestarse? —Velasin rio entrecortadamente—. Porque eres su cabeza de turco, ren. Porque va a echarte la culpa de todo.

Ren Adan emitió un ruido de indignación y dio un paso hacia adelante, pero Velasin siguió hablando, cambiando al raliano cuando sus palabras ganaron velocidad.

—Piénsalo. Solo quería que Cae viviera cuando pensaba que podía salirse con la suya, pero ¿y si la decisión es entre él y ella? ¡Por supuesto que se elegirá a sí misma! Te volviste prescindible en cuanto nosotros entramos aquí. ¿Por qué, si no, nos lo habría contado todo? O nos dejaríamos influir o daría igual.

La ballesta tembló en las manos de ren Adan.

—Si eso fuera cierto, podría haberme hecho caer como a vosotros y habría acabado todo.

—¿De verdad? ¿Eso piensas? Ya solo incapacitarnos a los dos de ese modo le habrá costado muchísimo. Apuesto a que después estaba cansada, ¿verdad? Una tercera persona habría sido demasiado. Además, necesitaba que controlaras a ren Zhi para que pudierais atarnos los dos y traernos hasta aquí. No podría haberlo hecho todo ella sola.

—No —espetó ren Adan… como negación, no como confirmación—. ¡No sabes nada de ella!

—Sé que miente lo bastante bien como para haber engañado a su familia durante años. Sé que es lista y adaptable y sé que, más que cualquier otra cosa, ahora desea *sobrevivir*.

—Me necesita —declaró ren Adan y se sobresaltó al ver que se le quebraba la voz—. Todo en lo que hemos trabajado, el futuro que estamos construyendo… me *necesita* para llevarlo a cabo.

—¿Te necesita? ¿O solo necesita a alguien *como* tú? —Velasin inclinó la cabeza sonriendo cruelmente—. Ya conoce tus contactos, y ahora mismo lo que necesita es un *culpable*… No solo por lo que ya ha hecho, sino por lo que va a hacer. Y ese eres tú, ¿verdad? Siempre le has hecho el trabajo sucio. Tú eres el que encontró a ren Baru, el que lo reclutó con las cartas de tus padres y le dio la flecha; tú eres el que la robó de nuevo de su casa cuando no la usó y, una vez que fue arrestado, fuiste tú el que la usó para matarlo; tú intentaste matarme a mí; tú acusaste a varu Shan; tú reclutaste a Killic, lo vestiste, lo armaste y lo enviaste sobre Cae. Y, si nos matas, también habrás hecho eso… Y Laecia era consciente de que no estabas de acuerdo con mantener con vida a su hermano. Os oímos discutir sobre eso. ¿No dijiste tú mismo que también te perdonaría nuestras muertes? —Velasin agitó la mano señalando la celda y la oficina superior.

»Sabiendo eso, ¿por qué, si no, iba a dejarte aquí si no fuera para que nos mataras por ella? De ese modo, lo único que tendría que hacer sería enviar a los guardias en la dirección correcta. Y muchos de los guardias la adoran, ¿no es así? Solo tendría que susurrar al oído adecuado y morirías resistiéndote o en custodia, y ¿qué más pruebas necesitaría la ley aparte de nuestros cadáveres en tu celda?

Ren Adan lo miró fijamente, temblando.

—¿Y qué? —espetó—. Digamos que tienes razón. ¿Por qué no debería mataros a los dos y dejar que ren Zhi se llevara las culpas?

—Porque ya has matado a ren Zhi —contestó Velasin en voz baja—. Y porque, por muy lejos que vayas, Laecia se verá obligada a perseguirte, al igual que tú te has visto obligado a perseguirnos a nosotros.

Lo siguió un horrible silencio. Ren Adan se tambaleó, pero no bajó la ballesta. Mirando de reojo a Velasin, Cae se lamió los labios y, por primera vez, habló:

—Pero si nos dejas vivir —empezó obligándose a mantener la calma total mientras ren Adan movía la ballesta hacia él—, podemos interceder por ti. Si es solo tu palabra contra la suya, sabes que ella tendrá ventaja. Pero con nosotros como testigos…

—Testigos —espetó ren Adan—. De cualquier modo, ¡acabaré muerto o en la cárcel!

—No necesariamente —replicó Cae—. No si yo pido clemencia para ti. Al fin y al cabo, mi hermana es la única que tiene rango y que ha conspirado contra su familia. Pero tú, tú solo estabas siguiendo sus órdenes. ¿Cómo podrías haberle dicho que no incluso cuando las cosas se salieron de madre? Y eres medio raliano; especialmente tras la muerte de Killic, podías pensar en una alianza. Puedo hacer de tu vida un regalo diplomático. Al fin y al cabo, ambos queremos un comercio mayor y mejor con Ralia, ¿no? No conseguirás una oferta mejor de Laecia ahora que solo busca salvar su propio pellejo.

Ren Adan vaciló y pasó la mirada del uno al otro. El silenció se extendía como un tendón sobreestirado.

—Y supongo que también queréis que os deje salir —dijo ajustando su agarre de la ballesta—. Para que todos podamos ir juntos al Aida.

Cae le lanzó una mirada de preocupación a Velasin, que parecía igualmente nervioso. También estaba terriblemente pálido, la fuerza que hubiera reunido para pronunciar su discurso se estaba desvaneciendo rápidamente y parecía casi a punto de desmayarse.

—Si vas tú solo —dijo Velasin esforzándose en tithenai—, Laecia podría arrestarte...

—¡*Mentiroso*! —chilló ren Adan.

Y apuntó a Velasin.

Cae ya se estaba moviendo antes de que ren Adan pudiera apretar el gatillo y un grito ronco salió de su garganta. Como en la terrible lentitud de los sueños, oyó el disparo de la flecha pero no pudo volverse para ver el impacto, solo pudo lanzarse hacia adelante con un nudo de rabia y miedo en la garganta, llegando casi al alcance de la mano de ren Adan antes de que el mercader dejara caer la ballesta y sacara su cuchillo moviéndolo ciegamente hacia Cae. El filo le cortó el bíceps izquierdo provocándole una línea de dolor puro y ardiente, pero por muy hábil que fuera ren Adan disparando una ballesta de artifex, claramente nunca había entrenado en el combate cuerpo a cuerpo. Cae, sí, así que recibió el golpe con un gruñido y utilizó la mano derecha para interceptar el movimiento hacia abajo, agarrando a ren Adan por la muñeca, apretando con fuerza y hundiendo el pulgar entre sus tendones. Ren Adan soltó un ruido ahogado y dejó caer el cuchillo, Cae giró de lado tirando del brazo de ren Adan, empujándole por los omóplatos y dándole una fuerte patada detrás de las rodillas.

Cuando ren Adan cayó, se le dislocó el hombro con un audible crujido, aulló de dolor y se dobló, pero no antes de que Cae le diera una patada al cuchillo con la bota. Su mente gritaba «Vel Vel Vel» pero no se atrevió a mirar hasta que tuvo asegurado a ren Adan, no podía arriesgarse a que lo golpeara por detrás. Temblando de adrenalina, agarró la cuerda más cercana, la que había atado a Velasin (*no pienses en Vel, no mires, no mires*) y le ató bruscamente las manos a ren Adan detrás de la espalda con la eficiencia por la que era conocido el Cuchillo Indómito. Le dio una patada al costado a ren Adan para asegurarse (estaba pálido por el dolor de los hombros y respiraba con dificultad) y solo entonces corrió hacia Velasin con el corazón en la garganta al ver a su marido desplomado.

—¡Ay, dioses, santos, por favor, no! ¡Vel, no!

Cae cayó de rodillas a su lado buscando frenéticamente con las manos la herida, la sangre. Vel tenía los ojos cerrados y Cae ahogó un sollozo al ver que todavía respiraba, pero su pánico se negó a marcharse. ¿Dónde le había dado la flecha? Ren Adan había disparado demasiado rápido, no había apuntado bien, pero era una ballesta de artifex y estaba muy cerca...

—Deja de toquetearme —murmuró Velasin.

Cae emitió un sonido de dolor y se tapó la cara con las manos.

—¿Dónde te ha dado? Necesito saberlo, tengo que detener la hemorragia...

—No me ha dado.

—El dolor puede hacer que entres en estado de shock, puede que no lo notes al principio, pero...

—*Caethari.* —Con gran esfuerzo, Velasin levantó la cabeza y lo miró débilmente con unos párpados más pesados de lo habitual—. No me ha dado. —Cuando Cae abrió la boca para protestar, agregó—: Me he desmayado.

Cae miró a Velasin con el rostro demasiado pálido y recordó lo último que había pensado antes de que ren Adan disparara.

Tragando saliva con dificultad, murmuró:

—¿Te has desmayado?

—Solo un poco.

—Te has *desmayado.*

—Sí.

—*¿Apartándote de la trayectoria de la flecha de una ballesta?*

—Soy un hombre de muchos talentos —graznó Velasin con toda la dignidad que pudo reunir dadas las circunstancias.

Cae emitió un sonido que era en parte sollozo y en parte risa. Inclinándose, apoyó su frente sobre la de él.

—No vuelvas a asustarme así —susurró.

—Haré lo que pueda, pero no te prometo nada. —A continuación, entornando los ojos mientras Cae se volvía a levantar, dijo—: Estás sangrando.

—Solo un poco —admitió, pero se estremeció mientras lo hacía, ya que el alivio de ver a Velasin ileso lo hizo ser más consciente de sus propias heridas—. Es el brazo izquierdo y es un corte superficial. Estaré bien.

—Más te vale. Aparte de todo lo demás, necesito que me ayudes a levantarme. Y no me discutas —agregó Velasin antes de que Cae pudiera hacer justo eso—. No mentía con lo de tu hermana. Tenemos que volver a Aida y descubrir qué está pasando.

Cae palideció. Saber que Laecia lo había traicionado era una cosa, pero que se hubiera vuelto también contra su compañero...

—¿De verdad crees que...?

—Creo que es su mejor opción, o lo era cuando se marchó de aquí, y si es la mitad de inteligente de lo que yo creo que es, lo sabe.

—Joder.

—No es el momento, cariño, ahora estoy ocupado.

Cae miró fijamente a su marido. Velasin parpadeó con inocencia hasta que una pequeña sonrisa le torció la comisura de la boca. Cae siguió mirándolo notando que el corazón era tres tallas demasiado grande para sus costillas y aun así era tan tierno que una sola palabra lo dañaría.

—Eres ridículo —espetó mientras su propia sonrisa le atravesaba el rostro como el hielo de un estanque descongelado por la luz del sol—. Eres realmente ridículo, ni siquiera puedes mantenerte *en pie*...

—Entonces soy muy afortunado por tener un marido grande y fuerte —comentó Velasin pasando un brazo alrededor del cuello de Cae.

—Sí que eres afortunado —murmuró Cae. Había querido hacer eco del tono burlón de Velasin, pero incluso a sus propios oídos le sonó afectuoso. El rubor resultante de su marido resaltó más de lo normal sobre su piel cenicienta y Cae también sintió afecto por eso, o quizá algo mucho mayor que el afecto, para ser sincero.

Dejando esos pensamientos a un lado, Cae deslizó su brazo bueno alrededor de los hombros de Velasin y soportó su peso apoyando las rodillas mientras él empezaba a levantarse.

—Intenta poner los pies debajo de ti —gruñó y sintió el asentimiento de Velasin.

Se levantó lentamente ignorando la tensión en sus maltratadas articulaciones y los colocó a ambos en posición vertical. Velasin se tambaleó contra él, pero no se cayó cuando intentó caminar, solo se apoyó en Cae y se aferró con fuerza a su lin para tener más estabilidad. Cae esperó un momento para asegurarse de que Velasin no fuera a desmayarse de nuevo y luego giró cuidadosamente con él, donde se encontraron instantáneamente con el rostro atormentado por el dolor de ren Adan. Había conseguido ponerse de rodillas, pero, por lo demás, no se había movido.

Cae lo miró fijamente con los ojos entornados. El hombro dislocado de ren Adan colgaba en un ángulo antinatural y no ayudaba el hecho de tener las manos atadas detrás de la espalda. Cae se habría sentido ligeramente culpable si el mercader no acabara de intentar matarlos a ambos.

—¿Y ahora qué? —rugió ren Adan. Levantó la barbilla para dejar a la vista la garganta o, al menos, lo intentó, aunque el efecto fue algo más inestable—. ¿Vas a matarme, tiern?

—No —respondió Cae tras compartir una mirada con Velasin—. Vas a venir con nosotros, como dijimos. —Caminaron juntos hacia adelante mientras ren Adan los miraba a los dos sin comprender; Cae se agachó y recogió el extremo de la cuerda que había usado para atarle las muñecas al mercader—. Camina delante de nosotros —le ordenó—. Tiraré de la cuerda si tengo que hacerlo, pero tu hombro no te lo agradecerá.

Maldiciendo en khyto, ren Adan se tambaleó hasta levantarse con gran dificultad. Lanzando una mirada envenenada a sus captores, empezó a moverse cojeando torpemente por las escaleras. Por suerte, resultaron ser lo bastante anchas como para que Cae y Velasin pudieran subirlas sin demasiada dificultad y salir a la cocina.

Ren Adan se detuvo de repente mirando fijamente a la pared. Cae estaba a punto de reprenderlo cuando vio el motivo de la demora: en medio de un montón de utensilios y fragmentos de cerámica, yacía ren Zhi boca abajo sobre la piedra y el charco de sangre que le rodeaba la cabeza lamía pegajosamente lo que reconoció, con un dolor incongruente, como los restos de la tetera de dragón khytoi.

—Rodéalo —indicó Cae en voz baja. Ren Adan volvió a maldecir, esta vez en raliano, pero obedeció sacudiendo la cabeza mientras pasaba sobre el brazo extendido de ren Zhi.

Moviéndose hacia la estancia principal, Cae dejó suavemente a Velasin en el sofá dejándolo descansar un momento, luego empujó a ren Adan hasta la escalera donde ató bien la cuerda a la barandilla. Tras un registro superficial para comprobar que ren Adan no tuviera ningún arma escondida (que no tenía), Cae asintió para sí mismo y volvió para examinar a ren Zhi.

—¿A dónde vas? —preguntó ren Adan con un dejo de enfado en la voz que no logró ocultar su miedo.

—A comprobar si lo has matado de verdad.

Volviendo a la cocina, Cae se agachó junto al cuerpo del khytoi examinando la herida visible a un lado de su cabeza. Ese tipo de heridas a menudo sangraban mucho, pero el verdadero peligro yacía en la sangre que no se veía y que se acumulaba debajo del cráneo. Lamiéndose la punta de dos dedos, Cae lo sostuvo bajo la nariz de ren Zhi y sintió un débil cosquilleo de aliento en ellos.

—¡Todavía está vivo! —exclamó.

—¡Hurra! —graznó Velasin y sufrió un horrible ataque de tos.

Frunciendo el ceño, Cae se dirigió de nuevo a ren Adan.

—El curandero más cercano, ¿dónde está?

Ren Adan se limitó a mirarlo fijamente.

Resistiendo el impulso de darle una bofetada, Cae dijo:

—Tienes el hombro fuera del sitio y cuando más tiempo permanezca así, más tiempo costará arreglarlo. Además, a ti también te interesa que ren Zhi viva, por lo que te lo vuelvo a preguntar: ¿dónde está el curandero más cercano?

Malhumorado, ren Adan contestó:

—Hay una al final de la calle. —Y dio las indicaciones con la desgana de un anciano al que le están sacando el último diente.

Agradeciendo en silencio a los santos, Cae volvió con Velasin, le dijo lo que estaba haciendo y se marchó solo cuando su marido asintió mostrando su acuerdo. Dejó el edificio con la fulminante mirada de ren Adan en la espalda y echó a correr, más consciente de las extrañas miradas que se ganaba por el brazo herido y el ojo morado que de las heridas en sí. Mientras tuviera algo que hacer, algo que importara, era capaz de actuar por encima de su dolor. Sin embargo, sabía que, en cuanto dejara de ser así, necesitaría atención, sobre todo porque todavía estaba lleno de ansiedad. ¿Y si ren Adan se liberaba durante su ausencia? ¿Y si le hacía daño a

Velasin? ¿Y si Velasin colapsaba y Cae llegaba demasiado tarde para ayudarlo? Ren Adan podría haberle dado fácilmente un dirección falsa, ¿y si malgastaba un tiempo precioso merodeando por las calles y algo horrible sucedía durante su ausencia?

Por lo tanto, se sintió tan sorprendido como aliviado al descubrir que la clínica de la curandera estaba justo donde ren Adan había dicho que estaría. Dada su ubicación en la calle de los comercios de lujo, la sala de espera estaba, como era factible suponerlo, llena de adultos adinerados y algunos niños pequeños, algunos de los cuales se alarmaron audiblemente con su repentina y sangrienta aparición. Hizo una pausa, inseguro al principio de si la curandera ya estaba en la sala o en alguna otra parte con un paciente, hasta que apareció una mujer de mediana edad toda vestida de rojo en una puerta y abrió enormemente los ojos al ver a Cae.

—Ru, por favor, disculpa mi aspecto, pero es una emergencia. Soy tiern Caethari Aeduria y hay un hombre al que han golpeado casi hasta la muerte en un edificio cercano y otras personas también heridas.

Su aguda mirada se posó en la herida del brazo de Cae.

—Ya veo —dijo—. ¿Qué otras heridas voy a tener que tratar? —«Además de las tuyas», quedaba implícito. Pasó la mirada de su brazo a su ojo con el aire evaluador de una profesora supervisando un examen.

—Sobreextensión mágica, las secuelas de un ataque mágico, un hombro dislocado y una grave herida en la cabeza.

Un murmullo se expandió por toda la habitación y se dio cuenta de que los chismes empezarían a fluir en cuanto saliera de la clínica. Esto lo hizo enfadar durante un instante y luego se imaginó a Velasin diciendo que era una ventaja para ellos y que, si era necesario, esa gente sería testigo del hecho de que había intentado ayudar tanto a ren Zhi como a ren Adan.

Velasin. A Cae se le encogió el corazón. *Por favor, que esté bien.*

Asintiendo, la ru gritó instrucciones a sus ayudantes delegando ciertas cosas y organizando otras hasta que une kem fornide de ojos grandes y oscuros y piel dorada salió a la sala de espera con una bolsa de suministros de sanación colgando de su musculoso hombro.

—De acuerdo —dijo la ru—. ¡Indíquenos!

—Por aquí —dijo Cae y echó a andar rápidamente negándose a darles a sus miedos la satisfacción de correr. Durante el trayecto, se aprendió los nombres de sus acompañantes (ru Irevis Tiek y ren Cadi Ghon) y logró convencerles de algún modo de que ren Adan era un delincuente esperando ser arrestado y que por eso estaba atado sin parecer trastornado y poco confiable. Ayudó el hecho de que ru Irevis tuviera el aire imperturbable de una curandera experimentada, lo que tranquilizó también a ren Cadi. Así que, cuando llegaron a la puerta del edificio de ren Adan, Cae tenía el corazón acelerado por el pánico mientras varios escenarios de pesadilla se le pasaban por la cabeza.

Sin embargo, para su gran alivio, descubrió que ren Adan estaba justo donde lo había dejado, sudoroso y abatido, mientras que Velasin se había movido para dejarse caer junto a ren Zhi. Levantó la mirada al oírlos entrar y sonrió con cansancio cuando vio a Cae.

—He pensado que debería sentarme con él —explicó—. Por si había algún problema.

Ru Irevis libró a Cae de responder echando una mirada a la situación y rápidamente ordenó a ren Cadi que le colocara el hombro a ren Adan, una tarea en la que tenía bastante práctica.

—Aunque tendrás que desatarlo —agregó mientras atendía enseguida a ren Zhi.

En cuanto Cae fue a ayudar a ren Cadi, ru Irevis le lanzó a Velasin una mirada evaluadora.

—¿Supongo entonces que usted es el de la sobreextensión mágica?

Velasin asintió tímidamente.

—Sí, ru.

—No es un hábito que debería adquirir. —Entonces, mientras empezaba a examinar a ren Zhi, agregó—: Aunque entiendo que estas habrán sido… circunstancias extenuantes.

—Podría decirse así, sí —murmuró Cae mirando fijamente a ren Adan. Tomó las cuerdas lanzándole una mirada aguda al cautivo—. Compórtate bien ahora o te dislocaré el otro también.

—Por supuesto —gruñó ren Adan, aunque parte de su aire de desafío se vio socavado por el gemido de dolor que soltó cuando le liberó los brazos. Pronto se transformó en un gemido molesto cuando Cae, quien no lo consideraba digno de confianza, volvió a atar la cuerda alrededor de la muñeca buena de ren Adan y de nuevo a la barandilla.

Retrocediendo para darle espacio a ren Cadi, Cae observó cómo elle le tomaba la muñeca con una mano y evaluaba calculadoramente el resto del brazo con la otra, todo mientras ren Adan, pálido, manso como un ratón y silencioso, no dejaba de temblar. Ren Cadi gruñó para sí y entonces, sin ninguna advertencia, realizó una hábil maniobra torciéndole la muñeca a ren Adan mientras le sujetaba el brazo. Cuando el hombro volvió a encajar en su sitio, bramó como si le hubieran dado una patada en las pelotas y luego se enderezó, resollando y con los ojos muy abiertos mientras ren Cadi le sonreía.

—De nada —dijo elle y se retiró para ayudar a ru Irevis, quien estaba pasando las manos por el cráneo de ren Zhi evaluando su herida con un cantrip de curandera.

Sin nada más que hacer, Cae se dejó caer en el sofá antes de que le cedieran las piernas. De repente, se sentía exhausto, mucho más de lo que podría explicarse por sus heridas externas. Pero entonces, supuso que usar magia sobre las personas sin su consentimiento estaba prohibido por una razón. Su cuerpo todavía sufría las secuelas de lo que hubiera hecho Laecia para someterlos, lo que al mismo tiempo hacía que sus otras lesiones fueran cada vez más difíciles de ignorar.

El brazo empezó a dolerle de nuevo y Cae sintió una punzada terrible y repentina por Laecia: ¿en qué podría haberse convertido si le hubieran permitido estudiar magia? Nadie la había obligado a seguir ese camino, era una adulta responsable de sus acciones, y aun así se le retorcieron amargamente las tripas al comprender el horrible impacto que habían tenido en ella los prejuicios de su padre y, lo peor, que él no se hubiera dado cuenta.

—No es culpa tuya —murmuró Velasin en voz baja. Tenía la mirada de párpados caídos fija en Cae—. Ella se escondió de ti.

Un dolor agudo y certero lo atravesó.

—Si hubiera sido mejor hermano, ella habría confiado en mí.

—Eso no puedes saberlo.

—Puede que no —susurró Cae hundiendo la cabeza.

Novena parte

VELASIN

41

Sentado en el sofá del vestíbulo de ren Adan, con la boca amarga por el regusto del brebaje reconstituyente, me sometí dócilmente al examen de ru Irevis. Tras declarar que mi barriga magullada no requería ninguna preocupación inmediata («A menos, por supuesto, que empieces a evacuar heces con sangre o agua o a vomitar sangre») su principal preocupación fue la sobreextensión mágica. Al parecer, alimentarme con su brebaje no era suficiente: también insistió en revisarme los ojos, oídos, nariz y garganta y en comprobar repetidamente mi pulso para asegurarse de que se mantuviera estable.

—Tú tienes la culpa de esto —le dije a Caethari, que ahora estaba sentado a mi lado con el brazo recién vendado a juego con su ojo morado—. No era necesario decirle que había intentado llevar a cabo un encantamiento sin contacto desde la distancia…

—Sí que lo era —espetó ru Irevis con severidad—. Para un mago no practicante en tu condición física actual ha sido muy peligroso… y sí, sé que era necesario, pero no, eso no cambia mi evaluación —agregó antes de que pudiera defenderme—. Ejercer la magia es como ejercitar un músculo: tienes que ganar fuerza, conocer tus límites y ponerlos a prueba solo en condiciones seguras. La magia humana se basa principalmente en la energía ambiental del mundo, pero usted, joven, es una gran parte del mundo y cada vez que supera su alcance, el poder se extrae de su cuerpo. Hacer eso después de haber sufrido tanto abuso mágico como físico a manos de otra persona… ¡tiene suerte de no haberse roto ningún órgano!

—Lo tendré en mente —murmuré débilmente.

Ru Irevis me miró como si buscara alguna señal de insolencia y luego se suavizó, me dio unas palmaditas en la mejilla y se puso de pie, como si yo fuera un sobrino descarriado que hubiera acudido a su tía en busca de consejos de cortejo.

—Me alegra oír eso —contestó—. Recomiendo al menos dos días de reposo, pero supongo que eso tendrá que esperar.

—Me temó que sí —admitió Caethari a quien le había dado también un brebaje reconstituyente menos desagradable y quien estaba ahora visiblemente impaciente por marcharse. Tomó aire mirando hacia donde ren Cadi supervisaba a ren Zhi, todavía inconsciente, y luego agregó—: Detesto tener que imponerte algo más, ru, pero dadas las circunstancias…

—Lo entiendo —dijo ru Irevis interrumpiéndolo—. Dejen a su amigo herido conmigo, me aseguraré de que esté bien atendido y de que este edificio esté vigilado hasta que pueda enviar a su gente para asegurarlo.

Caethari se levantó y le hizo una reverencia.

—Muchas gracias. Me aseguraré de que te recompensen por las molestias.

—Ah, no es ninguna molestia —respondió ru Irevis—. Por lo menos les ha dado a mis aprendices un buen día de práctica. Pero, por supuesto, se apreciaría el reembolso —agregó con un toque de humor en la mirada.

Tras decir eso, se apartó dejando que mi marido me ayudara a levantarme. Estaba mareado cuando me puse de pie, pero la sensación disminuyó tras un momento y, para nuestro alivio mutuo, descubrí que era capaz de caminar sin ayuda.

Ren Adan esperaba junto a las escaleras con la elegancia de un perro pateado y con las muñecas atadas con fuerza ante él. Era evidente que todavía le dolía el hombro y debería haber llevado un cabestrillo, pero, puesto que había demostrado que no era digno de confianza, esa cortesía médica tendría que esperar.

—Menudo espectáculo vamos a montar —dijo con amargura mientras Cae desataba la cuerda de la barandilla—. Paseándonos así por las calles como un perro sobre sus patas traseras. ¿También queréis ponerme un collar?

—Collar, no, pero sí que me siento tentado a ponerte un bozal —replicó Caethari.

En una muestra de sabiduría sin precedentes, ren Adan no contestó a eso.

Aun así, no se equivocaba: ver a dos hombres claramente magullados llevando a un tercero cautivo atrajo las miradas en cuanto llegamos a la calle, mientras el pobre encargado del poste de amarre se mostró entre afligido e indignado.

—Este hombre está bajo la custodia de los tierns Caethari y Velasin Aeduria —declaró Cae en una explicación agotada.

—Que somos nosotros —agregué yo amablemente. Entonces, cuando todavía parecía inseguro, añadí—: Enviaremos pronto a nuestros guardias para asegurar las oficinas. Por favor, puedes informarlos a ellos si tienes alguna duda.

—Por supuesto, tiern. Es decir... no, tiern. Sí. Lo siento. —Hizo una reverencia incómoda y retrocedió observándonos nerviosamente mientras desatábamos a Alik y a Luya.

No sabía lo que había hecho el brebaje reconstituyente de ru Irevis para mantener mi resistencia, pero todavía me dolía horriblemente todo el torso. Por primera vez desde que era pequeño, fracasé en mi primer intento de montar, golpeando al pobre Luya en los cuartos al no lograr pasar la pierna por encima de la silla. Ren Adan rio y fue castigado instantáneamente con un tirón de sus muñecas atadas por parte de Cae, quien, por supuesto, había montado sin problemas a pesar de estar a cargo de nuestro prisionero. Apretando la mandíbula, me agarré al borrel, puse un pie en el estribo y me impulsé. Aterricé en la silla con la elegancia de una medusa arrojada sobre una roca. Resollé en silencio durante un momento acariciando el cuello de Luya antes de enderezarme lenta y dolorosamente.

—¿Estás bien? —preguntó Cae como si no fuera una pregunta absurda.

Reí, incapaz de poder evitarlo.

—Por divertido que pudiera ser ver a nuestro amigo intentando seguir el galope, vayamos a paso rápido, ¿vale?

Y así lo hicimos, con Caethari liderando y ren Adan apresurándose a su lado. Con el extremo de la cuerda atado a la silla de Caethari, no tenía ninguna esperanza de soltarse, y con menos trozo de cuerda de lo que le habría gustado, se vio obligado a contentarse con maldecirlos a ambos.

Era primera hora de la tarde y las calles de Qi-Katai estaban llenas de transeúntes. Me habría sentido menos llamativo si hubiera estado cargando un cadáver. Más de una vez, se nos acercaron guardias de la ciudad que venían a ver qué estábamos haciendo con ren Adan y, cada vez, Caethari se detenía y explicaba con gravedad tanto nuestros rangos como nuestros asuntos, a menudo provocando disculpas aturdidas en sus interlocutores.

Aunque era necesario, cada retraso me parecía enloquecedor, sobre todo por mis heridas. Me puse bastante irritable y, tras la cuarta interrupción, espeté:

—Tal vez deberíamos escribir una pancarta explicándonos y mantenerla en alto para ahorrar tiempo.

Cae me miró (¡durante un solo instante!) y toda mi ira se desvaneció.

—Me preocuparía más que no nos pararan —comentó—. Significaría que a los guardias de esta ciudad les parecería bien ver a un cautivo y no hacer preguntas.

—En ese caso, tomaré nota de todos los guardias que vea y que no nos paren para que puedas reñirlos después.

Cae sonrió y contestó:

—Hazlo, por favor.

Y, de repente, me di cuenta de que tampoco me dolía tanto.

Cuando llegamos al Aida, nos habían parado un total de seis veces, mientras que yo había anotado mentalmente cinco pares de guardias que nos habían visto pero no nos habían dicho nada. La última pareja en la Puerta Ámbar, lo que no me sorprendió nada.

Cuando los guardias en servicio del Aida nos dejaron pasar, Caethari se detuvo y llamó la atención sobre ren Adan.

—Este hombre está detrás de los recientes ataques a mi persona y a mi marido —explicó—. Su cómplice está en el Aida. Hasta que sean llevados ante la justicia, nadie más tiene permiso para entrar o salir a no ser que sea por mi orden expresa o por la del tieren. Cerrad las puertas. ¿Lo habéis entendido?

Aunque se sobresaltaron, lo obedecieron sin vacilar.

—¡Sí, tiern!

Cabalgamos hacia los establos mientras las enormes puertas chirria-
ban cerrándose detrás de nosotros. Me había permitido sentirme malhumorado durante el trayecto, pero ahora mis sentidos empezaron a
agudizarse de nuevo recordando la amenaza de Laecia. Ciertamente, era
posible que no tuviera intención de traicionar a su compañero de conspi-
raciones, pero mis instintos de Farathel me decían lo contrario y, de cualquier modo, cuando nos viera allí a los tres, se vería obligada a confesar o
a actuar. Me pareció trivial el dicho de los viejos cazadores sobre que un
animal acorralado es el más peligroso, aunque se aplicaba o, al menos,
pronto lo haría.

Cuando finalmente nos detuvimos, ren Taiko llegó corriendo a reci-
birnos y sus ojos cansados se abrieron de par en par al ver a ren Adan y
nuestras heridas.

—¡Tierns! —jadeó—. ¿Están bien? ¿Debería hacer llamar a ru Zairin?

—Estamos tan bien como podemos estar y veremos a le ru cuando
podamos —explicó Caethari.

Hizo una pausa para desmontar y lo seguí con un gemido muy indigno, apoyándome pesadamente contra el flanco de Luya mientras parecía que mis piernas intentaban amotinarse. Mi marido me miró,
preocupado, pero le quité importancia agitando la mano y deseando en
silencio que mis traicioneros músculos se relajaran. Mientras lo hacía,
Cae repitió el mensaje que les había dado a los guardias de la puerta: que
nadie tenía permiso para salir a no ser que fuera bajo sus órdenes o las
de su padre.

—Pero si alguien intenta salir y no se deja convencer, no tratéis de
detenerlo vosotros mismos, se encargarán los guardias de la puerta. Simplemente avisadnos.

—Por supuesto, tiern —aceptó ren Taiko y, por suerte, no preguntó
nada más.

Los murmullos de nuestro prisionero habían disminuido un rato antes
y un vistazo a su rostro me dijo por qué: ren Adan estaba exhausto, casi
más pálido y sudoroso que cuando Caethari le había dislocado el hombro.
Con la cuerda desatada de la silla de Alik, se tambaleó delante de nosotros
mientras nos dirigíamos al Aida propiamente dicho y reprimí un destello
de empatía por su lamentable estado.

Apenas había llegado al interior cuando Markel salió corriendo por una esquina y se detuvo en seco al vernos con una mirada de pánico y alivio en el rostro al advertir nuestras heridas.

—Estamos bien —le signé. Antes de que pudiera preguntar, agregué—: Es Laecia, Markel. Ella está detrás de todo esto. Estamos intentando no asustarla, pero es una maga poderosa y peligrosa.

Markel se quedó totalmente inmóvil. Asintió una vez y luego nos miró al uno y al otro.

—¿Cómo puedo ayudar?

Lo signó lentamente para que Caethari pudiera entenderlo, así que le respondió él.

—Encuentra a ru Telitha. Que les diga a mi padre, a mis hermanas y a mi abuela, junto con los tars Raeki y Katvi, y Keletha si también está aquí, que vayan todos al Salón Pequeño del tieren. —Era menos un salón que una oficina, el lugar en el que tieren Halithar se encargaba de la mayor parte de sus asuntos. Muy probablemente, ya estaría allí.

—Por supuesto —signó Markel y se alejó rápidamente.

—¿No te preocupa su seguridad? —murmuró Cae mientras seguíamos caminando—. Si Laecia intenta tomarlo como rehén...

Sonreí sombríamente.

—Si lo hace, es porque sabe que le es más valioso vivo, lo que es más de lo que se puede decir de cualquier otra persona a la que pudiéramos enviar. Y, en cualquier caso, créeme cuando te digo que Markel sabe cuidar de sí mismo.

—Me pregunto...

—¿Me buscabas, hermano?

Nos detuvimos en seco con el corazón acelerado mientras Laecia aparecía ante nosotros. Incluso sabiendo la facilidad con la que se podría haber enterado de nuestra llegada, no había esperado que acudiera a nosotros y se me revolvió el estómago al pensar en lo que podía implicar. Aparte de un ligero rubor, parecía más serena incluso que antes: se había cambiado de ropa, por lo que iba vestida con varios tonos de azul muy favorecedores y sus trenzas recién peinadas estaban inmaculadas.

—En efecto.

Durante un instante, la mirada de Laecia se posó en ren Adan y lo vi tensarse, aunque no sabía qué esperaba que sucediera para hacerlo. Pero ella apartó la mirada sin concederle más reconocimiento y él apretó los puños por el desaire. Laecia levantó la barbilla, tan valiente como se había mostrado en sus oficinas y, durante un horrible momento, pensé que iba a incapacitarnos de nuevo o a usar algún tipo de magia para escapar.

En lugar de eso, preguntó dócilmente:

—Bien. Supongo que deberíamos arreglar esto como personas civilizadas, ¿no? ¿A dónde vamos?

—Al Salón Pequeño del tieren —contestó Caethari tras una pausa casi imperceptible.

Laecia le sonrió, aunque la sonrisa no se le reflejó en los ojos.

—Entonces abriré yo el camino.

42

El silencio más incómodo ante el comentario más incómodo en la reunión más incómoda de Farathel a la que había tenido la desgracia de asistir no le llegaba a la suela del zapato a ese momento. Actuando como si no pasara nada y sin decirle una palabra a su compañero de conspiración cautivo, Laecia nos dirigió en silencio al Pequeño Salón del tieren, una estancia cuadrada cuyas altas ventanas dejaban entrar franjas de luz y cuyo estrado elevado de piedra estaba dominado por un imponente escritorio de madera cuya superficie estaba cubierta con las herramientas burocráticas de la oficina del tieren. Retratos de antiguos tierens, tierenas y tierenai colgaban de las paredes como un jurado incorporado presidiendo filas de asientos frente al escritorio y al estrado.

—Supongo que habéis mandado llamar a los demás —comentó Laecia.

No era una pregunta, pero Caethari asintió de todos modos y sentí una chispa de rabia por él, porque su propia hermana lo hubiera traicionado primero y ahora se estuviera comportando como si no tuviera consecuencias.

—En ese caso, no veo necesidad de hacer ninguna ceremonia. —Observó las filas de sillas idénticas que se alargaban casi hasta la pared trasera separadas por un solo pasillo en el centro antes de sentarse finalmente a la derecha, a tres filas de delante y dos al lado.

No me parecía correcto sentarnos, como si al hacerlo estuviéramos mordiendo el anzuelo de la trampa de Laecia, pero el pragmatismo y el cansancio físico vencieron la sospecha y, tras un momento, con Cae tomando la delantera, nos sentamos el uno al lado del otro en la primera fila a la parte izquierda. Cae aflojó la cuerda de ren lo suficiente para que pudiera tomar el correspondiente asiento en primera fila a la derecha. No había entradas en la parte trasera de la estancia y, sin embargo, me parecía imprudente apartar los ojos de Laecia, lo que significó que nos sentáramos torcidos, ren Adan incluido, cuya expresión ahora era de confusión ofendida.

—Sabéis que podríais vigilarme mejor desde detrás —comentó Laecia divertida.

—¿Y no dejar nada entre tú y la puerta? —replicó Caethari—. Preferiría no hacerlo.

Laecia resopló.

—Oh, por favor, ambos sabemos que podría dejarte retorciéndote en el suelo en un santiamén si así lo quisiera.

—Entonces ¿por qué no lo haces? —pregunté.

—¿Porque tengo buenos modales? —sugirió fingiendo examinarse las uñas.

—O más bien agotamiento mágico —repuse. Inclinó la cabeza ante mis palabras y sentí la breve satisfacción de haber ganado un punto—. De verdad, lo que nos has hecho ha sido extraordinario, ¿sacar tanto poder de un encantamiento? Porque era un encantamiento, ¿verdad? ¿O dominas los cantrips silenciosos? —Cuando no contestó, continué—: De cualquier modo, es impresionante, por supuesto, pero los actos impresionantes siempre tienen un precio.

—Un precio que estoy segura que conozco mejor que tú —espetó ella.

Sonreí sin decirle nada y, por suerte, también ella se calló hasta que, unos minutos después, llegó Riya a toda prisa.

—¿Qué está pasando? —preguntó. Su expresión y su tono adquirieron un matiz cómico cuando se fijó en las ataduras de ren Adan—. ¿Qué...?

—No te esfuerces, hermana —dijo Laecia arrastrando las palabras—. Tú solo siéntate. Te enterarás de todo pronto.

Riya se mostró reacia, pero un agotado Caethari le indicó:

—No se equivoca, Ri. Tú solo siéntate.

Riya accedió de mala gana y movió el pie con impaciencia hasta la siguiente llegada. Raeki echó un vistazo a nuestras heridas visibles y frunció el ceño, pero no hizo ningún otro comentario, asumiendo en silencio una postura vigilante a un lado de la puerta. Tar Katvi, que había venido con él, lo imitó al lado opuesto. Keletha llegó a continuación, lo que me sorprendió (había asumido que no estaría en el Aida), y se sentó rápidamente junto a Riya. A continuación llegó yasa Kithadi, tan majestuosa como una reina, acompañada por Markel y por ru Telitha. No se sentó, sino que se colocó de pie junto al estrado y ru Telitha se quedó con ella mientras que Markel corría a mi lado.

Ya solo faltaba tieren Halithar.

Pasaron los minutos en un silencio agónico que nadie se atrevía a romper. Con Raeki y tar Katvi guardando las puertas, técnicamente no había necesidad de seguir vigilando a Laecia, pero aun así me sentía obligado a hacerlo. Tal vez me lo estuviera imaginando, pero algo me decía que el retraso de su padre la hizo enfadar: cuanto más tardaba él, más recta se sentaba, con las manos totalmente tranquilas en su regazo, pero, aunque su expresión fuera de desinterés, era la fingida despreocupación de un gato doméstico tumbado junto a un agujero en el rodapié.

Cuando finalmente llegó el tieren, la atmósfera de la habitación cambió drásticamente, parecía el cambio de aires previo a la tormenta, una impresión reforzada por el sordo golpe de las puertas dobles cerrándose tras él. Vestido inmaculado con diferentes tonalidades de gris y con la trenza plateada balanceándose tras él, el tieren evaluó la estancia con una mirada fría y astuta y avanzó hasta colocarse junto a yasa Kithadi, justo delante de su escritorio, pero debajo del estrado.

—Caethari, Velasin —empezó—. Nos habéis convocado y aquí estamos. Me gustaría oír una explicación.

Lentamente, Cae se puso de pie y yo con él. Como si hubieran coordinado sus movimientos, tanto la yasa como el tieren se hicieron a un lado dejándonos espacio en la sombra del estrado mientras la cuerda de ren Adan que sostenía todavía Caethari se tensó. Mantuve la mirada fija en Laecia, pero su atención no vaciló: de toda la gente que había en el salón, miraba solo a tieren Halithar y a nadie más que a él.

—No se puede decir esto con palabras bonitas —comenzó Caethari—, así que hablaré francamente. Esta mañana, Vel y yo hemos sido atacados y encerrados por Laecia y su cómplice, ren Adan… —Dio un breve tirón de la cuerda para demostrarlo, lo que coincidió con un murmullo sobresaltado por parte de los oyentes—. Ambos están detrás de las muchas y recientes perturbaciones de la paz del Aida, incluyendo el asesinato de ren Vaia Skai.

Ante esa declaración, yasa Kithadi dejó escapar una exclamación. Miró a Laecia con furia e incredulidad y dio un paso hacia adelante, pero ru Telitha la agarró de la muñeca, le susurró algo que no llegué a oír y la yasa, con una mirada siniestra, se quedó quieta.

—¿Acusas a tu hermana? —preguntó el tieren, asombrado—. ¿En qué te basas?

—Me baso en mis propios ojos y en mi testimonio —contestó Caethari sombríamente—. Y en la prueba de ren Adan.

Una vez dicho esto, empezó a exponer la lamentable situación, comenzando por la amargura de Laecia porque le hubieran negado la enseñanza de la magia (el tieren palideció ante esta declaración, pero no intervino), su asociación con ren Adan y sus aspiraciones conjuntas para el gobierno de Qi-Katai. A partir de ahí, la conspiración fallida se presentó como una mano de cartas: el reclutamiento de ren Baru, su elección estúpida (aunque afortunada para mí) del cuchillo por encima de la ballesta, el papel de intermediaria de ren Vaia, el "ataque" provocativo a tieren Halithar, el asesinato de Quip y de ren Baru, el fracaso de ren Adan al intentar acabar con mi vida o recuperar la flecha de ballesta perdida, el asesinato de ren Vaia, el reclutamiento de Killic y, con la voz ya ronca, los acontecimientos de las últimas horas, incluyendo el uso de la magia por parte de Laecia, el uso de la ballesta de ren Adan y la casi muerte de ren Zhi.

Una vez terminado el relato, Caethari llevó a ren Adan al frente donde, primero a regañadientes y luego con un aire desafiante, confirmó tanto su implicación como la de Laecia antes del interrogatorio de tieren Halithar. El tieren permaneció en todo momento con el rostro pétreo, pero sus manos apretadas y un tic en su mandíbula delataron que estaba lejos de ser impasible.

—¿Entonces no te arrepientes? —le preguntó a ren Adan.

Ren Adan rio con voz ronca.

—Soy un mercader, tieren, y, tal y como hacemos los comerciantes, he apostado por una recompensa sobre el riesgo y, como sucede a veces, he perdido. ¿Por qué debería arrepentirme? Todas las grandes aventuras conllevan un riesgo de pérdida. Tenía la ayuda y el apoyo de una Aeduria y no creo que nuestros planes hubieran provocado el deterioro de Qi-Katai... de hecho, más bien al contrario. —Tambaleándose, levantó la cabeza y miró al tieren a la cara—. Que usted tenga una opinión prejuiciosa de la magia es su error, uno por el que su hija ha sufrido. Aun así, nunca hemos querido usurpar su papel, sino que nuestro objetivo era asegurar su legado. Puede echarme en cara esos delitos tanto como quiera, yo ya he dicho lo que tenía que decir.

Con eso, hizo una reverencia burlona dentro de lo que le permitieron sus manos atadas y el hombro lesionado y tiró de su cuerda para volver a sentarse.

—Laecia —pronunció el tieren con una voz que parecía el primer estruendo de una avalancha—. ¿Qué tienes que decir en tu defensa?

Todas las miradas se volvieron mientras Laecia se levantaba de su asiento y atravesaba el estrado para colocarse delante de su padre. Con la cabeza bien alta y orgullosa, ignoró la mirada cargada de veneno de yasa Kithadi y declaró:

—En mi defensa, nunca que querido romper nada de valor que no tuviera intención de arreglar. No quería mataros a ti ni a Cae. Solo quería asegurar un legado que, por razones *estúpidas*... —Se le quebró la voz con esa palabra, aunque se recuperó rápidamente—. Siempre ha estado en equilibrio entre mis hermanos. Nunca conmigo. Hiciera lo que hiciere por mucho que trabajara, ¡nunca he sido yo!

—¡Niña idiota! —gritó la yasa dando un paso al frente por fin—. ¡Por supuesto que eras tú! ¿Te crees que tu padre y yo somos tontos? ¿Crees que éramos ajenos a las preferencias de Caethari y a tus habilidades y ambiciones? ¡Los dos te preferíamos *a ti*!

Esas palabras fueron como una bofetada para Laecia. La incredulidad se reflejó en su rostro, seguida primero por la conmoción y después por la angustia.

—¿Qué?

—Laecia —dijo el tieren con la voz cargada de dolor—. ¿Por qué, si no, iba a negarme a que estudiaras con la Orden de Ruya? Los magos jurados del templo no pueden servir como funcionarios o como administradores de la ciudad y tú lo *sabes*. Si no te hubiera querido como heredera, claro que te habría permitido ir.

—¿Entonces por qué no decirlo? —gritó Laecia con un horrible sollozo en la voz. Su compostura se había desvanecido por completo. Parecía muy joven y no quería sentir pena por ella, pero en ese momento me recordó tanto a Revic en sus últimos días que el sentimiento surgió por sí solo—. ¿Por qué no lo dijisteis? ¿Por qué dejar que me revolviera pensando que nunca he sido suficiente, que nada de lo que pudiera hacer importaría?

—Porque siempre te has crecido con los desafíos —explicó yasa Kithadi—. Todo lo que hacías demostraba tu voluntad de trabajar, de aceptar las ingratas pero necesarias tareas del gobierno y de hacerlo bien.

—Y porque no te estabas revolviendo —agregó el tieren en voz baja—. Ahora podemos verlo.

Laecia soltó una risa horrible y entrecortada.

—¿Cómo iba a dejar que lo vierais cuando solo quería mostrar fortaleza? —Entonces, con una brusquedad inquietante, todo su comportamiento cambió: su dolor se volvió agudo y plano como un cuchillo con la hoja hacia abajo—. No —siseó—. No os creo. ¡No os creo a ninguno!

De todo lo que había dicho, esto fue lo que más afectó a tieren Halithar, que dejó escapar una exclamación tan baja que fue casi inaudible, como si algo vital saliera de sus ojos, como si perdiera la chispa de esperanza que todavía le quedaba. Laecia se apartó de él mirando frenéticamente a su alrededor. No dudaba de que hubiera venido con algún plan, pero esta última e inesperada revelación la había desestabilizado y ahora estaba atrapada entre la duda y la acción. Giró en el sitio mirando a todos los presentes en busca de alguna respuesta hasta que finalmente fijó su atención en ren Adan, cuya expresión me pareció indescifrable.

Entonces se echó a reír.

—Nunca me has hecho falta —dijo entre horribles estallidos de risa—. ¡Nunca me has hecho falta!

Ren Adan se apartó de ella.

—Laecia...

—No —gruñó ella girándose hacia su padre—. Lo que necesitaba era una señal, cualquier cosa para saber que me valorabais. Pero nunca me la disteis, ¿verdad? —Se pasó una mano por los ojos sonriendo horriblemente—. Nuestra madre se marchó por eso, ¿lo sabías? Dejaste de preocuparte por ella o dejaste de actuar como si te preocupara y, al cabo de un tiempo, acaba siendo lo mismo.

El tieren se puso rígido.

—Valoraba a tu madre más de lo que he valorado nunca a nadie.

—¿Y de qué sirvió si ella no lo sabía? —repuso Laecia—. Valorabas lo que hizo por ti, no quién era ella. Empezaste a ver solo a la tierena y dejaste de ver a Inavi, por lo que Inavi se *marchó*. Te dejó, al igual que yo he intentado marcharme. ¡Pero no me dejaste partir! —Rio de nuevo con un sonido parecido al del cristal rompiéndose—. Podrías haberme ahorrado todo esto si hubieras sabido ser amable.

—Tus decisiones han sido solo tuyas. Aunque yo tuviera alguna culpa, no puedo...

—¿*Aunque la tuvieras?* —Dio un paso hacia su rostro y luego se detuvo mientras su salvajismo trasmutaba en otra cosa. Sus rasgos se tranquilizaron y, cuando volvió a hablar de nuevo, lo hizo con una voz casi calmada—. Me habrías dejado toda la vida con la duda, ¿verdad? Los dos lo habríais hecho —agregó dirigiendo una mirada extraña e inexpresiva a yasa Kithadi—. Todavía estoy enfadada contigo, abuela, pero... —Se encogió de hombros sin llegar a sonreír—. Nunca creí que te cayera bien en primer lugar, así que tampoco me duele tanto. Pero ¿tú? —Se volvió de nuevo hacia su padre y, durante un instante, pude ver el brillo maníaco en su mirada—. Tendrías que haberlo sabido. Pero no aprendes. —Su expresión hizo que se me erizara el vello de la nuca—. Y nunca aprenderás —susurró y, antes de que pudiera moverme, antes de que nadie pudiera intervenir, levantó la mano y la retorció.

La yugular de tieren Halithar sobresalió como un cordón por todo lo largo de su cuello. Emitió un único ruido estrangulado y se derrumbó contra el estrado.

Tenía la cara y los ojos rojos y, horrorizado, me di cuenta de que no era por el esfuerzo, sino porque sus vasos sanguíneos estaban estallando. Abrió la boca para gritar, para suplicar, pero solo salió sangre. Mientras Riya chillaba y corría a ayudarlo, Caethari lo agarró y se arrodilló para

intentar mantenerlo recto, pero lo único que pudo hacer el tieren fue aga-
rrarse a su brazo mientras le salía sangre por la boca antes de sufrir un
espasmo y quedarse, de repente, espeluznantemente flojo.

Estaba muerto.

43

—¡No! —sollozó Riya—. No, no, *no*…

Cayó de rodillas junto a su padre agarrándolo del lin y zarandeándolo, pero la luz ya había desaparecido de sus ojos. Horrorizado, Caethari miró a su hermana asesina.

—Laecia —susurró—. ¿Qué has hecho?

Laecia no respondió. Al igual que Riya, tenía la mirada fija en el cuerpo caído de tieren Halithar, pero, a diferencia de su hermana, no mostraba ninguna señal de tristeza, solo una especie de frágil incredulidad.

—Le he roto el corazón —declaró Laecia más para sí misma que para cualquier otro. Entonces, con voz más alta y casi triunfante, repitió—: ¡Le he roto el puto corazón!

Yasa Kithadi estaba pálida por la conmoción y se tambaleaba en su sitio. Ru Telitha la sujetó de un costado y de repente también estaba allí Keletha sujetando el otro codo de su hermana mientras tar Katvi, con el rostro paralizado de furia, se acercaba con la espada desenvainada.

—Tiera Laecia Siva Aeduria, por la presente queda detenida por el asesinato de tieren Halithar. Si se resiste, estoy autorizada a actuar…

—Pues actúa —espetó Laecia.

Tar Katvi cayó sufriendo unos espasmos que me recordaron al truco nervioso al que nos había sometido a nosotros. Laecia levantó la cara y sonrió horriblemente a toda la estancia; todos estábamos anclados en el sitio, indefensos contra su abuso de la magia. Con Katvi todavía bajo su control, Laecia se agachó y tomó la espada de la tar. Raeki corrió hacia adelante, pero en unos segundos, también él acabó en el suelo mirando con ojos saltones cómo Laecia le rebanaba la garganta a Katvi. Ru Telitha dejó escapar un horripilante grito cuando la sangre de Katvi empezó a derramarse por el suelo.

—Quédate quieto, Raeki —advirtió Laecia señalándolo con la espada sangrienta—. O tú serás el siguiente.

Dándose la vuelta caminó hacia ren Adan, quien había contemplado su violencia con la misma incomprensión que el resto. Gesticulando con la espada robada, Laecia le ordenó:

—Levanta las manos.

En silencio, él obedeció estremeciéndose cuando Laecia le cortó las cuerdas con una calma espeluznante.

—Vamos —le dijo como si fuera un perro.

Ren Adan se levantó lentamente mirando la espada con trepidación.

—Laecia —intentó valientemente—, no pienso que...

—Exacto. Tú no piensas. Lo hago yo.

—Laecia, tienes que parar —le pidió—. Esto no puede funcionar. Acabas de matar a tu pa...

La espada se movió de nuevo y ren Adan cayó con un profundo corte rojo donde tenía la garganta.

—Ay, dioses —susurré. Algo se había roto dentro de Laecia y, cuando se dio la vuelta para mirarlos, no había nada detrás de sus ojos.

Cuando fijó su mirada vacía en mí, se me paró el corazón.

—Velasin —murmuró—. Ven aquí.

Detrás de mí, oí a Caethari revolviéndose, luchando con el peso muerto de su padre. Noté su mano agarrándome la pierna.

—Vel, no...

—No pasa nada —lo tranquilicé, aunque no me sentía para nada así. Avancé hacia Laecia. Tan casualmente como si hubiera hecho esa maniobra miles de veces, me agarró por la nuca con una mano y me colocó el filo en la garganta con la otra.

—Levántate, Cae. Vas a dejarme salir. —La espada húmeda me besó la yugular y su borde estaba afilado, muy afilado—. Él es mi *ventaja*.

—De acuerdo. —Caethari se levantó con las piernas temblorosas y con las manos arriba en señal de paz—. De acuerdo. Lo que quieras.

—Es demasiado tarde para *eso* —replicó Laecia—. Tú primero. Sal ahí. Despeja el camino. Diles que no me toquen o tu marido morirá, ¿lo entiendes?

—Lo entiendo —confirmó Cae e hizo lo que le había pedido.

Salimos al pasillo con el pulso acelerado. Me parecía irreal, imposible, el hecho de que acabara de ver a la mujer que ahora tenía mi vida entre las manos asesinar a tres personas, y aun así podía sentir la sangre de tar Katvi y de ren Adan como una línea pegajosa contra mi piel; casi podía oírla gotear de la espada a mi ropa. Laecia era más baja que yo, pero no por mucho, solo lo justo para que tuviera que inclinar la espada hacia arriba para mantener la posición, lo que me dejó caminando con la barbilla en alto y viendo prácticamente solo techos, paredes y aire vacío. Como si estuviera soñando, oí los gritos aterrorizados de los sirvientes y las órdenes desesperadas de Caethari para que mantuvieran la calma.

Entonces, con gran ironía, recordé la noche en la que yo me había apuntado la garganta con un cuchillo por voluntad propia y tuve que reprimir una risa aterrorizada.

Al parecer, no lo hice del todo bien.

—¿Qué te parece tan divertido? —espetó Laecia—. Y no me digas que *nada*.

Reí y una parte absurda y fatalista de mí se sintió repentinamente desesperada por decir lo que estaba pensando. Esforzándome por mantener el control de mí mismo y sin lograrlo del todo, dije:

—En todo este tiempo, no has sabido por qué confiaba en tu hermano, por qué tu estratagema del Cuchillo Indómito no funcionó. —La palabra «cuchillo» me removió de nuevo. Estaba absolutamente aterrorizado y, aun así, apenas podía parar de reír—. Y esto, lo que estamos haciendo justo ahora, me ha recordado el motivo.

—¿Ah, sí? —inquirió Laecia—. ¿Cómo es eso?

Sonreí tan fuerte que me dolió.

—Porque intenté suicidarme la primera noche que pasé aquí. Me puse un cuchillo en el cuello, pero tu hermano me detuvo. Me salvó. ¿Cómo iba a pensar que me quería muerto después de algo así? Y, sin embargo, aquí estamos y es probable que me mates tú de todos modos.

—Hum —murmuró Laecia y juro que la oí inclinando la cabeza, considerándolo. Ella también se rio un poco, un ligero «ja» que noté en la garganta—. Tienes razón, Velasin, sí que es divertido.

La luz del sol irrumpió sobre nosotros cegándome cuando salimos al patio. Incapaz de ver mis pasos, me tambaleé haciendo que la espada me marcara una línea en el cuello. Apenas noté el corte, pero la angustia de la voz de Cae cuando me gritó fue casi más de lo que podía soportar.

—Solo es un rasguño —me obligué a decirle—. Estoy bien.

—Quieto —siseó Laecia.

Como un reflejo, levanté las manos para mostrarle mi obediencia, tal y como había hecho Caethari, y entonces, a través de mi pánico y estupor, recordé que tenía dos voces.

Al darme cuenta de ello, mi ingenio disperso regresó como si fuera un soldado fuera de servicio convocado por un cuerpo de guerra. No tenía ningún deseo de morir hoy y, en un repentino estallido de pensamientos, me atreví a sentir esperanza de que tal vez no tuviera que hacerlo.

Inclinando la cabeza todo lo que me atrevía para asegurarme de que Caethari pudiera verme, le hice señas, lentas y pequeñas, usando el alfabeto para deletrear las palabras cuyos signos él todavía no conocía. Abrió mucho los ojos y yo acababa de completar el mensaje cuando Laecia, dándose cuenta en ese momento, me obligó a levantar la cabeza de nuevo.

—¡Nada de eso! —gruñó—. ¡Baja las manos!

Obedecí con el corazón acelerado y solo me quedó esperar que Caethari me hubiera entendido, que confiara en lo que estaba intentando hacer.

Llegamos a los establos y noté el fuerte hedor a heno y a caballo en las fosas nasales. No pude ver a ren Taiko, pero oí sus exclamaciones consternadas cuando Caethari le impidió intervenir con Laecia.

—¿Qué ha sido eso? —espetó Laecia de repente (desde mi perspectiva)—. ¡Nada de susurrar, Caethari!

—Solo le estaba diciendo que se fuera —contestó Caethari—. No tiene por qué estar aquí. Yo mismo prepararé a tu caballo.

—Pues hazlo.

Cerré los ojos escuchando los sonidos familiares de un caballo siendo ensillado intentando ignorar el ardor del corte en mi cuello, la pegajosa sangre de otros y el hedor de mi propio sudor. Pasaron los minutos con toda la comodidad de las hormigas subiendo por mi piel desnuda y aun así me sobresalté al escuchar el ruido de los cascos acercándose. Hubo un resoplido cuando el caballo se detuvo junto a mi hombro y durante unos gloriosos instantes, el filo se apartó de mi cuello mientras Laecia montaba. Aun así, no me atreví a moverme: la amenaza de su magia era demasiado fuerte y, en unos segundos, la espada volvió, estaba en un ángulo hacia abajo, por lo que pude volver a ver. Me sobresaltó cuando me agarró del pelo tirando con tanta fuerza que grité.

Evidentemente, Laecia era lo bastante hábil como para cabalgar con las rodillas. Golpeó al caballo y echó a andar dejando que me tambaleara junto a ella recordando el incómodo trayecto de ren Adan hasta el Aida.

Con Caethari todavía liderando, pasamos la Corte de Espadas y nos dirigimos a las puertas principales, que todavía estaban cerradas. Caethari les gritó a los guardias que las abrieran y se apartaran y, mientras yo calculaba la distancia entre nosotros y el Aida y entre nosotros y las puertas, me di cuenta de que no me quedaba tiempo para actuar. Solo podía esperar que Caethari hubiera entendido mis señas, solo podía esperar estar en lo cierto al creer que le había pasado el mensaje a ren Taiko, solo podía esperar que ren Taiko lo hubiera entregado y que se hubiera actuado en consecuencia. Porque de lo contrario…

Levanté la mano, agarré el lin de Laecia y, con las recientes advertencias de ru Irevis claras como el agua en mente, invoqué el fuego.

No solo una chispa como hacía normalmente (como había temido hacer con Killic en el jardín de mi padre, de lo que me parecía que habían pasado mil años), sino *fuego* de verdad.

La ropa de Laecia ardió como la yesca. Gritó de dolor y asombro y (como esperaba) me liberó en un instinto por apagar las llamas. Su caballo gritó debajo de ella corcoveando y aunque se me heló el cuerpo al balancearme una vez más al borde de la sobreextensión mágica, me obligué a correr apartándome del alcance de Laecia. Todos los instintos me gritaban que me dirigiera hacia Cae, pero eso me habría puesto una vez más entre ella y la puerta, donde no tenía ningún deseo de estar. En lugar de eso, me dirigí hacia los establos tropezando con mis piernas gelatinosas como las de un cervatillo mientras me dolía todo el cuerpo y Laecia gritaba y yo esperaba contra toda esperanza que Caethari me hubiera escuchado, y también Taiko y Markel...

Los gritos de Laecia se cortaron abruptamente con una horrible gárgara de ahogamiento. Me di la vuelta con la vista ligeramente grisácea justo a tiempo para ver una flecha saliendo de su garganta, y el eje de madera ya se estaba encendiendo mientras ella seguía ardiendo. Levanté la vista hacia los muros del Aida siguiendo la línea de tiro y vi un grupo de figuras conocidas en un balcón. Allí estaban Raeki, Keletha, Riya, ru Telitha y yasa Kithadi y, el más querido de todos, con sus hábiles manos sosteniendo el arco, Markel apuntando con otra flecha.

La soltó. El segundo disparo le dio a Laecia en la frente y, mientras su caballo aterrorizado chillaba y se encabritaba de nuevo dando patadas en el aire, el cuerpo en llamas de la joven cayó hacia atrás e impactó contra el suelo con un golpe sordo y desagradable.

Jadeando, caí de rodillas. Se me nubló la visión. Quería vomitar, pero también sentía que podía perder un pulmón si lo hacía. Percibí débilmente a Caethari corriendo hacia mí, gritando mi nombre, pero sonaba como si me estuviera llamando debajo del agua. Llegó hasta mí y, durante un segundo perfecto, lo único que pude ver fue el arco de su trenza balanceándose en el aire, la luz reflejándose en ella como pan de oro sobre obsidiana.

Y luego el mundo se volvió oscuro.

44

Me desperté en un lugar blando y probablemente conocido, aunque al principio me costó reconocerlo. Notaba una extraña presión en la mano derecha, veía borroso y no recordaba dónde estaba o cómo había llegado hasta ahí. Fruncí el ceño, perturbado, e intenté concentrarme en un bulto cercano, que sospeché que sería el responsable de la extraña presión que sentía en la mano. Intenté aclararme la garganta, pero solo me salió un ruido rasposo. En ese momento, el bulto se levantó y se convirtió en una forma más clara y oscura alrededor de los bordes.

Parpadeé varias veces intentando despejar la niebla hasta que el borrón se convirtió en el rostro de Caethari. Seguía teniendo un ojo magullado, pero menos que antes, lo que indicaba una curación mágica, aunque los tenía los dos rojos y con profundas ojeras. Le sonreí tontamente complacido por su presencia y fruncí el ceño de nuevo cuando se echó a llorar. Me di cuenta de que me estaba aferrando la mano (esa era la presión que había sentido), y ahora se la llevó a los labios besándome los nudillos una y otra vez.

—Santos, Vel —susurró con la voz completamente destrozada, aunque los ojos le brillaban como monedas recién acuñadas detrás de las lágrimas—. Tienes que dejar de asustarme así.

—¿Así cómo? —gruñí. Entonces lo recordé todo, las imágenes me llegaron como el martillo de un carnicero—. Ah.

—*Ah* —repitió él. Caethari se frotó los ojos y esbozó una sonrisa trémula pero dolorosamente real y a continuación rompió el momento tomando una jarra y un vaso de una mesa cercana—. Toma. Tienes que beber. Ru Zairin ha insistido mucho en que tomaras líquidos cuando volvieras a despertarte.

Obedecí con deleite. Me dolía la garganta, pero no me había dado cuenta de lo seca que la tenía hasta que empecé a beber y parecía que no podía parar. Estuve a punto de vaciar la jarra. Caethari rellenaba el vaso cada vez y me lo llevaba a los labios con tanto cuidado que no derramó ni una gota. Solo cuando terminé, me di cuenta de la enormidad de lo que había perdido, las circunstancias en las que le había sido arrebatado, y sentí que me dolía el pecho por la empatía.

Probando la mano izquierda que la notaba como plomo, pero que, sin embargo, podía mover miserablemente, la levanté y le acaricié torpemente la mejilla, reconfortado cuando él se inclinó hacia el tacto.

—Lo siento muchísimo, Cae. Tu padre...

—Por favor, no. —Caethari cerró los ojos y me di cuenta de que sus lágrimas no eran solo por mi supervivencia—. Todavía no. No puedo... ahora no. Solo necesito saber que tú estás bien. Que alguien a quien quiero ha conseguido salir de todo esto a salvo.

El corazón estuvo a punto de parárseme en el pecho.

—¿Yo soy alguien a quien quieres?

Caethari rio débilmente.

—Supongo que debería soltar alguna evasiva, pero sí. Estoy demasiado cansado para mentir. Mis hermanas... —Se interrumpió con un intenso dolor en los ojos antes de continuar—. Mi *hermana* te lo dirá. Siempre he sido propenso a encariñarme rápidamente, y tú, Vel... He estado enamorándome de ti desde el día que llegaste. —Inhaló bruscamente y apartó la mirada—. Y yo... siento si esto es demasiado o demasiado pronto, pero no puedo... dadas las circunstancias, soy incapaz de...

Lo agarré por la nuca y lo besé. No fue un beso intenso, carecía de energía para ello, ni siquiera abrí la boca porque estaba seguro de que tendría un sabor horrible. Tan solo fue una presión persistente en la que intenté transmitir todos los sentimientos vertiginosos que Cae provocaba en mí.

—No puedo decirlo todavía —susurré cuando finalmente nos separamos—. Yo no... no es algo que pueda hacer fácilmente, pero creo... siento... que si me das tiempo...

—Tómate todo el tiempo que necesites —contestó Cae con la voz áspera y me dio un beso en la frente. Tenía los labios secos y fríos y sentí que me caían en la línea del pelo una o dos lágrimas, pero no dije nada.

—¿Cuánto tiempo he estado inconsciente? —pregunté cuando volvió a sentarse. Me di cuenta de que estábamos en la enfermería. Solo había una cama ocupada además de la mía, pero aun así me pareció extraño que no hubiera nadie más presente.

—Algo más de un día —contestó—. Después... desde entonces nos hemos estado turnando para hacerte compañía. No quería marcharme, pero había... había mucho que hacer y yo...

—Ay, cariño —dije y la muestra de afecto salió como por voluntad propia. Cae emitió un sonido dolido y presionó la cabeza contra el borde del colchón, llorando sobre la ropa de la cama. Le acaricié el pelo, aún despeinado en la trenza del día anterior pero con nuevos alambres plateados, y deseé que su corazón pudiera curarse tan fácilmente como su carne.

Finalmente, Caethari levantó la cabeza y consiguió esbozar lo que casi parecía una sonrisa.

—Tengo que decirles a los demás que te has despertado —comentó—. Sobre todo a Markel, pero ru Zairin y ru Irevis también querrán verte.

Parpadeé.

—¿Ru Irevis está aquí?

Él asintió.

—Ayer, cuando... cuando enviamos a Raeki y a alguna de su gente a asegurar las oficinas de ren Adan, ella y su ayudante seguían allí con ren Zhi. Lo trajeron hasta aquí en una camilla y ru Irevis no quiso marcharse hasta que se hubiera recuperado. Además, también dijo algo sobre darles a sus aprendices otro día de prácticas y yo no iba a discutir con ella. —Ambos sonreímos con el último comentario.

Miré de nuevo la otra cama ocupada y solo pude distinguir una cabeza vendada saliendo de debajo de las mantas.

—¿Entonces es él? ¿Cómo está?

—Aparentemente estable. Todavía no se ha despertado, pero ya no está inconsciente. Ru Irevis lo sumió en un sueño curativo anoche y, si todo va bien, debería despertarse mañana en algún momento.

—Es un alivio.

Caethari asintió. A regañadientes, dijo:

—Tengo que decirles que ya estás consciente.

—Aquí estaré —contesté y lo consideré una victoria cuando asintió con la cabeza.

En unos minutos, Markel llegó a toda velocidad sonriendo de oreja a oreja. Se arrojó sobre mí abrazándome por el cuello y, aunque casi me deja sin aliento, aprecié su fervor y me estiré para devolverle el abrazo.

—¡Nada más de magia! —signó enfáticamente—. Esa ru ha sido muy específica: nada de magia durante al menos cinco semanas o los daños serán irreparables.

—No tengo intención de volver a probarlo nunca —le aseguré. Entonces, como Cae no estaba ahí para verse afectado, agregué—: Sabes que me has salvado la vida. Vi el segundo disparo. No era un objetivo fácil, pero acertaste. Gracias.

La expresión de Markel se volvió grave.

—No me produjo ningún placer. Si hubiera sido cualquier otra persona, habría disparado para herir, pero esa magia suya... me aterrorizaba que pudiera volver a atacar, usar uno de esos trucos que había aplicado en los tars o en el tieren. ¿Y si hubiera vivido pero se hubiera despertado todavía con ese instinto asesino pero con la fuerza restaurada? ¿Qué habría sucedido?

—Qué habría sucedido, sí —susurré y me tragué una horrible punzada de culpa. En algún momento, Caethari y yo tendríamos que hablar sobre mi papel en la muerte de Laecia, sobre cómo había convocado el fuego tras haberle signado anteriormente «yo la distraigo y Markel dispara» y había dejado que actuara sobre ese mensaje sin saber si ese disparo sería para herir o para matar. En ese momento, había pensado que Laecia solo era intocable en el cuerpo a cuerpo: que solo un arco podía acabar con ella, y solo podía hacerlo (si yo deseaba vivir o el arquero deseaba que viviera) si apartaba la espada de mi garganta y era incapaz, de algún modo, de tomar represalias contra mí mientras huía. Que hubiera funcionado era un milagro, pero, más allá de mi supervivencia, era una victoria vacía. Caethari había perdido tanto a su padre como a su hermana y, a pesar de su maldad, no dudaba de que él la quisiera.

Me distraje de esos angustiosos pensamientos por la llegada primero de ru Zairin y ru Irevis, a quienes Markel dejó pasar de inmediato, y después por la de Caethari, quien arrastró su silla a los pies de la cama y se sentó con una mano enroscada posesivamente sobre mi tobillo mientras me toqueteaban y me pinchaban.

Me permití expresar una pequeña preocupación.

—¿Es mala señal que no esté desesperado por orinar?

—Para nada —contestó ru Zairin para mi gran alivio, sobre todo porque no me sentía del todo capaz de levantarme—. Extrañamente, es un efecto secundario de la sobreextensión mágica, aunque debería arreglarse cuando introduzcas algunos nutrientes en tu sistema.

Después de eso me quejé todo lo que me atreví, que no fue mucho, y recibí una reprimenda extremadamente severa por parte de ru Irevis por la naturaleza de mi estupidez, lo que suavizó después diciendo que se alegraba de ver que me estaba recuperando. Tras consultarlo la una con le otre, les dos sanadores acordaron que debía quedarme en la cama durante al menos los tres días siguientes.

—Y me refiero a *reposo*, tierns —puntualizó ru Zairin mirando intencionadamente a un Caethari sonrojado. También declaró que la semana siguiente debía andarme con cuidado y pararme a descansar en cuanto empezar a cansarme. Prometí hacerlo y me lanzaron un par de miradas fulminantes, después de lo cual ru Zairin también dijo que probablemente necesitaría comer y beber más de lo normal durante los próximos días y que un aumento del apetito sería buena señal.

Ante la mención de la comida, me rugió el estómago.

—No me vendría mal comer —admití y ru Zairin escribió enseguida una lista de sugerencias para ren Valiu de comida que, según su opinión, aceleraría mi recuperación y se la entregó a Markel, quien se dirigió enseguida hacia las cocinas.

Una vez hecho eso, ru Zairin se disculpó y volvió a marcharse, mientras que ru Irevis examinó rápidamente a ren Zhi antes de marcharse ella también. Caethari esperó hasta que el sonido de sus pasos desapareció, movió su silla a la posición original y me tomó la mano una vez más.

—Vel —empezó—. Si no te apetece, lo entenderé, pero Riya... Riya también quería hablar contigo. Con los dos, en realidad, pero no sé de qué se trata.

—Por supuesto —acepté. No tenía miedo de Riya y ella había perdido tanto como Caethari y tenía a su esposa muy lejos para ofrecerle consuelo inmediato—. Podemos hablar con ella ahora, si quieres.

Caethari sonrió aliviado. Para mi sorpresa, se levantó, caminó hasta la puerta de la enfermería, asomó la cabeza hacia el pasillo y volvió un momento después con su hermana.

Riya tenía los ojos inyectados en sangre de tanto llorar, su habitual elegancia había sido vencida por el dolor. Se sentó en la silla en la que había estado Cae, su hermano se quedó de pie al lado, y permaneció en silencio durante un largo y doloroso momento.

—Lo siento muchísimo —dijo al final con la voz ronca por la emoción—. No... apenas sé cómo procesarlo. Lo que os hizo Laecia...

—No tienes que disculparte por ella —dije con toda la amabilidad que logré reunir—. Tú no tienes más culpa que Caethari.

Parecía que Riya quería discutir, pero se mordió el labio y asintió. Tras un momento, continuó:

—Yo... ahora soy la heredera. No voy a mentir y decir que no pensaba que llegaría a serlo, pero tan pronto... —Se interrumpió revolviéndose en la silla y mirando a su hermano—. ¿Tú lo quieres? —preguntó de repente—. Me refiero al título.

Caethari se estremeció.

—No —dijo firmemente—. Y ya que estamos, tampoco quiero la herencia de nuestra abuela, pero espero que no tengamos que cruzar ese puente hasta dentro de muchos años.

—Que los santos te oigan —murmuró Riya. Negó con la cabeza por algún pensamiento del que yo todavía no estaba al tanto y luego agregó—: Bueno. Todavía falta la ceremonia de confirmación después de... después de los funerales, pero a todos los efectos, ahora soy la tierena y una tierena necesita a un heredero. Al fin y al cabo, es parte del motivo por el que vine a casa en primer lugar. —Respiró hondo y prosiguió—: En vuestra reunión matrimonial, acabé hablando con Liran y me di cuenta de que siempre me había gustado. Es inteligente y amable y lo bastante poco convencional como para no resistirse a una paternidad negociada. Así que le pregunté si estaba interesado en engendrar un hijo mío y de Kivali y me dijo que sí, pero siempre que vosotros dos no

tuvierais ninguna objeción. —Miró a Cae, insegura—. Así que ¿la tenéis?

Caethari estaba boquiabierto, dudo de si se habría mostrado más sorprendido si su hermana hubiera hecho aparecer un pez y lo hubiera golpeado con él en la cara.

—Un hijo de Liran, ¿en tu cuerpo o en el de Kivali? —preguntó finalmente.

—Todavía no lo hemos decidido formalmente —admitió—. ¿Qué importa eso?

Caethari parpadeó y luego, imposiblemente, rio.

—Nada —contestó—. Nada en absoluto. ¡Ri, me alegro muchísimo
por ti! ¡Liran engendrando a mi futuro sobrino!

—Yo tampoco tengo ninguna objeción —agregué rápidamente
antes de que su entusiasmo se atenuara—. Me parece una idea excelente.

Riya estalló en lágrimas. Me sentí brevemente alarmado, pero entonces también se echó a reír y me di cuenta de que estaba llorando de felicidad, o con toda la felicidad que permitía un llanto en ese momento.
Impulsivamente, tomé su mano y se la estreché. Caethari se inclinó para
abrazarla y de repente me encontré limpiándome mis propias lágrimas
por la posibilidad de que esa alegría, entre todo el dolor, fuera un bálsa-
mo para mis heridas más profundas.

—Gracias —dijo Riya cuando se secó los ojos—. Iré a decírselo entonces. —Su sonrisa disminuyó ligeramente—. No puedo prometer informarle de todo lo que ha sucedido más allá de los detalles básicos, pero…

—Su visita siempre será bienvenida —intervino Cae—. Ahora más
que nunca. Los dos nos alegraremos de verle.

Ruya asintió aliviada y, cuando volvió a levantarse, había recuperado
parte de su aplomo habitual.

—Se lo diré —afirmó y, con una sonrisa de despedida, salió de la enfermería.

—¿De verdad que no te importa? —preguntó Caethari con más curiosidad que otra cosa.

—¿Por qué iba a importarme?

—Por nada —contestó y se inclinó para darme un beso en la mejilla.

Acabábamos de pasar a un tipo diferente de besos cuando volvió Markel con una bandeja rebosante de comida. Sonriéndonos a los dos, se la entregó a Caethari, acercó otra silla para él mismo y se sentó junto a la cama.

—Ren Valiu ha insistido en poner comida para tres —signó—, y no sé tu marido, pero me estoy muriendo de hambre.

Se lo transmití a Cae, quien pareció abrumado por una cortesía tan simple, y, en unos momentos, los tres estábamos comiendo jidha y solecitos acompañados con sabrosas verduras, albóndigas de cerdo y tres tazas de khai.

Mientras comíamos juntos, empecé a notar una extraña sensación en el pecho, una especie de ligereza como la de las burbujas del champán. Tenía ahí a las dos personas que más me importaban en el mundo, sonriéndose el uno al otro y a mí, mientras compartíamos una comida: un pequeño puñado de alegría en un mundo turbulento. Ese sentimiento se apoderó de mí en zarcillos que abarcaban también la perspectiva del hijo de Riya, Kivali y Liran; la amistad ofrecida por Nairi y sus soldados; el creciente vínculo entre Markel y ru Telitha. Era algo casi familiar, pero hasta que Caethari no puso un solecito en el plato de Markel y lo instó a probarlo, animándose con la expresión de entusiasmo que le atravesó el rostro al hacerlo, no me di cuenta de lo que era.

Sentí que tenía una familia.

45

Tres días después, estaba en la cama con la cabeza de mi marido apoyada en mí y pasando los dedos por su pelo. La luz de la mañana nos calentaba la piel a los dos, aunque no tanto como nos calentábamos el uno al otro y, aunque no habíamos hablado del tema, sospechaba que ambos estábamos contando mentalmente los días que quedaban de la orden de ru Zairin de «solo descansar» en la cama hasta ahora.

Al fin y al cabo, era una de las pocas cosas agradables que podíamos esperar.

—No quiero levantarme —murmuró Caethari. Apretó el brazo que tenía apoyado sobre mi cadera—. No quiero salir ahí.

—Lo sé —respondí suavemente.

«Ahí» significaba organizar los funerales de su padre y de su hermana, compartir el terrible dolor con Riya mientras intentaban ponerse en contacto con su madre ausente; «ahí» significaba eludir las peticiones educadas pero dolorosas de yasa Kithadi de hablar sobre convertirse en el heredero oficial de su yaserato. Y no todas las cargas eran para él: para mí, «ahí» significaba reunirme con el embajador raliano, quien estaba ansioso por oír mi relato sobre lo que había pasado con Killic; «ahí» significaba enfrentarme a las repercusiones diplomáticas de la muerte de Laecia bajo mis manos y las de Markel y, en algún momento, una audiencia con asa Ivadi Ruqai en Qi-Xihan.

—Yo tampoco quiero salir.

«Ahí» implicaba una gran cantidad de cosas que ninguno de los dos en ese momento nos sentíamos preparados para enfrentar... pero «aquí», en la cama, solo nos teníamos el uno al otro.

Caethari había dicho que me quería.

No sabía qué hacer con eso aparte de sentirme mareado. Dadas las circunstancias, me parecía poco adecuado, e incluso grotesco, saber que tenía algo tan milagroso como el amor de un esposo para reconfortarme, cuando el esposo en cuestión estaba sumido en la pérdida. Quería decirlo de todos modos para que él también tuviera algo a lo que aferrarse, pero no podía mover la lengua para decir algo de lo que todavía no estaba seguro, al igual que tampoco podía obligar a mi corazón vacilante a acelerar su veredicto. En cualquier caso, sentía en lo más profundo de mi ser que Cae lo sabría si fingiera la reciprocidad. Se merecía la verdad, fuera cual fuere no un falso consuelo entregado por deber, pero, aunque todavía no estaba seguro de que lo que sentía fuera amor, me era muy querido y maravilloso.

Y también muy guapo, susurró una parte de mí. *Y desnudo. En tu cama.*

—¿No te importa? —preguntó Caethari de repente.

—¿Si no me importa el qué? ¿Quedarme aquí?

—Me refiero a mi pelo —contestó extrañamente cohibido—. Creo que pronto se volverá gris.

Reí.

—Gris, no —lo corregí—. Plateado.

—Gris, plateado... ¿qué más da? Me hace parecer viejo.

—Tú no eres viejo —dije colocándole un mechón por detrás de la oreja—. Además, creo que te queda bien.

Levantó ligeramente la cabeza con una chispa de calor en la mirada.

—¿De verdad?

—Claro —dije y empecé a notar un calor formándose en mi abdomen. Todavía teníamos mucho que discutir, temas densos y complejos. No sabía cuánto tiempo me llevaría deshacerme del fantasma de Killic, pero aunque todavía llevaba la sombra de sus acciones y el peso de las mías, esa mañana, en ese momento, me sentía ligero.

—¿Cuánto te gusta?

Le sonreí.

—Ven aquí y te lo demostraré.

—Será un placer —respondió y así lo hizo.

ƒGRADECIMIENTOS

Dependiendo de cómo lo midas, el primer borrador de este libro fue escrito en cinco meses o en cinco años, un periodo de tiempo durante el cual, entre otras cosas, me mudé de Escocia a Australia y a Estados Unidos mientras sufría problemas de salud (tanto físicos como mentales) más que en cualquier otro momento de mi vida, y eso fue antes de la pandemia. Que consiguiera escribir el libro es una especie de milagro, pero uno que no habría sido posible sin el apoyo constante de mi marido, Toby, quien me sostuvo cuando me estaba desmoronando.

Mi más profundo agradecimiento a Liz Bourke, la primera y más entusiasta lectora de esta historia y a Sarah Loch, B. R. Sanders y Chris Brathwaite, quienes se unieron a ella para animarme. No podría haberlo hecho sin vosotros.

Debo también una enorme gratitud a mi maravillosa agente, Hannah Bowman, quien me contactó cuando tenía la confianza por los suelos y me ayudó a levantarme de nuevo, y a Claire Eddy, quien entendió este libro a niveles fundamentales y cuyo trabajo amable y perspicaz me ayudó a fortalecerlo.

Gracias al Bunker por su amistad y cordura en medio del caos editorial, gracias a más amigos escritores de los que tengo espacio para nombrar, por ser simplemente vosotros mismos. Y gracias especialmente, más que nunca, a mi familia por su incesante estímulo a mi escritura: a mi madre, quien siempre ha creído en mí, y en memoria tanto de mi suegra, Janie, quien falleció el 2 de enero de 2021, como de mi padre, que murió el pasado 14 de junio de 2021. Os echo mucho de menos a los dos.